○南戲文獻全編 劇本編○

俞爲民 主編

琵琶記

第三册

王良成 整理

ZHEJIANG UNIVERSITY PRESS

浙江大學出版社

·杭州·

目 録

三先生合評元本琵琶記卷下 ……………………………………… 一八二四

三先生合評元本琵琶記卷上目録(一)

三先生合評元本琵琶記卷下目録(一)

(一)　卷下目録原處卷下正文前，現合并於此。

三先生合評元本琵琶記卷上

明　湯若士先生　李卓吾先生　徐文長先生　合評

元　高則誠　編

第一齣　副末開場(一)

【水調歌頭】秋燈明翠幕，夜案覽芸編。(二) 今來古往，其間故事幾多般。少甚佳人才子，也有神仙幽怪，瑣碎不堪觀。(三) 正是不關風化體，縱好也徒然。　論傳奇，樂人易，動人難。知音君子，這般另作眼兒看。(四) 休論插科打諢，也不尋宮數調，只看子孝共妻賢。正

(一)　夾批：之泗案：元刊巾箱本『副末開場』作『（末上白）』三字，陰文小字雙行，在第一齣下。【水調歌頭】曲牌亦陰文小字，接『（末上白）』下。

(二)　眉批：芸香草薰書，可辟蠹。

(三)　眉批：詞亦瑣碎庸俗。

(四)　眉批：作『元本作『做』。

是驛騮方獨步，[一]萬馬敢爭先。[二]

（問內科）且問後房子弟，今日敷演誰家故事，那本傳奇？（內應科）三不從《琵琶記》。（末）原來是這本傳奇，待小子略道幾句家門，便見戲文大意。

【沁園春】趙女姿容，蔡邕文業，兩月夫妻。奈朝廷黃榜，遍招賢士；高堂嚴命，強赴春闈。一舉鰲頭，再婚牛氏，利綰名牽竟不歸。饑荒歲，雙親俱喪，此際實堪悲。　　堪悲，趙女支持，剪下香雲送舅姑。把麻裙包土，築成墳墓；琵琶寫怨，逕往京畿。　孝矣伯喈，賢哉牛氏，書館相逢最慘悽。[三]　重廬墓，一夫二婦，旌表門閭。

極富極貴牛丞相，施仁施義張廣才。

有貞有烈趙真女，全忠全孝蔡伯喈。[四]

（一）　眉批：　譚：元本作『渾』。『共』作『與』。□『驛』『正是』二字。
（二）　夾批：句與本意不相干。　眉批：『爭先』下元本無科白，直接【沁園春】。
（三）　眉批：書館相逢就不慘悽了。
（四）　眉批：恐不能兩全。

第二齣 高堂稱慶

【正宮引子・瑞鶴仙】（生）十載親燈火，論高才絕學，休誇班馬。風雲太平日，正驊騮欲騁，魚龍將化。沉吟一和，（一）怎離却雙親膝下？（二）且盡心甘旨，功名富貴，付之天也。（三）

〔鷓鴣天〕宋玉多才未足稱，子雲識字浪傳名。奎光已透三千丈，風力行看九萬程。要將萊綵歡親意，且戴儒冠盡子情。蔡邕沉酣六籍，貫串百家。自禮樂名物，以及詩賦詞章，皆能窮其妙；由陰陽星曆，以至聲音書數，靡不得其精。抱經濟之奇才，當文明之盛世。幼而學，壯而行，雖望青雲之萬里；入則孝，出則弟，怎離白髮之雙親？到不如盡菽水之歡，甘齏鹽之分。正是：　行孝於己，責報於天。（四）自家新娶妻房，纔方兩月。却是陳留郡人，趙氏五娘。儀容俊雅，也休誇桃李之姿；德性幽閒，儘可寄蘋蘩之託。正是：　夫妻和順，父母康寧。《詩》中有云：『為此春酒，以介眉壽。』今喜雙親既壽而康，對此春光，就花下酌杯酒，與雙親稱壽，多少是好？昨已

（一）眉批：　沉吟一和：　浙本所無。
（二）眉批：　欲不離雙親，便見無意功名矣。
（三）夾批：　句雅而自在。
（四）眉批：　何必責報？

囑付五娘子安排，不免催促則個。娘子，酒完了，請爹媽出來。（旦內應科）（二）（外扮蔡公、淨扮蔡婆

上）（二）

【雙調引子・寶鼎現】（外）小門深巷，春到芳草，人閒清晝。（淨）人老去星星非故，春又來

年年依舊。（旦）最喜今朝新酒熟，滿目花開似繡。（合）願歲歲年年，人在花下，常斟

春酒。（三）

（外）孩兒，你請我兩個出來做甚麼？（生跪科）告爹媽得知：人生百歲，光陰幾何？幸喜爹媽年滿

八旬，孩兒一則以喜，一則以懼。（四）當此青春光景，閒居無事，聊具一杯蔬酒，與爹媽稱慶則個。（淨）

阿老有得喫。（五）（外）阿婆，這是子孝雙親樂，家和萬事成。（生進酒科）

【雙調過曲・錦堂月】（生）簾幕風柔，庭幃晝永，朝來峭寒輕透。親在高堂，一喜又還一憂。

惟願取百歲椿萱，長似他三春花柳。（合）酌春酒，看取花下高歌，共祝眉壽。

（一）眉批：旦內應非是，還該先出，齊立以候公婆。

（二）眉批：婦人姑息之愛乃是常情，以之扮淨，未免因子辱母，宜以老旦扮。

（三）『最喜』至『斟春酒』之『酒』處原闕，據清康熙陸貽典鈔本《新刊元本蔡伯喈琵琶記》補。

（四）眉批：一則以懼，心事也，豈可對爹媽言之？

（五）夾批：鄙俗。

【前腔換頭】（旦）輻輳，獲配鸞儔。深慚燕爾，持杯自覺嬌羞。[二] 怕難主蘋蘩，不堪侍奉箕箒。惟願取偕老夫妻，長侍奉暮年姑舅。（合前）

【前腔換頭】（外）還愁，白髮蒙頭。紅英滿眼，心驚去年時候。只恐時光，催人去也難留。惟願取黃卷青燈，及早換金章紫綬。（合前）

【前腔換頭】（淨）還憂，松竹門幽。桑榆暮景，明年知他健否安否？歎蘭玉蕭條，一朵桂花堪茂。[三] 媳婦，惟願取連理芳年，得早遂孫枝榮秀。（合前）

【醉翁子】（生）回首，歡瞬息烏飛兔走。喜爹媽雙全，謝天相佑。（旦）不謬，更清淡安閒，樂事如今誰更有？（合）相慶處，但酌酒高歌，共祝眉壽。

（外）孩兒，你今日爲我兩個慶壽，這便是你的孝心。人生須要忠孝兩全，方是個丈夫。我纔想起來，今年是大比之年，昨日郡中有吏來辟召，你可上京取應。倘得脫白掛綠，濟世安民，這纔是忠孝兩全。

（生）爹媽高年在堂，無人侍奉，孩兒豈敢遠離？實難從命。

【前腔換頭】（外）卑陋，論做人要光前耀後。勸我兒青雲萬里，早當馳驟。（淨）聽剖，真樂

（一）眉批：像兩月夫妻，且語都着拍。

（二）眉批：難茂，舍一子不忍求功名也。「堪」字時本之誤。

在田園，何必區區公與侯？(一)（合前）

【僥僥令】（生、旦）春花明彩袖，春酒泛金甌。但願歲歲年年人長在，父母共夫妻相勸酬。

【前腔】（外、淨）夫妻好廝守，父母願長久。坐對兩山排闥青來好，看將一水護田疇，(二)綠遶流。

【十二時】山青水綠還依舊，歎人生青春難又，惟有快活是良謀。

（外）逢時對景且高歌，（淨）須信人生能幾何。

（生）萬兩黃金未爲貴，（旦）一家安樂值錢多。

齣末批：

徐文長總評：　慶賀席上請張太公來，方有張本。

李卓吾總評：　今人但要萬兩黃金，那要一家安樂？然無黃金，那得安樂也？斯言雖淺，有禪事實。

湯若士總評：　父願子得官，姑願婦得子，而生旦口吻畢肖，情詞兩絕。

（一）　眉批：　賢哉蔡母！

（二）　眉批：　『坐對』兩語是古本，大有味。

第三齣 牛氏規奴

（末扮老院子上）風送爐香歸別院，日移花影上閒庭。畫長人靜無他事，惟有鶯啼三兩聲。[一] 小子不是別人，卻是牛太師府中一個院子。若論俺太師的富貴，真個只有天在上，更無山與齊。舉頭紅日近，回首白雲低。怎見得富貴？他勢壓中朝，資傾上苑。白日映沙堤，青霜凝畫戟。門外車輪流水，城中甲第連天。瓊樓酬月十二層，錦帳藏春五十里。香散綺羅，寫不盡園林景致；影搖珠翠，描不就庭院風光。好耍子的油碧車輕金犢肥，沒尋處的流蘇帳煖春鷄報。畫堂內持觴勸酒，走動的是紫綬金貂；繡屏前品竹彈絲，擺列的是朱唇粉面。玳瑁筵前爇寶香，真個是朝朝寒食；琉璃影裏燒銀燭，果然是夜夜元宵。這般福地洞天，可知有仙姝玉女。休誇富貴的牛太師，且說賢德的小娘子[一]。真個好一位小娘子呵！看他儀容嬌媚，[三] 似一片美玉無瑕；體態幽閒，半點難勾引的芳心，如幾層清冰徹底。珠翠叢中長大，倒堪雅淡梳妝；綺羅隊裏生來，卻厭繁華氣象。怪聽笙歌聲韻，惟貪針指工夫。愛景情幽，鎮白日何曾離繡閣？笑人游冶，傍青春那肯出香閨？開遍海棠花，也

（一）眉批：四句：高瑞卿詩。

（二）眉批：第三齣就及牛氏，亦有關目。

（三）眉批：没包彈：猶言没褒貶。

不問夜來多少；飛殘楊柳絮，竟不道春去如何。要知他半點貞心，惟有穿瑣窗的皓月；能回他一雙嬌眼，除非翻翠幌的清風。決非慕司馬的文君，肯學選伯鸞的德耀。[二] 更羨他知書知禮，是一個不趨蹌的秀才；若論他有德有行，好一位戴冠兒的君子。多應是相門相種，可惜不做厮兒；[三] 少甚麼王子王孫，爭要求爲佳配。呀！理會得麼？他是玉皇殿上掌書仙，一點塵心謫九天。莫怪蘭香薰透骨，霞衣曾惹御爐烟。呀！好怪麼！只見府堂中老姥姥和惜春姐兩個，笑哈哈舞將出來。我且躲在一邊，看他來此做甚麼？（淨扮老姥姥、丑扮惜春上）

【仙呂入雙調・雁兒舞】[三]（淨）庭院重重，怎不怨苦？要尋個男兒，又無門路。（丑）甚年能彀和一丈夫，一處裏雙雙雁兒舞？

（相見科）（末）來，我且問你兩個，往常間不曾恁的快活，今日如何這般快活？（丑）院公，你那得知我喫小姐苦哩！並不許半步胡踹，又不要我說男兒那邊廂去。咳！苦也！你不要男兒，我須要哩。他也道我和他相似，笑也不許我笑一笑。[四] 今日天可憐見，喫我千方百計去說動他，只限我半個時辰，去後花園閒要一遭。你道我如何不快活？（淨）院公，便是我也千不合萬不合，前生不曾種得福田，爹

（一）眉批：院子不合品題小姐，出於老姥姥或惜春口中方是。
（二）眉批：厮兒：猶言男子。
（三）眉批：即用『雁兒舞』三字在曲中，古人多用此體。
（四）眉批：科諢中見出小姐家數。

娘把我送在府堂中做個丫頭。到今年紀老了，不曾得一日眉頭舒展。今日天可憐見，老相公入朝，我纏得偷身來此閒要一遭。你道我如何不快活?(一)(末)元來恁的，可知道你二人快活也。(淨)院公，你伏侍老相公，却是公的又撞着公的；我與惜春伏侍小姐，却是雌的又撞着雌的。(末)呀！老姥姥，你怎的說這話？惜春年紀小，也怪他傷春不得。你年紀這般老大，也說這般傷春的話，成甚麼樣子？

(淨)哼嗯老畜生，倒被你識破了。却不道秋茄晚結，菊花晚發？我雖然老便老，似京棗；外面皺，裏頭好。你不聞東村有個李太婆？年紀七八十歲，頭光撻撻的，也只要嫁人。人問道：婆婆，你這般老了，又要去嫁人怎的？那婆婆做四句詩，應得好。(末)如何說？(淨)道是：人生七十古來稀，不去嫁人待何時？下了頭髻床上睡，枕頭上架兩個大擂搥。(末)你有些欠尊重。(丑)休閒說，今日能穀得來此花園遊嬉，也不容易。又撞着院公有此，咱每三個何不做個要子？(末)也說得是。還是做甚麼要子好？(淨)院公，和你踢氣毬要子。(末)不好。(淨)怎的不好？[西江月](末)白打從來逞藝，官場自小馳名。如今年老脚踜蹭，圓社無心馳騁。空使繡襦汗濕，漫教羅襪生塵。兀的是少年子弟俏門庭，老姥姥，不似你實妝行徑(三)。(丑)院公，踢氣毬不好，便和你鬥百草要子？(末)也不好。

(一) 夾批：重出，可刪。
(二) 眉批：科諢中用不着詞了。三詞可刪。

（丑）怎的不好？⑴（末）香徑裏攀殘柳眼，雕闌畔折損花容。又無巧藝動王公，枉費工夫何用？驚起

嬌鶯語燕，打開浪蝶狂蜂。若還尋得個並頭紅，惜春姐，早把你芳心引動。（淨、丑）院公，你道兩樣都

不好，如今打鞦韆耍子好麼？（末）這個却好。你聽我説：玉體輕流香汗，繡裙蕩漾明霞。纖纖玉手

綠繩拿，真個堪描堪畫。本是北方戎戲，移來上苑豪家。女娘撩亂隔墻花，好似半仙戲耍。（淨、丑）恁

地，便打鞦韆；只是沒有架子。（末）這花園中那裏得他？一來老相公不喜，二來小娘子不好，縱有

也倒壞了。（丑）院公，沒奈何，我每三個在這裏廝輪做個鞦韆架，一人打，兩人擡。（末）如此也好。誰

人先打？（淨、丑）我兩人擡，院公先打。（做架科）（末）你兩人不要跌了我。（淨、丑）院公，你放心，

只管上去打。（末打科）

【窣地錦襠】（末）花紅柳綠草芊芊，正值春光艷陽天。我和你不來此處打鞦韆，爲人一生也

徒然。

（放跌科）（末）你兩個跌得我好！如今該老姥姥打。（淨）你兩個也不要跌了我。⑵（末）老姥姥放

心，不妨事，只管打。（淨打科）

【前腔】（淨）春光明媚景色鮮，遊遍花塢聽杜鵑。那更上苑柳如綿，我和你不打鞦韆枉

（一）眉批：二詞只換一答語，戲方緊。

（二）夾批：重出，可删。

少年。

（放跌科）（淨）你兩個騙得我好！如今該惜春打。（丑）你兩人也不要跌了我。（淨）惜春放心，也只

管打便罷。

【前腔】（丑）奴是人間快活仙，喫了飽飯愛去眠。莫教小姐來撞見，那時高高吊起打三千。

（放跌科）（貼扮牛氏上）莫信直中直，須防仁不仁。是耍得好呵！（末、淨走下）（丑做不知科）你兩個

騙得我好！如今我打了，又該院公打。（貼扯丑耳科）賤人！恁的為人不尊重，只要閒嬉并閒哄。

（丑驚科）小姐，教人怎不去閒哄？你看那鞦韆架尚兀自走動哩！（貼）賤人！我只教你在此閒玩片

時，誰許你如此？（丑）小姐，奴家心裏憂悶，只得在此消遣則個。（貼）賤人！你心中憂悶怎的？

（丑）小姐，奴家名喚做惜春，見這春去了，便自傷春起來。教人如何不悶？（貼）賤人！有甚傷春

處。（丑）一霎時囀幾聲對黃鸝，猛可地叫數聲杜宇。奴家見此春去，如何不悶？（貼）春光自去，有甚憂悶

梨花。（丑）小姐，我早晨裏只聽疏辣辣寒風，吹散了一簾柳絮，餉午間只見淅零零細雨，打壞了滿樹

來？我和你去習學女工便了。（丑）咳！苦也！這般天氣，誰不去閒嬉？小姐却教惜春去習女工，

兀的不是悶殺惜春麼？（貼）婦人家誰許你閒嬉？不習女工，有甚勾當？你却不學那不出閨門的。

（丑）小姐，你有盈箱羅綺，滿頭珠翠，少甚麼子，却這般自苦？（貼）賤人，好怪麼？做女工是你本分

的事，問有和沒有做甚麼？（丑）恁地，惜春拜辭小姐去也。（貼）你拜辭我那裏去？（丑）小姐，我去

伏侍別人，與他傳消遞息，隨趁也得些快活。（貼）咳！賤人，你伏侍我，我有甚虧了你？（丑）小姐，

我伏侍着你時節，見男兒也不許我擡頭看一看。前日艷陽天氣，花紅柳綠，貓兒也動心，你也不動一

動；如今莫春時候，鳥啼花落，狗兒也傷情，你也不傷一傷○[一]惜春其實難和小姐過活。（貼）呀！

這賤人，你是顛是狂，說這般話？我就去對老相公說，好生施行你。（丑跪科）小姐，可憐見惜春心裏

悶，因此這般說。（貼）賤人！我饒你這遭。你看麽。

【越調引子 · 祝英臺近】（貼）綠成陰，紅似雨，春事已無有。（丑）聞說西郊，車馬尚馳驟。

（貼）怎如柳絮簾櫳，梨花庭院○[二]（合）好天氣清明時候？

〔玉樓春〕（丑）清明時節單衣試，爭奈晝長人靜重門閉。（貼）我芳心不解亂縈牽，羞睹游絲與飛絮。

（丑）小姐，我在繡窗欲待拈針指，忽聽鶯燕雙雙語。（貼）賤人！無情何事管多情？任取春光自來

去○[三]（丑）小姐，你有甚麽法兒，教惜春休悶哩？（貼）你且聽我説。

【越調過曲 · 祝英臺序】（貼）把幾分春，三月景，分付與東流。（丑）小姐，如今鳥啼花落，你須煩

惱些麽？（貼）啼老杜鵑，飛盡紅英，端不爲春閒愁。（丑）你不閒愁，也還去賞玩麽？（貼）休休，

濃之説。

（一）眉批：却原來動心的是貓，傷情的是狗，大家思量一思量。

（二）眉批：西郊車馬，婢子外馳之心。柳絮簾櫳，是家之青；梨花庭院，是家之白。見閨中清白境界，不可看作春

（三）眉批：惜春説這樣動情的話，牛小姐一些不想丈夫，夫人先是他做。

一七四二

婦人家不出閨門，怎去尋花穿柳？（丑）小姐，你不去賞玩，只怕消瘦了你。（貼）我花貌，誰肯因春消瘦？

【前腔第二換頭】（丑）春晝，只見燕成雙，蝶引隊，鶯語似求友。（貼）呀！賤人，你是人，却說那蟲蟻做甚麼？（丑）那更柳外畫輪，花底雕鞍，都是少年閒遊。（貼）這賤人，你是婦人家，說那男兒的事做甚麼？（丑）難守，繡房中清冷無人，我待尋一個佳偶。（貼）呀！你倒思量丈夫起來？

（丑）這般說，我終身休配鸞儔？

【前腔第三換頭】（貼）惜春，知否？我爲何不捲珠簾，獨坐愛清幽？（丑）清幽清幽，怎奈人愁！（貼）縱有千斛悶懷，百種春愁，難上我的眉頭。（丑）小姐，只怕你不常愁的。（貼）休憂，任他春色年年，我的芳心依舊。（丑）只怕風流年少的哄動你。（貼）這文君，可不擔閣了相如他春色年年，我的芳心依舊。

【前腔換頭】（丑）今後，方信你徹底澄清，我好沒來由。（貼）惜春，你怎的不收斂了心？（丑）想像暮雲，分付東風，情到不堪回首。（貼）你怎的不學着我？（丑）小姐，聽剖，你是蕊宮瓊苑神仙，不比塵凡相誘。（貼）恁地，自隨我習女工便了。（丑）我謹隨侍娘行，拈針挑繡。

琴奏？（一）

（一）　眉批：　不宜出小姐口。

（丑）小姐，你聽那子規却是啼得好哩！

（貼）休聽枝上子規啼，（丑）悶在停針不語時。

（貼）窗外日光彈指過，（丑）席前花影坐間移。

齣末批：

徐文長評：院子説白古麗有文，今人不能及。

李卓吾評：只這煩簡不合宜，不及《西廂》《拜月》多矣。

湯若士評：惜春太煩褻，可删。況且家政素嚴，安得有此丫頭？不象，不象。

第四齣　蔡公逼試

【南吕引子·一剪梅】（生）浪煖桃香欲化魚，期逼春闈，詔赴春闈。郡中空有辟賢書，心戀親闈，難捨親闈。

世間好物不堅牢，彩雲易散琉璃脆。[一] 蔡邕本欲甘守清貧，力行孝道。誰知朝廷黄榜招賢，郡中把我名字保申上司去了。，一壁厢已有吏來辟召，自家力以親老爲辭。這吏人雖則去，只怕明日又來，我只

得力辭便了。正是：人爵不如天爵貴，功名爭似孝名高？(一)

【南呂過曲·宜春令】雖然讀萬卷書，論功名非吾意兒。只愁親老，夢魂不到春闈裏。便教我做到九棘三槐，怎撇得萱花椿樹？(二) 天那！我這衷腸，一點孝心對着誰語？(三)

【前腔】(末上)相鄰並，相依倚，往常間有事來相報知。(四) (生)來的卻是張太公呵？(相見科)

(末)秀才，試期逼矣，早辦行裝前途去。(五) (生)公公，我雙親年老，不敢去。(末)呀！秀才，子雖

【前腔】念親老孤單，親須望孩兒榮貴。你趁此青春不去，更待何目？

(生)公公言極有理。爭奈父母無人奉侍，如何去得？(末)你既不肯去呵，且看老員外和老安人出來。

(生)公公，如何說。我想起來，也只是教你去的分曉。道猶未了，老員外來也。

【前腔】(外上)時光短，雪鬢催，守清貧不圖甚的。有兒聰慧，但得他爲官吾心足矣。(六)(外、末相見科)(外)孩兒，天子詔招取賢良，秀才每都求科試。你快赴春闈，急急整着行李。

三先生合評元本琵琶記

(一)眉批：孝如何說得名？
(二)眉批：招在牛府便撇了。
(三)眉批：自家也不合說孝心。
(四)夾批：老漢張廣才，令當大比之年，特催蔡伯皆上京。
(五)眉批：張公只好與蔡生作商量語，一見便促之行，太急驟。
(六)眉批：不要兒子做人，只要兒子爲官便心足意滿。噫！末世父子，大率如此。

（末）呀！老安人也出來了。

【前腔】（淨上）娘年老，八十餘，眼兒昏又聾着兩耳。又沒個七男八婿，只有一個孩兒，要他供甘旨。方纔得六十日夫妻，(一)老賊強逼他爭名奪利。天那！細思之，怎不教老娘嘔氣？

（相見科）（淨）孩兒，我不合娶個媳婦與你，方纔得兩個月，你渾身便瘦了一半；若再過三年，怕不成一個骷髏？(二)（末）呀！老安人，你要他夫妻不諧呵？（外）孩兒，如今黃榜招賢，試期已逼，郡中既然辟召你，你的學問可知，如何不去赴選？（生）告爹爹得知：孩兒非不要去，爭奈爹媽年老，家中無人侍奉。（末）老員外和老安人，不可不作成秀才去走一遭。(四)（淨）老賊！你如今眼又昏，耳又聾，又走動不得。你教他去後，倘有些個差池，家中誰來看顧你？真個沒飯喫便餓死你，沒衣穿便凍死你，你知道麼？（外）你婦人家理會得甚麼？孩兒若做得官時，也改換我門閭，如何不教他去？（生）爹爹説得自是，只是孩兒難去。

沒有七子八婿，(三)只有一個孩兒，如何去得？(四)（外）呀！你怎説這話？如今去赴選的，家中都有七子八婿麼？（淨）老賊！你如今眼又昏，耳又聾，又走動不得。你教他去後，倘有些個差池，家中誰來看顧你？真個沒飯喫便餓死你，沒衣穿便凍死你，你知道麼？（外）你婦人家理會得甚麼？孩兒若做得官時，也改換我門閭，如何不教他去？（生）爹爹説得自是，只是孩兒難去。

（一）夾批：這句不消。

（二）眉批：決非母子之語，且與曲意相背。

（三）夾批：重出而易以『子』字。

（四）眉批：據蔡婆見識，當是聖母。從來隱士之母多以此得名，獨蔡婆爲俗人所辱，竟從淨扮，甚冤之。卓老之意，蔡公太俗，合扮淨去。

【繡帶兒】（生）親年老光陰有幾？行孝正當今日。（末）秀才此行，必定脫白掛綠。（生）終不然爲着一領藍袍，却落後五彩斑衣。思之，此行榮貴雖可擬，怕親老等不得榮貴。[一]（外）孩兒，春闈裏紛紛的都是大儒，難道是没爹娘的方去求試？[二]

【前腔換頭】（末）秀才，你休迷，男兒漢凌雲志氣，何必苦恁淹滯？秀才，你此回不去呵，可不干費了十載青燈，枉捱過半世黄虀？須知，此行是親志，你休固拒。秀才，那些箇養親之志？（净）我百年事只有此兒，老賊！難道是庭前森森丹桂？

【前腔】（外）他意兒我也難提起，這其間就裏我自知。（末）老員外知他爲着甚麽？（外）他戀着被窩中恩愛，[三]捨不得離海角天涯。（生）孩兒豈有此心？（外）你是箇讀書之人，我說一箇比方與你聽。塗山四日離大禹，你今畢姻已曾兩月，直恁的捨不得分離？（末笑科）呀！秀才，你敢是如此麽？（生）太公，卑人怎敢？（末）秀才，你貪鴛侣守着鳳幃，只怕誤了你鵬程鶚薦消息。

【前腔】（净）太公，他意兒只要供甘旨，[四]又何曾貪歡戀妻？自古道曾參純孝，何曾去應舉

（一）眉批：何忍出之口？？
（二）眉批：眼前語，令人不復能置一喙。
（三）夾批：非爲父者口氣。
（四）眉批：好一個娘。

。第？功名富貴天付與，天若與不求而至。（生）娘言是，望爹行聽取。（外）呀！娘言的是，

父言的非呵。你敢是戀新婚，逆親言麼？（生跪天科）天那！蔡邕若是戀着新婚，不肯去呵，天須鑒蔡

邕不孝的情罪。

（外怒科）畜生！我教你去赴選，也只是要改換門閭，光顯祖宗。你却七推八阻，有許多說話。（生）爹

爹，孩兒豈敢推阻？爭奈爹媽年老，無人侍奉。萬一有些差池，一來人道孩兒不孝，[二]撇了爹娘，去取

功名；二來人道爹爹所見不達，[三]止有一子，教他遠離，孩兒以此不敢從命。（外）不從我命也由

你，你且說如何喚做孝？（淨）老賊！你年紀八十餘歲，也不識做孝？披麻帶索便喚做孝？[三]（外）

咦！你曉得甚麼？（生）告爹爹：凡為人子者，冬溫夏清，昏定晨省，問其燠寒，搔其痾癢，出入則扶

持之，問所欲則敬進之。所以父母在，不遠遊，出不易方，復不過時。古人的孝，也只是如此。（外）

孩兒，你說的都是小節，不曾說着大孝。（外）老賊！你又不曾死，只管教他做大孝，越出去赴選不得。

（末）咦！這話有些不祥。（外）孩兒，你聽我說。夫孝始於事親，中於事君，終於立身。身體髮膚，受

之父母，不敢毀傷，孝之始也。立身行道，揚名後世，以顯父母，孝之終也。是以家貧親老，不爲禄仕，

（一）夾批：　原來是怕人說話。

（二）夾批：　非爲子口氣。

（三）眉批：　語不祥。

所以爲不孝〔一〕。你若是做得官時節，也顯得父母好處，兀的不是大孝是甚麼？（生）爹爹說得極是。

但孩兒此去，知道做得官否？若還不中時節，既不能毅事親，又不能毅事君，却不兩下擔閣了？（末）

秀才所見差矣。老漢嘗聞古人云：幼而學，壯而行；懷寶迷邦，謂之不仁。孔席不暇煖，墨突不待

黔。伊尹負鼎俎於湯，百里奚五羊皮自鬻〔二〕也只要順時行道，濟世安民。自古道：學成文武藝，貨

與帝王家。秀才，你這般才學，如何不去做官？（淨）太公，你都有好言勸我孩兒去赴選，我有個故事

說與你聽。（末）老漢願聞。（淨）在先東村李員外有個孩兒，也讀兩行書。他爹爹每日鬧炒，只是教孩

兒去求官。孩兒喫不過爹爹鬧炒，去到長安，那裏無人擡舉他，遂流落去街上乞食。見個平章宰相，他

疾忙在地上拜着，叫聲擡舉他。那宰相道：我與你做個養濟院大使，去管你爹娘。這孩兒自思道：

做個養濟院大使，如何管得自己的父母？比及他回家，不想他父母無人供養，流落在養濟院裏居住

他父母見孩兒回來，說道：今日我孩兒做個頭目，眾人也不敢欺負我。（末笑科）老安人，你說這乞丐事。你如今勸

我孩兒去赴選，千萬教他做個養濟院頭目回來，眾人也不敢欺負我。（生）爹爹，孩兒去則不妨；只是爹媽年老，教

儘教我聽了半日〔三〕（外）孩兒，你趁早收拾行李起程。

（一）眉批：做官就是大孝了？
（二）眉批：臭腐可厭。
（三）夾批：俗人。

誰看管？（末）秀才不必憂慮，自古道：千錢買鄰，八百買舍〔一〕老漢既忝在鄰居，你但放心前去；若是宅上有些小欠缺，老漢自當應承。（生）如此，多謝公公！凡事仗托周濟。此行若獲寸進，決不敢忘恩。卑人沒奈何，只得收拾行李便去。

【三學士】（生）謝得公公意甚美，凡事仗托扶持。假饒一舉登科日，難道是雙親未老時？只恐錦衣歸故里，怕雙親不見兒〔二〕。

【前腔】（外）萱室椿庭衰老矣，指望你改換門閭。孩兒，你道是無人供養我？若是你做得官來時節呵，三牲五鼎供朝夕，須勝似啜菽并飲水。你若錦衣歸故里，我便死呵，一靈兒終是喜。

【前腔】（末）托在鄰家相依倚，自當效此區區。秀才，你為甚十年窗下無人問？只圖個一舉成名天下知。你若不錦衣歸故里，誰知你讀萬卷書？

【前腔】（淨）一旦分離掌上珠，我這老景憑誰？苦！忍將父母饑寒死，博得孩兒名利歸。你縱然錦衣歸故里，補不得你名行虧〔三〕。

（外）急辦行裝赴試闈，（生）父親嚴命怎生違。

〔一〕眉批：案定如山。
〔二〕眉批：明明咒父。
〔三〕眉批：都被張老兒壞了事。

（净）一舉首登龍虎榜，（二）（末）十年身到鳳皇池。

徐文長評：看『八十餘』三字大不通，婦人豈有五六十歲生子之理？

李卓吾評：今世上只有蔡公，再無蔡婆矣，蔡婆真聖母也。

湯若士評：張老不過是外人，如何絮絮叨叨要蔡生去，致使父母餓死而成其爲不孝之名？亦該以花面扮之。

齣末批：不合淨說。

第五齣　南浦囑別

【雙調引子・謁金門】（旦）春夢斷，臨鏡綠雲撩亂。聞道才郎遊上苑，又添離別歎。（生）苦被爹行逼遣，脉脉此情何限？（合）骨肉一朝成拆散，可憐難捨拚。

（旦）官人，雲情雨意，雖可拋兩月之夫妻；雪鬢霜鬟，竟不念八旬之父母？功名之念一起，甘旨之心頓忘，是何道理？（生）娘子，膝下遠離，豈無眷戀之意？奈堂上力勉，不聽分剖之詞。咳！教卑人如何是好？（旦）官人，我猜着你了。

【仙吕入雙調·忒忒令】(旦)你讀書思量做狀元，我只怕你學疏才淺。(生)娘子，那見我學疏才淺？(旦)官人，只這《孝經》《曲禮》，你早忘了一段。(二)(生)咳！我幾曾忘了？(旦)却不道

夏清與冬溫，昏須定，晨須省，親在遊怎遠？

【前腔】(生)我哭哀哀推辭了萬千，(旦)那張太公如何說？(生)他鬧炒炒抵死來相勸。(旦)官人，你不去時，也須由你。(生)將我深罪，不由人分辯。(旦)罪你甚的？(生)他道我戀新婚，逆

親言，貪妻愛，不肯去赴選。

【沉醉東風】(旦)你爹行見得好偏，只一子不留在身畔。官人，公婆如今在那裏？(生)在堂上。(旦)既在堂上，我和你去說。(生)娘子，你怎的又不去了？(旦)罷罷罷，我和你去說時節呵，他又道

我不賢，要將伊迷戀。(三)苦！這其間教人怎不悲怨？(三)(合)爲爹淚漣，爲娘淚漣，何曾爲

着夫妻上掛牽？

【前腔】(生)做孩兒節孝怎全？做爹行不從幾諫。(旦)官人，你爲人子的，不當恁的埋冤他。(四)

(一)眉批：『段』字借極歡韻。

(二)眉批：曲折多致。

(三)眉批：悲怨……俗作『埋冤』，便與下文相反。

(四)眉批：冤……宜改作『怨』。

（生）非是我要埋冤，只愁他影隻形單，我出去有誰來看管？（合前）

（生）呀！爹媽來了。娘子，你且搵了眼淚。

【仙呂過曲·臘梅花】（外、淨）孩兒出去在今日中，爹爹媽媽來相送。但願魚化龍，青雲得路，桂枝高折步蟾宮。

〔一〕

眉批：　大關目。

【仙呂入雙調·園林好】（生）兒今去，爹媽休得要意懸，兒今去，今年便還。但願得雙親康

諾，必不食言，你可放心早去。（生）孩兒就此拜辭爹媽便去。

言既出，駟馬難追。昨日已許秀才，去後決不相誤。（生）如此，多謝公公！（外）孩兒，既蒙張太公金

懇。卑人倘有寸進，自當效結草銜環之報，決不敢忘大恩。（末）秀才，受人之託，必當終人之事。況一

却是女流，凡事全賴公公相與扶持；家中倘有些小欠缺，亦望公公周濟。昨日已蒙親許，今日特此拜

顏。所志在功名，離別何足歎？（生）太公，卑人如今出去，家中並無親人。爹媽年老，只有一個媳婦，

托與他，教他早晚應承，孩兒庶可放心前去〔二〕。（旦）呀！張太公早來。（末）仗劍對樽酒，恥爲遊子

去了，家中別無第二人，止有一個媳婦，如何不分付幾句？（生）孩兒沒別事，只待張太公來，把爹媽拜

（外）孩兒，你行李收拾了未？（生）行李收拾已了。（外）收拾既了，如何不去？（淨）老賊！他若出

健，(合)須有日拜堂前，須有日拜堂前。

【前腔】(外)我孩兒不須掛牽，爹只望孩兒貴顯。若得你名登高選，(合)須早把信音傳，須早把信音傳。

【江兒水】(淨)膝下嬌兒去，堂前老母單，臨行密密縫針綫。眼巴巴望着關山遠，冷清清倚定門兒盼。(生)母親，且自寬懷消遣。(淨)教我如何消遣？(合)要解愁煩，須是頻寄音書回轉。

【前腔】(旦)妾的衷腸事，有萬千。(生)娘子，你有甚麼事，當說與我知道。(旦)說來又恐添縈絆。(生)娘子，有甚麼縈絆？(旦)六十日夫妻恩情斷，[二]八十歲父母教誰看管？(生)娘子，你這般說，莫不怨着我麽？(旦)教我如何不怨？[三](合前)

【五供養犯】(末)貧窮老漢，託在隣家，事體相關。秀才，此行雖勉強，不必恁留連。(生)卑人去後，只慮父母獨自在堂，難度歲月。(末)秀才放心，你爹娘早晚間，吾當陪伴。(生悲科)(末)丈

(二) 眉批：『六十日』句宜背唱。

(三) 夾批：妙。

夫非無淚，(二)不灑別離間。(二)　(合)骨肉分離，寸腸割斷。(生跪告科)

【前腔】(生)公公可憐，俺爹娘望你周全。(末扶起科)(生)此身還貴顯，自當效銜環。(旦挽

生背科)有孩兒也枉然，你爹娘倒教別人看管。此際情何限，偷把淚珠彈。(三)(合前)

【玉交枝】(外)別離休嘆，我心中非不痛酸。孩兒，非爹苦要輕拆散，也只是圖你榮顯。(淨)

孩兒，蟾宮桂枝須早攀，北堂萱草時光短。(合)又未知何日再圓？又未知何日再圓？

【前腔】(生)雙親衰倦，娘子，你扶持看他老年。饑時勸他加餐飯，寒時頻與衣穿。(旦)官人，

我做媳婦事舅姑，不待你言；你做孩兒離父母，何日返？(合前)

(外)孩兒，我雖然要你去，亦須要及早回來。

【川撥棹】(外)孩兒，歸休晚，莫教人凝望眼。(生)但有日回到家園，(四)怕回來雙親老年。(五)

義。等記便知。

(一)　眉批：別親安得無淚？。。
(二)　夾批：無情語。。
(三)　眉批：此二曲犯【月上海棠】凡作【五供養】者，皆從此。。。。不知本調末句七字，試查《拜月》《殺狗》《白兔》八。。
(四)　夾批：重一句。。
(五)　夾批：句句可□。。

（合）怎教人心放寬？不由人不珠淚漣。

【前腔】（旦）官人，我的埋冤怎盡言？（生）你埋冤我如何？（旦）我的一身難上難。（生）娘子，你寧可將我來埋冤，（二）莫將我爹娘冷眼看。（二）（合前）

【餘文】（合）生離遠別何足嘆，但願得你名登高選。衣錦還鄉，教人作話傳。

（生）此行勉強赴春闈，（外）專望明年衣錦歸。

（合）世上萬般哀苦事，（淨）無過遠別共生離。

（外、淨、末下）（旦）官人，你如何割捨得便去了？（生）咳！卑人如何捨得？

【中呂·尾犯引】（旦）懊恨別離輕，悲豈斷絃，愁非分鏡。只慮高堂，風燭不定。（生）腸已斷，欲離未忍。淚難收，無言自零。（合）空留戀，天涯海角，只在須臾頃。

【尾犯序】（旦）無限別離情，兩月夫妻，一旦孤另。官人，你此去經年，望迢迢玉京思省。（旦）

（生）娘子，莫不是慮着山遙水遠麼？（三）（旦）奴不慮山遙水遠。（生）莫不是慮着衾寒枕冷麼？（旦）

（一）夾批：重一句。

（二）眉批：『冷看』甚妙，坊本加『眼』字，非調，而且索然。

（三）眉批：逐句增生問語，極似弋陽醜態。

奴不慮衾寒枕冷。。。。奴只慮公婆沒主，一旦冷清清。。。。

【前腔換頭】（生）我何曾，想着那功名？（旦）官人，你不想着功名，如今又去怎的？（生）欲盡子情，難拒親命。娘子，年老爹娘，望伊家看承。畢竟，你休怨朝雲暮雨，且為我冬溫夏清。思量起，如何教我割捨得眼睜睜？

【前腔】（旦）官人，你儒衣纔換青，快着歸鞭，早辦回程。十里紅樓，休戀着娉婷。叮嚀，不念我芙蓉帳冷，也思親桑榆暮景。咳！我頻囑付，知他記否？空自語惺惺。

【前腔】（生）娘子，你寬心須待等，我肯戀花柳，甘為萍梗？只怕萬里關山，那更音信難憑。須聽，我沒奈何分情破愛，誰下得虧心短行？從今後，相思兩處，一樣淚盈盈。

（旦）官人此去，千萬早早回程。（生）卑人有父母在堂，豈敢久戀他鄉？（旦）須是早寄個音信回來。（生）音信不妨，只怕關山阻隔。（拜別科）

【鷓鴣天】（生）萬里關山萬里愁，（旦）一般心事一般憂。（生）親闈暮景應難保，客館風光怎久留。（生下）（旦）他那裏，謾凝眸，正是馬行十步九回頭。歸家只恐傷親意，閣淚汪汪不敢流。。。。

纔斟別酒淚先流，郎上孤舟妾倚樓。
片帆漸遠皆回首，一種相思兩地愁。

徐文長評：情至情真，至蔡母已極，勝蔡公萬倍。若五娘之不忍別，常情耳。

李卓吾評：公婆太公先去，夫婦復留連婉轉，情詞俱絕。

湯若士評：後不得用落場詩，俗添者謬。

齣末批：凡【鷓鴣天】

第六齣　丞相教女

(末扮院子上)珠幌斜連雲母帳，玉鈎半捲水晶簾。輕烟裊裊歸香閣，月影騰騰轉畫簷。小子不是別人，却是牛太師府中一個院子。這幾日老相公進朝，不知有甚勾當？久留省中，未曾回府。府裏幾個使女每，鎮日在後花園閒耍，今日知道老相公回來，都不見了。小子不免灑掃書館，伺候老相公回來。呀！好怪麼！只見一個婆子走入來做甚麼？(淨扮媒婆上)

【仙呂入雙調·字字雙】(淨)我做媒婆甚妖嬈，談笑。說開說合口如刀，波俏。合婚問卜若都好，有鈔。只怕假做庚帖被人告，喫拷。

(末)你來這裏做甚麼？(淨)老媳婦特來與張尚書的舍人做媒。(末)咳！我這小娘子的媒怕難做。(淨)如何難做？(末)老相公不肯輕許。(淨)院公，我這頭親事，你老相公必然許我。(末)呀！且慢着，又有一個婆子來了。(丑扮媒婆上)

【前腔】（丑）我做媒婆甚艱辛，尋趁。[一] 有個新郎要求親，最緊。咱每只得便忙奔，討信。

（淨）你這老乞婆來這裏怎的？（丑）真個是路上更有早行人，心悶。

（末）你這婆子也來這裏做甚麼？（丑）告勾管哥得知，老媳婦特來與李樞密的舍人求親。（末）我方纔正對那婆子説了，這媒怕難做。（丑）如何難做？（末）我老相公要揀擇得仔細。（丑）院公，你休管。我説這椿親事必定成也。（淨）呀！我是張親家，幾年在府前住。今日這媒，倒喫你老乞婆做去了？（丑）呀！老乞婆，偏你會做媒？但是門當户對的便好了。終不然你在府前住，定要你做媒？你與乞兒做媒，也嫁了他？（末）你休鬧，老相公回來了，你每且躲開一邊立地。（外扮牛太師上）

【正宮引子·齊天樂引】（外）鳳皇池上歸環珮，衮袖御香猶在。棨戟門前，平沙堤上，何事車填馬隘？ 星霜鬢改，怕玉絃無功，赤烏非材。回首庭前，凄涼丹桂好傷懷。[二]

下官這幾日久留省府，不曾回家。適間有兩個婆子來老相公處求親。左右，方纔甚麼人在我廳前喧鬧？（末）有事不敢不報，無事不敢亂傳。府裏差來求親。（外）着他進來。你這兩個婆子做甚麼？（淨）奴家是張尚書府裏差來做媒。（外）不揀甚麼人家，但是有才學，做得天下狀元的，方可嫁他。若是其餘，不必問親。（淨）告相公得知：我的新郎，術人算他命，道他今年得做狀元。

　（一）　眉批：　相府之女求親如市，若太師有子又不知何如。

　（二）　夾批：　見無子。

（丑）告相公得知：他的新郎命不好，只有奴家這個新郎，人算他命，今科必定得中狀元。（淨、丑相打科）（外）呀！這兩個婆子到我跟前無禮！左右，不揀有甚麼庚帖，都與我扯破。把那兩個吊起，各打十八。(二)（末扯打科）（外）急把媒婆打離廳，（末）除非狀元方可問姻親。（淨）甘喫十七八下黃荊杖，（淨、丑相打起，各打

（丑）那些個成與不成喫百瓶？（末、淨、丑下）（外）光陰似箭催人老，日月如梭趲少年。自家沒了夫人，只有一個女兒，如今不覺長成，未曾問親。只一件，我的女孩兒性格溫柔，是事寔會，若將他嫁個膏梁子弟，怕壞了他；只將他嫁個讀書君子，成就他做個賢婦，多少是好？我這幾日不在家，適聽得那使喚的，每日都在後花園中閒耍，這是我的女孩兒不拘束他。古人云：欲治其國，先齊其家。不免喚出女孩兒和老姥姥、惜春過來，好生訓誨他一番。（貼扮牛氏帶淨、丑上）

【雙調引子·花心動】（貼）幽閣深沉，問佳人爲何懶添眉黛？繡綫日長，圖史春閒，誰解，屢傍粧臺？絳羅深護奇葩小，不許蜂迷蝶猜。（淨、丑）笑瑣窗，多少玉人無賴？(三)

（外）孩兒，婦人之德，不出閨門。你如今長成了，方纔有媒婆來與你議親。今日是我的孩兒，異日做他人的媳婦。我這幾日不在家，你却放老姥姥、惜春每都到後花園中間耍，不習女工，是何道理？我想起來，都是你不拘束他。倘或做出歹事來，可不把你名兒污了？（貼）謝得爹爹教道，孩兒從今自拘束

──────────

（二）眉批：十八……古刑之最輕者。嫗無大罪，何得云八十？

（三）眉批：『沉』字、『小』字、『窗』字可用韻。

他。（外怒科）老姥姥，你年紀大矣。你做管家婆，到哄着女使每閒耍，是何所爲？（淨）不干老身事，
都是惜春小丫頭。（丑）不干惜春事，都是老姥姥。（外）這兩個賤人尚自相推，都拿下打。（貼跪禀

科）爹爹息怒。（外）你且起來。

【雙調過曲·惜奴嬌】（外）孩兒，你杏臉桃腮，當有松筠節操，蕙蘭襟懷。閨中言語，不出閨
閫之外。老姥姥，不教我孩兒伊之罪，惜春，這風情今休再。（合）記再來，但把不出閨門的
語言相戒。

【前腔】（貼）堪哀，萱室先摧，嘆婦儀姆教，未曾諳解。蒙爹嚴訓，從今怎敢不改？老姥姥，
早晚望伊家將奴誨，惜春，改前非休違背。（合前）

（丑）惜春此後再不敢向花園中去了。

【仙呂入雙調·黑麻序】（淨）看待，父母心，婚姻事，須要早諧。(一)　勸相公，早畢兒女之債。(二)
（外）休呆，如何女子前，胡將口亂開？（合）記今來，但把不出閨門的語言相戒。

【前腔換頭】（丑）輕洸，我受寂寞擔煩惱，教我怎捱？細思之，怎不教人珠淚盈腮？(三)　（貼）

(一)
眉批：『父母心』以下七字，必此調之小變也，至於點截板在『諧』字下，不作時點在『要』字下者，因『早諧』
『早』字去聲難唱耳。『父母心』六個字直趄下，『要』字點不得截板耳。

(二)
夾批：嚴主之前，決無此語。

(三)

寧耐，溫衣并美食，何須苦掛懷？（合前）

（外）婦人不可出閨門，（貼）多謝嚴君教育恩。（淨）休道成人不自在，（丑）須知自在不成人。

齣末批：

徐文長評：傷春是丫頭心事，豈敢對老爺說？然花面不得不然。

湯若士評：看前齣姥姥也不是老成人矣，教他教訓小姐，太失斟酌。

李卓吾評：牛也會擇婿，也會教女，今世不如牛者固多。

第七齣　才俊登程

（生、末、淨、丑扮秀才上）

【中呂引子·滿庭芳】（生）飛絮沾衣，殘花隨馬，[二]輕寒輕煖芳辰。江山風物，偏動別離人。

回首高堂漸遠，嘆當時恩愛輕分。傷情處，數聲杜宇，客淚滿衣襟。

（一）眉批：好詞。

【前腔】（末）萋萋芳草色，故園人望，(一) 目斷王孫。謾憔悴郵亭，誰與溫存？（淨、丑）聞道洛

陽近也，還又隔幾座城闉。（合）澆愁悶，解鞍沽酒，同醉杏花村。

〔浣溪沙〕（生）千里鶯啼綠映紅，（丑）水村山郭酒旗風，（淨）行人如在畫圖中。（末）不煖不寒天氣好，

或來或往旅人逢，（合）此時誰不嘆西東？（相見科）（淨）動問老兄尊姓？（生）小子姓蔡。（淨）貴

表？（生）伯喈。（丑）動問老兄尊姓？（末）小子姓李。（丑）貴表？（末）群玉。（生）動問老兄尊

姓？（淨）小子姓落。（生）貴表？（淨）得嬉。（末）動問老兄尊姓？（丑）小子姓常。（末）貴表？

（丑）白將。（淨）久聞列位高名，今日幸會，都是往長安赴選。（笑科）年兄弟，休得拋撇。既然如

此，且在此歇息片時，講些學識，說些志氣何如？(二)（衆）正合愚意。（丑）敢問蔡兄學識如何？（生）

小子坐則讀，行則吟，窮年屹屹苦搜尋。文章驚世無敵手，盡是當年惜寸陰。（丑）有意思，有意思。

（淨）敢問李兄學識如何？（末）小子不將窮達付前緣，常把勤勞契上天。人事盡時天理見，才高豈得

困林泉？（淨）自然，自然。（生）敢問落兄學識如何？（淨）小子讀書費力，每在螢窗講習。常念青

春不再，那更白日可惜。　熟讀《孝經》《曲禮》，博覽《詩》《書》《周易》。《春秋》諸子百家，篇篇義理紬

（一）眉批：故園人望……謂家中人望也，故接曰『目斷王孫』。『人』字不通，豈有行途已遠而故園反人望者乎？

（二）眉批：厭！刪！

繹。前日行到學中，夫子潛自叫屈。（末）呀！〔一〕聖人如何叫屈？（淨）道是可惜這個秀才，眼中一字

不識〔二〕。（末）你却說一場春夢。（生）敢問常兄學識如何？（丑）小子言不妄發，寫字極有方法。先

將好墨磨濃，次把純毫蘸着。推開淨几明窗，展舒錦箋繡札。不問真草隸篆，寫出都是法帖。大字麤

如庭柱，小字細似頭髮。王羲之拜我爲師，歐陽詢見我諕殺。（笑科）早間寫個八字，忘了一撇一捺。

（末）又道是一筆走龍蛇。（淨）閒話休講，如今天色將晚，不免起程，趲行幾步。

斷魂，數聲啼鳥不堪聞。

【仙呂過曲·甘州歌】（生）衷腸悶損，嘆路途千里，日日思親。青梅如豆，難寄隴頭音信。

高堂已添雙鬢雪，客路空瞻一片雲。（合）途中味，客裏身，爭如流水蘸柴門？休回首，欲

【前腔換頭】（末）風光正暮春，便縱然勞役，何必愁悶？綠陰紅雨，征袍上染惹芳塵。雲梯

月殿圖貴顯，水宿風餐莫厭貧。（合）乘桃浪，躍錦鱗，一聲雷動過龍門。榮歸去，綠綬新，

休教妻嫂笑蘇秦。

【前腔換頭】（淨）誰家近水濱，見畫橋烟柳，朱門隱隱。鞦韆影裏，墻頭上露出紅粉。他無

（一）　呀：原作『呼』，據汲古閣刊本《繡刻琵琶記定本》改。

（二）　眉批：多，多。

情笑語聲漸杳，却不道惱殺多情牆外人。（合）思鄉遠，愁路貧，肯如十度謁侯門？行看取，朝紫宸，鳳池鰲禁聽絲綸。

【前腔】（丑）遙瞻霧靄紛，想洛陽宮闕，行行將近。程途勞倦，欲待共飲芳樽。垂楊瘦馬莫暫停，只見古樹昏鴉棲漸盡。（合）天將暝，日已曛，一聲殘角斷樵門。尋宿處，行步緊，前村燈火已黃昏。

【餘文】（合）向人家，忙投奔，解鞍沽酒共論文，今夜雨打梨花深閉門。

（生）江山風物自傷情，（淨）南北東西為利名。

（丑）路上有花并有酒，（末）一程分作兩程行。

齣末批：

李卓吾評：【八聲甘州】此曲立極。

湯若士評：點綴旅況，丹青不及。

徐文長評：訪姓問表，相逢處似不可缺，但各陳學識，一股臭腐語，則今人無此俗筆矣。

第八齣　文場選士

（末）禮闈新榜動長安，九陌人人走馬看。一日聲名遍天下，滿城桃李屬春官。自家不是別人，却是禮

部一個祇候的便是。今歲乃大比之年，朝廷委命試官，已在貢院之內；各省中式舉人，俱列棘闈之

前。如今試官將次升堂，小人只得在此聽候。正是：一封纏下興賢詔，四海都無遺棄才。道猶未了，

試官大人早到。（淨扮試官上）

【南呂引子・生查子】（淨）承恩拜試官，聲價重丘山。左右，那來科舉的，只問有文才，何必拘

鄉貫？(一)（末）那有文才的，如何發落他？（淨）取他居上第，做個清要官。（末）那沒文才的，如何

發落他？（淨）縱有父兄勢，也教空手還。

（末）好公道老爺(二)（淨）左右，今年却是大比之年，我為國薦賢，但是各省府縣赴試的秀才，都喚入

來。（末）領鈞旨。

【黄鍾過曲・賞宮花】（生）槐花正黃，赴科場舉子忙；太學拉朋友，一齊整行裝。（合）五

百英雄都在此，不知誰做狀元郎？

【前腔】（丑）天地玄黃，略記得三兩行。才學無些子，只是賭命强。(三)（合前）

此間已是貢院門了，為何尚未開？（末叫開門科）（生）貢院門已開，列位尊兄依次而進。（淨）左右，

（一）眉批：如此則有冒籍的了。

（二）眉批：做戲便公道，當真又恐不公道了。

（三）眉批：如今命强的連『天地玄黃』也不記得，一般這樣中了。

這些秀才，每人給與卷子一本，蠟燭一枝，各分東西廊下伺候題目。（末）領鈞旨。（相見科）（淨）你每

眾秀才聽着：朝廷制度，開科取士，雖有定期，立意命題，任從時好。下官是個風流試官，不比往年

的試官。往年第一場考文，第二場考論，第三場考策。我今年第一場做對，第二場猜謎，第三場唱

曲〔一〕若是做得對好，猜得謎着，唱得曲好，就取他頭名狀元，插金花，飲御酒，遊街兒耍子。若是對得

不好，猜得不着，唱得不好，就將他黑墨搽臉，亂棒打出去〔二〕（生、丑）學生領命〔三〕（淨）東廊下秀才

蔡邕過來領題。（生）願聞。（淨）我出天文門一個對與你對。（生）願聞。（淨）星飛天放彈。（生）日出

海拋毬。（淨）妙哉！且站一邊。西廊下秀才落得嬉過來領題。（丑）快些。（淨）《毛詩》三

百首。（丑）還有十一篇。（淨）不好，不好。且站一邊。蔡邕過來，我出天下八個省名的謎兒與你猜。（生）第

一句是京東京西，第二句是江東江西，第三句是湖東湖西，第四句是浙東浙西。（淨）妙哉！妙哉！（生）

（生）願聞。（淨）一聲霹靂震天關，兩個肩頭不得閒。去買紙來作裱褙，欠人錢債未曾還〔四〕（丑）快些。（淨）妙哉！妙哉！

且站一邊。落得嬉過來〔五〕我出山上四樣樹名的謎兒與你猜。（丑）快些。（淨）雨中粧點望中黃，獨立

（一）眉批：真戲矣。

（二）眉批：果然好笑，實所遊戲。

（三）學：原闕，據汲古閣刊本《繡刻琵琶記定本》補。

（四）眉批：戲了。

（五）眉批：入試却有五百名，如何却都叫及一二個？

深山分外長。廊廟之材應見取，家家織就綺羅裳。（丑）第一句是柏樹，第二句是槐樹，第三句是楓樹，第四句是柳樹。（淨）不是，不是。且站一邊。蔡邕過來，我唱一隻曲兒，你末後湊一句，要押得韻着。

（生）願聞高音。

【北清江引】（淨）你聽着：長安富貴真罕有，食味皆山獸。熊掌紫駝峰，四座馨香透。你押下韻。（生）把與試官來下酒〇(一)

（淨笑科）妙哉！妙哉！三場都好。這是個真秀才，且在東廊下伺候。（淨）落得嬉過來，我再唱一隻曲兒，你末後也湊一句，要押得韻着。（丑）快唱。

【幺篇】(三)（淨）看你腹中何所有，一袋醃饐臭。若還放出來，見者都奔走。你押下韻。（丑唱）

把與試官來下酒。

（淨）不濟！不濟！將他黑墨搽臉，亂棒打出去。（丑）不須打！正是：薄命劉生終下第，厚顏季子且還家。（淨）蔡秀才，今科中式舉人雖多，只有你才學高邁，文字老成。俺就復奏聖上，將你取為第一甲頭名狀元。(三)冠帶遊街赴宴。左右，取冠帶過來。（末取上云）正是：袍笏賜進士，鐵鉞贈將軍。

─────

（一）眉批：非生口氣。

（二）眉批：非體。第二曲曰【幺篇】，時刻作【前腔】，誤。

（三）眉批：朝廷的狀元，至試做了人情，豈狀元如此容易贈人耶？可笑！可笑！

（淨）蔡狀元換了冠帶，今就隨我入朝謝恩。（換冠帶科）〔一〕

【南呂過曲·懶畫眉】〔二〕（生）君恩喜見上頭時，今日方顯男兒志。布袍脫下換羅衣，腰間橫繫黃金帶，駿馬雕鞍真是美。

【前腔】（淨）狀元，你讀書萬卷非容易，喜得登科擢上第，功名分定豈誤期。那更三千禮樂無敵手，五百英雄盡讓伊。

【前腔】（末）人生當用顯門閭，廕子封妻榮自己。馬前喝道狀元歸，雁塔揮毫題姓字，一舉成名天下知。

（淨）一舉鰲頭獨占魁，（生）誰知平地一聲雷。

（末）明朝跨馬春風裏，（合）盡是皇都得意回。

齣末批：

李卓吾評：戲則戲矣，倒須似真，若真者反不妨似戲也。今戲者太戲，真者亦太真，俱不是。

徐文長評：【南呂·生查子】止有【引子】，並無【過曲】。然【引子】止有四句，下二句乃其【換頭】也。諸

〔一〕【幺篇】至此原闕，據《李卓吾先生批評琵琶記》補。

〔二〕眉批：三曲平仄頗不甚合本調，嘗深疑東嘉何不協至此。

湯若士評：用舉子戲謔則可，若用試官戲謔欠通。

本刻爲【過曲】，惑於八句耳。

第九齣 臨妝感嘆

【正宮引子·破齊陣引】（旦）翠減祥鸞羅幌，香銷寶鴨金爐。楚館雲閒，秦樓月冷，動是離人愁思。⊙[一] 目斷天涯雲山遠，親在高堂雪鬢疏，緣何書也無？

【古風】明明匣中鏡，盈盈曉來妝。憶昔事君子，鷄鳴下君床。零落金釵鈿，慘淡羅衣裳。傷哉憔悴容，無復蕙蘭芳。一旦遠別離，鏡匣掩青光。流塵暗綺疏，[二]青苔生洞房。妾身豈嘆此，所憂在姑嫜。念彼猿猱遠，[三]眷此桑榆光。願言盡婦道，遊子不可忘。勿彈綠綺琴，絃絕令人傷。勿聽《白頭吟》，哀音斷人腸。人事多錯迕，羞彼雙駕鴦。奴家自嫁與蔡伯喈，繞方兩月，指望與他同事雙親，偕老百年。誰知公公嚴命，強他赴選。自從去後，竟無消息。奴家一來要成丈夫之名，二來要盡爲婦之道，盡心竭力，朝夕奉把公婆抛撇在家，教奴家獨自應承。

（一）眉批：貧儒無此富麗，且『楚館』『秦樓』不應出五娘之口。

（二）眉批：綺疏，窗櫺也。

（三）眉批：猨猱，即心猿，字義出佛經。

養。正是：天涯海角有窮時，只有此情無盡處。[一]

【仙呂入雙調‧風雲會四朝元】春闈催赴，同心帶縮初。嘆《陽關》聲斷，送別南浦，早已成間阻。謾羅襟淚漬，謾羅襟淚漬，和那寶瑟塵埋，錦被羞鋪。寂寞瓊窗，蕭條朱戶，空把流年度。嗏，瞑子裏自尋思，妾意君情，一旦如朝露。君行萬里途，妾心萬般苦。君還念妾，迢遙遙，也須回顧。

【前腔】朱顏非故，綠雲懶去梳。奈畫眉人遠，傅粉郎去，鏡鸞羞自舞。把歸期暗數，把歸期暗數，只見雁杳魚沉，鳳隻鸞孤。綠遍汀洲，又生芳杜。空自思前事，嗏，日近帝王都。[二]芳草斜陽，教我望斷長安路。君身豈蕩子，妾非蕩子婦。其間就裏，千千萬萬，有誰堪訴？

【前腔】輕移蓮步，堂前問舅姑。怕食缺須進，衣綻須補，要行時須與扶。奈西山景暮，奈西山景暮，教我情着誰人，傳語我的兒夫。[三]你身上青雲，只怕親歸黃土，我臨別也曾多囑付。嗏，那些個意孜孜，只怕十里紅樓，貪戀着他人豪富。丈夫，你雖然是忘了奴，也須念父

（一）　眉批：『天涯』二句，晏叔同詞。
（二）　眉批：『日近』上該添『你』字，方與下『我』字相應。
（三）　眉批：此曲便真。

母。苦！無人說與，這淒淒冷冷，怎生辜負？

【前腔】文場選士，紛紛都是才俊徒。少甚麼鏡分鸞鳳，都要榜登龍虎，偏是他將奴誤。也

不索氣蠱，也不索氣蠱，既受託了蘋蘩，有甚推辭？索性做個孝婦賢妻，也落得名標青史。

今日呵，不枉受了這閒悽楚。嗏，俺這裏自支吾，休得污了他的名兒，左右與他相回護。〔一〕丈

夫，你便做腰金衣紫，須記得釵荊裙布。苦！一場愁緒，堆堆積積，宋玉難賦。

回首高堂日已斜，遊人何事在天涯？

紅顏勝人多薄命，莫怨春風當自嗟。

齣末批：

李卓吾評： 此齣填詞太豐，殊少斟酌，所以遜《西廂》《拜月》也。若『輕移蓮步』後，便字字逼真。

湯若士評： 天下只是一個真，譬如『翠減祥鸞』等語，縱說得如花似錦，也是隔靴搔癢文字。何莫不然？

徐文長評： 〔古風〕中『錯迕』二字出杜詩，一本作『錯違』，不知來歷也。

夾批： 賢哉！賢哉！

（一）

第十齣　春宴杏園

（末扮首領官上）朝爲田舍郎，暮登天子堂。將相本無種，男兒當自強。自家不是別人，却是河南府一個首領官。往年狀元及第，赴宴遊街，但是鞍馬酒席供設袛應等件，都是府尹提調。今年蔡伯喈做狀元，循例赴宴，府尹却委着當職提調。昨日已分付太僕寺掌鞍馬的令史，并洛陽縣管排設的驛丞，專聽俺這裏鳴鼓三聲，都要到此聚會聽點。（搊鼓科）掌鞍馬的在那裏？（丑扮令史上）有問即對，無問不答。相公有何鈞旨？（末）鞍馬備辦了未曾？（丑）告相公得知…俺這裏在先有一萬匹好馬。（末）怎見得好馬？（丑）但見：耳批雙竹，鬃散五花。展開鳳臆龍鬐，昂起豹頭虎額。響篤篤翠蹄削玉，點滴滴赤汗流珠。隅目青熒夾鏡懸，肉駿磈磊連錢動。一躍時尾捎雲漢，橫驀過玄圃崆峒。一霎時走遍神州，直趕上流星掣電。九方皋管教他稱賞，千金價不枉了追求。（末）有甚顏色的？（丑）布汗、論聖、虎刺、合里烏、赭噁兒、爺屈良、蘇盧、棗騮、栗色、燕色、兔黃、真白、玉面、銀鬃、繡膊、青花。正是：五花散作雲滿身，萬里方看汗流血。（末）有甚麼好名兒？（丑）飛龍、赤兔、騕褭、驊騮、紫燕、驌驦、嚙膝、踰暉、騏驎、山子、白義、絕塵、浮雲、赤電、絕群、逸驃、騄驪、龍子、騊駼、騰霜驄、皎雪驄、凝露驄、照影驄、懸光驄、決波騟、飛霞驃、發電、赤流、金駶、翔麟、紫奔、紅赤、照夜白、一丈烏、九花虬、望

眉批：　賣弄學問之人之病人膏肓矣，今古皆然。

一七七三

雲駹、忽雷駁、券毛騧、獅子花、玉逍遙、紅叱撥、紫叱撥、金叱撥〔一〕　正是：青海月氏生下，大宛越膝

將來。（末）有甚麼好廐？（丑）飛龍、祥麟、吉良、龍媒、駒驦、騄騠、鸊鸘、出群、天花、鳳苑、奔星、內

駒，左飛、右飛、左坊、右坊、東南內、西南內。正是：盡印三花飛鳳字，中藏萬匹好龍媒。（末）却怎的

打扮？（丑）錦韉燦爛披雲，銀鐙熒煌曜日。香羅帕深覆金鞍，紫遊韁牽動玉勒。瑪瑙粧就彎頭，珊瑚

做成鞍子。正是：紅纓紫鞚珊瑚鞭，玉鞍錦籠黃金勒。（末）如今選多少在這裏？（丑）告相公，如今

無了。（末）如何無了？（丑）元有一萬匹馬，却有一千三百個漏蹄，二千七百個抹臁，三千八百個熟

瘤，二千二百個慈眼。那更鞍轎又破損，坐褥又傾欹。抽彎盡是麻繩，鞭子無非荊杖。餓老鴉全然拉

搭，雁翅板一發彫零。鞍轡既不周全，牽轡何曾完備？此般物件，其實不中〔二〕（末）休胡說！若還

不完備時節，我稟過府尹大人，好生打你〔三〕（丑）相公可憐見，容小人一壁廂自理會。（末）鞍馬若完

備時節，可牽在午門外廂，等候狀元謝恩出來乘坐。（丑）理會得。只教他春風得意馬蹄疾，一日看遍

長安花。（丑下）（末）管排設的在那裏？（淨扮驛丞上）廳上一呼，墀下百諾。相公有何鈞旨？（末）

排設完備了未曾？（淨）告相公，俺揀上等排設俟候點視。（末）怎見得上等排設？（淨）但見：珠

（一）眉批：硬填，絕不關痛癢，可厭！

（二）眉批：好謔。

（三）眉批：絮叨少些，何必求之？

簾高捲，繡幕低垂。珊瑚席釅得精神，玳瑁筵安排得奇巧。金爐內慢騰騰燒瑞腦，玉瓶中嬌滴滴插奇花。四圍環繞畫屏山，滿座重鋪錦褥子。金盤犀筋光錯落，掩映龍鳳珍羞。銀海瓊舟影蕩搖，翻動葡萄玉液。灑掃得乾乾淨淨，並無半點塵埃；鋪陳得整整齊齊，另是一般氣象。正是：移將金谷繁華景，粧點瓊林錦繡仙[一]。（末）安排既齊整，你每且退去，待等狀元遊街了赴宴。（淨）領鈞旨。正是：瓊林勝處風光好，別是人間一洞天。（淨下）（眾）遠遠望見一簇人馬鬧炒，想是狀元來了。（末下）（生、淨、丑騎馬上）

成名天下知。

【仙呂入雙調·窣地錦襠】（同）嫦娥剪就綠雲衣，折得蟾宮第一枝。宮花斜插帽簷低，一舉成名天下知。

【哭岐婆】洛陽富貴，花如錦綺。紅樓數里，無非嬌媚。春風得意馬蹄疾，天街賞遍方歸去。（生、淨先下）（丑墜馬科）救命！爹爹、奶奶、伯伯、叔叔、哥哥、嫂嫂、孩兒、媳婦，都來救命[二]（末騎馬上）

【越調過曲·水底魚兒】（末）朝省尚書，昨日蒙聖旨：道狀元及第，教咱去陪宴席。（丑叫科）踏壞了人了。（末）越着鞭越退，遣人心下疑。（丑）救命！救命！（末）轉頭回望，叫我的還

三先生合評元本琵琶記

（一）眉批：冗厭，可刪。
（二）眉批：□雅不通極矣，《琵琶》出醜至此。

是誰？

（末）漢子，你是誰？（丑）我是墜馬的狀元。（末扶科）快起來。（丑）尊官是誰？（末）我是中書省陪宴官，不知足下爲甚墜馬？

【正宮・北叨叨令】（丑）鬧炒炒街市上遊人亂，（末）你馬驚了呵？（丑）惡頭口抵死要回身轉。（末）怎的不牽過一邊？（丑）我戰兢兢只怕韁繩斷，（二）（末）爲甚不打他？（丑）怯書生早已神魂散。（末）你不害事麼？（丑呻吟科）險些跌折了腿也麼哥，險些春破了頭也麼哥，我好似

小秦王三跳澗。（二）

（末）這馬如今那裏去了？（丑）知他那裏去了？傷人乎？不問馬。（末）咳！你冗自文驟驟的。我且就這裏人家借一個馬與你騎。（末）你靜辦。若借馬與我騎，便索死。（末）呀！怎的便死？（丑）你不聞孔夫子説道，有馬者借人乘之，今亡已夫。（末）一口胡柴！呀！遠遠望見一簇人馬來，有馬就借一匹與你騎。（丑）不須得，不須得。（生、净騎馬上）

【窣地錦襠】（同）荷衣新惹御香歸，引領群仙下翠微。杏園惟有後題詩，此是男兒得志時。（生）足下原來墜馬

（丑）狀元，你每列位騎馬遊街，且是好。只不要似我騎馬，春破了頭，跌折了脚。（生）足下原來墜馬

（一）　眉批：⋯⋯如此也不必改，況改亦未必妥。

（二）　眉批：⋯⋯笑殺！笑殺！

呵？（丑）可知哩！（末）不是下官搭救時節，險些送了一條性命。（生）請整頓同行。（丑）你們三位自去赴宴，我到太平坊下李郎中家去便來。（眾）你去做甚麼？（丑）我去醫擷傷損瘡。

（末）朝廷事例，如何不去赴宴？（眾）你休要推故，我去借一個馬與你騎了同去。（丑）小子告退，你三位自去。

（末）成甚麼模樣！（丑）赴宴也好，只是騎馬不得。這等，你三位騎馬前去，我隨後提着胡床來。[二]（末）

是筵席之中，却説是打伴當的人。（末）好窮對副。（丑）這個不妨，却有兩説：路上人問你，便説道是使喚的伴當，若

【哭岐婆】（眾）玉鞭裊裊，如龍驕騎。黃旗影裏，笙歌鼎沸。如今端的是男兒，行看錦衣歸故里。

（末）這裏便是杏園，請列位駐馬。（丑）左右，馬都牽到僻處去。倘或人道四位官員，如何有三個馬，不

象模樣[三]（末）好高見識！如今請列位照依年例，留下佳作。（淨）蔡兄先請。（生）五百名中第一仙，花如羅綺柳如烟。綠袍乍着君恩重，黃榜初開御墨鮮。禮樂三千傳紫禁，風雲九萬上青天。時人謾説登科早，未許姮娥愛少年。（淨）妙！妙！紫金闕無極無上聖，（末）這裏不是玉皇閣，休得誦他的寶號。如今却輪當足下。（淨）我也有四句：遲日江山麗，春風花草香。（末）且住，使不得，這是古

（一）眉批：一段俗極。夾批：笑。
（二）眉批：還要作照應哩。

詩。(淨)呀！我前日三場也都是別人的文章，尚自中了。[一] 如何一首別人的詩，倒使不得起來？

(末)休道是七步成章。(淨)咳！你道我真個不會作詩呵？我且將就做一首與列位看看：赴選何

曾入棘闈，此身未擬着荷衣。三場盡是倩人做，一字全然匪我爲。自笑持杯饕戀酒，却愁把筆怎題詩。

有人問我求佳作。(衆)如何回他？(淨)問我先生便得知。[二] (末)又道是當仁不讓於師。(丑)倉官

不識串字，中中。(末)且休誇口，如今又輪當足下。(丑)有有，列位做律詩，都把那赴試的事爲題，恐

是熟套，小子如今另立一題。(末)你把甚麼爲題？(丑)便把小子方纔墜馬爲題，胡做古風一篇，以紀

其事如何？(衆)尤妙，尤妙。(丑)君不見去年騎馬張狀元，跌了左腿不相聯？又不見前年跨馬李試

官，跌了窟臀沒半邊？世上三般拚命事，行船走馬打鞦韆。小子今年大拚命，也來隨趁跨金鞍。跨金

鞍，災怎躲？時耐畜生侮弄我。大叫三聲不肯行，連攛兩攛不是耍。便把韁繩緊緊拿，縱有長鞭怎敢

打？須臾之間掉下來，一似狂風吹片瓦。昨日行過樞密院，三個軍人來唱喏。小子慌忙走將歸。(雜扮承直

上)[三]色動玉壺無表裏，光搖金盞有精神。告相公，酒在此。(衆把酒科)

(末)却如何？(丑)怕他請我教戰馬。(末)又説夢話！諸公請依位而坐，左右，看酒。(雜把酒

〔一〕　眉批：　本來面目，醜極！　醜極！
〔二〕　眉批：　先生亦未必知。
〔三〕　雜：　原闕，據汲古閣刊本《繡刻琵琶記定本》補。

一七八

【雙調引子・五供養】（末）文章過晁董，對丹墀已膺天寵。（合）瓊林新宴，顫宮花，緩引黃金輦。

【前腔】（淨、丑）九重天上聲名重，紫泥封已傳丹鳳。（合）便催歸玉簡侍宸旒，他日歸來金蓮送。

【中呂・山花子】（末）玳筵開處遊人擁，爭看五百名英雄。（生）喜鰲頭一戰有功，荷君恩奏捷詞鋒。（合）太平時車書已同，干戈盡戢文教崇，人間此時魚化龍。留取瓊林，勝景無窮。

【前腔】（淨）三千禮樂如泉涌，一筆掃萬丈長虹。（丑）看奎光飛躔紫宮，光耀萬玉班中。（合前）

【前腔換頭】（生）青雲路通，一舉能高中，三千水擊飛冲。（淨）又何必扶桑掛弓，也強如劍倚崆峒。（合前）

【前腔】（生）恩深九重，絲絡八珍送，無非翠釜駝峰。（末）看吾皇待賢恁隆，不枉了十年窗下把書來攻。（合前）

【大和佛】（生）寶篆沉烟香噴濃，（眾）濃熏綺羅叢。瓊舟銀海，翻動酒鱗紅，一飲盡教空。

（生悲科）持杯自覺心先痛，縱有香醪，欲飲難下我喉嚨。他寂寞高堂菽水誰供奉，俺這裏傳杯誼闋。（眾）狀元，你休得要對此歡娛意忡忡。

【舞霓裳】（合）願取群賢盡貞忠，盡貞忠。管取雲臺畫形容，畫形容。時清莫報君恩重，惟

有一封書上勸東封，更撰個河清德頌。乾坤正，看玉柱擎天又何用。

【紅繡鞋】（合）猛拚沉醉東風，東風；倩人扶上玉驄，玉驄。歸去路，望畫橋東。花影亂，

日朦朧。沸笙歌，引紗籠。

【意不盡】（合）今宵添上繁華夢，明早遙聞清禁鐘。皇恩謝了，鵷行豹尾陪侍從。

（生）名傳金榜換藍袍，（淨）酒醉瓊林志氣豪。

（丑）世上萬般皆下品，（末）思量惟有讀書高。

齣末批：

李卓吾評： 說白並曲毫無文理，且鄙俚繁雜，似此齣，《琵琶》亦不應如此聒耳。

第十一齣　蔡母嗟兒

【商調引子·憶秦娥前】（旦）長吁氣，自憐薄命相遭際。　相遭際，暮年姑舅，薄情夫婿[二]。

〔清平樂〕夫妻繞兩月，一旦成分別。　沒主公婆甘旨缺，幾度思量悲咽。　家貧先自艱難，那堪不遇豐年。

（二）　眉批：曲好。

恁的千辛萬苦，蒼天也不相憐。○(一)奴家自從兒夫去後，遭此饑荒。況兼公婆年老，朝不保夕，教奴家獨自如何應奉？婆婆日夜埋怨着公公，當初不合教孩兒出去。公公又不伏氣，只管和婆婆閒爭。外人不理得，只道是媳婦不會看承，以故公婆日夜鬧炒。○(二)且待公婆出來，再三勸解則個。

【憶秦娥後】(外)孩兒一去無消息，雙親老景難存濟。(淨扯外耳科)難存濟，不思前日，強教孩兒出去。

(旦勸科)(淨)老賊！你抵死教孩兒出去赴選，今日沒有飯喫，他便做得狀元，濟你甚事？○(三)若是孩兒在家，也會區處，終不到得恁的狼狽。如今凍得你好，餓得你好。老賊！你死了休！(外)老乞婆！你埋怨我則甚？我是神仙，知道今日恁的饑荒苦？這般年時，誰家不忍饑受餓？○(四)誰似你這般埋怨我？休休，我死！我死！今日饑荒也是死，被你埋怨不過也索死。(旦)公公婆婆且息怒，聽奴家一言分剖。當初公公教孩兒出去赴選，(欲死、旦扯住科)(淨)老賊！你便死也消不得我這場嘔氣！(旦)公公婆婆且息怒，聽奴家一言分剖。當初公公教孩兒出去時節，不道今日恁的饑荒，婆婆難埋怨公公。○(五)今日婆婆見這般饑荒，孩兒又不在眼前，心下焦躁，公

(一) 眉批：白好。

(二) 眉批：難處。

(三) 眉批：『致』字緣何不好，都改『故』字？可笑！ 夾批：何人改『故』？猪羅！

(四) 眉批：實是酸情，却是可嘆。

(五) 眉批：好勸□□。

公也休怪婆婆埋怨〔一〕 請自寬心，奴家如今把些釵梳首飾之類，典些糧米，以充公婆一時口食。寧可

餓死奴家，決不將公婆落後。（淨）媳婦，你說得好，我只是恨這老賊。

【商調過曲·金絡索】（淨）區區一個兒，兩口相依倚。沒事為着功名，不要他供甘旨。你教

他做官，要改換門閭，只怕他做得官時你做鬼。老賊！你圖他三牲五鼎供朝夕，今日裏要

一口粥湯却教誰與你？ 相連累，我孩兒因你做不得好名儒。（合）空争着閒是閒非，空争

着閒是閒非，只落得雙垂淚。

【前腔】（外）養子教讀書，指望他身榮貴。黃榜招賢，誰不去求科試？ 老乞婆，我說個比方與

你聽。 譬如范杞良差去築城池，他的娘親埋怨誰？〔二〕（淨）老賊，你到好比方，他是奉官差哩！

（外）合生合死皆由命，少甚麼孫子森森也忍饑。（淨）老賊，你固自口硬，再過幾時，餓得你口嗅屎

哩！（外）休聒絮，畢竟是咱每兩口受孤恓。（合前）

【前腔】（旦）婆婆，孩兒雖暫離，須有日回家裏。（淨）媳婦，我豈不知孩兒自有一日回家？只是眼

下受餓難過。（旦）婆婆，奴有些釵梳，解當充糧米。（淨）老賊，我若沒有這般孝順的媳婦會擺佈，可

（一）眉批：

（二）眉批： 和事老人。

（三）眉批： 畢竟是男人之見。

不把我的肝腸也餓斷了？（外）老乞婆，這是時年如此，你苦死埋怨我怎的？（旦）公公婆婆恁的閒爭

呵。教傍人道媳婦每有甚差池，致使公婆爭鬧起。婆婆，他心中愛子，指望功名就。公公，他

眼下無兒，因此埋怨你。難逃避，兀的不是從天降下這災危？（合前）

【南呂過曲·劉潑帽】（外）天那！我每不久須傾棄，嘆當初是我不是。不如我死了無他慮。

（合）一度裏思量，一度裏肝腸碎。

【前腔】（淨）有兒却遣他出去，教媳婦怎生區處？媳婦，可憐誤你芳年紀。（合前）

【前腔】（旦）公公婆婆，媳婦便是親兒女，勞役事本分當為，但願公婆從此相和美。（合前）

（外）形衰力倦怎支吾？（旦）口食身衣只問奴。

（淨）莫道是非終日有，（合）果然不聽自然無。

齣末批：

李卓吾評：狀元子原濟不得饑，不如菽水承歡，無終天之恨耳。必欲三牲五鼎，真俗人之見也。

湯若士評：曲好白好關目好，專用蔡婆罵處，尤見作手。

徐文長評：觀五娘勸解處，公婆兩不傷，深得幾諫之法，孝婦也聖婦也。

第十二齣 奉旨招婿

（末）縹緲窗紗映霧烟，深沉華屋鎖嬋娟。屏間孔雀人難中，幕裏紅絲誰敢牽。自家是牛太師府中一個院子，這幾日聽得府中喧傳，太師要招女婿。況我這個小娘子，不比別的小娘子，一來是丞相之女，二來他才貌兼全，必須有文章、有官職、有福分的，方可中選。且在此等候，相公出來，便知端的。

【仙呂引子·似娘兒】（外）華髮漸星星，憐愛女欲遂姻盟，蟾宮桂子才堪稱。紅樓此日，紅絲待選，須教紅葉傳情。

左右那裏？（末）廳上一呼，堦下百諾。不知老相公有何鈞旨？（外）自古道：男子生而願為之有室，女子生而願為之有家。我夫人傾棄多年，只有一個小姐，美貌婷婷。昨日見官裏，問我道：你的女孩兒曾嫁人未？我回言道：未曾嫁人。官裏道：既不曾嫁人，如今新狀元蔡邕，好人物，好才學，朕與你主婚，你可招他為婿，你意如何？俺奉着聖旨，就謝了恩。你每道此事如何？（末）覆相公：男大須婚，女大須嫁。小姐是瑤臺閬苑神仙，狀元是天祿石渠貴客，何況玉音主盟，金口說合？若做了百年夫婦，不枉了一對姻緣。這是：佳人才子兩堪誇，天付姻緣事不差。試看月輪還有意，定知丹桂近仙娃。（外笑科）你言正合我意。你就去喚府前官媒婆來，同去蔡狀元處說親。（末）領鈞旨。（喚科）（丑扮媒婆拿秤（斧上）

【正宮過曲·醉太平】[一]（丑）我做聰俊的媒婆，兩腳疾走如梭。生得不矮又不矬，人人都來請我。我只要金多銀多，綾羅段匹多，方肯做。又且張家李家誇談我。（末）誇談你甚的？

（丑）道我每須勝是別媒婆。

媒婆媒婆，兩腳奔波。一斗好酒，一隻肥鵝。送到家裏，我和老公笑呵呵。（末）婆子休閒說，且去見老相公。（外）婆子，你手裏拿着甚麼東西？（丑）這是斧頭。（外）要他何用？（丑）這是媒婆的招牌。（外）如何將他做招牌？（丑）告相公得知，《毛詩》有云：析薪如之何？匪斧弗克。娶妻如之何？匪媒不得[二]以此將他爲招牌[三]（末）休得班門弄斧。（外）媒婆，你要秤何用？（丑）相公，這喚作量人秤，最是要緊的。大凡做媒時節，先把新婦新郎秤得一般，方纔與他說親，久後夫妻也和順。若是輕重了，夫妻到底相嫌。（外）休閒說。媒婆，我昨日奉聖旨，教我將小姐招贅蔡狀元爲婿，如今你去他跟前說知。若得成就了這頭親事，我多多賞你。（丑）這個有甚難處？一來奉當今聖旨，二來託相公威名，三來小姐才貌兼全，是人知道，蔡狀元有何不可？（末）這話極說得是。（外）媒婆，你近前來聽我說。

（一）眉批：此【醉太平】另是一調，與詩餘及【北醉太平】相似。

（二）眉批：後人解經都是這媒婆矣。

（三）眉批：俗情往往中有之，所謂假中有真者也。

【南呂過曲・瑣窗郎】【瑣窗寒】(外)吾家一女娉婷，不曾許公與卿。昨承聖旨，招選書生。媒婆，你和他說：不須用白璧黃金爲聘。【賀新郎】(合)說道姻緣前世已曾定，今日裏，共歡慶。

【前腔】(丑)住東街極有名聲，相公，論媒婆非自逞。今朝事體，管取完成。怕有一輕一重，全憑這條官秤。(合前)

【前腔】(末)雖然他高占魁名，得相招多少榮繁？依繡幕，選中雀屏。媒婆，此一去他必從命。(合前)

齣末批：

(外)爲傳芳信仗良媒，(丑)管取門楣得俊才。
(末)百年夫婦今朝合，(合)一段姻緣天上來。(二)

徐文長評：上有聖旨，下有媒妁，獨不曰父母之命乎？欲不告而娶，丞相真牛也。

(一)

眉批：俗謠。

第十三齣　官媒議親

【商調引子‧高陽臺】（生）夢遠親闈，愁深旅邸，那堪音信遼絕。淒楚情懷，怕逢淒楚時節。重門半掩黃昏雨，奈寸腸此際千結。守寒窗一點孤燈，照人明滅。

【換頭】當時輕散輕別，嘆玉簫聲杳，小樓明月。一段愁煩，翻成兩下悲切。枕邊萬點思親淚，伴漏聲到曉方徹。鎖愁眉，慵臨青鏡，頓添華髮。

〔木蘭花〕鰲頭可美，須知富貴非吾願。雁足難憑，沒個音書寄子情。田園將蕪，不知松菊猶存否？光景無多，爭奈椿萱老去何？自家為父母所強，來此赴選。誰知逗遛在此，竟不能歸。今又復拜皇恩，除為議郎之職，任居清要。爭奈父母年老，安敢久留？天那！知我的父母安否如何？知我的妻室侍奉如何？欲待上表辭官，又未知聖意如何？苦！好似和針吞却綫，剌人腸肚繫人心。（末、丑上）

【仙呂過曲‧勝葫蘆】（末）特奉皇恩賜結婚，來此把信音傳。（丑）若是仙郎肯與諧姻眷，一場好事，管取今朝便團圓。

（生）自家門戶重重閉，春色緣何得入來。未審何人到此？（末、丑）小人是牛太師府裏一個院子，老媳婦是媒婆，我兩人奉天子之洪恩，領太師之嚴命，特與狀元諧一佳偶。（生）元來如此，不索多言，且聽我說。

【商調過曲·高陽臺】（生）宦海沉身，京塵迷目，名韁利鎖難脫。目斷家鄉，空勞魂夢飛越。是誰人無端調引，謾勞饒舌？

（丑）狀元，是好一個小姐。（生）閒聒，閒藤野蔓休纏也，俺自有正兔絲親瓜葛。

【前腔換頭】（末）閥閱，紫閣名公，黃扉元宰，三槐位裏排列。金屋嬋娟，妖嬈那更貞潔。

（丑）歡悅，秦樓此日招鳳侶，遣妾每特來作伐。望君家懇懇肯首，早諧結髮。

【前腔換頭】（生）非別，千里關山，一家骨肉，教我怎生拋撇？妻室青春，那更親鬢垂雪。

（丑）狀元，老丞相見你這般青春年少，繞肯把小姐嫁與你，你不必推故。（生）差送，須知少年自有人愛了，謾勞你嫦娥提挈。滿皇都豪家無數，豈必卑末？

【前腔換頭】（末）不達，相府尋親，侯門納禮，兀自拒他不屑。繡幕奇葩，春光正當十八。

（丑）休撇，知君是個折桂手，留此花待君攀折。況親奉丹墀詔旨，非我自相攛掇。

【前腔換頭】（生）心熱，自小攻書，從來知禮，忍使行虧名缺？父母俱存，娶而不告須說。

（丑）狀元，小姐生得十分美貌，你休錯過了。（生）迂闊，他勢壓朝班，威傾京國，你却與他相別。只怕他轉日迴天，那時須有悲咽，門楣相府雖要選，奈廝廝佳人，實難存活。

【前腔換頭】（末）縱然有花容月貌，怎如我自家骨血？

（丑）虛設，夜靜水寒魚不餌，笑滿船空載明月。下絲綸不愁無處，笑伊村殺。

個決裂。

【餘文】(生)明朝有事朝金闕，歸家奉親心下悦。(末)狀元，只怕聖旨不從空自説。

(生)不須多説。你若果奉聖旨，我明日上表辭官，就辭婚便了。

(末)君王詔旨不相從，(生)明日應須奏九重。

(丑)有緣千里能相會，(合)無緣對面不相逢。

湯若士評：齊家方可治國，糟糠下堂，風斯下矣。若果出自聖旨，未免傷風敗俗。

李卓吾評：到此娶親已經年歲矣，尚說他青春年少，則古人三十而娶之語，亦不可憑。緣何赴試之時，渠母已八十餘矣，天下豈有婦人五六十歲生子之理？(一)

齣末批：

第十四齣　激怒當朝

【黃鍾過曲·出隊子】(外)朝夕縈掛，只為孩兒多用心。不知月老事何因，爲甚冰人沒信音？顒望多時，情緒轉深。

目斷青鸞瞻碧霧，情深紅葉看金溝。自家昨遣院子和官媒婆去蔡狀元處說親，尚未回音。且待他來，

(一)　夾批：當時豈無塘報乎？鄉試錄乎？

便知端的。

【前腔】（末、丑）喬才堪笑，故阻佯推不肯從。豈無佳婿近乘龍？有甚福緣能跨鳳？料想書生，只是命窮。

（相見科）媒婆，你回來了？事體若何？（丑）覆相公得知：他千不肯，萬不肯，只是不肯不肯。

（末）你且住，待小人覆知相公。蔡狀元道他家中有垂白之父母，年少之妻房。明日要上表辭官回家，姻事實難從命。

【正宮過曲・雙鸂鶒】（外）聽伊說教人怒起，漢朝中惟吾獨貴，我有女，偏無貴戚豪家匹配？奉聖旨，使我招狀元爲婿。　媒婆，不知他回話有何言語？

【前腔換頭】（丑）媒婆告相公知：恨那人作怪蹺蹊。千不肯，萬推辭。（外）我奉聖旨，招他爲婿，你曾把這話對他說麼？（丑）這話頭不惹此兒，道始得及第，縱有花容月貌休提。他罵相公，罵小姐。（外）他罵小姐甚麼？（丑）道脚長尺二。（末）這般說謊沒巴臂。（末跪科）

【前腔】（末）恩官且聽咨啓：　蔡狀元聞說皺眉。忠和孝，恩和義，念父母八十年餘。況已娶了妻室，再婚重娶非禮。[一]　待早朝，上表文，要辭官家去。　請相公別選一佳婿。

[一] 眉批：　正理。

【前腔】（外）他元來要奏丹墀，敢和我廝挺相持。細思之，可奈他將人輕覷。我就寫表奏與吾皇知，與他官拜清要地。務要來我處爲門楣。

【意不盡】（合）這讀書輩沒道理，不思量違背了聖旨。只教他辭官辭婚俱未得。

（外）自古道：殺人可恕，情理難容。我的聲名，誰不欽敬？多少貴戚豪家求爲吾婿而不可得，叵耐一書生顛倒不肯，反要辭官家去。且由他。左右，你和官媒婆再去蔡狀元處說，看他如何？我如今先去奏知官裏，只教不准他上表便了。

齣末批：

徐文長評：一榜中豈無一人足爲丞相女婿者？必欲蔡生再婚，以小姐爲人側室，真牛也。

第十五齣　金閨愁配

【中吕過曲·剔銀燈】（貼）忒過分爹行所爲，但索強全不顧人議。背飛鳥硬求來諧比翼，隔

墙花强攀做连理。[一] 姻缘，还是怎的？天那！我待对爹爹说呵，婚姻事女孩儿家怎提？姻缘姻缘，事非偶然。好笑我爹爹定要将奴家招赘蔡状元为婿，那状元不肯，俺这里也索罢了，谁想爹爹苦不放过。天那！他既不肯，便做了夫妻，到底也不和顺。奴家待将此事对爹爹说，只是此事不是女孩儿每说的话。好闷呵！（净魆地上探科）惭愧，惭愧，今日也能勾得小姐闷也。[二] 小姐，你想着甚麽？（贴）我不想着甚麽。（净）你既不想着甚麽，为何手托香腮，在此忧闷？我且问你：你往常间件件不烦恼，事事不动情，我想起来你都是伴诈，今日不是对景伤情麽？（贴）老姥姥，你说那里话？我为爹爹做事不停当，以此忧闷。（净）老相公做甚事不停当？（贴）我爹爹要将奴家嫁与蔡状元，使官媒婆去说，状元不肯从命。他既然不肯，俺这里也索罢了。如今爹爹苦不放过他，又叫媒婆去说。老姥姥，你怎生与我爹爹说一声也好？（净）小姐，这是你爹爹的主意，如何肯听我每说？

【仙吕过曲·桂枝香】[三]（净）书生愚见，忒不通变。不肯坦腹东床，谩自去哀求金殿。想他每就里，想他每就里，将人轻贱。小姐，非爹胡缠，怕被人传。（贴）呀！怕人传甚麽？（净）道你是相府公侯女，不能彀嫁状元。

[一] 眉批：关目、曲俱妙！
[二] 眉批：许由避天下，逆旅主人疑其窃皮冠，都此类也。
[三] 曲：原阙，据曲律补。

【前腔】（貼）百年姻眷，須教情願。他那裏抵死推辭，俺這裏不索留戀。想他每就裏，想他

每就裏，有些牽絆。（淨）有甚牽絆？（貼）怕恩多成怨。滿皇都少甚麼公侯子，[二]何須去嫁

狀元？

【南呂過曲·大迓鼓】（淨）非干是你爹意堅，只怕春花秋月，誤你芳年。況兼他才貌真堪

羨，又是五百名中第一仙。故把嫦娥，付與少年。[二]

【前腔】（貼）姻緣雖在天，若非人意，到底埋冤。料想赤繩不曾綰，多應他無玉種藍田。休

把嫦娥，付與少年。

【齣末批】

（淨）匹配本自然，（貼）何須苦相纏。

（淨）眼前雖成就，（貼）到底也埋冤。

齣末批：

汤若士評：小姐見識絕勝丞相。此齣關目甚妙，而曲亦真切。

李卓吾評：可憐今人俗氣，有女兒不想嫁人的理，只管把來挨與狀元，都是牛也。

（一）　眉批：『滿皇都』句若連下句，非【桂枝香】也。

（二）　眉批：『況兼他』『說』『想』『付與』俱襯，今人唱，非【大迓鼓】矣。

第十六齣　丹陛陳情

【仙呂引子·北點絳唇】(末)夜色將闌，晨光欲散，把珠簾捲。移步丹墀，擺列着金龍案。[一]

【北混江龍】(末)官居宮苑，謾道是天威咫尺近龍顏。每日間親隨車駕，只聽鳴鞭。去螭頭上拜跪，隨着豹尾盤旋。朝朝宿衛，早早隨班。做不得卿相當朝一品貴，先隨着朝臣待漏五更寒。空嗟嘆，山寺日高僧未起，算來名利不如閒。

自家是漢朝一個小黃門。往來紫禁，侍奉丹墀。領百官之奏章，傳一人之命令。正是：主德無瑕因宦習，天顏有喜近臣知。[二] 如今天色漸明，正是早朝時分，官裏升殿，恐有百官奏事，只得在此祗候。

(內問科)怎見得早朝時分？(末)但見：銀河清淺，珠斗斑斕。數聲角吹落殘星，三通鼓報傳清曙。銀箭銅壺，點點滴滴，尚有九門寒漏。瓊樓玉宇，聲聲隱隱，已聞萬井晨鐘。瞳瞳曨曨，蒼茫紅日映樓臺；拂拂霏霏，蔥菁瑞烟浮禁苑。裊裊巍巍，千尋玉掌，幾點瀼瀼露未晞；澄澄湛湛，萬里璇空，一片團團月初墜。三唱天鷄，咿咿喔喔，共傳紫陌更闌；百轉流鶯，間間關關，報道上林春曉。午門外碌碌剌剌，車兒碾得塵飛；六宮裏嘔嘔啞啞，樂聲奏如鼎沸。只見那建章宮、甘泉宮、未央宮、長楊

(一) 眉批：辭朝。

(二) 眉批：□切莫妙於此，□可刪也。

宮、五柞宮、長秋宮、長信宮、長樂宮，重重疊疊，萬萬千千，盡開了玉關金鎖；又見那昭陽殿、金華殿、

長生殿、披香殿、金鑾殿、麒麟殿、太極殿、白虎殿，隱隱約約，三三兩兩，都捲上繡箔珠簾。半空中忽聽

得一聲轟轟劃劃，如雷如霆，震耳的鳴梢響；合殿裏只聞得一陣氤氤氳氳，非烟非霧，撲鼻的御爐香。

縹縹緲緲，紅雲裏雉尾扇遮着赭黃袍；深深沉沉，丹陛間龍鱗座覆着彤芝蓋。左列着森森嚴嚴，前前

後後的羽林軍、期門軍、控鶴軍、神策軍、虎賁軍，花迎劍佩星初落；右列着濟濟鏘鏘，高高下下的金

吾衛、龍虎衛、拱日衛、千牛衛、驃騎衛，柳拂旌露未乾。金間玉、玉間金，閃閃爍爍、燦燦爛爛的神仙

儀從；紫映緋、緋映紫，行行列列、整整齊齊的文武官僚。螭頭陛下，立着一對妖妖嬈嬈，花容月貌，

繡鸞袍、駕鴦靴的奉引昭容；豹尾班中，擺着一對端端正正，銅肝鐵膽，白象簡、獬豸冠的糾彈御史。

拜的拜，跪的跪，那一個敢挨挨拶拶縱諠譁？升的升，下的下，那一個不欽欽敬敬依禮法？但願得常

瞻仙仗，聖德日新日新又日新，與群臣共拜天顏，聖壽萬歲萬歲萬萬歲。從來不信叔孫禮，今日方知

天子尊。道猶未了，〔一〕奏事官早到。

【換頭】忽憶年時，問寢高堂早。〔二〕雞鳴了，悶縈懷抱，此際愁多少？

【黃鍾引子·點絳唇】（生）月淡星稀，建章宮裏千門曉。御爐烟裊，隱隱鳴梢杳。

（一）夾批：可以了得。

（二）眉批：『待漏』『忽人』『問寢』句有關目。

不寢聽金鑰，因風想玉珂。明朝有封事，數問夜如何？自家爲父母在堂，故上表辭官回去侍奉。如今

天色已明，這是午門外廂，不免逕入。（末）奏事官搢笏三舞蹈。

【黃鍾過曲・神仗兒】（生）揚塵舞蹈，揚塵舞蹈，遙瞻天表。見龍鱗日耀，咫尺重瞳高照。

遙拜着赭黃袍，遙拜着赭黃袍。

【滴溜子】（生）臣邕的，臣邕的，荷蒙聖朝。臣邕的，臣邕的，拜還紫誥。（末）狀元，你莫不是

嫌官小麼？（生）念邕非嫌官小，奈家鄉萬里遙，雙親又老。干瀆天威，萬乞恕饒。

（末）狀元，吾乃黃門，職掌奏章。有何文表，就此披宣。（生跪科）

【越調近詞・入破第一】議郎蔡邕啓：今日蒙恩旨，除臣爲議郎之職，重蒙賜婚牛氏

干瀆天威，臣謹誠惶誠恐，稽首頓首。伏念微臣，初來有志，誦詩書力學躬耕修已，不復貪

榮利。事父母，樂田里，初心願如此而已。不想州司，謬取臣邕充試。到京畿，豈料蒙恩，

叨居上第？〔二〕

【破第二】重蒙聖恩，婚賜牛公女。臣草茅疏賤，如何當此隆遇？況臣親老，一從別後，光

〔一〕眉批：□事簡盡。

〔二〕眉批：辭官專爲雙親，『又』字若帶□矣，易以『年』字何如？

陰又幾。盧舍田園,荒蕪久矣。

(末)老親在堂,必自有人奉侍,狀元不必憂慮。

【衮第三】(生)但臣親老鬢髮白,筋力皆癃瘵。形隻影單,無兄弟,誰奉侍?（一）況隔千山萬水,生死存亡,雖有音書難寄。最可悲,他甘旨不供,我食祿有愧。

(末)聖上作主,太師聯姻。狀元,這也是奇遇。（二）

【歇拍】(生)不告父母,怎諧匹配? 臣又聽得家鄉裏,遭水旱,遇荒饑。 多想臣親,必做溝渠之鬼,未可知。 怎不教臣,悲傷淚垂?

(生哭科)狀元,此非哭泣之處,不得驚動天聽。

【中衮第五】(生)臣享厚祿掛朱紫,出入承明地。 惟念二親寒無衣,饑無食,喪溝渠。 憶昔先朝朱買臣守会稽,司馬相如,持節錦歸。 臣何故,別父母,遠鄉間,沒音書,此心違? 伏望陛下,特憫微臣之志,遣臣歸。

【煞尾】他遭遇聖時,皆得回鄉裏。 得侍雙親,隆恩無比。

（一）眉批：曲白俱好。

（二）眉批：此際何不說出已有妻室?

【出破】若還念臣有微能，鄉郡望安置。 庶使臣忠心孝意得全美，臣無任瞻天仰聖，激切屏營之至！⊖

（末）元來如此。 吾當與狀元轉達天聽，可在午門外廂俟候聖旨。 正是： 眼望捷旌旗，耳聽好消息。

（下）（生起科）

【黃鍾過曲·神仗兒】揚塵舞蹈，揚塵舞蹈，見祥雲縹緲，想黃門已到。 料應重瞳看了，多應是，念我私情烏鳥。 顒望斷九重霄，顒望斷九重霄。

（生）黃門已將我奏章傳達，未知聖意允否？ 不免間禱告天地一番。⊜

【滴溜子】天憐念，天憐念，蔡邕拜禱。 雙親的，雙親的，死生未保。 天那！ 可憐恩深難報。

一封奏九重，知他聽否？ 爹娘呵，俺和你會合分離，都在這遭。⊜

黃門去了多時，怎的不見回報？ 想必是官裏准了。 天那！ 若能彀回家侍奉父母，蔡邕何須做官？

（末捧詔同二昭容上）

【前腔】（末）今日裏，今日裏，議郎進表。 傳達上，傳達上，聖目看了。 （生）聖目看了如何說？

⊖ 眉批：自【出破】以至【入破】，無一語不自在，妙！ 妙！
⊜ 夾批：必至之憶。
⊜ 眉批：難道不能走一使迎之？

（末）道太師昨日先奏，把乘龍女婿招，多少是好？（生）黃門大人，你莫不是哄我？（末）見有玉音傳降聽剖。

聖旨已到，跪聽宣讀。皇帝詔曰：孝道雖大，終於事君；王事多艱，豈遑報父？朕以涼德，嗣纘丕基。眷茲警動之風，未遂雍熙之化。爰招俊髦，以輔不逮。咨爾才學，允愜輿情。是用擢居議論之司，以求繩糾之益。爾當恪守乃職，勿有固辭。其所議婚姻事，可曲從師相之請，〔二〕以成桃夭之化。欽予時命，裕汝乃心。謝恩。（生）黃門大人，煩你與我再去奏知官裏，我情願不做官。〔三〕（末）咳！這秀才好不曉事，〔三〕聖旨誰敢違背？（生）黃門大人，你不去時節，待我自去拜還聖旨如何？（末）呀！這秀才好怪麼？這所在，你如何去得？（生哭科）

【啄木兒】（生）我親衰老，妻幼嬌，萬里關山音信杳。他那裏舉目淒淒，俺這裏回首迢迢。他那裏望得眼穿兒不到，俺這裏哭得淚乾親難保。閃殺人一封丹鳳詔。

【前腔】（末）狀元，你何須慮，不用焦，人世上離多歡會少。〔四〕 大丈夫當萬里封侯，肯守着故

（一）眉批：曲從便枉法矣。
（二）眉批：孝哉蔡翁！無此一懇，下面如何接得改出？何人高若是，其不通耶？
（三）眉批：真不曉事。
（四）眉批：如何歡起來？真盲瞽也。

園空老？畢竟事君事親一般道，人生怎全忠和孝？却不見母死王陵歸漢朝。

【三段子】（生）這懷怎剖？望丹墀天高聽高。這苦怎逃？望白雲山遙路遙。（末）狀元，你

做官與親添榮耀，高堂管取加封號。（一）與他改換門間，偏不是好？（二）

【歸朝歡】（生）冤家的、冤家的，苦苦見招，俺媳婦埋冤怎了？饑荒歲，饑荒歲，怕他怎熬？

俺爹娘怕不做溝渠中餓殍？（末）狀元，譬如四方戰爭多征調，從軍遠戍沙場草，也只是爲

國忘家怎憚勞？

【尾批：

（生）家鄉萬里信難通，（末）爭奈君王不肯從。

（合）情到不堪回首處，一齊分付與東風。

齣末批：

李卓吾評：當時若有聖君賢相，自當着他迎養，何有許多說話？伯喈亦當自着人迎養，奈何不能也？（三）

湯若士評：先辭官，再辭婚，井井有條，而曲更情深入致。《琵琶》關目，此出甚大。

徐文長評：用二【啄木兒】【三段子】，一【歸朝歡】，古體也。近本誤將【三段子】『做官』以下分爲二曲，

（一）夾批：已餓死了，榮耀、封誥要他何用？

（二）眉批：難道寄不得一封書回去，改換怎□門間？

（三）眉批：難道寄不得一信乎？難道着不得一人以迎之乎？

【歸朝歡】末三句作【尾聲】，則調俱不全矣，今改正。

第十七齣　義倉賑濟

【仙呂入雙調・普賢歌】（丑）身充里正實難當，雜泛差徭日夜忙。官司點義倉，並無些子糧，拚一頓拖翻喫大棒。

我做都官管百姓，另是一般行徑。破靴破帽破衣裳，打扮須要厮稱。到官府百般下情，下鄉村十分豪興。討官糧大大做個官升，賣私鹽輕輕弄條喬秤。點催首放富差貧，保解戶欺軟怕硬。猛拚打強放潑，畢竟是個畢竟。誰知天不由人，萬事皆從前定。騙得五兩十兩，到使五錠十錠。田園盡都典賣，並無些子餘剩。吋耐廳前首領，嫌恨司房喬令。把我千樣凌辱，將我萬般督併。動不動去了破帽，打得我黃腫成病。幾番要自縊投河，不要了這條性命。今番又點義倉，並無糧米抵應。若還把我拖翻，便叫高擡明鏡。小人也不是都官，也不是里正，休將屈棒打了平民。（內問科）你是誰？（丑）我是扮戲的副淨。（內）休道出本來面目。（丑）苦！往常間把義倉穀子偷將家去，養老婆兒子了。今日上司官點義倉放穀，賑濟貧民，倉中沒有一些，那裏討還他？沒奈何，我待把家私并老婆兒子都賣了，也賠不起。不免去與李社長商量則個，轉灣抹角，此間便是李社長家裏。李社長，李社長。（淨）誰叫老爺？（丑）咦！你慣要做大，且出來。

三先生合評元本琵琶記

一八〇一

【前腔】（淨）身充社長管官倉，老小一家都在倉裏養。（丑）好，好，你一家老小都在倉裏養。事發時節，如何擺佈？（淨）事發儘不妨，里正先喫棒。（丑）尊兄，饒得你過麼？（淨）先打了都官，方纔打社長。

老夫年傍八旬，家中只有三人。因充社長勾當，誰知也不安寧。又要告官書題粉壁，又要勸民栽種翻耕。又要管淘河砌磡，又要辦水桶麻繩。若有人家嫁娶，須索請我做賓人。人人稱我年高伏衆，個個叫我社長官人。若得一紙狀子，強似廳上縣丞。原告許我銀子三錠五錠，被告送我猪脚十斤廿斤。還得了兩家財物，只得朦朧寫個回文。每日去幹得泄水功德，竟你不知自家家裏禍因。大的孩兒不孝不義，小的媳婦逼刼離分。單單只有第三個孩兒本分，常常搶去了老夫的頭巾。激得我老夫性發，只得唱個陶真。（丑）呀！陶真怎的唱？（淨）呀！到被你聽見了。也罷，我唱，你打和。（丑）使得。

（淨）孝順還孝順子，（丑）打打哈蓮花落。（淨）忤逆還生忤逆兒，（丑）打打哈蓮花落。（淨）看簷前水，（丑）打打哈蓮花落。（淨）點點滴滴不差移，（丑）打打哈蓮花落。（淨）住了。（丑）你若不叫住，我直唱到天明。（淨）里正，你叫我出來有甚事說？（丑）社長哥，今日官司給散義倉，倉中又無稻子，如何是好？我和你不免合賠些子。（淨）呀！倉中稻子都是你搬去喫了，怎的叫我和你合賠？（丑）社長又是你搬去喫了，怎的叫我和你合賠？（丑）社長又是你搬去喫了，怎的叫我和你合賠？小畜生，到不虧了你？上司來時，干我甚事？我自回去抱子弄孫嬉他娘。正是：閉門不管窗前月，一任梅花自主張。（下）（丑）苦！李社長又去了，上司官又來了，如何是好？呀！喝道聲漸漸近了，只得迎接則個。（外扮放糧官、末扮隸人上）

【前腔】（外）親承朝命賑饑荒，（末）躍馬揚鞭到此方。（丑）里正接老爹。（末）起去。疾忙開義倉，支與百姓糧，從實支收休要謊。

（外）里正，將支收簿來看。（丑）簿在此。（外讀科）原管三十九石，新收三十六石，見在四十六石。（丑）呀！這倉裏那有四十六石？（丑）有，有，相公。（外）左右，與他取了甘結，一面著他喚饑民來支糧。（丑）一心忙似箭，兩腳走如飛。（下）（外）左右，這廝說謊，倉裏那得這些稻子？（末）相公且由他。若是不足數，只要他賠償便了。（外）也說得是。（丑扮瞎子上）

【商調過曲·吳小四】（丑）肚又饑，眼又昏，家私沒半分，子哭兒啼不可聞。聞知相公來濟民，請些官糧去救貧。

（丑作錯跪科）相公可憐見。（末）相公在這裏。（外）老的姓甚名誰？家裏有幾口？（丑）小的姓丘名乙己，住上大村，有三千七十口。（外）胡說，那裏有許多口？（丑）告相公得知：上大人，丘乙己，化三千，七十士。（末）一口胡柴！（外）你實有幾口？（丑）小的夫妻兩口，孩兒兩口。（外）支糧與他。（末）支四口糧了。（丑）多謝相公。正是：一日不識羞，三日不忍餓。（下）（淨扮瞎子上）

【前腔】（淨）嘆連朝，饑怎忍？家中有五六人。前日老婆典了裙，今日媳婦又典裩，恰好遇官司來濟貧。

相公可憐見。（外）老的姓甚名誰？家裏有幾口？（淨作聲，外復問科）（淨）小的姓大名比丘僧，住

在祇樹給孤獨園，有一千二百五十口。（外）胡說，那裏有許多口？（淨）告相公得知：《彌陀經》中

道：「祇樹給孤獨園，與大比丘僧一千二百五十人俱。」（末）佛口蛇心！（外）你實有幾口？（淨）小

的有兩個媳婦，三個孩兒，和我共六口。（外）支糧與他。（末）支六口糧了。（淨）多謝相公。正是：

今日得君提掇起，免教人在污泥中。（淨下）

【雙調引子·搗練子】（旦）嗟命薄，嘆年艱，含羞忍淚向人前，猶恐公婆懸望眼。

路逢險處難迴避，事到頭來不自由。奴家少長閨門，豈識途路？今日見官司放糧濟貧，只得去請些稻

子，以救公婆之命。（外）婦人，你姓甚名誰？來此怎的？（旦）告相公：奴家是趙五娘，公公蔡從

簡。因兒夫出外，特來請些糧米，以救公婆之命。（外）你丈夫那裏去了，使你婦人家來請糧？

【正宮過曲·普天樂】（旦）兒夫一向留都下。（外）你家裏還有誰？（旦）只有年老爹和媽。

（外）有兄弟麼？（旦）弟和兄更沒一個。（外）既沒有弟兄，誰看承你的爹媽？（旦）看承盡是奴

家。（外）這般說起來，你好苦呵！婦人家不出閨門，你何不使個男子漢來請糧？（旦作悲科）歷盡

苦，誰憐我，相公，怎說得不出閨門的清平話？（外）你家裏有幾口？（旦）只有三口。（外）左右，

支糧與他。（末）沒糧了。（旦哭科）若無糧，我也不敢回家。（外）怎的不敢回家？（旦）相公，豈忍

見公婆受餒？天那！嘆奴家命薄，直恁摧挫。

（外）左右，這倉中稻子沒了。一來湊原數不起，二來這婦人說得好苦。你去拿那里正來，要這厮賠償。

（末）領鈞旨。

之命。（外）我自有分曉。（末押丑上）甕中捉鱉，手到拿來。（外）里正，這倉中稻子湊原數不起，盡是

你自偷了，你好好招認。（末）相公，小人招不得。自古道東量西折，難教小人賠償。（外）畜生，尖斛量

入，平斛量出，如何會折了許多。左右，拿下打四十。（丑）相公不要打，小人情願招了。（讀招科）招狀

人姓猫狸，見年三十有餘。身上別無疾病，只有白帶不除。今與短狀招伏，因爲官糧欠虧。縱然有得些

倉情弊，中間無甚蹺蹊。稻熟排門收斂，斂了各自將歸。並無倉廩盛貯，那有帳目收支？說到義

小，胡亂寄在民居。官司差人點視，便攞些穀支持〔一〕上下得錢便罷，不問倉實倉虛。假饒清官廉吏，

被我影射片時。東家借得十扛，西家借得五箕。但見倉中有穀，其間就裏怎知？年年不當甚事，番番

一似要嬉。不道今年荒旱，不料今歲民饑。不因分俵賑濟，如何會泄天機？假饒奏到三十三天，我里

正無甚罪過。（末）爲甚的？（丑）只是點糧詐錢的做馬做驢。招狀執結是實，伏乞相公指揮。（外）

左右，押這廝去，就要賠償。（末押丑下）正是：懼法朝朝樂，欺公日日憂。（末押丑上）假饒人心似

鐵，怎逃官法如爐？　告相公，里正賠償的稻子有了。（外）支與那婦人去。（旦）多謝相公。（末與旦

（丑覷覷科）由你半路去，我好歹與你奪了便罷。（旦）謝得恩官有主維，（丑）只教中路有災危。

（外）當權若不行方便，（末）如入寶山空手回。（外、末、丑下）（旦）一斟一酌，莫非前定。今日奴家去

〔一〕原作『栖』，據汲古閣刊本《繡刻琵琶記定本》改。

請糧，誰知道里正作弊，倉中沒了。若不得相公督併里正賠償，奴家如何得這些穀回家救濟二親？正

是：饑時得一口，強似飽時得一斗。（欲下，丑上攔住科）恩人相見，分外眼明。讐人相見，分外眼睜。

我也會見你過來呵。你快把稻子還我，萬事全休。（旦）呀！相公與奴家的稻子，如何還你？（丑）

咳！方纔不是你只管告不休，相公如何要我賠償？這稻子是我賣老小賣家私的，你如何拿去？（搶

科）（旦）里正官人，休要用強，可憐奴家艱辛。（丑）可憐你甚的？

【雙調過曲·鎖南枝】（旦）兒夫去，竟不還，公婆兩人都老年。自從昨日到如今，不能穀一

餐飯。（丑）你公婆沒飯喫，也不干我事。（旦）奴請糧，他在家懸望眼。念我年老公婆，做方便。

（拜丑科）（丑）不要拜，不要拜。這般年時，我做不得方便，你將稻子還我便罷。

【前腔換頭】（旦）鄉官可憐見，這些稻子呵，是我公婆命所關。若是必須奪去，寧可脫下衣

裳，就問鄉官換。（脫衣科）（丑）不要不要，你身上也寒冷。[1]（旦）寧使奴身上寒，只要與公婆救

殘喘。

（丑）娘子，罷罷，你說起這話，都是孝心，我不忍問你取了。莫怪，莫怪，你去罷。（旦）如此，多謝。（丑

虛下躲科）（旦）謝天謝地！且喜里正去了，不免趲行幾步。（丑上推旦奪下科）

[1]　眉批：　不象。。。

【前腔】（旦）奪將去，真可憐，公婆望奴不見還。縱然他不埋冤，道我做媳婦的有何幹？他忍饑，添我夫罪愆，教奴怎見得我夫面？

千死萬死，終久是死，不如早死爲强。此間有一口古井，不免投入死休。（欲投科）

【前腔】將身赴井泉，思量左右難。我丈夫當年分散，叮嚀囑付爹娘，教我與他相看管。苦！我死却，他形影單。夫婿與公婆，可不兩埋怨？（二）

【前腔】（外上）媳婦去，不見還，教人在家凝望眼。（外跌倒旦扶科）（外）呀！你在這裏閒行，教我望得肝腸斷。（旦）公公，奴請糧爲你供午餐，又誰知被人騙。

（外）媳婦，却怎麼説？（旦）公公，奴家請得些稻子，到半途之中，却被里正奪去了。（外哭）天那！

元來如此。（哭科）

【前腔】（外）思量我命乖蹇，不由人不珠淚漣。料想終須餓死，不如早赴黃泉，免把你廝牽絆。媳婦，婆老年，不久延，你須是好看管。

呀！這裏元來有一口古井，不免投入死休。

【前腔】（旦）公公，你若身傾棄，我苦怎言？公還死了婆怎免？你兩人一旦身亡，教我獨自

（一）　眉批：□情至語。

（二）　。。。。。

如何展?（一） 公公，你喫苦辛其實難過遣，我痛傷悲只得強相勸。

【前腔】（外）媳婦，你衣衫盡解典，囊篋已罄然。縱然目前存活，（二）到底日久日深，你與我難

相念。 苦！ 衣食缺，你行孝難。活冤家，不如早拆散。（外投井旦救科）（末挑穀上）

【前腔】（末）不豐歲，荒歉年，官司把糧來給散。見一個年老的公公，在那裏頻嗟嘆。待向

前，仔細看。 呀！ 我道是誰？ 元來是蔡老員外和五娘子呵。你兩人在此有何幹？

（旦）公公，一言難盡。奴家今日聞知官司給散義倉，去請些糧米與公婆充饑。誰想里正作弊，倉中沒

了稻子。謝得相公著令正賠納，把些與奴家。來到半途，被里正奪去。奴家害羞回來，公公見說，也

要投井死，奴家正在此勸解公公。（末）咳！ 五娘子，你差了，老夫方纔也請得些官糧，正要將來分送

你公公。 你怎的不來與我商量，却自家出去，被那狂徒欺侮？

【前腔】（末）我聽你說這言，待我趕去。 罵那廝鐵心腸，昧心漢。（旦）公公，他去得遠了。（外）

罷，罷，太公，我和你是良善之人，不要與那狂徒一般見識（三）。只是我這幾日餓得難過。（末）員外，你且

不須憂慮，我也請得些官糧，和你兩下分一半。（旦）這是公公請的，如何使得？（末）咳！ 五娘

（一） 眉批： 幾泣長弘之血。

（二） 然： 原作『仗』，據汲古閣刊本《繡刻琵琶記定本》改。

（三） 眉批： 老景，逼真。

子，你休恁推，莫棄嫌，且將回，權做兩廚飯。

（旦）如此，多謝了公公。（末）怎說這話？五娘子，你伯喈當初出去，把爹娘囑付與老夫。今日是荒年饑歲，虧殺你獨自支吾。[一]終不然我自溫飽，教你忍饑受餓？古語云：濟人須濟急時無，你胡亂將這些救濟公姑則個。五娘子，你先回去，我和你公公隨後緩緩的來。

【正宮過曲·洞仙歌】（旦）苦！家私沒半分，靠着奴此身。只要救取公婆，豈辭多苦辛？

（合）空把淚珠搵，谁憐饑與貧，這苦說不盡。

【前腔】（外）太公，我本爲泉下人，他救我一命存。只怕我不久身亡，報不得媳婦恩。（合前）

【前腔】（末）見說不可聞，況我托在隣。終不然我享安和，忍見你受饑窘。（合前）

（旦）命薄多年受苦辛，（外）不如身死早離分。

（末）惟有感恩并積恨，（合）萬年千載不成塵。

齣末批：

李卓吾評：讀此處則伯喈不孝不義之名皆張老累之也，吾不德之而恨之。

眉批：　□□你要他去。

　　○○○
　　○○○

（一）

三先生合評元本琵琶記

湯若士評：(一) 坊本作趙將投井，遇張公救之。蔡公老年饑餒，豈能復出道途耶？

徐文長評：曲極悲傷之致，如離鴻之奏；但白多繁俚不堪，且既不顧其饑，寧顧其寒？尤少斟酌。

第十八齣　再報佳期

【越調過曲·蠻牌令】(丑) 終日走千遭，走得腳無毛。何曾見湯水面？花紅也不曾見半分毫。到不如做個虔婆頂老，也落得些鴨汁喫飽。窮酸秀才直恁喬，老婆與他，故推不要。(二)

咳！我做媒婆做到老，不曾見這般好笑。時耐一個秀才，老婆與他不要。別人見了媒婆歡歡喜喜，他反和我尋爭尋鬧。老相公又不肯干休，只管在家囉唣。把媒婆放在中間，旋得七顛八倒。走得我鞋穿襪綻，說得我唇乾口燥。也不怕你親事不成，也不怕你姻緣不到。只怕你紅羅帳裏快活，不叫媒婆聒噪。這裏便是狀元貴館，呀！恰好的狀元出來了。

【越調引子·金蕉葉】(生) 愁多怨多，俺爹娘知他怎麼？擺不脫功名奈何，送將來冤家怎躱？

(相見科)(丑) 狀元，賀喜，賀喜。牛太師選定今日與小姐畢姻，請狀元早赴佳期。(生) 天那！此事

(一) 評：原闕，據文義補。
(二) 眉批：非不要，只怕人笑。

如何是好？（丑）狀元，事皆前定，不必再推。

【南呂過曲·三換頭】（生）名韁利鎖，先自將人摧挫。況鸞拘鳳束，甚日得到家？我也休怨他。這其間，只是我，不合來，長安看花。閃殺我爹娘也，淚珠空暗墮。（合）這段姻緣，也只是無如之奈何。[一]

【前腔】（丑）鸞臺罷粧，鵲橋初駕。佳期近也，請仙郎到河。（生）媒婆，我去也不妨，只是一心掛兩頭，如何是好？（丑）狀元，此事明知牽掛，這其間，只得把，那壁廂，且都拚捨。況奉君王詔，怎生別了他？（合前）

（丑）狀元，門首轎馬都已齊備了。

卻末批：

（丑）及早赴佳期，（生）歡娛成怨悲。

（合）情知不是伴，事急且相隨。

李卓吾評：　若狀元畢竟不肯，牛也無如之何。　觀此則知其推詞都是假也。

［一］　眉批：舊譜註云：前二句是【五韻美】，中四句是【臘梅花】，後四句是【梧葉兒】。今按：前二句、後二句俱近似矣，但中四句不似，而『閃殺』二句亦不似【梧葉兒】，闕疑可也。

徐文長評：　此齣獨簡可取。

湯若士評：　一心掛兩頭，掛着甚麼？　新者乎，舊者乎？

第十九齣　強就鸞凰

【黃鍾引子·傳言玉女】（外）燭影搖紅，簾幕瑞烟浮動，畫堂中珠圍翠擁。粧臺對月，下鸞鶴神仙儀從。玉簫聲裏，一雙鳴鳳。[一]

【左右何在？（院子上）獨立畫堂聽命令，珠簾底下一聲傳。老相公有何指揮？（外）左右，我今日與小姐畢姻，筵席安排了未？（院子）安排完備了。（外）完備得如何？【水調歌頭】（院子）屏開孔雀，褥隱繡芙蓉。　獸爐烟裊，蓮臺絳燭吐春紅。　廣設珊瑚席子，高把真珠簾捲，環列翠屏風。人間丞相府，天上蕊珠宮。　錦遮圍，花爛熳，玉玲瓏。　繁絃脆管，歡聲鼎沸畫堂中。　簇擁金釵十二，座列三千珠履，談笑盡王公。　正是：　門闌多喜氣，女婿近乘龍。　（外）狀元來未？（院子）望見一簇人馬喧鬧，想是狀元來了。（生上）

【女冠子前】（生）馬蹄驕速，傳呼齊擁雕轂。　（外）宮花帽簇，天香袍染，丈夫得志，佳婿

（一）　眉批：　詞甚濃艷。

乘龍。

（外）惜春，狀元已到，請小姐出來拜堂。（淨、丑執掌扇隨貼上）

【女冠子後】（貼）粧成聞喚促，又將嬌面重遮，羞蛾輕蹙。（淨、丑合）這姻緣不俗，金榜題名，洞房花燭。

（淨）狀元和小姐兩個，各自立一邊，請陰陽先生贊禮。（末扮賓人上）票相公，告廟。（末）維大漢太平年，團圓月，和合日，吉利時。嗣孫牛某，有女及笄，奉聖旨招贅新狀元蔡邕為婿。以此吉辰，敢申虔告？告廟已畢，請與新人揭起方巾。（丑）待我來。伏以窈窕青娥二八春，綠雲之上覆方巾。玉纖揭起西川錦，露出嬌容賽玉真。[一]掌禮，請喝拜。（末）竊以禮重婚姻，兹寔人倫之大；義當配偶，爰思宗系之承。[二]熒煌花燭。祀供蘋藻，首嚴見廟之儀；贄備棗栗，仰講拜堂之禮。集珠履玼簪之客，環金釵玉珥之賓。慶會良宵，觀光盛事。香熏寶鴨，濃騰裊裊之烟；步擁金蓮，請下深深之拜。（喝拜科）拜禮已畢，請狀元小姐把酒。

【黃鍾過曲·畫眉序】（生）攀桂步蟾宮，豈料絲蘿附喬木。喜書中今日[三]有女如玉。堪觀

三先生合評元本琵琶記

（一）眉批：繁雜否？

（二）青廬：原作『青爐』，據文義改。

（三）眉批：『喜』字非蔡生聲口。

處絲幕牽紅，恰正是荷衣穿綠。（合）這回好個風流婿，偏稱洞房花燭。

【前腔】（外）君才冠天祿，我的門楣稍賢淑。看相輝清潤，瑩然冰玉。光掩映孔雀屏開，花爛熳芙蓉穩褥。（合前）

【前腔】（貼）頻催少膏沐，金鳳斜飛鬢雲矗。喜逢他蕭史，愧非弄玉。清風引珮下瑤臺，明月照粧成金屋。（合前）

【前腔】（淨、丑）湘裙展六幅，似天上嫦娥降塵俗。喜藍田今已種成雙玉。風月賽閬苑三千，雲雨笑巫山二六。（合前）

【滴溜子】（生）謾說道姻緣事，果諧鳳卜。細思之，此事豈吾意欲？有人在高堂孤獨。可惜新人笑語喧，不知我舊人哭。兀的東床，難教我坦腹。

【鮑老催】（衆）翠眉謾蹙，赤繩已繫夫婦足，芳名已注婚姻牘。狀元，空嗟怨，枉嘆息，休推挫。畫堂富貴如金谷。休戀故鄉生處好，受恩深處親骨肉。

【滴滴金】（衆）金猊寶篆香馥郁，銀海瓊舟泛醴酴，輕飛彩袖呈嬌舞。囀鶯喉，歌麗曲。歌聲斷續，持觴勸酒人共祝。百年夫婦永和睦。

【鮑老催】（衆）意深愛篤，文章富貴珠萬斛，天教艷質為眷屬。似蝶戀花，鳳棲梧，鸞停竹。男兒有書須勤讀，書中自有黃金屋，也自有千鍾粟。

【雙聲子】（眾）郎多福，郎多福，看紫綬黃金束。娘萬福，娘萬福，看花誥紋犀軸。兩意篤，兩意篤。豈反覆，豈反覆。似紋鸞綵鳳，兩兩相逐。

【餘文】（合）郎才女貌真不俗，占斷人間天上福，百歲姻緣萬事足。[一]

（合）清風明月兩相宜，女貌郎才天下奇。

正是洞房花燭夜，果然金榜掛名時。

齣末批：

徐文長評：　詞多佳麗，白覺繁雜。

第二十齣　勉食姑嫜

【南呂引子・薄倖】（旦）野曠原空，人離業敗。謾盡心行孝，力枯形憊。幸然爹媽，此身安泰。恓惶處，見慟哭饑人滿道，嘆舉目將誰倚賴？

四野蕭疏絕烟火，日色慘淡黯村塢。死別空原婦泣夫，生離他處兒思母。睹此恓惶實可憐，思量轉覺此身難。高堂父母老難保，上國兒郎去不還。力盡計窮淚亦竭，看看氣盡知何日？高岡黃土漫成堆，

（一）　眉批：　却有一件不足，大老婆就到了。

誰把一抔掩奴骨？奴家自從丈夫去後，頓遭饑荒，衣衫首飾，盡皆典賣，家計蕭然。爭奈公婆年老，死生難保。朝夕又無甘旨應奉，如何是好？只得安排一口淡飯與公婆充饑，奴家自把些穀膜米皮糴糴來喫，苟留殘喘。喫時又怕公婆撞見，只得迴避，免致他煩惱。如今飯已熟了，不免請出公婆早膳則個。（外、淨上）

【雙調引子·夜行船】（外）苦！忍饑擔餓何日了？孩兒一去，竟無音耗。（淨）甘旨蕭條，米糧缺少。（合）天那！真個死生難保。

（旦）請公公婆婆早膳。（淨）媳婦，有菜蔬麼？（二）（旦）沒有。（淨）有下飯麼？（旦）也沒有。（淨）咳！賤人，前日早膳還有些下飯，今日只得一口淡飯。再過幾日，連淡飯也沒有了？快擡去。（外）咳！這般年時，胡亂喫一口充饑，還要分甚麼好歹？

【南呂過曲·羅鼓令】【刮鼓令】（淨）我終朝受餒，賤人，你將來茶飯怎喫？可疾忙便擡，非干是我有些饞態。（外）阿婆，你看他衣衫都解，好茶飯將甚去買？兀的是天災，教媳婦每難佈擺。（旦）婆婆息怒且休罪，待奴家雲時將去再安排。【皂羅袍】（合）思量到此，珠淚滿腮。看看做鬼，溝渠裏埋。縱然不死也難捱，【包子令】教人只恨蔡伯喈。

（二）　眉批：　蔡婆到底有富貴相。

【前腔】（淨）如今我試猜，多應他犯着獨噇病來，[一]背地裏買鮭菜？（外）阿婆，他那裏得錢去買？（淨）阿公，我喫飯他緣何不在？這些意兒真是歹。（外）阿婆，他和你甚相愛，不應反面直恁的乖。（淨）我千辛萬苦，有甚疑猜？可不道我臉兒黃瘦骨如柴？（合前）

（淨）攧去，攧去。（外）你去，你去。（旦背科）我千辛萬苦，有甚疑猜？（淨）媳婦，婆婆喫不得，你且收去。（旦收科）婆婆耐煩，待奴家去佈擺些東西，再安排過來。（淨）你去，你去。（旦）正是：啞子謾嘗黃柏味，難將苦口向人言。（下）（淨）阿公，親的到底是親，親生兒子不留在家，到倚靠着媳婦供養。[三]你看前日冗自有些鮭菜，今日只得些淡飯，教我怎的喫？再過幾日，連飯也沒了。我看他前日自喫飯時節，百般躲避我，敢是他背地裏自買些下飯受用？（外）阿婆，休要錯疑了，我看媳婦不是這般樣人。（淨）恁的，等他自喫時節，我和你潛地裏去探一探，便知端的。（外）也說得是。只一件那，（淨）却怎的？

（外）荒年有飯休思菜，（淨）媳婦無良把我虧。
（外）渾濁不分鰱共鯉，（合）水清方見兩般魚。

齣末批：
湯若士評：從來信被謗，忠見疑，無天可憫，所以孝婦含冤，三年大旱。

（一）病：原闕，據汲古閣刊本《繡刻琵琶記定本》補。
（二）（略）
（三）眉批：到此蔡婆又合扮淨脚矣。

三先生合評元本琵琶記

一八七

徐文長評：　唉糟喫糠不難，喫婆怨氣更難。

李卓吾評：　觀此則蔡婆真合扮净矣。

第二十一齣　糟糠自厭

【商調過曲·山坡羊】（旦）亂荒荒不豐稔的年歲，遠迢迢不回來的夫婿。急煎煎不耐煩的二親，軟怯怯不濟事的孤身體。[一]　苦！衣盡典，寸絲不掛體。幾番拚死了奴身己，爭奈没主公婆，教誰看取？　思之，虚飄飄命怎期？　難捱，實丕丕災共危。

【前腔】滴溜溜難窮盡的珠淚，亂紛紛難寬解的愁緒。骨崖崖難扶持的病身，戰兢兢難捱過的時和歲。[二]　這糠，我待不喫你呵，教奴怎忍饑？　我待喫你呵，教奴怎生喫？　思量起來，不如奴先死，圖得不知他親死時。[三]　（合前）

奴家早上安排些飯與公婆喫，豈不欲買些鮭菜？　爭奈無錢可買。不想婆婆抵死埋冤，只道奴家背地

（一）眉批：　當不起四「不」。

（二）眉批：　又當不得四「難」。

（三）眉批：　可哭可痛。

自喫了甚麼東西。不知奴家喫的是米膜糠粃，又不敢教他知道。便做他埋冤殺我，我也敢不分說。(一)

苦！這糠粃怎的喫得下？（喫吐科）

【雙調過曲‧孝順兒】【孝順歌】嘔得我肝腸痛，珠淚垂，喉嚨尚兀自牢嘎住。糠那！你遭瘟

被舂杵，篩你簸颺你，(三)喫盡控持。【江兒水】好似奴家身狼狽，千辛萬苦皆經歷。苦人喫着

苦味，兩苦相逢，可知道欲吞不去。（外、淨潛上探覷科）

【前腔】(旦)糠和米，本是相依倚，誰人簸颺作兩處飛？一賤與一貴，好似奴家與夫婿，終

無見期。丈夫，你便是米呵，米在他方沒尋處。奴家恰便似糠呵，怎的把糠來救得人饑餒？好

似兒夫出去，怎的教奴供膳得公婆甘旨？（外、淨潛下）

【前腔】(旦)思量我生無益，死又值甚的？不如忍饑死了爲怨鬼。只一件，公婆老年紀，靠

奴家相依倚，只得苟活片時。片時苟活雖容易，到底日久也難相聚。謾把糠來相比，這糠

呵，尚兀自有人喫。奴家的骨頭，知他埋在何處？

（外、淨上）(淨)媳婦，你在這裏喫甚麼？（旦）奴家不曾喫甚麼。（淨搜奪科）(旦)婆婆，你喫不得。

(一)　眉批：孝正可哭。

(二)
　　眉批：原來蔡公是碓，蔡婆是臼，張太公是簸箕。

（外）咳！這是甚麼東西？

【前腔】（旦）這是穀中膜，米上皮，（外）呀！這便是糠，要他何用？（旦）將來饘饘堪療饑。（淨）唉！這糠只好將去餵豬狗，如何把來自喫？（旦）嘗聞古賢書，狗彘食人食，[二]也強如草根樹皮。（外、淨）怎的苦澀東西，怕不噎壞了你？（旦）嚙雪吞氈，蘇卿猶健；餐松食柏，到做得神仙侶。這糠呵，縱然喫些三何慮？（淨）阿公，你休聽他說謊，糠秕如何喫得？（旦）爹媽休疑，奴須是你孩兒的糟糠妻室。

（外、淨看哭科）媳婦，我元來錯埋冤了你，兀的不痛殺我也。（外、淨倒，旦叫哭科）

【正宮過曲·雁過沙】（旦）苦！沉沉向冥途，空教我耳邊呼。公公婆婆，我不能殼盡心相奉事，反教你為我歸黃土。教人道你死緣何故？公公婆婆，怎生割捨得拋棄了奴？

（外醒科）（旦）謝天謝地！公公醒了。公公，你闔閭。

【前腔】（外）媳婦，你擔饑事舅姑；媳婦，你擔饑怎生度？（旦）公公且自寬心，不要煩惱。（外）媳婦，我錯埋冤了你，你也不推辭，到如今始信有糟糠婦。媳婦，料應我不久歸陰府。也省得為我死的，累你生的受苦。

（二） 眉批：　若使父母凍餒而不養者，真狗彘食人食矣。

（旦扶外起科）公公且在床上安息，待我看婆婆如何？（旦叫不醒科）呀！婆婆不濟事了。如何是好？

【前腔】（旦）婆婆氣全無，教奴怎支吾？咳！丈夫呵，〔二〕我千辛萬苦，爲你相看顧，如今到此難回護。我只愁母死難留父。況衣衫盡解，囊篋又無。

（外）媳婦，婆婆還好麼？（旦）婆婆不好了。

【前腔】（外）天那！我當初不尋思，教孩兒往帝都。把媳婦閃得苦又孤，把婆婆送入黃泉路，算來是我相擔誤。不如我死，免把你再辜負。

（旦）公公休説這話，請自將息。（外）媳婦，婆婆死了，衣衾棺槨，是件皆無，如何是好？（旦）公公寬心，待奴家區處。（末上）福無雙降猶難信，禍不單行却是真。自去之後，連遭饑荒，公婆年紀皆在八十之上，家裏再没個相扶持的。甘旨之奉，虧殺這五娘子。把些衣服首飾之類，盡皆典賣，辦些糧米，供給公婆，却背地裏把糠粃稗穧充饑。這般荒年饑歲，少甚麼有三五個孩兒的人家，供膳不得爹娘。這個小娘子，真個今人中少有，古人中難得。那婆婆不知道，顛倒把他埋冤。適來聽得他公婆知道，却又痛

三先生合評元本琵琶記

（一）

眉批：少不得叫丈夫，此時已回護不得了。顏常山所以呼天子而受刑，也□一理，我謂趙氏假爲丈夫可以托孤寄鄰伯，□□□□□當飛可以於及。

心，都害了病。如今不免到他家裏探望則個。呀！五娘子，你為甚的慌慌張張？（旦）公公，天有不測風雲，人有旦夕禍福〔二〕。（末）咳！你婆婆既死了，你公公如今在那裏？（旦）在床上睡着。（末）待我看一看。（外）太公休怪，我起來不得了。（末）老員外快不要勞動。（旦）太公，我婆婆衣衾棺槨，是件皆無，如何是好？（末）五娘子，你不要愁煩，我自有區處。

【南呂入雙調·玉抱肚】（旦）千般生受，教奴家如何措手？終不然把他骸骨，沒棺材送在荒坵？（合）相看到此，不由人不淚珠流。正是不是冤家不聚頭。

【前腔】（末）五娘子，不必多憂，資送婆婆，在我身上有。但你小心承直公公，莫教他又成不救。（合前）

【前腔】（外）張公護救，我媳婦實難啓口。孩兒去後，又遇饑荒，把衣衫典賣無留。（合前）

（末）老員外，你請進裏面去歇息。待我一霎時叫家僮討棺木來，把老安人殯斂了。選個吉日，送在南山安葬去。（外）如此，多謝太公周濟。

（旦）只爲無錢送老娘，（末）須知此事有商量。
（合）歸家不敢高聲哭，惟恐猿聞也斷腸。

（二）　夾批：　無暇説此，刪。

齣末批：

李卓吾評：一個蔡婆送在張老身上矣，真蔡氏仇人也。

湯若士評：情真語真，令人一字一血，當與湘淚淒楚千古。

徐文長評：身作佳婿，母喪溝渠不知，在珠圍翠繞中，曾作一惡夢否？

三先生合評元本琵琶記卷上終

三先生合評元本琵琶記卷下

明　湯若士先生　李卓吾先生　徐文長先生　合評

元　高則誠　編

第二十二齣　琴訴荷池

【南呂引子·一枝花】（生）閒庭槐影轉，深院荷香滿。簾垂清晝永，怎消遣？十二欄干，無事閒憑遍。悶來湘簟展，夢到家山，又被翠竹敲風驚斷。[一]

〔南鄉子〕翠竹影搖金，水殿簾櫳映碧陰。人靜晝長無個事，沉吟，碧酒金樽懶去斟。　幽恨苦相尋，離別經年沒信音。寒暑相催人易老，關心，却把閒愁付玉琴。

來消白日，朱絃動處引清風。炎蒸不到珠簾下，人在瑤池閬苑中。相公，琴書在此。（生）院子，你與我喚那兩個學童過來。（末喚科）（淨執扇、丑執香上）

眉批：曲好。

【南呂過曲·金錢花】（淨、丑）自少承直書房，快活其實難當。只管打扇與燒香，荷亭畔，好乘涼。喫飽飯，上眠床。（見科）

（生）我在先得此材於爨下，斲成此琴，即名焦尾。自來此間，久不整理。今日當此清涼，試操一曲，以舒悶懷。你三人一個打扇，一個燒香，一個管文書，休得慢誤。（眾）領鈞旨。（生操琴科）

【懶畫眉】（生）強對南薰奏虞絃，只覺指下餘音不似前，那些個流水共高山？呀！只見滿眼風波惡，似離別當年懷水仙。

（淨困掉扇科）（末）告相公：掉鈞旨。

（淨困掉扇科）（末）告相公：打扇的壞了扇。（生）背起打十三。那廝不中用，只教他燒香。（末）領

【前腔】（生）頓覺餘音轉愁煩，似寡鵠孤鴻和斷猿，又如別鳳共離鸞。呀！只見殺聲在絃中見，敢只是螳螂來捕蟬？

（丑困滅香科）（淨）告相公：燒香的滅了香。（生）背起打十三。那廝不中用，只教他管文書。（末）領鈞旨。

【前腔】（生）藍田日煖玉生烟，似望帝春心托杜鵑，好姻緣翻做惡姻緣。只怕眼底知音少，爭得鸞膠續斷絃？

（末掉文書科）（丑）告相公……管文書的亂了文書。（生）背起打十三。（貼上）（生）左右，夫人來也，且

各迴避。（衆）正是：有福之人人伏侍，無福之人伏侍人。（末、丑、淨下）

【南呂引子·滿江紅】（貼）嫩綠池塘，梅雨歇薰風乍轉。(一)（衆）炎蒸不到水亭中，珠簾捲。

展湘波紈扇冷，歌傳《金縷》瓊巵煖。（衆）炎蒸不到水亭中，珠簾捲。蠶

（貼）相公元來在此操琴呵。（生）夫人，我當此清涼，聊托此以散悶懷。（貼）奴家久聞相公高於音樂，

如何來到此間，絲竹之音杳然絕響？斗膽請再操一曲，相公肯麼？（生）夫人待要聽琴，彈甚麼曲

好？我彈一曲《雉朝飛》何如？(二)（貼）這是無妻的曲，不好。（生）呀！說錯了，如今彈一曲《孤鸞

寡鵠》何如？（貼）兩個夫妻正團圓，說甚麼孤寡？（生）不然，彈一曲《昭君怨》何如？（貼）兩個夫

妻正和美，說甚麼宮怨？相公，當此夏景，只彈一曲《風入松》好。（生）這個却好。（貼）相公，

你彈錯了。（生）呀！到彈出《思歸引》來。待我再彈。（貼）相公，你又彈錯了。（生）呀！又彈出個

《別鶴怨》來。（貼）相公，你如何恁的會差？莫不是故意賣弄，欺侮奴家？（生）豈有此心？只是這

絃不中用。（貼）這絃怎的不中用？（生）俺只彈得舊絃貫，這是新絃，俺彈不貫。（貼）舊絃在那裏？

（生）舊絃撥下多時了。（貼）爲甚撥了？（生）只爲有了這新絃，便撥了那舊絃。（貼）相公何不撥了

（一）眉批：『嫩綠池塘』四字該作一句。『梅雨歇』以下七字爲句。

（二）眉批：關目好。

新絃，用那舊絃？〔二〕（生）夫人，我心裏豈不想那舊絃？只是新絃又撚不下。（貼）你新絃既撚不下，

還思量那舊絃怎的？我想起來，只是你心不在焉，特地有許多說話。

【南呂過曲·桂枝香】（生）夫人，舊絃已斷，新絃不貫。舊絃再上不能，待撚了新絃難拚。我

一彈再鼓，一彈再鼓，又被宮商錯亂。（貼）相公，你敢是心變了麼？（生）非干心變，這般好涼

天。正是此曲纔堪聽，又被風吹別調間。

【前腔】（貼）相公，非彈不貫，只是你意慵心懶。既道是《寡鵠孤鸞》，又道是《昭君宮怨》，那

更《思歸》《別鶴》，〔三〕《思歸》《別鶴》，無非愁嘆。相公，我看你多敢是想着誰？（生）夫人，我不

想着甚麼人。（貼）相公，有何難見？你既不然，我理會得了。你道是除了知音聽，道我不是知

音不與彈。

【過曲·燒夜香】（淨）樓臺倒影入池塘，綠樹陰濃夏日長。（丑）一架荼蘼滿院香。（合）滿院

（生）夫人，那有此意？（貼）相公，這個也由你，畢竟你無心去彈他。何似教惜春安排酒過來，與你消

遣何如？（生）我懶飲酒，待去睡也。（貼）相公休阻妾意，老姥姥、惜春，看酒來。（淨、丑持酒上）

〔一〕
〔二〕眉批：都有味。
〔三〕眉批：應照趙氏事，妙。

香，和你飲霞觴。捲起珠簾，明月正上。

【南呂過曲·梁州新郎】（貼）新篁池閣，槐陰庭院，日永紅塵隔斷。碧闌干外，寒飛

漱玉清泉。只覺香肌無暑，素質生風，小簟琅玕展。畫長人困也，好清閒，忽被棋聲驚畫

眠。【賀新郎】（合）《金縷》唱，碧筒勸，向冰山雪巘排佳宴。清世界，幾人見？（一）

【前腔】（生）薔薇簾箔，荷花池館，一陣風來香滿。湘簾日永，香銷寶篆沉烟。謾有枕敧寒

玉，扇動齊紈，怎遂黃香願？（作悲科）（貼）相公，你為甚的下淚？（生）猛然心地熱，透香汗，

我欲向南窗一醉眠。（合前）

【前腔換頭】（貼）向晚來雨過南軒，見池面紅粧零亂。漸輕雷隱隱，雨收雲散。只覺荷香十

里，新月一鈎，此景佳無限。蘭湯初浴罷，晚粧殘，深院黃昏懶去眠。（合前）

【前腔】（生）柳陰中忽噪新蟬，見流螢飛來庭院。聽菱歌何處？畫船歸晚。只見玉繩低

度，朱戶無聲，此景尤堪戀。起來攜素手，鬢雲亂，月照紗櫥人未眠。（三）（合前）

本調也。今改正。

（一）眉批：□乃犯【賀新郎】□，刻者乃作【梁州序】，而謂《荊釵記》『家私迭等』為【古梁州】，不知彼乃是【梁州序】

（三）眉批：□中安排四個『□』字，情景甚妙。

【節節高】（淨）漣漪戲彩鴛，把荷翻，清香瀉下瓊珠濺。香風扇，芳沼邊，閒亭畔。坐來不覺

神清健，蓬萊閬苑何足羨？（一）（合）只恐西風又驚秋，不覺暗中流年換。

【前腔】（丑）清宵思爽然，好涼天，瑤臺月下清虛殿。神仙眷，開玳筵，重歡宴。任教玉漏催

銀箭，水晶宮裏把笙歌按。（合前）

【餘文】（眾）光陰迅速如飛電，好良宵可惜漸闌，管取歡娛歌笑喧。

（生）譙樓上幾鼓了？（淨）三鼓了。

（貼）歡娛休問夜如何，（生）此景良宵能幾何。

（淨）遇飲酒時須飲酒，（丑）得高歌處且高歌。

齣末批：

徐文長評：　琴瑟和諧，只是七絃。今若十四絃，未免宮商錯亂。

李卓吾評：　曲妙在點景，白妙在含吐。

湯若士評：　對景傷情，關目絕佳矣。但今日不妨對牛氏說知了，何必支吾？

眉批：　□。○。○。○。○。○。
　　　　□□犯重，似可。○。○。

（一）

第二十三齣　代嘗湯藥

【越調引子・霜天曉角前】（旦）難捱怎避，災禍重重至。最苦婆婆死矣，公公病又將危。

屋漏更遭連夜雨，船遲又被打頭風。奴家自從婆婆死後，萬千狼狽；誰知公公病又將危。如今贖得

些藥，已煎在此，不免再安排一口粥湯。

【越調過曲・犯胡兵】囊無半點調藥費，良醫怎求？天那！縱然救得目前，飯食何處有？

料應難到後。謾說道有病遇良醫，饑荒怎救？

公公這病呵，

【前腔】愁萬苦千恁生受，粧成這症候。藥呵，縱然救得目前，怎免得憂與愁？料應不會

久。他只為不見孩兒，繞得這病。若要這病好時呵，除非是子孝父心寬，方纔可救。

藥已熟了，且扶公公出來喫些，看何如？（下扶外上）

【霜天曉角後】（外）神散魂飛，料應不久矣。（旦）公公請闌闌。（外）我縱然擡頭強起，形衰

倦，怎支持？

（旦）公公，藥已熟了，慢慢喫些。（外）媳婦，我喫不得這藥了。

【南呂過曲・香遍滿】（旦）論來湯藥，須索是子先嘗方進與父母。公公，莫不是為無子先嘗，

恰便尋思苦？（外喫藥吐科）（旦）公公，且耐煩喫些。（外）媳婦，這藥我喫不得了。我寧可早死了罷，免得累你。（旦）公公，你須索闔闔，怎捨得一命俎？（外）媳婦，你喫糠，省錢贖藥與我喫，我怎的喫得下？（旦）苦！元來不喫藥，也只爲着糟糠婦。

公公，你既不喫藥，且喫一口粥湯，看如何？（外喫粥吐科）（旦）公公，還慢慢喫些。（外）媳婦，我肚腹膨脹，怎喫得下？

【前腔】（旦）公公，你萬千愁苦，堆積在悶懷，成氣蠱，可知道喫了吞還吐。（外）媳婦，我不濟事了，必是死了。孩兒又不回來，只是虧了你。（旦）公公，且自寬心，不要煩惱。（背哭科）怕添親怨憶，暗將珠淚墮。（外）媳婦，你喫糠，却教我喫粥，我怎的喫得下？（旦）苦！元來不喫粥，也只爲着糟糠婦。

（外）媳婦，我死也不妨，只怨孩兒不在家，虧殺了你。你近前來，有兩句言語分付你。（旦）公公，如何？（外作跌倒拜科）

【越調過曲·望歌兒】媳婦，我三年謝得你相奉事，只恨我當初把你相擔誤。天那！我待欲報你的深恩，待來生我做你的媳婦。怨只怨蔡伯喈不孝子，苦只苦趙五娘辛勤婦。

（旦）公公，奴身不足惜。

【前腔換頭】（旦）尋思，我一怨倘你死後有誰來祀，二怨你有孩兒不得相看顧，三怨你三年

間没一個飽煖的日子。三載相看甘共苦，一朝分別難同死。

【前腔】(外)媳婦，我死呵。你將我骨頭休埋在土。(旦)呀！公公百歲後，不埋在土，却放在那裏？(外)媳婦，都是我當初不合教孩兒出去，誤得你恁的受苦。我甘受折罰，任取屍骸露。(旦)公公，你休這般説，被人談笑。(外)媳婦，不笑着你。留與傍人，道蔡伯喈不葬親父。怨只怨蔡伯喈不孝子，苦只苦趙五娘辛勤婦。

【前腔】(旦)公公，倘你死呵，公婆已得做一處所，料想奴家不久也歸陰府。苦！可憐一家三個怨鬼在冥途。三載相看甘共苦，一朝分別難同死。

(外)媳婦，我畢竟是死了，你與我請張太公過來。(旦)公公，説猶未了，恰好張太公來也。(末上)歲歉無夫婿，家貧喪老親。可憐貞潔女，日夜受艱辛。老員外，你貴體若何？(外)苦！張太公，我不濟事了，畢竟是個死。你今來得恰好，我憑你為證，寫下遺囑與媳婦收執，待死後，教他休要守孝，早早改嫁便了。(末)如此，待我向前看着。五娘子，你公公病症何如？(旦)太公，我公公的病症十分危篤。(末)如此，待我向前看着。五娘子，你公公病症何如？

(旦)公公，你休那般説。自古道：忠臣不事二君，烈女不更二夫。公公休要寫。(外)媳婦，你取紙筆過來。(旦)公公，奴家生是蔡郎妻，死是蔡郎婦。千萬休寫，枉自勞神。(外)媳婦，你不取紙筆來，要

氣殺我也？（末）五娘子，你休逆他，嫁與不嫁在乎你；（一）且取將過來。（旦取上）（外作寫科）咳。

這一管筆倒有千斤來重。

【越調過曲‧羅帳裏坐】（外）媳婦，你艱辛萬千，是我擔伊誤伊。你不嫁人呵。身衣口食，怎生區處？休休，當先是我拆散了你夫妻。我如今死了呵，終不然又教你，守着靈幃？（放筆科）已

知死別在須臾，更與甚麼生人做主？

【前腔】（末）這中間就裏，我難説怎提？五娘子，你若不嫁人，恐非活計；若不守孝，又被人談議。（合）可憐家破與人離，怎不教人淚垂？

【前腔】（旦）公公嚴命，非奴敢違。若是教我嫁人呵，那些個不更二夫，却不誤奴一世？公公，我一馬一鞍，誓無他志。（合前）

（外）張太公，我憑你爲證，留下這條拄杖，待我那不孝子回來，把他與我打將出去。（外倒旦扶科）

（旦）公公病裏莫生嗔，（末）員外寬心保自身。

（外）正是藥醫不死病，（合）果然佛度有緣人。

齣末批：

徐文長評：張公既成伯喈不孝之名，而不律五娘以守節，隨波逐流，真小人也。

湯若士評：不喫藥，不喫粥，俱爲糟糠婦。讀至此，真山花盡落子規啼矣。

李卓吾評：曲與白竟至此乎？吾不知其曲與白也。但見蔡公在床，五娘在側，啼啼哭哭而已。神哉！技至此乎？

第二十四齣　宦邸憂思

【正宮引子·喜遷鶯】（生）終朝思想，但恨在眉頭，人在心上。鳳侶添愁，魚書絶寄，空勞兩處相望。青鏡瘦顏羞照，寶瑟清音絶響。歸夢杳，繞屏山烟樹，那是家鄉？

【踏莎行】怨極愁多，歌慵笑懶，只因添個鴛鴦伴。他鄉遊子不能歸，高堂父母無人管。　湘浦魚沉，衡陽雁斷，音書要寄無方便。（一）人生光景幾多時，蹉跎負却平生願。

【正宮過曲·雁魚錦】【雁過聲】思量，那日離故鄉。記臨岐送別多惆悵，攜手共那人不廝放。教他好看承，我爹娘，料他每應不會遺忘。　聞知饑與荒，只怕捱不過歲月難存養。若望不見我信音，却把誰倚仗？（二）

（一）　眉批：□□一介可耳，□□等得方便？

（二）　眉批：□□□□每末二句□□犯【雁過聲】□□你不寄信？

【二犯漁家傲】思量，幼讀文章，論事親爲子也須要成模樣。真情未講，怎知道喫盡多魔障？被親強來赴選場，被君強官爲議郎，被婚強傚鸞凰。三被強，我衷腸事說與誰行？埋怨難禁這兩厢：這壁厢道咱是個不撑達害羞的喬相識，那壁厢道咱是個不睹事負心的薄倖郎。

【二犯漁家燈】悲傷，鷺序鴛行，怎如那慈烏返哺能終養？謾把金章，綰着紫綬，試問斑衣，今在何方？斑衣罷想，縱然歸去，又恐怕帶麻執杖。只爲那雲梯月殿多勞攘，落得淚雨似珠兩鬢霜。[一]

【喜漁燈】幾回夢裏，忽聞鷄唱。忙驚覺錯呼舊婦，同問寢堂上。待朦朧覺來，依然新人鳳衾和象床。怎不怨香愁玉無心緒？更思想，被他攔當。教我，怎不悲傷？俺這裏歡娛夜宿芙蓉帳，他那裏寂寞偏嫌更漏長。[二]

【錦纏道犯】謾悒怏，把歡娛翻成悶腸。菽水既清涼，我何心貪着美酒肥羊？悶殺人花燭

（一）　眉批：李卓吾曰：『吾極服此數語。』

（二）　眉批：情文俱至。

洞房，愁殺我掛名在金榜。魆地裏自思量，[一]正是在家不敢高聲哭，只恐猿聞也斷腸。

院子那裏？（末上）有問即對，無問不答。相公有何分付？（生）院子，你是我心腹之人，有一件事和你商量，你休要走了我的消息。[三]（末）小人安敢？（生）我自從離了父母妻室，來此赴選，不擬一擢高科，拜授當職。將謂數月之後，可作歸計，誰知又被牛太師招爲門婿，一向逗留在此，不得還家，故此要和你商量個計策。（末）相公，自古道不說不知。小人每常間見相公憂悶不樂，豈知就裏？相公何不說與夫人知道？（生）院子，我夫人雖則賢慧，爭奈老相公之勢，炙手可熱。待說與夫人知道，一霎時老相公得知，只道我去了不來，如何肯放？不如姑且隱忍，和夫人都瞞了，別尋個歸計。（末）是，老相公若還知道，如何肯放相公回去？（生）院子，我如今要寄一封書家去，沒個方便的人。欲待使人逕去，又怕老相公知道。你與我出去體探，倘有我鄉里人在此，待我寄一封家書回去。

　　（生）終朝長相憶，（末）尋便寄書人。

　　（合）眼望捷旌旗，耳聽好消息。

齣末批：

　　湯若士評：

　　　曲詞宛轉深至，的是自言自語聲口，此等筆意，後人莫及矣。

（一）裏：原闕，據汲古閣刊本《繡刻琵琶記定本》補。

（二）夾批：恣怕。

李卓吾評：既恐帶麻執杖，又怕老牛得知，畢竟先於閻王做下文書，方好等得你。

徐文長評：難道差一人省親，老牛也來禁你？《琵琶》寫盡伯喈不孝耳。

第二十五齣　祝髮買葬

【雙調引子·金瓏璁】(旦) 饑荒先自窘，那堪連喪雙親。身獨自，怎支分？我衣衫都解盡，首飾並沒分文。無計策，只得剪香雲。(一)

【蝶戀花】萬苦千辛難擺撥，力盡心窮，兩淚空流血。明似雪，遠照烏雲，掩映愁眉月。一片孝心難盡說，一齊分付青絲髮。　裙布釵荊今已竭，萱花椿樹連摧折。奴家前日婆婆沒了，已得張太公周濟。如今公公又沒了，無錢資送，難再去求告他。(三)我思想起來，沒奈何了，只得剪下頭髮，賣幾貫鈔，為送終之用。雖然這頭髮值錢不多，也只把他做些意兒，恰似教化一般。苦！不幸喪雙親，求人不可頻。聊將青絲髮，斷送白頭人。

【南呂過曲·香羅帶】一從鸞鳳分，誰梳鬢雲？粧臺懶臨生暗塵，那更釵梳首飾典無存也。

(一)

(二) 夾批：慘。

(三) 夾批：人情。

頭髮，是我擔閣你度青春。⑴如今又剪你，資送老親。剪髮傷情也，怨只怨結髮薄倖人。⑵

【前腔】思量薄倖人，辜奴此身。欲剪未剪，教我先淚零。我當初早披剃入空門也，做個尼姑去，今日免艱辛。咳！只有我的頭髮恁般苦，少甚麼佳人的，珠圍翠擁蘭麝薰。呀！似這般狠狠呵，我的身死兀自無埋處，説甚麼剪頭髮愚婦人？

【前腔】堪憐愚婦人，單身又窮。頭髮，我待不剪你呵，開口告人羞怎忍？我待剪你呵，金刀下處應心疼也。却將堆鴉髻，舞鸞鬢，與烏鳥報答鶴髮親。教人道霧鬢雲鬟女，斷送霜鬢雪鬢人。（剪下哭科）

【南呂引子·臨江仙】連喪雙親無計策，只得剪下香鬟。非奴苦要孝名傳，⑶正是上山擒虎易，開口告人難。

頭髮既已剪下，免不得將去貨賣。穿長街，抹短巷，叫一聲賣頭髮。

【南呂過曲·梅花塘】賣頭髮，買的休論價。念我受饑荒，囊篋無些個。丈夫出去，那堪連

⑴　眉批：□一哭。
⑵　眉批：曲妙。
⑶　眉批：語反緩了。

一八三八

喪了公婆。沒奈何，只得剪頭髮資送他。

呀！怎的都沒人買？

【香柳娘】看青絲細髮，看青絲細髮，剪來堪愛，[一]如何賣也沒人買？這饑荒死喪，這饑荒死喪，怎教我女裙釵，當得恁狼狽？況連朝受餒，況連朝受餒，我的腳兒怎擡？其實難捱。（跌倒起科）

【前腔】往前街後街，往前街後街，並無人買。我待再叫一聲，咽喉氣噎，無如之奈。苦！我如今便死，我如今便死，暴露我屍骸，誰人與遮蓋？天那！我到底也只是個死，將頭髮去賣，將頭髮去賣，賣了把公婆葬埋，奴便死何害？

（作倒科）（末上）慈悲勝念千聲佛，造惡徒燒萬炷香。今日蔡老員外病症不知如何，我且去看一看。呀！五娘子，你為何倒在街上？（旦）苦！太公可憐見，救奴家則個。（末杖扶科）五娘子，你手裏拿着頭髮做甚麼？（旦）奴家公公又沒了，無錢資送，只得把自己頭髮剪下，欲賣幾文鈔，為送終之用。（末哭科）元來你公公又死了呵？你怎的不來和我商量，把這頭髮剪下做甚麼？（旦）奴家多番來定害公公，不敢來相惱。（末）呀！你說那裏話！五娘子。

（一）

眉批：不象。

【前腔】（末）你兒夫曾付托，兒夫曾付托，我怎生違背？你無錢使用，我須當貸。你將頭髮剪下，將頭髮剪下，又跌倒在長街，都緣我之罪。（合）嘆一家破敗，嘆一家破敗，否極何時泰來？ 各出珠淚盈腮。

【前腔】（旦）謝公公慷慨，謝公公慷慨，把錢相貸，我公婆在地下相感戴。 只恐奴身死也，恐奴身死也，兀自没人埋。 公公，誰還你恩債？（合前）

（末）五娘子，你先回家去，我即着人送些布帛米穀之類與你使用。（旦）如此，多謝公公，請收這頭髮〔1〕。（末）咳！ 難得，難得。 這是孝婦的頭髮，剪來斷送公婆的。 我留在家中，不惟傳流做個話名，後日蔡伯喈回來，將與他看，也使他惶愧。

【尾批】：

（旦）謝得公公救妾身，（末）伊夫曾托我親鄰。

（合）從空伸出拏雲手，提起天羅地網人。

齣末批：

李卓吾評：　如『剪頭髮』這樣題目，真是無中生有，妙絕千古。

湯若士評：　『餐糠』『剪髮』俱在空裏出奇，餐糠之意寓於『糟糠婦』句，剪髮之意寓於『結髮薄倖』句，尤

眉批：　□好關目。

〔1〕

一八四〇

徐文長評：　本局是賣髮，若不以髮與張公，便無收煞，此處妙絕。

第二十六齣　拐兒紿誤

【仙呂入雙調・打毬場】（淨）幾年間，爲拐兒，脫空說謊爲最。[二]　遮莫你是怎生俏的，也落在我圈套。

自家脫空爲活計，掏摸作生涯。劍舌鎗唇，伶俐的也引他懵懂；虛脾甜口，慳吝的也哄他粧風。鄉貫何曾有定居？姓名誰人知真實？粧成圈套，見了的便自入來；做就機關，入着的怎生出去？騙了鍾馗手裏寶劍，拐了洞賓瓢裏仙丹。果然來無跡，去無蹤，對面騙人如攝弄；縱使和你行，和你坐，當場賺你怎埋冤？拐兒陣裏先鋒，哄局門中大將。何用剜墻窆壁，強如黑夜偷兒；不索挾斧持刀，真個白晝劫賊。正是：天不生無祿之人，地不長無根之草。自家打聽得蔡狀元家住陳留，父母在堂，又無消息，他如今要寄家書回去。況我在陳留走得慣熟，頗習語音，不免粧扮做陳留人，假寫他父母家書遞與他，必有回音；倘或附帶些金帛回家，也不見得覓卻一個小富貴。便不然，也索與我些路費回家。這裏便是蔡狀元府前，不免入去。呀！怎的不見一個人？我且咳嗽一聲。（末）侯門深似海，不

（一）眉批：　如此想頭，不知從何處得來？　文人之心真是無所不有。

許外人敲。（相見科）你是那裏人，來此有甚勾當？（淨）小子從陳留來，蔡相公的老大人有家書在此。

（末）呀！我相公正要乘便寄家書回去，你來得恰好，待我請相公出來。（請科）

【商調引子・鳳凰閣】（生）尋鴻覓雁，寄個音書無便。謾勞回首望家山，和那白雲不見。淚痕如綫，想鏡裏孤鸞影單。

（末）告相公得知，有一個漢子說他從陳留郡來，有老相公的家書在此。（生）快請他進來。（相見科）

（生）多承足下帶得我家書來呵。（淨）小子奉老大人尊命，特遞到此。（淨遞書科）

【仙呂過曲・一封書】（生）一從你去離，我在家中常念你。功名事怎的？想多應折桂枝。幸得爹娘和媳婦，各保安康無禍危。謝天謝地，且喜家中安樂。見家書，可知之，及早回來莫更遲。

天那！我豈不要回去？爭奈不由我。院子，你引鄉親到後堂茶飯。一面取紙筆，待我寫家書，就附與他去；可取些金珠碎銀過來。（生寫書科）

【越調過曲・下山虎】男邕百拜大人尊前：一自離膝下，頓經數年。目斷萬里關山，鎮日望懸。一向那堪音信斷，名利事，嘆牽縈。謾勞珠淚漣，上表辭金殿，要辭了官，爭奈君王

不見憐。〔一〕

【鸞牌令】忽爾拜尊翰，激切意懸懸。幸喜爹娘和媳婦，盡安健。奈兒身淹留旅邸，不能彀承奉慈顏。匆匆的聊附寸箋，草草伏乞尊照不宣。

鄉親，我這一封書，并這金珠，托你將到俺家裏〔二〕與老相公收下〔三〕傳示家中大小，俺早晚便回來，教他放心，不須憂慮。（淨）小子理會得。（生）這些碎銀，送與鄉親路上做盤費。（淨）多謝，多謝。

【中呂過曲‧駐馬聽】（生）書寄鄉關，提起教人心痛酸。鄉親，傳與俺八旬爹媽，道與俺兩月妻房，隔涉萬水千山。淚痕緘處翠綃斑，夢魂飛遠銀屏遠。（合）報道平安，想一家賀喜，說道再來相見。〔四〕

【前腔】（末）遙憶鄉關，有個人人凝望眼。他頻看飛雁，望斷孤舟，倚遍危欄。見這銀鈎飛動彩雲箋，又索玉筯界破殘粧面。（合前）

【前腔】（淨）西出陽關，却嘆今朝行路難。念取經年離別，跋涉萬里程途，帶着一紙雲箋。

（一）眉批：曲至此都成自然，此是文章家第一流也，今人那得如此？

（二）將：原闕，據汲古閣刊本《繡刻琵琶記定本》補。

（三）眉批：金珠不寫在書上，大疏略，今人定大笑之。若在今人，一個錢也當封固。

（四）眉批：『說道』分明未得歸，假詞以慰家。

只怕豺狼紛擾路途間，雁鴻怕不到家鄉畔。（一）（合前）

（生）憑伊千里寄佳音，（末）說盡離人一片心。

（净）須知相別經多載，（合）方信家書抵萬金。

齣末批：

徐文長評：家書上並不敢題起牛府事，也是良心發見。

李卓吾評：世上只有官長騙百姓耳，百姓騙官長，奇特。

湯若士評：如此假書絕無破綻，騙子亦是高手。但父親筆跡也不認得，竟以金珠付之，何疏略至是？

第二十七齣　感格墳成

【南呂引子·掛真兒】（旦）四顧青山靜悄悄，思量起暗裏魂銷。黄土傷心，丹楓染淚，謾把孤墳獨造。

〔菩薩蠻〕白楊蕭瑟悲風起，天寒日淡空山裏。虎嘯與猿啼，愁人添慘悽。窮泉深杳杳，長夜何由曉。灑淚泣雙親，雙親聞不聞？

奴家自從喪了公婆，家中十分狼狽。昨已多承張太公將公婆靈柩搬得到

（一）　眉批：　如此合在他二人口中便妙。

山，免不得造一所墳堂，把公婆安葬了。爭奈無錢倩人，難以再去求他，只得自家搬泥運土。（把裙包土科）

【南呂過曲・五更轉】（旦）把土泥獨抱，麻裙裏來難打熬。空山靜寂無人吊，但我情真實切，到此不憚勞。苦！何曾見葬親兒不到？又道是三匝圍喪，那些個卜其宅兆？（二）思量起，是老親合顛倒。公公，你圖他折桂看花早，不想自把一身，送在白楊衰草。謾自苦，（作悲科）這苦憑誰告？

【前腔】我只憑十爪，如何能穀墳土高？苦！只見鮮血淋漓濕衣襖。（三）天那！我形衰力倦，死也只這遭。休休，骨頭葬處，任他血流好。此喚做骨血之親，（三）也教人稱道。教人道趙五娘真行孝。苦！心窮力盡形枯槁，只有這鮮血，到如今也出盡了。這墳成後，只怕我的身難保。

呀！我氣力都用乏了，不免就此歇息睡一覺呵。（四）

（一）眉批：古雅。
（二）眉批：自泣自訴。
（三）眉批：逼真。
（四）眉批：好關目。

三先生合評元本琵琶記

一八四五

【仙呂引子·卜算子先】墳土未曾高，筋力還先倦。（睡科）（外扮山神上）

【中呂引子·粉蝶兒】（外）趙女堪悲，天教小神相濟。〇〔一〕

善哉！善哉！吾乃當山土地，今奉玉帝敕旨：爲見趙五娘行孝，特令差撥陰兵，與他併力築造墳臺。不免出南山白猿使者、北岳黑虎將軍前來聽用。猿虎二將何在？（淨、丑扮猿、虎上）（外）吾奉玉帝敕旨：爲見趙五娘獨自在山築墳，特差汝等率領陰兵，與他併力。汝等可變作人形，與他運化土石，務要頃刻完成，不得驚動孝婦。（淨、丑）領法旨。（造墳科）告大聖，墳臺已成了。（外）趙五娘，你擡起頭來，聽我囑付。

【仙呂入雙調·好姐姐】五娘聽吾道語：吾特奉玉皇敕旨，憐伊孝心，故遣陰兵來助你。

（合）墳成矣，辭了二親尋夫婿，改換衣裝往帝畿。〇〔二〕

趙五娘，你好生記着〇〔三〕正是大抵乾坤都一照，免教人在暗中行。（外、淨、丑下）（旦醒科）

【仙呂引子·卜算子後】夢裏分明有鬼神，想是天憐念。

呀！怪哉！怪哉！奴家睡間，恍惚似夢非夢，見神人囑付道：墳已成了，教奴家前往帝畿尋取丈

（一）眉批：這裏天何等近，緣何別處却又遠？〇〇〇〇〇

（二）眉批：辭二親尋夫婿從神道口中生出，□節妙極。〇〇〇〇〇〇

（三）好：原闕，據汲古閣刊本《繡刻琵琶記定本》補。

夫。我思忖起來，獨自一身，幾時能彀得墳臺成？（起看科）呀！果然這墳臺都成了。謝天謝地！分明是神通變化。

【五更轉】怨苦知多少？兩三人只道同做餓殍。公公婆婆，今日幸賴神明救濟，成此墳臺，你兩人已得安妥。只一件，我未曾葬時節，也還恰象相親傍的一般；如今葬了呵，窮泉一閉無日曉，嘆如今永別，再無由相倚靠。我死和公婆做一處埋呵，也得相伏侍。只愁我死在他途道，我的骨頭何由來到？從今去，墳呵，只願得中乾燥，福子蔭孫也都難料。呀！天那！便做蔭得個三公，也濟不得親老。淚暗滴，復把蒼天來禱。（末同丑帶鉏器上）

【越調過曲・鑔鍬兒】（末）悲風四起吹松柏，山雲黯淡日無色。（丑）虎嘯與猿啼，怎不慘戚？（合）趲步前來到峭壁，都與孝婦添助力。

（末）老夫夫張廣才，只為蔡老員外老夫妻相繼棄世，虧殺他媳婦趙五娘子支持。如今又聞得他把裙包土，築造墳臺。我想人家造一所墳，沒有千百工造不成，他獨自一個女流，如何成得此事？不免帶將小二，與他添助力氣則個。呀！好怪哉，如何墳都成了？只見：松柏森森繞四圍，孤墳新土掩泉扉。五娘子，空山獨自無人問，為築墳臺又阿誰？（旦）太公，夢裏鬼神多怪異，陰兵運石與搬泥。墳

（一）

眉批：　丈夫未到手，又想生兒子了。《琵琶》曲妙在轉處。

臺成了親分付，教奴尋婿到京畿。（丑）公公，自古流傳多有此，畢竟感格上蒼知。長城哭倒稱姜女，五

娘子，你他日芳名一樣題。（合）正是：善惡到頭終有報，只爭來早與來遲。[1]

【好姐姐】（旦）公公，念奴血流滿指，獨自要墳成無計。深感老天，暗中相護持。（合）墳成

矣，辭了二親尋夫婿，改換衣裝往帝畿。

【前腔】（末）五娘子，老夫帶領小二，待與你添助些力氣，誰知有神暗中相救濟。（合前）

【前腔】（丑）你每真個見鬼，這松柏孤墳在何處？恰纔小鬼是我粧扮的。（合前）

（末）孝心感格動陰兵，（旦）不是陰兵墳怎成。

（丑）萬事勸人休碌碌，（合）舉頭三尺有神明。

齣末批：

李卓吾評：十爪築墳，豈不與剪髮買棺同一奇想？

湯若士評：文章妙境每每寄之於鬼神，若只用太公助葬，便與助棺重複。

徐文長評：此齣創意甚奇，只為下文尋婿張本。若非神意，而一婦人長往千里，豈不是妄想？

（一）眉批：凡白用說語方妙，詩句可厭。

第二十八齣　中秋望月

【大石調·念奴嬌引】（貼）楚天過雨，正波澄木落，秋容光淨。誰駕玉輪來海底，碾破瑠璃千頃？環珮風清。笙簫露冷，人在清虛境。（淨、丑）真珠簾捲，庾樓無限佳興。

【臨江仙】（貼）玉作人間秋萬頃，銀蟾點破瑠璃。（淨）瑤臺風露冷仙衣，天香飄到處，此景有誰知？（貼）珠簾高捲醉瓊卮，（合）正是莫辭終夕勸，動是隔年期。

（貼）老姥姥，今夜中秋，月色澄清，你與我請相公出來賞玩則個。（淨）是，夫人請相公玩月。（生內應）我已睡了。（丑）你甚麼嘴臉，可知道請他不來。（貼）惜春，你再去請。（丑）我去請。相公，夫人請相公出來玩月。（生）來也。（丑笑科）老姥姥，你看我嘴兒繞動一動，相公就出來了。

【南呂引子·生查子】（生）逢人曾寄書，書去神亦去。今夜好清光，可惜人千里。[一]（生）相公，怎的不好？你看：【醉江月】玉樓金氣捲霞綃，雲浪空光澄澈。丹桂飄香清思爽，人在瑤臺銀闕。（貼）相公，今夜中秋，月色可愛。我請你賞玩片時，你沒事推怎的？（生）月色有甚好處？（貼）關山今夜，照人幾處離別。（淨）須信離合悲歡，還如玉兔，有

（生）影透鳳幃，光窺羅帳，露冷蛩聲切。

（一）眉批：千里何遠，可惜在九泉矣。

陰晴圓缺。便做人生長宴會，幾見冰輪皎潔？（丑）此夜明多，隔年期遠，莫放金樽歇。（合）但願人長

久，年年同賞明月。（飲酒科）

【大石調·念奴嬌序】（貼）長空萬里，見嬋娟可愛，全無一點纖凝。十二欄杆光滿處，涼浸

珠箔銀屏。偏稱，身在瑤臺，笑掛玉斝，人生幾見此佳景？（合）惟願取年年此夜，人月

雙清。

【前腔換頭】（生）孤影，南枝乍冷。見烏鵲縹緲驚飛，(一)栖止不定。萬點蒼山，何處是修竹

吾廬三徑？追省，丹桂曾攀，嫦娥相愛，故人千里謾同情。（合前）(二)

【前腔換頭】（貼）光瑩，(三)我欲吹斷玉簫，乘鸞歸去，不知露冷瑤京。環佩濕，似月下歸來

飛瓊。那更，香霧雲鬟，清輝玉臂，廣寒仙子也堪並。（合前）

【前腔換頭】（生）愁聽，吹笛關山，敲砧門巷，月中都是斷腸聲。人去遠，幾見明月虧盈？，

惟應，邊塞征人，深閨思婦，怪他偏向別離明。（合前）

【中呂過曲·古輪臺】（淨）峭寒生，鴛鴦瓦冷玉壺冰。欄杆露濕人猶凭，貪看玉鏡。況萬里

（一）眉批：烏鵲，自況也。

（二）眉批：此合若出蔡生之口，則真不孝子薄倖人矣，不通。

（三）夾批：瑩：音潤。

清明，皓彩十分端正。三五良宵，此時獨勝。（丑）把清光都付與，酒杯傾。從教酩酊，拚夜深沉醉還醒。酒闌綺席，漏催銀箭，香銷金鼎。斗轉與參橫，銀河耿，轆轤聲已斷金井。

【前腔換頭】（淨）閒評，月有圓缺陰晴。人世有離合悲歡，從來不定。深院閒庭，處處有清光相映。也有得意人人，兩情暢詠；也有獨守長門伴孤另，君恩不幸。（丑）有廣寒仙子娉婷，孤眠長夜，如何捱得更闌寂靜？此事果無憑。但願人長久，庾樓玩月共同登。

【餘文】（眾）聲哀訴，促織鳴。（貼）俺這裏歡娛未罄，（生）他幾處寒衣織未成。

（貼）今宵明月正團圓，（生）幾處淒涼幾處誼。

（合）但願人生得長久，年年千里共嬋娟。

菊末批：

徐文長評：淒涼情調，富麗聲口，兩極其致。

湯若士評：摹出四人口氣，宛然如詰，非絕世聰明者不能。【念奴嬌序】後還該用些界白，便有情。

李卓吾評：蔡生此時應作愁悶之狀，夫人必然疑問。

【雙調引子·胡搗練】（旦）辭別去，到荒坵，只愁出路煞生受。畫取真容聊藉手，逢人將此

第二十九齣　乞丐尋夫

勉哀求。

鬼神之道，雖則難明；感應之理，未嘗不信。奴家昨日獨自在山築墳，正睡間，忽夢一神人，自稱當山土地，帶領陰兵，與奴家助力；却又囑付教奴家改換衣裝，逕往長安尋取丈夫。待覺來，果然墳臺並已完備，這的分明是神通護持。正是：寧可信其有，不可信其無。今二親既已葬了，只得改換衣裝，扮作道姑，將琵琶做行頭，沿街上彈幾個行孝的曲兒，抄化將去。只是一件，我幾年間和公婆厮守，如何捨得一旦撇了他？奴家自幼薄曉得些丹青，何似想像畫取公婆真容，背着一路去，也似相親傍的一般。但遇小祥忌辰，展開與他燒些香紙，奠些酒飯，也是奴家一點孝心。不免在此畫描真容則個。（描畫科）

【仙呂入雙調·三仙橋】一從他每死後，要相逢不能彀，除非夢裏暫時略聚首。[一] 若要描，描不就，暗想像，教我未描先淚流。描不出他苦心頭，描不出他饑症候，描不出他望孩兒的睜睜兩眸。只畫得他髮颼颼，和那衣衫鞋垢。若畫做好容顏，須不是趙五娘的姑舅。

【前腔】我待要畫他個龐兒帶厚，他可又饑荒消瘦。我待要畫他個龐兒展舒，他自來長恁面皺。若畫出來，真是醜。那更我心憂，也做不出他歡容笑口。不是我不會畫着那好的，我從嫁

（一） 眉批：○今○時○媳○婦○若○公○公○叫○他○丈○夫○出○去○了，○在○家○受○苦，○背○地○就○罵，○還，○肯○死○後○想○他？

來他家，只見他兩月優游，其餘都是愁。那兩月優游，我今又忘了。這三四年間，我只記他形衰貌朽。這真容呵，便做他孩兒收，也認不得是當初父母。縱認不得是蔡伯喈當初爹娘，須認得是趙五娘近日來的姑舅。〇[一]

真容既已描就了，就在這裏燒些香紙，奠些酒飯，拜別了公婆出去。（拜辭科）

【前腔】公公婆婆，非是奴尋夫遠遊，只怕我公婆絕後。〇[二] 奴見夫便回，此行安敢久？〇[三] 苦！路途中，奴怎走？望公婆相保佑我出外州。天那！他兀自沒人看守，如何相保佑？這墳呵，只怕奴去後，冷清清有誰來祭掃？縱使遇春秋，一陌紙錢怎有？你生是受凍餒的公婆，死做個絕祭祀的姑舅。

奴家既辭了墳墓，只得背了真容，便索去辭張太公。呀！如何恰好張太公來了？（末上）衰柳寒蟬不可聞，金風敗葉正紛紛。長安古道休回首，西出陽關無故人。（旦）奴家適間拜辭了墳塋，正要到宅上來告別。（末）呀！五娘子，你幾時去？（旦）太公，奴家今日就行了。（末）你背的是甚麽畫？（旦）是公婆的真容，待將路上去藉手乞告些盤纏，早晚與他燒香化紙。（末）是誰畫的？（旦）是奴家將就

（一）　眉批：妙至此乎！
（二）　眉批：難道定要你生子？
（三）　眉批：賈山至言：五娘辭墓語之真，痛哭流涕。

三先生合評元本琵琶記

描畫的。(末)五娘子,你孝心所感,一定逼真,借我看一看。咳!畫得像,畫得像。(作悲科)[二]老員

外,老安人,【鷓鴣天】死別多應夢裏逢,謾勞孝婦寫遺踪。可憐不得圖家慶,辜負丹青泣畫工。衣破

損,鬢鬈鬆,千愁萬恨在眉峰。只怕蔡郎不識年來面,趙女空描別後容。五娘子,我聽得你要遠行,將

幾貫錢與你,路上少助些盤纏。(旦)多多定害公公了。奴家又有不識進退之懇:奴家去後,公婆墳

塋,早晚望太公可憐見,看這兩個老的在日之面,與奴家看管則個。(末)這個不妨。你但放心前去,老

夫自然與你看管。(拜辭科)

【越調過曲·憶多嬌】(旦)公公,他魂渺漠,我沒倚托。程途萬里,教我懷夜壑。此去孤墳,

望公公看着。(合)舉目蕭索,舉目蕭索,滿眼盈盈淚落。

【前腔】(末)五娘子,我承委托,當領略。這孤墳我自看守,決不爽約。但願你途中身安樂。

(合前)

【仙呂入雙調·鬥黑麻】(旦)奴深謝公公,便相允諾。從來的深恩,怎敢忘却?只怕途路

遠,體怯弱;病染孤身,衰力倦脚。(合)孤墳寂寞,路途滋味惡。兩處堪悲,萬愁怎摸?

【前腔】(末)伊家夫婿,多應是貴官顯爵,伊家去須當審個好惡。五娘子,只怕你這般喬打

(一) 夾批:情真。

扮，他怎知覺？一貴一貧，怕他將錯就錯。（合前）

（旦）公公，奴家拜別去也。（末）五娘子，且慢着，老夫還有幾句言語囑付你。（旦）望公公指教。（末）五娘子，你少長閨門，豈識路途？當初蔡郎未別時節，你青春正媚；你如今又遭這饑荒貧苦，貌怯身單。正是：桃花歲歲皆相似，人面年年自不同。蔡郎臨別之時，可不道來。（旦）公公，他道甚的？（末）他道是若有寸進，即便回來。如今年荒親死，一逕不回，你知他心腹事如何？正是：畫虎畫龍難畫骨，知人知面不知心。[一]唉！蔡郎元是讀書人，一舉成名天下聞。久留不回個甚，年荒親死不回門？五娘子，你去京城須仔細，逢人下氣問虛真。若見蔡郎讒說千般苦，只把琵琶語句訴元因。未可便說他妻子，未可便說喪雙親。未可便說裙包土，未可便說剪香雲。若得蔡郎思故舊，可憐張老一親鄰。我今年已七十歲，比你公公少一旬。你去時猶有張老來相送，你回時不知張老死和存。[二]我送你去呵，正是：流淚眼觀流淚眼，斷腸人送斷腸人。（哭科）（旦）謝得公公訓誨，奴家銘心鏤骨，不敢有忘；如今只得告別去也。（末）五娘子，早去早回。

（旦）爲尋夫婿別孤墳，（末）只怕兒夫不認真。

（合）惟有感恩并積恨，萬年千載不成塵。

（一）眉批：分明是自從盤古分天下，幾朝天子幾朝臣了，殊可厭。

（二）眉批：正人面桃花之感。

齣末批：

李卓吾評：或謂趙五娘孝則孝矣，賢則賢矣，『乞丐尋夫』一節，亦覺不甚好看。非也。如今婦人只爲不肯乞丐，做壞了事……貪個小好看，做出個大不好看來，豈不深可痛哉？

湯若士評：【三仙橋】三曲不特傳二親之神，並傳五娘之神，神妙不可名狀。

徐文長評：此生出『畫真容』一段，爲後面相逢張本，節節相生，絲連璧合。

第三十齣　睏詢衷情

【中呂引子·菊花新】（生）封書遠寄到親闈，又見關河朔雁飛。梧葉滿庭除，還似我悶懷堆積。

〔生查子〕封書寄遠人，寄上萬里親。書去神亦去，兀然空一身。自家喜得家書，報道平安。已曾修書附回家去，不知何如？這幾日常懷想念，翻成愁悶。正是……雖無千丈綫，萬里繫人心。

【南呂引子·意難忘】（貼）綠鬢仙郎，懶拈花弄柳，勸酒持觴。眉顰知有恨，何事苦相防？

（生）夫人，此個事，惱人腸。（貼）相公，試說與何妨？（生）只怕你尋消問息，添我恓惶。

（貼）古人云：蘁有爲蘁，笑有爲笑。是以君子，當食不嗟，臨樂不嘆。無事而戚，謂之不祥。相公，你

自來我家，不明不暗，如醉如癡，鎮日憂悶，爲着甚的？你還少了喫的？少了穿的？(一) 相公，我待道

你少喫的呵，

【南呂過曲・紅衲襖】你喫的是煮猩唇和燒豹胎。我待道你少穿的呵，(二) 你穿的是紫羅襴，繫

的是白玉帶。你出入呵，我只見五花頭踏在你馬前擺，三簷傘兒在你頭上蓋。相公，休怪奴家

說：你本是草廬中一秀才，如今做了漢朝中梁棟材。你有甚不足，只管鎖着眉頭也，唧唧噥噥

噥不放懷？

（生）夫人，你道我有穿的呵，

【前腔】我穿的是紫羅襴，倒拘束得我不自在。我穿的是皂朝靴，怎敢胡去端？(三) 你道我有

喫的呵，我口裏喫幾口慌張張要辦事的忙茶飯，手裏拿着個戰兢兢怕犯法的愁酒杯。倒不

如嚴子陵登釣臺，怎做得揚子雲閣上災？(四) 似我這般樣爲官呵，只管待漏隨朝，可不誤了秋

月春花也，干碌碌頭又早白？

（一）　眉批：俗。
（二）　眉批：是婦人見識。
（三）　眉批：做官人委實如此苦，真，真。
（四）　眉批：然林下何曾見一人？可怪，可怪。

（貼）相公，我知道了。

【前腔】莫不是丈人行性氣乖？（生）不是。（貼）莫不是妾跟前缺管待？（生）不是。（貼）莫不是畫堂中少了三千客？（生）不是。（貼）莫不是繡屏前少了十二釵？（生）也不是。（貼）相公呵，這意兒教人怎猜？這話兒教人怎解？我今番猜着你了，敢只是楚館秦樓，有個得意兒也，悶懨懨常掛懷？

（生）夫人，不是。

【前腔】有個人人在天一涯，天那！我不能勾見他，只落得臉銷紅眉鎖黛。（貼）我道甚麼來？可知哩！（生）我本是傷秋宋玉無聊賴，有甚心情去戀着閒楚臺？（貼）相公，你有甚麼事，明説與奴家知道。（生）夫人，三分話兒只恁猜，一片心兒直恁解。（貼）你有話如何不對我説？

（生）罷，罷，夫人，你休纏得我無言，若還提起那籌兒也，撲簌簌淚滿腮。

（貼）由你，由你。我若不解勸，你又只管憂悶；待問着你，你又遮瞞我，我也沒奈何。相公，夫妻何事苦相防？莫把閒愁積寸腸。難道各人自掃門前雪，莫管他家瓦上霜？（貼虛下潛聽科）（生）天那！自古道∶難將我語和他語，未卜他心似我心。自家娶妻兩月，別親數年，朝夕思想，翻成愁悶。我這新娶的媳婦雖則賢慧，我待將此事和他説，他也肯教我回去。只是他的爹爹若知我有媳婦在家，如何

肯放我回去？(二) 不如姑且隱忍，改日求一鄉郡除授，那時卻回去見雙親便了。咳！夫人，非是隄防你太深，只緣伊父苦相禁。正是：夫妻且説三分話，(貼)呀！我理會得了，你道是未可全抛一片心。

好！好！你瞞我也由你，只是你爹娘和媳婦嗟怨你。(三)

【仙呂入雙調‧江頭金桂】【五馬江兒水】(貼)相公，我怪得你終朝攢窖，只道你緣何愁悶深？教咱猜着啞謎，爲你沉吟，那籌兒没處尋。【柳揺金】我和你共枕同衾，你瞞我則甚？你自撇了爹娘媳婦，屢換光陰，他那裏怨着你没信音。【桂枝香】笑伊家短行，笑伊家短行，無情忒甚。到如今兀自道且説三分話，未可全抛一片心。(三)

【前腔】(生)夫人，非是我聲吞氣忍，只爲你爹行勢逼臨。怕他知我要歸去，(四)將人厮禁，要説又將口噤。我待解朝簪，再圖鄉任。那時節呵，他不隄防着我，須遣我到家林，我和你雙雙人歸畫錦。苦！我雙親老景，我雙親老景，存亡未審。我實不瞞你，前日曾附一封書回去，只怕雁杳魚沉。(貼)你既有書信附去，怎的也没有回報？(生)又不是烽火連三月，真個家書抵

(一) 眉批：辭親時已説破了。
(二) 眉批：□□便賢慧。
(三) 眉批：【桂枝香】常調少一句，想高則誠因此曲三曲集成，故嫌其煩，删去之耳。
(四) 去：原闕，據汲古閣刊本《繡刻琵琶記定本》補。

萬金。[1]

（貼）元來如此。我去對爹爹說，和你同去便了。（生）你爹爹如何肯放我回去？你且休說破了。

（貼）不妨事。我爹爹身爲太師，風化所關，具瞻在望，終不然恁的不顧仁義？（生）你休說，不濟事，干枉了。（貼）相公，你不必憂慮，我自有道理，不由我爹不從。

（貼）雪隱鷺鷥飛始見，柳藏鸚鵡語方知。

（生）假如染就乾紅色，也被傍人講是非。

齣末批：

徐文長評：寧餓殺爹娘，不敢惱了丈人，一向辭婚原來是假。[二]

湯若士評：好個賢夫人，所謂犁牛之子，騂且角也。

李卓吾評：世上有這等怕丈人的女婿？好笑！好笑！丈人還是個牛，女婿狗也不值。

第三十一齣　幾言諫父

【黃鍾引子·西地錦】（外）好怪吾家門婿，鎮日不展愁眉。教人心下常縈繫，也只爲着

（一）眉批：　既不是烽火，何家信之難耶？　還□□寄去耳。

（二）夾批：　批評得好。

一八六〇

門楣。

入門休問榮枯事，觀着容顏便得知。自家招贅蔡伯喈為婿，可謂得人。只一件，他自從到此，眉頭不展，面帶憂容，不知為着甚麼，[一]必有緣故。且待女孩兒出來問他，便知端的。

【前腔】（貼）只道兒夫何意，如今就裏方知。萬里家山，要同歸去，未審爹意何如？

（外）孩兒，吾老入桑榆，自嘆吾之皓首，汝身乖琴瑟，每為汝而懷懊。夫婿何故憂愁？孩兒必知端的。（貼）告爹爹得知：他娶妻六十日，即赴科場，別親三五年，竟無消息。溫清之禮既缺，伉儷之情何堪？[二]

（外）今欲歸故里，辭至尊家尊而同行；待共事高堂，執子道婦道以盡禮。（外怒科）呀！我乃紫閣名公，汝是香閨艷質。何必顧此糟糠婦？焉能事此田舍翁？[三]他既久別雙親，何不寄一封音信？況汝從來嬌養，安能涉萬里程途？休聽夫言，唯從父命。（貼）爹爹，曾觀典籍，未聞婦道而不拜舅姑；試論綱常，豈有子職而不事父母？若重唱隨之義，當盡定省之儀。彼荊釵布裙，既已獨奉親闈之甘旨，此金屏繡褥，豈可久戀監宅之歡娛？爹爹身居相位，坐理朝綱，豈可斷他人父子之恩，絕他人夫婦之義？使伯喈有貪妻之愛，不顧父母之慈；俾孩兒有違夫之命，不事舅姑之罪。望爹爹容

三先生合評元本琵琶記

（一）眉批：你。還。不。知。？
（二）眉批：□□供狀。
（三）眉批：是丞相聲口，真。

一八六一

恕，特賜矜憐。（外）休胡說！他既有媳婦在家，你去做甚麼？

【黃鍾過曲·獅子序】（貼）爹爹，他媳婦雖有之，念奴家須是他孩兒的妻。（一）那曾有媳婦不侍親闈？（外）孩兒，你去有甚麼勾當？（貼）若論做媳婦的道理，須當奉飲食，問寒暄，相扶持蘋蘩中饋。（外）便做有許多勾當，他有媳婦在家裏，你不去也不妨。（貼）爹爹，又道是養兒代老，積穀防饑。

（外）既道是養兒代老，積穀防饑，何似當初休教他來應舉？（二）

【太平歌】（貼）爹爹，他求科舉，指望錦衣歸，不想道爹爹留他爲女婿。（外）這個是有緣千里能相會，須強他不得。（貼）他埋冤洞房花燭夜，那些個千里能相會？只要保全金榜掛名時，他事急且相隨。

（外）孩兒，你到說我不是，這般埋冤着我？

【賞宮花】（貼）他終朝慘悽，我如何忍見之？（三）（外）他自慘悽，你管他怎的？（貼）若論爲夫

（一）眉批：牛氏在其父前豈就認次妻？後人謂難唱而改之耳。不知『的』是上聲，以爲難唱。今改正。

（二）眉批：伯喈頂門一針。

（三）眉批：女可不顧夫，女□不可顧父，思之。

婦，須是共歡娛。（外）你對他說，他若在這裏，我教他做個大大的官。（貼）爹爹，他數載不通魚

雁信，枉了十年身到鳳凰池。

（外）呀！你聽着丈夫的言語，却不聽我說，這妮子好癡迷呵！（三）

【降黃龍】（貼）爹爹，須知，非奴癡迷，已嫁從夫，怎違公議？（外）孩兒，你去也不妨，只是我沒個

親人在傍，如何捨得你去？（三）（貼）爹猶念女，怎教他爹娘不念孩兒？（外）孩兒，不是我不放你

去，他既有媳婦在家，你去時節，只怕擔閣了你。（貼）休提，縱把奴擔閣，比擔閣他媳婦何如？（四）

（外）便不然，只教蔡伯喈自去便了。（貼）爹爹，那些個夫唱婦隨，嫁雞逐雞飛？

（外）孩兒，他是貧賤之家，你如何伏侍他的父母？（五）

【南呂過曲·大聖樂】（貼）爹爹，婚姻事難論高低，若論高低何似休嫁與？假饒親賤孩兒

貴，終不然便拋棄？（外）他自有媳婦，你管他做甚麼？（六）（貼）奴須是他親生兒子親媳婦，難道

（一）眉批：他便做了大大官，你却做了小小人。
（二）眉批：倒是他癡迷。
（三）眉批：□□是至情。
（四）眉批：痛切懇至。
（五）眉批：他的孩兒又該拜牛？
（六）眉批：他自有媳婦，你却又把女兒挨與他？

他是誰人我是誰？（外）孩兒，據你説起來，我到説得不是了？（貼）爹居相位，怎説着傷風敗俗
非理的言語？

（外怒科）這妮子無禮，却將言語來衝撞我。我的言語到不中聽呵？　孩兒，夫言中聽父言違，懊恨孩兒
見識迷。我本將心托明月，誰知明月照溝渠。（外下）（貼）自古道：　酒逢知己千鍾少，話不投機半句
多。好笑我爹爹不顧仁義，却道奴家把言語衝撞他。昨日我丈夫教我休説破，我如今有何顏見他？
只得且在此坐一坐，尋思個道理去回他則個。（悶坐科）（生上）

【南呂引子·稱人心】（生）撇呆打墮，早被那人瞧破。他要同歸，知他爹肯麽？　我料想他
每不允諾。呀！　夫人，你緣何獨坐？　想你爹爹不肯麽？　伊家道俐齒伶牙，爭奈爹行不可。

【前腔換頭】（貼）天那！　我爹爹，全不顧，人笑呵，這其間只是我見差。禍根芽，從此起，災
來怎躱？　相公，他道我從着夫言，罵我不聽親話。

【南呂過曲·紅衫兒】（生）夫人，你不信我教伊休説破，到此如何？（一）　算你爹心性，我豈不
料過？　我爲甚亂掩胡遮？　也只爲着這些。你直待要打破砂鍋，是你招災攬禍。

【前腔換頭】（貼）不想道相控靶，這做作難禁架。我見你每每咨嗟要調和，誰知好事多磨？

（一）　眉批：□雖不濟，明説亦快心。

起風波，相公，把你陷在地網天羅，如何不怨我。天那！懊恨只爲我一個，却擔閣了兩三個。

【正宮過曲·醉太平】（生）蹉跎，光陰易謝。縱歸去，晚景之計如何？名韁利鎖，牢絡在海角天涯。知麼？多應我老死在京華，孝情事一筆都勾罷。苦！這般摧挫，傷情萬感，淚珠偷墮。

【前腔換頭】（貼）非詐，奴甘死也。縱奴不死時，君去須不可。（生）夫人，你如何說這話？（貼）相公，妾當初勉承父命，遣事君子。不想君家有白髮之父母，青春之妻房。致君衷腸不滿，名行有虧。如今思之，誤君之父母者，妾也；誤君之妻房者，妾也；使君爲不孝薄倖之人，亦妾也。妾之罪大矣！縱偷生於今世，亦公議所不容。昔者轟政姊死，倚屍傍以成弟之名；王陵母死，伏劍下以全子之節。妾豈愛一身，誤君百行？妾當死於地下，以謝君家。小則可以解君之縈掛，大則可以救君之父母，近則可以成孝子之令名，遠則可以免後世之公議。妾死何憾焉？（生）夫人，你只知其一，不知其二。古人云：身體髮膚，受之父母，不敢

（生）夫人，你不要這般說。萬一你爹爹知道，反加譴責。（貼）相公，妾當初勉承父命，遣事君子。

奴身拚捨，成伊孝名，救伊爹媽。

（貼）相公，奴身值甚麼？只因奴誤你一家。差訛，假饒做夫婦也難和，你心怨我心縈掛。

毀傷〔二〕豈可陷親于不義？此事決然不可。（貼）相公，你也說得是。只是累你一時回去不得，如何是好？（生）夫人且慢着，怕你爹爹也有回心轉意時節。且更寧耐，看是如何？

（生）一心只欲轉家鄉，（貼）爭奈爹行不忖量。

（生）大風吹倒梧桐樹，（合）自有傍人説短長。

齣末批：

徐文長評：數聲牛喘丙，丞相必訝而問。

湯若士評：辨駁剴切，節孝兩全，而蔡生反畏牛如虎，真裙釵所笑。

李卓吾評：曾有人説牛生麒麟，意不信之，今觀牛女，果然，果然。

第三十二齣　路途勞頓

【仙呂過曲・月雲高】【月兒高】路途勞頓，行行甚時近？未到洛陽城，盤纏都使盡。回首孤墳，空教奴望孤影。天那！他那裏，誰揪采？俺這裏，誰投奔？【渡江雲】正是西出陽關

〔一〕　眉批：　你身從何來，到令父母飲恨宿？

無故人，須信道家貧不是貧。[一]

〔蘇幕遮〕怯山登，愁水渡。暗憶雙親，淚把麻裙漬。回首孤墳何處是？兩下蕭條，一樣愁難訴。玉消容，蓮困步。愁寄琵琶，彈罷添淒楚。惟有真容時時顧，惟悴相看，無語恓惶苦。奴家為尋丈夫，在路途上多少狼狽[二]

況獨自一身，拿着一個琵琶，背着二親真容，登高履險，宿水餐風，其實難捱。只是一件，若去到洛陽，尋見丈夫，相逢如故，也不枉了這遭辛苦；倘或他駟馬高車，前呼後擁，見奴家這般藍縷，不肯相認，可不擱了奴家？[三]

〔前腔〕暗中思忖，此去好無准。只怕他身榮貴，把咱不厮認。若是他不僽采，空教奴受艱辛。他未必忘恩義，我這裏自閑評。他須記一夜夫妻百夜恩，怎做得區區陌路人？

〔前腔〕唉，只一件。他在府堂深隱，奴身怎生進？他在駟馬高車上，又難將他認。我有個道理。若到他跟前，只提起二親真容。天那！又怕消瘦了龐兒，他猶難十分信[四]呀！他不到得非親却是親，我自須防仁不仁。

（一）　眉批：
（二）　眉批：曲亦淒楚，後犯【渡江雲】，而【渡江雲】本調竟缺。
（三）　眉批：不要慌，土地老兒定不哄你。
（四）　眉批：真，真。
　　　　眉批：轉得妙。

哽咽無言對二真，千山萬水好艱辛。

見說洛陽花似錦，只恐來時不遇春。

齣末批：

李卓吾評：　〇宴樂新婚，使糟糠如此出醜，宋弘必唾而罵之。〇

湯若士評：　得此，亦點綴路途悽慘矣。

徐文長評：　汗背。　短兵相接，不用《琵琶》詞更勝。

第三十三齣　聽女迎親

【仙呂引子·番卜算】(外)兒女話堪聽，(一)使我心疑惑。暗中思忖覺前非，有個團圓策。

自古道：良藥苦口利於病，忠言逆耳利於行。昨日女孩兒要和伯喈歸去，同事雙親，自家不肯放他去，却將幾句言語衝動我，我一時不勝焦躁。如今尋思起來，他的言語，句句有理，節節堪聽。待要放他回去，只慮他幼長閨門，難涉路途；況俺年老，無人奉侍，如何捨得他去？如今有個道理，不免使一個人，多與盤纏，教他徑去陳留，將蔡伯喈爹娘和媳婦都迎取來，多少是好？不免叫孩兒和伯喈過

(一)　眉批：時本作『難聽』，非。〇〇〇〇〇〇〇〇非是。

來商議則個。

【前腔】(生)淚眼滴如珠，愁事繁如織。(貼)早知今日悔當初，何似休明白？

(相見科)(外)孩兒，你夜來的說話，我仔細尋思起來，都說得有理。我欲待教你同女婿回去，路途跋涉，這個也難。不如逕使人去陳留，取他爹媽媳婦來做一處居住，⟨二⟩你兩人心下如何？(貼)這個隨爹爹主張。(生)若得如此，感恩非淺。(外)院子李旺何在？(丑上)頻聽指揮黃閣下，又聞呼喚畫堂前。老相公有何使令？(外)李旺，我要差你去陳留走一遭。(丑)嗄。(外)差你去那裏接取蔡狀元的老員外、老安人、小娘子三人，來我府中同住。(丑)嗄。(貼)李旺，你去請得來，我重賞你。(丑)夫人，你如今說道重重賞我，只怕取得他小娘子來時，夫人又要和他爭大爭小。到那時節，可不埋冤李旺，那裏還肯把東西賞我？⟨二⟩(外)休閒說。我如今修一封書去相請，外有銀錢與你一路去做盤纏，休得落後了。(生)李旺，你去時節，須要多方詢問；若是來時，路途上千萬小心承直。(丑)不妨，我出路慣便，自有分曉。

【正宮過曲·四邊靜】(外)李旺，你去陳留仔細詢端的，專心去尋覓。請過兩三人，途中好承

(一) 眉批：是上策也。但二親家已在墳，五娘已在途矣。

(二) 眉批：□娘子置自□小姐於何地？□□小娘子畢□□□大增一□□，何如？

直。（合）休憂怨憶，[一]寄書咫尺。眼望捷旌旗，耳聽好消息。

【前腔】（生）只怕饑荒散亂無蹤跡，他存亡也難測。何況路途間，難禁這勞役。[二]（合前）

【福馬郎】（貼）李旺，你休說新婚在牛氏宅。（外）孩兒，便說又待怎的？（貼）他須怨我相擔誤；，歸未得，只恐傍人聞，把奴責。（合）若是到京國，相逢處，做個好筵席。[三]

【前腔】（丑）相公，多與我盤纏添氣力。萬水千山路，曾慣歷。（拜科）辭却恩官去，管取好消息。（合前）

（外）限伊半載望回音，（生）路上看承須小心。

（貼）但願應時還得見，（丑）果然勝似岳陽金。

齣末批：

徐文長評：夫人畏傍人之責，而蔡生不顧後世之譏，真巧妻伴拙夫也。

湯若士評：牛之轉念甚佳，宜其被此文錦。

李卓吾評：看此齣，牛之罪全擔伯喈身上去了。

（一）眉批：是何說話？改『兩下免憂憶』何如？

（二）眉批：如此口氣，不去□□□。

（三）眉批：四字不通。

第三十四齣 寺中遺像

（末扮五戒上）年老心閒無外事，麻衣草座亦容身。相逢盡道休官好，林下何曾見一人？自家乃是彌陀寺中一個五戒便是。今日俺寺中建一個無礙道場，不揀甚麼人，或是薦悼雙親，保安身己的，都來這裏聚會。真個好寺院好道場呵！（內問科）怎見得好寺院？（末）但見：蘭若莊嚴，蓮臺整肅。佛殿嵯峨耀金壁，迴廊繚繞畫丹青。千層塔高聳侵雲，半空中時聞清鐸；七寶樓晶光耀日，六時裏頻扣洪鐘。松下山門，紅塵不到；竹邊僧舍，白日難消。阿羅漢神像威儀，如靈山三十六萬億佛祖；比丘僧戒行清潔，似祇園千二百五十人俱。且看旛影石壇高，惟有棋聲花院靜。休提清淨法界，且說嚴肅道場。只見珠幢寶蓋影飄飄，玉磬金鐘聲斷續。龍瓶中插九品紅蓮，開淨土春秋不老；鳳蠟內吐千枝絳蕊，照佛天晝夜常明。齊整整的貝葉同翻，撲簌簌的天花亂墜。旃檀林裏，爇着清淨香[一]道德香；香積廚中，獻甘露禪悅食，法喜食。人人在十洲三島，個個淨五蘊六根。正是：寄言苦海林中客，好向靈山會上行。今日寺中建設大會，怕有官員貴客來此遊玩，不免將着疏頭，就抄化幾文香錢，添助支費。道猶未了，遠遠見兩個官人來到。（淨、丑扮風子上）

（一） 清：原作「情」，據汲古閣刊本《繡刻琵琶記定本》改。

【中呂過曲·縷縷金】（淨）胡厮哩，兩喬才，家中無宿火，有甚强追陪？（丑）我自來粧風子，如今難悔。向叢林深處且徘徊，特來看佛會，特來看佛會。

（末）官人，請坐告茶。（淨）五戒，這佛會支費太多？（末）便是。官人休怪冒瀆，今日天與之幸，得遇兩位貴客到此。斗膽抄化幾文香錢，添助支費則個。（丑）五戒，你要抄化，將疏頭來看。錢是儻來之物，那裏不使？那裏不用？（淨）道姑，你背着甚麼東西？俺這般人，那一日不使貫鈔？我便捨他五錠。

（丑）我也捨他五錠。（末）如此，多謝官人。（淨）呀！遠遠望見一個婦人來，且是生得有些意思。（丑）真個有個婦人來，背着一面琵琶，到和你家姐姐厮像。（淨）休胡説！遠觀不審，近覷分明。

【前腔】（旦）途路上，實難捱。盤纏都使盡，好狼狽。試把琵琶撥，逢人乞丐。薦公婆魂魄免沉埋，特來赴佛會，特來赴佛會。

奴家且喜已到洛陽。聞説今日彌陀寺中做佛會，不免就此抄化幾文鈔，追薦公公婆婆則個。（末）道姑，請裏面赴齋。（旦）多謝！（淨）道姑，你背着甚麼東西？（旦）是奴家公婆的真容。（淨）道姑，你從那裏來？

【仙呂入雙調·銷金帳】（旦）聽奴訴與⋯⋯奴是良人婦，爲兒夫相擔誤。（淨）他怎的擔誤了

你?（旦）他一向赴選及第，^(一)未歸鄉故。饑荒喪了，喪了親的舅姑。（丑）你丈夫既不在家，喪了公婆，誰人與你安葬？（旦）苦！我造墳墓。（淨）你如今來這裏做甚麼？（旦）今為尋夫來到此。^(二)（丑）你丈夫在那裏？（旦）還未知他在何處所。

（淨）道姑，你抱着這個琵琶做甚麼？（旦）奴家將此琵琶彈一兩個曲兒，抄化幾文鈔，就此寺中追薦公婆。（丑）元來如此。道姑，你會彈甚麼曲兒？你會彈《也兒四》麼？（旦）不會。（淨）你會彈《八俏手》麼？（旦）也不會。道姑，你會彈些行孝曲兒。（末）道姑，難得這兩位官人在此，你好生彈一兩個曲兒伏侍他，等他重重賞你。（旦）既然如此，只怕奴家彈得不好，望官人休責。（丑）你只管好好的彈，我兒重重賞賜你。（旦）官人，請坐聽着。（彈科）凡人養子，懷抱最艱辛。欲語未能行未得，此際苦雙親。

【前腔】凡人養子，最是十月懷擔苦，更三年勞心抱負。休言他受濕推乾，萬千勞苦。真個千般愛惜，萬般回護。兒有此三不安，父母驚惶無措。直待可了，可了歡欣似初。（淨）彈得好，彈得好。（末）真個彈得好。（丑）錢鈔那裏不使？我且先與你一領好襖子。（脫衣與旦科）（淨）彈得好，彈得好。（末）道姑，你再彈一彈。（旦）官人，請坐聽着。（彈科）孩兒漸長成，父母漸歡欣。教語教行并教禮，一意望成人。

（一）眉批：此時未應知他及第。°°°°°°°°°°°°°
（二）尋：原作『等』，據汲古閣刊本《繡刻琵琶記定本》改。

南戲文獻全編·劇本編·琵琶記

【前腔】兒行幾步，父母歡欣相顧，漸能言能走路。指望飲食羹湯，自朝及暮。懸懸望他，望

他不知幾度。爲擇良師，只怕孩兒愚魯。略得他長俊，可便歡欣賞賜。

（丑）彈得好，彈得好。（末）真個彈得好！（淨）錢鈔那裏不用？我也先與你一領好襖子。（脫衣與

旦科）（淨）道姑，你再彈一彈。（旦）官人，請坐聽着。（彈科）勤於教道，暮史及朝經。願得榮親并耀

祖，一舉便成名。

【前腔】朝經暮史，教子勤詩賦，爲春闈催教赴。指望他耀祖榮親，改換門戶。懸懸望他，望

他腰金衣紫。兒在程途，又怕餐風宿露。求神問卜，把歸期暗數。

（丑）彈得好！彈得好！（末）實是彈得好！（丑）錢鈔是人撰來的，我再與你一領襖子。（脫衣與旦

科）（末）元來裏面都是破衣裳呵。官人把襖子都脫了，身上這般寒，甚麼意思？（淨）寒由他自寒，不

可壞了局面。咱每這般人興頭來了，使鈔慣了，怕甚麼寒？道姑，你再唱唱。（末）道姑，你再彈，且看

他再把甚麼與你？（旦彈科）孩兒在外，須早回程。忤逆男兒并孝子，報應甚分明。

【前腔】兒還念父母，及早歸鄉土，看慈烏亦能返哺。莫學我的兒夫，把雙親擔誤。常言養

子，養子方知父母。算那忤逆男兒，和孝順爹娘子，若無報應，果是乾坤有私。

（末）彈得好，彈得好。（淨）他彈得自好，唱得自好，我沒甚麼與他了。（末笑科）可知道。（淨作寒科）

（丑）兄弟，我和你這般的走回家去，成甚麼模樣？（淨）我只問五戒取衣裳便罷。（末）呀！你扯我

怎的？（丑）扯你怎的？你倒粧成騙局，把我每的衣裳都剝去了。（末）咳！我幾曾粧局騙你？是你自把衣裳與他。（淨）禿驢，你道不曾粧局騙我？我看見道姑彈了，喝一聲采，你也喝一聲采，只管擡掇我把衣裳與他，這不是粧局騙我？（丑）你不取還我，我扯你到洛陽縣裏去。（末）天那！我不曾見這般沒行止的人。道姑，没行了，把衣裳還他去罷。（旦）衣服在這裏，拿還他去。既不情願，我要他做甚麼？（丑）錢鈔雖則那裏不用，只是寒冷又忍不得。（穿衣科）（淨）道姑，方纔説道你彈得好，唱得好。我如今尋思起來，你彈得也不好，唱得也不好。（丑）你不信，你再彈唱一和看看。（旦）奴家也彈不得了，也唱不得了。（淨）可知道不敢再彈了。（丑）兄弟，他既不敢彈唱了，我和你且回家去。（淨）説得是，我和你回去罷。（丑）五戒，我小子不是豪富。（末）枉了教你題疏。你衣裳敢是借的？（末並下）（旦）一斟一酌，莫非前定。奴家準擬今日抄化幾文錢鈔，就此追薦公婆，誰知撞着這兩個風子，攪鬧了一場。如今雖没東西備辦奠禮，且將公婆真容掛在此，拜囑一番，以表來意罷了。（二）（掛真容叫科）

【南呂過曲·秋夜月】在途路，歷盡多辛苦。把公婆魂魄來超度，焚香禮拜祈回護。願相逢我丈夫，相逢我丈夫。（末、丑隨生上）

【中呂過曲·縷縷金】（生）時不利，命多乖。雙親在途路上，怕生災。（末、丑）相公，此是彌

（一）　眉批：○真○景○真○情○。

陀寺，略停車蓋。（合）辦虔誠懇禱拜蓮臺，特來赴佛會，特來赴佛會。

（丑）道姑迴避。（旦）正是：在他簷下過，怎敢不低頭？（慌下失真容科）（生）那得這軸畫像？（丑）敢是適間道姑遺下的？（生）叫他轉來，將還他去。（丑叫不應科）去遠了，叫不應。（生）既叫不

應，且與他收下。左右，喚和尚過來。（淨扮和尚上）

如此，小僧先請佛。

（相見科）（生）和尚，下官爲迎取父母來此，不知路上安否何如？特來三寶面前祈求保佑。（淨）元來

【前腔】（淨）能喫酒，會噇齋。喫得醺醺醉，便去搜新戒。講經和回向，全然尷尬。你官人

若是有文才，休來看佛會，休來看佛會。

【佛賺】（淨）如來本是西方佛，西方佛，却來東土救人多，救人多。結跏趺坐坐蓮花，丈六金

身最高大，他是十方三界第一個大菩薩。摩訶薩，摩訶般若波羅糖。（末）和尚，你念差了，是

波羅蜜。（淨）蜜也這般甜，糖也這般甜。南無南無十方佛十方法十方僧，上帝好生不好殺。

好人還有好提掇，惡人還有惡鑒察。好人成佛是菩薩，惡人做鬼做羅剎。第一滅却心頭

火，心頭火。第二解開眉間鎖，眉間鎖。第三點起佛前燈，佛前燈。真個是好也快活我，快

活我。諸惡莫作，奉勸世上人則個。浪裏稍公牢把舵，行正路，莫蹉跎。大家却去誦彌陀，

誦彌陀。善男信女笑呵呵。聽大法鼓蓼蓼蓼蓼蓼，聽大法鏡乍乍乍。手鐘搖動陳陳陳，

獅子能舞鶴能歌。木魚亂敲逼逼剝剝，海螺響處嗊嗊嗊嗊。積善道場隨人做，伏願老相公

老安人小夫人萬里程途悉安樂。南無菩薩薩摩訶，金剛般若波羅蜜。

菩薩大慈悲。（合）龍天鑒知，龍神護持，護持他登山渡水。

小僧請相公上香，道達情旨。（生炷香拜科）

【仙呂入雙調‧古江兒水】（生）如來證明，鑒蔡邕啓⋯⋯我雙親在途路，不知何如的？仰惟

【前腔】（淨）如來證明，覽茲情旨。蔡邕的父母，望相保庇，仰惟功德不思議。（合前）

【前腔】（末）我東人鎮日，常懷憂慮。只愁二親在路途裏，孝思誠意感神祇。（合前）

【前腔】（丑）我聞知做會，特來隨喜，饅頭素食多多與。若還不與，我自入齋廚去取。（合前）

（淨）我佛有緣蒙寵渥，（生）願親路上悉平安。（末）因過竹院逢僧話，（丑）又得浮生半日閒。（並下）

（旦復上）

【縷縷金】原來是蔡伯喈，馬前都喝道，狀元來。料想雙親像，他每留在。敢天教我夫婦再

和諧，都因這佛會？都因這佛會？

（旦復上）

正是：不因漁父引，怎得見波濤？方纔那官人，奴家詢問起來，是蔡伯喈。好也！好也！今日也

會相見。只一件，奴家慌忙中失去了公婆真容，想必是他收下。且待明日逕投他家裏去，以乞丐爲由，

問取消息。倘或天天可憐，因此相會，也不見得？

今朝喜見那喬才，真容收去可疑猜。

縱使侯門深似海，從今引得外人來。

齣末批：

李卓吾評：俗云赤身戴冠子，忍餓放生錢，品斯下矣。不意二賊一件敝衣，不在女客面上撒漫也，品更下矣。

湯若士評：琵琶抄化固爲出醜，然所歌俱孝行事，姑以此解之。

徐文長評：遺失真容作相會關目，大妙。

第三十五齣　兩賢相遘

【商調引子・十二時】（貼）心事無靠托，這幾日翻成悶也。父意方回，夫愁稍可。未卜程途裏的如何，教我怎生放下？(一)

不如意事常八九，可與人言無二三。奴家自嫁蔡伯喈之後，見他常懷憂悶，廢盡心機去問他，他又不說。比及奴家知道，去對爹爹說，要和他同去奉事雙親，誰想爹爹不肯。被奴家道了幾句，幸喜爹心回

(一)　眉批：繡闈中垂念程途，真女中堯舜。

轉，教人去取他爹媽媳婦，又不知行人路上安否如何？爲這些事，教我擔了多少煩惱？又一件，公婆早晚到來，(二)只是要一兩個精細人去伏侍他。我府裏雖則有使喚的，那裏中用？怎生得精細婦人與他使喚方好？院子那裏？(末上)書當快意讀易盡，客有可人期不來。世上幾般能稱意，光陰何況苦相催。夫人，有何使令？(貼)院子，我府中缺少幾個使喚的，你與我去街坊上尋問，有精細的婦人，討一兩個來用。(末)小人理會得。踏破鐵鞋無覓處，得來全不費工夫。

【遠地遊前】(旦)風餐水宿，甚日能安妥，問天天怎生結果？

府幹哥稽首。(末)道姑何來？(旦)遠方人氏。(末)到此何幹？(旦)特來抄化。(末)少待，通報夫人：精細婦人到沒有，正遇一個道姑在門首抄化。(貼)着他裏面來。(末)道姑，夫人着你裏面相見。

(貼作見科)

【遠地遊後】(貼)梳粧淡雅，看丰姿堪描堪畫。是何人教來問咱？

(旦)夫人稽首。(貼)道姑何來？(旦)貧道遠方人氏。(貼)到此何幹？(旦)特來府中抄化。(貼)你有甚本事來此抄化？(旦)貧道不敢誇口，大則琴棋書畫，小則針指工夫；次則飲食肴饌，頗諳一二。(貼)道姑，你有這等本事，在街坊上抄化也生受你，何似在我府中喫些安樂茶飯如何？(旦)若得如此，感恩非淺。(貼)只怕貧道沒福，無可稱夫人之意。(貼)院子，道姑是遠來人氏，須要問他來歷詳細，

(一) 眉批： 公婆久已被伯喈養在那裏。

方可留他。㈡（末）道姑，我且問你，你是從幼出家的，還是在嫁出家的？（旦）貧道在嫁出家的。（貼）院子，從幼出家的怎麼說？在嫁出家的怎麼說？（末）告夫人知道：從幼出家是沒丈夫的，在嫁出家是有丈夫的。那道姑是有丈夫的。（貼）呀！臉些兒差了。他既有丈夫的，難以收留。院子，你多打發些齋糧與他，教他別處抄化去。（末）道姑，夫人說你有丈夫，多打發齋糧與你，別處去抄化罷。（旦）天那！我不合說有丈夫的。府幹哥，貧道非抄化而來，特來尋取丈夫。（末）夫人，這道姑非因抄化而來，却是尋丈夫的。（貼）元來如此。道姑，我且問你，你丈夫姓甚名誰？（旦背科）夫人問我丈夫姓名，若直說出來，恐怕夫人嗔怪，若不和他說，此事又終難隱忍。我如今且把蔡伯喈三字拆開與他說，看他意兒何如，再作道理。（貼）我那裏知道？（末）夫人，貧道丈夫祭名白諧，人人都說道在牛府中廊下住，敢是夫人也知道？（貼）道姑，我這裏沒有，你可到別處去尋，休得要誤了你。（旦）天那！院子，你管各廊房，有那姓祭名白諧的麼？（末）小人管許多廊房，並沒有這個人。（貼）道姑，我這裏沒有，你可到別處去尋，休得要誤了你。（旦）天那！人人道我丈夫在貴府廊下住，如今既道是沒有，奴家想起來，莫不是死了呵？咳！丈夫，你若是死了，教我倚着誰人？（哭科）（貼）可憐這婦人！你且不須愁煩，權住在府中。我着院子到街坊上訪問你丈夫踪跡，你意下如何？（旦）若得如此，再造之恩。（貼）道姑，只一件，你在我府中，休要恁般打扮，我與你換了這

㈡ 眉批：牛女的是能人。

衣粧。(二)（旦）貧道不敢換。（貼）因甚不敢換？（旦）貧道有一十二年大孝在身，故不敢換。（貼）

呀！大孝不過三年，如何有一十二年？（旦）貧道公公死了三年，婆婆死了三年；；薄倖兒夫久留都

下，一竟不還，替他戴六年，共成一十二年。（貼）咳！有這等孝行的婦人。道姑，你雖然如此，爭奈我

老相公最嫌人這般打扮。院子，你可叫惜春取粧奩衣服出來。（末）畫堂傳懿旨，幽閣取粧資。（丑）寶

劍賣與烈士，紅粉贈與佳人。夫人，粧奩衣服在此。（貼）道姑，你且臨鏡改換則個。（旦）天那！如何

是好？（照鏡科）咳！鏡兒，我自從嫁與蔡家，只兩月梳粧，這幾時不曾照你。（二）呀！好苦！元來

却這般消瘦了。（三）

【商調過曲·二郎神】（旦）容瀟灑，照孤鸞嘆菱花剖破。（四）（貼）道姑，你不梳粧，且換了衣裳。

（旦看衣科）記翠鈿羅襦當日嫁，誰知他去後，釵荊裙布無些？（貼）道姑，你不換衣服，且戴着這

釵兒。（旦看釵科）他金雀釵頭雙鳳彈，奴家若戴了呵，可不羞殺人形孤影寡？（貼）道姑，你不戴

釵兒，且簪些花朵，別些吉凶。（旦看花科）説甚麼簪花捻牡丹，教人怨着嫦娥。

（一）眉批：　好關目。
（二）眉批：　□□淚下。
（三）眉批：　顧影自憐。
（四）眉批：　太戲。

【前腔換頭】（貼）嗟呀，他心憂貌苦，真愁怎假？只為着公婆珠淚墮。道姑，我公婆自有，不

能彀承奉杯茶。你比我沒個公婆承奉呵，不枉了教人做話靶。我且問你：你公婆，為甚的雙雙

命掩黃沙？

【囀林鶯】（旦）苦！荒年萬般遭坎坷，丈夫又在京華。糠糠暗喫擔饑餓，公婆死，賣頭髮去

埋他。把孤墳自造，土泥盡是我麻裙包裹。（一）（貼）這道姑好誇口。（旦）也非誇，手指傷，血痕

尚染衣麻。

【前腔】（貼）道姑，愁人見說愁轉多，使我珠淚如麻。（旦）夫人却淚下為何？（貼）道姑，我丈夫

久別雙親下。（旦）他怎的不回家去？（貼）他要辭官，被我爹蹉跎。（旦）他家有妻麼？（三）（貼）

他妻雖有麼，怕不似恁會看承爹媽。（旦）他爹媽如今在那裏？（貼）在天涯。（旦）夫人，何不取

他同來一處？（貼）教人去請，知他途路上如何？

【黃鍾過曲·啄木鸝】〔啄木兒〕（旦）聽言語，教我悽愴多，料想他每也非是假。（背說科）我且

——

（一）　眉批：五娘墓銘。

（二）　夾批：要得。

把句言語來試他一試。[一]　他那裏既有妻房，取將來怕不相和？（貼）道姑，但得他似你能挜靶，我情願讓他居他下。[三]　【黃鶯兒】只愁他程途上苦辛，教人望得眼巴巴。

【前腔】（旦）錯中錯，訛上訛，只管在鬼門前空占卦。夫人，若要識蔡伯喈妻房，（貼）他在那裏？（旦）呀！你果然是他非謊詐？（旦）夫人，奴家豈敢詐言？（貼）你原來爲我喫折挫，爲我受波查。教伊怨我，教我怨爹爹。

姐姐請上坐，待奴家見禮。（旦）奴家怎敢？

【商調過曲・金衣公子】（貼）一樣做渾家，我安然，你受禍。你名爲孝婦，我被傍人罵。（旦）公死爲我，婆死爲我，姐姐，我情願把你孝衣穿着，把濃粧罷。（合）事多磨，冤家到此，逃不得這波查。

【前腔】（旦）夫人，他當原也是沒奈何，被强來，赴選科，辭爹不肯聽他話。（貼）姐姐，他這裏豈不要回來？辭官不可，辭婚不可。（旦）只爲三不從，做成災禍天來大。（合前）

（貼）姐姐，休怪奴家説，我教你改換衣粧，你又不肯。只怕相公見你這般藍褸，萬一不肯相認，如何是

（一）　夾批：　少不得。

（二）　眉批：　聖女！　夾批：　賢哉！

好？我想起來，相公往常朝回時，便入書館中看文章。姐姐既是無所不通，何似去書館中寫幾句言語打動他，那時節我與你說個明白，卻不好？（旦）夫人說得是。便寫得不好，也索從命。

（旦）無限心中不平事，幾番清話又成空。
（貼）一葉浮萍歸大海，人生何處不相逢。

齣末批：
李卓吾評：無心對有心，益見牛夫人之聖；而五娘以言試之，雖是精細，未免小人之腹矣。此亦大老婆常態也。呵呵。
湯若士評：尋婦人服事公婆，以此相會五娘；把言語寫在書房，以此打動伯喈，關目甚好。
徐文長評：真是兩賢豈相厄哉？

第三十六齣　孝婦題真

（末）為問當年素服儒，於今腰下佩金魚。分明有個朝天路，何事男兒不讀書？自家乃是蔡相公府中一個院子。我相公雖居鳳閣鸞臺，常在螢窗雪案。退朝之暇，手不停批；閒居之際，口不絕吟。如今將次回府，不免灑掃書館，聽候相公到來。真個好書館！但見：明窗瀟灑，碧紗內烟霧輕盈；淨几端嚴，青氈上塵埃不染。粉壁間掛三四幅名畫，石床上安一兩張古琴。緗帙縹囊，數起着何止一萬

卷；、牙籤犀軸，乘將來，彀有三十車。芸葉分香走魚蠹，芙蓉藏粉養龍賓。積金花玉板之箋，列錦紋銅綠之格。鳳味馬肝，和那鸚鵡眼，無非奇巧。兔毫栗尾，和那犀象管，分外精神。正是：休誇東壁圖書府，賽過西園翰墨林。且住，我相公昨日在彌陀寺中燒香，拾得一軸畫像，不知甚麼故事。相公當時教我收下，我如今也將來掛在此間。[二]我相公博學多才，必然曉得這故事。正是：早知不入時人眼，多買胭脂畫牡丹。（下）

【仙呂引子·天下樂】（旦）一片花飛故苑空，隨風飄泊到簾櫳。玉人怪問驚春夢，只怕東風羞落紅。

埤下落紅三四點，錯教人恨五更風。當初只道蔡伯喈貪名逐利，不肯回家，元來被人逗遛在此。奴家昨日抄化來到這裏，感得牛氏夫人收錄，又怕伯喈見我一身藍褸，不肯廝認，教我到書館中題幾句言語打動他，奴家只得從命。來到此間，卻寫在那處好？呀！公婆真容元來也掛在此。（哭拜科）我如今就公婆真容背後題詩幾句便了。苦！向日受饑荒，雙親俱死亡。如今題詩句，報與薄情郎。

【仙呂過曲·醉扶歸】丈夫，我有緣千里能相會，難道是無緣對面不相逢？鳳枕鸞衾也曾同，今日呵，到憑着兔毫繭紙將他動。畢竟一齊分付與東風，把往事如春夢。

（題科）崑山有良璧，鬱鬱璠璵姿。嗟彼一點瑕，掩此連城瑜。人生非孔顏，名節鮮不虧。拙哉西河守，

（一）

眉批：○關○目○好○。

胡不如皋魚？宋弘既以義，王允何其愚。風木有餘恨，連理無傍枝。寄語青雲客，慎勿乖天彝。

【前腔】總使我詞源倒流三峽水，(二)丈夫，只怕你胸中別是一帆風。牛氏夫人見我衣裳藍褸，怕伯喈不肯相認，還是教妾若爲容？我若不寫詩打動他呵，夫人，只怕爲你難移寵。(掛真容科)縱

認不得這丹青貌不同，我的筆蹟，兀自如舊。若認得我翰墨，教心先痛。

奴家題詩已了，不免說與夫人知道，且待伯喈來看。莫不是天教相逢，在此一遭，也未見得？

未卜兒夫意，全憑一首詩。

得他心肯日，是我運通時。

齣末批：

李卓吾評：此齣雅致可愛，曲亦俏潔。

湯若士評：【醉扶歸】每句首加增虛字，唱的有情；然首句雖成句，似不合韻。

徐文長評：使妻如此，情何以堪？

第三十七齣　書館悲逢

【仙吕引子・鵲橋仙】(生)披香侍宴，上林遊賞，醉後人扶馬上。金蓮花炬照迴廊，正院宇

(一) 眉批：『總』字欠通，『縱』字爲是。

梅梢月上。

日晏下彤闈，平明登紫閣。何如在書案，快哉天下樂？自家早臨長樂，夜直嚴更。召問鬼神，或前宣室之席；光傳太乙，時頌天祿之蔡。惟有戴星衝黑出漢宮，安能滴露研硃點《周易》？俺這幾日且喜朝無繁政，官有餘閒，庶可留志於詩書，從事於翰墨。正是：事業要當窮萬卷，人生須是惜分陰。（看書科）這是甚麼書？是《尚書》。呀！這《堯典》道：虞舜父頑母嚚象傲，克諧以孝。咳！他父母那般相待他，他尚自克諧以孝。我父母虧了我甚麼，我倒不能殼奉養他？看甚麼《尚書》！這是甚麼書？是《春秋》(一)呀！《春秋》中顏考叔曰：小人有母，未嘗君之羹，請以遺之。咳！他有一口湯喫，兀自尋思着娘。我如今做官享天祿，到把父母撇了。看甚麼《春秋》！天那！枉看這書，行不得，濟甚麼事？你看那書中那一句不說着孝義？當元俺父母教我讀詩書，知孝義，誰知道反被詩書誤了我，還看他怎的？

【仙呂過曲·解三酲】嘆雙親把兒指望，教兒讀古聖文章。似我會讀書的，倒把親撇漾；少甚麼不識字的，倒得終養。書呵，我只爲其中自有黃金屋，反教我撇却椿庭萱草堂。還思想，畢竟是文章誤我，我誤爹娘。

眉批：

(一) 《孝經》《曲禮》早忘了，如何記得《春秋》？

【前腔換頭】比似我做個負義虧心臺館客，倒不如守義終身田舍郎。《白頭吟》記得不曾忘，綠鬢婦何故在他方？書呵，我只為其中有女顏如玉，反教我撇却糟糠妻下堂。〔一〕還思想，畢竟是文章誤我，我誤妻房。

書既懶看他，且看這壁間山水古畫，散悶則個。呀！這一軸畫像是我昨日在彌陀寺中燒香拾得的，如何院子也將來掛在此間？且看甚麼故事。

【南呂過曲·太師引】細端詳，這是誰筆仗？覷着他，教我心兒好感傷。（細看科）好似我雙親模樣。差矣，我的媳婦會針指，便做是我的爹娘呵，怎穿着破損衣裳？前日已有書來，道別後容顏無恙，怎的這般淒涼形狀？且住，我這裏要寄一封書回去，尚不能彀，他那裏呵，有誰來往，直將到洛陽？天下也有面貌厮像的，須知道仲尼陽虎一般龐〔二〕。我理會得了。

【前腔】這是街坊誰劣相，砌莊家形衰貌黃。假如我爹娘呵，若沒個媳婦來相傍，少不得也這

（一）眉批：此曲之病全在欲用『黃金屋』『顏如玉』，遂成拗體。

（三）眉批：凡【太師引】皆用前『他意兒難提起』一體，并無有用『別後容顏無恙』句法者，必犯他調，今不可改矣。只末一句必【刮鼓令】，聊記以俟知者。

般淒涼。敢是個神圖佛像？呀！却怎的，我正看間，猛可的小鹿兒心頭撞？（一）這也不是神圖佛像，敢是當元的畫工有甚緣故？丹青匠，由他主張，須知道毛延壽誤了王嬙。

若是個神圖佛像，背面必有標題，待我轉過來看。呀！元來有一首詩在上面。（讀詩科）這廝好無禮，句句道着下官。等間的怎敢到此？想必夫人知道，待我問，便知分曉。夫人那裏？

【雙調引子·夜遊湖】（貼）猶恐他心思未到，教他題詩句，暗裏相嘲。翰墨關心，丹青入眼，強如把語言相告。（二）

（生怒科）夫人，誰人到我書館中來？（貼）沒有人。（生）我前日去彌陀寺中燒香，拾得一軸畫像，院子不省得，也將來掛在這裏。甚麼人在背面題着一首詩？（貼）敢是當原寫的？（生）那裏是，墨蹟尚未曾乾。（貼背科）我理會得了。相公，這詩如何說？請讀與奴家知道。（生讀詩科）（貼）相公，奴家不省其意，請解說一遍，與奴家曉得也好。（三）（生）『崑山有良璧，鬱鬱璠璵姿。嗟彼一點瑕，掩此連城瑜。』崑山是地名，產得好玉，價直連城，若有些兒瑕玼，便不貴重了。『人生非孔顏，名節鮮不虧。』孔

三先生合評元本琵琶記

（一）眉批：動乎四體，蓋父母精氣感觸也。

（二）眉批：舊譜《九宮十三調》俱無此調，而《琵琶》俱刻此名，細查與【夜行船】字句皆同犯，首句宜於『心』字下略斷，則句語同矣。若是【夜行船】，反當依坊本，當『暗裏相挑』。

（三）眉批：正所謂以能問於不能也。

一八九

子、顏子是大聖大賢，德行渾全。大凡人非聖賢，能忠不能孝，能孝不能忠，(一)所以名節多至欠缺。『拙

哉西河守，胡不如皋魚？』西河守吳起，是戰國時人，魏文侯拜他爲西河守，母死不奔喪。皋魚是春秋

時人，只爲周遊列國，父母死了。後來回歸，自刎而亡。『宋弘既以義，王允何其愚。』宋弘是光武時

人，(三)光武試把姐姐湖陽公主嫁他，宋弘不從。對道：貧賤之交不可忘，糟糠之妻不下堂。』王允是桓

帝時人，司徒袁隗要把侄女嫁他，他就休了前妻，娶了袁氏。『風木有餘恨，連理無傍枝。』孔子聽得皋

魚啼哭，問其故，皋魚說道：樹欲靜而風不寧，子欲養而親不在。西晉時東宮門有槐樹二株，連理而

生，四傍皆無小枝。『寄與青雲客，慎勿乖天彝。』傳言與做官的，切莫違了天倫。（貼）相公，那不奔喪

和那自刎的，那一個是孝道？(三)　（生）那不奔喪的是亂道。（貼）相公，那不棄妻和那棄妻的，那一個是

正道？　（生）那棄了妻的是亂道。（貼）相公，比如你待學那一個？　（生）呀！我的父母知他存亡如

何？　我決不學那不奔喪的見識。（生）相公，你雖不學那不奔喪的，且如你這般富貴，腰金衣紫，假有

糟糠之婦，藍縷醜惡，可不辱没了你，你莫不也索休了？（生怒科）夫人，你說那裏話？　縱是辱没殺

我，終是我的妻房，義不可絶。

（一）眉批：□□已定。

（二）眉批：只會說都市，不會說屋裏。

（三）眉批：好問。

【越調過曲·鏵鍬兒】（生）夫人，你説得好笑，可見你心兒窄小。我決不學那王允的見識，沒來由漾却苦李，再尋甜桃。古人云：棄妻止有七出之條。他不嫉不淫與不盜，終無去條。那棄妻的，眾所誚；那不棄妻的，人所褒。縱然他醜貌，怎肯相休棄了？

【前腔】（貼）伊家富豪，那更青春年少。看你紫袍掛體，金帶垂腰。做你的媳婦呵，應須有封號。金花紫誥，必俊俏，須媚嬌。若還他醜貌，怎不相休棄了？

【前腔】（生）夫人，你言顛語倒，惱得我心兒轉焦。莫不是你把咱奚落，特兀自粧喬？引得我淚痕交，撲簌簌這遭。這題詩的是誰？（貼）相公，你問他待怎的？（生）夫人，他把我嘲，難恕饒。你説與我知道，怎肯干休罷了？

【前腔】（貼）相公，我心中忖料，想不是個薄情分曉。管教你夫婦會合，在今朝。(二)你還認得那題詩的麼？（生）不認得。（貼）伊家枉然焦，只怕你哭聲漸高。（生）是誰？（貼）是伊大嫂，身姓趙。正要説與你知道，怎肯干休罷了？(二)

姐姐有請。

（一）眉批：好。謀。

（二）眉批：不怕你不高聲大哭。

【越調近詞·竹馬兒賺】聽得鬧炒，敢是兒夫看詩囉唄？（貼）姐姐快來。（旦）是誰忽叫？想是夫人召，必有分曉。（貼）相公，是他題詩句，你還認得否？（生）他從那裏來？（貼）相公，他從陳留郡，爲你來尋討。（生認科）呀！我道是誰？元來是你呵。娘子，你怎的穿着破襖，衣衫盡是素縞？莫不是我雙親不保？（旦）官人，從別後，遭水旱，兩三人只道同做餓殍。（生）張太公曾周濟你麼？（旦）只有張公可憐，嘆雙親別無倚靠。（生）後來却如何？（旦）兩口顛連相繼死。（生）苦！元來我爹娘都死了。娘子，那時如何得殯斂？（旦）我剪頭髮賣錢來送伊姊考。（生）如今安葬了未曾？（旦）把墳自造，土泥盡是我麻裙裹包。（生）罷了。聽伊言語，怎不痛傷噎倒？

（生倒，旦，貼作扶起科）（旦）官人，這畫像就是你爹媽真容。（生哭拜科）

【山桃紅】（下山虎）（生）蔡邕不孝，把父母相抛。爹娘，我與你別時，豈知恁地？早知你形衰耄，怎留聖朝？【小桃紅】（中）娘子，你爲我受煩惱，你爲我受劬勞。謝你葬我爹，葬我娘，

（一）夾批：　不敢欺。
（二）夾批：　自己爹媽要靠別人。
（三）旦：　原闕，據汲古閣刊本《繡刻琵琶記定本》補。

你的恩難報也！【下山虎】（尾）又道是養子能代老。（合）這苦知多少？此恨怎消？天降災殃人怎逃？

娘子，這真容是誰畫的？

【前腔】（旦）這儀容像貌，是我親描。（生）娘子，路途遙遠，你那得盤纏來到此間？（旦低唱科）乞丐把琵琶撥，怎禁路遙？。。。官人，説甚麼受煩惱？説甚麼受劬勞？不信看你爹，看你娘，比別時兀自形枯槁也。我的一身難打熬。（合前）

【前腔】（貼）設着圈套，被我爹相招。相公，你也説不早，況音信杳。做不得妻賢夫禍少。[一]（合前）相公，是我誤你爹，誤你娘，誤你名不孝也。

【前腔】（生）我脱却巾帽，解却衣袍。（貼）相公，急上辭官表，共行孝道。（生）夫人，只怕你去不得。[二]（貼）相公，我豈敢憚煩惱？我豈敢憚劬勞？同去拜你爹，拜你娘，親把墳塋掃也。

使地下亡靈安宅兆。（合前）

【餘文】（合）幾年間分別無音耗，奈千山萬水迢遙。天那！只爲三不從，生出這禍苗。

（一）眉批：賢哉聖婦！
（二）夾批：又怕□來？

（生）只爲君親三不從，（旦）致令骨肉兩西東。

（貼）今宵賸把銀缸照，（旦）猶恐相逢是夢中。

齣末批：

湯若士評：父母之年不可不知也，乃曰『早知你形衰耄』耶？（一）

李卓吾評：慘殺！

徐文長評：伯喈忘却糟糠，五娘自疑棄婦，牛夫人一番作合，何與押衙崑崙？真欲拜倒。

第三十八齣　張公遇使

【南呂引子·虞美人】（末）青山古木何時了，斷送人多少。孤墳誰與掃荒苔？連塚陰風吹送紙錢來。

冥冥長夜不知曉，寂寂空山幾度秋。泉下長眠人未醒，悲風蕭瑟起松楸。老漢曾受趙五娘囑託，教我爲他看管墳塋。這兩日有些閒事，不曾看得，今日只索去走一遭。

【仙呂入雙調·步步嬌】呀！只見黃葉飄飄把墳頭覆，廝趕的皆狐兔。（望科）敢是誰斫了樹

（一）　夾批：讀此曲而不墮淚者，其人心死已久。

木去？　爲甚松楸漸漸疏？（滑倒科）咳！甚麼絆我這一倒？却元來是莒把磚封，筍迸泥路。只怕你難保百年墳。

老員外，老安人，自古道：未歸三尺土，難保百年身。已歸三尺土，難保百年墳。

我老夫在日，尚來為你看管。若老夫死後呵，教誰添上三尺土？（丑扮李旺上）

【前腔】（丑）渡水登山多勞苦，來到這荒村塢。遙觀一老夫，試問他家，住在何所。趲步向

前行，呀！却是一所荒墳墓。

（相見科）（末）小哥，你從那裏來？（丑）小人從京都來。（末）却往那裏去？（丑）奉蔡相公差至此。

（末）你相公是那裏人？差你來有甚勾當？（丑）我相公特差小人來請取他的太老爹、太夫人和那小

夫人，一同到洛陽去。（末）你相公叫甚麼名字？（丑）我相公的名字，小人怎敢說？（末）荒僻去處，

但說不妨。（丑）我相公是蔡伯喈。（末發怒科）

【風入松】（末）你不須提起蔡伯喈，說着他每忿歹。（丑）呀！他有甚歹處？（末）他中狀元做

官六七載，[二]撇父母拋妻不采。（丑）他父母在那裏？（末）兀的這磚頭土堆，是他雙親在此

中埋。

（丑）呀！元來太老爹、太夫人都死了呵，不知為甚的死了？

　　（一）　眉批：　　　　　　　　　　也不合知他中狀元。

【前腔】（末）一從他別後遇荒災，更無人倚賴。（丑）這等，是誰承直他兩個？（末）虧他媳婦相看待，把衣服和釵梳都解。（丑）解也須有盡時。（末）便是，這小娘子解得錢來糴米，做飯與公婆喫。他背地裏把糟糠自捱，公婆的反疑猜。（丑）公婆敢道他背後自喫了些好東西麼？（末）便來後來呵。（末）他公婆的親看見，雙雙痛倒，無錢斷送，剪頭髮賣買棺材。（丑）他那般無錢，如何築得這一所墳墓？（末）他去空山裏，裙包土，血流指，感得神明助，與他築墳臺。

（丑）自古道：孝感天地，果然有此。這小娘子如今在那裏？

【前腔】（末）他如今逕往帝都來。（丑）他把甚麼做盤纏？（末）小哥，我不瞞你。他彈着琵琶做乞丐。（丑）蔡相公特地差小人來取他父母妻子，如今太老爹、太夫人既死了，小夫人却又去了，如何是好？（末）你謾着，我與你説與他父母知道便了。老員外、老安人，你孩兒做官，如今差人來取你到京，同享富貴，你去不去？（二）（哭科）叫他不應魂何在？空教我珠淚盈腮。（丑）公公，你休啼哭。小人如今回去，教俺相公多多做些功果，追薦他便了。（末笑科）他生不能養，死不能葬，葬不能祭。這三不孝逆天罪大，空設醮，枉修齋。你相公如今在那裏？（丑）我相公如今入贅牛丞相府裏。（末）小哥，你如今疾忙便回，説我張老的道與蔡伯喈。（丑）道甚麼來？（末）道你拜別人的爹娘好美

（一）　眉批：　少不得，少不得。　老蔡尚爲要兒子做官，有此一番道説，便消儆他生平之志。

哉，親爹娘死，不值你一拜。

（丑）公公，你休錯埋冤了人。他要辭官，官裏不從；他要辭婚，我太師不從，也只是沒奈何了。（末）恁的呵，

【前腔】（末）元來他也是無奈，[一]好似鬼使神差。他當元在家不肯赴選，他的爹爹不從他。這是三不從把他厮禁害，三不孝亦非其罪。（丑）公公，你險些錯埋冤了人。（末）這是他爹娘福薄運乖，人生裏都是命安排。

（丑）敢問公公高姓？（末）小哥，我老漢不是別人，張太公的便是。當初蔡伯喈臨去之時，把父母囑付與我。如今他父母身死，小娘子又去京都尋他，將近去了個半月日。你如今回去，一路上但見一個婦人，道姑打扮，拿着一個琵琶，背着一軸真容的，便是你相公的小娘子，你把盤纏好好承直他去便了。

（丑）理會得，小人告別了。

（末）雙親死了已無依，今日回來也是遲。

（丑）夜靜水寒魚不餌，滿船空載月明歸。

齣末批：

（一）　眉批：　老張也不該就轉嘴作勢利語。

李卓吾評：　得此一齣，見張老之有始終，真蔡公之死生交也，庶少贖逼試之罪。

湯若士評：　張老責人，情理皆到。今人見人家子弟榮貴者，便滿口奉承，爲他諱過，那得如此梗直？

徐文長評：　全傳俱是罵府，此尤罵得痛快。

第三十九齣　散髮歸林

【雙調引子·風入松慢】（外）女蘿松柏望相依，況景入桑榆。他椿庭萱室齊傾棄，怎不想家山桃李？中雀誤看屏裏，乘龍難駐門楣。

自古道人無遠慮，必有近憂。自家當初不仔細，一時間不信我那院子的說話，定要招蔡伯喈爲婿，指望養老百年。誰想道他父母俱亡，如今他媳婦逕來尋取，聞說我女孩兒也要和他同去，不知是否？待我喚院子出來問他。院子那裏？（末）紋犀欲下意沉吟，棋局排來仔細尋。猶恐中間一着差，教人錯用滿枰心。相公，有何鈞旨？（外）院子，說道蔡狀元的父母身死，他媳婦來尋他，我的小姐也要和他同去。你知道麼？（末）男女不知，老姥姥必知端的。（外）如此，叫老姥姥過來。

【仙呂過曲·光光乍】（淨）女婿要同歸，岳丈意何如？忽叫阿奴緣何的？想必與他做區處。

（外）老姥姥，見說蔡狀元的父母身死，他的媳婦來此尋他，我的小姐也要和他同去，此事是否？（淨）

果是，小姐要同去。（外）呀！我小姐同去做甚麼？（淨）相公，他父母都死了，只是一個媳婦支持。如今小姐要同他回去守服，有何不可？（外怒科）我的小姐如何與別人戴孝？（一）（淨）相公息怒，聽老奴告稟。

【南吕過曲·女冠子】（三）媳婦事舅姑合體例，相公怎不教女孩兒同去？當初是相公相留住，今日裏怨着誰？（外）胡說！我不教女孩兒去（三）却待怎的？（淨）相公，事須近禮，怎使聲勢？休道朝中太師威如火，那更路上行人口似碑。（合）說起此事，費人區處。

【前腔】（末）我相公只慮多嬌女，怕跋涉萬山千水。相公，只一件。女生向外從來語，況既已做人妻。夫唱婦隨，不須疑慮。這是藍田種玉結親誤，今日裏船到江心補漏遲。（合前）

【前腔】（外）當初是我不仔細，誰知道事成差池？痛念深閨幼女多嬌媚，怎跋涉萬餘里？天那！我嫡親更有誰，怎忍分離？罷，罷，不教愛女擔煩惱，也被傍人講是非。（合前）

（外）老姥姥，你和院子也說得是，只得由他去罷。（淨）恰好狀元、小姐都來了。

【雙調引子·五供養】（生）終朝垂淚，為雙親使我心疼。（貼）親墳須共守，只得離神京。

————

三先生合評元本琵琶記

（一）　眉批：　放屁！　夾批：　你的女兒與別人的兒子受用，怎的了？
（二）　眉批：　舊曲【女冠子】上有一『古』字，非也，今改正。
（三）　不⋯　原闕，據汲古閣刊本《繡刻琵琶記定本》補。

（生）夫人，且商量個計策，猶恐你爹行不肯。（合）若是他不肯，只索向君王請命。

（相見科）（外）賢婿，我聞說你父母背棄，你媳婦來此相尋，此事果否？（生）此事果然，愚婿正來稟知岳丈。娶妻

（外）這可是伯喈的媳婦麼？（旦）奴家便是。（外）賢哉！賢哉！（貼）孩兒有一事拜覆爹爹知道：

所以養親。孔子云：生事之以禮，死葬之以禮，祭之以禮。若姐姐爲蔡氏之婦，生能竭奉養之力，死能備

棺槨之禮，葬能盡封樹之勞。孩兒亦爲蔡氏婦，生不能供甘旨，死不能盡避踊，葬不能事窀穸。以此思之，何

以爲人？誠得罪於舅姑，實有愧於姐姐。今特講於爹爹之前，願居於姐姐之下。（外）賢哉吾女，道得是，道

得是。（旦）自古道：人有貴賤，不可概論。夫人是香閨繡閣之名妹，奴家是裙布荊釵之貧婦。況承君命以

成婚，難讓妾身而居右。（外）五娘子，你今既無父母，又喪公姑，恰便是我的女孩兒一般。況你身先歸於蔡

氏，年又長於吾兒，此實當禮，不必多辭。（生）你兩個只做姊妹相呼便了。（衆）這個說得極是。（生）愚婿今

日拜辭岳丈，領二妻同歸故里，共行孝道。待服滿之後，再來侍奉尊顏。（外）賢婿，我其實捨不得你去。今日

你爹娘既不幸了，我也難再留你。（貼）爹爹，孩兒暫別尊顏，實出無奈。爹爹善保尊體，不必掛牽。（外哭

科）孩兒，你如今拜別舅姑的墳墓，竟不念我？（二）（貼）爹爹放心，孩兒此去，不過三年之期。（外哭科）苦！女

兒終是向外，兀的不痛殺我也。（衆）相公不須煩惱。（生、旦、貼拜辭科）

【大石調過曲·催拍】（生）念蔡邕爲雙親命傾，遭不孝逆天罪名。今辭了帝庭。感岳丈慇

（一）

眉批：　少不得歸來戴你老牛的孝也。

懃，豈敢忘情？痛父母恩深，久負亡靈。（合）辭別去，同到墳塋，心戚戚，淚盈盈。

【前腔】（旦）念奴家離鄉背井，謝公相教孩兒共行。非獨故里榮，我泉下公婆，死也目瞑。

（外）五娘子，我女孩兒少長閨門，凡事望你指顧。（二）（旦）我自看承，不須叮嚀。（合前）

【前腔】（貼）覷爹爹衰顏皤鬢，思量起教人淚零。爹爹，我進退不忍。我待不去呵，誤了公婆，被人譏評。我待去呵，撇了爹爹，沒人溫清。（合前）

【前腔】（外）孩兒，此別去，你的吉凶未憑；再來時，我的存亡未審。賢婿，吾今已老景，畢竟你沒爹娘，我沒親生。若是念骨肉一家，須早辦回程。（合前）

【正宮過曲·一撮棹】（生）岳丈，你寬心等，何須苦掛縈？（外）賢婿，把音書寫，頻頻寄郵亭。（貼）老姥姥，爹年老，伊家須是好看承。（淨）程途裏，各願保安寧。（旦）死別全無准，生離又難定。（合）今去也，未知何日返神京？

【哭相思尾】（合）最苦生離難拋捨，未知再會何時也？（生、旦、貼並下）

（外）你三人去，途中須要保重。（生、旦、貼）謝得尊人掛念。

（外）女婿今朝已別離，老身孤苦有誰知。

（一）眉批：是。

（二）是。

（合）夫唱婦隨同歸去，一處思量一處悲。

齣末批：

李卓吾評：老牛欲認五娘爲女，還是相度；若今日丞相，安肯以小姐爲人作妾乎？

湯若士評：丞相非是不賢，只爲捨不得兒女，實至情也。看此相離相別，孑然一牛，十分淒楚。

徐文長評：【一撮棹】今皆用於【催拍】後，不知用於【三字令】後尤妙。

第四十齣　李旺回話

【黃鍾過曲·柳穿魚】（丑）心忙似箭走如飛，歷盡艱難辛有誰知？夜靜水寒魚不食，滿船空載月明歸。歸來後，到庭除，未知相公在何處？

李旺蒙老相公差去陳留，請取蔡相公的老員外、老安人、小娘子。不想他兩位老的都死了，小娘子又來了，教我空走這一遭。如今且未好對老相公說，先說與蔡相公知道。呀！怎的房門都閉了？敢是蔡相公入朝去了，小姐要幽静，閉着門呵？開門，開門。

【黃鍾引子·玩仙燈】（外）門外有人聲，是誰來諠譁鬧炒？（二）

（一）　眉批：不象相府，難道再無一人説知？

（丑）老相公，是李旺。（外）李旺，你回來了。你知道麼？我小姐和蔡相公都回家去了。（丑）蔡相公小娘子曾到這裏不曾？（外）我見他了。李旺，我且問你，蔡相公父母既死了，媳婦又來，你到那裏，曾見甚麼人？(二)

【黃鍾過曲·風帖兒】（丑）相公，我到得陳留，逢一個故老，在他爹娘墳上拜掃。他道他爹娘呵，果然饑荒都喪了，他媳婦也來到，枉教人走這遭。

【前腔】（外）李旺，我如今去朝廷上表，奏蔡氏一門孝道。管取吾皇降丹詔，把他召，我自去陳留走一遭。

（丑）老相公，這個趙氏，其實難得。（外）便是，一家都難得。一來蔡伯喈不忘其親，二來趙五娘子孝於舅姑，三來我小姐又能成人之美。一門孝義如此，理當保奏，請行旌表。（丑）相公道得最是。

（外）五更三點奏朝廷，（丑）今古難求此樣人。

（合）管取一封天子詔，表揚四海孝賢名。

齣末批：

李卓吾評：一人叩門，一人開門，是草廬寒舍□□，堂堂相府如此冷落耶？不通，不通。

（一）

眉批：有關目。

湯若士評：五娘、小姐的宜旌表，安得與蔡生並□？

徐文長評：此齣最冷淡，演者須緊湊着眼乃妙。

第四十一齣　風木餘恨

【雙調引子·梅花引】（生）傷心滿目故人疏，看郊墟，盡荒蕪。（旦、貼）惟有青山，添得個墳墓。（合）慟哭無聲長夜曉，問泉下有人還聽得無？

【玉樓春】（生）他鄉萬點思親淚，不能滴向家山地。（旦）如今有淚滴家山，欲見雙親渾無計。（貼）荒墳衰草連寒烟，蒼苔黃葉飛蘋蘩。（生）欲聽鷄聲來問寢，忽驚蟻夢先歸泉。（旦）人生自古誰無死，嗟君此恨憑誰語？（貼）可憐衰經拜墳塋，不作錦衣歸故里。（生）夫人，此處便是爹媽墳墓。我和你先拜了雙親，還要去拜謝張太公。（旦、貼）正是如此。（拜莫科）

【仙呂入雙調·玉雁子】【玉交枝】（頭）（生）孩兒相誤，爲功名擔閣了父母，都緣是孩兒不得歸鄉故。爹爹媽媽，你怎便□□你爲我受艱辛，今日裏，有誰旌表你門庭。（一）（合前）

【前腔】（貼）來使是何人？悶中無由詢問一聲。（生）夫人要問甚麽？（貼）無由詢問我家君，

眉批：情至語。

（一）

一九〇四

知他安與否，死和存？（合前）

【前腔】（丑）敕書已來近，看街市上人亂紛紛。咱每只得忙前奔，備香案，接皇恩。[一]（合前）

（見科）（生）何處官長，因甚到此？（丑）下官本縣知縣，告大人得知：今日天朝牛丞相親賚詔書，到此開讀。□旌表大一門孝義，加官進職，起服到京。[二]（以下原闕）

李卓吾先生批評琵琶記

目 録

李卓吾先生批評琵琶記卷上目錄

李卓吾先生批評琵琶記卷下目録(二)

(二)　卷下目録原處卷下正文前，現合并於此。

虎林容與堂梓

第一齣　副末開場

【水調歌頭】秋燈明翠幕，夜案覽芸編。今來古往，其間故事幾多般。少甚佳人才子，也有神仙幽怪，瑣碎不堪觀。正是：不關風化體，縱好也徒然。^{〔一〕}　論傳奇，樂人易，動人難。知音君子，這般另作眼兒看。休論插科打諢，也不尋宮數調，只看子孝共妻賢。正是：　驊騮方獨步，萬馬敢爭先。^{〔二〕}

（問內科）且問後房子弟，今日敷演誰家故事，那本傳奇？（內應科）三不從《琵琶記》。（末云）原來是

眉批：　便粧許多腔。

夾批：　醜。

（一）
（二）

這本傳奇。待小子略道幾句家門，便見戲文大意。

【沁園春】趙女姿容，蔡邕文業，兩月夫妻。奈朝廷黃榜，遍招賢士；高堂嚴命，強赴春闈。一舉鰲頭，再婚牛氏，利綰名牽竟不歸。饑荒歲，雙親俱喪，此際實堪悲。堪悲，趙女支持，剪下香雲送舅姑。把麻裙包土，築成墳墓；琵琶寫怨，逕往京畿。孝矣伯喈，賢哉牛氏，書館相逢最慘悽。[一]重廬墓，一夫二婦，旌表門閭。

極富極貴牛丞相，施仁施義張廣才。

有貞有烈趙真女，全忠全孝蔡伯喈。

第二齣 高堂稱慶

【正宮引子·瑞鶴仙】(生唱)十載親燈火，論高才絕學，休誇班馬。風雲太平日，正驊騮欲騁，魚龍將化。沉吟一和，怎離却雙親膝下？且盡心甘旨，功名富貴，付之天也。[二]

〔鷓鴣天〕宋玉多才未足稱，子雲識字浪傳名。奎光已透三千丈，風力行看九萬程。　　　經世手，濟時

(一) 眉批：書館相逢就不慘悽了。
(二) 夾批：自在。

英，玉堂金馬豈難登？要將萊綵歡親意，且戴儒冠盡子情。蔡邕沉酣六籍，貫串百家。自禮樂名物，

以及詩賦詞章，皆能窮其妙；由陰陽星曆，以至聲音書數，靡不得其精。抱經濟之奇才，當文明之盛

世，（一）幼而學，壯而行，雖望青雲之萬里；入則孝，出則弟，怎離白髮之雙親。到不如盡菽水之歡，甘

虀鹽之分。正是：行孝於己，責報於天。（二）自家新娶妻房，纔方兩月。却是陳留郡人，趙氏五娘。儀

容俊雅，也休誇桃李之姿；德性幽閒，儘可寄蘋蘩之託。正是：夫妻和順，父母康寧。《詩》中有

云：『爲此春酒，以介眉壽』。今喜雙親既壽而康，對此春光，就花下酌杯酒，與雙親稱壽，多少是好？

昨已囑付五娘子安排，不免催促則個。娘子，酒完了，請爹媽出來。（旦內應科）（外扮蔡公、淨扮蔡婆

上）（三）

【雙調引子·寶鼎現】（外唱）小門深巷，春到芳草，人閒清晝。（淨唱）人老去星星非故，春又

來年年依舊。（四）（旦扮趙氏上）最喜今朝春酒熟，滿目花開如繡。（合）願歲歲年年，人在花

下，常斟春酒。

（一）眉批：白有壯色。

（二）眉批：何必責報？

（三）眉批：婦人雖無遠見，姑息之愛乃人常情。不合以淨脚扮蔡婆，易以老旦爲是。不然，因子辱母，爲人子忍乎？

（四）眉批：曲好。

（外云）孩兒，你請我兩個出來做甚麼？（生跪科）告爹媽得知：人生百歲，光陰幾何？幸喜爹媽年

滿八旬，孩兒一則以喜，一則以懼。〔一〕當此青春光景，閒居無事，聊具一杯蔬酒，與爹媽稱慶則個。（淨

笑云）阿老有得喫。〔二〕（外云）阿婆，這是子孝雙親樂，家和萬事成。（生進酒科）

【雙調過曲·錦堂月】（生唱）簾幕風柔，庭幃晝永，朝來峭寒輕透。親在高堂，一喜又還一

憂。惟願取百歲椿萱，長似他三春花柳。（合）酌春酒，看取花下高歌，共祝眉壽。

【前腔換頭】（旦唱）輻輳，獲配鸞儔。深慚燕爾，持杯自覺嬌羞。〔三〕怕難主蘋蘩，不堪侍奉

箕箒。惟願取偕老夫妻，長侍奉暮年姑舅。（合前）

【前腔換頭】（外唱）還愁，白髮蒙頭。紅英滿眼，心驚去年時候。只恐時光，催人去也難

留。〔四〕孩兒，惟願取黃卷青燈，及早換金章紫綬。（合前）

【前腔換頭】（淨唱）還憂，松竹門幽。桑榆暮景，明年知他健否安否？〔五〕歡蘭玉蕭條，一朵

（一）眉批：一則以懼，人子心上事，緣何對着年老雙親說出？

（二）夾批：亦不合形容壞他母親。

（三）眉批：妙！眉批：像個兩月的新婦。

（四）眉批：妙！妙！

（五）眉批：正當行樂，忽及憂愁，固老人之□，亦家門衰兆也。

桂花堪茂。

【醉翁子】(生唱) 媳婦，惟願取連理芳年，得早遂孫枝榮秀。(一)（合前）

【醉翁子】(生唱) 回首，歡瞬息烏飛兔走。喜爹媽雙全，謝天相佑。（旦唱）不謬，更清淡安閒，樂事如今誰更有？（合）相慶處，但酌酒高歌，共祝眉壽。

（外云）孩兒，你今日為我兩個慶壽，這便是你的孝心。人生須要忠孝兩全，方是個丈夫。我纔想將起來，今年是大比之年。昨日郡中有吏來辟召，你可上京取應。倘得脫白掛綠，濟世安民，這纔是忠孝兩全。（生云）爹媽高年在堂，無人侍奉，孩兒豈敢遠離？寔難從命。

【前腔換頭】（外唱）卑陋，論做人要光前耀後。勸我兒青雲萬里，早當馳驟。（淨唱）聽剖，真樂在田園，何必區區公與侯？(二)（合前）

【僥僥令】（生、旦唱）春花明彩袖，春酒泛金甌。但願歲歲年年人長在，父母共夫妻相勸酬。

【前腔】（外、淨唱）夫妻好廝守，父母願長久。坐對兩山排闥青來好，看將一水護田疇，綠遠流。

【十二時】山青水綠還依舊，歎人生青春難又，惟有快活是良謀。(三)

(一) 夾批：父願子得名，姑願媳得子，曲盡人情，妙絕！妙絕！
(二) 眉批：千古至言！
(三) 眉批：至言！至言！
(三) 眉批：只要問如何快活耳。

（外）逢時對景且高歌，（淨）須信人生能幾何。
（生）萬兩黃金未爲貴，（旦）一家安樂值錢多。

總批：
今世只以萬兩黃金爲貴，即一家爲奴爲盜亦不顧也。嘗有村學究以『白酒紅人面』課生徒者，卓老代對之曰：黃金黑世心。自謂頗中今日膏肓。

又批：
稱慶席上合請張太公方有張本。

第三齣　牛氏規奴

（末扮老院子上）風送爐香歸別院，日移花影上閒庭。（一）畫長人靜無他事，惟有鶯啼三兩聲。小子不是別人，却是牛太師府裏一個院子（二）若論俺太師的富貴，真個：只有天在上，更無山與齊。舉頭紅日近，回首白雲低。怎見得富貴？他勢壓中朝，資傾上苑。白日映沙堤，青霜凝畫戟。門外車輪流水，城中甲第連天。瓊樓酬月十二層，錦障藏春五十里。香散綺羅，寫不盡園林景致；影搖珠翠，描不就

（一）眉批：『上』字不通。
（二）眉批：第三齣就及牛氏，亦有關目。

庭院風光。好耍子的油碧車輕金犢肥，沒尋處的流蘇帳煖春難報。畫堂內持觴勸酒，走動的是紫綬金貂；繡屏前品竹彈絲，擺列的是朱唇粉面。玳瑁筵前熱寶香，真個是朝朝寒食；琉璃影裏燒銀燭，果然是夜夜元宵。這般樣福地洞天，可知有仙姝玉女〔二〕休誇富貴的牛太師，且說賢德的小娘子。真個好一位小娘子呵！看他儀容嬌媚，一個沒包彈的俊臉，似一片美玉無瑕；體態幽閒，半點難勾引的芳心，如幾層清冰徹底〔二〕珠翠叢中長大，倒堪雅淡梳妝；綺羅隊裏生來，却厭繁華氣象。怪聽笙歌聲韻，惟貪針指工夫。愛景情幽，鎮白日何曾離繡閣？開遍海棠花，也不問夜來多少；飛殘楊柳絮，竟不道春去如何。要知他半點貞心，惟有穿瑣窗的皓月，能回他一雙嬌眼，除非翻翠幌的清風。決非慕司馬的文君，肯學選伯鸞的德耀。更羨他知書知禮，是一個不趨蹌的秀才；若論他有德有行，好一位戴冠兒的君子。多應是相門相種，可惜不做廝兒；少甚麼王子王孫，爭要求爲佳配。呀！理會得麼？他是玉皇殿前掌書仙，一點塵心謫九天。莫怪蘭香熏透骨，霞衣曾惹御爐烟。呀！好怪麼！只見府堂中老姥姥和惜春姐兩個，笑哈哈舞將出來。我且躲在一邊，看他來此做甚麼？〔三〕 （淨扮老姥姥、丑扮惜春上）

〔一〕　眉批：　過接得妙。
〔二〕　眉批：　院子不合及此，或出老姥姥、惜春姐之口則不妨。
〔三〕　夾批：　白妙甚，令人不能及矣。大抵贊牛氏的白合在女子口出。

【仙呂入雙調·雁兒落】（淨唱）庭院重重，怎不怨苦？要尋個男兒，又無門路。（丑唱）甚年

能彀和一丈夫，一處裏雙雙雁兒舞？

（相見科）（末云）來，我且問你兩個：往常間不曾恁的快活，今日如何這般快活？（丑云）院公，你那

得知我喫小姐苦哩！並不許半步胡端，又不要我說男兒那邊廂去。[一] 咳！苦也！你不要男兒，我

須要哩！他也道我和他相似，笑也不許我笑一笑。今日天可憐見，吃我千方百計去說動他，只限我半

個時辰去後花園閒耍一遭。你道我如何不快活？（淨云）院公，便是我也千不合萬不合前生不曾種得

福田，爹娘把我送在府堂中做個丫頭。到今年紀老了，不曾得一日眉頭舒展。今日天可憐見，老相公

入朝，我纏得偷身來此閒要一遭。你道我如何不快活？[二]（末云）元來恁的，可知道你二人快活也。

（淨云）院公，你伏侍老相公，卻是公的又撞着公的；；我與惜春伏侍小姐，卻是雌的又撞雌的。（末云）

呀！老姥姥，你怎的說這話？惜春年紀小，也怪他傷春不得。你年紀這般老大，也說這般傷春的話，

成甚麼樣子？[三]（淨云）哼嗯老畜生，倒吃你識破了！卻不道秋茄晚結，菊花晚發？我雖然老便老，

似京棗。外面皺，裏頭好。你不聞東村有個李太婆，年紀七八十歲，頭光撻撻的，也只要嫁人。人問

（一）眉批：雖是科諢，卻形容得他家政蕭然。

（二）夾批：此句多，删。

（三）眉批：是。

道：婆婆，你這般老了，又要去嫁人怎的？那婆婆做四句詩，應得好。（末云）如何說？（淨云）道

是：人生七十古來稀，不去嫁人待何時？⊙下了頭髻床上睡，枕頭上架兩個大擂搥。⊙（末云）你有

些欠尊重。（丑云）休閒說，今日能彀得來此花園遊嬉，也不容易。又撞着院公在此，咱每三個何不做

個耍子？（末云）也說得是。還是做甚麼耍子好？（淨云）和你踢氣毬耍子？（末云）不好。

（淨云）怎的不好？〔西江月〕（末云）白打從來逞藝，官場自小馳名。如今年老腳踅蹭，圓社無心馳

騁。　空使繡襦汗濕，漫教羅襪生塵。兀的是少年子弟俏門庭，老姥姥不似你寶妝行徑。（丑云）

院公，踢氣毬不好，便和你鬥百草耍子？（末云）也不好。（丑云）怎的不好？（末云）香徑裏攀殘柳

眼，雕蘭畔折損花容。又無巧藝動王公，枉費工夫何用？　驚起嬌鶯語燕，打開浪蝶狂蜂。若還尋得個

並頭紅，惜春姐，早把你芳心引動。（淨、丑云）院公，你道兩樣都不好，如今打鞦韆耍子好麼？（末云）

這個却好。　你聽我說：　玉體輕流香汗，繡裙蕩漾明霞。纖纖玉手綵繩拿，真個堪描堪畫。　本是

北方戎戲，移來上苑豪家。女娘撩亂隔牆花，好似半仙戲耍。⊙（淨、丑云）恁地便打鞦韆，只是沒有架

子。（末云）這花園中那裏得他？一來老相公不喜，二來小娘子不好；縱有也倒壞了。⊙（丑云）院

李卓吾先生批評琵琶記

（一）眉批：也是，却難得這個好援引。
（二）夾批：好詩！
（三）眉批：三詞可厭，刪。只換一答語便了。
（四）眉批：好點綴。

公，沒奈何，我每三個在這裏廝輪做個鞦韆架，一人打，兩人擡。（末云）如此也好。誰人先打？（淨、丑云）我兩人擡，院公先打。（做架科）（末云）你兩人不要跌了我。（淨、丑云）院公，你放心，只管上去打。（末打科）

【窨地錦襠】（末唱）花紅柳綠草芊芊，正值春光艷陽天。我和你不來此處打鞦韆，爲人一生也徒然。

（放跌科）（末云）你兩個跌得我好！如今輪該老姥姥打。（淨云）你兩個也不要跌了我。[一]（末云）老姥姥放心，不妨事，只管打。（淨打科）

【前腔】（淨唱）春光明媚景色鮮，遊遍花塢聽杜鵑。那更上苑柳如綿，我和你不打鞦韆枉少年。

（放跌科）（淨云）你兩個騙得我好！如今輪該惜春打。（丑云）你兩人也不要跌了我。（淨云）惜春放心，也只管打便罷。（丑打科）

【前腔】（丑唱）奴是人間快活仙，吃了飽飯愛去眠。莫教小姐來撞見，那時高高弔起打三千。

（一）夾批：多，刪。重出便俗。

（放跌科）（貼扮牛氏上云）莫信直中直，須防仁不仁。是要得好呵！（末、淨走下）（丑做不知云）你兩個騙得我好！如今我打了，又該院公打_[1]（貼扯丑耳科）賤人，恁的為人不尊重，只要閒嬉并閒哄！

（丑驚科）小姐，教人怎不去閒哄？你看那鞦韆架尚兀自走動哩。（貼云）賤人！我只教你在此間覷怎

片時，誰許你如此。（丑云）小姐，奴家憂悶，只得在此消遣則個。（貼云）賤人，有甚

的？（丑云）小姐，奴家每喚做惜春，見這春去了，便自傷春起來，教人如何不悶？（貼云）賤人，有甚

傷春處？（丑云）小姐，我早晨裏只聽疏辣辣寒風吹散了一簾柳絮，餉午間只見淅零零細雨打壞了滿

樹梨花。一霎時囀幾聲黃鸝，猛可地叫數聲杜宇。奴家見此春去，如何不悶？（貼云）春光自去，有甚

麼悶來？我和你去習學女工便了。（丑云）咳！苦也！這般天氣，誰不去閒嬉？小姐却教惜春去

習女工，兀的不是悶殺惜春麼？（貼云）婦人家誰許你閒嬉？不習女工，有甚勾當？你却不學那不

出閨門的！（丑云）小姐，你有盈箱羅綺，滿頭珠翠，少甚麼子，却這般自苦？（貼云）賤人！賤人！好怪

麼？做女工是你本分的事，問有和沒有做甚麼？（丑云）恁地，惜春拜辭小姐去也。（貼云）你拜辭我

那裏去？（丑云）我去伏侍別人，與他傳消遞息，隨趁也得些快活。（貼云）咳！賤人，你伏侍

我，我有甚虧了你？（丑云）小姐，我伏侍着你時節，見男兒也不許我擡頭看一看。前日艷陽天氣，花

〔一〕　眉批：關目好。

紅柳綠，猫兒也動心，你也不動一動；如今暮春時候，鳥啼花落，狗兒也傷情，你也不傷一傷。(一)惜春其寔難和小姐過活。（貼云）呀！這賤人，你是顛是狂，說這般話？我就去對老相公説，好生施行你。（丑跪科）小姐，可憐見惜春心裏悶，因此這般説。（貼云）賤人，我饒你這遭。你看麽。

【越調引子・祝英臺近】（貼唱）綠成陰，紅似雨，春事已無有。（丑唱）聞説西郊，車馬尚馳驟。（貼唱）怎如柳絮簾櫳，梨花庭院，（合）好天氣清明時候。

【玉樓春】（丑云）清明時節單衣試，爭奈晝長人静重門閉。（丑云）小姐，我在繡窗欲待拈針指，忽聽鶯燕雙雙語。（貼云）賤人！無情何事管多情，羞睹游絲與飛絮。（丑云）小姐，我芳心不解亂縈牽，任取春光自來去。（丑云）小姐，你有甚麽法兒，教惜春休悶哩？（貼云）你且聽我説。

【越調過曲・祝英臺序】（貼唱）把幾分春，三月景，分付與東流。（丑云）小姐，如今鳥啼花落，你須煩惱些麽？（貼唱）啼老杜鵑，飛盡紅英，端不爲春閒愁。（丑云）你不閒愁，也還去賞翫麽？（貼唱）休休，婦人家不出閨門，怎去尋花穿柳？（丑云）小姐，你不去賞翫，只怕消瘦了你。(二)（貼唱）我花貌，誰肯因春消瘦？

【前腔換頭】（丑唱）春晝，只見燕成雙，蝶引隊，鶯語似求友。（貼云）呀！賤人！你是人，却説

（一）眉批：却原來動心的是猫，傷情的是狗，大家思量一思量。

（二）眉批：此齣太煩，可删。況且家政素嚴之家，安得如此丫頭來？不象！不象！

那蟲蟻做甚麼？（丑唱）那更柳外畫輪，花底雕鞍，都是少年閒遊。（貼云）這賤人，你是婦人家，說那男兒的事做甚麼？（丑唱）難守，繡房中清冷無人，我待尋一個佳偶。（貼云）呀！你倒思量丈夫起來！（丑唱）這般說，我終身休配鸞儔？

【前腔換頭】（貼唱）惜春，知否？我為何不捲珠簾，獨坐愛清幽？（丑云）清幽，清幽，怎奈人愁！（貼唱）縱有千斛悶懷，百種春愁，難上我的眉頭。（丑云）小姐，只怕你不常恁的。（貼唱）休憂，任他春色年年，我的芳心依舊。（丑云）只怕風流年少的哄動你。（貼唱）這文君，可不擔閣了相如琴奏。

【前腔換頭】（丑唱）今後，方信你徹底澄清，我好沒來由。（貼云）惜春，你怎的不收斂了心？（丑唱）想像暮雲，分付東風，情到不堪回首。（貼云）你怎的不學著我？（丑唱）姐姐，聽剖，你是蕊宮瓊苑神仙，不比塵凡相誘。（貼云）恁地，自隨我習女工便了。（丑唱）我謹隨侍娘行，拈針挑繡。

（丑云）姐姐，你聽那子規却是啼得好哩！
　　　　（貼）休聽枝上子規啼，（丑）悶在停針不語時。
　　　　（貼）窗外日光彈指過，（丑）席前花影坐間移。

總批：

只這煩簡不合宜，便不及《西廂》《拜月》多了。

第四齣　蔡公逼試

【南呂引子・一剪梅】（生唱）浪暖桃香欲化魚，期逼春闈，詔赴春闈。郡中空有辟賢書，心戀親闈，難捨親闈。

世間好物不堅牢，彩雲易散琉璃脆。蔡邕本欲甘守清貧，力行孝道。誰知朝廷黃榜招賢，郡中把我名字保申上司去了。一壁廂已有吏來辟召，自家力以親老為辭。這吏人雖則去，只怕明日又來，我只得力辭便了。正是：人爵不如天爵貴，功名爭似孝名高。(一)

【南呂過曲・宜春令】（生唱）雖然讀萬卷書，論功名非吾意兒。只愁親老，夢魂不到春闈裏。便教我做到九棘三槐，怎撇得萱花椿樹？　天那！我這衷腸，一點孝心對誰語？(二)（末扮張太公上）

【前腔】（末唱）相鄰並，相依倚，往常間有事來相報知。（生云）來的却是張太公呵。（相見科）（末

(一)　眉批：　孝奈何説名？可笑！可笑！
(二)　夾批：　自家也不合説孝心。

（云）秀才，試期逼矣，早辦行裝前途去。（生云）公公，我雙親年老，不敢去。（末云）呀！秀才，子雖

念親老孤單，親須望孩兒榮貴○（一） 你趁此青春不去，更待何日？

（生云）公公言極有理。爭奈父母無人奉侍，如何去得？（末云）你既不肯去呵，且看老員外和老安人

出來如何説。我想起來，也只是教你去的分曉。道猶未了，老員外來也。

【前腔】（外唱）時光短，雪鬢催，守清貧不圖甚的。有兒聰慧，但得他爲官吾心足矣○（二） （外、

末相見科）（外云）孩兒，天子詔招取賢良，秀才每都求科試。你快赴春闈，急急整着行李。

（末云）呀！老安人也出來了。

【前腔】（淨唱）娘年老，八十餘，眼兒昏又聾着兩耳。又沒個七男八婿，只有一個孩兒，要他

供甘旨。方纔得六十日夫妻，（三） 老賊，強逼他爭名奪利。 天那！細思之，怎不教老娘

嘔氣？（四）

（一）眉批：真，真。

（二）眉批：蠢老兒，不要兒子做人，只要兒子爲官便心足意滿。噫！末世父子，大率如此。

（三）眉批：或曰：娶親兩月，年紀極大也只有三十，緣何母親便八十了？還改爲六十餘方是。不然，世上沒有五
十生子之事。有理！有理！

（四）夾批：曲好。

（相見科）（淨云）孩兒，我不合娶個媳婦與你。方纔得兩個月，你渾身便瘦了一半；若再過三年，怕不成一個枯髏？（一）（末云）呀！老安人，你要他夫妻不諧呵？（外云）孩兒，如今黃榜招賢，試期已逼。郡中既然辟召你，你的學問可知，如何不去赴選？（生云）告爹爹得知：孩兒非不要去，爭奈爹媽年老，家中無人侍奉。（末云）老員外和老安人，不可不作成秀才去走一遭。（淨云）咳！太公，你豈不知道？我家中又沒有七子八婿，只有一個孩兒，如何去得？（二）（外云）呀！你怎說這話？如今去赴選的，家中都有七子八婿麼？（淨云）老賊，你如今眼又昏，耳又聾，又走動不得。你教他去後，倘有些個差池，教兀誰來看顧你？（三）真個沒飯吃便餓死你，沒衣穿便凍死你，你知道麼。（外云）你婦人家理會得甚麼？孩兒若做得官時，也改換我門閭，如何不教他去？（生云）爹爹說得自是，只是孩兒難去。

【繡帶兒】（生唱）親年老光陰有幾？行孝正當今日。（末云）秀才此行，必定脫白掛綠（四）（生唱）終不然為着一領藍袍，却落後五彩斑衣（五）思之，此行榮貴雖可擬，怕親老等不得榮貴。

（一）夾批：豈成母子之語？可惡！可恨！刪去爲是。
（二）夾批：是。眉批：據蔡婆見識當是聖母。從來隱士之母多以此得名，獨蔡婆爲俗人所辱，竟從淨扮，甚冤之。卓老之意，蔡公太俗，合扮淨去。
（三）夾批：大是。
（四）夾批：脫白掛綠便怎的？
（五）夾批：孝子。

（外唱）孩兒，春闈裏紛紛的都是大儒，難道是沒爹娘的方去求試？

【前腔】（末唱）秀才，你休疑，男兒漢凌雲志氣，何必苦恁淹滯？秀才，你此回不去呵，可不費了十載青燈，枉捱過半世黄齏？須知，此行是親志，你休固拒。秀才，那些個養親之志？

（淨唱）我百年事只有此兒，老賊，難道是庭前森森丹桂？

【太師引】（外唱）他意兒我也難提起，這其間就裏我自知。（末云）老員外知他為着甚麼？（外唱）他戀着被窩中恩愛，捨不得離海角天涯[二]，（生云）孩兒豈有此心？（外云）你是個讀書之人，我說一個比方與你聽。塗山四日離大禹，你今畢姻已曾兩月，直恁的捨不得分離？（末笑科）呀！秀才，你敢是如此麼？（生云）太公，卑人怎敢？（末唱）秀才，你貪鴛侶守着鳳幃，只怕誤了你鵬程鶚薦消息[二]。

【前腔】（淨唱）太公，他意兒只要供甘旨，又何曾貪戀妻？自古道曾參純孝，何曾去應舉及第？功名富貴天付與，天若與不求而至。（生唱）娘言是，望爹行聽取[三]。（外云）呀！娘

（一）夾批：俗老兒不成話。

（二）夾批：連蔡伯喈也俗氣，就認了戀着妻子何妨？

（三）眉批：聖母！聖母！孝子！孝子！只要行吾孝耳。

言的是，父言的非呵！〔一〕你敢是戀新婚，逆親言麽？（生跪天科）天那！蔡邕若是戀着新婚，不肯去

呵，天須鑒蔡邕不孝的情罪！

（外怒云）畜生！我教你去赴選，也只是要改換門閭，光顯祖宗。你却七推八阻，有許多説話！（生

云）爹爹，孩兒豈敢推阻？爭奈爹媽年老，無人侍奉。萬一有些差池，一來人道孩兒不孝，撇了爹娘

去取功名；二來人道爹爹所見不達〔三〕止有一子，教他遠離；孩兒以此不敢從命。（外云）不從我命

也由你，你且説如何唤做孝？（净云）老賊！你年紀八十餘歲，也不識做孝？披麻帶索便唤做孝。

此。〔三〕（外云）孩兒，你説的都是小節，不曾説着大孝。（净云）老賊！你又不曾死，只管教他做大孝，

（外云）咦！你曉得甚麽？（生云）告爹爹：凡爲人子者，冬温夏凊，昏定晨省，問其燠寒，搔其疴癢，

出入則扶持之，問所欲則敬進之。所以父母在，不遠遊；出不易方，復不過時。古人的孝，也只是如

越出去赴選不得。（末云）咦！這話有些不祥。（外云）孩兒，你聽我説：夫孝始於事親，中於事君，

終於立身。身體髮膚，受之父母，不敢毁傷，孝之始也。立身行道，揚名後世，以顯父母，孝之終也。是

以家貧親老，不爲禄仕，所以爲不孝。你若是做得官時節，也顯得父母好處，兀的不是大孝是甚麽？〔四〕

（一）眉批：難道不非？

（二）眉批：的真不達。

（三）眉批：是不是？

（四）眉批：難道做官就是大孝了？

（生云）爹爹説得極是。但孩兒此去，知道做得官否？若還不中時節，既不能榮事親，又不能榮事君，却不兩下擔閣了？（末云）秀才所見差矣。老漢嘗聞古人云：幼而學，壯而行；懷寶迷邦，謂之不仁。孔席不暇煖，墨突不待黔，伊尹負鼎俎於湯，百里奚五羊皮自鬻，也只要順時行道，濟世安民。自古道：學成文武藝，貨與帝王家。秀才，你這般才學，如何不去做官？（淨云）太公，你都有好言勸我

孩兒去赴選，我有個故事説與你聽。（末云）老漢願聞。（淨云）在先東村李員外有個孩兒，也讀兩行書。他爹爹每日鬧炒，只是教孩兒去求官。孩兒吃不過爹爹鬧炒，去到長安，那裏無人擡舉他，遂流落去街上乞食。見個平章宰相，他疾忙在地上拜着，叫聲擡舉他。那宰相道：我與你做個養濟院大使，去管你爹娘。這孩兒自思道：做個養濟院大使，如何管得自己的父母？比及他回家，不想他父母無人供養，流落在養濟院裏居住。他父母見孩兒去赴選，説道：我教孩兒去得是？今日我孩兒做個養濟院頭目，衆人也不敢欺負我。你如今勸我孩兒去赴選，千萬叫他做個養濟院頭目回來，衆人也不敢負我。

（生云）爹爹，孩兒去則不妨，只是爹媽年老，教誰看管？（末云）秀才不必憂慮。自古道：千錢買鄰，

（末笑科）老安人，你説這乞丐事，儘教我聽了半日〔二〕（外云）孩兒，你趁早收拾行李起程。

〔一〕 眉批：蔡婆言語寓有至理，即登壇佛祖也没有這樣機鋒，可惜蔡公及張太公記得多少？本頭話竟不入耳。

〔二〕 夾批： 俗人！ 俗人！與言者真難其人，今人不可與言，只爲多記本頭耳。

八百買舍。老漢既忝在鄰居，你但放心前去；若是宅上有些小欠缺，老漢自當應承〔一〕（生云）如此，

多謝公公！凡事仗托周濟。此行若獲寸進，決不敢忘恩。卑人沒奈何，只得收拾行李便去。

【三學士】（生唱）謝得公公意甚美，凡事仗托扶持。假饒一舉登科日，難道是雙親未老時。

只恐錦衣歸故里，怕雙親不見兒〔二〕。

【前腔】（外唱）萱室椿庭衰老矣，指望你改換門閭〔三〕。孩兒，你道是無人供養我，若是你做得官來

時節呵，三牲五鼎供朝夕，須勝似啜菽并飲水。你若錦衣歸故里，我便死呵，一靈兒終是喜〔四〕。

【前腔】（末唱）托在鄰家相依倚，自當效些區區。秀才，你爲甚十年窗下無人問？只圖個一

舉成名天下知。你若不錦衣歸故里，誰知你讀萬卷書？〔五〕

【前腔】（淨唱）一旦分離掌上珠，我這老景憑誰？苦！忍將父母飢寒死，博得孩兒名利歸。

你縱然錦衣歸故里，補不得你名行虧〔六〕。

〔一〕眉批：都被那張老兒壞了事。

〔二〕眉批：可憐！可憐！

〔三〕眉批：今人都如此見識，可爲痛哭。

〔四〕眉批：放屁！

〔五〕眉批：俗殺人！

〔六〕眉批：是聖母！是達人！

（外）急辦行裝赴試闈，（生）父親嚴命怎生違？

（净）一舉首登龍虎榜，[二]（末）十年身到鳳凰池。

今世上只有蔡公，再無蔡婆也；；如蔡婆者真間生之大聖，特出之活佛！

第五齣　南浦囑別

【雙調引子・謁金門】（旦唱）春夢斷，臨鏡綠雲撩亂。聞道才郎遊上苑，又添離別嘆。（生唱）苦被爹行逼遣，脉脉此情何限。（合）骨肉一朝成拆散，可憐難捨拚。

（旦云）官人，雲情雨意，[三]雖可拋兩月之夫妻；雪鬢霜鬟，竟不念八旬之父母。功名之念一起，甘旨之心頓忘，是何道理？（生云）娘子，膝下遠離，豈無眷戀之意？奈堂上力勉，不聽分剖之詞。咳！教卑人如何是好？（旦云）官人，我猜着你了。

【仙呂入雙調・忒忒令】（旦唱）你讀書思量做狀元，我只怕你學疏才淺。（生云）娘子，那見我

（一）夾批：　不合净説。

（二）夾批：　俗。

學疏才淺？（旦唱）官人，只是《孝經》《曲禮》，你早忘了一段。[二]（生云）咳！我幾曾忘了？[三]

（旦唱）却不道夏清與冬溫，昏須定，晨須省，親在遊怎遠？[三]（生云）那張太公如何說？（生唱）他鬧炒炒抵死來相勸。[四]（旦云）官人，你不去時，也須由你。（生唱）將我深罪，不由人分辯。（旦云）罪你甚的？（生

【前腔】（生唱）我哭哀哀推辭了萬千。

唱）他道我戀新婚，逆親言，貪妻愛，不肯去赴選。

【沉醉東風】（旦唱）你爹行見得好偏，只一子不留在身畔。官人，公婆如今在那裏？（生云）在堂上。（旦云）既在堂上，我和你去說。（生云）娘子，你怎的又不去了？（旦云）罷！罷！罷！我和你去說時節呵，他又道我不賢，要將伊迷戀。[五] 苦！這其間教人怎不悲怨？（合）爲爹淚漣，爲娘淚漣，何曾爲着夫妻上掛牽？

━━━━━━

（一）眉批：今人又有纔記得《孝經》《曲禮》一二段而思做狀元者。

（二）夾批：癡。

（三）夾批：曲好。如此賢婦人真可敬可羨，可師可法者也！

（四）眉批：曲好，關目好。

（五）眉批：關目好甚，曲亦好。

【前腔】（生唱）做孩兒節孝怎全？做爹行不從諫。（旦云）官人，你為人子的，不當恁的埋冤

他。（二）（生唱）非是我要埋冤，只愁他影隻形單，我出去有誰來看管？（合前）

（生云）呀！爹媽來了。娘子，你且搵了眼淚。

【仙呂過曲·臘梅花】（外、淨唱）孩兒出去在今日中，爹爹媽媽來相送。但願魚化龍，青雲得

路，桂枝高折步蟾宮。（三）

（外云）孩兒，你行李收拾了未？（生云）行李收拾已了。（外云）收拾既了，如何不去？（淨云）老

賊！他若出去了，家中別無第二人，止有一個媳婦，如何不分付幾句？（三）（生云）孩兒沒別事，只待張

太公來，把爹媽拜托與他，教他早晚應承，孩兒庶可放心前去。（旦云）呀！張太公早來。（末云）仗劍

對樽酒，恥為遊子顏。所志在功名，離別何足歎。（生云）太公，卑人如今出去，家中並無親人。爹媽年

老，只有一個媳婦，却是女流，凡事全賴公公相與扶持；家中倘有些小欠缺，亦望公公周濟。昨日已

蒙親許，今日特此拜懇。卑人倘有寸進，自當效結草銜環之報，決不敢忘恩。（末云）秀才，受人之託，

必當終人之事，；況一言既出，駟馬難追。昨日已許秀才，去後決不相誤。（生云）如此，多謝公公！

　　（一）眉批：聖婦。
　　（二）眉批：曲好。
　　（三）眉批：是。

（外云）孩兒，既蒙張太公金諾，必不食言，你可放心早去。（生云）孩兒就此拜辭爹媽便去。

【仙呂入雙調·園林好】（生唱）兒今去，爹媽休得要意懸，兒今去，今年便還。但願得雙親康健，（合）須有日拜堂前，須有日拜堂前。

【前腔】（外唱）我孩兒不須掛牽，爹只望孩兒貴顯。若得你名登高選，（合）須早把信音傳，須早把信音傳。[一]

【江兒水】（淨唱）膝下嬌兒去，堂前老母單，臨行密密縫針綫。眼巴巴望着關山遠，冷清清倚定門兒盼。[二]（生云）母親且自寬懷消遣。（淨云）教我如何消遣？（合）要解愁煩，須是頻寄音書回轉。

【前腔】（旦唱）妾的衷腸事，有萬千，（生云）娘子，你有甚麼事，當說與我知道。（旦唱）說來又恐添縈絆。[三]（生云）娘子，有甚麼縈絆？（旦唱）六十日夫妻恩情斷，八十歲父母教誰看管？（生云）娘子，你這般說，莫不怨着我麼？（旦唱）教我如何不怨？[四]（合前）

（一）眉批：曲亦自在。
（二）眉批：曲好甚，讀之酸鼻。
（三）眉批：曲好。
（四）夾批：妙！

【五供養】（末唱）貧窮老漢，託在隣家，事體相關。秀才，此行雖勉強，不必恁留連。（生云）卑人去後，只慮父母獨自在堂，難度歲月。（末云）秀才放心，你爹娘早晚間吾當陪伴。（生悲科）（末唱）丈夫非無淚，不灑別離間。[一]（合）骨肉分離，寸腸割斷。（生跪告科）

【前腔】（生唱）公公可憐，俺爹娘望你周全。（末扶起科）（生唱）此身還貴顯，自當效銜環。（旦挽生背唱）有孩兒也枉然，你爹娘倒教別人看管。此際情何限，偷把淚珠彈。[二]（合前）

【玉交枝】（外唱）別離休歎，我心中非不痛酸。孩兒，非爹苦要輕拆散，也只是圖你榮顯。[三]（合前）

（淨唱）蟾宮桂枝須早攀，北堂萱草時光短。（合）又未知何日再圓？

再圓？

【川撥棹】（外唱）孩兒，歸休晚，莫教人凝望眼。（生唱）但有日回到家園，怕回來雙親老年。

【前腔】（生唱）雙親衰倦，娘子，你扶持看他老年。飢時勸他加餐飯，寒時頻與衣穿。（旦唱）官人，我做媳婦事舅姑，不待你言；你做孩兒離父母，何日返？（合前）

（一）眉批：別離不灑淚，恐非人情。　夾批：胡說！
（二）眉批：聖婦。
（三）眉批：曲好。

（合）怎教人心放寬？不由人不珠淚漣。

【前腔】（旦唱）官人，我的埋冤怎盡言？（生云）你埋冤我如何？（旦唱）我的。。。。一身難上難。（生唱）娘子，你寧可將我來埋冤，莫將我爹娘冷眼看。（一）（合前）

【餘文】（合）生離遠別何足歎，但願得你名登高選。衣錦還鄉，教人作話傳。（二）

（生）此行勉強赴春闈，（外）專望明年衣錦歸。

（合）世上萬般哀苦事，（淨）無過遠別共生離。

（外、淨、末下）（旦云）官人，你如何割捨得便去了？（三）（生云）咳！卑人如何捨得？

【中呂·犯尾引】（旦唱）懊恨別離輕，悲豈斷絃，愁非分鏡。只慮高堂，風燭不定。（生唱）腸已斷，欲離未忍。淚難收，無言自零。（合）空留戀，天涯海角，只在須臾頃。（四）

【犯尾序】（旦唱）無限別離情，兩月夫妻，一旦孤另。官人，你此去經年，望迢迢玉京。思

（一）眉批：曲好，關目好。

（二）眉批：妙甚！

（三）眉批：醜。傳便怎地？

（四）眉批：孝子，孝子。賢婦，賢婦。曲好甚。

省，（一）（生云）娘子，莫不是慮着山遙水遠麼？（旦唱）奴不慮衾寒枕冷。（生云）莫不是慮着衾寒枕冷麼？（旦唱）奴不慮山遙水遠。（生云）莫不是慮着衾寒枕冷

【前腔】（生唱）我何曾，想着那功名？（旦云）官人，你不想着功名，如今又去怎的？（生唱）欲盡子情，難拒親命。 娘子，年老爹娘，望伊家看承。 畢竟，你休怨朝雲暮雨，且爲我冬溫夏清。思量起，如何教我割捨得眼睜睜？（三）

【前腔】（旦唱）官人，你儒衣纔換青，快着歸鞭，早辦回程。 十里紅樓，休戀着娉婷。 叮嚀，不念我芙蓉帳冷，也思親桑榆暮景。 咳！（三）我頻囑付，知他記否？ 空自語惺惺。（四）

【前腔】（生唱）娘子，你寬心須待等，我肯戀花柳，甘爲萍梗？ 只怕萬里關山，那更音信難憑。 須聽，我沒奈何分情破愛，誰下得虧心短行？（五） 從今後，相思兩處，一樣淚盈盈。

（旦云）官人此去，千萬早早回程。 （生云）卑人有父母在堂，豈敢久戀他鄉？ （旦云）須是早寄個音信

（一）　眉批：　聖婦。

（二）　眉批：　『眼睜睜』三字成句，有無限光景，無限描畫。

（三）　眉批：　『咳』下一轉，妙甚。

（四）　夾批：　妙！

（五）　眉批：　臨行兩囑，曲盡真情。

回來。（生云）音信不妨，只怕關山阻隔。（拜別科）

【鷓鴣天】（生唱）萬里關山萬里愁，（旦唱）一般心事一般憂。（生唱）桑榆暮景應難保，客館

風光怎久留？（生下）（旦唱）他那裏，謾凝眸，正是馬行十步九回頭。歸家只恐傷親意，閣

淚汪汪不敢流。〔一〕

　　片帆漸遠皆回首，一種相思兩處愁。〔二〕

　　纔斟別酒淚先流，郎上孤舟妾倚樓。

總批：

公婆太公先去，夫婦復留連半晌，關目極妙。

　　　　第六齣　丞相教女

（末扮院子上云）珠幌斜連雲母帳，玉鈎半捲水晶簾。輕烟裊裊歸香閣，月影騰騰轉畫簷。小子不是別

人，却是牛太師府中一個院子。這幾日老相公進朝，不知有甚勾當？久留省中，未曾回府〔三〕府裏幾

（一）眉批：描寫殆盡，亦以太盡而少遜《西厢》也。

（二）眉批：詩亦好。

（三）眉批：久留省中不過幹些自家身上事，難道肯爲朝廷？

個使女每，鎮日在後花園閒耍；今日知道老相公回來，都不見了。小子不免灑掃書館，伺候老相公回來。呀！好怪麼，只見一個婆子走入來做甚麼？（淨扮媒婆上）

【仙呂入雙調·字字雙】（淨唱）我做媒婆甚妖嬈，談笑。說開說合口如刀，波俏。合婚問卜若都好，有鈔。只怕假做庚帖被人告，吃栲。

【前腔】（丑唱）我做媒婆甚艱辛，尋趁。有個新郎要求親，最緊。咱每只得便忙奔，討信。但是門當戶對的便好了。終不然你在府前住，老乞婆做做去了？（丑云）呀！老乞婆，偏你會做媒？（末云）你休鬧，老相公回來了，你每且躲開一邊立地。（外

（淨云）你這老乞婆來這裏怎的？（丑唱）真個是路上更有早行人，心悶。

（末云）你這婆子也來這裏做甚麼？（丑云）告勻管哥得知，老媳婦特來與樞密的舍人求親。（末云）我方纔正對那婆子說了，這媒怕難做。（丑云）如何難做？（淨云）呀！我是張媒婆，幾年在府前住，今日這媒，倒吃你院公，你休管，我說這椿親事，必定成也。（淨云）呀！且慢着，又有一個婆子來了。（丑扮媒婆上）

怕難做。（淨云）如何難做？（末云）老相公不肯輕許。（淨云）院公，我這頭親事你老相公必然許我。（末云）呀！

（末云）你來這裏做甚麼？（淨云）老媳婦特來與張尚書的舍人做媒。（末云）咳！我這小娘子的媒定要你做媒？（末云）你與乞兒做媒，也嫁了他？（末云）你休鬧，老相公回來了，你每且躲開一邊立地。（外

（一）眉批：　求親相府，其多如市，可嘆！可嘆！若令牛太師有子，以女求婚者又不止此矣。

（扮牛太師上）

【正宮引子·齊天樂】（外唱）鳳凰池上歸來環珮，衮袖御香猶在。榮戟門前，平沙堤上，何事車塡馬隘？星霜鬢改，怕玉絃無功，赤烏非材。回首庭前，凄涼丹桂好傷懷。

下官這幾日久留省府，不曾回家。左右，方纔甚麽人在我廳前喧鬧？（末云）有事不敢不報，無事不敢亂傳，適間有兩個婆子來老相公處求親。（外云）着他進來。你這兩個婆子做甚麽？（淨云）奴家是張尚書府裏差來求親。（丑云）奴家是李樞密府裏差來做媒。（外云）不揀甚麽人家，但是有才學，做得天下狀元的，方可嫁他。若是其餘，不問親。（淨云）告相公得知：我的新郎，術人算他命，道他今年得做狀元[二]。（丑云）告相公得知：他的新郎命不好，只有奴家這個新郎，人算他命，今科必定得中狀元。（淨丑相打科）（外云）呀！這兩個婆子到我跟前無禮！左右，不揀有甚麽庚帖，都與我扯破。把那兩個弔起，各打十八[三]。（末扯打科）（外云）急把媒婆打離廳。（末、淨、丑下）（外云）光陰似箭催人老，日月如梭趕少年。自家沒了夫人，只有一個女兒，如今不覺長成，未曾問親。只一件：我的女孩兒性格溫柔，是事宾會。若將他嫁個膏梁子弟，怕壞了他；只將他嫁個讀書君子，成就他做個賢

（淨云）甘吃打十七八下黃荆杖。（丑云）那些個成與不成吃百瓶？（末云）除非狀元方可問姻親。

（一）眉批：偏是尚書、樞密之子不會有才學，而算命的偏許他中狀元。

（二）夾批：十八宜換八十，不然不象相府規模。若爲下面「十七八下黃荆杖」照應，便笑死人矣。

婦，多少是好？我這幾日不在家，適聽得那使喚的每日都在後花園中閒耍，這是我的女孩兒不拘束

他。古人云：欲治其國，先齊其家。不免喚出女孩兒和老姥姥、惜春過來，好生訓誨他一番。(二)（貼

扮牛氏帶淨、丑上）

【雙調引子・花心動】（貼唱）幽閣深沉，問佳人，為何懶添眉黛？繡綫日長，圖史春閒，誰

解屢傍粧臺？絳羅深護奇葩小，不許蜂迷蝶猜。（淨、丑唱）笑鎖窗，多少玉人無賴？

（外云）孩兒，婦人之德，不出閨門。你如今長成了，方纔有媒婆來與你議親。今日是我的孩兒，異日做

他人的媳婦。我這幾日不在家，你却放老姥姥、惜春每都到後花園中閒耍，不習女工，是何道理？我

想起來，都是你不拘束他。倘或做出歹事來，可不把你名兒污了？（貼云）謝得爹爹教道，孩兒從今自

拘束他。（外怒科）老姥姥，你年紀大矣，你做管家婆，倒哄着女使每閒耍，是何所爲？（淨云）不干老

身事，都是惜春小丫頭。（外云）你且起來。（丑云）不干惜春事，都是老姥姥。（外云）這兩個賤人尚自相推，都拿下打。

（貼跪稟科）爹爹息怒。（外云）你且起來。

【雙調引子・惜奴嬌】（外唱）孩兒，你杏臉桃腮，當有松筠節操，蕙蘭襟懷。閨中言語，不出

閫閾之外。 老姥姥，不教我孩兒伊之罪。 惜春，這風情今休再。（合）記再來，但把不出閨門

李卓吾先生批評琵琶記

(二)

夾批：

牛丞相也思齊家，做丞相而家不齊者，則牛亦不如矣。

的語言相戒。

【前腔換頭】(貼唱)堪哀，萱室先摧，嘆婦儀姆教，未曾諳解。蒙爹嚴訓，從今怎敢不改？老姥姥，早晚望伊家將奴誨。惜春，改前非休違背。(合前)

【仙呂入雙調·黑麻序】(淨唱)看待，父母心，婚姻事，須要早諧。勸相公，早畢兒女之債。

(外唱)休呆，如何女子前，胡將口亂開？(合前)

【前腔換頭】(丑唱)輕洮，我受寂寞擔煩惱，教我怎捱？細思之，怎不教人珠淚盈腮？(二)

(貼唱)寧耐，溫衣并美食，何須苦掛懷？(合前)

(外)婦人不可出閨門，(貼)多謝嚴君教育恩。

(淨)休道成人不自在，(丑)須知自在不成人。

第七齣　才俊登程

(生、末、淨、丑扮秀才上)

【中呂引子·滿庭芳】(生唱)飛絮沾衣，殘花隨馬，輕寒輕煖芳辰。江山風物，偏動別離人。

(一)　眉批：不象。。。。嚴主之前，決無此語。。。。。

回首高堂漸遠，嘆當時恩愛輕分。傷情處，數聲杜宇，客淚滿衣襟。

【前腔】（末唱）萋萋芳草色，故園人望，目斷王孫。謾憔悴郵亭，誰與溫存？（淨、丑唱）聞道

洛陽近也，還又隔幾座城闉。（合）澆愁悶，解鞍沽酒，同醉杏花村。

〔浣溪沙〕（生云）千里鶯啼綠映紅，（丑云）水村山郭酒旗風，（淨云）行人如在畫圖中。（末云）不暖不

寒天氣好，或來或往旅人逢，（合）此時誰不嘆西東？（相見科）（淨云）動問老兄尊姓？（生云）小子

姓蔡。（淨云）貴表？（生云）伯喈。（丑云）動問老兄尊姓？（末云）小子姓李。（丑云）貴表？（末

云）群玉。（生云）動問老兄尊姓？（淨云）小子姓落。（生云）貴表？（淨云）得嬉。（末云）動問老

兄尊姓？（丑云）小子姓常。（末云）貴表？（丑云）白將。（淨云）久聞列位高名，今日幸會，都是往

長安赴選。（笑科）年兄年弟，休得拋撇。既然如此，且在此歇息片時，講些學識，說些志氣何如？（一）

（眾云）正合愚意。（丑云）敢問蔡兄學識如何？（生云）小子則讀，行則吟，窮年屹屹苦搜尋。文章

驚世無敵手，盡是當年惜寸陰。（丑云）有意思，有意思。（淨云）敢問李兄學識如何？（末云）小子不

將窮達付前緣，常把勤勞契上天。人事盡時天理見，才高豈得困林泉？（淨云）自然，自然。（生云）敢

問落兄學識如何？（淨云）小子讀書費力，每在螢窗講習。常念青春不再，那更白日可惜？（生云）敢

經《曲禮》，博覽《詩》《書》《周易》。《春秋》諸子百家，篇篇義理紬繹。前日行到學中，夫子潛自叫

熟讀《孝

（一）　眉批：可。○。○。
　　　　　　　　　厭，删。○。

屈。（末云）呀！　聖人如何叫屈？（淨云）道是：「可惜這個秀才，眼中一字不識。」（末云）你却説一場春夢！（生云）敢問常兄學識如何？（丑云）小子言不妄發，寫字極有方法。先將好墨磨濃，次把純毫蘸着。推開淨几明窗，展舒錦箋繡札。不問真草隸篆，寫出都是法帖。大字麁如庭柱，小字細似髮。王羲之拜我爲師，歐陽詢見我諕殺。（笑科）早間寫個八字，忘了一撇一捺。（末云）又道是一筆走龍蛇。（淨云）閒話休講。如今天色將晚，不免起程，趲行幾步。

【仙呂過曲·八聲甘州歌】（生唱）衷腸悶損，嘆路途千里，日日思親。青梅如豆，難寄隴頭音信。高堂已添雙鬢雪，客路空瞻一片雲。（合）途中味，客裏身，爭如流水蘸柴門？休回首，欲斷魂，數聲啼鳥不堪聞。[一]

【前腔】（末唱）風光正暮春，便縱然勞役，何必愁悶？綠陰紅雨，征袍上染惹芳塵。雲梯月殿圖貴顯，水宿風餐莫厭貧。（合）乘桃浪，躍錦鱗，一聲雷動過龍門。榮歸去，綠綬新，休教妻嫂笑笑蘇秦。

【前腔】（淨唱）誰家近水濱，見畫橋烟柳，朱門隱隱。鞦韆影裏，墻頭上露出紅粉。他無情笑語聲漸杳，却不道惱殺多情墻外人。（合）思鄉遠，愁路貧，肯如十度謁侯門？行看取，

眉批：曲好。

朝紫宸，鳳池鰲禁聽絲綸。

【前腔】（丑唱）遙瞻霧靄紛紛，想洛陽宮闕，行行將近。程途勞倦，欲待共飲芳樽。垂楊瘦馬莫暫停，只見古樹昏鴉棲漸盡。[一]（合）天將暝，日已曛，一聲殘角斷樵門。尋宿處，行步緊，前村燈火已黃昏。

【餘文】（合）向人家，忙投奔，解鞍沽酒共論文，今夜雨打梨花深閉門。

（生）江山風物自傷情，（淨）南北東西爲利名。
（丑）路上有花并有酒，（末）一程分作兩程行。

第八齣　文場選士

（末云）禮闈新榜動長安，九陌人人走馬看。一日聲名遍天下，滿城桃李屬春官。自家不是別人，卻是禮部一個祇候的便是。今歲乃大比之年，朝廷委命試官，已在貢院之內：各省中式舉人，俱列棘闈之前。如今試官將次升堂，小人只得在此聽候。正是：一封纔下興賢詔，四海都無遺棄才。道猶未了，試官大人早到。（淨扮試官上）

（一）
眉批：　曲好，有光景。

【南呂過曲·生查子】（淨唱）承恩拜試官，聲價重丘山。左右，那來科舉的，只問有文材，何必拘鄉貫？（一）（末云）那有文材的如何發落他？（淨唱）取他居上第，做個清要官。（末云）那沒文材的如何發落他？（淨唱）縱有父兄勢，也教空手還。

（末云）好公道老爺！（二）（淨云）左右，今年卻是大比之年，我為國薦賢，但是各省府縣赴試的秀才，都喚入來。（末云）領鈞旨。

【黃鍾過曲·賞宮花】（生唱）槐花正黃，赴科場舉子忙。太學拉朋友，一齊整行裝。（合）五百英雄都在此，不知誰做狀元郎？

【前腔】（丑唱）天地玄黃，略記得三兩行。才學無些子，只是賭命強。（三）（合前）

（末叫開門科）（生云）貢院門已開，列位尊兄依次而進。（淨云）左右，這些秀才，每人給與卷子一本，蠟燭一條，各分東西廊下，伺候題目。（末云）領鈞旨。（相見科）（淨云）你每眾秀才聽着：朝廷制度，開科取士，雖有定期，立意命題，任從時好。下官是個風流試官，不比往年的試官。往年第一場考文，第二場考論，第三場考策；我今年第一場做對，第二場猜謎，第三場唱曲。若是做得對好，猜得

（一）眉批：如此，則有冒籍的了。

（二）眉批：做戲便公道，當真又恐不公道了。

（三）眉批：如今命強的并天地玄黃也不記得，一般這樣中了。

謎着，唱得曲好，就取他頭名狀元，插金花，飲御酒，遊街兒耍子。若是對得不好，猜得不着，唱得不好，就將他黑墨搽臉，亂棒打出去○（一）（生、丑云）學生領命。（淨云）東廊下秀才蔡邕過來領題。（生云）有。（淨云）我出天文門一個對與你對。（生云）願聞。（淨云）星飛天放彈。（生云）日出海拋毬。（淨云）妙哉！妙哉！且站一邊。西廊下秀才落得嬉過來領題。（丑云）快些○（淨）《毛詩》三百首。（淨（丑云）還有十一篇。（淨云）不好！不好！且站一邊。蔡邕過來，我出天下八個省名的謎兒與你猜。（生（生云）願聞。（淨云）一聲霹靂震天關，兩個肩頭不得閒。去買紙來作褙褙，欠人錢債未曾還。（生云）第一句是京東、京西，第二句是江東、江西。第三句是湖東、湖西，第四句是浙東、浙西○（二）（淨云）妙哉！妙哉！且站一邊。落得嬉過來，我出山上四樣樹名的謎兒與你猜。（丑云）快些○（淨云）雨中粧點望中黃，獨立深山分外長。廟廊之材應見取，家家織就綺羅裳。（生云）第一句是柏樹，第二句是槐樹，第三句是楓樹，第四句是柳樹。（淨云）不是！不是！且站一邊。蔡邕過來，我唱一隻曲兒，你末後湊一句，要押得韻着。（生云）願聞高音。

【仙呂入雙調·北江兒水】（淨唱）長安富貴真罕有，食味皆山獸。熊掌紫駝峰，四座馨香透。你押下韻。（生唱）把與試官來下酒。

（一）眉批：可刪。

（三）眉批：太戲，不像。

（淨笑科，云）妙哉！妙哉！三場都好，這是個真秀才，且在東廊下伺候。（淨云）落得嬉過來，我再唱一隻曲兒，你末後也湊一句，要押得韻着。（丑云）快唱。

【前腔】（淨唱）看你腹中何所有，一袋醃臢臭。若還放出來，見者都奔走。你押下韻。（丑唱）把與試官來下酒。

（淨云）不濟！不濟！將他黑墨搽臉，亂棒打出去。（丑云）不須打！正是：薄命劉生終下第，厚顏季子且還家。（淨云）蔡秀才，今科中式舉人雖多，只有你才學高邁，文字老成。俺就復奏聖上，將你取為第一甲頭名狀元，冠帶遊街赴宴。左右，取冠帶過來。（末取上云）正是：袍笏賜進士，鐵鉞贈將軍。（淨云）蔡狀元換了冠帶，今就隨我入朝謝恩。（換冠帶科）

【南呂過曲‧懶畫眉】（生唱）君恩喜見上頭時，今日方顯男兒志。布袍脫下換羅衣，腰間橫繫黃金帶，駿馬雕鞍真是美。

【前腔】（淨唱）狀元，你讀書萬卷非容易，喜得登科擢上第。功名分定豈誤期，那更三千禮樂無敵手，五百英雄盡讓伊。

【前腔】（末唱）人生當用顯門閭，廕子封妻榮自己。馬前喝道狀元歸，雁塔揮毫題姓字，一舉成名天下知。

（淨）一舉鰲頭獨占魁，（生）誰知平地一聲雷。

（末）明朝跨馬春風裏，（合）盡是皇都得意回。

戲則戲矣，倒須似真，若真者反不妨似戲也。今戲者太戲，真者亦太真，俱不是也。

第九齣　臨妝感歎

【正宮引子‧破齊陣引】（旦唱）翠減祥鸞羅幌，香銷寶鴨金爐。楚館雲閒，秦樓月冷，（一）動是離人愁思。目斷天涯雲山遠，親在高堂雪鬢疏，緣何書也無？

〔古風〕明明匣中鏡，盈盈曉來妝。憶昔事君子，雞鳴下君床。臨鏡理笄總，隨君問高堂。一旦遠別離，有懷鏡匣掩青光。流塵暗綺疏，青苔生洞房。零落金釵鈿，慘淡羅衣裳。傷哉憔悴容，無復蕙蘭芳。有懷悽以楚，有路阻且長。妾身豈嘆此，所憂在姑嫜。念彼猶猱遠，眷此桑榆光。願言盡婦道，遊子不可忘。勿彈綠綺琴，絃絕令人傷。勿聽《白頭吟》，哀音斷人腸。人事多錯迕，羞彼雙鴛鴦。奴家自嫁與蔡伯喈，纔方兩月，指望與他同事雙親，偕老百年。誰知公公嚴命，強他赴選。自從去後，竟無消息。奴家一來要成丈夫之名，二來要盡爲婦之道，盡心竭力，朝夕奉把公婆抛撇在家，教奴家獨自應承。

眉批：填詞太富貴，不像窮秀才人家；且與後面沒關目也。

養。正是：

天涯海角有窮時，只有此情無盡處。

【仙呂入雙調·風雲會四朝元】春闈催赴，同心帶縮初。嘆《陽關》聲斷，送別南浦，早已成間阻。謾羅襟淚漬，謾羅襟淚漬，和那寶瑟塵埋，錦被羞鋪。寂寞瓊窗，蕭條朱户，空把流年度。嗏，瞑子裏自尋思，妾意君情，一旦如朝露。君行萬里途，妾心萬般苦。君還念妾，迢迢遠遠，也須回顧。

【前腔】朱顏非故，綠雲懶去梳。奈畫眉人遠，傅粉郎去，鏡鸞羞自舞。把歸期暗數，把歸期暗數，只見雁杳魚沉，鳳隻鸞孤。綠遍汀洲，又生芳杜。空自思前事，嗏，日近帝王都。芳草斜陽，教我望斷長安路。君身豈蕩子，妾非蕩子婦。其間就裏，千千萬萬，有誰堪訴。[一]

【前腔】輕移蓮步，堂前問舅姑。怕食缺須進，衣綻須補，要行時須與扶。奈西山景暮，奈西山景暮，教我情着誰人，傳語我的兒夫。你身上青雲，只怕親歸黃土，我臨別也曾多囑付。嗏，那些個意孜孜，只怕十里紅樓，貪戀着他人豪富。丈夫，你雖然是忘了奴，也須念父母。苦！無人説與，這淒淒冷冷，怎生辜負？[二]

(一) 眉批：填詞太豐，所以遜《西廂》《拜月》耳。

(二) 眉批：此曲甚妙，甚自在，不遜《西廂》《拜月》也。

【前腔】文場選士，紛紛都是才俊徒。少甚麼鏡分鸞鳳，都要榜登龍虎，偏是他將奴誤。也不索氣蠱，也不索氣蠱，既受託了蘋蘩，有甚推辭？索性做個孝婦賢妻，也落得名標青史，今日呵，不枉受了些閨悽楚。嗏，俺這裏自支吾，休得污了他的名兒，左右與他相回護。[一] 丈夫，你便做腰金衣紫，須記得釵荊與裙布。苦！一場愁緒，堆堆積積，宋玉難賦。

回首高堂日已斜，遊人何事在天涯。

紅顏勝人多薄命，莫怨春風當自嗟。

第十齣　春宴杏園

（末扮首領官上云）朝爲田舍郎，暮登天子堂。將相本無種，男兒當自強。自家不是別人，卻是河南府一個首領官。往年狀元及第，赴宴遊街，但是鞍馬酒席供設祇應等件，都是府尹提調。今年蔡伯喈做狀元，循例赴宴，府尹卻委着當職提調。昨日已分付太僕寺掌鞍馬的令史，并洛陽縣管排設的驛丞，專聽俺這裏鳴鼓三聲，都要到此聚會聽點。（擂鼓科）掌鞍馬的在那裏？（丑扮令史上）有問即對，無問不答。　相公有何鈞旨？（末云）鞍馬備辦了未曾？（丑云）告相公得知：俺這裏在先有一萬四好馬。

（一）　眉批：『素性做個』『左右與他』都是傳神妙語，讀之情狀如見。

（末云）怎見得好馬？（丑云）但見：耳批雙竹，鬃散五花。展開鳳臆龍鬐，昂起豹頭虎額。響篤篤翠

蹄削玉，點滴滴赤汗流珠。隔目青熒夾鏡懸，肉駿碻碼連錢動。一躍時尾捎雲圍，橫驀過玄圃崆峒；

一霎時走遍神州，直趕上流星掣電。九方皋管教他稱賞，千金價不枉行追求？〔二〕（末云）有甚顏色的？

（丑云）布汗，論聖、虎刺、合里烏、赭啞兒、爺屈良、蘇盧、棗騮、粟色、燕色、兔黃、真白、玉面、銀鬃、繡

膊、青花。正是：五花散作雲滿身，萬里方看汗流血。（末云）有甚麼好名兒？（丑云）飛龍、赤兔、騕

裹、驊騮、紫燕、驫驤、嚙膝、踰暉、騏驎、山子、白義、絕塵、浮雲、赤流、絕群、翔麟、逸驃、騄驪、龍子、騏駒、騰

霜驄、皎雪驄、凝露驄、照影驄、懸光驄、決波騟、飛霞驃、發電、金騆、紫奔、紅赤、照夜白、一

丈烏、九花虬、望雲忽雷駁、眷毛騧、獅子花、玉逍遙、紅叱撥、紫叱撥、金叱撥。正是：青海月氏生

下，大宛越膝將來。（末云）有甚麼好廄？（丑云）飛龍、祥麟、吉良、龍媒、駒騄、駃騠、出群、天

花、鳳苑、奔星、內駒、左飛、右飛、左坊、右坊、東南內、西南內。正是：盡印三花飛鳳字，中藏萬四好

龍媒。（末云）卻怎的打扮？（丑云）錦韉燦爛披雲，銀鐙熒煌曜日。香羅帕深覆金鞍，紫游韁牽動玉

勒。瑪瑙粧就轡頭，珊瑚做成鞍子。正是：紅纓紫韂珊瑚鞭，玉鞍錦籠黃金勒。（末云）如今選多少

在這裏？（丑云）告相公，如今無了。（末云）如何無了？（丑云）元有一萬四馬，卻有一千三百個漏

蹄，二千七百個抹膺，三千八百個熟瘤，二千二百個慈眼。那更鞍橋又破損，坐褥又傾欹。抽彎盡是麻

〔一〕

眉批：可厭，刪。今之詩文亦多犯此不割捨病。

繩，鞭子無非荊杖。餓老鴟全然拉搭，雁翅板一發彫零。鞍轡既不周全，牽鞚何曾完備？此般物件，其寔不中。（末云）休胡説！若還不完備時節，我禀過府尹大人，好生打你。（丑云）相公可憐見，容小人一壁廂自理會。（末云）鞍馬若完備時節，可牽在午門外廂，等候狀元謝恩出來乘坐。（丑云）理會得。只教他春風得意馬蹄疾，一日看遍長安花。（丑下）（末云）管排設的在那裏？（淨扮驛丞上）廳上一呼，堦下百諾。相公有何鈞旨？（末云）排設完備了未曾？（淨云）告相公，俺揀上等排設侯候點視。（末云）怎見得上等排設？（淨云）但見：珠簾高捲，繡幕低垂。珊瑚席韘韘得精神，玳瑁筵安排得奇巧。金爐內慢騰騰燒瑞腦，玉瓶中嬌滴滴插奇花。四圍環繞畫屏山，滿座重鋪錦褥子。金盤犀筯光錯落，掩映龍鳳珍羞；銀海瓊舟影蕩搖，翻動葡萄玉液。灑掃得乾乾淨淨，並無半點塵埃；鋪陳得整整齊齊，另是一般氣象。正是：移將金谷繁華景，粧點瓊林錦繡仙[一]（末云）安排既齊整，你每且退去，待等狀元遊街了赴宴。（淨云）領鈞旨。正是：瓊林勝處風光好，別是人間一洞天。（淨下）

（眾云）遠遠望見一簇人馬鬧炒，想是狀元來了。（末下）（生、淨、丑騎馬上）

【仙呂入雙調・窣地錦襠】（同唱）嫦娥剪就綠雲衣，折得蟾宮第一枝。宮花斜插帽簷低，一舉成名天下知。

【哭岐婆】洛陽富貴，花如錦綺。紅樓數里，無非嬌媚。春風得意馬蹄疾，天街賞遍方歸去。

【眉批：删。

（一）

（生、淨先下）（丑墜馬科）救命！ 救命！ 爹爹、妳妳、伯伯、叔叔、哥哥、嫂嫂、孩兒、媳婦都來救命。

（末騎馬上）

【越調過曲·水底魚兒】（末唱）朝省尚書，昨日蒙聖旨。道狀元及第，教咱去陪宴席。（丑叫）踏壞了人了。[二]（末唱）越着鞭越退，遣人心下疑。（丑云）救命！ 救命！（末唱）轉頭回望，叫我的還是誰？

（末云）漢子，你是誰？（丑云）我是墜馬的狀元。（末扶科）快起來。（丑云）尊官是誰？（末云）我是中書省陪宴官，不知足下為甚墜馬？

【正宮·北叨叨令】（丑唱）鬧炒炒街市上遊人亂，（末云）你馬驚了呵？（丑唱）惡頭口抵死要回身轉。（末云）怎的不牽過一邊？（丑唱）我戰兢兢只怕韁繩斷，（末云）為甚不打他？（丑唱）怯書生早已神魂散。（末云）你不害事麼？（丑呻吟科）險些跌折了腿也麼哥，險些春破了頭也麼哥，我好似小秦王三跳澗。

（末云）這馬如今那裏去了？（丑云）知他那裏去了！ 傷人乎？ 不問馬。（末云）咳！ 你兀自文驟的。 我且就這裏人家借一個馬與你騎。（丑云）你靜辦，若借馬與我騎，便索死。（末云）呀！ 怎的

（一） 眉批：不雅，删。

便死？（丑云）你不聞孔夫子說道：有馬者借人乘之，今亡已夫。（末云）一口胡柴！呀！遠遠望

見一簇人馬來，有馬就借一匹與你騎。（丑云）不須得，不須得。（生、淨騎馬上）

【窣地錦襠】（同唱）荷衣新惹御香歸，引領群仙下翠微。杏園惟有後題詩，此是男兒得

志時。

（丑云）狀元，你每列位騎馬遊街，且是好。只不要似我騎馬，春破了頭，跌折了脚。（生云）足下原來墜

馬呵？（二）（丑云）可知哩。（末云）你不是下官搭救時節，險些送了一條性命。（淨云）如此，更賴足下之

力。（生云）請整頓同行。（丑云）你們三位自去赴宴，我到太平坊下李郎中家去便來。（眾云）你去做

甚麼？（丑云）我去醫擷撲傷損瘡。（眾云）休要推故，我去借一個馬與你騎了同去。（丑云）小子告

退，你三位自去。（末云）朝廷事例，如何不去赴宴？（丑云）赴宴也好，只是騎馬不得。這等，你三位

騎馬前去，我隨後提着胡床來。（末云）成甚麼模樣！（丑云）這個不妨，却有兩說：路上人問你，便

說道是使喚的伴當；若是筵席之中，却說是打伴當的人。（末云）好窮對副！

【哭岐婆】（眾唱）玉鞭裊裊，如龍驕騎。黃旗影裏，笙歌鼎沸。如今端的是男兒，行看錦衣

歸故里。

（末云）這裏便是杏園，請列位駐馬。（丑云）左右，馬都牽到僻處去。倘或人道四位官員如何有三個

【眉批：

（二）　删。

マ，不象模樣。[一]（末云）好高見識！如今請列位照依年例，留下佳作。（淨云）蔡兄先請。（生云）五百名中第一仙，花如羅綺柳如烟。綠袍乍着君恩重，黃榜初開御墨鮮。禮樂三千傳紫禁，風雲九萬上青天。時人謾說登科早，未許姮娥愛少年。（淨云）妙！（末云）妙！紫金闕無極無上聖，遲日江山麗，春風花草香。（末云）這裏不是玉皇閣，休得誦他的寶號。如今却輪當足下。（淨云）我也有四句：（末云）五百名中第一仙，花如羅綺柳如烟，如今却輪當足下。（淨云）呀！我前日三場也都是別人的文章，尚自中了。如何一首别人的詩，倒使他不得起來？（末云）休道是七步成章。（淨云）咳！你道我真個不會作詩呵？我且將就做一首與列位看看：[三]　赴選何曾入棘闈，此身未擬着荷衣。三場盡是情人做，一字全然匪我爲。自笑持杯饕戀酒，却愁把筆怎題詩？有人問我求佳作，（衆云）如何答他？（淨云）問我先生便得知。[三]（末云）又道是當仁不讓於師。（丑云）倉官不識串字，中中。（末云）且休誇口。如今又輪當足下。（丑云）有，有。列位做律詩，都把那赴試的事爲題，小子如今另立一題。（末云）你把甚麼爲題？（丑云）便把小子方纔墜馬爲題，胡做古風一篇，以紀其事如何？（衆云）尤妙！尤妙！（丑云）君不見去年騎馬張狀元，跌了左腿不相聯？又不見前年跨馬李試官，跌了窟臀沒半邊？世上三

南戲文獻全編·劇本編·琵琶記

一九六〇

（一）眉批：可厭，只管來！
（二）眉批：何如今多落得嬉也？真個不如落得嬉。
（三）眉批：先生亦未必知。

般拼命事，行船走馬打鞦韆。小子今年大拼命，也來隨趁跨金鞍。跨金鞍，災怎躲？叵耐畜生侮弄我。大叫三聲不肯行，連攧兩攧不是耍。便把韁繩緊緊拿，縱有長鞭怎敢打？須臾之間掉下來，一似狂風吹片瓦。昨日行過樞密院，三個軍人來唱喏。小子慌忙走將歸，(二)(末云)却如何？(丑云)怕他請我教戰馬！(末云)又說夢話！諸公請依位而坐，左右，看酒。(雜扮承直上)(三)色動玉壺無表裏，光搖金盞有精神。　告相公，酒在此。(眾把酒科)

【仙呂入雙調·五供養】(末唱)文章過晁董，對丹墀已膺天寵。(合)赴瓊林新宴，顫宮花，緩引黃金鞚。

【前腔】(淨、丑唱)九重天上聲名重，紫泥封已傳丹鳳。(合)便催歸玉簡侍宸旒，他日歸來金蓮送。

【中呂·山花子】(末唱)玳筵開處遊人擁，爭看五百名英雄。(生唱)喜鰲頭一戰有功，荷君恩奏捷詞鋒。(合)太平時車馬已同，干戈盡戢文教崇，人間此時魚化龍。留取瓊林，勝景無窮。

(一)　眉批：删。丑不做詩反趣，直告訴道不會做詩何妨？且不做詩亦儘丑了。

(二)　雜：原闕，據汲古閣刊本《繡刻琵琶記定本》補。

【前腔】（淨唱）三千禮樂如泉涌，一筆掃萬丈長虹。（丑唱）看奎光飛躔紫宮，光耀萬玉班中。（合前）

【前腔】（生唱）青雲路通，一舉能高中，三千水擊飛冲。（淨唱）又何必扶桑掛弓？也強如劍倚崆峒。（合前）

【前腔】（丑唱）恩深九重，絲絡八珍送，無非翠釜駝峰。（末唱）看吾皇待賢恁隆，不枉了十年窗下把書來攻。（合前）

【大和佛】（生唱）寶篆沉烟香噴濃，（衆唱）濃熏綺羅叢。瓊舟銀海，翻動酒鱗紅，一飲盡教空。（生悲唱）持杯自覺心先痛，縱有香醪，欲飲難下我喉嚨。他寂寞高堂菽水誰供奉？俺這裏傳杯誼闕，（衆云）狀元，你休得要對此歡娛意忡忡。

【舞霓裳】（合唱）願取群賢盡貞忠，盡貞忠。管取雲臺畫形容，畫形容。時清莫報君恩重，惟有一封書上勸東封，更撰個河清德頌。乾坤正，看玉柱擎天又何用？

【紅繡鞋】（合唱）猛拚沉醉東風，東風。倩人扶上玉驄，玉驄。歸去路，望畫橋東。花影亂，日朦朧。沸笙歌，引紗籠。

（一）　眉批：　多。。可删。。

【意不盡】（合唱）今宵添上繁華夢，明早遙聽清禁鐘。皇恩謝了，鵷行豹尾陪侍從。

（生）名傳金榜換藍袍，（淨）酒醉瓊林志氣豪。

（丑）世上萬般皆下品，（末）思量惟有讀書高。

總批：

煩冗可厭，如何比得《拜月》《西廂》之煩簡合宜也？

第十一齣　蔡母嗟兒

【商調引子·憶秦娥先】（旦唱）長吁氣，自憐薄命相遭際。相遭際，暮年姑舅，薄情夫婿〇（一）

【清平樂】夫妻纔兩月，一旦成分別。沒主公婆甘旨缺，幾度思量悲咽〇（二）　家貧先自艱難，那堪不遇豐年。怎的千辛萬苦，蒼天也不相憐。奴家自從兒夫去後，遭此飢荒，況兼公婆年老，朝不保夕，教奴家獨自如何應奉？婆婆日夜埋怨着公公，當初不合教孩兒出去；公公又不伏氣，只管和婆婆閒爭。外人不理會得，只道是媳婦不會看承，以致公婆日夜鬧炒〇（三）　且待公婆出來，再三勸解則個。

（一）眉批：　曲好。
（二）眉批：　白好。
（三）眉批：　真難處，可憐，可憐。

【憶秦娥後】（外唱）孩兒一去無消息，雙親老景難存濟。（淨扯外耳科，唱）難存濟，不思前日，強教孩兒出去？

（旦勸科）（淨云）老賊，你抵死教孩兒出去赴選，今日沒有飯吃，他便做得狀元，濟你甚事？[一]若是孩兒在家，也會區處，終不到得恁的狼狽。如今凍得你好，餓得你好，老賊，你死了休！（外云）老乞婆，你埋怨我則甚？我是神仙，知道今日恁的飢荒苦？這般時年，誰家不忍飢受餓？誰似你這般埋怨我？休休！我死！我死！今日飢荒也是死，被你埋怨不過也索死。（欲死，旦扯住科）（淨云）老賊，你便死也消不得我這場嘔氣！（旦云）公公婆婆且息怒，聽奴家一言分剖[二]：當初公公教孩兒出去時節，不道今日恁的飢荒，婆婆難埋怨公公；今日婆婆見這般飢荒，孩兒又不在眼前，心下焦躁，公公也休怪婆婆埋怨。請自寬心，奴家如今把些釵梳首飾之類，典些糧米，以充公婆一時口食。寧可餓死奴家，決不將公婆落後[三]。（淨云）媳婦，你說得好，我只是恨這老賊！

【南呂過曲·金索掛梧桐】（淨唱）區區一個兒，兩口相依倚。沒事爲着功名，不要他供甘旨。你教他做官，要改換門閭，只怕他做得官時你做鬼。老賊，你圖他三牲五鼎供朝夕，今日裏要一口粥湯却教誰與你？相連累，我孩兒因你做不得好名儒。（合）空爭着閒是閒

（一）　眉批：蔡母原有先見。

（二）　眉批：賢哉婦也！

（三）　眉批：孝哉婦也！

非，空争着閒是閒非，只落得雙垂淚。

【前腔】（外唱）養子教讀書，指望他身榮貴。黃榜招賢，誰不去求科試？老乞婆，我説個比方與你聽。譬如范杞良差去築城池，他的娘親埋怨誰？（淨云）老乞婆，你倒好比方！他是奉官差哩。（外唱）合生合死皆由命，少甚麼孫子森森也忍飢？（淨云）老賊，你固自口硬！再過幾時，餓得你口噢屎哩。（外唱）休聒絮，畢竟是咱每兩口受孤恓。（合前）

【前腔】（旦唱）婆婆，孩兒雖暫離，須有日回家裏。（淨云）媳婦，我豈不知孩兒自有一日回家？只是眼下受餓難過。（旦云）婆婆，奴有些釵梳，解當充糧米。（淨云）老賊！我若沒有這般孝順的媳婦會擺佈，可不把我的肝腸也餓斷了？（外云）老乞婆，這是時年如此，你苦死埋怨我怎的？（旦云）公公婆婆恁的閒爭呵，教傍人道媳婦每有甚差池，致使公婆爭鬥起。婆婆，他心中愛子，指望功名就。，公公，他眼下無兒，因此埋怨你。〔一〕難逃避，兀的不是從天降下這災危？（合前）

【劉潑帽】（外唱）天那！我每不久須傾棄，嘆當初是我不是，不如我死了無他慮。〔二〕一度裏思量，一度裏肝腸碎。

（一）　眉批：聖婦。
（二）　眉批：都是真情，咄咄如見。

【前腔】（淨唱）有兒却遣他出去，教媳婦怎生區處？ 媳婦，可憐誤你芳年紀。（合前）

【前腔】（旦唱）公公婆婆，媳婦便是親兒女，勞役事本分當爲。但願公婆從此相和美。（合前）

（外）形衰力倦怎支吾？ （旦）口食身衣只問奴。

（淨）莫道是非終日有，（衆）果然不聽自然無。

第十二齣　奉旨招婿〔一〕

（末云）縹緲紗窗映霧煙，深沉華屋鎖嬋娟。屏間孔雀人難中，幕裏紅絲誰敢牽？ 自家是牛太師府中一個院子，這幾日聽得府中喧傳太師要招女婿。況我這個小娘子不比別的小娘子：一來是丞相之女，二來他才貌兼全。必須有文章有官職有福分的，方可中選。且在此等候，相公出來，便知端的。

【南呂引子·似娘兒】（外唱）華髮漸星星，憐愛女欲遂姻盟，蟾宮桂子才堪稱。紅樓此日，紅絲待選，須教紅葉傳情。

左右那裏？ （末云）廳上一呼，堦下百諾。 不知老相公有何鈞旨？ （外云）自古道：男子生而願爲之有室，女子生而願爲之有家。 我老夫人傾棄多年，只有一個小姐，美貌婷婷。 昨日見官裏問我道：你

（一）招：原作「指」，據目錄改。

的女孩兒曾嫁人未？我回言道：未曾嫁人。官裏道：既不曾嫁人，如今新狀元蔡邕，好人物，好才

學，朕與你主婚，你可招他爲婿。你意如何？俺奉着聖旨，就謝了恩。（末云）覆

相公：男大須婚，女大須嫁。小姐是瑤臺閬苑神仙，狀元是天祿石渠貴客。何況玉音主盟，金口說

合。若做了百年夫婦，不枉了一對姻緣。這是：佳人才子兩堪誇，天付姻緣事不差。試看月輪還有

意，⑴定知丹桂近仙娃。（外笑云）你言正合我意。你就去喚府前官媒婆來，同去蔡狀元處説親。（末

云）領鈞旨。（喚科）（丑扮媒婆拿秤、斧上）

【正宮過曲·醉太平】（丑唱）我做聰俊的媒婆，兩脚疾走如梭。生得不矮又不矬，人人都來

請我。我只要金多銀多，綾羅段匹多，方肯做。又且張家李家誇談我，（末云）誇談你甚的？

（丑唱）道我每須勝是別媒婆。

媒婆媒婆，兩脚奔波。一斗好酒，一隻肥鵝。送到家裏，我和老公笑呵呵。（末云）婆子休閒説，且去見

老相公。（外云）婆子，你手裏拿着甚麼東西？（丑云）這是斧頭。（外云）要他何用？（丑云）這是媒

婆的招牌。（外云）如何將他做招牌？（丑云）告相公得知：《毛詩》有云：『析薪如之何？匪斧弗

克。娶妻如之何？匪媒不得。』以此將他爲招牌。⑵（末云）休在班門弄斧。（外云）媒婆，你要秤何

⑴　看：原作『着』，據汲古閣刊本《繡刻琵琶記定本》改。

⑵　眉批：後人解經都是這媒婆矣。嘗欲集媒婆講章一部，以盡漢唐宋來諸家未及也。

用？（丑云）相公，這喚作量人枰，最是要緊的：大凡做媒時節，先把新婦新郎秤得一般，方纔與他說

親，久後夫妻也和順。若是輕重了，夫妻到底相嫌。（外云）休閒說！媒婆，我昨日奉聖旨，教我將小

姐招贅蔡狀元爲婿，如今你去他跟前說知。若得成就了這頭親事，我多多賞你。（丑云）這個有甚難

處？一來奉當今聖旨，二來託相公威名，三來小姐才貌兼全。是人知道，蔡狀元有何不可？（末云）

這話極說得是。（外云）媒婆，你近前來聽我說。

【南呂過曲·鎖窗郎】（外唱）吾家一女娉婷，不曾許與公卿。昨承聖旨，招選書生。媒婆，你

和他說：不須用白璧黃金爲聘。（合）說道姻緣前世已曾定，今日裏，共歡慶。（一）

【前腔】（丑唱）住東京極有名聲，相公，論媒婆非自逞。今朝事體，管取完成。怕有一輕一

重，全憑這條官秤。（合前）

【前腔】（末唱）雖然他高占魁名，得相招多少榮縈。依繡幕選中雀屏，媒婆，此一去他必從

命。（合前）

（外）爲傳芳信仗良媒，（丑）管取門楣得俊才。

（末）百年夫婦今朝合，（合）一段姻緣天上來。

（一）　眉批：曲好。

一九六八

第十三齣　官媒議婚

【商調引子·高陽臺】(生唱)夢繞親闈，愁深旅邸，那堪音信遼絕。淒楚情懷，怕逢淒楚時節。重門半掩黃昏雨，奈寸腸此際千結。守寒窗一點孤燈，照人明滅〔一〕。當時輕散輕別。

嘆玉簫聲杳，庚樓明月。一段愁煩，翻成兩下悲咽。枕邊萬點思親淚，伴漏聲到曉方徹〔二〕。鎖愁眉，慵臨青鏡，頓添華髮。

〔木蘭花〕鰲頭可美，須知富貴非吾願。雁足難憑，沒個音書寄子情。田園將蕪，不知松菊猶存否？光景無多，爭奈椿萱老去何？自家為父命所強，來此赴選，誰知逗遛在此，竟不能歸。今又復拜皇恩，除為議郎。雖則任居清要，爭奈父母年老，安敢久留？天那！知我的父母安否如何？知我的妻室侍奉如何？欲待上表辭官，又未知聖意如何？苦！好似和針吞却綫，刺人腸肚繫人心〔三〕。(末、丑上)

【勝葫蘆】(末唱)特奉皇恩賜結婚，來此把信音傳。(丑唱)若是仙郎肯與諧姻眷，一場好事，管取今朝便團圓。

――――――――

(一) 眉批：好。
(二) 眉批：好。
(三) 眉批：情真語切。

（生云）兒家門戶重重閉，春色緣何得入來？未審何人到此？（末、丑云）小人是牛太師府裏一個院子，老媳婦是媒婆，我兩人奉天子之洪恩，領太師之嚴命，特與狀元諧一佳偶。（生云）元來如此。不索多言，且聽我説。

【商調過曲·高陽臺】（生唱）宦海沉身，京塵迷目，名韁利鎖難脱。目斷家山，空勞魂夢飛越。（丑云）狀元，是好一個小姐。（生唱）悶聒，悶藤野蔓休纏也。俺自有正兔絲，親瓜葛。是誰人無端調引，謾勞饒舌？

【前腔換頭】（末唱）閥閲，紫閣名公，黃扉元宰，三槐位裏排列。金屋嬋娟，妖嬈那更貞潔。（丑唱）歡悦，秦樓此日招鳳侶，遣妾每特來執伐。望君家懇懇懃懃肯首，早諧結髮。

【前腔換頭】（生唱）非別，千里關山，一家骨肉，教我怎生拋撇？妻室青春，那更親鬢垂雪。（丑云）狀元，老丞相見你這般青春年少，纔肯把小姐嫁與你，你不必推故。（生唱）差送，須知少年自有人愛了，謾勞你嫦娥提挈。滿皇都豪家無數，豈必卑末？

【前腔換頭】（末唱）不達，相府尋親，侯門納禮，兀自拒他不屑。繡幕奇葩，春光正當十八。（丑唱）休撇，知君是個折桂手，留此花待君攀折。況親奉丹墀詔旨，非我自相擸掇。

【前腔換頭】（生唱）心熱，自小攻書，從來知禮，忍使行虧名缺？父母俱存，娶而不告須難説。悲咽，門楣相府雖要選，奈煢孑佳人實難存活。（丑云）狀元，小姐生得十分美貌，你休錯過

一九七〇

了。（生唱）縱然有花容月貌，怎如我自家骨血？

【前腔換頭】（末唱）迂闊，他勢壓朝班，威傾京國，你却與他相別。只怕他轉日迴天，那時須有個決裂。（丑唱）虛設，夜靜水寒魚不餌，笑滿船空載明月。下絲綸不愁無處，笑伊村殺。[一]

【餘文】（生唱）明朝有事朝金闕，歸家奉親心下悅。（末唱）狀元，只怕聖旨不從空自說。

（生云）不須多言。你若果奉聖旨來，我明日上表辭官，一就辭婚便了。

（末）君王詔旨不相從，（生）明日應須奏九重。

（丑）有緣千里能相會，（合）無緣對面不相逢。

總批：

到此娶親已經年歲矣，尚說他青春年少，則古人三十而娶之語亦不可憑。自宜改。辭婚之言不合先說，事以密成，語以洩敗，機事不密，反害於成。蔡伯喈原有腐氣。

（一）

眉批：

真迂闊，真村殺。有妙用者無不可也。

第十四齣 激怒當朝

【黄鍾過曲·出隊子】（外唱）朝夕縈掛，只爲孩兒多用心。不知月老事何因？爲甚冰人没信音？顒望多時，情緒轉深。

目斷青鸞瞻碧霧，情深紅葉看金溝。自家昨遣院子和官媒婆去蔡狀元處説親，尚未回音，且待他來，便知端的。

【前腔】（末、丑唱）喬才堪笑，故阻佯推不肯從。豈無佳婿近乘龍？有甚福緣能跨鳳？料想書生，只是命窮。[一]

（相見科）（外云）媒婆，你回來了。事體若何？（丑云）覆相公得知：他千不肯，萬不肯，只是不肯不肯。（末云）你且住休，待小人覆知相公。蔡狀元道他家中有垂白之父母，年少之妻房；明日要上表辭官家去，寔難從命。

【正宮過曲·雙鸂鶒】（外唱）聽伊説，教人怒起。漢朝中惟吾獨貴，我有女，偏無貴戚豪家求配？奉聖旨使我招狀元爲婿，媒婆，不知他回話有何言語？

（一）

眉批：　真。真。

【前腔】（丑唱）媒婆告相公知⋯⋯恨那人作怪蹺蹊。千不肯，萬推辭。（外云）我奉聖旨招他爲

婿，你曾把這話對他説麼？（丑唱）這話頭不惹些兒。道始得及第，縱有花容月貌休提。他罵

相公，罵小姐，（外云）他罵小姐甚麼？（丑唱）道脚長尺二。○（末唱）這般説謊没巴臂。（末跪

科）

【前腔】（末唱）恩官且聽咨啓⋯⋯蔡狀元聞説皺眉。忠和孝，恩和義，念父母八十年餘。況

已娶了妻室，再婚重娶非禮。待早朝，上表文，要辭官家去。請相公別選一佳婿。

【前腔】（外唱）他元來要奏丹墀，敢和我厮挺相持。細思之，可奈他將人輕覷。我就寫表奏

與吾皇知，與他官拜清要地，務要來我處爲門楣。

【意不盡】（合唱）這讀書輩没道理，不思量違背了聖旨；只教他辭官辭婚俱未得。○(二)

（外云）自古道：殺人可恕，情理難容。我的聲名，誰不欽敬？多少貴戚豪家，求爲吾婿而不可得。

時耐一書生顚倒不肯，反要辭官家去。且由他。左右，你和官媒婆再去蔡狀元處説，看他如何？我如

今先去奏知官裏，只教不准他上表便了。

（外）枉把封章奏九重，（末）不如及早便相從。

（合）羈縻鸞鳳青絲網，牢絡鴛鴦碧玉籠。

總批：

不是牛太師不是，還是蔡伯喈太腐耳，怪他不得，怪他不得。

第十五齣 金閨愁配

【中呂過曲·剔銀燈】（貼唱）忒過分爹行所為，但索強全不顧人議。背飛鳥硬求來諧比翼，隔墻花強攀做連理。○[一]姻緣，還是怎的？天那！我待對爹爹說呵，婚姻事女孩兒家怎提？○[二]

姻緣姻緣，事非偶然。好笑我爹爹定要將奴家招贅蔡狀元為婿，那狀元不肯，俺這裏也索罷了。誰想爹爹苦不放過。天那！他既不肯，便做了夫妻，到底也不和順。奴家待將此事對爹爹說，只是此事不是女孩兒每說的話。苦！好悶呵！（淨魅地上探云）慚愧！慚愧！今日也能勾得小姐悶也。小姐，你想着甚麼？[三]（貼）我不想着甚麼。（淨）你既不想着甚麼，為何手托香腮，在此憂悶？我且問

（一）眉批：聖女。

（二）眉批：曲好，關目好。

（三）眉批：許由避天下，逆旅主人疑其竊皮冠，都此類也。

你……你往常間件件不煩惱，事事不動情，我想起來你都是佯詐。今日莫不是對景傷情麼？（貼）老姥姥，你說那裏話？我爲爹爹做事不停當，以此憂悶。（淨）老相公做事甚事不停當？（貼）我爹爹要將奴家嫁與蔡狀元，使官媒婆去說，狀元不肯從命。他既然不肯，俺這裏也索罷了。如今爹爹苦不放過他，又叫媒婆去說。老姥姥，你怎生與爹爹說一聲也好。（淨）小姐，這是你爹爹的主意，如何肯聽我每說？

【仙呂過曲·桂枝香】（淨唱）書生愚見，忒不通變。不肯坦腹東床，謾自去哀求金殿。想他道你是相府公侯女，不能彀嫁狀元。[一]

【前腔】（貼唱）百年姻眷，須教情願。他那裏抵死推辭，俺這裏不索留戀。[三]想他每就裏，想他每就裏，將人輕賤。小姐，非爹胡纏，怕被人傳。（貼）呀！怕人傳甚麼？（淨唱）想他每就裏，有些牽絆。（淨）有甚牽絆？（貼唱）怕恩多成怨。滿皇都少甚麼公侯子，何須去嫁狀元？[三]

【南呂過曲·大迓鼓】（淨唱）非干是你爹意堅，只怕春花秋月，誤你芳年。況兼他才貌真堪

（一）眉批：是。曲好。
（二）眉批：曲好。
（三）眉批：是。

羨，又是五百名中第一仙。故把嫦娥，付與少年。

【前腔】（貼唱）姻緣雖在天，若非人意，到底埋冤。料想赤繩不曾綰，多應他無玉種藍田。休把嫦娥，強與少年。

總批：

可憐今人俗氣，有女兒不想嫁個好人，只管把來挨與狀元，都是牛也。

（淨）匹配本自然，（貼）何須苦相纏。

（淨）眼前雖成就，（貼）到底也埋冤。[一]

第十六齣　丹陛陳情

【仙呂引子·北點絳唇】（末唱）官居宮苑，謾道是天威咫尺近龍顏。每日間親隨車駕，只聽鳴鞭。去螭頭上拜跪，隨着豹尾盤旋。

【北混江龍】（末唱）夜色將闌，晨光欲散，把珠簾捲。移步丹墀，擺列着金龍案。朝朝宿衛，早早隨班。做不得卿相當朝一品貴，先隨着朝臣待漏五更寒。空嗟嘆，山寺日高僧未起，算來名利不如閒。

（二）

眉批：

識見強似阿爹，好女兒！好女兒！

自家是漢朝一個小黃門。往來紫禁，侍奉丹墀。領百官之奏章，傳一人之命令。正是：主德無瑕因

宦習，天顏有喜近臣知。如今天色漸明，正是早朝時分，官裏升殿，怕有百官奏事，只得在此祗候。（內

問）怎見得早朝時分？（末）但見：銀河清淺，珠斗斑斕。數聲角吹落殘星，三通鼓報傳清曙。銀箭

銅壺，點點滴滴，尚有九門寒漏；瓊樓玉宇，聲聲隱隱，已聞萬井晨鐘。瞳瞳曉暾，蒼茫紅日映樓臺；

拂拂霏霏，葱菁瑞烟浮禁苑。裊裊巍巍，千尋玉掌，幾點瀼瀼露未晞；澄澄湛湛，萬里璇空，一片團團

月初墜。三唱天雞，咿咿喔喔，共傳紫陌更闌闌。百囀流鶯，間間關關，報道上林春曉。午門外祿祿剌

剌，車兒碾得塵飛；六宮裏嘔嘔啞啞，樂聲奏如鼎沸。只見那建章宮、甘泉宮、未央宮、長楊宮、五柞

宮、長秋宮、長信宮、長樂宮，重重疊疊，萬萬千千，盡開了玉關金鎖；又見那昭陽殿、金華殿、長生殿

披香殿、金鸞殿、麒麟殿、太極殿、白虎殿，隱隱約約，三三兩兩，都捲上繡箔珠簾。半空中忽聽得一聲

轟轟劃劃，如雷如霆，震耳的鳴梢響；合殿裏只聞得一陣氳氳氤氤，非烟非霧，撲鼻的御爐香。縹縹

緲緲，紅雲裏雉尾扇遮着赭黃袍；深深沉沉，丹陛間龍鱗座覆着彤芝蓋。右列着濟濟鏘鏘，高高下下的金吾衞、

的羽林軍、期門軍、神策軍、虎賁軍，花迎劍佩星初落；左列着森森嚴嚴，前前後後

龍虎衞、拱日衞、千牛衞、驃騎衞，行行列列，整整齊齊的文武官寮。金間玉、玉間金，烱烱爍爍、燦燦爛爛的神仙儀

從；紫映緋、緋映紫，豹尾班中，擺着一對端端正正，銅肝鐵膽，白象簡，獬豸冠的糾彈御史。拜

鸞袍，駕鸞靴的奉引昭容；蟒頭陛下，立着一對妖妖嬈嬈，花容月貌，繡

的拜，跪的跪，那一個敢挨挨拶拶縱諠譁？升的升，下的下，那一個不欽欽敬敬依禮法？但願得常瞻

李卓吾先生批評琵琶記

仙仗，聖德日新日新日日新；，與群臣共拜天顏，聖壽萬歲萬歲萬萬歲。　從來不信叔孫禮，今日方知天

子尊。（一）道猶未了，一個奏事的官人早來。

【黃鍾過曲・點絳唇】（生唱）月淡星稀，建章宮裏千門曉。　御爐烟裊，隱隱鳴梢杳。　忽憶年

時，問寢高堂早。　雞鳴了，悶縈懷抱，此際愁多少？（二）

不寢聽金鑰，因風想玉珂。　明朝有封事，數問夜如何。　自家爲父母在堂，故上表辭官回去侍奉。　如今

天色已明，這是午門外廂，不免進入去咱。（末云）奏事官播笏三舞蹈。

【黃鍾過曲・神仗兒】（生唱）揚塵舞蹈，揚塵舞蹈，遙瞻天表。　見龍鱗日耀，咫尺重瞳高照。

遙拜着赭黃袍，遙拜着赭黃袍。

【滴漏子】（生唱）臣邕的，荷蒙聖朝。　臣邕的，臣邕的，拜還紫誥。　（末云）狀元，你莫

不是嫌官小麼？　（生唱）念邕非嫌官小，奈家鄉萬里遙，雙親又老。　干瀆天威，萬乞恕饒。

（末云）狀元，吾乃黃門，職掌奏章。　有何文表，就此批宣。　（生跪科）

【入破第一】議郎臣蔡邕啓：　今日蒙恩旨，除臣爲議郎之職，重蒙賜婚牛氏。　干瀆天威，臣

謹誠惶誠恐，稽首頓首。伏念微臣，初來有志。誦詩書，力學躬耕修己，不復貪榮利。事父母，樂田里，初心願如此而已。不想州司，謬取臣邑充試。到京畿，豈料蒙恩，叨居上第。(一)

【破第二】(生唱)重蒙聖恩，婚賜牛公女。臣草茅疏賤，如何當此隆遇？況臣親老，一從別後，光陰又幾。廬舍田園，荒蕪久矣。(二)

(末云)老親在堂，必自有人奉侍，狀元不必憂慮。

【袞第三】(生唱)但臣親老鬢髮白，筋力皆癃瘵。形隻影單，無兄弟，誰奉侍？況隔千山萬水，生死存亡，雖有音書難寄。最可悲，他甘旨不供，我食禄有愧。(三)

(末云)聖上作主，太師聯姻，狀元，這也是奇遇。

【歇拍】(生唱)不告父母，怎諧匹配？臣又聽得家鄉里，遭水旱，遇荒飢。多想臣親必做溝渠之鬼，未可知。怎不教臣，悲傷淚垂？

(生哭)(末云)狀元，此非哭泣之處，不得驚動天聽。

【中袞第五】(生唱)臣享厚禄掛朱紫，出入承明地。惟念二親寒無衣，飢無食，喪溝渠。憶

(一) 眉批：敘事妙甚。曲好。
(二) 眉批：好。
(三) 眉批：好。

昔先朝朱買臣守會稽，司馬相如持節錦歸。〔一〕

【煞尾】他遭遇聖時，皆得回鄉里。臣何故別父母，遠鄉間，沒音書，此心違？伏望陛下特

憫微臣之志，遣臣歸。得侍雙親，隆恩無比。〔三〕

【出破】若還念臣有微能，鄉郡望安置。庶使臣忠心孝意得全美，臣無任瞻天仰聖，激切屏

營之至。〔三〕

（末云）元來如此。 吾當與狀元轉達天聽，可在午門外廂侯候聖旨。 正是： 眼望旌捷旗，耳聽好消息。

（生起科）

【神仗兒】（生唱）揚塵舞蹈，揚塵舞蹈，見祥雲縹緲，想黃門已到。 料應重瞳看了，多應是念

我私情烏鳥。 顒望斷九重霄，顒望斷九重霄。

（生云）黃門已將我奏章傳達，未知聖意允否？ 不免乘間禱告天地一番。

【滴漏子】（生唱）天憐念，天憐念，蔡邕拜禱。 雙親的，雙親的，死生未保。 天那！ 可憐恩深

（一）眉批：有臣如此，不能使之迎親奉養，聖君賢相又何爲哉？ 可歎！ 可歎！

（二）眉批：曲都好。

（三）眉批：自【入破】以至【出破】無一語不自在。 妙！ 妙！

難報。一封奏九重，知他聽否？(一) 爹娘呵，俺和你會合分離，都在這遭。(二)

黃門去了多時，怎的不見回報？想必是官裏准了。天那！若能彀回家侍奉父母，蔡邕何須做官？

(末捧詔同二昭容上)

【前腔】(末唱)今日裏，今日裏，議郎進表。傳達上，傳達上，聖目看了。(生云)聖目看了如何

說？(末唱)道太師昨日先奏，把乘龍女婿招，多少是好？(生云)黃門大人，你莫不是哄我？

(末唱)見有玉音傳降聽剖。

(末云)聖旨已到，跪聽宣讀。皇帝詔曰：孝道雖大，終於事君；王事多艱，豈遑報父？朕以涼德，

嗣纘丕基。眷茲警動之風，未遂雍熙之化。爰招俊髦，以輔不逮。咨爾才學，允愜輿情。是用擢居議

論之司，以求繩糾之益。爾當恪守乃職，勿有固辭。其所議婚姻事，可曲從師相之請，以成桃夭之化。

欽予時命，裕汝乃心。謝恩。(生云)黃門大人，煩你與我再去奏知官裏，我情願不做官。(末云)咳！

這秀才好不曉事，(三)聖旨誰敢違背？(生云)黃門大人，你不去時節，待我自去拜還聖旨如何？(末

云)呀！這秀才好怪麼，這所在，你如何去得？(生哭科)

(一)　眉批：餘波自好。

(二)　眉批：難道不能走一使迎之？腐甚。情極真切，可憐！可憐！

(三)　眉批：真不曉事。

李卓吾先生批評琵琶記

一九八一

【啄木兒】(生唱)我親衰老，妻幼嬌，萬里關山音信杳。他那裏舉目淒淒，俺這裏回首迢迢。他那裏望得眼穿兒不到，俺這裏哭得淚乾親難保。閃殺人一封丹鳳詔。(一)

【前腔】(末唱)狀元，你何須慮，不用焦，人世上離多歡會少。大丈夫當萬里封侯，肯守着故園空老？畢竟事君事親一般道，人生怎全忠和孝？却不見母死王陵歸漢朝？

【三段子】(生唱)這懷怎剖？望丹墀天高聽高。這苦怎逃？望白雲山遙路遙。(二)

【前腔】(末唱)狀元，你做官與親添榮耀，高堂管取加封號。與他改換門閭，偏不是好？(三)

【歸朝歡】(生唱)冤家的，冤家的，苦苦見招，俺媳婦埋冤怎了？(四) 飢荒歲，飢荒歲，怕他怎熬？俺爹娘怕不做溝渠中餓殍？

【前腔】(末唱)狀元，譬如四方戰爭多征調，從軍遠戍沙場草，也只是爲國忘家怎憚勞(五)

(生)家鄉萬里信難通，(末)爭奈君王不肯從。

(一)眉批：曲好。
(二)眉批：曲好。
(三)眉批：信也寄不得一個回去，改換怎麼門閭？
(四)眉批：這是怕老婆的招狀。
(五)眉批：放屁！

總批：

當時若有聖君賢相，自當着他迎養，何有許多話說？伯喈是個有用的人，亦當自着人迎養，奈何不能也？

（合）情到不堪回首處，一齊分付與東風。

第十七齣　義倉賑濟

【仙呂入雙調·普賢歌】（丑唱）身充里正寔難當，雜泛差徭日夜忙。官司點義倉，並無些子糧，拚一頓拖翻吃大棒。

我做都官管百姓，另是一般行徑。破靴破帽破衣裳，打扮須要厮稱。點催首放富差貧，保解戶欺軟怕硬。猛拚打強放興。討官糧大大做個官升，賣私鹽輕輕弄條喬秤。騙得五兩十兩，到使五錠十錠。田園盡都典賣，潑畢竟是個畢竟。[二]誰知天不由人，萬事皆從前定。

並無些子餘剩。时耐廳前首領，嫌恨司房喬令。把我千樣凌辱，將我萬般督併。動不動去了破帽，打得我黃腫成病。幾番要自縊投河，不要了這條性命。今番又點義倉，並無糧米抵應。若還把我拖翻，便叫高擡明鏡。小人也不是都官，也不是里正。休將屈棒，錯打了平民。（內問）你是誰？（丑云）我。

（二）眉批：　善戲謔，亦有關情弊。

李卓吾先生批評琵琶記

一九八三

是搬戲的副淨。（內云）休道出本來面目！（丑云）苦！往常間把義倉穀子偷將家去，養老婆孩兒了。

今日上司官點義倉放穀，賑濟貧民，倉中沒有一些，那裏討還他？沒奈何，我待把家私并老婆孩兒都

賣了，也賠不起，不免去與李社長商量則個。轉灣抹角，兀的便是李社長家裏。李社長！李社長！

（淨云）誰叫老爺？（丑云）噗！你慣要做大。且出來。

【前腔】（淨唱）身充社長管官倉，老小一家都在倉裏養。（丑云）好！好！你一家老小都在倉裏

養，事發時節，如何擺佈？（淨唱）事發儘不妨，里正先吃棒。（丑云）尊兄，饒得你過麼？（淨唱）先

打了都官，方繞打社長。

老夫年傍八旬，家中只有三人。因充社長勾當，誰知也不安寧。又要告官書題粉壁，又要勸民栽種翻

耕。又要管淘河砌砌，又要辦水桶麻繩。若有人家嫁娶，須索請我做賓人。人人稱我年高伏衆，個個

叫我社長官人。若得一紙狀子，強似廳上縣丞。原告許我銀子三錠五錠，被告送我豬腳十斤廿斤。若

還得了兩家財物，只得朦朧寫個回文。〔二〕每日去幹得泄水功德，竟不知自家家禍因。大的孩兒不孝

不義，小的媳婦逼勃離分。單單只有第三個孩兒本分，常常將去了老夫的頭巾。激得我老夫性發，只

得唱個陶真。（淨云）呀！到被你聽見了。也罷，我唱，你打和。（丑云）

得唱個陶真。（淨云）呀！陶真怎的唱？（淨云）呀！我唱，你打和。（丑云）打打哈蓮花

使得。（淨云）孝順還生孝順子，（丑云）打打哈蓮花落。（淨云）忤逆還生忤逆兒，（丑云）打打哈蓮花

眉批：　是社長一紙供狀。

落。（淨云）不信但看簷前水，（丑云）打打咍蓮花落。

（淨云）住休！（丑云）你若不叫住，我直唱到天明。（淨云）里正，你叫我出來有甚事説？（丑云）社

長哥，今日官司給散義倉，倉中又無稻子，如何是好？（淨云）呀！倉中稻子

都是你搬去吃了，怎的叫我和你合賠？（淨云）點點滴滴不差移，（丑云）打打咍蓮花落。

弄孫嬉他娘。正是：閉門不管窗前月，一任梅花自主張。（淨下）（丑云）苦！李社長又去了，上司官

又來了，如何是好？呀！喝道聲漸漸近了，只得迎接則個。（外扮放糧官末扮隸人上）

（丑扮瞎子上）

【前腔】（外唱）親承朝命賑饑荒，（末唱）躍馬揚鞭到此方。（丑云）里正接老爹。（外云）起去。

疾忙開義倉，支與百姓糧，從實支收休要謊。

（外云）里正，將支收簿來看。（丑云）簿在此。（外讀云）元管二十九石，新收三十六石，除支一十九

石，見在四十六石。左右，開倉。呀！這倉裏那有四十六石？（丑云）有，有，相公。（外云）左右，與

他取了甘結，一面着他喚飢民來支糧。（丑云）一心忙似箭，兩腳走如飛。（下）（外云）左右，這廝説

謊。倉裏那得這些稻子？（末云）相公，且由他，若是不足數，只要他賠償便了。（外云）也説得是。

（丑扮瞎子上）

【商調過曲·吳小四】（丑唱）肚又饑，眼又昏，家私没半分，子哭兒啼不可聞。聞知相公來

濟民，請些官糧去救貧。

（丑作錯跪云）相公可憐見。（末云）相公在這裏。（外云）老的姓甚名誰？家裏有幾口？（丑云）小

的姓丘名乙己，住上大村，有三千七十口。（外云）胡説！那裏有許多口？（丑云）告相公得知：上

大人，丘乙己，化三千，七十士。（末云）一口胡柴！（外云）你實有幾口？[二]（丑云）小的夫妻兩口，

孩兒兩口。（外云）支糧與他。（末云）支四口糧了。（丑云）多謝相公。正是：一日不識羞，三日不

忍餓。（丑下）（淨扮聾子上）

【前腔】（淨唱）嘆連朝，饑怎忍？家中有五六人。前日老婆典了裙，[三]今日媳婦又典裙，恰

好遇官司來濟貧。

（淨云）相公可憐見。（外云）老的姓甚名誰？家裏有幾口？（淨作聾，外復問科）（淨云）小的姓大名

比丘僧，住在祇樹給孤獨園，有一千二百五十口。（外云）胡説！那裏有許多口？（淨云）告相公得

知：《彌陀經》中道：祇樹給孤獨園，與大比丘僧一千二百五十人俱。（末云）佛口蛇心。（外云）你

實有幾口？[三]（淨云）小的有兩個媳婦，三個孩兒，和我共六口。（外云）支糧與他。（末云）支六口糧

了。（淨云）多謝相公。正是：今日得君提掇起，免教人在污泥中。（淨下）（旦上）

【雙調引子·搗練子】（旦唱）嗟命薄，嘆年艱。含羞忍淚向人前，猶恐公婆懸望眼。

（一）眉批：删。
（二）眉批：老婆典裙如何説？
（三）眉批：删。

（旦云）路逢險處難迴避，事到頭來不自由。奴家少長閨門，豈識途路？今日見官司放糧濟貧，只得去請些稻子，以救公婆之命。（外云）婦人，你姓甚名誰？來此怎的？（旦云）告相公，奴家姓趙，名五娘；公公蔡從簡。因兒夫出外，特來請些糧米，以救公婆之命。（外云）你丈夫那裏去了，使你婦人家來請糧？

【正宮過曲·普天樂】（旦唱）兒夫一向留都下。（外云）你家裏還有誰？（旦唱）只有年老爹和媽。（外云）有兄弟麼？（旦唱）弟和兄更沒一個。（外云）既沒有弟兄，誰看承你的爹媽？（旦唱）看承盡是奴家。（外云）這般説起來，你好苦呵。婦人家不出閨門，你何不使個男子漢來請糧？（旦作悲科）歷盡苦，誰憐我，相公，怎説得不出閨門的清平話？（外云）你家裏有幾口？（旦云）只有三口。（外云）左右，支糧與他。（末云）沒糧了。（旦哭唱）若無糧，我也不敢回家。（外云）怎的不敢回家？（旦云）相公，豈忍見公婆受餒？ 天那！ 嘆奴家命薄，直恁摧挫。

（外云）左右，這倉中稻子沒了。一來湊原數不起，二來這婦人説得好苦，你去拿那里正來，要這廝賠償。（末云）領鈞旨。 假饒走到焰摩天，腳下騰雲須趕上。（旦云）望相公可憐見，主張些糧米，與奴家救濟公婆之命。（外云）我自有分曉。（末押丑上云）似甕中捉鱉，手到拿來。（外云）里正，這倉中稻子湊原數不起，盡是你自偷了，你好好招認狀。（丑云）相公，小人招不得。自古道東量西折，難教小人賠償。（外云）畜生，尖斛量入，平斛量出，如何會折了許多？左右，拿下打四十！（丑云）相公不要

打，小人情願招了。（丑讀招）招狀人姓貓名狸，見年三十有餘。身上別無疾病，只有白帶不除。今與短狀招伏，因爲官糧欠虧。説到義倉情弊，中間無甚曉蹊。〔一〕稻熟排門收斂，斂了各自將歸。並無倉廪盛貯，那有帳目收支。縱然有得些小，胡亂寄在民居。官司差人點視，便糶些穀支持。上下得錢便罷，不問倉實倉虛。假饒清官廉吏，被我影射片時。東家借得十扛，西家借得五箕。但見倉中有穀，其間就裹怎知？年年把當常事，番番一似耍嬉。不道今年荒旱，不道今年民飢。不因分俵賑濟，如何會泄天機？假饒奏到三十三天，我里正無甚罪過。（末云）爲甚的？（丑云）只是點糧詐錢的做馬做驢。招狀執結是實，伏乞相公指揮。（外云）左右，押這廝去，就要賠償。（末押丑下）正是：懼法朝朝樂，欺公日日憂。（末押丑上云）假饒人心似鐵，怎逃官法如爐？告相公，里正賠償的稻子有了。（外云）支與那婦人去。（旦云）多謝相公。（末與旦，丑覷覤科，云）由你半路去，我好歹與你奪了便罷。（旦云）謝得恩官有主維，（丑云）只教中路有災危。（外云）當權若不行方便，（末云）如入寶山空手回。（外、末、丑下）（旦云）一斟一酌，莫非前定。今日奴家去請糧，誰知道里正作弊，倉中没了。若不得相公督併，里正賠償，奴家如何得這些穀回家救濟二親？（欲下）（五上攔住云）恩人相見，分外眼明。譬人相見，分外眼睜。我也會見你過來呵！你快把稻子還我，萬事全休。（旦云）呀！相公與奴家的稻子，如何還你？（丑云）咳！方纔不是你只管告不休，相

眉批：有關情弊。

公如何要我賠償？這稻子是我賣老小賣家私的，你如何拿去？（搶科）（旦云）里正官人，休要用強；

可憐奴家艱辛！（丑云）可憐你甚的？

【雙調過曲·瑣南枝】（旦唱）兒夫去，竟不還，公婆兩人都老年。自從昨日到如今，不能彀

一餐飯。（丑云）你公婆没飯喫，也不干我事。（旦唱）奴請糧，他在家懸望眼。念我年老公婆，做

方便。

（拜丑科）（丑云）不要拜，不要拜。這般時年，我做不得方便；你將稻子還我便罷。

【前腔】（旦唱）鄉官可憐見，這些稻子呵，是我公婆命所關。若是必須奪將去，寧可脱下衣裳，

就問鄉官換。（脱衣科）（丑云）不要，不要，你身上也寒冷。（旦唱）寧使奴身上寒，只要與公婆救

殘喘。

（丑云）娘子，罷，罷。你説起這話，都是孝心，我不忍問你取了。莫怪，莫怪。你去罷。（旦云）如此多

謝。（丑虛下躲科）（旦云）謝天謝地！且喜里正去了，不免趲行幾步。（丑上推旦奪下科）

【前腔】（旦唱）奪將去，真可憐，公婆望奴不見還。（一）縱然他不埋冤，道我做媳婦的有何

幹。他忍饑添我夫罪愆，教我怎見得我夫面？

（一）
眉批：可憐！

（旦云）千死萬死，終久是死；不如早死爲强。此間有一口古井，不免投入死休。（欲投科）

【前腔】（旦唱）將身赴井泉，思量左右難。我丈夫當年分散，叮嚀囑付爹娘，教我與他相看管。苦！我死却他形影單，夫婿與公婆，可不兩埋怨？

【前腔】（外唱）媳婦去，不見還，教人在家凝望眼。（外跌倒旦扶科）（外唱）呀！你在這裏閒行，教我望得肝腸斷。（旦唱）公公，奴請糧爲你供午餐，又誰知被人騙。

（旦云）媳婦，却怎麽説？（旦唱）公公，奴家請得些稻子，到半途之中，却被里正奪去了。（外云）天那！元來如此。（哭科）

【前腔】（外唱）思量我命乖蹇，不由人不珠淚漣。料想終須餓死，不如早赴黄泉，免把你厮牽絆。媳婦，婆老年，不久延，你須是好看管。（一）

呀！這裏元來有一口古井，不免投入死休。

【前腔】（旦唱）公公，你若身傾棄，我苦怎言？公還死了婆怎免？你兩人一旦身亡，教我獨自如何展？（三） 公公，你喫苦辛其寔難過遣，我痛傷悲只得强相勸。

（一）　眉批：可憐。

（二）　眉批：一字十哭。

一九〇

【前腔】（外唱）媳婦，你衣衫盡解典，囊篋已罄然。縱使目前存活，到底日久日深，你與我難

相念。 苦！ 衣食缺你行孝難，活冤家不如早拆散。

【前腔】（末唱）不豐歲，荒歉年，官司把糧來給散。（外投井旦救科）（末挑穀上科）

向前仔細看，呀！ 我道是誰，元來是蔡老員外和五娘子呵，你兩人在此有何幹？

（旦云）公公，一言難盡。 奴家今日聞知官司給散義倉，去請些糧米，與公婆充飢。 誰想里正作弊，倉中

沒了稻子。 謝得相公，着令里正賠納，把些與奴家；來到半途，被里正奪去。 奴家害羞回來，公公見

說，也要投井死，奴家正在此勸解公公。（末云）咳！ 五娘子，你差了。 老夫方纔也請得些官糧，正要

將來分送你公公，你怎的不來與我商量，却自家出去，被那狂徒欺侮？

【前腔】（末唱）我聽你說這言，待我趕去，罵那廝鐵心腸，昧心漢。 公公，他去得遠了。（外云）罷，

罷。 太公，我和你不是良善之人，不要與那狂徒一般見識；只是我這幾日餓得難過（一）。（末唱）（三）員外，你

且不須憂慮，我也請得些官糧，和你兩下分一半。（旦云）這是公公請的，如何使得？（末唱）

咳！ 五娘子，你休恁推，莫棄嫌，且將回，權做兩厨飯。

（一）　　○○。○○。
　　眉批：光景逼真。

（二）唱：

（三）原作『云』，據文義改。 下同改。

（旦云）如此，多謝了公公。（末云）怎説這話？五娘子，你伯喈當初出去，把爹娘囑付與老夫。今日是荒年飢歲，虧殺你獨自支吾。終不然我自溫飽，教你忍飢受餓？（一）古語云：濟人須濟急時無。你胡亂將這些救濟公姑則個。五娘子，你先回去，我和你公公隨後緩緩的來。

【正宮過曲·洞仙歌】（旦唱）苦！家私沒半分，靠着奴此身。只要救公婆，豈辭多苦辛？

（合）空把淚珠揾，可憐饑與貧，這苦説不盡。

【前腔】（外唱）太公，我本爲泉下人，他救我一命存。只怕我不久身亡，報不得媳婦恩。（合前）

【前腔】（末唱）見説不可聞，況我托在鄰。終不然我享安和，忍見你受饑窘？（合前）

（旦）命薄多年受苦辛，（外）不如身死早離分。

（末）惟有感恩并積恨，（合）萬年千載不成塵。

第十八齣　再報佳期

（丑扮媒婆上）

（二）

眉批：仁人，信人。

【越調過曲‧蠻牌令】（丑唱）終日走千遭，走得腳無毛。何曾見湯水面？花紅也不曾見半分毫。到不如做個虔婆頂老，也落得些鴨汁吃飽。窮酸秀才直恁喬，老婆與他，故推不要。

（丑云）咳！我做媒婆做到老，不曾見這般好笑。咨咍一個秀才，老婆與他不要。別人見了媒婆歡喜喜，他反和我尋爭尋鬧。老相公又不肯干休，只管在家囉唣。把媒婆放在中間，旋得七顛八倒。走得我鞋穿襪綻，說得我唇乾口燥。也不怕你親事不成，也不怕你姻緣不到。只怕你紅羅帳裏快活，不叫媒婆聒噪。這裏便是狀元貴館。呀！恰好的狀元出來了。

【越調引子‧金蕉葉】（生唱）愁多怨多，俺爹娘知他怎麼？擺不脫功名奈何？送將來冤家怎躲？

（相見科）（丑云）狀元，賀喜！賀喜！牛太師選定今日與小姐畢姻，請狀元早赴佳期。（生云）天那！此事如何是好？（丑云）狀元，事皆前定，不必再推。

【南呂過曲‧三換頭】（生唱）名韁利鎖，先是將人攛挫。況鸞拘鳳束，甚日得到家？我也休怨他。這其間，只是我，不合來，長安看花。閃殺我爹娘也，淚珠空暗墮。（合）這段姻緣，也只是無如之奈何。

【前腔】（丑唱）鸞臺罷粧，鵲橋初駕。佳期近也，請仙郎到河。（生云）媒婆，我去也不妨；只是一心掛兩頭，如何是好？（丑唱）狀元，此事明知牽掛，這其間，只得把，那壁廂，且都拚捨。況

奉君王詔，怎生別了他？（合前）

（丑云）狀元，門首轎馬都已齊備了。

（丑）及早赴佳期，（生）歡娛成怨悲。

（合）情知不是伴，事急且相隨。

總批：

此齣獨簡可取。

第十九齣　強就鸞凰

（外扮牛太師上）

【黃鍾引子·傳言玉女】（外唱）燭影搖紅，簾幕瑞烟浮動，畫堂中珠圍翠擁。粧臺對月，下鸞鶴神仙儀從。玉簫聲裏，一雙鳴鳳。[二]

（外云）左右何在？（院子上云）獨立畫堂聽命令，珠簾底下一聲傳。老相公有何指揮？（外云）左右，我今日與小姐畢姻，筵席安排了未？（院子云）安排完備了。（外云）完備得如何？【水調歌頭】

（一）　眉批：填詞富貴，與相府相稱。

（院子云）屏開金孔雀，褥隱繡芙蓉。

獸爐煙裊，蓮臺絳燭吐春紅。廣設珊瑚席子，高把真珠簾捲，環列

翠屏風。人間丞相府，天上蕊珠宮。

錦遮圍，花爛熳，玉玲瓏。繁絃脆管，歡聲鼎沸畫堂中。簇擁

金釵十二，座列三千珠履，談笑盡王公。正是：

門闌多喜氣，女婿近乘龍。（外云）狀元來未？（院子

云）望見一簇人馬喧闐，想是狀元來了。（生上）

【女冠子】（生唱）馬蹄篤速，傳呼齊擁雕鞍。（外唱）金花帽簇，天香袍染，丈夫得志，佳婿

坦腹。

（外云）惜春，狀元已到，請小姐出來拜堂。（貼上）

【前腔】（貼唱）妝成聞喚促，又將彩扇重遮，羞蛾輕蹙。（淨、丑執掌扇上）（合）這姻緣不俗，金

榜題名，洞房花燭。

（淨云）狀元和小姐兩個，各自立一邊，請陰陽先生讚禮。（末扮賓人上云）稟相公，告廟。（末云）維大

漢太平年，團圓月，和合日，吉利時，嗣孫牛某，有女及笄，奉聖旨招贅新狀元蔡邕爲婿。以此吉辰，敢

申虔告。告廟已畢，請與新人揭起方巾。（丑云）待我來。伏以窈窕青娥二八春，綠雲之上覆方巾。玉

纖揭起西川錦，露出嬌容賽玉真。掌禮，請喝拜。（末云）竊以禮重婚姻，茲寔人倫之大；義當配偶，

爰思宗系之承。張設青廬（一）熒煌花燭。祀供蘋藻，首嚴見廟之儀，贄備棗栗，抑講拜堂之禮。集珠

（一）　青廬：原作『青爐』，據文義改。

履玷簪之客，環金釵玉珥之賓。慶會良宵，觀光盛事。香熏寶鴨，濃騰裊裊之烟；步擁金蓮，請下深

深之拜。（喝拜科）拜禮已畢，請狀元小姐把酒。

【黃鍾過曲·畫眉序】（生唱）攀桂步蟾宮，豈料絲蘿在喬木。喜書中今朝有女如玉。堪觀

處絲幕牽紅，恰正是荷衣穿綠。（合）這回好個風流婿，偏稱洞房花燭。

【前腔】（外唱）君才冠天祿，我的門楣稍賢淑。看相輝清潤，瑩然冰玉。光掩映孔雀屏開，

花爛熳芙蓉穩褥。（合前）

【前腔】（貼唱）頻催少膏沐，金鳳斜飛鬢雲蠚。喜逢他蕭史，愧非弄玉。清風引珮下瑤臺，

明月照粧成金屋。（合前）

【前腔】（淨、丑唱）湘裙展六幅，似天上嫦娥降塵俗。喜藍田今已種成雙玉。風月賽閬苑三

千，雲雨笑巫山二六。（合前）

【滴溜子】（生唱）謾說道姻緣事，果諧鳳卜。細思之，此事豈吾意欲？有人在高堂孤獨。

可惜新人笑語喧，不知我舊人哭。兀的東床，難教我坦腹。[二]

【鮑老催】（衆唱）翠眉謾蹙，赤繩已繫夫婦足，芳名已注婚姻牘。狀元，空嗟怨，枉嘆息，休摧

眉批：當樂事而生悲，窮相，窮相！

（一）

挫。畫堂富貴如金谷。休戀故鄉生處好，受恩深處親骨肉。

【滴滴金】（眾唱）金猊寶鼎香馥郁，銀海瓊舟泛醴酥，輕飛彩袖呈嬌舞。囀鶯喉，歌麗曲，歌聲斷續，持觴勸酒人共祝。人共祝，百年夫婦永和睦。

【鮑老催】（眾唱）意深愛篤，文章富貴珠萬斛，天教艷質爲眷屬。似蝶戀花，鳳棲梧，鸞停竹。男兒有書須勤讀，書中自有黃金屋，也自有千鍾粟。

【雙聲子】（眾唱）郎多福，郎多福，看紫綬黃金束。娘萬福，娘萬福，看花誥紋犀軸。兩意篤，兩意篤。豈非福，豈非福。似紋鸞綵鳳，兩兩相逐。

【餘文】（合）郎才女貌真不俗，占斷人間天上福，百歲姻緣萬事足。[一]

（合）清風明月兩相宜，女貌郎才天下奇。

正是洞房花燭夜，果然金榜掛名時。

第二十齣　勉食姑嫜

【南呂引子・薄倖】（旦唱）野曠原空，人離業敗。謾盡心行孝，力枯形憊。幸然爹媽，此身

（一）
眉批：却有一件不足，大老婆就到了。

安泰。恓惶處，見慟哭飢人滿道，歡舉目將誰倚賴？

曠野蕭疏絕烟火，日色慘淡黯村塢。死別空原婦泣夫，生離他處兒牽母。睹此恓惶寔可憐，思量轉覺

此身難。高堂父母老難保，上國兒郎去不還。力盡計窮淚亦竭，看看氣盡知何日？高岡黃土漫成堆，

誰把一抔掩奴骨？奴家自從丈夫去後，頓遭飢荒。衣衫首飾，盡皆典賣，家計蕭然。爭奈公婆年老，

死生難保；朝夕又無甘旨膚奉，如何是好？只得安排一口淡飯，與公婆充飢。奴家自把些穀糠米皮

鏵鑼來喫，苟留殘喘。喫時又怕公婆撞見，只得迴避，免致他煩惱。[一] 如今飯已熟了，不免請出公婆早

膳則個。（外、淨上）

【雙調引子·夜行船】（外唱）苦！忍餓擔饑何日了？孩兒一去，竟無音耗。（淨唱）甘旨瀟

條，米糧缺少。（合）天那！真個死生難保。

（旦云）請公公婆婆早膳。（淨云）媳婦，有果蔬麼？（旦云）沒有。（淨云）有下飯麼？[二]（旦云）也沒

有。（淨云）賤人，前日早膳還有些下飯，今日只得一口淡飯。再過幾日，連淡飯也沒有了。快撞去！

（外云）咳！這般時年，胡亂吃一口充飢，還要分甚麼好歹？

【南呂過曲·鑼鼓令】（淨唱）我終朝受餒，賤人，你將來的飯教我怎吃？可疾忙便撞，非干

（一）眉批：聖婦。

（二）眉批：蔡婆到底有富貴相。

是我有此三饞態。

【前腔】（外唱）阿婆，你看他衣衫都解，好茶飯將甚去買？兀的是天災，教媳婦每難佈擺。思量到此，珠淚滿腮。看看做鬼，溝渠裏埋。縱然不死也難捱，教人只恨蔡伯喈[二]。

【前腔】（旦唱）婆婆息怒且休罪，待奴家霎時將去再安排。

【前腔】（淨唱）如今我試猜，多應他犯着獨嚲病來，背地裏自買些鮭菜。（外云）阿婆，他那裏得錢去買？（淨云）阿公，我喫飯他緣何不在？這些意兒真是歹。

【前腔】（外唱）阿婆，他和你甚相愛，不應反面直恁的乖。（旦背唱）我千辛萬苦，有甚疑猜？可不道我臉兒黃瘦骨如柴。

（淨云）攆去，攆去。（外云）媳婦，婆婆喫不得，你且收去。（旦收云）婆婆耐煩，待奴家去佈擺些東西，再安排過來。（淨云）你去，你去。（旦云）正是：啞子謾嘗黃柏味，難將苦口向人言。（下）（淨云）阿公，親的到底是親。親生兒子不留在家，到倚靠着媳婦供養[三]。你看他前日兀自有些鮭菜，今日只得些淡飯，教我怎的喫？再過幾日，連飯也沒了。我看他前日自喫飯時節，百般躲避我，敢是他背地裏自

（一）眉批：可憐。曲好。

（二）眉批：到此蔡婆又合扮淨去矣。

買些下飯受用分曉？（外云）阿婆，休要錯疑了，我看媳婦不是這般樣人。（淨云）恁的，等他自喫時節，我和你潛地裏去探一探，便知端的。（外云）也説得是。只一件那。（淨云）却怎的？

（外）荒年有飯休思菜，（淨）媳婦無良把我虧。

（外）混濁不分鰱共鯉，（合）水清方見兩般魚。

第二十一齣　糟糠自厭

【南呂過曲·山坡羊】（旦唱）亂荒荒不豐稔的年歲，遠迢迢不回來的夫婿。急煎煎不耐煩的二親，軟怯怯不濟事的孤身體。苦！衣盡典，寸絲不掛體。幾番拼死了奴身己，爭奈沒主公婆，教誰看取？思之，虛飄飄命怎期。難捱，實丕丕災共危。

【前腔】滴溜溜難窮盡的珠淚，亂紛紛難寬解的愁緒。骨崖崖難扶持的病身，戰兢兢難捱過的時和歲。這糠，我待不喫你呵，教奴怎忍饑？我待喫你呵，教奴怎生喫？思量起來，不如奴先死，圖得不知他親死時。（合前）

奴家早上安排些飯與公婆喫，豈不欲買些鮭菜？爭奈無錢可買。不想婆婆抵死埋冤，只道奴家背地

（一）眉批：可哭，可痛。

自喫了甚麼東西。不知奴家喫的是米膜糠粃，又不敢教他知道。便做他埋冤殺我，我也不敢分説。^(一)

苦！這糠粃怎的喫得下？（喫吐科）

【雙調過曲·孝順歌】（旦唱）嘔得我肝腸痛，珠淚垂，喉嚨尚兀自牢嗄住。_{糠那！}你遭礱被舂杵，篩你簸颺你，喫盡控持。好似奴家身狼狽，千辛萬苦皆經歷。苦人喫着苦味，兩苦相逢，可知道欲吞不去。^(二)（外、净潛上探戲科）

【前腔】（旦唱）糠和米，本是相依倚，被簸颺作兩處飛。一賤與一貴，好似奴家與夫婿，終無見期。丈夫，你便是米呵，米在他方沒尋處。奴家恰便似糠呵，怎的把糠來救得人飢餒？好似兒夫出去，怎的教奴供膳得公婆甘旨？^(三)（外、净潛下科）

【前腔】（旦唱）思量我生無益，死又值甚的！不如忍饑死了爲怨鬼。只一件，公婆老年紀，靠奴家相依倚，只得苟活片時。片時苟活雖容易，到底日久也難相聚。謾把糠來相比，_{這糠}呵，尚兀自有人喫。奴家的骨頭，知他埋在何處？

（外、净上）（净云）媳婦，你在這裏喫甚麼？（旦云）奴家不曾喫甚麼。（净搜奪科）（旦云）婆婆，你喫

李卓吾先生批評琵琶記

　　　　（一）眉批：聖婦。
　　　　（二）眉批：一字千哭，一字萬哭，可憐！可憐！
　　　　（三）眉批：曲妙甚！曲妙甚！曲至此又可與《西廂》《拜月》兄弟矣。

二〇〇一

不得！（外云）咳！這是甚麼東西？

【前腔】（旦唱）這是穀中膜，米上皮。（外云）呀！這便是糠，要他何用？（旦唱）將來餵饟堪療

饑。（淨云）咦，這糠只好將去餵豬狗，如何把來自喫？（旦唱）嘗聞古賢書，狗彘食人食，也強如草

根樹皮。〇（一）（外、淨云）恁的苦澀東西，怕不噎壞了你？（旦唱）嚙雪吞氈，蘇卿猶健；餐松食柏，

到做得神仙侶。〇（二）（淨云）阿公，你休聽他說謊，糠秕如何喫得？（旦唱）

爹媽休疑，奴須是你孩兒的糟糠妻室。

（外、淨看哭科）媳婦，我元來錯埋冤了你，兀的不痛殺我也！（外、淨倒，旦叫哭科）

【仙呂入雙調·雁過沙】（旦唱）苦！沉沉向冥途，空教我耳邊呼。公公婆婆，（三）我不能彀盡

心相奉事，反教你為我歸黃土。教人道你死緣何故？公公婆婆，怎生割捨得拋棄了奴？

（外醒科）（旦云）謝天謝地，公公醒了！公公，你闌闃。

【前腔】（外唱）媳婦，你擔饑事姑舅。媳婦，你擔饑怎生度？（旦云）公公且自寬心，不要煩惱。

（外唱）媳婦，我錯埋冤了你，你也不推辭，到如今始信有糟糠婦。媳婦，料應我不久歸陰府，

（一）　夾批：可笑！

（二）　夾批：不通。眉批：情不真語不切。

（三）　眉批：公公、婆婆、媳婦，字都不空閒，叫一聲，有一聲滋味。文至此乎？

也省得爲我死的，累你生的受苦○(一)

（旦扶外起科）公公且在床上安息，待我看婆婆如何。（旦叫不醒科）呀！婆婆不濟事了，如何是好？

【前腔】（旦唱）婆婆氣全無，教奴怎支吾？咳！丈夫呵，我千辛萬苦，爲你相看顧，如今到此難回護。我只愁母死難留父，況衣衫盡解，囊篋又無。

（外云）媳婦，婆婆還好麼？（旦云）婆婆不好了！

【前腔】（外唱）天那！我當初不尋思，教孩兒往帝都。把媳婦閃得苦又孤，把婆婆送入黃泉路，算來是我相擔誤○(二) 不如我死，免把你再辜負○(三)

（旦云）公公休說這話，請自將息。（外云）媳婦，婆婆死了，衣衾棺槨，是件皆無。（旦云）公公寬心，待奴家區處。（末云）福無雙降猶難信，禍不單行却是真。老夫爲何道此兩句？爲鄰家蔡伯喈妻房趙氏五娘。他嫁得伯喈，方纔兩月，伯喈便出去赴選○(四) 自去之後，連遭飢荒。公婆年紀皆在八十之上，家裏更沒個相扶持的。甘旨之奉，虧殺這五娘子。把些衣服首飾之類，盡皆典賣，辦些糧

李卓吾先生批評琵琶記

（一）　眉批：　一字一哭，可憐，可憐！
（二）　眉批：　悔之晚矣。
（三）　眉批：　可憐！
（四）　眉批：　都是你這個老兄。

米，供給公婆；却背地裏把糠秕穭籭充飢。這般荒年飢歲，少甚麼有三五個孩兒的人家，供膳不得爹娘。這個小娘子，真個今人中少有，古人中難得。那婆婆不知道，顛倒把他埋冤；適來聽得他公婆知道，却又痛心，都害了病。如今不免到他家裏探望則個。呀！五娘子，你爲甚的慌慌張張？（旦云）公公，天有不測風雲，人有旦夕禍福。〔一〕奴家婆婆死了。（末云）咳！你婆婆既死了，你公公如今在那裏？（旦云）在床上睡着。（末云）待我看一看。（外云）太公休怪，我起來不得了。（末云）老員外，快不要勞動。（旦云）太公，我婆婆衣衾棺槨，是件皆無，如何是好？（末云）五娘子，你不要愁煩，我自有區處。

【仙呂入雙調·玉包肚】（旦唱）千般生受，教奴家如何措手？終不然把他骸骨，沒棺材送在荒坵？（合）相看到此，不由人不淚珠流，正是不是冤家不聚頭。

【前腔】（末唱）五娘子，不必多憂，資送婆婆，在我身上有。你但小心承直公公，〔二〕莫教他又成不救。〔三〕（合前）

【前腔】（外唱）張公護救，我媳婦寔難啓口。孩兒去後，又遇饑荒，把衣衫典賣無留。（合前）

（一）夾批：無暇説此，删。

（二）你但：原作「但你」。

（三）眉批：張太公也難得，也難得。

（末云）老員外，你請進裏面去歇息。待我一霎時叫家僮討棺木來，把老安人殯斂了；選個吉日，送在南山安葬去。（外云）如此，多謝太公周濟。

（旦）只爲無錢送老娘，（末）須知此事有商量。

（合）歸家不敢高聲哭，惟恐猿聞也斷腸。

李卓吾先生批評琵琶記卷之上

李卓吾先生批評琵琶記卷之下

第二十二齣　琴訴荷池

【南呂引子‧一枝花】（生唱）閒庭槐影轉，深院荷香滿。簾垂清晝永，怎消遣？十二欄杆，無事閒憑遍。悶來把湘簟展，夢到家山，又被翠竹敲風驚斷。[一]

〔南鄉子〕翠竹影搖金，水殿簾櫳映碧陰。人靜晝長無個事，沉吟，碧酒金鐏懶去斟。幽恨苦相尋，離別經年沒信音。寒暑相催人易老，關心，卻把閒愁付玉琴。院子，將琴書過來。（末將琴書上）黃卷看來消白日，朱絃動處引清風。炎蒸不到珠簾下，人在瑤池閬苑中。相公，琴書在此。（生云）院子，你與我喚那兩個學僮過來。（末叫科）（淨執扇、丑執香上）

眉批：

（一）

曲好。

【南呂過曲·金錢花】（净、丑唱）自少承直書房，書房。快活其實難當、難當。只管打扇與燒香，荷亭畔，好乘涼。喫飽飯，上眠床。

（參見科）（生云）我在先得此材於巖下，斲成此琴，即名焦尾。自來此間，久不整理。今日當此清涼，試操一曲，以舒悶懷。你三人一個打扇，一個燒香，一個管文書，休得嫚誤。（衆云）領鈞旨。（生操琴科）

【懶畫眉】（生唱）強對南薰奏虞絃，只覺指下餘音不似前，那些個流水共高山？呀！只見滿眼風波惡，似離別當年懷水仙。

（净困掉扇科）（末云）告相公，打扇的壞了扇。（生云）背起打十三！那廝不中用，只教他燒香。（末云）領鈞旨。

【前腔】（生唱）頓覺餘音轉愁煩，似寡鵠孤鴻和斷猿，又如別鳳乍離鸞。呀！只見殺聲在絃中見，敢只是螳螂來捕蟬？

（丑困滅香科）（净云）告相公，燒香的滅了香。（生云）背起打十三！那廝不中用，只教他管文書。（末云）領鈞旨。

【前腔】（生唱）藍田日暖玉生烟，似望帝春心托杜鵑，好姻緣翻做惡姻緣。只怕眼底知音少，爭得鸞膠續斷絃？

（末掉文書科）（丑云）告相公，管文書的亂了文書。（生云）背起打十三！（貼上）（生云）左右，夫人來

也，且各迴避。（衆云）正是：

有福之人人伏事，無福之人人伏事人。（末、丑、淨下）

【南吕引子·滿江紅】（貼唱）嫩綠池塘，梅雨歇薰風乍轉。瞥然見新涼華屋，已飛乳燕。簟

展湘波紈扇冷，歌傳《金縷》瓊厄暖。（衆唱）炎蒸不到水亭中，珠簾捲。

（貼云）相公元來在此操琴呵。（生云）夫人，我當此清涼，聊托此以散悶懷。（貼云）奴家久聞相公高

於音樂，如何來到此間，絲竹之音，杳然絕響？斗膽請再操一曲，相公肯麽？（生云）夫人待要聽琴，如今

彈甚麽曲好？我彈一曲《雉朝飛》何如？（貼云）這是無妻的曲，不好。（生云）呀！說錯了。如今

彈一曲《孤鸞寡鵠》何如？（貼云）兩個夫妻正團圓，說甚麽孤寡！（生云）不然，彈一曲《昭君怨》何

如？（二）（貼云）兩個夫妻正和美，說甚麽宫怨！相公，當此夏景，只彈一曲《風入松》好。（生云）這個

却好。（彈科）（貼云）相公，你彈錯了。（生云）呀！到彈出《思歸引》來。待我再彈。（貼云）相公，你

又彈錯了。（生云）又彈出個《別鶴怨》來。（貼云）相公，你如何恁的會差？莫不是故意賣弄，

欺侮奴家？（生云）豈有此心！只是這絃不中用。（貼云）這絃怎的不中用？（生云）俺只彈得舊絃

貫，這是新絃，俺彈不貫。（貼云）舊絃撤下多時了。（生云）爲甚麽？（貼云）相公何不撤了新絃，用那舊絃？（三）

云）只爲有了這新絃，便撤了那舊絃。（貼云）舊絃在那裏？（生云）夫人，我心裏

（一）眉批：關目好。

（二）

（三）眉批：都有味。

豈不想那舊絃？只是新絃又撇不下！（貼云）你新絃既撇不下，還思量那舊絃怎的？我想起來，只是你心不在焉，特地有許多說話。

【仙呂過曲·桂枝香】（生唱）夫人，舊絃已斷，新絃不貫。舊絃再上不能，待撇了新絃難拚。我一彈再鼓，一彈再鼓，又被宮商錯亂。（貼云）相公，你敢是心變了麼？（生唱）非干心變，這般好涼天。正是此曲纔堪聽，又被風吹別調間。

【前腔】（貼唱）相公，非彈不貫，只是你意慵心懶。既道是《寡鵠孤鸞》，又道是《昭君宮怨》。那更《思歸》《別鶴》，《思歸》《別鶴》，無非愁歎。相公，我看你多敢是想着誰？（生云）夫人，我不想着甚麼人。（貼唱）相公，有何難見？你既不然，我理會得了。你道是除了知音聽，道我不是知音不與彈。

（生云）夫人，那有此意？（貼云）相公，這個也由你，畢竟你無心去彈他。何似教惜春安排酒過來，與你消遣何如？（生云）我懶飲酒，待去睡也。（貼云）相公休阻妾意，老姥姥、惜春，看酒來。（淨、丑持酒上）

【燒夜香】（淨唱）樓臺倒影入池塘，綠樹陰濃夏日長，（丑唱）一架荼蘼滿院香。（合）滿院香，和你飲霞觴。捲起珠簾，明月正上。

（貼云）將酒過來。

【南呂過曲·梁州序】（貼唱）新篁池閣，槐陰庭院，日永紅塵隔斷。碧欄杆外，寒飛漱玉清泉。只覺香肌無暑，素質生風，小簟琅玕展。晝長人困也，好清閒，忽被棋聲驚晝眠。（合）《金縷》唱，碧筒勸，向冰山雪艦排佳宴。清世界，幾人見？

【前腔】（生唱）薔薇簾箔，荷花池館，一陣風來香滿。湘簾日永，香消寶篆沉烟。謾有枕敧寒玉，扇動齊紈，怎遂黃香願？（作悲科）（貼云）相公，你為甚的下淚？（生唱）猛然心地熱，透香汗，我欲向南窗一醉眠。（合前）

【前腔】（貼唱）向晚來雨過南軒，見池面紅粧零亂。漸輕雷隱隱，雨收雲散。只覺荷香十里，新月一鈎，此景佳無限。蘭湯初浴罷，晚妝殘，深院黃昏懶去眠。（合前）

【前腔】（生唱）柳陰中忽噪新蟬，見流螢飛來庭院。聽菱歌何處？畫船歸晚。只見玉繩低度，朱戶無聲，此景尤堪戀。起來攜素手，鬢雲亂，月照紗幮人未眠。（合前）

【節節高】（淨唱）漣漪戲彩鴛，把露荷翻，清香瀉下瓊珠濺。香風扇，芳沼邊，閒亭畔。坐來不覺神清健，蓬萊閬苑何足羨？（合）只恐西風又驚秋，不覺暗中流年換。

【前腔】（丑唱）清宵思爽然，好涼天，瑤臺月下清虛殿。神仙眷，開筵筵，重歡宴。任教玉漏催銀箭，水晶宮裏把笙歌按。（合前）

【餘文】（眾唱）光陰迅速如飛電，好良宵可惜漸闌，管取歡娛歌笑喧。

（生云）樵樓上幾鼓了？（淨云）三鼓了。

（貼）歡娛休問夜如何，（生）此景良宵能幾何。

（淨）遇飲酒時須飲酒，（丑）得高歌處且高歌。

第二十三齣　代嘗湯藥

【越調引子‧霜天曉角】（旦唱）難捱怎避。災禍重重至。最苦婆婆死矣，公公病又將危。[一]

（旦云）屋漏更遭連夜雨，船遲又被打頭風。奴家自從婆婆死後，萬千狼狽；誰知公公病又將危。如今贖得些藥，已煎在此；不免再安排一口粥湯。

【犯胡兵】（旦唱）囊無半點調藥費，良醫怎求？天那！縱然救得目前，飯食何處有？料應

【難到後】[二]　謾說道有病遇良醫，饑荒怎救？[三]

公公這病呵，

(一) 眉批：曲好甚。
(二) 眉批：真，真。
(三) 眉批：可憐。

【前腔】愁萬苦千恁生受，粧成這症候。藥呵，縱然救得目前，怎免得憂與愁？料應不會。他只為不見孩兒，纏得這病。若要這病好時呵，除非是子孝父心寬，方纔可救。(一)

(旦扶外上)藥已熟了，且扶公公出來喫些，看何如？(旦下扶外上)

【霜天曉角】(外唱)神散魂飛，料應不久矣。(旦云)公公請闍闊。(外唱)我縱然攛頭強起，形衰倦，怎支持？

(旦云)公公，藥已熟了，慢慢喫些。(外云)媳婦，我喫不得這藥了。

【南呂過曲·香遍滿】(旦唱)論來湯藥，須索是子先嘗方進與父母。公公，莫不是為無子先嘗，恰便尋思苦？(外喫藥吐科)(旦云)公公，且耐煩喫些。(外云)媳婦，這藥我喫不得了。我寧可早死了罷，免得累你。(旦唱)公公，你須索開闍，怎捨得一命俎？(外云)媳婦，你喫糠，省錢贖藥與我喫，我怎的喫得下？(旦唱)苦！元來不喫藥，也只為着糟糠婦。

(旦云)公公，你既不喫藥，且喫一口粥湯，看如何？(外喫粥吐科)(旦云)公公，還慢慢喫些。(外云)媳婦，我不

【前腔】(旦唱)公公，你萬千愁苦，堆積在悶懷，成氣蠱，可知道喫了吞還吐。(外云)媳婦，我

濟事了，必是死也。孩兒又不回來，只是虧了你。（旦云）公公，且自寬心，不要煩惱。（旦背哭科）怕添

親怨憶，暗將珠淚墮。（外云）媳婦，你喫糠，卻教我喫粥。我怎的喫得下！（旦唱）苦！元來不喫

粥，也只爲着糟糠婦。

（外云）媳婦，我死也不妨，只怨孩兒不在家，虧殺了你。你近前來，有兩句言語分付你。（旦云）公公，

如何？（外作跌倒拜科）

【仙吕過曲・青歌兒】（外唱）媳婦，我三年謝得你相奉事，只恨我當初把你相擔誤。天那！

我待欲報你的深恩，待來生我做你的媳婦。怨只怨蔡伯喈不孝子，苦只苦趙五娘辛

勤婦。（一）

（旦云）公公，奴身不足惜。

【前腔】（旦唱）我一怨倘公死後有誰來祀，二怨你有孩兒不得相看顧，三怨你三年間沒一個

飽暖的日子。三載相看甘共苦，一朝分別難同死。

（外云）媳婦，我死呵，

【前腔】（外唱）你將我骨頭休埋在土。（旦云）呀！公公百歲後，不埋在土，卻放在那裏？（外云）

（一）　眉批：　一字萬哭！　讀此而不哭者，非人也。

媳婦，都是我當初不合教孩兒出去，誤得你恁的受苦。（外唱）我甘受折罰，任取屍骸露。（旦云）公

公，你休這般說，被人談笑。（外云）媳婦，不笑着你。（外唱）留與傍人，道蔡伯喈不葬親父。怨只

怨蔡伯喈不孝子，苦只苦趙五娘辛勤婦。（二）

（旦云）公公，倘你死呵，

【前腔】（旦唱）公婆已得做一處所，料想奴家不久也歸陰府。苦！可憐一家三個怨鬼在冥

途。三載相看甘共苦，一朝分別難同死。

（外云）媳婦，我畢竟是死了，你與我請張太公過來。（旦云）公公，說猶未了，恰好張太公來也。（末

上）歲歉無夫婿，家貧喪老親。可憐貞潔女，日夜受艱辛。五娘子，你公公病症何如？（旦云）太公，我

公公的病症，十分危篤。（末云）如此，待我向前看着。老員外，你貴體若何？（外云）苦！張太公，我

不濟事了，畢竟是個死。你今來得恰好，我憑你為証，寫下遺囑與媳婦收執。待我死後，教他休要守

孝，早早改嫁便了。（旦云）公公，你休那般說！自古道：忠臣不事二君，烈女不更二夫。公公，休要

寫！（外云）媳婦，你取紙筆過來。（旦云）公公，奴家生是蔡郎妻，死是蔡郎婦。千萬休寫，枉自勞神。

（一）

眉批：曲與白竟至此乎？我不知其曲與白也！但見蔡公在床，五娘在側，啼啼哭哭而已。神哉！技至此乎？

（外云）媳婦，你不取紙筆來，要氣殺我也！（末云）五娘子，你休逆他；嫁與不嫁在乎你，且取將過

來。[二]（旦取上外作寫科）咳！這一管筆倒有千斤來重。[三]

【越調過曲·羅帳裏坐】（外唱）媳婦，你艱辛萬千，是我擔誤了伊。你不嫁人呵，身衣口食，怎

生區處？休休！當元是我拆散了你夫妻，我如今死了呵，終不然教你，又守着靈幃？（放筆科）

已知死別在須臾，更與甚麼生人做主？

【前腔】（末唱）這中間就裏，我難説怎提。五娘子，你若不嫁人，恐非活計；若不守孝，又被

人談議。可憐家破與人離，怎不教人淚垂？

【前腔】（旦唱）公公嚴命，非奴敢違。若是教我嫁人呵，那些個不更二夫，却不誤奴一世？公

公，我一馬一鞍，誓無他志。（合前）

（外云）張太公，我憑你爲証，留下這條拄杖，待我那不孝子回來，把他與我打將出去。[三]（外倒旦扶科）

（旦）公公病裏莫生嗔，（末）員外寬心保自身。

（外）正是藥醫不死病，（合）果然佛度有緣人。

（一）眉批：是。

（二）夾批：傳神。

（三）眉批：這拄杖還該打蔡老兒兩下。

情景至此竟真矣。文字乃如此乎？奇甚！奇甚！

總批：

第二十四齣　宦邸憂思

【正宮引子·喜遷鶯】（生唱）終朝思想，但恨在眉頭，人在心上。鳳侶添愁，魚書絕寄，空勞兩處相望。青鏡瘦顏羞照，寶瑟清音絕響。歸夢杳，繞屏山烟樹，那是家鄉？

〔踏莎行〕怨極愁多，歌慵笑懶，只因添個鴛鴦伴。他鄉遊子不能歸，高堂父母無人管。　　　湘浦魚沉，衡陽雁斷，音書要寄無方便。人生光景已多時，蹉跎負却平生願。

【正宮過曲·雁魚錦】（生唱）思量，那日離故鄉。記臨期送別多惆悵，攜手共那人不廝放。聞知飢與荒，只怕捱不過歲月難存養。若望不教他好看承，我爹娘，料他每應不會遺忘。見我信音，却把誰倚仗？[一]

【前腔換頭】思量，幼讀文章，論事親爲子也須要成模樣。[二]　真情未講，怎知道喫盡多魔

障？被親強來赴選場，被君強官為議郎，被婚強儌鸞凰。〇（一）三被強，我衷腸事說與誰行？
埋怨難禁這兩廂：這壁廂道咱是個不撐達害羞喬相識，那壁廂道咱是個不睹親負心的薄
倖郎。〇（二）

【前腔換頭】悲傷，鶯序鴛行，怎如那慈烏返哺能終養？謾把金章，綰着紫綬；試問斑衣，
今在何方？斑衣罷講，縱然歸去，又恐怕帶麻執杖。天那！只為那雲梯月殿多勞攘，落得
淚雨如珠兩鬢霜。〇（三）

【前腔換頭】幾回夢裏，忽聞雞唱。忙驚覺錯呼舊婦，同問寢堂上。待朦朧覺來，依然新人
鴛幃鳳衾和象床。〇（四）怎不怨香愁玉無心緒？更思想，被他攔當。教我，怎不悲傷？俺這
裏歡娛夜宿芙蓉帳，他那裏寂寞偏嫌更漏長。〇（五）

【前腔換頭】謾悒怏，把歡娛翻成悶腸。菽水既清涼，我何心，貪着美酒肥羊？閃殺人花燭

（一）眉批：畫。
（二）眉批：曲好甚。
（三）眉批：曲巧甚，却又不傷巧。
（四）眉批：畫，畫。
（五）眉批：曲好甚。

洞房，愁殺我掛名金榜。驀地裏自思量，正是歸家不敢高聲哭，只恐猿聞也斷腸。

院子何在？（末云）有問即對，無問不答。相公，有何指揮？（生云）院子，你是我心腹之人，有一件事

和你商量；；你休要走了我的消息。（末云）小人安敢？（生云）我自從離了父母妻室，來此赴選。不

擬一擢高科，拜授當職。將謂數月之後，可作歸計，誰知又被牛太師招爲門婿。一向逗留在此，不得還

家見父母一面，故此要和你商量個計策。（末云）相公，自古道：：不鑽不穴，不道不知。小人每常間見

相公憂悶不樂，豈知這般就裏？相公何不說與夫人知道？（生云）院子，我夫人雖則賢慧，爭奈老相

公之勢，炙手可熱。待說與夫人知道，一霎時老相公得知，只道我去了不來，如何肯放我去？不如姑

且隱忍，和夫人都瞞了；；且待任滿尋個歸計。（末云）這的卻是。老相公若還知道，如何肯放相公回

去？（生云）院子，我如今要寄一封書家去，沒個方便的人；；欲待使人逕去，又怕老相公知道。[一]你

與我出街坊上體探，倘有我鄉里人來此做買賣，待我寄一封家書回去。（末云）小人謹領便去。

　　（生）終朝長思憶，（末）尋便寄書尺。

　　（合）眼望旌捷旗，耳聽好消息。

（一）

　　眉批：殺才！不孝子！難道差一人回去，他也來禁着你？就禁着你，大丈夫難道便爲他禁了？可恨！可

恨！

第二十五齣　祝髮買葬

【雙調引子‧金瓏璁】（旦唱）饑荒先自窘，那堪連喪雙親？ 身獨自，怎支分？ 我衣衫都解盡，首飾並沒分文。 無計策，只得剪香雲。（一）

【蝶戀花】萬苦千辛難擺撥，力盡心窮，兩淚空流血。 裙布釵荊今已竭，萱花椿樹連摧折。　　金刀盈盈明似雪，遠照烏雲，掩映愁眉月。 一片孝心難盡說，一齊分付青絲髮。　　金刀盈公周濟。 如今公公又沒了，無錢資送，難再去求告他。 我思想起來，沒奈何了，只得剪下頭髮，賣幾貫鈔，為送終之用。 雖然這頭髮值錢不多，也只把他做些意兒，恰似教化一般。（二）　苦！ 不幸喪雙親，求人不可頻。 聊將青絲髮，斷送白頭人。

【南呂過曲‧香羅帶】（旦唱）一從鸞鳳分，誰梳鬢雲？ 妝臺懶臨生暗塵，那更釵梳首飾典無存也。　頭髮，是我擔閣你度青春，如今又剪你資送老親。（三）　剪髮傷情也，怨只怨結髮薄

（一）　眉批：　可憐。
（二）　眉批：　真，真。聖人！聖人！
（三）　眉批：　一字一哭。

倖人。〔一〕

【前腔】思量薄倖人，辜奴此身。欲剪未剪，教我先淚零。我當初早披剃入空門也，做個尼姑去，今日免艱辛。〔二〕咳！只有我的頭髮怎般苦。少甚麼佳人的，珠圍翠擁蘭麝熏。呀！似這般狼狽呵，我的身死兀自無埋處，說甚麼剪頭髮愚婦人！〔三〕

【前腔】堪憐愚婦人，單身又窮。頭髮，我待不剪你呵，開口告人羞怎忍？我待剪你呵，金刀下處應心瘵也。却將堆鴉鬢舞鸞鬟，與烏鳥報答鶴髮親。教人道霧鬢雲鬟女，斷送霜鬢雪鬢人。（剪下哭科）

【南呂引子·臨江仙】（旦唱）連喪雙親無計策，只得剪下香鬟。非奴苦要孝名傳，正是上山擒虎易，開口告人難。

頭髮既已剪下，免不得將去貨賣。穿長街，抹短巷，叫一聲賣頭髮。

【南呂過曲·梅花塘】（旦唱）賣頭髮，買的休論價。念我受飢荒，囊篋無些個。丈夫出去，

〔一〕眉批：曲妙。
〔二〕眉批：一字十哭。
〔三〕眉批：曲至此乎？聖矣！聖矣！曲妙絕。

那堪連喪了公婆，没奈何，只得剪頭髮資送他。

呀！怎的都没人買？

【香柳娘】（旦唱）看青絲細髮，看青絲細髮，剪來堪愛，如何賣也没人買？（一）這饑荒死喪，這饑荒死喪，怎教我女裙釵，當得恁狼狽？況連朝受餒，況連朝受餒，我的脚兒怎擡？其寔難捱。（二）（跌倒起科）

【前腔】往前街後街，往前街後街，並無人買。我待再叫一聲，咽喉氣噎，無如之奈。苦！我如今便死，我如今便死，暴露我屍骸，誰人與遮蓋？（三）天那！我到底也只是個死。將頭髮去賣，將頭髮去賣，賣了把公婆葬埋，奴便死何害？（四）

（作倒科）（末上云）慈悲勝念千聲佛，造惡徒燒萬炷香。今日蔡老員外病症不知如何？我且去看一看。呀！五娘子，你爲何倒在街上？（旦云）苦！太公可憐見，救奴家則個。（末杖扶科）五娘子，你手裏拿着頭髮做甚麼？（旦云）奴家公公又没了，無錢資送，只得把自己頭髮剪下，欲賣幾文鈔，爲送

（一）　眉批：　不象。

（二）　眉批：　關目好。

（三）　眉批：　妙。

（四）　眉批：　孝哉婦也！賢哉婦也！

終之用。（末哭科）元來你公公又死了呵。你怎的不來和我商量？把這頭髮剪下做甚麼？（旦云）奴

家多番來定害公公，不敢來相惱。（末云）呀！你説那裏話？五娘子，

【前腔】（末唱）你兒夫曾付托，兒夫曾付托，我怎生違背？你無錢使用，我須當貸。你將頭

髮剪下，將頭髮剪下，又跌倒在長街，都緣我之罪。〔一〕（合）歎一家破敗，歎一家破敗，否極何

時泰來？　各出珠淚。〔二〕

【前腔】（旦唱）謝公公慷慨，謝公公慷慨，把錢相貸，我公婆在地下相感戴。只恐奴身死也，

恐奴身死也，兀自没人埋。公公，誰還你恩債？〔三〕（合前）

（末云）五娘子，你先回家去，我即着人送些布帛米穀之類與你使用。（旦云）如此，多謝公公。請收這

頭髮。（末云）難得，難得。這是孝婦的頭髮，剪來斷送公婆的，我留在家中，不惟傳流做個話

名；後日蔡伯皆回來，將與他看，也使他惶愧。〔四〕

（旦）謝得公公救妾身，（末）伊夫曾托我親鄰。

（一）眉批：到底是個好人。

（二）眉批：如今姓張的極多，如這老子又極少。

（三）眉批：如今恩債都不還了。五娘子，你不要癡。

（四）眉批：關目妙，妙！

總批：

如剪頭髮這樣題目真是無中生有，妙絕千古，故做出多少好文字來。有好題目，自有好文字也。

第二十六齣　拐兒紿誤

【仙呂入雙調‧打毬場】（淨唱）幾年間，爲拐兒，脫空說謊爲最。遮莫你是怎生俏的，也落在我圈套。

自家脫空爲活計，掏摸作生涯。劍舌鎗唇伶俐的，也引教他懵懂；虛脾甜口慳吝的，也哄教他粧風[一]。鄉貫何曾有定居？姓名誰人知真實？粧成圈套，見了的便自入來；做就機關，入着的怎生出去？騙了鍾馗手裏寶劍，拐了洞賓瓢裏仙丹。果然來無跡，去無踪，對面騙人如撮弄；縱使和你行，和你坐，當場賺你怎埋冤。拐兒陣裏先鋒，哄局門中大將。何用剗墻宄壁？強如黑夜偷兒。不索挾斧持刀，真個白晝劫賊。正是：天不生無祿之人，地不長無根之草。他如今要寄家書回去。況我在陳留走得慣熟，頗習語音，不免粧扮做陳留人，假

（一）眉批：如此想頭，不知從何處得來。文人之心，真是無所不有。

寫他父母家書遞與他，必有回音。倘或附帶些金帛回家，也不見得覓却一個小富貴，便不然，也索與我些路費回家。這裏便是蔡狀元府前，不免進入去咱。呀！怎的不見一個人？我且咳嗽一聲。（末云）侯門深似海，不許外人敲。（相見科）你是那裏人？來此有甚勾當？（淨云）小子從陳留來，蔡相公的老大人有家書在此。（末云）呀！我相公正要乘便寄家書回去。你來得恰好，待我請相公出來。

（請科）

【商調引子·鳳凰閣】（生唱）尋鴻覓雁，寄個音書無便。謾勞回首望家山，和那白雲不見。淚痕如綫，想鏡裏孤鸞影單。

（末云）告相公得知，有一個漢子，説他從陳留郡來，有老相公的家書在此。（生云）多承足下帶得我家書來呵。（淨云）小子奉老大人尊命，特遞在此。（淨遞書科）（生云）快請他進來。（相見科）（生云）多承足下帶得我家書來呵。

【仙吕過曲·一封書】（生唱）一從你去離，我在家中常念你。功名事怎的？想多應折桂枝。幸得爹娘和媳婦，各保安康無禍危。（淨云）謝天謝地！且喜家中多安樂。見家書，可知之，及早回來莫更遲。

天那！我豈不要回去？爭奈不由我。院子，你引鄉親到後堂茶飯，一面取紙筆，待我寫家書，就附與

（一）　眉批：如此假書，絶無破綻，這拐子也是個高手。

（二）　眉批：如何筆跡也不認一認？

他去，可取些金珠碎銀過來。（生寫書科）

【越調過曲・下山虎】男邕百拜大人尊前：一自離膝下，頓經數年。目斷萬里關山，鎮日望懸。一向那堪音信斷，名利事，歎牽縮，謾勞珠淚漣。上表辭金殿，要辭了官，爭奈君王不見憐。○[一]

【蠻牌令】忽爾拜尊翰，激切意懸懸。幸喜爹娘和媳婦，盡安健。奈兒身淹留旅邸，不能彀承奉慈顏。匆匆的聊附寸箋，草草伏乞尊照不宣。

鄉親，我這一封書，并這金珠，托你將到俺家裏，與老相公收下○[三]傳示家中大小，俺早晚便回來，教他放心，不須憂慮。（淨云）小子理會得。（生云）這些碎銀，送與鄉親路上做盤費。（淨云）多謝！

多謝！

【中呂過曲・駐馬聽】（生唱）書寄鄉關，説起教人心痛酸。鄉親，傳示俺八旬爹媽，道與俺兩月妻房，隔涉萬水千山。啼痕縅處翠綃斑，夢魂飛遶銀屏遠。（合）報道平安，想一家賀喜，只説道再相見。

（一）眉批：曲至此都成自然，此是文章家第一流也，今人那得如此？

（二）眉批：金珠不寫在書上，大疏略，今人定大笑之。若在今人，一個錢也當封記。

【前腔】（末唱）遙憶鄉關，有個人人凝望眼。他頻看飛雁，望斷孤舟，倚遍危欄。見這銀鉤飛動彩雲箋，又索玉筯界破殘粧面。（合前）（一）

【前腔】（淨唱）西出陽關，却歎今朝行路難。念取經年離別，跋涉萬里程途，帶着一紙雲箋。只怕豺狼紛擾路途間，雁鴻怕不到家鄉畔。（合前）

（生）憑伊千里寄佳音，（末）說盡離人一片心。

（淨）須知相別經多載，（合）方信家書抵萬金。

第二十七齣 感格墳成

【南呂引子·掛真兒】（旦唱）四顧青山静悄悄，思量起暗裏魂銷。黃土傷心，丹楓染淚，謾把孤墳獨造。

〔菩薩蠻〕白楊蕭瑟悲風起，天寒日淡空山裏。虎嘯與猿啼，愁人添慘悽。窮泉深杳杳，長夜何由曉。昨已多承張太公將公婆靈柩搬得到山。免不得造一所墳塋，把公婆安葬了。爭奈無錢倩人，難以再去求他，只得自家搬泥運土。（把裙包

灑淚泣雙親，雙親聞不聞？奴家自從喪了公婆，家中十分狼狽。

（一）眉批：如此合在他二人口中便妙。

（土科）

【南吕過曲·五更轉】（旦唱）把土泥獨抱，麻裙裏來難打熬。空山靜寂無人吊，但我情真實。思量起，是老親合顛倒。公公，你圖他折桂看花早，不想自把一身，送在白楊衰草。謾自苦，（作悲科）這苦憑誰告？（二）

切，到此不憚勞。（一）苦！何曾見葬親兒不到？又道是三匹圍喪，那些個卜其宅兆？

【前腔】我只憑十爪，如何能彀墳土高？苦！只見鮮血淋漓濕衣襖，天那！我形衰力倦，死也只這遭。（三）休休！骨頭葬處，任他血流好，此喚做骨血之親，也教人稱道。教人道趙五娘真行孝。（四）苦！心窮力盡形枯槁，只有這鮮血，到如今也出盡了。這墳成後，只怕我的身難保。

呀！我氣力都用乏了，不免就此歇息睡一覺呵。

【仙呂引子·卜算子先】（旦唱）墳土未曾高，筋力還先倦。（睡科）（外扮山神上）

【中呂引子·粉蝶兒】（外唱）趙女堪悲，天教小神相濟。

善哉！善哉！吾乃當山土地，今奉玉帝敕旨：為見趙五娘行孝，特令差撥陰兵，與他併力築造墳臺。不免叫出南山白猿使者、北岳黑虎將軍前來聽用。猿、虎二將何在？（淨、丑扮猿、虎上）（外云）吾奉玉帝敕旨：為見趙五娘獨自在山築墳，特差汝等率領陰兵，與他併力。汝等可變作人形，與他運化土石，務要頃刻完成，不得驚動孝婦。（淨、丑云）領法旨。（造墳科）告大聖，墳臺已成了。（外云）

趙五娘，你擡起頭來，聽吾囑付[一]。

【仙呂入雙調·好姐姐】（外唱）五娘聽吾道語：吾特奉玉皇敕旨，憐伊孝心，故遣陰兵來助你。（合）墳成矣，辭了二親尋夫婿，改換衣裝往帝畿。

趙五娘，你好生記著。正是：大抵乾坤都一照，免教人在暗中行。（外、淨、丑下）（旦醒科）

【仙呂引子·卜算子後】[三]夢裏分明有鬼神，想是天憐念。

呀！怪哉，怪哉！奴家睡間，恍惚似夢非夢。見神人囑付道，墳已成了，教奴家前往京畿尋取丈夫。我思忖起來，獨自一身，幾時能彀得墳成？（起看科）呀！果然這墳臺都成了。謝天謝地！分明是神通變化。

─────────

(一) 眉批：這裏天何等近，緣何別處却又遠？

(二) 子：原闕，據汲古閣刊本《繡刻琵琶記定本》補。

【五更轉】(旦唱)怨苦知多少？兩三人只道同做餓殍。公公、婆婆，今日幸賴神明救濟，成此墳臺，你兩人已得安妥。只一件，我未曾葬時節，也還恰象相親傍的一般；如今葬了呵，窮泉一閉無日曉，歡如今永別，再無由相倚靠。(一) 我死和公婆做一處理呵，也得相伏侍。只愁我死在他途道，我的骨頭何由來到？從今去，墳呵，只願得中乾燥，福子蔭孫也都難料。(二) 呀！天那！便做蔭得個三公，也濟不得親老。淚暗滴，復把蒼天來禱。(三)(末同丑帶鉏器上)

【越調過曲·鏵鍬兒】(末唱)悲風四起吹松柏，山雲黯淡日無色。(丑唱)虎嘯與猿啼，怎不慘慽？(合)趲步行來到峭壁，都與孝婦添助力。

(末云)老夫張廣才，只爲蔡老員外夫妻相繼棄世，虧殺他媳婦趙五娘子支持。如今又聞得他把裙包土，築造墳臺。我想人家造一所墳，沒有千百工造不成，他獨自一個女流，如何成得此事？不免帶將小二，與他添助力氣則個。呀！好怪哉，如何墳都成了？只見：松柏森森繞四圍，孤墳新土掩泉扉。五娘子，空山獨自無人問，爲築墳臺又阿誰？(四)(旦云)太公，夢裏鬼神多怪異，陰兵運石與搬泥。

(一) 眉批：丈夫未到手，又想生兒子了！

(二) 眉批：《琵琶》曲妙在轉處。

(三) 眉批：真，真。

(四) 眉批：凡白用説話方妙，詩句可厭。

墳臺成了親分付，教奴尋婿到京畿。（丑云）公公，自古流傳多有此，畢竟感格上蒼知。長城哭倒稱姜女，五娘子，你他日芳名一樣題。（合云）正是：善惡到頭終有報，只爭來早與來遲。

【好姐姐】（旦唱）公公血流滿指，獨自要墳成無計。深感老天，暗中相護持。（合）墳成矣，辭了二親尋夫婿，改換衣裝往帝畿。

【前腔】（末唱）五娘子，老夫帶領小二，待與你添助些力氣，誰知有神暗中相救濟。（合前）

【前腔】（丑唱）你每真個見鬼，這松柏孤墳在何處？恰纔小鬼是我粧扮的。（二）（合前）

（末）孝心感格動陰兵，（旦）不是陰兵墳怎成？

（丑）萬事勸人休碌碌，（合）舉頭三尺有神明。

第二十八齣　中秋望月

【大石調·念奴嬌引】（貼唱）楚天過雨，正波澄木落，秋容光凈。誰駕玉輪來海底，碾破瑠璃千頃。環珮風清，笙簫露冷，人在清虛境。（凈、丑唱）真珠簾捲，庾樓無限佳興。

〔臨江仙〕（貼云）玉作人間秋萬頃，銀蟾點破瑠璃。（凈云）瑤臺風露冷仙衣，天香飄到處，此景有誰

（二）　夾批：也是。妙！眉批：還是小鬼粧扮你？

知？（丑云）未審明年明夜月，此時此景何如？（貼云）正是莫辭終夕勸，動是隔年期。（貼云）老姥姥，今夜中秋，月色澄清，你與我請相公出來翫則個。（淨云）是，是。夫人請相公翫月。（生內應云）我已睡了，不來。（丑云）你甚麼嘴臉，可知道請他不來。（貼云）惜春，你再去請。（丑云）我去請。相公，夫人請相公出來翫月。（生云）來也。（丑笑云）老姥姥，你看我嘴兒繞動一動，相公就出來了。

【南呂引子·生查子】（生唱）逢人曾寄書，書去神亦去。今夜好清光，可惜人千里。

（貼云）相公，今夜中秋，月色可愛，我請你賞翫一番，你沒事推阻怎的？（生云）月色有甚好處？（貼云）相公，怎的不好？〔醉江月〕你看：玉樓金氣捲霞綃，雲浪空光澄徹。丹桂飄香清思爽，人在瑤臺銀闕。（生云）影透鳳幃，光窺羅帳，露冷螢聲切。關山今夜，照人幾處離別。（淨云）須信離合悲歡，還如玉兔，有陰晴圓缺。便做人生長宴會，幾見冰輪皎潔？（丑云）此夜明多，隔年期遠，莫放金樽歇。（合云）但願人長久，年年同賞明月。（飲酒科）

【大石調·念奴嬌序】（貼唱）長空萬里，見嬋娟可愛，全無一點纖凝。十二欄杆光滿處，涼浸珠箔銀屏。偏稱，身在瑤臺，笑斟玉斝，人生幾見此佳景？（合）惟願取年年此夜，人月雙清。

【前腔換頭】（生唱）孤影，南枝乍冷。見烏鵲縹緲驚飛，栖止不定。萬點蒼山，何處是修竹

吾廬三逕？追省，丹桂曾攀，嫦娥相愛，故人千里謾同情。（合前）（一）

【前腔換頭】（貼唱）光瑩，我欲吹斷玉簫，乘鸞歸去，不知風露冷瑤京。環佩濕，似月下歸來飛瓊。那更，香霧雲鬟，清輝玉臂，廣寒仙子也堪並。（合前）

【前腔換頭】（生唱）愁聽，吹笛《關山》，敲砧門巷，月中都是斷腸聲。人去遠，幾見明月虧盈。惟應，邊塞征人，深閨思婦，怪他偏向別離明。（三）（合前）（三）

【中呂過曲・古輪臺】（淨唱）峭寒生，鴛鴦瓦冷玉壺冰，欄杆露濕人猶憑，貪看玉鏡。況萬里清明，皓彩十分端正。三五良宵，此時獨勝。（丑唱）把清光都付與，酒杯傾。從教酩酊，拼夜深沉醉還醒。酒闌綺席，漏催銀箭，香銷金鼎。斗轉與參橫，銀河耿，轆轤聲已斷。金井。

【前腔換頭】（淨唱）閒評，月有圓缺與陰晴，人世有離合悲歡，從來不定。深院閒庭，處處有清光相映。也有得意人人，兩情暢詠；也有獨守長門伴孤另，君恩不幸。（丑唱）有廣寒仙

子娉婷，孤眠長夜，如何捱得更闌寂靜？此事果無憑。但願人長久，小樓瓯月共同登。

【餘文】（眾唱）聲哀訴，促織鳴。（貼唱）俺這裏歡娛未罄，（生唱）他幾處寒衣織未成。

（貼）今宵明月正團圓，（生）幾處淒涼幾處誼。

（合）但願人生得長久，年年千里共嬋娟。

第二十九齣　乞丐尋夫

【雙調引子·胡搗練】（旦唱）辭別去，到荒坵，只愁出路煞生受。畫取真容聊藉手，逢人將此免哀求。

鬼神之道，雖則難明，感應之理，未嘗不信。奴家昨日獨自在山築墳，正睡間，忽夢一神人，自稱當山土地，帶領陰兵，與奴家助力；却又囑付教奴家改換衣裝，逕往長安尋取丈夫。待覺來，果然墳臺並已完備，這的分明是神通護持。正是：寧可信其有，不可信其無。今二親既已葬了，只得改換衣裝，扮作道姑，將琵琶做行頭，沿街上彈幾個行孝的曲兒，抄化將去。只是一件，我幾年間和公婆廝守，如何捨得一旦撇了他？奴家自幼薄曉得些丹青，何似想像畫取公婆真容，背着一路去，也似相親傍的一般。但遇小祥忌辰，展開與他燒些香紙，奠些酒飯，也是奴家一點孝心。不免就此畫描真容則個。（描畫科）

（畫科）

【仙呂入雙調・三仙橋】（旦唱）一從他每死後，要相逢不能彀，除非夢裏暫時略聚首。苦要描，描不就，暗想像，教我未描先淚流。描不出他苦心頭，描不出他饑症候，描不出他望孩兒的睜睜兩眸。只畫得他髮颼颼，和那衣衫敝垢。休休！若畫做好容顏，須不是趙五娘的姑舅。○（一）

【前腔】我待要畫他個龐兒帶厚，他可又饑荒消瘦。我待要畫他個龐兒展舒，他自來長恁面皺。若畫出來，真是醜，那更我心憂，也做不出他歡容笑口。不是我不會畫着那好的，我從嫁來他家，只見他兩月稍優游，其餘都是愁。○（二）那兩月稍優游，我又忘了。這三四年間，我只記他形衰貌朽。○（三）這真容呵，便做他孩兒收，也認不得是當初父母。休休！縱認不得是蔡伯喈當初爹娘，須認得是趙五娘近日來的姑舅。○（四）

真容既已描就了，就在這裏燒些香紙，奠些酒飯，拜別了公婆出去。（拜辭科）

（一）　眉批：二曲非但傳蔡公蔡婆之神，并傳趙五娘之神矣。　絕妙！

（二）　夾批：真，真。

（三）　眉批：今時媳婦若公公叫他丈夫出去了，在家受苦，背地就罵，還肯死後想他苦楚？　可嘆！　可嘆！

（四）　眉批：妙至此乎？

【前腔】(旦唱)公公婆婆，非是奴尋夫遠遊，只怕我公婆絕後。(一)奴見夫便回，此行安敢久？

苦！路途中，奴怎走？望公婆相保佑我出外州。天那！他兀自沒人看守，如何來相保

佑？這墳呵，只怕奴去後，冷清清有誰來祭掃？縱使遇春秋，一陌紙錢怎有？休休！你

生是受凍餒的公婆，死做個絕祭祀的姑舅。(二)

奴家既辭了墳墓，只得背了真容，便索去辭張太公。呀！如何恰好張太公來也？(末上云)袁柳寒蟬

不可聞，金風敗葉正紛紛。長安古道休回首，西出陽關無故人。(旦云)奴家適間拜辭了墳塋，正要到

宅上來告別。(末云)呀！五娘子，你幾時去？(旦云)太公，奴家今日就行了。(末云)你背的是甚

麼畫？(旦云)是奴公婆的真容，待將路上去藉手乞告些盤纏，早晚與他燒香化紙。(末云)是誰畫

的？(旦云)是奴家將就描摸的。(末云)五娘子，你孝心所感，一定逼真。借我看一看。咳！畫得

像！畫得像！(作悲科)老員外，老安人，【鷓鴣天】別多應夢裏逢，謾勞孝婦寫遺蹤。可憐不得圖

家慶，辜負丹青泣畫工。　衣破損，鬢蓬鬆，千愁萬恨在眉峰。只怕蔡郎不識年來面，趙女空描別後

容。　五娘子，我聽得你要遠行，將幾貫錢，與你路上少助些盤纏。(旦云)多多定害公公了。奴家又有

(一)　眉批：難道定要你生子？

(二)　眉批：賈山至言：五娘辭墓，讀之真痛哭流涕。

不識進退之懋。」（旦云）奴家去後，公婆墳塋，早晚望太公可憐見，看這兩個老的在日之面，與奴家看管則

個。（二）（末云）這個不妨，你但放心前去，老夫少不得如此。（拜辭科）

【越調過曲·憶多嬌】（旦唱）公公，他魂渺漠，我没倚托。程途萬里，教我懷夜鬱。此去孤

墳，望公公看着。（合）舉目瀟索，滿眼盈盈淚落。

【前腔】（末唱）五娘子，我承委托，當領料。這孤墳我自看守，決不爽約。但願你途中身安

樂。（合前）

【仙呂入雙調·鬥黑麻】（旦唱）奴深謝公公，便相允諾。從來的深恩，怎敢忘却？只怕途

路遠，體怯弱，病染災纏，衰力倦脚。（合）孤墳寂寞，路途滋味惡。兩處堪悲，萬愁怎摸？

【前腔】（末唱）你夫婿多應是，貴官顯爵，伊家去須當審個好惡。（三）五娘子，只怕你這般喬打

扮，他怎知覺？一貴一貧，怕他將錯就錯。（合前）

（旦云）公公，奴家拜別去也。（末云）五娘子，且慢着，老夫還有幾句言語囑付你。（旦云）望公公指

教。（末云）五娘子，你少長閨門，豈識路途？當初蔡郎未別時節，你青春正媚。你如今又遭這飢荒貧

（一）　眉批：　聖婦！

（二）　眉批：　仁人長者，難得難得。

苦，貌怯身單。正是：桃花歲歲皆相似，人面年年自不同。蔡郎臨別之時，[二]可不道來。[三]（旦云）公公，他道甚的？（末云）他道是：若有寸進，即便回來。如今年荒親死，一竟不回，你知他心腹事如何？正是：畫虎畫皮難畫骨，知人知面不知心。唉！蔡郎元是讀書人，一舉成名天下聞。久留不知因個甚，年荒親死不回門？五娘子，你去京城須仔細，逢人下氣問虛真。若見蔡郎謾說千般苦，只把琵琶語句訴元因。未可便說他妻子，未可便說喪雙親。未可便說裙包土，未可便說剪香雲。若得蔡郎思故舊，可憐張老一親鄰。我今年已七十歲，比你公公少一旬。你去時猶有張老來相送，你回時不知張老死和存。我送你去呵，正是：流淚眼觀流淚眼，斷腸人送斷腸人。（哭科）（旦云）謝得公公訓誨，奴家銘心鏤骨，不敢有忘。如今只得告別去也。（末云）五娘子，早去早回。

（旦）爲尋夫婿別孤墳，（末）只怕兒夫不認真。

（合）惟有感恩并積恨，萬年千載不成塵。

總批：

或曰：趙五娘孝則孝矣，賢則賢矣，乞丐尋夫一節，亦覺不甚好看。此小孩子之言也。如今婦人只爲不肯乞丐，做壞了事；貪個小好看，做出個大不好看來，豈不深可痛哉？

- （二）時：原作『後』，據汲古閣刊本《繡刻琵琶記定本》改。
- （二）眉批：老人家甚小心，只是詩句可厭。分明是自從盤古分天下，幾朝天子幾朝臣了。可厭！可厭！

李卓吾先生批評琵琶記

二〇三七

第三十齣 瞯詢衷情

【中呂引子・菊花新】（生唱）封書遠寄到親闈，又見關河朔雁飛。梧葉滿庭除，爭似我悶懷堆積。

〔生查子〕封書寄遠人，寄上萬里親。書去神亦去，兀然空一身。自家喜得家書，報道平安。已曾修書附回家去，不知何如？這幾日常懷想念，翻成愁悶。正是：雖無千丈線，萬里繫人心。

【南呂引子・意難忘】（貼唱）綠鬢仙郎，懶拈花弄柳，勸酒持觴。眉顰知有恨，何苦相防？（生唱）只怕你尋消問息，添我恓惶。

（生唱）夫人，些個事，惱人腸。（貼唱）相公，試說與何妨？（生唱）只怕你尋消問息，添我恓惶。

（貼云）古人云：蘷有爲蘷，笑有爲笑。是以君子，當食不噎，臨樂不歎。無事而戚，謂之不祥。相公，你自來我家，不明不暗，如醉如癡，鎮日憂悶，爲着甚的？你還少了吃的？少了穿的？相公，我待道你少吃的呵，

【南呂過曲・紅衲襖】（貼唱）你吃的是煮猩唇和燒豹胎。我待道你少穿的呵，你穿的是紫羅襴，繫的是白玉帶。你出入呵，我只見五花頭踏在你馬前擺，三簷傘兒在你頭上蓋。相公，休怪奴家說，你本是草廬中一秀才，如今做着漢朝中梁棟材。你有甚不足，只管鎖了眉頭也，

唧唧噥噥不放懷？㈠

（生云）夫人，你道我有穿的呵，

【前腔】我穿的是紫羅襴，倒拘束得我不自在。我穿的是皂朝靴，怎敢胡去踹？㈡ 你道我有

吃的呵。我口裏吃幾口慌張張要辦事的忙茶飯，手裏拿着個戰兢兢怕犯法的愁酒杯。倒不

如嚴子陵登釣臺，怎做得楊子雲閣上災？㈢ 似我這般樣爲官呵，只管待漏隨朝，可不誤了秋

月春花也，干碌碌頭又早白？

（貼云）相公，我知道了。

（生云）夫人，我知道了。

【前腔】莫不是丈人行性氣乖？（生云）不是。（貼唱）莫不是姑跟前缺管待？（生云）不是。

（貼唱）莫不是畫堂中少了三千客？（生云）不是。（貼唱）莫不是繡屏前少了十二釵？（生

云）也不是。（貼唱）相公呵，這意兒教人怎猜？ 這話兒教人怎解？ 我今番猜着你了，敢只是楚

館秦樓，有個得意人兒也，悶懨懨常掛懷？

（生云）夫人，不是。

㈠ 眉批：終是婦人見識。 看得有穿有喫就彀了，做官就大了。

㈡ 眉批：做官人委實如此苦。 真，真。

㈢ 眉批：雖然，林下何曾見一人？ 可怪！可怪！

【前腔】有個人人在天一涯，天那！我不能勾見他，只落得臉銷紅眉鎖黛。（貼云）我道甚麼來？可知哩！（生唱）不是。我本是傷秋宋玉無聊賴，有甚心情去戀着閒楚臺？（貼云）相公，你有甚麼事，明説與奴家知道。（生云）夫人，三分話兒只恁猜，一片心兒直恁解。（貼云）你有話如何不對我説？（生唱）罷，罷。夫人，你休纏得我無言，若還提起那籌兒也，撲簌簌淚滿腮。

（貼云）由你，由你。我若不解勸，你又只管憂悶，待問着你，你又遮瞞我。我也沒奈何。相公，夫妻何事苦相防？莫把閒愁積寸腸。難道各人自掃門前雪，莫管他家瓦上霜？（貼虚下潛聽科）（生云）天那！自古道：難將我語和他語，未卜他心似我心。自家娶妻兩月，別親數年。朝夕思想，翻成愁悶。我這新娶的媳婦，雖則賢慧，我待將此事和他説，他也肯教我回去。只是他的爹爹若知我有媳婦在家，如何肯放我回去？不如姑且隱忍，改日求一鄉郡除授，那時却回去見雙親便了。咳！夫人，非是隄防你太深，只緣伊父苦相禁。正是：夫妻且説三分話，（貼云）呀！我理會得了，你道是：未可全抛一片心。好！好！你瞞我也由你，只是你爹娘和媳婦嗟怨你！

【雙調・江頭金桂】（貼唱）相公，我怪得你終朝嚬暗，只道你緣何愁悶深？教咱猜着啞謎，爲你沉吟，那籌兒沒處尋。我和你共枕同衾，你瞞我則甚？你自撇了爹娘媳婦，屢換光

（一）眉批：胡説！辭親時已曾説破。

陰，他那裏須怨着你沒信音。笑伊家短行，笑伊家短行，無情忒甚。[一]到如今，兀自道且說

三分話，未可全拋一片心。

【前腔】（生唱）夫人，非是我聲吞氣忍，只爲你爹行勢逼臨。怕他知我要歸去，將人廝禁，要

說又將口噤。我待解朝簪，再圖鄉任。那時節呵，他不隄防着我，須遣我到家林，我和你雙

雙兩人歸晝錦。苦！我雙親老景，我雙親老景，存亡未審。我寔不瞞你，前日曾附一封書回去，

只怕雁杳魚沉。（貼云）你既有書信附去，怎的也沒有回報？（生唱）又不是烽火連三月，真個家

書抵萬金。

（貼）元來如此。我去對爹爹說，和你同去便了。（生云）你爹爹如何肯放我回去？你且休說破了。

（貼云）不妨事。我爹爹身爲太師，風化所關，具瞻在望，終不然恁的不顧仁義。（生云）你休說，不濟

事，干枉了。（貼云）相公，你不必憂慮，我自有道理；不由我爹爹不從。[二]

（貼）雪隱鷺鷥飛始見，柳藏鸚鵡語方知。

（生）假如染就乾紅色，也被傍人講是非。

總批：

世上有這般怕丈人的女婿？好笑！好笑！丈人還是個牛，女婿狗也不值了！

第三十一齣　幾言諫父

【黃鍾引子·西地錦】（外唱）好怪吾家門婿，鎮日不展愁眉。教人心下常縈繫，也只為着門楣。

入門休問榮枯事，觀着容顏便得知。自家招贅蔡伯喈為婿，可謂得人。只一件，他自從到此，眉頭不展，面帶憂容，不知為着甚麼？（一）必有緣故。且待女孩兒出來問他，便知端的。

【前腔】（貼唱）只道兒夫何意，如今就裏方知。萬里家山，要同歸去，未審爹意何如？（外云）孩兒，吾老入桑榆，自歎吾之皓首；汝身乖琴瑟，每為汝而懷懷。夫婿何故憂愁？孩兒必知端的。（貼云）告爹爹得知：他娶妻六十日，即赴科場；別親三五年，竟無消息。溫清之禮既缺，伉儷之情何堪？今欲歸故里，辭至尊家尊而同行；待共事高堂，執子道婦道以盡禮。（外怒云）呀！

（一）　眉批：老賊，還是為你的女兒，不知趣。

我乃紫閣名公，㈠汝是香閨艷質。何必顧此糟糠婦？焉能事此田舍翁？㈡他久別雙親，何不寄一封之音信？汝從來嬌養，安能涉萬里之程途？休聽夫言，唯從父命。（貼云）爹爹，曾觀典籍，未聞婦道而不拜舅姑；試論綱常，豈有子職而不事父母？若重唱隨之義，當盡定省之儀。彼荊釵布裙，既已獨奉親闈之甘旨；此金屏繡褥，豈可久戀監宅之歡娛？爹爹身居相位，坐理朝綱，豈可斷他人父子之恩？絕他人夫婦之義？使伯喈有貪妻之愛，不顧父母之愆；俾孩兒有違夫之命，不事舅姑之罪。望爹爹容恕，特賜矜憐。（外云）他既有媳婦在家，你去做甚麼？㈢

【黃鍾過曲・獅子序】（貼唱）爹爹，他媳婦雖有之，念奴家須是他孩兒次妻。那曾有媳婦不侍親闈？（外云）孩兒，你去有甚麼勾當？（貼唱）若論做媳婦的道理，須當奉飲食，問寒暄，相扶持蘋蘩中饋。（外云）便做有許多勾當，他有媳婦在家裏，你不去也不妨。（貼唱）爹爹，又道是養兒代老，積穀防饑。

（外云）既道是養兒代老，積穀防饑，何似當初休教他來應舉？㈣

㈠　夾批：好貨！
㈡　眉批：真是牛矣。
㈢　眉批：老牛，倒要你吃起醋來？
㈣　眉批：胡說！他到不該來應舉？

【太平歌】（貼唱）爹爹，他求科舉，指望錦衣歸，不想道爹爹留他爲女婿。（外云）這個是有緣千

里能相會，須强他不得。（貼唱）他埋冤洞房花燭夜，那些個千里能相會？ 只要保全金榜掛名

時，他事急且相隨。

（外云）孩兒，你到說我不是，這般埋冤着我？

【賞宮花】（貼唱）他終朝慘悽，我如何忍見之？（外云）他自慘悽，你管他怎的？（一）（貼唱）若論

爲夫婦，須是共歡娛。（外云）你對他說，他若在這裏，我教他做個大大的官！（二）（貼唱）爹爹，他數

載不通魚雁信，枉了十年身到鳳凰池。

（外云）呀！ 你聽着丈夫的言語，却不聽我說。 這妮子好癡迷呵！（三）

【降黃龍】（貼唱）爹爹，須知，非奴癡迷。 已嫁從夫，怎違公議？（外云）孩兒，你去也不妨，只是

我沒個親人在傍，如何捨得你去？（貼唱）爹猶念女，怎教他爹娘不念孩兒？（四）（外云）孩兒，不是

我不放你去。 他既有媳婦在家，你去時節，只怕擔閣了你。（貼唱）休提，縱把奴擔閣，比擔閣他媳婦

（一）眉批：聖人。
（二）眉批：倒是他癡迷。
（三）眉批：他便做了大大官，你却做了小小人。
（四）眉批：妻可不顧夫，女亦可不顧父，思之。

何如。〔一〕（外云）便不然，只教蔡伯喈嗒自去便了。（貼唱）爹爹，那些個夫唱婦隨，嫁雞逐雞飛？

（外云）孩兒，他是貪賤之家，你如何伏侍他的父母？〔二〕

【南呂過曲·大聖樂】（貼唱）爹爹，婚姻事難論高低，若論高低何似休嫁與？假饒親賤孩兒貴，終不然便拋棄？（外云）他自有媳婦，你管他做甚麼？〔三〕（貼唱）奴須是他親生兒子親媳婦，難道他是誰人我是誰？〔外云）孩兒，據你說起來，我到說得不是了？〔四〕（貼唱）爹居相位，怎說着傷風敗俗非理的言語？〔五〕

（外怒云）這妮子無禮！却將言語來衝撞我。我的言語到不中聽呵。孩兒，夫言中聽父言違，懊恨孩兒見識迷。我本將心托明月，誰知明月照溝渠。（外下）（貼云）自古道：酒逢知己千鍾少，話不投機半句多。好笑我爹爹不顧仁義，却道奴家把言語衝撞他。昨日我丈夫教我休說破，我如今有何顏見他？只得且在此坐一坐，尋思個道理去回他則個。（悶坐科）（生上）

李卓吾先生批評琵琶記

（一）眉批：聖人。
（二）眉批：他的孩兒又該拜牛？
（三）眉批：他自有媳婦，你爲何又把女兒挨與他？
（四）夾批：難道是？眉批：難道是？
（五）夾批：罵得好快活。

二〇四五

【南呂引子‧稱人心】（生唱）撇呆打墮，早被那人瞧破。他要同歸，知他爹怎麼？我料想他每不允諾。

呀！夫人，你緣何獨坐？想你爹爹不肯麼？伊家道俐齒伶牙，爭奈爹行不可。

【前腔】（貼唱）天那！我爹爹，全不顧，人笑呵，這其間只是我見差。禍根芽，從此起，災來怎躲？相公，他道我從着夫言，罵我不聽親話。

【南呂過曲‧紅衫兒】（生唱）夫人，你不信我教伊休說破，到此如何？算你爹心性，我豈不料過？我爲甚亂掩胡遮？也只爲着這些。你直待要打破砂碢，是你招災攬禍⁽⁽一⁾⁾。

【前腔】（貼唱）不想道相控靶，這做作難禁架。我見你每每咨嗟要調和，誰知好事多磨？起風波，相公，把你陷在地網天羅，如何不怨我？天那！懊恨只爲我一個，卻擔閣了兩下。

【正宮過曲‧醉太平】（生唱）蹉跎，光陰易謝，縱歸去晚景之計如何？名韁利鎖，牢絡在海角天涯。知麼？多應我老死在京華，孝情事一筆都勾罷。苦！這般摧挫，傷情萬感，淚珠偷墮。

【前腔換頭】（貼唱）非詐，奴甘死也。縱奴不死時，君去須不可。（生云）夫人，你如何說這話？（貼唱）相公，奴身值甚麼？只因奴誤你一家。差訛，假饒做夫婦也難和，你心怨我心縈掛。

（一）眉批：蔡生也有牛氣。

奴身拚捨，成伊孝名，救伊爹媽。○○○○○○○○○○○○○○○○○(一)

（生云）夫人，你不要這般說。萬一你爹爹知之，反加譴責。（貼云）相公，妾當初勉承父命，遣事君子。不想君家有白髮之父母，青春之妻房。致君裹腸不滿，名行有虧。如今思之：誤君之父母者，妾也；誤君之妻房者，妾也；使君爲不孝薄倖之人，亦妾也。妾之罪大矣！(二)縱偷生於今世，亦公議所不容。昔者軺政姊死，倚屍傍以成弟之名；王陵母死，伏劍下以全子之節。妾豈愛一身，誤君百行？妾當死於地下，以謝君家。小則可以解君之縈掛，大則可以救君之父母，近則可以成孝子之令名，遠則可以免後世之公議。妾死何憾焉！

（生云）夫人，你只知其一，不知其二。古人云：身體髮膚，受之父母，不敢毀傷。(三)豈可陷親於不義？此事決然不可。（貼云）相公，你也說得是；只是累你一時回去不得，如何是好？（生云）夫人且慢着，怕你爹爹也有回心轉意時節。且更寧耐，看如何？

　　（生）一心只欲轉家鄉，（貼）爭奈爹行不忖量。
　　（生云）夫人且慢着，怕你爹爹也有回心轉意時節。
　　（上）大風吹倒梧桐樹，（合）自有傍人說短長。

總批：

　（一）眉批：肯捨死以全夫孝，蔡生反畏牛如虎，何也。
　（二）眉批：聖人。
　（三）眉批：殺才，你身從何來？到令父母飲恨而死？

曾有人說牛生麒麟，意不信之，今觀牛女，果然！果然！

第三十二齣　路途勞頓

【仙呂過曲·月雲高】（旦唱）路途多勞倦，行行甚時近？未到洛陽城，盤纏都使盡。回首孤墳，空教奴望孤影。天那！他那裏，誰僽采？俺這裏，誰投奔？正是西出陽關無故人，須信道家貧不是貧。

〔蘇幕遮〕怯山登，愁水渡。暗憶雙親，淚把麻裙漬。回首孤墳何處是？兩下瀟條，一樣愁難訴。玉消容，蓮困步。愁寄琵琶，彈罷添淒楚。惟有真容時時顧，惟悴相看，無語恓惶苦。奴家爲尋丈夫，在路途上多少狼狽。況獨自一身，拿着一個琵琶，背着二親真容，登高履險，宿水餐風，其寔難捱。只是一件，若去到洛陽，尋見丈夫，相逢如故，也不枉了這遭辛苦；倘或他駟馬高車，前呼後擁，見奴家這般藍縷，不肯相認，可不擔閣了奴家？（一）

【前腔】（旦唱）暗中思忖，此去好無准。只怕他身榮貴，把咱不斯認。若是他不僽采，空教奴受艱辛？他未必忘恩義，我這裏自閒評論。他須記一夜夫妻百夜恩，怎做得區區陌

（一）　眉批：不要慌，土地老兒定不哄你。真，真。

路人？

唉！只一件。

【前腔】他在府堂深隱，奴身怎生進？他在馳馬高車上，又難將他認。我有個道理，若到他跟前，只提起二親真容。天那！又怕消瘦了龐兒，他猶難十分信。○（一）呀！他不到得非親却是親，○（二）我自須防仁不仁。

見說洛陽花似錦，只恐來時不遇春。

哽咽無言對二真，千山萬水好艱辛。○

第三十三齣　聽女迎親

【仙吕引子·番卜算】（外唱）兒女話堪聽，使我心疑惑。暗中思忖覺前非，有個團圓策。待要

自古道：良藥苦口利於病，忠言逆耳利於行。昨日女孩兒要和伯喈歸去，同事雙親，自家不肯放他去。却將幾句言語衝動我，我一時不勝焦躁。如今尋思起來，他的言語，句句有理，節節堪聽。○（三）待要

（一）眉批：轉得妙。《琵琶》只以轉處見長。

（二）却是親：原闕，據汲古閣刊本《繡刻琵琶記定本》補。

（三）眉批：牛亦可化。如今又有不化之人，不如牛矣！不如牛矣！

放他回去，只慮他幼長閨門，難涉路途；況俺年老，無人奉侍，如何捨得他去？如今有個道理，不免使一個人，多與盤纏，教他徑去陳留，將蔡伯喈爹娘和媳婦都迎取來，多少是好？不免叫孩兒和伯喈過來商議則個。

【前腔】（生唱）淚眼滴如珠，愁事繁如織。（貼唱）早知今日悔當初，何似休明白。

（相見科）（外云）孩兒，你夜來的說話，我仔細尋思起來，都說得有理。我欲待教你同女婿回去，路途跋涉，這個也難。不如逕使人去陳留，取他爹媽媳婦來做一處居住，你兩人心下如何？（貼云）這個隨爹爹主張。（生云）若得如此，感恩非淺！（外云）院子李旺何在？（丑上云）頻聽指揮黃閣下，又聞呼喚畫堂前。老相公有何使令？（外云）李旺，我要差你去陳留走一遭。（丑云）去做甚麼？（外云）差你去那裏接取蔡狀元的老員外、老安人、小娘子三人，來我府中同住。（丑云）如此，李旺不去。（貼云）李旺，你去請得來，我重重賞你。（丑云）夫人，你如今說道重重賞我；只怕取得他小娘子來時，夫人又要和他争大争小。到那時節，可不埋冤李旺？那裏還肯把東西賞我？（外云）休閒說！我如今修一封書去相請，外有銀錢與你一路去做盤纏，休得落後了。（生云）李旺，你去時節，須要多方詢問；若是來時，路途上千萬小心承直。（丑云）不妨，我出路慣便，自有分曉。

【正宮過曲‧四邊靜】（外唱）李旺，你去陳留仔細詢端的，專心去尋覓。請過兩三人，途中好

眉批：也是。

承直。（合）休憂怨憶，寄書咫尺。眼望旌旗捷，耳聽好消息。

【前腔】（生唱）只怕饑荒散亂無踪跡，他存亡也難測。何況路途間，難禁這勞役。（合前）

【福馬郎】（貼唱）李旺，你休說新婚在牛氏宅。（外云）孩兒，便說又待怎的？（貼云）他須怨我相擔誤；歸未得，只恐傍人聞之，把奴責。（合）若是到京國，相逢處做個好筵席。

【前腔】（丑唱）相公，多與我盤纏添氣力，萬水千山路，曾慣歷。（拜科）辭却恩官去，管取好消息。（合前）

（外）限伊半載望回音，（生）路上看承須小心。
（貼）但願應時還得見，（丑）果然勝似岳陽金。

第三十四齣　寺中遺像

（末扮五戒上云）年老心閒無外事，麻衣草座亦容身。相逢盡道休官好，林下何曾見一人？自家乃是彌陀寺中一個五戒便是。今日俺寺中建一個無礙道場，不揀甚麼人，或是薦悼雙親，保安身己的，都來這裏聚會。真個好寺院好道場呵。（內問）怎見得好寺院？（末云）但見：蘭若莊嚴，蓮臺整肅。佛殿嵯峨耀金壁，回廊繚繞畫丹青。千層塔高聳侵雲，半空中時聞清鐸；七寶樓晶光耀日，六時裏頻扣洪鐘。松下山門，紅塵不到；竹邊僧舍，白日難消。阿羅漢神像威儀，如靈山三十六萬億佛祖；比

丘僧戒行清潔，似祇園千二百五十人俱。且看旛影石壇高，惟有棋聲院靜。休提清淨法界，且說嚴肅道場。只見珠幢寶蓋影飄颻，玉磬金鐘聲斷續。龍瓶中插九品紅蓮，開淨土春秋不老；鳳蠟內吐千枝絳蕊，照佛天晝夜常明。齊整整的貝葉同翻，撲簌簌的天花亂墜。旃檀林裏，熱着清淨香、道德香；香積廚中，獻這禪悦食、法喜食。人人在十洲三島，個個淨五蘊六根。擊大法鼓，吹大法螺，仙樂一齊奏動；開甘露門，入甘露城，幽魂盡獲超昇。正是：寄言苦海林中客，好向靈山會上修。今日寺中建設大會，怕有官員貴客來此遊玩，不免將着疏頭，就抄化幾文香錢，添助支費。道猶未了，遠遠望見兩個官人來到。（淨、丑扮風子上）

【中呂過曲·縷縷金】（淨唱）胡厮喧，兩喬才。家中無宿火，有甚強追陪？（丑唱）我自來粧風子，如今難悔。向叢林深處且徘徊，特來看佛會。

（末云）官人，請坐告茶。（淨云）五戒，你這佛會支費太多？（末云）便是。官人，休怪冒瀆，今日天與之幸，得遇兩位貴客到此，斗膽抄化幾文香錢，添助支費則個。（丑云）五戒，你要抄化，將疏頭來看。俺這般人，那一日不使幾貫鈔？我錢是儻來之物，那裏不使？那裏不用？（淨云）兄弟，你說得是。遠遠望見一個婦人來，且便捨他五錠。（丑云）我也捨他五錠。（淨云）呀！遠遠望見一個婦人來，且是生得有些意思。（末云）如此，多謝官人。（淨云）休胡說！遠觀不審，近覷分明。（旦上）

【前腔】（旦唱）途路上，寔難捱。盤纏都使盡，好狼狽。試把琵琶撥，逢人乞丐。薦公婆魂

魄免沉埋，特來赴佛會。

奴家且喜已到洛陽，聞說今日彌陀寺中做佛會，不免就此抄化幾文鈔，追薦公公婆婆則個。（末云）道姑，請裏面赴齋。（旦云）多謝！多謝！（淨云）道姑，你背着甚麼東西？（旦云）是奴家公婆的真容。（淨云）道姑，你從那裏來？

【仙呂入雙調·銷金帳】（旦唱）聽奴訴與：奴是良人婦，爲兒夫相擔誤。（淨云）他怎的擔誤了你？（旦唱）他一向赴選及第，未歸鄉故。[一] 饑荒喪了，喪了親的舅姑。（丑云）你丈夫既不在家，喪了公婆，誰人與你安葬？（旦云）苦！我造墳墓。（淨云）你如今來這裏做甚麼？（旦唱）今爲尋夫來到此。（丑云）你丈夫在那裏？（旦唱）未知他在何處所。

（淨云）道姑，你抱着這個琵琶做甚麼？（旦云）奴家將此琵琶彈一兩個曲兒，抄化幾文鈔，就此寺中追薦公婆。（丑云）元來如此。道姑，你會彈甚麼曲兒？你會彈《也兒四》麼？（旦云）不會。（淨云）你會彈《八俏手》麼？（旦云）也不會。奴家只會彈些行孝曲兒。（末云）道姑，難得這兩位官人在此，你好生彈一兩個曲兒伏侍他，等他重重賞你。（旦云）既然如此，只怕奴家彈得不好，望官人休責。（丑云）你只管好好的彈，我重重賞賜你。（旦云）官人，請坐聽着。（彈科）凡人養子，懷抱最艱辛。欲語未

[一] 眉批：此時未應知他及第。

能行未得，此際苦雙親。

【前腔】凡人養子，最是十月懷擔苦，更三年勞役抱負。休言他受濕推乾，萬千勞苦。真個

千般愛惜，萬般回護。兒有些不安，父母驚惶無措。直待可了，可了歡欣似初。

（淨云）彈得好！（末云）真個彈得好！（丑云）錢鈔那裏不使？我且先與你一領好襖子。

（脫衣與旦科）道姑，你再彈一彈。（旦云）官人，請坐聽着。（彈科）孩兒漸長成，父母漸歡欣。教語教

行并教禮，一意望成人。

【前腔】兒行幾步，父母歡欣相顧，漸能言能走路。指望飲食羹湯，自朝及暮。懸懸望他，望

他不知幾度。爲擇良師，只怕孩兒愚魯。略得他長俊，可便歡欣賞賜。

（丑云）彈得好！（末云）真個彈得好！（淨云）錢鈔那裏不用？我也先與你一領好襖子。

（脫衣與旦科）（淨云）道姑，你再彈一彈。（旦云）官人，請坐聽着。（彈科）勤於教道，暮史及朝經。願

得榮親并耀祖，一舉便成名。

【前腔】朝經暮史，教子勤詩賦，爲春闈催教赴。指望他耀祖榮親，改換門戶。懸懸望他，望

他腰金衣紫。兒在程途，又怕餐風宿露。求神問卜，把歸期暗數。

（丑云）彈得好！　彈得好！（末云）寔是彈得好！（丑云）錢鈔是人撰來的，我再與你一領襖子。（末

衣與旦科）（末云）元來裏面都是破衣裳呵。官人把襖子都脫了，身上這般寒，甚麼意思？（淨云）寒由

（末云）他自寒，不可壞了局面。咱每這般人與頭來了，使鈔慣了，怕甚麼寒？道姑，你再彈，且看他再把甚麼與你？（旦彈科）孩兒在外，須早回程。忤逆男兒并孝子，報應甚分明。

【前腔】兒還念父母，及早歸鄉土，看慈烏亦能返哺。莫學我的兒夫，把雙親擔誤。常言養子，養子方知父母。算那忤逆男兒，和孝順爹娘之子，若無報應，果是乾坤有私。

（末云）彈得好！彈得好！（淨云）他彈得自好，唱得自好，我沒甚麼與他了。（末笑云）可知！

（淨作寒科）（丑云）兄弟，我和你這般的走回家去，成甚麼模樣？（淨云）我只賴五戒，取衣裳便罷。（末云）

（末云）呀！你扯我怎的？（丑云）扯你怎的？你倒粧成騙局，把我每的衣裳都剝去了。（末云）咳！我幾曾粧局騙你？是你自把衣裳與他。（淨云）禿驢！你道不曾粧局騙我？我看見道姑彈了，喝一聲采；你也喝一聲采，只管攛掇我把衣裳與他。這不是粧局騙我？（丑云）你不取還我，我扯你到洛陽縣裏去！（末云）天那！我不曾見這般沒行止的人！道姑，沒奈何了，把衣裳還他去罷。

（旦云）衣服在這裏，拿還他去。既不情願，我要他做甚麼？（丑云）錢鈔雖則那裏不用，只是寒冷，又忍不得。（穿衣科）（淨云）道姑，方纔說道你彈得好，唱得好；我如今尋思起來，你彈得也不好，唱得也不好。你不信時，再彈唱一和看看。（旦云）奴家也彈不得了，也唱不得了。（淨云）可知道不敢再彈唱了。（丑云）兄弟，他既不敢彈唱了，我和你且回家去。（淨云）說得是，我和你回去罷。（丑云）五戒，我小子不是豪富。（末云）枉了教你題疏。你衣裳敢是借的？（淨、丑云）可知道我腿上無個布袴

（末並下）（旦云）一斟一酌，莫非前定。奴家準擬今日抄化幾文錢鈔，就此追薦公婆。誰知撞着這兩個

風子，攪鬧了一場。如今雖沒東西備辦奠禮，且將公婆真容掛在此，拜囑一番，以表來意罷了。（掛真

容拜科）

【賞秋月】（旦唱）在途路，歷盡多辛苦，把公婆魂魄來超度。焚香禮拜祈回護，願相逢我丈

夫。（末、丑隨生上）

【縷縷金】（生唱）時不利，命多乖。雙親在途路上，怕生災。（末、丑唱）相公，此是彌陀寺，略

停車蓋。（合）辦虔誠懇禱拜蓮臺，特來赴佛會。

（丑云）道姑，迴避。（旦云）正是：在他簷下過，怎敢不低頭？（慌下失真容科）（生云）那得這軸畫

像？（二）（丑云）敢是適間道姑遺下的？（生云）叫他轉來，將還他去。（丑叫不應科）去遠了，叫不應。

（生云）既叫不應，且與他收下。左右，喚和尚過來。（淨扮和尚上）

【前腔】（淨唱）能吃酒，會噇齋。吃得醺醺醉，便去搜新戒。講經和回向，全然尷尬。你官

人若是有文才，休來看佛會。

（相見科）和尚，下官為迎取父母來此，不知路上安否何如？特來三寶面前，祈求保佑。（淨云）元來如

此。小僧先請佛。

（一）

眉批：關目好。

【佛賺】（净唱）如來本是西方佛，西方佛，卻來東土救人多，救人多。結跏趺坐坐蓮花，丈六金身最高大，他是十方三界第一個大菩薩。摩訶薩，摩訶般若波羅糖。（末云）和尚，你念差了，是波羅密。（净唱）糖也這般甜，蜜也這般甜。南無南無十方法十方僧，上帝好生不好殺。好人還有好提掇，惡人還有惡鑒察。好人成佛是菩薩，惡人做鬼做羅剎。第一滅卻心頭火，心頭火。第二解開眉間鎖，眉間鎖。第三點起佛前燈，佛前燈。真個是好也快活我，快活我。諸惡莫作，奉勸世上人則個。善男信女笑呵呵。（一）聽大法鼓鼕鼕鼕，聽大法鐃乍乍乍。手鐘搖動誦彌陀，誦彌陀。木魚亂敲逼逼剝剝，海螺響處嗊嗊嗊。積善道場隨人做，陳陳陳陳，獅子能舞鶴能歌。浪裏梢公牢把舵，行正路，莫蹉跎。大家卻去南無菩薩薩摩訶，金剛般若波羅蜜。

伏願老相公老安人小夫人萬里程途悉安樂。

小僧請佛了，請相公上香，通達情旨。（生焚香拜科）

【仙呂入雙調·江兒水】（生唱）如來證明，聽蔡邕啟：我雙親在途路，不知何如的？仰惟菩薩大慈悲。（合）龍天鑒知，龍神護持，護持着他登山渡水。

【前腔】（净唱）如來證明，覽茲情旨。蔡邕的父母，望相保庇，仰惟功德不思議。（合前）

【前腔】（末唱）我東人鎮日，常懷憂慮，只愁二親在路途裏，孝思誠意感神祇。（合前）

【前腔】（丑唱）我聞知做會，特來隨喜。饅頭素食多多與。若還不與，我自入齋厨去取。（合前）

（淨云）我佛有緣蒙寵渥。（生）願親路上悉平安。（末云）因過竹院逢僧話。（丑云）又得浮生半日閒。

（並下）（旦復上）

【縷縷金】（旦唱）原來是，蔡伯喈，馬前都喝道，狀元來。料想雙親像，他每留在。敢天教我夫婦再和諧，都因這佛會？

正是：不因漁父引，怎得見波濤？方纔那官人，奴家詢問起來，是蔡伯喈。好也！好也！今日也會相見。只一件，奴家慌忙中失去了公婆真容，想必是他收下。且待明日逕投他家裏去，以乞丐爲由，問取消息。倘或天可憐，因此相會，也不見得？(二)

今朝喜見那喬才，真容收去可疑猜。

縱使侯門深似海，從今引得外人來。

(一)
眉批：真。，真。

第三十五齣　兩賢相遇

【商調引子‧十二時】（貼唱）心事無靠托，這幾日翻成悶也。父意方回，夫愁稍可。未卜程途裏的如何，教我怎生放下？

不如意事常八九，可與人言無二三。奴家自嫁蔡伯喈之後，見他常懷憂悶。廢盡心機去問他，他又不說。比及奴家知道，去對爹爹說，要和他同去奉事雙親，誰想爹爹不肯。被奴家道了幾句，幸喜爹爹心回轉，教人去取他爹媽媳婦；又不知一行人路上安否如何？為這些事，教我擔了多少煩惱！又一件，公婆早晚到來，只是要一兩個精細人去伏侍他。我府裏雖則有使喚的，那裏中用？怎生得精細婦人與他使喚方好？（一）

院子那裏？（末云）書當快意讀易盡，客有可人期不來。世上幾般能稱意，光陰何況苦相催。夫人，有何使令？（貼云）院子，我府中缺少幾個使喚的，你與我去街坊上尋問有精細的婦人，討一兩個來用。（末云）小人理會得。踏破鐵鞋無覓處，得來全不費工夫。

【遶地遊】（旦唱）風餐水宿，甚日能安妥？問天天怎生結果？

（旦云）府幹哥稽首！（末云）道姑何來？（旦云）遠方人氏。（末云）到此何幹？（旦云）特來抄化。

（一）
眉批：　好關目。

（末云）少待。通報夫人：精細婦人到没有，正遇一個道姑，在門首抄化。（貼云）着他裏面來。（末云）道姑，夫人着你裏面相見。（貼作見科）

【前腔】（貼唱）梳粧淡雅，看丰姿堪描堪畫。是何人近來問咱？

（旦云）夫人稽首！（貼云）道姑何來？（旦云）貧道遠方人氏。（貼云）到此何幹？（旦云）特來府中抄化。（貼云）你有甚本事來此抄化？（旦云）貧道不敢誇口，大則琴棋書畫，小則針指工夫，次則飲食餚饌，頗諳一二。（貼云）道姑，你有這等本事，在街坊上抄化也生受，何似在我府中吃些安樂茶飯如何？（旦云）若得如此，感恩非淺。只怕貧道没福，無可稱夫人之意。（貼云）院子，道姑是遠方人氏，須要問他來歷詳細，方可留他。[一]（末云）道姑，我且問你，你是從幼出家的，還是在嫁出家的？（旦云）貧道在嫁出家的。（貼云）院子，從幼出家的怎麽説？在嫁出家的怎麽説？（末云）告夫人知道：從幼出家是没丈夫的，在嫁出家是有丈夫的。那道姑是有丈夫的。（末云）呀！險些兒差了。他既有丈夫的，難以收留。院子，你多打發齋糧與他，教他別處抄化去。（末云）道姑，夫人説你有丈夫，多打發齋糧與你，別處去抄化罷。（旦云）天那！我不合説有丈夫的。（貼云）府幹哥，貧道非因抄化而來，特來尋取丈夫。（末云）夫人，這道姑非因抄化來，却是尋取丈夫的。（貼云）元來如此。道姑，我且問你，你丈夫姓甚名誰？（旦背説云）夫人問我丈夫姓名，若直説出來，恐怕夫人嗔怪；若不和他説，此事又終

（一）眉批：牛女的是能人。

難隱忍。我如今且把『蔡伯喈』三字拆開與他說，看他意兒何如，再作道理。夫人，貧道丈夫姓祭名白諧，人人都說道在牛府中廊下住，敢是夫人也知道？（二）（貼云）道姑，我這裏知道？院子，你管各廊房，有那姓祭名白諧的麽？（末云）小人管許多廊房，並沒有這個人。（貼云）道姑，我這裏沒有，你可到別處去尋，休得要誤了你。（旦云）天那！人人道我丈夫在貴府廊下住，如今既道是沒有，奴家想起來，莫不是死了呵？咳！丈夫，你若是死了，教我倚着誰人？（哭科）（貼云）可憐這婦人！你且不須愁煩，（貼云）貧道丈夫到街坊上訪問你丈夫蹤跡，你意下如何？（旦云）貧道不敢換。（貼云）若得如此，再造之恩！（貼云）因甚不敢換？（旦云）貧道公公死了三年，婆婆死了三年；大孝不過三年，如何有一十二年？（旦云）咳！有這等孝行的婦人。道姑，你雖然如此，爭奈我老相公最嫌人這般打扮。院一十二年。（貼云）貧道公公死了一十二年大孝在身，所以不敢換。我與你換了這衣粧。（旦云）呀！薄倖兒夫，久留都下，一竟不還，替他帶六年，共成權住在府中，只一件，你在我府中，休要恁般打扮。我著院子到街坊上訪問你丈夫蹤跡，你意下如何？（哭科）（貼云）可憐這婦人！你且不須愁煩，子，你可叫惜春取粧奩衣服出來。（末云）畫堂傳懿旨，幽閣取粧資。（丑云）寶劍賣與烈士，紅粉贈與姓祭名白諧的麽？（末云）小人管許多廊房，並沒有這個人。（貼云）道姑，我這裏沒有，你可到別處去諧，人人都說道在牛府中廊下住，敢是夫人也知道？（二）（貼云）我那裏知道？院子，你管各廊房，有那佳人。夫人，我自從嫁與蔡家，只兩月梳粧，這幾時不曾照你？呀！好苦！元來都這般消瘦了。（照鏡科）咳！鏡兒，我自從嫁與蔡家，只兩月梳粧，這幾時不曾照你？呀！好苦！元來都這般消瘦了。（照鏡科）咳！鏡兒，我自從嫁與蔡家，只兩月梳粧，這幾時不曾照你？（旦云）天那！如何是好？（照鏡科）咳！鏡兒，我自從嫁與蔡家，只兩月梳粧，這幾時不曾照你？（貼云）道姑，你且臨鏡改換個。（旦云）天那！如何是好？（照鏡

【商調過曲·二郎神】（旦唱）容瀟灑，照孤鸞，嘆菱花剖破。（貼云）道姑，你不梳粧，且換了衣

（二）　眉批：妙！

裳。（旦看衣唱）記翠鈿羅襦當日嫁，誰知他去後，釵荆裙布無些？（貼云）道姑，你不換衣服，且帶着這釵兒。（旦看釵唱）他金雀釵頭雙鳳朵，奴家若帶了呵，可不羞殺人形孤影寡？（貼云）道姑，你不帶釵兒，且簪些花朵，別些吉凶。（旦看花唱）說甚麼簪花捻牡丹，教人怨着嫦娥。

【前腔換頭】（貼唱）嗟呀，他心憂貌苦，真情怎假？只爲着公婆珠淚墮，道姑，我公婆自有，不能彀承奉杯茶。你比我没個公婆承奉呵，不枉了教人做話靶。我且問你：你公婆，爲甚的雙雙命掩黄沙？

【囀林鶯】（旦唱）苦！荒年萬般遭坎坷，丈夫又在京華。糟糠暗吃擔飢餓，公婆死，賣頭髮去埋他。把孤墳自造，土泥盡是我麻裙包裹。（貼云）這道姑好誇口！（旦唱）也非誇，手指傷，血痕尚染衣麻。

【前腔】（貼唱）道姑，愁人見説愁轉多，使我珠淚如麻。（旦云）他怎的不回家去？（貼唱）他要辭官家去，被我爹蹉跎。（旦云）夫人都淚下爲何？（貼唱）[1]道姑，我丈夫亦久別雙親下。[二]（旦云）他怎的不回家去？（貼唱）他要辭官家去，被我爹蹉跎。（旦云）他爹媽如今在那裏？（貼云）他家有妻麼？（貼唱）他妻雖有麼，怕不似恁會看承爹媽？（旦云）他爹媽如今在那裏？（貼

（一）　唱：　原作『云』，據文義改。

（二）　亦：　原闕，據汲古閣刊本《繡刻琵琶記定本》補。

（唱）在天涯。（旦云）夫人，何不取他同來一處？（貼唱）教人去請，知他途路上如何？

【啄木鸝】（旦唱）聽言語，教我悽愴多，料想他每也非是假。（背說科）我且把句言語來試他一試。他那裏既有妻房，取將來怕不相和？（貼唱）道姑，但得他似你能揎靶，我情願讓他居他下。只愁他程途上苦辛，教人望得眼巴巴。

【前腔】（旦唱）錯中錯，訛上訛，只管在鬼門前空占卦。夫人，若要識蔡伯喈妻房，（貼云）他在那裏？（旦唱）奴家便是無差。（貼唱）呀！你果然是他非謊詐？（旦云）夫人，奴家豈敢誑言？

（貼唱）你原來爲我吃折挫，爲我受波查。教伊怨我，教我怨爹爹。

（旦云）姐姐請上坐，待奴家見禮。（旦云）奴家怎敢？

【金衣公子】（貼唱）一樣做渾家，我安然，你受禍。你名爲孝婦，我被傍人罵。（旦云）呀！傍人罵夫人怎的？（貼唱）公死爲我，婆死爲我，姐姐，我情願把你孝衣穿着，把濃粧罷。（合）事多磨，冤家到此，逃不得這波查。

【前腔】（旦唱）夫人，他當原也是沒奈何，被强來，赴選科。辭爹不肯聽他話。（貼云）姐姐，他在這裏豈不要回來？（貼唱）辭官不可，辭婚不可。（旦唱）只爲三不從，做成災禍天來大。

（一）在……在：原闕，據汲古閣刊本《繡刻琵琶記定本》補。

（合前）

（貼云）姐姐，休怪奴家說。我教你改換衣粧，你又不肯，只怕相公見你這般藍樓，萬一不肯相認，如何是好？我想起來，相公往常朝回時，便入書館中看文章。姐姐既是無所不通，何似去書館中寫幾句言語打動他？那時節我與你說個明白〔一〕卻不好？（旦云）夫人說得是。便寫得不好，也索從命。

（旦）無限心中不平事，幾番清話又成空。

（貼）一葉浮萍歸大海，人生何處不相逢。

總批：

。。。。。

真是兩賢。

第三十六齣　孝婦題真

（末云）爲問當年素服儒，於今腰下佩金魚。分明有個朝天路，何事男兒不讀書？自家乃是蔡相公府中一個院子，我相公雖居鳳閣鸞臺，常在螢窗雪案。退朝之暇，手不停批；閒居之際，口不絕吟。如今將次回府，不免灑掃書館，聽候相公到來。真個好書館！但見：明窗瀟灑，碧紗內烟霧輕盈；淨

〔一〕你：原闕，據汲古閣刊本《繡刻琵琶記定本》補。

几端嚴，青氈上塵埃不染。粉壁間掛三四幅名畫，石床上安一兩張古琴。緗帙縹囊，數起看何止一萬卷？牙籤犀軸，乘將來殼有三十車。芸葉分香走魚蠹，芙蓉藏粉養龍賓。鳳咮馬肝，和那鸚鴞眼，無非奇巧；兔毫栗尾，和那犀象管，分外精神。積金花玉板之箋，列錦紋銅綠之格。正是：休誇東壁圖書府，賽過西垣翰墨林。且住着，我相公昨日在彌陀寺中燒香，拾得一軸畫像，不知甚麽故事。相公當時教我收下，我如今也將來掛在此間。(一) 我相公博學多才，必然曉得這故事。正是：早知不入時人眼，多買胭脂畫牡丹。(下)

【仙呂引子‧天下樂】(旦唱) 一片花飛故苑空，隨風飄泊到簾櫳。玉人怪問驚春夢，只怕東風羞落紅。

堦下落紅三四點，錯教人恨五更風。當初只道蔡伯喈貪名逐利，不肯回家，元來被人逗留在此。奴家昨日抄化來到這裏，感得牛氏夫人收錄，又怕伯喈見我一身藍褸，不肯厮認，教我到書館中題幾句言語打動他。奴家只得從命。來到此間，却寫在那處好？呀！公婆真容元來也掛在此。(哭拜科) 我如今就公婆真容背後題詩幾句便了。苦！向日受飢荒，雙親俱死亡。如今題詩句，報與薄情郎。

【仙呂過曲‧醉扶歸】(旦唱) 丈夫，我有緣千里能相會，難道是無緣對面不相逢？鳳枕鸞衾也曾共，今日呵，到憑着兔毫繭紙將他動。休休！畢竟一齊分付與東風，把往事如春夢。

(一) 眉批：。。。。關目好。。。。

（題科）崑山有良璧，鬱鬱璠璵姿。嗟彼一點瑕，掩此連城瑜。人生非孔顏，名節鮮不虧。拙哉西河守，胡不如皋魚？宋弘既以義，王允何其愚。風木有餘恨，連理無傍枝。寄語青雲客，慎勿乖天彝。

【前腔】（旦唱）總使我詞源倒流三峽水，(一)丈夫，只怕你胸中別是一帆風。牛氏夫人見我衣裳藍褸，怕伯喈不肯相認。還是教妾若爲容？我若不寫詩打動他呵，夫人，只怕爲你難移寵。（掛真容科）休休！縱認不得這丹青貌不同，我的筆蹟，兀自如舊。若認得我翰墨，教心先痛。(二)

奴家題詩已了，不免說與夫人知道，且待伯喈來看。莫不是天教相逢，在此一遭，也未見得？

未卜兒夫意，全憑一首詩。
得他心肯日，是我運通時。

第三十七齣　書館悲逢

【仙呂引子·鵲橋仙】（生唱）披香侍宴，上林遊賞，醉後人扶馬上。金蓮花炬照回廊，正院宇梅梢月上。

（一）　總：原作『綸』，據汲古閣刊本《繡刻琵琶記定本》改。
（二）　眉批：情景逼真。

日晏下彤闈，平明登紫閣。何如在書案，快哉天下樂。自家早臨長樂，夜值嚴更。召問鬼神，或前宣室之席；光傳太乙，時頒天祿之蔾。惟有戴星衝黑出漢宮，安能滴露研硃點《周易》？俺這幾日且喜朝無繁政，官有餘間，庶可留志於詩書，從事於翰墨。正是：事業要當窮萬卷，人生須是惜分陰。（看書科）這是甚麼書？是《尚書》。呀！這《堯典》道：『虞舜父頑母嚚象傲，克諧以孝』咳！他父母那般相待他，他猶自克諧以孝。我父母虧了我甚麼，我倒不能殼奉養他？看甚麼《尚書》！（一）這是甚麼書？是《春秋》。呀！《春秋》中穎考叔曰：『小人有母，未嘗君之羹，請以遺之。』咳！他有一口湯吃，兀自尋思着娘。我如今做官享天祿，倒把父母撇了。看甚麼《春秋》！天那！枉看這書，行不得，了我，還看他怎的？

濟甚麼事？（二）你看那書中那一句不說着孝義？當元俺父母教我讀詩書知孝義，誰知道反被詩書誤了我，還看他怎的？

【仙呂過曲·解三酲】（生唱）嘆雙親把兒指望，教兒讀古聖文章。似我會讀書的，倒把親撇漾。少甚麼不識字的，倒得終奉養。書呵，我只爲其中自有黄金屋，反教我撇却椿庭萱草堂。還思想，畢竟是文章誤我，我誤爹娘。（三）

（一）眉批：關目好。
（二）眉批：如今看書的那一個行得的？可嘆！可嘆！
（三）眉批：好，好。

【前腔】比似我做個負義虧心臺館客，到不如守義終身田舍郎。《白頭吟》記得不曾忘，綠鬢婦何故在他方？書呵，我只爲其中有女顏如玉，反教我撇却糟糠妻下堂。還思想，畢竟是文章誤我，我誤妻房。_(一)

書既懶看他，且看這壁間山水古畫，散悶則個。呀！這一軸畫像，是我昨日在彌陀寺中燒香拾得的，如何院子也將來掛在此間？且看甚麼故事。

【南呂過曲・太師引】（生唱）細端詳，這是誰筆仗？覷着他，教我心兒好感傷。（細看科）好似我雙親模樣。_(二) 差矣，我的媳婦會針指，便做是我的爹娘呵，怎穿着破損衣裳？前日已有書來，道別後容顏無恙，怎的這般淒涼形狀？且住，我這裏要寄一封書回去，尚不能彀。他那裏呵，有誰來往，直將到洛陽？天下也有面貌廝像的，須知道仲尼陽虎一般龐。

我理會得了。

【前腔】這是街坊誰劣相，砌莊家形衰貌黃。假如我爹娘呵，若沒個媳婦來相傍，少不得也這般淒涼。_(三) 敢是個神圖佛像？呀！却怎的，我正看間，猛可的小鹿兒心頭撞？這也不是神圖。

佛像，敢是當元的畫工有甚緣故？丹青匠，由他主張，須知道毛延壽誤了王嬙。

若是個神圖佛像，背面必有標題，待我轉過來看。呀！元來有一首詩在上面。（讀詩科）這厮好無禮，句句道着下官。等閒的怎敢到此？想必夫人知道。待我問，便分曉。夫人那裏？

像。院子不省得，也將來掛在這裏。甚麽人在背面題着一首詩？請讀與奴家知道。（生云）那裏是？墨蹟尚未曾乾。（貼背云）我理會得了。相公，這詩如何說？（貼云）敢是當原寫的？（生云）

【雙調引子·夜遊湖】（貼唱）猶恐他心思未到，教他題詩句，暗裏相嘲。翰墨關心，丹青入眼，強如把語言相告。

【雙調引子·夜遊湖】（貼唱）猶恐他心思未到，教他題詩句，暗裏相嘲。翰墨關心，丹青入

（生怒云）夫人，誰人到我書館中來？（貼云）沒有人。（生云）我前日去彌陀寺中燒香，拾得一軸畫

（貼云）相公，奴家不省其意，請解說一遍，與奴家曉得也好。（生云）『崑山有良璧，鬱鬱璠璵姿。嗟彼一點瑕，掩此連城瑜。』崑山是地名，產得好玉，價值連城。若有些兒瑕玷，便不貴重了。『人生非孔顏，名節鮮不虧。』孔子、顏子是大聖大賢，德行渾全。大凡人非聖賢，能忠不能孝，能孝不能忠，所以名節多至欠缺。『拙哉西河守，胡不如皋魚？』西河守吳起，是戰國時人，魏文侯拜他爲西河守，母死不奔喪。皋魚是春秋時人，只爲周遊列國，父母死了。後來回歸，自剄而亡。『宋弘既以義，王允何其愚。』宋弘是光武時人，光武試把姐姐湖陽公主嫁他，宋弘不從。對道：『貧賤之交不可忘，糟糠之妻不下

堂。』王允是桓帝時人，(二)司徒袁隗要把姪女嫁他，他就休了前妻，娶了袁氏。『風木有餘恨，連理無傍

枝。』孔子聽得皐魚啼哭，問其故。皐魚說道：『樹欲靜而風不止，子欲養而親不在。』西晉時東宮門有

槐樹二株，連理而生，四傍皆無小枝。『寄與青雲客，慎勿乖天彝。』傳言與做官的，切莫違了天倫。(貼

云)相公，那不奔喪和那自刎的，那一個是孝道？(生云)那棄了妻的是亂道。(生云)那不奔喪的是亂道。(貼

云)呀！我的父母知他存亡如何？我決不學那不奔喪的，可不辱沒了你？(貼云)相公，你雖不學那不奔喪的，

且如你這般富貴，腰金衣紫，假有糟糠之婦，藍縷醜惡，不辱沒了你？你莫不也索休了？(生怒云)

夫人，你說那裏話！　縱是辱沒殺我，終是我的妻房，義不可絕。

【越調過曲‧鑠鍬兒】(生唱)夫人，你說得好笑，可見你心兒窄小。我決不學那王允的見識，沒

來由漾却苦李，再尋甜桃。古人云：棄妻止有七出之條。他不嫉不淫與不盜，終無去條。那棄

妻的，眾所誚。那不棄妻的，人所褒。縱然他醜貌，怎肯相休棄了？

【前腔】(貼唱)伊家富豪，那更青春年少。看你紫袍掛體，金帶垂腰。做你的媳婦呵，應須有

封號。金花紫誥，必俊俏，須媚嬌。若還他醜貌，怎不相休棄了？

(二)　王…原作『黃』，據史實改。下同改。

【前腔】（生唱）夫人，你言顛語倒，惱得我心兒轉焦。莫不是你把咱奚落，特兀自粧喬？引得我淚痕交，撲簌簌這遭。（貼云）相公，你問他待怎的？（生云）夫人，他把我嘲，難恕饒。你說與我知道，怎肯干休罷了？

【前腔】（貼唱）相公，我心中忖料，想不是個薄情分曉。這題詩的是誰？（貼云）相公，你問他待怎的？（生云）我不認得。（貼唱）伊家枉然焦，只怕你哭聲漸高。（生云）是誰？（貼唱）是那題詩的麼？（生云）我不認得。（貼唱）伊家枉然焦，只怕你哭聲漸高。（生云）是誰？（貼唱）是伊大嫂，身姓趙。正要說與你知道，怎肯干休罷了？

姐姐有請。

【入賺】（旦唱）聽得鬧炒，敢是我兒夫看詩囉唗？（貼云）姐姐快來。（旦唱）是誰忽叫？想是夫人召，必有分曉。（貼云）相公，是他題詩句，你還認得否？（生云）他從那裏來？（貼云）相公，他從陳留郡，為你來尋討。（生認科）呀！我道是誰，元來是你呵。娘子，你怎的穿着破襖，衫盡是素縞？莫不是我雙親不保？（旦云）官人，從別後，遭水旱，我兩三人只道同做餓殍。（生云）張太公曾週濟你麼？（旦唱）只有張公可憐，歡雙親別無倚靠。（生云）後來卻如何？（旦唱）兩口顛連相繼死。（生云）苦！元來我爹媽都死了。娘子，那時如何得殯斂？（旦唱）

（二）旦唱：原闕，據文義補。

我剪頭髮賣錢送伊姓考。（生云）如今安葬了未曾？（旦唱）把墳自造，土泥盡是我麻裙裹包。

（生云）罷了。聽伊言語，怎不痛傷噎倒？

（小桃紅）（生唱）蔡邕不孝，把父母相拋。爹娘，我與你別時，豈知怎地？（生哭拜科）

（生倒，旦、貼作扶起科）（旦云）官人，這畫像就是你爹媽的真容。（生拜科）

聖朝？娘子，你爲我受煩惱，你爲我受劬勞。謝你葬我爹，葬我娘，你的恩難報也。又道是

養子能代老。（合）這苦知多少，此恨怎消？天降災殃人怎逃？

娘子，這真容是誰畫的？

【前腔】（旦唱）這儀容像貌，是我親描。（生云）娘子，路途遙遠，你那得盤纏來到此間？（旦低唱）

乞丐把琵琶撥，怎禁路遙？官人，說甚麼受煩惱？說甚麼受劬勞？不信看你爹，看你

娘，比別時兀自形枯槁也。我的一身難打熬。（合前）

【前腔】（貼唱）設着圈套，被我爹相招。相公，你也說不早，[二]況音信杳。姐姐，你爲我受煩

惱，爲我受劬勞。相公，是我誤你爹，誤你娘，誤你名不孝也。做不得妻賢夫禍少。（合前）

【前腔】（生唱）我脫却巾帽，解却衣袍。（貼唱）相公，急上辭官表，共行孝道。（生云）夫人，只怕

你去不得。（貼云）相公，我豈敢憚煩惱？豈敢憚劬勞？同去拜你爹，拜你娘，親把墳塋掃也。使地下亡靈安宅兆。（合前）

【餘文】（合）幾年間分別無音耗，奈千山萬水迢遙。天那！只爲三不從，生出這禍苗。

（生）只爲君親三不從，（旦）致令骨肉兩西東。

（貼）今宵賸把銀釭照，（旦）猶恐相逢是夢中。

第三十八齣　張公遇使

【南呂引子·虞美人】（末唱）青山古木何時了，斷送人多少。孤墳誰與掃荒苔？連塚陰風吹送紙錢遶。

【仙呂入雙調·步步嬌】（末唱）呀！只見黃葉飄飄把墳頭覆，斯趕的皆狐兔。（望科）敢是誰斫了樹木去？爲甚松楸漸漸疏？（滑倒科）咳！甚麼絆我這一倒？却元來是苔把磚封，筍迸泥路。老員外，老安人，自古道：未歸三尺土，難保百年身。已歸三尺土，難保百年墳。只怕你難保百年墳。我老夫在日，尚來爲你看管。若老夫死後呵，教誰添上你三尺土？（丑扮李旺上）

【南呂引子·虞美人】（末唱）青山古木何時了，斷送人多少。孤墳誰與掃荒苔？連塚陰風

冥冥長夜不知曉，寂寂空山幾度秋。泉下長眠人未醒，悲風蕭瑟起松楸。老漢曾受趙五娘囑託，教我爲他看管墳塋。這兩日有些閒事，不曾看得，今日只索去走一遭。

【前腔】（丑唱）渡水登山多勞苦，來到這荒村塢。遙觀一老夫，試問他家，住在何所。趲步

向前行，呀！　却是一所荒墳墓。

（相見科）（末云）小哥，你從那裏來？（丑云）小人從京都來。（末云）却往那裏去？（丑云）奉蔡相公

差至此。（末云）你相公是那裏人？（丑云）差你來有甚勾當？（丑云）我相公特差小人來請取他的太老爹太

夫人和那小夫人，一同到洛陽去。（末云）你相公叫甚麼名字？（丑云）我相公的名字，小人怎敢説？

（末云）荒僻去處，但説不妨。（丑云）我相公是蔡伯喈。（末發怒科）

【風入松】（末唱）你不須提起蔡伯喈，説着他每忒歹。（丑云）呀！　他有甚歹處？（末唱）他中

狀元做官六七載，（二）撇父母抛妻不采。（丑云）他父母在那裏？（末唱）兀的這磚頭土堆，是他

雙親在此中埋。（丑云）呀！　元來太老爹太夫人都死了呵。不知為甚的死了？

【前腔】（末唱）一從他別後遇荒災，更無人倚賴。（丑云）這等，是誰承直他兩個？（末唱）虧他媳

婦相看待，把衣服和釵梳都解。（丑云）解也須有盡時。（末云）便是。（末唱）這小娘子解得錢來糴米，做飯

與公婆吃。　他背地裏把糟糠自捱，公婆的反疑猜。

（丑云）公婆敢道他背後自吃了些好東西麼？（末云）便是。　後來呵，

眉批：　也不合知他中狀元。

【前腔】（末唱）他公婆的親看見，雙雙痛倒，無錢斷送，剪頭髮賣買棺材。（丑云）他那般無錢，如何築得這一所墳墓？（末唱）他去空山裏，裙包土，血流指，感得神明助，與他築墳臺。

（丑云）自古道孝感天地，果然有此。這小娘子如今在那裏？

【前腔】（末唱）他如今迤往帝都來。（丑云）他把甚麼做盤纏？（末云）小哥，我不瞞你。他彈着琵琶做乞丐。（丑云）蔡相公特地差小人來取他父母妻子，如今太老爹太夫人既死了，小夫人卻又去了，如何是好？（末云）你謾着，我與你說與他父母知道便了。老員外、老安人，你孩兒做官，如今差人來取你到京，同享富貴，你去不去？（哭科）叫他不應魂何在？空教我珠淚盈腮。（丑云）公公，你休啼哭。小人如今回去，教俺相公多多做些功果，追薦他便了。（末笑科）他生不能養，死不能葬，葬不能祭。（丑云）公公，你休

這三不孝逆天罪大，空設醮，枉修齋。[一]

你相公如今在那裏？（丑云）我相公如今入贅牛丞相府裏。

【前腔】（末唱）小哥，你如今疾忙便回，說我張老的道與蔡伯喈。（丑云）道甚麼來？（末唱）道你拜別人的爹娘好美哉，親爹娘死，不值你一拜。（丑云）公公，你休錯埋冤了人。他要辭官，官裏不從；他要辭婚，我太師不從，也只是沒奈何了。（末云）怎的呵，元來他也是無奈，好似鬼使神差。

（一）眉批：張老大有直氣。

李卓吾先生批評琵琶記

二〇七五

他當元在家不肯赴選，他的爹爹不從他。這是三不從把他廝禁害，三不孝亦非其罪。（丑云）公，你險些錯埋冤了人。（末唱）這是他爹娘福薄運乖，人生裏都是命安排。

（丑云）敢問公公高姓？（末云）小哥，我老漢不是別人，張太公的便是。當初蔡伯喈臨去之時，把父母囑付與我。如今他父母身死，小娘子又去京都尋他，將近去了個半月日。你如今回去，一路上但見一個婦人，道姑打扮，拿着一個琵琶，背着一軸真容的，便是你相公的小娘子。你把盤纏好好承直他去便了。（丑云）理會得。小人告別了。

（末）雙親死了已無依，今日回來也是遲。

（丑）夜靜水深魚不餌，滿船空載月明歸。

第三十九齣　散髮歸林

【仙呂入雙調·風入松慢】（二）（外唱）女蘿松柏望相依，況景入桑榆。他椿庭萱室齊傾棄，怎不想家山桃李？中雀誤看屏裏，乘龍難駐門楣。

自古道：人無遠慮，必有近憂。自家當初不仔細，一時間不信我那院子的説話，定要招蔡伯喈爲婿，

（一）　人……　原闕，據明萬曆金陵繼志齋刊本《重校琵琶記》補。

指望養老百年。誰想道他父母俱亡，如今他媳婦遲遲來尋取。聞說我女孩兒也要和他同去，不知是否？待我喚院子出來問他，便知端的。院子那裏？（末云）紋犀欲下意沉吟，棋局排來仔細尋。猶恐中間差一著，教人錯用滿秤心。相公有何鈞旨？（外云）院子，說道蔡狀元的父母身死，他媳婦來尋他，我的小姐也要和他同去，你知道麼？（末云）男女不知，老姥姥必知道的。（外云）如此，叫老姥姥過來。

【仙呂過曲·光光乍】（淨唱）女婿要同歸，岳丈意何如？忽叫阿奴緣何的？想必與他做區處。

（外云）老姥姥，見說蔡狀元的父母身死，他的媳婦來此尋他，我的小姐也要和他同去，此事是否？（淨云）果是，小姐要同去。（外云）呀！我小姐同去做甚麼？（淨云）相公，他父母都死了，只是一個媳婦支持，如今小姐要同他回去守服，有何不可？（外怒云）我的小姐如何與別人帶孝？（二）（淨云）相公息怒，聽老奴告稟。

【南呂過曲·古女冠子】（淨唱）媳婦事舅姑合體例，相公，怎不教女孩兒同去？當初是相公相留住，今日裏怨著誰？（外云）胡說！我不教女孩兒去，卻待怎的？（淨云）相公，事須近禮，怎使聲勢？休道朝中太師威如火，那更路上行人口似碑。（二）（合）說起此事，費人區處。

（一）　眉批：　老牛還放出這樣屁來！

（二）　眉批：　如今相公怕口碑的少了。

【前腔】(末唱)我相公只慮着多嬌女，怕跋涉萬山千水。相公，只一件。女生向外從來語，況

已做人妻。夫唱婦隨，不須疑慮。這是藍田種玉結親誤，今日裏船到江心補漏遲。(合前)

【前腔】(外唱)當初是我不仔細，誰知道事成差池？痛念深閨幼女多嬌媚，怎跋涉萬餘

里？天那！我嫡親更有誰？怎忍分離？罷！罷！不教愛女擔煩惱，也被傍人講是非。

(合前)

(外云)老姥姥，你和院子也說得是，只得由他去罷。(淨云)恰好狀元小姐都來了。

【雙調引子·五供養】(生唱)終朝垂淚，爲雙親使我心瘆。(貼唱)親墳須共守，只得離神京。

(生云)夫人，且商量個計策，猶恐你爹行不肯。(合)若是他不肯，難說道君王有命。

(相見科)(外云)賢婿，我聞說你父母背棄，你媳婦來此相尋，此事果否？(旦云)奴家便是。(外云)賢哉！賢哉！(貼云)孩兒爲

一事，拜覆爹爹知道。(外云)這可是伯喈的媳婦麼？孔子云：生事之以禮，死葬之以禮，祭之以禮。若姐姐爲

蔡氏之婦，生能竭奉養之力，死能備棺槨之禮，葬能盡封樹之勞；孩兒亦爲蔡氏婦，生不能供甘旨，死

不能盡辟踴，葬不能事窀穸。以此思之，何以爲人？誠得罪於舅姑，實有愧於姐姐。今特講於爹爹之

前，願居於姐姐之下。(外云)賢哉吾女！道得是，道得是。(旦云)自古道：人有貴賤，不可概論。(外云)五娘

夫人是香閨繡閣之名姝，奴家是裙布荆釵之貧婦；況承君命以成婚，難讓妾身而居右。(外云)五

子，你今日既無父母，又喪公姑，恰便是我的女孩兒一般；況你身先歸於蔡氏，年又長於吾兒，此定當禮，不必多辭〔一〕。（生云）你兩個只做姊妹相呼便了。（生云）愚婿今日拜辭岳丈，領二妻同歸故里，共行孝道。待服滿之後，再來侍奉尊顏。（外云）賢婿，我其寔捨不得你去。今日你爹娘既不幸了，我也難再留你。（貼云）爹爹，孩兒暫別尊顏，寔出無奈。（外云）賢婿，我善保尊體，不必掛牽。（外悲云）孩兒，你如今去拜舅姑的墳墓，竟不念我。（貼云）爹爹放心，孩兒此去，不過三年之期。（外哭云）孩兒，你如今去拜舅姑的墳墓，竟不念我？（貼云）爹爹放心，孩兒此去，不過三年之期。

（外悲云）苦！女兒終是向外。

兀的不痛殺我也！〔二〕（眾云）相公不須煩惱。（生、旦、貼拜辭科）

【大石調過曲·攤拍】（生唱）念蔡邕為雙親命傾，遭不孝逆天罪名，今辭了帝廷。感岳丈慇懃，豈敢忘情？痛父母恩深，久負亡靈。（合）辭別去，同到墳塋。心慚慚，淚盈盈。

【前腔】（旦唱）念奴家離鄉背井，謝公相教孩兒共行。非獨故里榮，我泉下公婆，死也目瞑。

（外云）五娘子，我女孩兒少長閨門，凡事望你指顧。（旦唱）我自看承你孩兒，不須叮嚀。（合前）

【前腔】（貼唱）覷爹爹衰顏皤鬢，思量起教人淚零。爹爹，我進退不忍。我待不去呵，誤了公婆，被人譏評，我待去呵，撇了爹爹，沒人溫凊。（合前）

【前腔】（外唱）孩兒，此別去，你的吉凶未憑。再來時，我的存亡未審。賢婿，吾今已老景。畢

李卓吾先生批評琵琶記

〔一〕 眉批：老牛，老牛，何苦定要把女兒與人做小老婆麼？

〔二〕 眉批：少不得歸來帶你老牛的孝也。

二〇七九

竟你沒爹娘，我沒親生。[一] 若是念骨肉，一家須早辦回程。（合前）

【正宮過曲・一撮棹】（生唱）岳丈，你寬心等，何須苦掛縈？（外唱）賢婿，把音書寫，頻頻寄郵亭。（貼云）老姥姥，爹年老，伊家須是好看承。（淨唱）程途裏，各願保安寧。（旦唱）死別全無準，生離又難定。（合）今去也，未知何日返神京？

（外云）你三人去，途中須要保重。（生、旦、貼云）謝得尊人掛念。

【哭相思尾】（合唱）最苦生離難拋捨，未知再會何時也。（生、旦、貼並下）

（外）女婿今朝已別離，老身孤苦有誰知。

（合）夫唱婦隨同歸去，一處思量一處悲。

第四十齣　李旺回話

（丑扮李旺上）

【柳穿魚】（丑唱）心忙似箭走如飛，歷盡艱辛有誰知？　夜靜水寒魚不食，滿船空載月明歸。

歸來後，到庭除，未知相公在何處？

[一] 眉批：老牛，你今日知道他前日的苦了？

李旺蒙老相公差去陳留，請取蔡相公的老員外、老安人、小娘子。不想他兩位老的都死了，小娘子又來了；教我空走這一遭。如今且未好對老相公說，先說與蔡相公知道。呀！怎的房門都閉了？敢是蔡相公入朝去了，小姐要幽静，閉着門呵？開門，開門〔一〕。

【翫仙燈】（外唱）門外有人聲，是誰來諠鬧炒？

（丑云）老相公，是李旺。（外云）李旺，你回來了？你知道麼，我小姐和蔡相公都回家去了？（丑云）蔡相公小娘子曾到這裏不曾？（外云）我見他了。李旺，我且問你：蔡相公父母既死了，媳婦又來了；你到那裏，曾見甚麼人？

【南呂過曲·風帖兒】（丑唱）相公，我到得陳留，逢着一個故老，在他爹娘墳上拜掃。他道他爹娘呵，果然飢荒都喪了。他媳婦也來到，枉教人走這遭。

【前腔】（外唱）李旺，我如今去朝廷上表，奏蔡氏一門孝道。管取吾皇降丹詔，把他召。我自去陳留走一遭。

（丑云）老相公，這個趙氏，其寔難得！（外云）便是，一家都難得。一來蔡伯喈不忘其親，二來趙五娘子孝於舅姑，三來我小姐又能成人之美：一門孝義如此，理當保奏，請行旌表。（丑云）相公道得

〔一〕　眉批：關目好，但不象相府耳，難道再無一人說知？

最是。

　　（外）五更三點奏朝廷，（丑）今古難求此樣人。

　　（合）管取一封天子詔，表揚四海孝賢名。

總批：

他們是該旌表了，只是你這老牛也當打五百背脊。
。。。。。。。。。。。。。。。。。。。。。。。。

第四十一齣　風木餘恨

（生、旦、貼帶侍從上）

【雙調引子·梅花引】（生唱）傷心滿目故人疏，看郊墟，盡荒蕪。（旦、貼唱）惟有青山，添得個墳墓。（合）慟哭無聲長夜曉，問泉下有人還聽得無？

【玉樓春】（生云）他鄉萬點思親淚，不能滴向家山地。（旦云）如今有淚滴家山，欲見雙親渾無計。（貼云）荒墳衰草連寒煙，蒼苔黃葉飛蘋蘩。（生云）欲聽雞聲來問寢，忽驚蟻夢先歸泉。（旦云）人生自古誰無死，嗟君此恨憑誰語。（貼云）可憐衰經拜墳塋，不作錦衣歸故里。（生云）夫人，此處便是爹媽墳墓，我和你先拜了雙親，還要去拜謝張太公。（旦、貼云）正是如此。（拜奠科）

【仙呂入雙調·玉雁兒】（生唱）孩兒相誤，爲功名擔擱了父母。　都緣是孩兒不得歸鄉故。　爹

爹、媽媽，你怎便先歸黃土？乾坤豈容不孝子？名虧行缺不如死，只愁我死缺祭祀。[一]

（合）對真容形衰貌枯，想靈魂悲咽痛苦。

【前腔】（旦唱）百拜公姑，望矜憐怨責我夫。你孩兒贅居牛相府，日夜要歸難離步。[二] 你這新媳婦呵，堅心雅意勸親父，同歸故里守孝服，今日雙雙來廬墓。（合前）

【前腔】（貼）不孝的媳婦，恨當初為我耽誤了丈夫。吃人談笑生何補？我待死呵，又羞見公姑。公公、婆婆，我生前不能毂相奉侍，何如事你向黃泉路？只一件，我死了呵，家中老父誰看顧？[三]（合前）

（生云）呀！只見朔風四起，瑞雪橫空，天氣甚冷。左右，且迴避着。（眾下）（末扮張太公上）

【前腔】（末唱）樓臺銀鋪，遍青山渾如畫圖。乾坤似他衣衰素，故添個縞帶飛舞。你蹣跚慚哭直恁苦，那堪大雪添淒楚？事當逆來順受，抑情就禮通今古。（合前）

（生云）呀！張太公來了。卑人父母生死，皆蒙太公周濟，正道拜了父母墳塋，就到宅上拜謝，少效銜環之報，何勞太公先降？（末云）說那裏話？蔡相公，你腰金衣紫，可惜令尊令堂相繼謝世，不得盡你

（一）眉批：又不肯死了。
（二）眉批：五娘子說分上，斷是聽的。
（三）眉批：真。

孝心。正是：樹欲靜而風不寧，子欲養而親不逮。這也是他命該如此。你今日榮歸故里，光耀祖宗。

雖是他生前不能享你的祿養，死後亦得沾你的恩典。老夫苟延殘喘，又得相見。僥倖！僥倖！你今

在此廬墓，老夫合當陪伴，但有牛氏夫人在此，怕不穩便。暫且告別，再來相看。

（生）多謝深恩不敢忘，（末）稍寬愁緒節悲傷。

（旦）親墳共掃添榮耀，（貼）不負詩書教子方。

第四十二齣　一門旌獎

【商調引子·逍遙樂】（生唱）寂寞誰憐我？空對孤墳珠淚墮。（旦唱）光陰撚指過三春。

（貼唱）幽途渺渺，滯魄沉沉，誰與招魂？

（生云）夫人，你看兩木連枝誰手栽？相馴白兔走墳臺。（旦、貼云）無心動植呈祥瑞，否極應須泰

來。（末上云）一封丹詔從天下，忽聽傳聞動郊野。說道旌表一門閭，未卜此來為何人也？（末云）蔡相

公，外面喧傳有詔書到此，旌表孝義，想必爲足下而來。（生云）人間孝者亦多，卑人何足稱孝？假如

大舜、曾參之孝，亦是人子當盡之事，何足旌表？（末云）你說那裏話？老夫當初也只道你貪名逐利，

撇了父母妻室，不肯還家，到如今纔得個分曉。《孝經》云：孝弟之至，通於神明，光於四海，無所不

通。今見你墳頭枯木生連理之枝，白兔有馴擾之性。祥瑞若此，吉慶必來。

【仙吕入雙調·六么令】（末唱）連枝異木新，見墳臺白兔如馴。禽獸草木尚懷仁，這一封丹詔必因君。（合）料天也會相憐憫。

【前腔】（生唱）皇恩若念臣，我也不圖祿及吾身。只愁恩不到雙親，空辜負，這孤墳。（合前）

【前腔】（旦唱）知他假與真？謝得公公，報說殷勤。太公，空教你爲我受艱辛，今日裏，有誰旌表你門庭？（一）（合前）

【前腔】（貼唱）來使是何人？悶中無由詢問一聲。（生云）夫人要問甚麼？（貼唱）無由詢問我家君，知他安與否，死和存？（合前）（丑扮縣官上）

【前腔】（丑唱）敕書已來近，看街市上人亂紛紛。咱每只得忙前奔，備香案，接皇恩。（合前）（相見科）（生云）何處官長？因甚到此？（丑云）下官本縣知縣。告大人得知：今日天朝牛丞相親賫詔書，到此開讀。旌表大人一門孝義，加官進職，起服到京。下官特來鋪設香案，迎接皇恩，請大人改換吉服等候。（生云）卑人孝服，未可更易。（丑云）先王制禮，賢者俯而就，不肖者跂而及。（三）今大人服制已滿，況天朝恩典，禮當從吉。（眾云）說得是。（生云）門閭旌表感吾皇。（旦、貼云）孝服今朝

（一）眉批：真，真。
（二）
（三）及：原作『反』，據汲古閣刊本《繡刻琵琶記定本》改。

換吉裳。（合唱）不是一番寒徹骨，爭得梅花撲鼻香？（生、旦、貼下）（外引侍從上）

【前腔】（外唱）風霜已滿鬢，玉勒雕鞍，走遍紅塵。今日到此喜欣欣，重相見，解愁悶。（合前）

（淨云）這裏就是蔡相公廬墓所在，請相公駐節。（生、旦、貼吉服上）

【前腔】（合唱）心慌步又緊，想皇恩已到寒門。披袍秉笏更垂紳，冠和帶，一番新。（合前）

（外云）聖旨已到，跪聽宣讀。皇帝詔曰：〔一〕朕惟風俗爲教化之基，孝弟爲風俗之本。去聖逾遠，淳風日漓。彝倫攸斁，朕甚憫焉。其有克盡孝義，可多獎勸，以勉四海？議郎蔡邕，篤於孝行。富貴不足以解憂，甘旨常關於想念。雖違素志，竟遂佳名。委職居喪，厥聲尤著。其妻趙氏，獨奉舅姑。服勞盡瘁，克終養生送死之情，允備貞潔章柔之德。糟糠之婦，今始見之。牛氏善諫其父，克相其夫。罔懷嫉妒之心，寔有遜讓之美。曰孝曰義，可謂兼全。斯三人者，朕甚嘉之。使四海億兆，皆當儀刑斯人，垂範將來。風移俗易，教美化行。唐虞三代，誠可追配。是用寵錫十六勳，母秦氏贈天水郡夫人，妻趙氏封陳留郡夫人，牛氏封河南郡夫人，限日赴京，父從簡贈中郎將。蔡邕授中郎將，妻趙氏封陳留郡夫人，牛氏封河南郡夫人。於戲！風木之情何深，式彰風化之表；霜露之思既極，宜沾雨露之恩。服此休嘉，慰汝悼念。謝恩！（生、旦、貼謝恩科）（外拜墳科）（生、旦、貼拜謝外科）（外賢婿，五娘子和我女孩兒，且喜各

（生云）荷蒙岳丈保奏，愚婿何以克當？〔二〕（貼）自別尊顏，且喜無恙。（外）賢婿，五娘子和我女孩兒，且喜各

〔一〕　克盡……　原作『盡克』，據汲古閣刊本《繡刻琵琶記定本》改。

〔二〕　所據底本《古本戲曲叢刊初編》本，系據長樂鄭氏藏明容與堂本影印。原本自『以』字以下爲手鈔。

保安康，再得相見。（指末介）此位是誰？（末）老漢是蔡相公鄰人張廣才。（生）愚婿父母生死，都得他周濟，真乃有德長者。（外）原來就是張太公，俺朝裏也聞得他仗義高名。（末）賢婿，你今起復到京，未及展報深恩。

我有黃金一篋送與張公，聊表報答之意。（外）賢婿，張公高義之人，不可相強。老夫回京，當奏請朝廷降詔褒封，以酬大恩便了。（末）說那裏話？

身死，我實有愧心，何敢受令岳之賜？（生）太公且請收下，卑人尚當申奏朝廷，更圖薄報。（末）救災卹鄰，古之常理；又況你二親此金斷然不敢受。（外）賢婿，張公，便請收下了。（生）太公，

義名傳天下知。

【仙呂過曲·一封書】（外）我恭奉聖旨，跋涉程途千萬里。吾皇親賢意甚美，我因探孩兒並

【前腔】（生）兒不孝，有甚德？蒙岳丈過主維。（悲介）何如免喪親？又何須名顯貴？可

女婿。賢婿，你夫婦呵，數載辛勤雖自苦，今日裏身受皇恩人怎比？（眾）耀門閭，進官職，孝

惜二親饑寒死，博得孩兒名利歸。（合前）

【前腔】（旦）把真容重畫取。公婆呵，喜如今封贈伊。待把你眉頭放展舒，還愁你瘦容難做

肥。今日呵，豈獨奴心知感德，料你也銜恩泉石裏。（合前）

【前腔】（貼）從別後倍哀戚，況家中音信稀。爲公姑多怨憶，爲爹行又常淚垂。今見公姑無

愧色，又喜得與爹行相倚依。（合前）

【中呂過曲·永團圓】（眾）名傳四海人怎比？豈獨是耀門閭？人生怕不全孝義，聖明世，

豈相棄。這隆恩美譽，從教管領無所愧，萬古青編記。如今便去，相隨到京畿。拜謝君恩

了，歸庭宇一家賀喜。共設華筵會，四景常歡聚。

【尾聲】（合）顯皇猷，開盛治。共說孝男並義女。願玉燭調和，聖主垂衣。

　　　　（生）自居墓室已三年，（外）今日丹書下九天。

　　　　（旦、貼）莫道名高並爵貴，（衆）須知子孝與妻賢。

新刻魏仲雪先生批點琵琶記

目録

新刻魏仲雪先生批點琵琶記下卷

新刻魏仲雪先生批點琵琶記目録

新刻魏仲雪先生批點琵琶記上卷

上虞魏浣初　仲雪父　批評

門人李裔蕃　九仙父　註釋

第一齣　副末開場

【水調歌頭】秋燈明翠幕，夜案覽芸編。今來古往，其間故事幾多般。少甚佳人才子，也有神仙幽怪，瑣碎不堪觀。〇(一)正是：不關風化體，縱好也徒然。　論傳奇，樂人易，動人難。知音君子，這般另作眼兒看。休論插科打諢，也不尋宮數調，只看子孝共妻賢。〇(二)正是：騕騕方獨步，萬馬敢爭先。

（問內科）且問後房子弟，今日敷演誰家故事，那本傳奇？（內應科）三不從《琵琶記》。（末云）原來是

(一)　眉批：　便粧許多腔。

(二)　看：　原作『好』，據汲古閣刊本《繡刻琵琶記定本》改。

這本傳奇。待小子略道幾句家門，便見戲文大意。

【沁園春】趙女姿容，蔡邕文業，兩月夫妻。奈朝廷黃榜，遍招賢士；高堂嚴命，强赴春闈。堪悲，趙女支持，剪下香雲送舅姑。把麻裙包土，築成墳墓；琵琶寫怨，逕往京畿。孝矣伯皆，賢哉牛氏，書館相逢最慘悽〇[一]同盧墓，一夫二婦，旌表門間。

極富極貴牛丞相，施仁施義張廣才。

有貞有烈趙貞女，全忠全孝蔡伯皆。

釋義： 芸編： 芸香草薰書，可辟蠹。 傳奇： 小說也。 唐有傳奇，宋有戲曲。 知音： 伯牙善琴，子期善聽。 伯牙志在高山，子期曰：峨峨然若泰山。 志在流水，曰：洋洋乎若江河。 及子期死，伯牙絕琴不鼓，以世無知音者。 驊騮： 良馬名，赤黑色。 黃榜： 古用蜀中麻黃紙寫榜，以招賢才。 春闈： 禮闈。 國家以禮進賢，故試士以禮部掌之。 鰲頭： 《列子》：渤海之東，有五山，曰岱輿、圓嶠、方壺、瀛洲、蓬萊，根無所着，常隨潮波上下。 帝命禺强使巨鰲十五頭戴之。 故進士中魁者謂之占鰲頭。 琵琶： 胡人之樂器。 推手前曰琵，引手却曰琶。

[一] 眉批： 書館相逢就不慘悽了。

第二齣　高堂稱壽

【正宮引子·瑞鶴仙】（生）十載親燈火，論高才絕學，休誇班馬。風雲太平日，正驊騮欲騁，魚龍將化。沉吟一和，怎離却雙親膝下？且盡心甘旨，功名富貴，付之天也。

〔鷓鴣天〕宋玉多才未足稱，子雲識字浪傳名。奎光已透三千丈，風力行看九萬程。　　經世手，濟時英，玉堂金馬豈難登？要將萊綵歡親意，且戴儒冠盡子情。蔡邕沉酣六籍，貫串百家。自禮樂名物，以及詩賦詞章，皆能窮其妙；由陰陽星曆，以至聲音書數，靡不得其精。抱經濟之奇才，當文明之盛世。幼而學，壯而行，雖望青雲之萬里；入則孝，出則弟，怎離白髮之雙親。到不如盡菽水之歡，甘薤鹽之分。正是：　孝行於己，責報於天〔一〕。自家新娶妻房，纔方兩月，却是陳留郡人，趙氏五娘。儀容俊雅，也休誇桃李之姿；德性幽閒，儘可寄蘋蘩之託。夫妻和順，父母康寧。《詩》中有云：『為此春酒，以介眉壽。』今喜雙親既壽而康，對此春光，就花下酌杯酒，與雙親慶壽，多少是好。昨日囑付五娘子安排，不免催促則個。娘子，酒完否？請爹媽出來。（旦內應介）（外扮蔡公、净扮蔡婆上）

【雙調引子・寶鼎兒】（外）小門深巷，春到芳草，人間清晝。（淨）人老去星星非故，春又來年年依舊。[一]（旦扮趙氏上）最喜今朝春酒熟，滿目花開如繡。（合）願歲歲年年，人在花下，常酌春酒。

（外云）孩兒，你請我兩個出來做甚麼？（生跪科）告爹媽得知：人生百歲，光陰幾何？幸喜爹媽年滿八旬，孩兒一則以喜，一則以懼。[二]當此芳春光景，閒居無事，聊具一杯蔬酒，與爹媽稱壽則個。（淨笑云）阿老有得喫。（外云）阿婆，這是子孝雙親樂，家和萬事成。（生進酒科）

【雙調過曲・錦堂月】（生）簾幕風柔，庭闈晝永，朝來峭寒輕透。親在高堂，一喜又還一憂。惟願取百歲椿萱，長似他三春花柳。（合）酌春酒，看取花下高歌，共祝眉壽。

【前腔換頭】（旦）輻輳，獲配鸞儔。深慚燕爾，持杯自覺嬌羞。[三]怕難主蘋蘩，不堪侍奉箕箒。惟願取偕老夫妻，長侍奉暮年姑舅。（合前）

【前腔換頭】（外）還愁，[四]白髮蒙頭。紅英滿眼，心驚去年時候。只恐時光，催人去也難留

（一）眉批：曲妙。
（二）眉批：『一懼』是人子心事，豈可對親面說？
（三）眉批：像個兩月的媳婦。
（四）眉批：正當行樂，忽及憂愁，固老人之言，亦家門之哀兆。

孩兒，惟願取黃卷青燈，及早換金章紫綬。（合前）

【前腔換頭】（淨）還憂，松竹門幽。桑榆暮景，明年知他健否安否？嘆蘭玉蕭條，一朵桂花堪茂。

媳婦，惟願取連理芳妍，得教遂孫枝榮秀。（合前）

【醉翁子】（生）回首，嘆瞬息烏飛兔走。喜爹媽雙全，謝天相佑。（旦）不謬，更清淡安閒，樂事如今誰更有？（合）相慶處，但酌酒高歌，共祝眉壽。

（外云）孩兒，你今日為我兩個慶壽，這便是你的孝心。人生須要忠孝兩全，方是個丈夫。我纔想將起來，今年是大比之年。昨日郡中有吏來辟召，你可上京取應。倘得脫白掛綠，濟世安民，這纔是忠孝兩全。（生云）爹媽高年在堂，無人侍奉，孩兒豈敢遠離？寔難從命。

【前腔換頭】（外）卑陋，論做人要光前耀後。勸我兒青雲萬里，早當馳驟。（淨）聽剖，真樂在田園，何必區區公與侯？（一）（合前）

【饒饒令】（生、旦）春花明綵袖，春酒泛金甌。但願歲歲年年人長在，父母共夫妻相勸酬。

【前腔】（外、淨）夫妻好廝守，父母願長久。坐對兩山排闥青來好，看將一水護田疇，綠

之理。

（一）　眉批：　達語。　或曰：　娶妻之日，年紀極大也只有三十歲，緣何母氏便八十了？恐世上沒有五十歲婦人生子

遠流。

【十二時】山青水綠還依舊，嘆人生青春難又，惟有快樂是良謀。

逢時對景且高歌，須信人生能幾何。

萬兩黃金未爲貴，一家安樂值錢多。

總批：

稱慶席上合請張太公方有張本。

釋義： 班馬： 後漢班固，字孟堅，明帝時典校書郎，著《西漢書》。司馬遷，字子長，爲太史令，作《史記》。故後世稱良史，必曰班馬也。 風雲： 《易》曰：『雲從龍，風從虎。』喻士之乘時也。 宋玉： 楚人屈原弟子，閔其師忠而見放，作《九辨》述其志以悲之。又作《高唐》《神女》等賦，皆寓言以諷上也。子雲： 楊雄，字子雲。博學群書。口吃，訥不能劇談，而好沉思，善識奇字。 九萬里： 北溟有魚曰鯤，鯤之大不知其幾千里。化而爲鵬，鵬之大又不知其幾千里。擊水三千，搏扶搖而上者九萬里。扶搖，風上行也。 玉堂： 漢武帝所建，猶今之翰林也。 宋蘇易簡爲學士，太宗以紅綃飛白曰『玉堂之署』四字以揚掛之。 金馬： 猶今之國子監也。漢東方朔爲金馬門待招。 青雲： 莆田鄭僑，乾道間中省，未廷試，夢空中一梯，雲氣圍遠。俄至梯側，既而果登第一。 菽水： 菽，豆也。《禮記》：『啜菽飲水，盡其歡心。』齏鹽： 《送窮文》：『朝齏暮鹽。』言學者燈窗窮苦。 蘋蘩： 二草名。『蘋蘩中饋，婦道之職。』椿

萱：《莊子》云：『山中有大椿樹，以八千歲爲春，八千歲爲秋。』凡稱父爲椿，取長久之義。萱，忘憂草

也，食之令人忘憂。故稱母爲萱，取忘憂之義也。出《莊子》。 輻轊：輻，車輻也。輻轊共轂，喻夫婦合

而成家也。 鸞儔：鸞鳳常和鳴，故以喻夫婦和合。 箕箒：呂翁善相，見漢高祖微時狀貌非常，曰：

吾有一女，願爲箕箒妾。後即呂后也。 黃卷：古人爲書，用黃紙。有誤，即以雌黃塗之，故曰黃卷。 金

章：章，印也。以金爲印，故曰金章。 桑榆：《淮南子》：『日西垂，影在桑榆。』喻人之年老也。 蘭

玉桂花：俱喻子孫也。晉謝玄與從兄朗輩爲叔父謝安所器重，曰：『子弟亦何預人事，正欲使其佳。』

玄答曰：『譬如芝蘭玉樹，欲使其生於庭堦耳。』 瞬息：瞬，一轉目也；息，一呼吸也。言光陰之易

過。 烏飛：《淮南子》云：『日中有三足烏。』兔走：《酉陽雜俎》云：『月中有玉兔搗藥。』

字音： 驉。 溜。 健。 件。 瞬。 舜。 闞。 榻。 滧。 幽。

第三齣 牛氏規奴

（末扮老院子上）風送爐香歸別院，日移花影上閒庭。畫長人靜無他事，惟有鶯啼三兩聲。小子不是別

人，却是牛太師府中一個院子。（一） 若論俺太師的富貴，真個：只有天在上，更無山與齊。舉頭紅日

（一） 眉批： 就提出牛氏，有□□□關目。

近，回首白雲低。怎見得富貴？他勢壓中朝，資傾上苑。白日映沙堤，青霜凝畫戟。門外車輪流水，城中甲第連天。瓊樓酔月十二層，錦帳藏春三十里。香散綺羅，寫不盡園林景致；影搖珠翠，描不盡庭院風光。好耍子的油碧車輕金犢肥，沒尋處的流蘇帳暖金難報。畫堂中持觴勸酒，走動的是紫綬金貂；繡屏前品竹彈絲，擺列的是朱唇粉面。玳瑁筵前爇寶香，[一]真個是朝朝寒食；琉璃影裏燒銀燭，果然是夜夜元宵。這般樣福地洞天，可知有仙姝玉女[三]。休誇富貴的牛太師，且説賢德的小娘子。

真個好一位小娘子呵！看他儀容嬌媚，一個沒包彈的俊臉，似一片美玉無瑕，體態幽閒，半點難勾引的芳心，如幾層清冰徹底。珠翠叢中長大，倒堪雅淡梳粧；綺羅隊裏生來，却厭繁華氣象。怪聽笙歌聲韻，惟貪針指工夫。愛景清幽，鎮白日何曾離繡閣？笑人遊冶，傍青春那肯出香閨？開遍海棠花，也不問夜來多少；飛殘楊柳絮，竟不道春去如何。要知他半點真心，惟有穿瑣窗的皓月；能回他一雙嬌眼，除非翻翠幌的清風。決非慕司馬的文君，肯學選伯鸞的德耀。更羨他知書知禮，是一個不趨蹌的秀才；若論他有德有行，好一位戴冠兒的君子。多應是相門相種，可惜不作厮兒。少甚麼王子王孫，爭要求爲佳配。呀！理會得麼？他是玉皇殿前掌書仙，一點塵心謫九天。莫怪蘭香熏透骨，霞衣曾惹御爐烟。呀！好怪麼！只見府堂中老姥姥和惜春姐兩個，笑哈哈舞將出來。我且躲在

（一）　爇：原作「褻」，據汲古閣刊本《繡刻琵琶記定本》改。

（二）　眉批：逼接下二語，妙。

一邊，看他來此做甚麼？（淨扮老姥姥丑扮惜春上）

【仙呂入雙調·雁兒落】（淨）庭院重重，怎不怨苦？要尋個男兒，又沒門路。（丑）甚年能勾和一丈夫，一處裏雙雙雁兒舞？

（相見科）（末云）來，我且問你兩個：往常間不曾恁的快活，今日爲何這等快活？（丑云）院公，你那裏得知我喫小姐苦哩！並不許半步胡端，又不要我說男兒那邊去[一]。咳！苦也！你不要男兒，我須要哩！他也道我和他相似，笑也不許我笑一笑。今日天可憐見，喫我千方百計去說動他，只限我半個時辰去後花園間要一遭。你道我如何不快活？（淨云）院公，便是我也千不合萬不合前生不曾種得福田，爹娘把我送在府堂中做個丫頭。到今年紀老了，不曾得一日眉頭舒展。今日天可憐見，老相公入朝，我繞得偷身來此閒要一遭。你道我緣何不快活？（末云）原來恁的，可知道你二人快活也。（淨云）院公，你侍奉老相公，却是公的又撞着公的；，我與惜春伏侍小姐，却是雌的又撞雌的[二]。（末云）呀！老姥姥，你怎的說這話？惜春年紀小，也怪他傷春不得。你年紀這般老大，也說這般傷春的話，成甚麼樣子？（淨云）哼嗯老畜生，倒喫你識破了！却不道秋茄晚結，菊花晚發？[三]我雖然老便老，

＿＿＿＿＿＿＿＿

（一）眉批：雖是插諢，却顯得家教嚴肅。
（二）眉批：此句多，删。
（三）眉批：却好個援引。

似京棗。外面皺，裏頭好。你不聞東村有個李太婆，年紀七八十歲，頭光撻撻的，也只要嫁人。人問道：婆婆，你這般老了，又要去嫁人怎的？那婆婆做四句詩，應得好。（末云）如何說？（淨云）道是：人生七十古來稀，不去嫁人待幾時？下了頭髻床上睡，枕頭上架兩個大擂搥。（末云）你有些欠尊重。（丑云）休閒話，今日能勾得來此花園遊嬉，也不容易。又撞着院公在此，咱們三個何不做個要子？（末云）也說得是。還是做甚麼要子？（淨云）院公，和你踢戲毬要子？（末云）不好。（淨云）怎的不好？（末云）（二）〔西江月〕白打從來逞勢，官場自小馳名。如今年老腳踜蹭，圓社無心馳騁。空使繡閫汗濕，謾教羅襪生塵。兀的是少年子弟俏門庭，老姥姥，不似你寶粧行徑。（丑云）院公，踢戲毬不好，便和你鬥百草要子？（末云）也不好。（丑云）怎的不好？（末云）香徑裏攀殘柳眼，雕闌畔折損花容。又無巧藝動王公，枉費工夫何用？驚起嬌鶯語燕，打開浪蝶狂蜂。若還尋得個並頭紅，惜春姐，早把你芳心引動。（淨、丑云）你道兩樣都不好，如今打鞦韆要子好麼？（末云）這個卻好。你聽我說：玉體輕流香汗，繡裙蕩漾明霞。纖纖玉手絲繩拿，真個堪描堪畫。女娘撩亂隔墻花，好似半仙戲耍〔三〕。（淨、丑云）恁地便打鞦韆；只是沒有架子。（末

（一）　眉批：三詞不關本色。
（二）　仙：原作『天』，據汲古閣刊本《繡刻琵琶記定本》改。

云〔一〕這花園中那裏得他？一來老相公不喜，二來小娘子不好；縱有也倒壞了。（丑云）院公，沒奈何，我們三個在這裏廝輪做個鞦韆架，一人打，兩人擡。（末云）如此也好。誰人先打？（淨、丑云）我兩人擡，院公先打起。（做架科）（末云）你兩人不要跌了我。（淨、丑云）院公，你放心，只管上去打。

（末上打科）

【窣地錦襠】（末）花紅柳綠草芊芊，正是春光艷陽天。我和你不來此處打鞦韆，爲人一生也枉然。

（放跌介）（末云）你兩個跌得我好！如今輪該老姥姥打。（淨云）你兩個也不要跌了我。（末云）老姥姥放心，不妨事，只管打。〔二〕（淨打科）

【前腔】（淨）春光明媚景色鮮，遊遍花塢聽杜鵑。那更上苑柳如綿，我和你不打鞦韆枉少年。

（放跌科）（淨云）你兩個騙得我好！如今輪該惜春打。（丑云）你兩人也不要跌了我。（淨云）惜春放心，只管去打。（丑打科）

【前腔】（丑）奴是人間快活仙，喫了飽飯愛去眠。莫教小姐來撞見，那時高高吊起打三千。

（一）眉批：　此處又點得家政諧。
（二）眉批：　重出便俗。

新刻魏仲雪先生批點琵琶記

二二〇七

（放跌科）（貼扮牛氏上云）[一]莫信直中直，須防仁不仁[二]是要得好呵！（末、淨走下）（丑做不知云）

你兩個騙得我好！於今我打了，又該院公打。（貼扯丑耳科）賤人，恁的爲人不尊重，只要閒耍並閒

哄！（丑驚科）小姐，怎不去閒哄？你看那鞦韆架尚兀自走動哩。（貼云）賤人！我只教你在此閒玩

片時，誰許你如此？（丑云）小姐，奴家心裏憂悶，只得在此消遣則個。（貼云）你心中憂悶怎的？（丑

云）奴家名喚作惜春，見這春去了，便自傷春起來，教人如何不悶？（貼云）賤人，有甚傷春處？（丑

云）小姐，我早晨裏只聽疏辣辣寒風吹散了一簾柳絮，[三]晌午間只見淅零零細雨打壞了滿架梨花。一

霎時囀幾對黃鸝，猛可的叫數聲杜宇。奴家見此春去，如何不悶？（貼云）春光自去，有甚麼悶來？

我和你去學習女工便了。（丑云）咳！苦也！這般天氣，誰不去閒嬉？你却不學那不出閨門的！

的不是悶殺惜春麼？（貼云）婦人家誰許你閒嬉？不習女工，有甚勾當？（丑云）小姐却教惜春去習女工，兀

（丑云）小姐，你有盈箱羅綺，滿頭珠翠，少甚麼子，却這般自苦？（貼云）賤人！好怪麼！做女工是

你本分的事，問有和沒有做甚麼？（丑云）恁地，惜春拜辭小姐去也。（貼云）你拜辭我那裏去？（丑

云）小姐，我去伏侍別人。與他傳消遞息，隨趁得些快活。（貼云）咳！賤人，你伏侍我，我有甚麼了

（一）　眉批：好關目。

（二）　仁不仁：原作『人不仁』，據汲古閣刊本《繡刻琵琶記定本》改。

（三）　簾：原作『條』，據汲古閣刊本《繡刻琵琶記定本》改。

你？（丑云）小姐，我伏侍着你時節，見男兒也不許我擡頭看一看。前日艷陽天氣，花紅柳綠，貓兒也動心，你也不動一動；如今暮春時候，鳥啼花落，狗兒也傷情，你也不傷一傷。惜春其實難和小姐過活。（一）（貼云）呀！這賤人，你是顛是狂，說這般話？我就去對老相公說，好生施行你。（丑跪科）小姐，可憐見惜春心裏悶，因此這般說。（貼云）賤人，我饒你這遭罷。

【越調引子·祝英臺近】（貼）綠成陰，紅似雨，春事已無有。（丑）聞説西郊，車馬尚馳驟。（貼）怎如柳絮簾櫳，梨花庭院，（合）好天氣清明時候。

〔玉樓春〕（丑云）清明時節單衣試，爭奈畫長人靜重門閉。（丑云）小姐，我在繡窗欲待拈針指，忽聽鶯燕雙雙語。（丑云）小姐，你有甚麼法兒，直教惜春休悶哩？（貼云）你聽我道來。自來去（三）

【越調過曲·祝英臺序】（貼）把幾分春，三月景，分付與東流。（丑云）小姐，於今鳥啼花落，你須煩惱些麼？（貼唱）啼老杜鵑，飛盡紅英，端不爲春閒愁。（丑云）你不聞愁，也還去玩賞麼？（貼唱）休休！婦人家不出閨門，怎去尋花穿柳？（丑云）小姐，你不去玩賞，只怕消瘦了你。（貼唱）我花貌，誰肯因春消瘦？

（一）　眉批：　此段多而煩，沒趣味。
（二）　眉批：　白更韻。

【前腔換頭】（丑）春畫，只見燕成雙，蝶引隊，鶯語似求友。⊙（一）（貼云）呀！ 賤人！ 你是人，却說

那蟲蟻做甚麼？（丑唱）那更柳外畫輪，花底雕鞍，都是少年閒遊。（貼云）這賤人，你是婦人家，

說那男兒的事做甚麼？（丑唱）難守，繡房中清冷無人，待我尋一個佳偶。（貼云）呀！ 你到思量

丈夫起來！ （丑唱）這般說，我終身休配鸞儔？

【前腔換頭】（貼）惜春，知否？ 我爲何不捲珠簾，獨坐愛清幽？（丑云）清幽，清幽，怎奈人愁！

（貼唱）縱有千斛悶懷，百種春愁，難上我的眉頭。（丑云）小姐，只怕你不常恁的。（貼唱）休憂，

任他春色年年，我的芳心依舊⊙（三）（丑云）只怕風流年少的哄動你。（貼唱）這文君，可不擔閣了

相如琴奏？

【前腔換頭】（丑）今後，方信你徹底澄清，我好沒來由。（貼云）惜春，你怎的不收斂了心？（丑唱）想像暮雲，分付東風，情到不堪回首。（貼云）你怎的不學著我？（丑唱）姐姐，聽剖，你是蕊

宮瓊苑神仙，不比塵凡相誘。（貼云）恁地，自隨我習女工便了。（丑唱）我謹隨侍娘行，拈針

挑繡。

（一） 眉批： 挑播忒甚。

（二） 眉批： 賽花的人，比玉的心。

（丑云）姐姐，你聽那子規却是啼得好哩！

休聽枝上子規啼，悶在停針不語時。

窗外日光彈指過，席前花影坐間移。

批：

只這煩簡不合其宜，便不及《西廂》《拜月》多矣。

釋義：　沙堤：　唐故事。拜相，府縣載沙填路，自私第至於城東街，名沙堤。　清霜畫戟：　儀衛兵仗也。清霜，喻其森嚴也。　瓊樓：　唐翟乾祐於中秋玩月，或問月中何所有，答曰：隨我手中看之。月現半圓，瓊樓玉宇滿焉。　酹月：　酹，以酒沃地也。　錦幛：　晉常侍石崇與後將軍王愷鬥富，愷作錦幛四十里，崇遂作錦幛五十里。　金貂：　貂，鼠屬，北方以其皮為暖頷，因以為侍中冠飾，取其內勁捍而外溫潤。　玳瑁：　狀類龜而殼稍長，其足有六，後有兩足無爪，首尾如雞鵝。甲有文，背有鱗，大如扇，可作器煮，鱗如柔皮。取甲繫人臂，以辟蟲毒。　琉璃：　出高麗國，光彩瑩徹，逾於玉色。『油碧車輕』二句：　溫飛卿詞：『倦遊綠錦帳。』盤縷繪緒之毯，五彩為之，同心而下垂者，曰流蘇。　福地洞天：　仙靈勝境有三十六洞天，七十二福地。　包彈：　猶言褒貶也。包肅公拯多所評彈，故曰包彈。　司馬、文君：　漢司馬相如，字長卿；文君，字妙姬，臨邛卓王孫之長女。相如與臨邛令王吉善，王孫聞令有貴客，具酒召之，并召令。酒酣，令前奏琴，曰：竊聞長卿好之，遊冶，自飾也；少年恣遊而粧飾也。

願以與娛。相如爲鼓之時，文君新寡，相如因以琴挑之。文君竊窺，心悦之，夜自奔相如家。伯鸞、德

耀：伯鸞，漢梁鴻字，家貧尚節。孟光，字德耀，體肥而黑，擇配不嫁。曰：欲得節操如梁鴻者。鴻聞
而娶之。及嫁，以裝飾入門，七日而鴻不答。妻曰：妾自有隱居之服，鴻乃喜，曰：此真鴻妻也。鴻家
貧，賃舂於皋伯通，妻以荆釵裙布。每具食，不敢仰視，舉案齊眉。

字音：□。爇：屑。姝：樞。謫：則。襦：儒。

第四齣　蔡公逼試

【南呂引子·一剪梅】(一)(生)浪煖桃香欲化魚，期迫春闈，詔近春闈。郡中空有辟賢書，心
戀親闈，難捨親闈。

世間好物不堅牢，彩雲易散琉璃脆。蔡邕本欲甘守清貧，力行孝道。誰知朝廷黄榜招賢，郡中把我名
字保申上司去了。；一壁厢已有吏來辟召(二)自家力以親老爲辭。這吏人雖則去，只怕明日又來，我只
得力辭便了。正是：人爵不如天爵貴，功名争似孝名高。

(一) 呂：原作『宮』，據曲律改。下同改。

(二) 有：原作『是』，據汲古閣刊本《繡刻琵琶記定本》改。

【南吕過曲·宜春令】（生）雖然讀萬卷書，論功名非吾意兒。只愁親老，夢魂不到春闈裏。便教我做到九棘三槐，怎撇得萱花椿樹？天那！我這衷腸，一點孝心對誰語？（一）（末扮張太公上）

【前腔】（末）相鄰並，相依倚，往常間有事來相報知。（生云）來的却是張太公呵。（相見科）（末唱）秀才，試期迫矣，早辦行裝前途去。（生云）公公，我雙親年老，不敢去。（末唱）呀！秀才，子雖念親老孤單，親須望孩兒榮貴。（二）你趁此青春不去，更待何日？

（生云）公公言極有理。爭奈父母無人奉侍，怎麼去得？（末云）你既不肯去呵，且看老員外和老安人出來如何説。我想起來，也只是叫你去的分曉。道猶未了，老員外來也。

【前腔】（外）時光短，雪鬢催，守清貧不圖甚的。有兒聰慧，但得他爲官吾心足矣。（三）（末、外相見科）（外唱）孩兒，天子詔招取賢良，秀才每都求科試。你快赴春闈，急急整着行李。

（末云）呀！老安人也出來了。

【前腔】（净）娘年老，八十餘，眼兒昏又聾着兩耳。又没個七男八婿，只有一個孩兒，要他供

（一）　眉批：　孝親何説明也？　不合自認孝心。

（二）　眉批：　真，真。

（三）　眉批：　要兒做官便心足，末世人情多是這想。

甘旨。方纔得六十日夫妻，老賊，強逼他爭名奪利。天那！細思之，怎不教老娘嘔氣！

（相見科）（淨云）孩兒，我不合娶個媳婦與你。方纔得兩個月，你渾身便瘦了一半；若再過三年，怕不

成一個骷髏？（二）（末云）呀！老安人，你要他夫妻不諧呵？（外云）孩兒，於今黃榜招賢，試期已逼。

郡中既然辟召你，你的學問可知，如何不去赴選？（生云）告爹爹得知：孩兒非不要去，怎奈爹媽年

老，家中無人侍奉。（末云）老員外和老安人，不可不作成去走一遭。（淨云）咳！太公，你豈不知？

我家中又沒有七子八婿，只有一個孩兒，如何去得？（外云）呀！你怎說這話？如今去赴選的，家中

都有七子八婿麼？（淨云）老賊，你如今眼又昏，耳又聾，又走動不得。你教他去後，倘有些個差池，教

兀誰來看顧你？真個沒飯喫便餓死你，沒衣穿便凍死你，你知道麼？（三）（外云）你婦人家理會得甚

麼？孩兒若做得官時，也改換我門閭，如何不教他去？（生云）爹爹說得自是，只是孩兒難去。

【繡帶兒】（生）親年老光陰有幾？行孝正當今日。（末云）秀才此行，必定脫白掛綠。（生唱）終

不然爲着一領藍袍，却落後五彩斑衣。思之，此行榮貴雖可擬，怕親老等不得榮貴。（外）孩

兒，春闈裏紛紛的都是大儒，難道是沒爹娘的方去求試？（三）

（一）　眉批：　不必如此插諢。

（二）　眉批：　句句先識。

（三）　眉批：　自家炒鬧，誠可恨。

【前腔】（末）秀才，你休疑，男兒漢凌雲志氣，何必苦恁淹滯？秀才，你此回不去呵，可不費

了十載青燈，枉捱過半世黃虀？須知，此行是親志，你固拒。秀才，那些個養親之志？

（淨）我百年事只有此兒，老賊，難道是庭前森森丹桂？

【太師引】（外）他意兒難提起，這其間就裏我自知。（末云）老員外知他爲着甚的？（外唱）他戀

着被窩中恩愛，捨不得離海角天涯。[一]（生云）孩兒豈有此心！（外云）孩兒，你是個讀書人，我說

一個比方與你聽。塗山四日離大禹，你今畢姻將近兩個月了，直恁的捨不得分離？（末笑云）秀

才，你敢是如此麼？（生云）太公，卑人怎敢？[二]（末唱）秀才，你貪鴛侶守着鳳幃，只怕誤了你鵬

程鶚薦消息。

【前腔】（淨）太公，他意兒只要供甘旨，又何曾貪歡戀妻？自古道曾參純孝，何曾去應舉及

第？功名富貴天付與，天若與不求而至。（生唱）娘言是，望爹行聽取。（外云）娘言的是，父

言的非呵！你敢是戀新婚，逆親言麼？（生云）天那！孩兒若是戀着新婚，不肯去呵，天須鑒孩兒不

孝的情罪！

（一）眉批：俗老兒不成話。

（二）眉批：連伯皆也俗氣了，就認着戀着妻子何妨？只要仁，吾孝耳。

（外怒科）畜生！我教你去赴選，也只是要改換門閭，光顯祖宗。你却七推八阻，有許多説話！（生云）爹爹，孩兒豈敢推阻？爭奈爹媽年老，無人侍奉。萬一有些差池，一來人道孩兒不孝，撇了爹娘去求取功名；二來人道爹爹所見不達，止有一子，教他遠離；孩兒以此不敢從命。（外云）不從我命也由你，你且説如何喚做孝？（净云）老賊！你年紀七八十歲，也不識做孝？披麻帶索便喚做孝〔一〕也。（外云）咦！你曉得甚麽？（生云）告爹爹：凡爲人子者，冬温而夏清，昏定而晨省，問其燠寒，搔其疴癢，出入則扶持之，問所欲則敬進之。所以父母在，不遠遊；出不易方，復不過時。古人的大孝，也只是如此。（外云）孩兒你聽我説：夫孝始於事親，中於事君，終於立身。身體髪膚，受之父母，不敢毁傷，孝之始也。立身行道，揚名於後世，以顯父母，孝之終也。是以家貧親老，不爲禄仕，所以爲不孝。你若去做得官時節，也顯得父母好處，兀的不是大孝是甚麽？〔二〕（生云）爹爹説得極是。但孩兒此去，知道做得官否？若還不中時節，既不能勾事君親，又不能孝，越出去赴選不得。（末云）秀才所見差矣。老漢嘗聞古人云：幼而學，壯而行；懷寶迷邦，謂之不仁。孔席不暇煖，墨突不得黔，伊尹負鼎俎於湯，百里奚把五羊皮自鬻，也只要順時行道，濟世

〔一〕　眉批：激語，不祥。
〔二〕　眉批：做官就是大孝？

安民。自古道：學成文武藝，貨與帝王家。秀才，你這般才學，為何不去做官？（淨云）太公，你都有好言勸我孩兒去赴選，我有個故事說與你聽。（末云）老漢願聞。（淨云）在先東村李員外有個孩兒，也讀兩行書。他爹爹每日鬧炒，只是教孩兒去求官。孩兒喫不過爹娘鬧炒，去到長安，那裏無人擡舉他，遂流落去街上乞食。見個平章宰相，他疾忙在地上拜着，叫聲擡舉他。那宰相道：我與你做個養濟院大使，去管你爹娘。[一] 這孩兒自思道：做個養濟院大使，如何管得自己的父母？比及他回家去，不想他父母無人供養，流落在養濟院裏居住。他父母見孩兒回來，說道：我教孩兒去得是？今日我孩兒做個頭目，衆人也不敢欺負我。你如今勸我孩兒去赴選，千萬叫他做個養濟院頭目回來，衆人也不敢欺負我。（末笑科）老安人，你說這乞丐事，儘教我聽了半日。（外云）孩兒，你趁早收拾行李起程。（生云）爹爹，孩兒去則不妨，只是爹媽年老，教誰看管來？（末云）秀才不必憂慮。自古道：千錢買鄰，八百買舍。[三] 老漢既忝在鄰居，你但放心前去；若是宅上有些少欠缺，老漢自當一一應承。（生云）如此，多謝公公！凡事仗托周濟[三]。此行若獲寸進，決不敢忘恩。卑人没奈何，只得收拾行李前去。

（一）　眉批：　熱腸中冷語，即登壇佛祖也没有這樣機鋒。
（二）　眉批：　為你幾句話，賣了一個兒子，且休説買鄰買舍。
（三）　仗：　原闕，據汲古閣刊本《繡刻琵琶記定本》補。

【三學士】（生）謝得公公意甚美，凡事仗托扶持。假饒一舉登科日，難道是雙親未老時。只恐錦衣歸故里，怕雙親不見兒。

【前腔】（外）萱室椿庭衰老矣，指望你改換門閭。你道是無人供奉我，若是你做得官來時節呵，三牲五鼎供朝夕，須勝似啜菽並飲水。你若錦衣歸故里，我便死呵，一靈兒終是喜。

【前腔】（末）托在鄰家相依倚，自當效些區區。秀才，你爲甚十年窗下無人問？只圖個一舉成名天下知。你若不錦衣歸故里，誰知你讀萬卷書？

【前腔】（淨）一旦分離掌上珠，我這老景憑誰？苦！忍將父母饑寒死，博得孩兒名利歸。你縱然錦衣歸故里，補不得你名行虧。

批：

　　一逼一勸，各盡親心；初辭終行，曲盡順親之職。

　　急辦行裝赴試闈，父親嚴命怎生違？

　　一舉首登龍虎榜，十年身到鳳凰池。

釋義：　夢魂不到：　宋崔翰從太祖征大原，謂人曰：「吾身雖在此，而夢魂不離親惻也。」

槐：　《周禮·秋官》：『朝士掌建外朝之法，左九棘，孤、卿、大夫位焉，群士居其後；右九棘，公、侯、伯、子、男位焉，群吏在其後。三槐，三公位焉，州長、衆庶在其後。左嘉、左平、罷民焉；右肺、右達、窮民

焉。』注云：棘者，象赤心而外刺也；槐者，懷來人也。○塗山：禹娶塗山氏之女方四日，遂出外治水

九年。○鶚薦：孔融薦禰衡云：『鷙鳥累百，不如一鶚。』墨突不得黔：突，竈窗出烟之處。墨翟遍

歷天下，急於濟物，所居處竈窗烟熏未黑遂行。『千錢』二句：宋行雅市宅，居呂僧珍宅側。珍問宅

價，曰一千一百萬。怪其貴，曰：『千萬買鄰，百萬買舍。』父母飢寒死：宋薛英登進士，陳言忤旨，謫

南海尉。及歸，親死。人曰：『可憐父母飢寒死，且喜孩兒名利歸。』

第五齣　南浦囑別

【雙調引子・謁金門】（旦）春夢斷，臨鏡綠雲撩亂。聞道才郎遊上苑，又添離別嘆。（生）苦

被爹行逼遣，脉脉此情何限。（合）骨肉一朝輕拆散，可憐難捨拚。

（旦云）雲情雨意，雖可拋兩月夫妻；雪鬢霜鬟，竟不念八旬父母？功名之念一起，甘旨之心頓忘，是

何道理？（生云）娘子，膝下遠離，豈無眷戀之意？奈堂上力勉，不聽分剖之詞。咳！教卑人如何是

好？（旦云）官人，我猜着你了。

【仙呂入雙調・忒忒令】（旦）你讀書思量做狀元，我只怕你學疏才淺。（生云）娘子，那見我學

疏才淺？（旦唱）只是《孝經》《曲禮》，你早忘了一段。（生云）咳！我幾曾忘了？（旦唱）却不

道夏淸與冬溫，昏須定，晨須省，親在遊怎遠？（一）

【前腔】（生）我哭哀哀推辭了萬千。（旦云）那張太公如何說？（生唱）他鬧炒炒抵死來相勸。

（旦云）官人，你不去時，也須由你。（生唱）將我深罪，不由人分辨。（旦云）罪你甚的？（生唱）他

道是戀新婚，逆親言，貪妻愛，不肯去赴選。（二）

【沉醉東風】（旦）你爹行見得好偏，只一子不留在身畔。官人，公婆如今在那裏？（生云）在堂

上。（旦云）既在堂上，我和你去說。（生云）娘子怎的又不去說？（旦云）罷！罷！我和你去說

時節呵，（三）他又道我不賢，要將伊迷戀。苦！這其間教人怎不悲怨？（合）爲爹淚漣，爲娘

淚漣，何曾爲着夫妻相掛牽？

【前腔】（生）做孩兒節孝怎全？做爹行不從幾諫。（旦云）官人，你爲人子的，不當恁地埋怨

他。（四）（生唱）非是我要埋怨，只愁他影隻形單，我出去有誰來看管？（合前）

（生）呀！爹媽來了。娘子，你且揾了眼淚。

（一）　眉批：　這賢婦眞知書知禮，可敬可法。

（二）　眉批：　曲好，關目好。

（三）　眉批：　關目好甚。

（四）　眉批：　賢婦。

【仙呂過曲·臘梅花】⑴（外、淨上唱）孩兒出去今日中，爹爹媽媽來相送。但願魚化龍，青雲

得路通，桂枝高折步蟾宮⑵。

（外云）孩兒，你行李收拾了未？（生云）行李收拾已了。（外云）收拾已了，如何不去？（淨云）老

賊！他若出去了，家中別無第二人，只有一個媳婦，如何不分付幾句？（生云）孩兒沒別事，只待張太

公來，把爹媽拜托與他，教他早晚應承，孩兒方可放心前去。（外云）呀！張太公早來。（末云）仗劍對

樽酒，恥爲遊子顏。所志在功名，離別何足嘆。（生云）太公，卑人今日出去，家中並無親人。爹媽年

老，只有一個媳婦，却是女流，凡事全賴公公相與扶持；家中倘有些少欠缺，亦望公公周濟。昨日已

蒙親許，今日特此拜懇。卑人倘有寸進，自當效結草啣環之報，决不忘恩。（末云）秀才，受人之托，

必當終人之事；况一言既出，駟馬難追。昨日既許秀才，去後决不相誤。（生云）如此，多謝公公！

（外云）孩兒，既蒙張太公金諾，必不食言，你可放心早去。（生云）孩兒就此拜辭爹媽便去。

【仙呂入雙調·園林好】（生）兒今去，爹媽休得要意懸，兒今去經年便還。但願得雙親康

健，（合）須有日拜堂前，須有日拜堂前。

（一）　曲：原作『宮』，據曲律改。下同改。
（二）　眉批：曲好。
（三）

【前腔】（外）我孩兒不須掛牽，爹只望孩兒貴顯。〇〔一〕若得你名登高選，（合）須早把信音傳。

【江兒水】（淨）膝下嬌兒去，堂前老母單，臨行密密縫針綫。眼巴巴望着關山遠，冷清清倚定門兒盼。（生云）母親且自寬懷消遣。（淨）教我如何消遣？（合）要解愁煩，須是頻寄音書回轉。〇〔二〕

【前腔】（旦）妾的衷腸事，有萬千，（生云）娘子，你有甚麼事，當說與我知道。（旦唱）說來又恐添縈絆。（生云）娘子，有甚麼縈絆？（旦唱）六十日夫妻恩情斷，八十歲父母教誰看管？（生云）娘子，你這般說，莫不怨着我麼？（旦唱）教我如何不怨？〔三〕（合前）

【五供養】（末）貧窮老漢，托在隣家，事體相關。秀才，此行須勉強，不必恁留連。（生云）卑人去後，只慮父母獨自在堂，難度歲月。（末云）秀才放心。你爹行早晚間吾當陪伴。（生悲介）（末唱）丈夫非無淚，不灑離別間。〇〔四〕（合）骨肉分離，寸腸割斷。（生跪告科）

―――――

（一）眉批：自在，妙。

（二）眉批：意真境真言言真，讀之令人酸鼻。

（三）眉批：曲好。

（四）眉批：別離不灑淚，非是別親。

【前腔】（生）公公可憐，俺爹娘望你週全。（末扶起介）（生唱）此身還貴顯，自當效啣環。（旦挽生背科）有孩兒也枉然，你爹娘倒教別人看管。此際情何限，空把淚珠彈。（合前）

【玉交枝】（外）別離休嘆，我心中非不痛酸。孩兒，非爹苦要輕拆散，也只是圖你榮顯。（淨）孩兒，蟾宮桂枝須早攀，北堂萱草時光短。（合）又未知何日再圓？又未知何日再圓？

【前腔】（生）雙親衰倦，娘子，你扶持看他老年。饑時勸他加餐飯，寒時頻與衣穿。（旦）官人，我做媳婦事舅姑，(二)不待你言，你做孩兒離父母，何日還？（合前）

【川撥棹】（外）孩兒，歸休晚，莫教人凝望眼。（生）但有日回到家園，怕回來雙親老年。（合）怎教人心放寬？不由不珠淚漣。

【前腔】（旦）官人，我的埋冤怎盡言？（生云）你埋怨我如何？（旦唱）我的一身難上難。子，你寧可將我來埋怨，莫把我爹娘冷眼看。(二)（合前）

【餘文】（合唱）生離遠別何足嘆，但願你名登高選。衣錦還鄉，教人作話傳。

此行勉強赴春闈，專望明年衣錦歸。

（一）做：原闕，據汲古閣刊本《繡刻琵琶記定本》補。

（二）眉批：真賢婦，真孝子。賢哉！賢哉！

世上萬般哀苦事，無過遠別共生離。

（淨、外、末下）（旦云）官人，你如何割捨得便去了？（生云）咳！卑人如何捨得？

【中呂·犯尾序】（旦）懊恨別離輕，悲豈斷絃，愁非分鏡。只慮高堂，風燭不定。（生）腸已斷欲離未忍，淚難收無言自零。（合）空留戀，天涯海角，只在須臾頃。(一)

【犯尾序】（旦）無限別離情，兩月夫妻，一旦孤另。官人，你此去經年，望迢迢玉京。思省，（生云）娘子，莫不是慮着山遙水遠麼？（旦唱）奴不慮山遙水遠，（生云）莫不是慮着衾寒枕冷麼？

（旦唱）奴不慮衾寒枕冷。奴只慮公婆沒主，一旦冷清清。(二)

【前腔】（生）我何曾，想着那功名？（旦云）官人既不想着功名，如今又去怎的？（生唱）欲盡子情，難拒親命。娘子，年老爹娘，望伊家看承。畢竟，你休怨朝雲暮雨，且為我冬溫夏清。思量起，如何教我割捨得眼睜睜？(三)

【前腔】（旦）官人，你儒衣纔換青，快着歸鞭，早辦回程。十里紅樓，休戀着娉婷。叮嚀，不念

（一）眉批：　關目、曲俱妙。

（二）眉批：　聖婦。令人潸然。

（三）眉批：　『眼睜睜』三字無限光景。

我芙蓉帳冷，也思親桑榆暮景。咳！我頻囑付，知他記否？空自語惺惺。[一]

【前腔】（生）娘子，你寬心須待等，我肯戀花柳，甘爲萍梗？只怕萬里關山，那更音信難憑。須聽，我沒奈何分情破愛，誰下得虧心短倖？從今後，相思兩處，一樣淚盈盈。[二]（旦云）須是早寄封音信回來。（生云）官人此去，千萬早早回程。（生云）卑人有父母在堂，豈敢久戀他鄉？（旦云）

【鷓鴣天】（生）萬里關山萬里愁。（旦）一般心事一般憂。（生）桑榆暮景應難保，客館風光怎久留？（生下科）（旦唱）他那裏，謾凝眸，正是馬行十步九回頭。歸家只恐傷親意，閣淚汪汪不斷流。[三]

　　片帆漸遠皆回首，一種相思兩處愁。[四]

　　纔斟別酒淚先流，郎上孤舟妾倚樓。

批：

　　（一）眉批：『空』下一轉，妙甚。
　　（二）眉批：臨行兩囑，曲盡真情。
　　（三）眉批：離情忍意，描寫如畫。
　　（四）眉批：詩亦妙。

新刻魏仲雪先生批點琵琶記

二二五

公婆、太公先去，夫婦復留連半晌，關目絕妙。

釋義：　綠雲：《阿房宮賦》：『綠雲擾擾，梳曉鬟也。』《孝經》《曲禮》：言弟子之職。溫清、定省皆其語也。其節目委曲，故曰《曲禮》。魚龍化：《三秦記》：『龍門，魚登者化爲龍。』譬士人及第得爲官也。《水經》：『鱸鯉出鞏穴，三月上渡龍門，得渡者爲龍，不能渡者則點額而還。』步蟾宮：及第之榮，比步蟾宮。古人《送赴省詩》曰：『姮娥剪就綠羅衣，待來步蟾宮與換。』結草：《左傳·宣公十五年》：『魏顆父武子有嬖妾，武子疾，曰嫁是，病劇，曰以殉。及卒，顆嫁之。曰：病則亂，吾從其始命也。及敗秦師於輔氏，獲杜回。顆見老人結草而抗杜回，回躓，故獲之。夜夢老人曰：「余，所嫁婦人之父也。爾用先人之治命，故予以是報之也。」啣環：漢楊寶爲童時，行泰山，見一黃雀被瘡，爲蟻損。寶收巾笥中，採黃花餧之十餘日。愈，旦去暮來。忽一日，變爲黃衣少年，與寶雙玉環。曰：『好掌此環，累世爲三公』其子震至彪，果四世爲太尉。金諾：謂人相許曰金諾。漢曹丘生揖季布曰：『楚諺曰：得黃金百斤，不如得季布一諾』食言：欲人守信，曰望勿食言。倚定門兒望：王孫賈事齊閔王，王出走，賈失王之處。母曰：『汝朝去而晚來，吾則倚門而望；暮出而不還，吾則倚閭而望。汝今事王不知其處，汝尚何歸？』斷絃：漢武帝后趙氏善琴，常退朝令彈之。忽然絃斷，后悲之。帝謂后曰：『絃斷可續，奚爲悲之？』后曰：『絃斷者，凶兆也，是以悲之。』帝令左右以西海所獻鸞血作膠續之，而絃兩頭相接，雖彈不斷，帝悅。後后竟以太子幼，賜死。分鏡：陳太子舍人陳德言尚樂昌公主，陳政衰，隋

遣楊越公素伐之。德言謂妻曰：『國破，伊必入權豪之家，倘情緣相斷，尚冀相見。』乃破菱花鏡，各分其半，約他時正月望日賣於都市。及陳亡，其妻果為楊素得之。後德言寄妻詩曰：『鏡與人俱去，鏡歸人未歸。無復姮娥影，空留明月輝』樂昌得詩，悲泣不已，越公憐人，遂召德言，還其妻。風燭：元初劉田穎悟，隱居事母。至元間，徵之不起。人問其故，曰：『母年九十，如風前之燭，豈可貪祿而取一朝之富貴乎？』」

第六齣　丞相訓女

（末扮院子上云）珠幌斜連雲母帳，玉鈎半掩水晶簾。輕烟裊裊歸香閣，月影騰騰轉畫簷。小子不是別人，却是牛太師府中一個院子。這幾日老相公進朝，不知有甚勾當。久留省中，未曾回府，府裏幾個使女每鎮日在後花園閒耍；今日知道老相公回來，都不見了。小子不免灑掃書館，伺候老相公回來。

呀！好怪麼，只見一個婆子走入來做甚麼？（淨扮媒婆上）

【仙呂入雙調·字字雙】（淨）我做媒婆甚妖嬈，談笑。說開說合口如刀，波俏。合婚問卜若都好，有鈔（一）。只怕假做庚帖被人告，喫栲。

（末云）你來這裏做甚麼？（淨云）老媳婦特來與張尚書的舍人做媒。（末云）咳！我這小娘子的媒怕難做。（淨云）如何難做？（末云）老相公不肯輕許。（淨云）院公，我這頭親事你老相公必然許我。

（末云）呀！且慢着，又有一個婆子來了。（丑扮媒婆上）

【前腔】（丑）我做媒婆甚艱辛，尋趁。有個新郎要求親，最緊。咱們只得便忙奔，討信。[一]

（淨云）你這老乞婆來這裏怎的？（丑唱）真個是路上更有早行人，心悶。

（末云）你這婆子也來這裏做甚麼？（丑云）告勾管哥哥得知，老媳婦特來與樞密的舍人求親。（末云）我方纔正對那婆子說了，這媒怕難做。（丑云）如何難做？（末云）我老相公要揀擇得仔細。（丑云）呀！我是張媒婆，幾年在府前住，今日這媒，倒喫你院公，你休管，我說這椿親事，必定成也。（淨云）呀！老乞婆，偏你會做媒？但是門當户對的便好了。終不然你在府前住，定要你做媒去了？（丑云）你與乞婆做媒，也嫁了他？[二]（末云）你休鬧，老相公來了，你每且躲開一邊。

【正宮引子・齊天樂】（外）鳳凰池上歸來環珮，衮袖御香猶在。榮戟門前，平沙堤上，何事車填馬隘？星霜鬢改，怕玉鉉無功，赤烏非材。回首庭前，淒涼丹桂好傷懷。

下官這幾日久留省府，未曾回家。左右，方纔甚麼人在廳前喧鬧？（末云）有事不敢不報，無事不敢亂

（一）　眉批：　這媒婆更本分。

（二）　眉批：　求親相府，其多如市，可歎，可歎！若令牛□中牛太師有子，以女求婚者又不止此矣。

傳，適間有兩個婆子來公相處求親。（外云）着他進來。你這兩個婆子做甚麼？（淨云）奴家是張尚書府裏差來求親。（丑云）奴是李樞密府裏差來做媒。（外云）不揀甚麼人家，但是有才學，做得天下狀元的，方可嫁他。若是其餘，不許問親。（淨云）告相公得知：我的新郎，術人算他命，道他今年做得狀元。〔一〕（丑云）告相公得知：他的新郎命不好，只有奴家這個新郎，人看他相，今科必定得中狀元。（淨、丑相打介）（外云）呀！這兩個婆子到我跟前無禮！左右，不揀有甚麼庚帖，都與我扯破；把那兩個吊起，各打十八。（末扯打介）（外云）急把媒婆打離離。（末云）除非狀元方可議姻親。（淨云）甘喫打十七八下黃荊杖。（丑云）那些個成與不成喫百瓶？（末、淨、丑下）（外云）光陰似箭催人老，日月如梭趲少年。自家沒了夫人，只有一個女兒，如今不覺長成，未曾問親。〔二〕只一件：我的女孩兒性格溫柔，是事寔會。若將他嫁個膏粱子弟，怕壞了他；只將他嫁個讀書君子，成就他做個賢婦，多少是好？我這幾日不在家，適聽得那使喚的每日都在後花園中閒耍，這是我的女孩兒不拘束他。古人云：欲治其國，先齊其家。不免喚出女孩兒和老姥姥、惜春過來，好生訓誨他一番。（貼扮牛氏帶淨、丑上）

【雙調引子·花心動】（貼）幽閣深沉，問佳人，何事懶添眉黛？繡綫日長，圖史春閒，誰解

（一）眉批：算命看相公子更多狀元。

（二）眉批：真正。

新刻魏仲雪先生批點琵琶記

屢傍粧臺？ 絳羅深護奇葩小，不許蜂迷蝶採。（淨、丑）笑瑣窗，多少玉人無賴。

（外云）孩兒，婦人之德，不出閨門。你如今長成了，方纔有媒婆來與你議親。今日是我的孩兒，異日是他人的媳婦。我這幾日不在家，你卻放老姥姥、惜春每都到後花園中間耍，不習女工，是何道理？我想起來，都是你不拘束他。（外怒科）老姥姥，你年紀大矣，你做管家婆，倒哄着女使每閒耍，是何所爲？（淨云）不干老身之事，都是惜春小丫頭。（丑云）不管惜春事，都是老姥姥。（外云）這兩個賤人尚自相推，都拿下打。[一]

（貼跪稟科）爹爹息怒。（外云）起來。

【雙調引子·惜奴嬌】（外）孩兒，你杏臉桃腮，當有松筠節操，蕙蘭襟懷。閨中言語，不出閨閫之外。老姥姥，不教我孩兒伊之罪。[二] 惜春，這風情今休再。（合）記再來，但把不出閨門的語言相戒。

【前腔換頭】（貼）堪哀，萱室先摧，嘆婦儀姆教，未曾諳解。蒙爹嚴訓，從今怎敢不改？老姥姥，早晚望伊家將奴誨。惜春，改前非休違背。（合前）

(一) 眉批： 真慈祥。

(二) 伊：原闕，據汲古閣刊本《繡刻琵琶記定本》補。

二二〇

【仙呂入雙調·黑麻序】（淨）看待，父母心，婚姻事，須要早諧。勸相公，早畢兒女之債。[一]

（外）休呆，如何女子前，胡將口亂開？（合）記今來，但把不出閨門的語言相戒。

【前腔換頭】（丑）輕浣，我受寂寞擔煩惱，教我怎捱？細思之，教人怎不珠淚盈腮？（貼）

寧耐，溫衣並美食，何須苦掛懷？（合前）

總批：
　　休道成人不自在，須知自在不成人。
　　婦人不可出閨門，多謝嚴君教育恩。
釋義：　雲母帳：漢武帝賜趙后紫茸雲母帳。　水晶：出高麗國，性堅而脆，色如白冰，清明而瑩。
唐明皇天寶中，高麗國制水晶簾以納貢焉。　鳳凰池：中書省也。自魏及晉，中書監令富贊詔命，記會
時事，典作文書，以地在禁近，秉鈞持衡，多承寵任，是以人固其位。晉荀勖，武帝朝爲中書監，除尚書。同
僚賀之，勖曰：『奪我鳳凰池，諸君何賀也？』

牛也會擇婿，也會訓女，今世不如牛者固多。

（一）　眉批：　此話必不敢對他說。

第七齣 才俊登程

【中呂引子·滿庭芳】（生）飛絮沾衣，殘花隨馬，輕寒輕煖芳辰。江山風物，偏動別離人。回首高堂漸遠，嘆當時恩愛輕分。傷情處，數聲杜宇，客淚滿衣襟。[一]

【前腔】（末）萋萋芳草色，故園入望，目斷王孫。謾憔悴郵亭，誰共溫存？（淨、丑）聞道洛陽近也，還又隔幾座城闉。（合）澆愁悶，解鞍沽酒，同醉杏花村。[二]

〔浣溪沙〕（生云）千里鶯啼綠映紅，（丑云）山村水郭酒旗風，（淨云）行人如在畫圖中。（末云）不煖不寒天氣好，或來或往旅人逢，（合）此時誰不嘆西東？（相見科）（淨云）動問老兄尊姓？（生云）小子姓蔡。（淨云）貴表？（生云）伯皆。（丑云）動問老兄高姓？（末云）小子姓李。（丑云）貴表？（末云）動問老兄尊姓？（淨云）小子姓落。（生云）貴表？（淨云）得嬉。（末云）動問老兄尊姓？（丑云）白將。（末云）動問老兄尊姓？（淨云）群玉。（生云）動問老兄尊姓？（丑云）小子姓常。（末云）貴表？（丑云）久聞列位高名，今日幸會，都是往長安赴選。（笑科）年兄年弟，休得拋撇。（眾云）言重，言重。（淨云）既然如此，且在此歇息片時，講

（一）　眉批：　此憂人之常情。

（二）　眉批：　會樂。

些學識，說些志氣何如？（一）（眾云）正合愚意。（丑云）敢問蔡兄學識如何？（生云）小子坐則讀，行則吟，窮年屹屹苦搜尋。文章驚世無敵手，盡是當年惜寸陰。（丑云）有意思，有意思。（淨云）敢問李兄學識如何？（末云）小子不將窮達付前緣，常把勤勞契上天。人事盡時天理見，才高豈得困林泉？（淨云）自然，自然。（生云）敢問落兄學識如何？（淨云）小子讀書費力，每在螢窗講習。常念青春不再，那更白日可惜？熟讀《孝經》《曲禮》，博覽《詩》《書》《周易》。《春秋》諸子百家，篇篇義理紬繹。前日行到學中，夫子潛自叫屈。（二）（末云）呀！聖人如何叫屈？（淨云）道是：可惜這個秀才，眼中一字不識。（三）（末云）你却說一場春夢！（生云）敢問常兄學識如何？（丑云）小子言不亂發，寫字極有方法。先將好墨濃磨，次把純毫蘸着。推開淨几明窗，展舒錦箋繡札。不問真草隸篆，寫出都是法帖。大字麄如庭柱，小字細似頭髮。王羲之拜我爲師，歐陽詢見我諕殺。（四）（笑科）早晚寫個八字，忘了一撇一捺。（末云）又道是一筆走龍蛇。（淨云）閒話休講。如今天色將晚，不免起程，趲行幾步。

【仙呂過曲・八聲甘州歌】（生）衷腸悶損，嘆途窮千里，日日思親。青梅如豆，難寄隴頭音

（一）眉批：俗，俗。

（二）眉批：删，删。

（三）眉批：不識字，試官偏中。

（四）眉批：何識後代人？

信。高堂已添雙鬢雪，客路空瞻一片雲。〔一〕（合）途中味，客裏身，爭如流水蘸柴門？休回首，欲斷魂，數聲啼鳥不堪聞。

【前腔】（末）風光正暮春，便縱然勞役，何必愁悶？綠陰紅雨，征袍上染惹芳塵。雲梯月殿圖貴顯，水宿風餐莫厭貧。（合）乘桃浪，躍錦鱗，一聲雷動過龍門。榮歸去，綠綬新，休教妻嫂笑蘇秦。〔二〕

【前腔】（淨）誰家近水濱，見畫橋烟柳，朱門隱隱。鞦韆影裏，牆頭上露出紅粉。他無情笑語聲漸杳，〔三〕却不道惱殺多情牆外人。〔四〕（合）思鄉遠，愁路貧，肯爲十度謁侯門？行看取，朝紫宸，鳳池鰲禁聽絲綸。

【前腔】（丑）遙瞻霧靄紛，想洛陽宮闕，行行將近。程途勞倦，欲待共飲芳樽。垂楊瘦馬莫暫停，只見古樹昏鴉樓漸盡。（合）天將暝，日已曛，一聲殘角斷樵門。尋宿處，行步緊，前

（一）眉批：曲妙。

（二）眉批：慣看戲的秀才。

（三）情：原作『語』，據汲古閣刊本《繡刻琵琶記定本》改。

（四）眉批：有景，妙！妙！

村燈火已黃昏。〔二〕

【餘文】（合）向人家，忙投奔，解鞍沽酒共論文，今夜雨打梨花深閉門。

江山風物自傷情，南北東西爲利名。

路上有花並有酒，一程分作兩程行。

批：

點綴旅況，情景獨到。

釋義：　杜宇：　即子規，又名杜鵑，夜半哀啼，口出血則止。　芳草王孫：　《楚詞》：『芳草生兮萋萋，王孫去兮不歸。』　郵亭：　即今之驛遞也。　王羲之：　晉人，字逸少，草書爲古今第一。　歐陽詢：　初學王羲之草法，後險勁過之，世傳以爲法，高麗人最重之。　隴頭音信：　陸凱事吳，爲江南太守，與范曄相善。《寄梅花一枝》詩云：『折梅逢驛使，寄與隴頭人。江南無所有，聊贈一枝春。』隴頭，長安也。　客路空瞻一片雲：　狄仁傑貶并州司法參軍，親舍在河陽。仁傑登太行山，反顧白雲孤飛，謂左右曰：『吾親舍其下。』顧望久之，雲移乃去。　流水蘸柴門：　後漢姜肱，桓帝時常徵不起。人問其故，以詩喻之曰：『任他富貴不須論，且向深山樂素飡。縱使此身居要地，爭如流水蘸柴門？』芳塵：　趙王石虎

（二）　眉批：　晚景如畫。

起高樓四十丈，異香爲屑，風作則揚之，名曰芳塵。十度謁侯門：李觀初爲太學官，因上言役法不便，

出通判處州。題詩自嘆云：『十謁侯門九不開，利名淵藪且徘徊。自知不是封侯骨，夜夜江山入夢來』

紫宸：天子所居。鰲禁：翰林北謂之鰲禁。絲綸：音曰帝言也。《禮記》：『王言如絲，其出如

綸。』樵門：鼓角樓也。

字音：郵：由。闈：陰。澆：梟。繹：易。醮：占。矅：熏。藹：愛。捺：納。

第八齣　文場選士

（末上）禮闈新榜動長安，九陌人人走馬看。一日聲名遍天下，滿城桃李屬春官。自家不是別人，却是

禮部一個祗候的便是。今歲乃大比之年，朝廷委命試官，已在貢院之內：各省中式舉人，俱列棘闈之

前。如今試官將次升堂，小人只得在此聽候。正是：一封纔下興賢詔，四海都無遺棄才。道猶未了，

試官大人早到。（淨扮試官上）

【南呂過曲·生查子】（淨）承恩拜試官，聲價重丘山。左右，那來科舉的，只問有文才，何必拘

鄉貫?⁽²⁾（末云）那有文才的如何發落他？（淨唱）取他居上第，做個清要官。（末云）那沒文才的

（一）　眉批：如此則有冒籍的了。

如何發落他？（淨唱）縱有父兄勢，也教他空手還。[一]

（末云）好公道老爺！（淨云）左右，今年却是大比之年，我爲薦賢，但是各省府縣赴試的秀才，都喚入來。（末云）領鈞旨。

【黃鍾過曲·賞宮花】（生）槐花正黃，赴科場舉子忙。太學拉朋友，一齊整行裝。（合）五百英雄都在此，不知誰作狀元郎？

【前腔】（丑）天地玄黃，略記得兩三行。才學無此三子，只是賭命強。[二]（合前）

（末叫開門科）（生云）貢院門已開，列位尊兄依次而進。（末云）領鈞旨。（眾見科）（淨云）左右，這些秀才，每人給與卷子一本，蠟燭一枝，各分東西廊下伺候題目。（淨云）你每衆秀才聽着：朝廷制度，開科取士，雖有定期；立意命題，任從時好。下官是個風流試官，不比往年的試官。往年第一場考文，第二場考論，第三場考策；我今年第一場作對，第二場猜謎，第三場唱曲。[三]若是做得對好，猜得謎着，唱得曲好，就取他頭名狀元，插金花，飲御酒，遊街兒耍子。若是對得不好，猜得不着，唱得不好，就將他黑墨搽臉，亂棒打出去。（生、丑云）學生領命。（淨云）東廊下秀才蔡邕過來領題。（生云）有。

<hr />

新刻魏仲雪先生批點琵琶記

（一）　眉批：　恐心不應口。

（二）　賭：　原作『睹』，據汲古閣刊本《繡刻琵琶記定本》改。眉批：命強，真不必論有學。

（三）　眉批：　實是風流樣子。

二一三七

（淨云）我出天文門一個對與你對。（生云）願聞。（淨云）星飛天放彈。（生云）日出海拋毬。（淨云）

妙哉！妙哉！且站一邊。西廊下秀才落得嬉過來領題。（丑云）快些。（淨云）《毛詩》三百首。（丑

云）還有十一篇。（淨云）不好！不好！且站一邊。蔡邕過來，我出天下八個省名謎兒與你猜。（生

云）願聞。（淨云）一聲霹靂震天關，兩個肩頭不得閒。去買紙來作裱褙，欠人錢債未曾還。（生云）第

一句是京東、京西，第二句是江東、江西，第三句是湖東、湖西，第四句是浙東、浙西○[1]（淨云）妙哉！

妙哉！落得嬉過來，我出山上四樣樹名的謎兒與你猜。（丑云）快些。（淨云）雨中粧望中黃，獨立

深山分外長。廟廊之材應見取，家家織就綺羅裳。（丑云）第一句是栢樹，第二句是槐樹，第三句是楓

樹，第四句是柳樹。（淨云）不是！不是！且站一邊。蔡邕過來，我唱一隻曲兒，你末後唱一句，要押

得韻着。（生云）願聞高音。

【仙呂入雙調·北江兒水】（淨）長安富貴真罕有，食味皆山獸。熊掌紫駝峰，四座馨香透。

你押下韻。（生唱）把與試官來下酒。

（淨笑科，云）妙哉！妙哉！三場都好，這是個真秀才；且在東廊下伺候。（淨云）落得嬉過來，我且

唱一隻曲兒，你末後也湊一句，要押得韻着。（丑云）快些。

【前腔】（淨）看你腹中何所，一袋醃臢臭。若還放出來，見者都奔走。你押下韻。（丑唱）把與

（一）眉批：成淺。

試官來下酒。〔一〕

（淨云）不濟！不濟！將他黑墨搽臉，〔二〕亂棒打出去。（丑云）不須打！正是：薄命劉生終下第，厚顏季子且還家。（淨云）蔡秀才，今科中式舉人雖多，只有你才學高邁，文字老成。我就復奏聖上，將你取為第一甲頭名狀元，冠帶遊街赴宴。左右，取冠帶過來。（末上云）正是：袍笏賜進士，鐵鉞贈將軍。（淨云）蔡狀元換了冠帶，今就隨我入朝謝恩。（換冠帶科）

【南呂過曲‧懶畫眉】（生）君恩喜見上頭時，今日方顯男兒志。布袍脫下換羅衣，腰間橫繫黃金帶，駿馬雕鞍真是美。

【前腔】（淨）狀元，你讀書萬卷非容易，喜得登科擢上第。功名分定豈誤期，那更三千禮樂無敵手，五百英雄盡讓伊。

【前腔】（末）人生當用顯門閭，廕子封妻榮自己。馬前喝道狀元歸，〔三〕雁塔揮毫題姓字，一舉成名天下知。

　　一舉鰲頭獨占魁，誰知平地一聲雷。

新刻魏仲雪先生批點琵琶記

　　眉批：　太謔。

（一）他：　原作『把』，據汲古閣刊本《繡刻琵琶記定本》改。

（二）他：　原作『把』，據汲古閣刊本《繡刻琵琶記定本》改。

（三）前：　原作『頭』，據汲古閣刊本《繡刻琵琶記定本》改。

二二三九

明朝跨馬春風裏，盡是皇都得意回。

總批：

用舉子戲謔則可，用試官戲謔則太戲矣。

釋義：

禮闈： 國家以禮進賢，故試事以禮部掌之。

棘闈： 選舉：『禮部閱試之日，皆嚴設兵衛，以棘圍牆，以防假濫。』禹門： 禹鑿龍門，故龍門爲禹門。

熊掌駝峰： 俱美味。駝峰，駝上肉峰。

雁塔： 唐韋肇及第，於慈恩寺雁塔題名，後人效之，遂成故事。

桃李： 狄梁公爲相，姚元崇、桓彥範、史敬暉等一時名臣，皆其所薦。或謂之曰：『天下桃李，悉在公門矣。』狄梁公答曰：『薦賢爲國，非爲私也。』

音字： 駝： 扻。 叨。 滔。 鰍： 鄒。 醃： 蒗。 醮： 簪。 絛： 滔。 鼕： 冬。

第九齣 臨粧感嘆

【正宮引子・破齊陣引】（旦）翠減祥鸞羅幌，香銷寶鴨金爐。楚館雲閒，秦樓月冷，動是離人愁思。目斷天涯雲山遠，親在高堂雪鬢疏，緣何書也無？(一)

（一） 眉批： 曲好。不像窮秀才謳家樣子。

【古風】明明匣中鏡，盈盈曉來粧。憶昔事君子，雞鳴下君床。臨鏡理笄總，隨君問高堂。一旦遠別離，鏡匣掩青光。流塵暗綺疏，青苔生洞房。零落金釵鈿，慘淡羅衣裳。傷哉憔悴容，無復蕙蘭芳。[一]有懷悽以楚，有路阻且長。妾身豈嘆此，所憂在姑嫜。念彼狷猱遠，眷此桑榆光。願言盡婦道，遊子不可忘。勿彈綠綺琴，絃絕令人傷。勿聽《白頭吟》，哀音斷人腸。人事多錯過，羞彼雙鴛鴦。奴家自嫁與伯皆，纔方兩月，指望與他同侍雙親，偕老百年。誰知公公嚴命，強他赴選。自從去後，竟無消息。把公婆拋撇在家，教奴家獨自應承。奴家一來要成丈夫之名，二來要盡為婦之道，盡心竭力，朝夕奉養。

正是：　天涯海角有窮時，惟有此情無盡處。

【仙呂入雙調·風雲會四朝元】春闈催赴，同心帶緪初。嘆《陽關》聲斷，送別南浦，早已成間阻。謾羅襟淚漬漬，謾羅襟淚漬漬，和那寶瑟塵埋，錦被羞鋪。寂寞瓊窗，蕭條朱戶，空把流年度。嗏，瞑子裏自尋思，妾意君情，一旦如朝露。君行萬里途，妾心萬般苦。君還念妾，迢迢遠遠，也索回顧。

【前腔】朱顏非故，綠雲懶去梳。奈畫眉人遠，傅粉郎去，鏡鸞羞自舞。把歸期暗數，把歸期暗數，只見雁杳魚沉，鳳隻鸞孤。綠遍汀洲，又生芳杜。[二]空自思前事，嗏，日近帝王都。芳

新刻魏仲雪先生批點琵琶記

（一）　芳：原作『房』，據汲古閣刊本《繡刻琵琶記定本》改。

（二）　眉批：曲佳。

草斜陽，教奴望斷長安路。君身非蕩子，妾非蕩子婦。其間就裏，千千萬萬，有誰堪訴。奈西

【前腔】輕移蓮步，堂上問舅姑。怕食缺須進，衣綻須補，要行時須與扶。奈西

山景暮，教我情着誰人，傳與我的兒夫。你身上青雲，只怕親歸黃土，我臨別也曾多

付。〔二〕喏，那些個意孜孜，只怕十里紅樓，貪戀着他人豪富。丈夫，你雖然是忘了奴，也須念

父母。苦！無人說與，這凄凄冷冷，怎生辜負？

【前腔】文場選士，紛紛都是才俊徒。少甚麼鏡分鸞鳳，都要榜登龍虎，偏是他將奴誤。也

不索氣蠱，也不索氣蠱，既受託了蘋蘩，有甚推辭？索性做個孝婦賢妻，也落得名標青史，

今日呵，不枉受了些閒悽楚。喏，俺這裏自支吾，休要污了他的名兒，左右與他相回護〔三〕丈

夫，你便做腰金衣紫，須記得荊釵與裙布。苦！一場愁緒，堆堆積積，宋玉難賦。

回首高堂日已斜，遊人何事在天涯。

紅顏勝人多薄命，莫怨東風當自嗟。

總批：

(二) 眉批： 絕似口氣。

(三) 眉批： 『索性做個』『左右與他』都是傳神字眼，讀之情狀如見。

詞曲天然自在，不遜於《西廂》《拜月》也。

釋義：　翠減香銷：　鶯幌翠減，寶鴨香銷，言閨中寂寞也。　雲閒月冷：　楚館雲閒，秦樓月冷，見懷人憶遠也。　臨鏡理笄總：　笄，簪也；總，裂練繒以束髮者。《禮記》：『婦事舅姑，雞初鳴，櫛縰笄總。』腹笥：　邊孝先《解嘲》云：『腹便便，五經笥。』同心帶綰：　柳耆卿詞：『羅帶縱結同心。』夫婦相契之義也。　《陽關》聲斷：　王維《送別陽關》之曲。　畫眉人遠：　漢張敞為京兆尹，常為妻畫眉，長安百姓傳之。有司奏聞，厰對曰：『閨房之內，夫婦之私，尤有過於此者』上弗問之。　傅粉郎：　魏何晏為尚書，美姿容，貌至白。帝疑其傅粉，夏月賜熱湯，汗出，拭之愈白，文帝方信之。　鏡鸞：　罽賓王一鸞不鳴，夫人曰：『見類則鳴。懸鏡照之，鸞見影悲鳴，中宵一奮而絕。　雁杳魚沉：　言無音信也。　芳杜：　《楚辭》：『采芳洲兮杜若。』香草也。　西山景暮：　《陳情表》：『日薄西山。』言祖母年老不久也。　榜登龍虎：　唐陸贄主試事，得韓愈、歐陽詹、賈稜、陳羽、李絳等，皆天下雋偉之士，時稱榜登龍虎。　蓮步：　東昏侯鑿金為蓮花貼地，令潘妃行其上，曰此步步生蓮花也。

第十齣　春宴杏園

（末扮首領官上云）朝為田舍郎，暮登天子堂。將相本無種，男兒當自強。自家不是別人，却是河南府一個首領官。往年狀元及第，赴宴遊街，但是鞍馬酒席供設祇應等件，都是府尹提調。今年蔡伯皆做

状元，循例赴宴，府尹却委着當職提調。昨日已分付太僕寺管鞍馬的令史，並洛陽縣管排設的驛丞，專

聽我這裏鳴鼓三聲，都要到此聚會聽點。（攂鼓介）掌鞍馬的在那裏？（丑扮令史上）有問即對，無問

不答。相公有何鈞旨？（末云）鞍馬備辦了未曾？（丑云）告相公得知：俺這裏在先有一萬四好馬。

（末云）怎見得好馬？（丑云）但見耳批雙竹，鬃散五花。展開鳳臆龍鬐，昂起豹頭虎額。響駸駸翠蹄

削玉，點滴滴赤汗流珠。隔目青熒夾鏡懸，肉駿碾連錢動。一躍時尾捎雲漢，橫驀過玄圃崆峒；一

雲時走遍神州，宜趕上流星掣電。九方皋管教他稱賞，千金價不枉了追求。[一]（末云）有甚顏色的？

（丑云）布汗、論聖、虎刺、合里烏、赭哑兒、爺屈良、蘇盧、棗騮、粟色、燕色、兔黃、真白、玉面[二]銀鬃、繡

髀、青花。正是：　五花散作雲滿身，萬里方看汗流血。（末云）有甚麼好名兒？（丑云）飛龍、赤兔、騤

裏、驊騮、紫燕、嚙膝、踰暉、騏驥、山子、白義、絕塵、浮雲、赤電、絕群、逸驃、騄驪、龍子、騏駒、騰

霜驄、皎雪驄、凝露驄、照影驄、懸光驄、決波驗、飛霞驃、發電、赤流、金騔、翔麟、紫奔、赤紅、照夜白、一

丈烏、九花虬、望雲騅、忽雷駁、卷毛駶、獅子花、玉逍遙、紅叱撥、紫叱撥、金叱撥。正是：　青海月氏生

下，大宛越膝將來。[三]　（末云）有甚麼好廄？（丑云）飛龍、祥麟、吉良、龍媒、駒駼、駃騠、鵷鷟、出群、天

（一）金：原作『里』，據汲古閣刊本《繡刻琵琶記定本》改。眉批：删。

（二）面：原作『厓』，據汲古閣刊本《繡刻琵琶記定本》改。

（三）眉批：删。

花、鳳苑、奔星、内駒、左飛、右飛、左坊、右坊、東南内、西南内。正是：盡印三花飛鳳字，中藏萬匹好龍媒。（末云）却怎的打扮？（丑云）錦韉燦爛披雲，銀鐙熒煌曜日。香羅帕深覆金鞍，紫游韁牽動玉勒。瑪瑙粧就彎頭，珊瑚做成鞍子。正是：紅纓紫鞚珊瑚鞭，玉鞍錦籠黃金勒。（末云）如今選多少在這裏？（丑云）告相公，於今無了。（末云）如何無了？（丑云）原有一萬四馬，却有一千三百個漏蹄，二千七百個抹屬，三千八百個熱瘤，二千二百個慈眼。那更鞍橋又破損，坐褥又傾欹。抽彎盡是麻繩、鞭子無非荊杖。餓老鴝全然拉搭，雁翅板一發彫零。鞍轡既不周全，牽鞚何曾完備？此般物件，其實不中。（末云）休胡說！若還不完備時節，我票過府尹大人，好生打你。（丑云）相公可憐見，容小人一壁廂自理會。（末云）鞍馬若完備時節，可牽在午門外厢，等候狀元謝恩出來乘坐。（丑云）理會得。只教他春風得意馬蹄疾，一日看遍長安花。（末云）排設完備了未曾？（丑下）（末云）管排設的在那裏？（淨扮驛丞上）上一呼，堦下百諾。相公有何鈞旨？（末云）排設完備了未曾？（淨云）告相公，我揀上等排設伺候哩。視。（末云）怎見得上等排設？（淨云）但見：珠簾高捲，繡幕低垂。珊瑚席韂韂得精神，玳瑁筵安排得齊整。金爐內慢騰騰燒瑞腦，玉瓶中嬌滴滴插奇花。四圍環繞畫屏山，滿座重鋪錦褥子。金盤犀筯光錯落，掩映龍虎羞；銀海瓊舟影蕩搖，翻動葡萄玉液。灑掃得乾乾淨淨，並無半點塵埃。鋪陳得整整齊齊，另是一般氣象。正是：移將金谷繁華景，粧點瓊林錦繡仙。(一)（末云）安排既齊整，你每且

(二)

眉批：删，删。

退去，待等狀元遊街了赴宴。（淨云）領鈞旨。　正是：　瓊林勝處風光好，別是人間一洞天。（淨下）（末云）遠遠望見一簇人馬鬧炒，想是狀元來了。（末下）（生、淨、丑騎馬上）

【仙呂入雙調・窣地錦襠】（衆）嫦娥剪就綠雲衣，折得蟾宮第一枝。宮花斜插帽簷低，一舉成名天下知。

【哭岐婆】洛陽富貴，花如錦綺。紅樓數里，無非嬌媚。春風得意馬蹄疾，天街遊遍方歸去。（生、淨先下）（丑墜馬科）救命！　救命！　爹爹、奶奶、伯伯、叔叔、哥哥、嫂嫂、孩兒、媳婦都來救命。（末騎馬上）

【越調過曲・水底魚兒】（末）朝省尚書，昨日蒙聖旨。道狀元及第，教咱去陪宴席。（丑云）救命！　救命！（末唱）轉頭回望，叫我的還是誰？

【越調・水底魚兒】（末）越着鞭越退，遣人心下疑。（丑云）救命！　救命！（末唱）踏壞了人了。（末唱）越着鞭越退，遣人心下疑。（丑云）尊官是誰？（末云）我是中書省陪宴官，不知足下爲甚墜馬？（一）（末云）快起來。（末扶科）（丑云）我是墜馬的狀元。（末云）漢子，你是誰？（丑云）

【正宮・北叨叨令】（丑）鬧炒炒街市上遊人亂，（末云）你馬驚了呵？（丑唱）惡頭口抵死要回

（一）　眉批：　刪，刪。

身轉。（末云）怎的不牽過一邊？（丑唱）我戰兢兢只怕韁繩斷，（末云）爲甚不打他？（丑唱）怯書

生早已神魂散。（末云）你不害事麼？（丑唱）險些跌折了腿也麼歌，險些春破了頭也麼歌，我

好似小秦王三跳澗。

（末云）這馬於今那裏去了？（丑云）知他那裏去了！傷人乎？不問馬。（末云）咳！你兀自文

驟的。我且就這裏人家借一個馬與你騎。（一）（丑云）你靜辦，若借馬與我騎，便索死。（末云）咳！怎

的便死？（二）（丑云）你不聞孔子說道：有馬者借人乘之，今亡矣夫。（末云）一口胡柴。呀！遠遠望

見一簇人馬來，有馬就借一匹與你騎。（丑云）不須得，不須得。（生、淨騎馬上）

【窣地錦襠】（眾）荷衣新惹御香歸，引領群仙下翠微。杏園惟有後題詩，此是男兒得志時。

（丑云）狀元，你每列位騎馬遊街，且是好。只不要似我騎馬，春破了頭，跌折了脚。（生云）足下原來墜

馬？（丑云）可知哩！（末云）不是下官搭救時節，險些送了一條性命。（淨云）如此，更賴足下之力。

（生云）請整頓同行。（丑云）你們三位自去赴宴，我到太平坊下李郎中家去便來。（眾云）你去做甚

麼？（丑云）我去醫擷撲傷損瘡。（眾云）休要推故，我去借一匹馬來與你騎了同去。（丑云）小子告

退，你列位自去。（末云）朝廷事例，如何不去赴宴？（丑云）赴宴也好，只是騎馬不得。這等，你列位

（一）裏：原闕，據汲古閣刊本《繡刻琵琶記定本》補。

（二）眉批：删。

騎馬前去，我隨後擡着胡床來。（末云）成甚麼模樣！（丑云）這個不妨，却有兩說：……路上人問你，便說道是使喚的伴當，若是筵席之中，却說是打伴當的人。（末云）好窮對副！

【哭岐婆】（衆）玉鞭裊裊，如龍驕騎。黃旗影裏，笙歌鼎沸。如今端的是男兒，行看錦衣歸故里。

（末云）這裏便是杏園，請列位駐馬。（丑云）左右，馬都牽到僻處去。倘或人道四位官員如何只三個馬，不像模樣。（末云）好高見識！如今請列位照依年例，留下佳作。（浄云）蔡兄先請。（生云）五百名中第一仙，花如羅綺柳如烟。綠袍乍着君恩重，黃榜初開御墨鮮。禮樂三千傳紫禁，風雲九萬上青天。時人謾說登科早，未許姮娥愛少年①。（浄云）妙！妙！紫金闕無極無上聖。（末云）這裏不是玉皇閣，休得誦他的寶號。如今却輪當足下。（浄云）我也有四句：遲日江山麗，春風花草香。（末云）且住。使不得，這是古詩。（浄云）呀！前日三場也都是別人的文章，尚自中了。如何一首別人的詩，到使不得起來？（末云）休道是七步成章。（浄云）你道我真個不會做詩呵？我且將就做一首與列位看看。赴選何曾入棘闈，此身未擬着荷衣。三場盡是倩人做，一字全然匪我爲。自笑持杯饕戀酒，却愁把筆怎題詩？有人問我求佳作，（衆云）如何答他？（浄云）問我先生便得知。（末云）又道是當仁不讓於師。（丑云）倉官不識串字，中中。（末云）且休誇口，如今又輪當足下。（丑云）有，有。

（一）眉批：删。

列位賦律詩，都把那赴試的事爲題，恐是俗套，小子於今另立一題。（一）（末云）你把甚麼爲題？（丑云）便把小子方纔墜馬爲題，胡做古風一篇，以紀其事如何？（眾云）尤妙！尤妙！（丑云）君不見去年騎馬張狀元，跌了左腿不相干。小子今年大拚命，也來隨趁跨金鞍。又不見前年跨馬李試官，行船走馬打鞦韆。小子今年大拚命，也來隨趁跨金鞍。跨金鞍，災怎躲？跌了窟臀沒半邊？世上三般拚命事，行不肯行，連擡兩擡不是耍。便把韁繩緊緊扯，縱有長鞭怎敢打？須臾之間掉下來，一似狂風吹片瓦。大叫三聲昨日行過樞密院，三個軍人來唱喏。（末云）却如何？（丑云）怕他請我教戰馬。（末不肯行，連擡兩擡不是耍。便把韁繩緊緊扯，縱有長鞭怎敢打？須臾之間掉下來，一似狂風吹片瓦。大叫三聲云）又說夢話。諸公請依位而坐，左右，看酒。（雜扮承直上）（三）色動玉壺無表裏，光搖金盞有精神。告

相公，酒在此。（眾把酒科）

【仙呂入雙調・五供養】（末）文章過晁董，對丹墀已膺天寵。（合）赴瓊林新宴，顫宮花，緩引黃金鞚。

【前腔】（淨、丑）九重天上聲名動，紫泥封已傳丹鳳。（合）便催歸玉簡侍宸旒，他日歸來金蓮送。

【中呂・山花子】（末）玳筵開處遊人擁，爭看五百名英雄。（生）喜鰲頭一戰有功，荷君恩奏

（一）　眉批：刪。
　　　丑不做詩反趣，直訴道不會做詩，亦儘丑了。

（二）

（三）　雜：原闕，據汲古閣刊本《繡刻琵琶記定本》補。

捷詞鋒。（合）太平時車書已同，干戈盡戢文教崇，人間此時魚化龍。留取瓊林，勝景無窮。

【前腔】（净）三千禮樂如泉涌，一筆掃萬丈虹霓。（丑）看奎光飛躔紫宫，光耀萬玉班中。（一）

（合前）

【前腔】（生）青雲路通，一舉能高中，三千水擊飛冲。（净）又何必扶桑掛弓？也强如劍倚

崆峒。（合前）

【前腔】（丑）恩深九重，絲絡八珍送，無非翠釜駝峰。（末）看吾皇待賢恁隆，不枉了十年窗

下把書來攻。（合前）

【太和佛】（生）寶篆沉烟香噴濃，（衆）濃熏羅綺叢。瓊舟銀海，翻動酒鱗紅，一飲盡教空。

（生悲科）持杯自覺心先痛，縱有香醪，欲飲難下我喉嚨。他寂寞高堂菽水難供奉？俺這裏

傳杯誼闊。（二）（衆）狀元，你休得要對此歡娛意冲冲。

【舞霓裳】（衆）願取群賢盡貞忠，盡貞忠。管取雲臺畫形容，畫形容。時清莫報君恩重，惟

有一封書上勸束封，更撰個河清德頌。乾坤正，看玉柱擎天又何用？

（一）眉批：删。

（二）眉批：得此二語，不失本色。

【紅繡鞋】（合）猛拚沉醉東風，東風。倩人扶上玉驄，玉驄。歸去路，望畫橋東。花影亂，日朦朧。沸笙歌，引紗籠。

【意不盡】（合）今宵添上繁華夢，明早遙聽清禁鐘。皇恩謝了，鵷行豹尾陪侍從。

名傳金榜換藍袍，酒醉瓊林志氣豪。

世上萬般皆下品，思量惟有讀書高。

批：

煩冗可厭，如何比得《拜月》《西廂》之煩簡合宜也？

釋義：

玄圃：臺名。居崑崙山之一角，而崑崙山在陝西肅州，昔周穆王見王母於此。崆峒：山名。在河南汝州，昔黃帝於此山問道於廣成子。神州：《古今通論》：『崑崙山之東南方五千里，謂之神州。』

九方皋：秦穆公謂伯樂曰：『子之年長矣，子姪有可求馬乎？』對曰：『良馬可以形容，筋骨相也。臣有所與者九方皋，在沙丘。』穆公見之，使行求馬。還報曰：『已得之，在沙丘。』穆公曰：『何馬？』對曰：『牝而黃。』使人往取之，牡而驪。穆公不悅，召伯樂曰：『子薦九方皋者，物色牝牡不知，又何馬之能知？』伯樂曰：『若皋之所觀，天機也，得其精而忘其粗，在其內而忘其外。』馬至，果良馬焉。一丈烏：梁太祖溫以愛馬一丈烏賜寇彥卿。五花虬：《胡馬行》：『五花馬，千金裘。』紫吒撥：鮑生與外弟韋生嘗以美妓換駿馬紫吒撥。大宛：國名，極產良馬。漢武帝使壯士以千金求之。龍媒：

劉牢之有馬號龍媒，嘗跳五丈澗以脫慕容垂之逼。 玉勒： 勒，馬啣也。以玉飾之，故曰玉勒。 瑪瑙：

形似馬腦，多出北地，如纏絲者貴。有紅、黑、白三種，似人物、鳥獸形最貴。 珊瑚： 樹生海中者，色紅

潤，出波斯、獅子等國。以鐵網沉水底，經年取之乃得。 銀海、瓊舟： 俱酒器，各受酒一斗。 葡萄玉

液： 葡萄出大宛，漢張騫出使西域所得，有黑、白、黃三種。人釀以為酒，名之曰玉液。富人藏酒至千

斛，雖經十年，其味不敗。 金谷： 園名，在河南府城西十三里，地有金水，自太白原南流經此。晉石崇因

川阜以造園館。 荷衣： 綠袍也。古詩：『身掛綠荷衣。』翠微： 山之腰處曰翠微。 杏園： 唐制，

新進士賜宴於杏園。 御墨鮮： 狀元及第，御筆親註其名。 禮樂三千： 古詩：『縱橫禮樂三千字。』

樞密院： 即今之兵部也。《會要》云：『樞密院掌天子之機務，及天下邊境軍馬之政。』蓋取天樞之義。

晁董： 晁錯，潁州人，學申、韓刑名，以文章為太常常故。文帝遣受《尚書》於伏生，還太子家令，號智

囊。景帝時，遷御史大夫。董仲舒，廣川人，少治《春秋》。江夏為教授，三年不窺園圃。以賢良對策，漢

武帝嘉之，以為江都相。 瓊林新宴： 新進士朝廷賜宴，謂之瓊林宴。 九重： 天子之門有九，謂關門、

遠郊門、城門、皋門、庫門、雉門、應門、象門、九重門。 紫泥： 《漢書》云：『天子六璽，皆以成都紫泥封

之。』宸旒： 旒，冕籬。《說文》：『垂玉也。』《禮》：『王袞冕十二旒，鷩冕九旒，毳冕七旒，希冕五旒，玄冕

玄免三旒。』金蓮送： 令狐綯，唐太宗初為承旨。夜對禁中，燭盡，上以乘輿金蓮燭送歸院，宋蘇東坡亦

然。 紫宮： 《天文志》：『北極五星，皆在紫宮。』萬玉班中： 李宗敏知貢舉，門生多清秀，時號『玉

笋班』。『扶桑』二句：扶桑，日出處也。崆峒，山名也。襄王問宋玉曰：『能爲大言乎？』對曰：

『彎弓射扶桑，長劍倚天外』。絡繹：不絕也。八珍：食之美曰珍。謂龍肝鳳髓，兔胎熊掌，鶚腼豹

蹄，猩唇鯉魚尾。酒鱗紅：鱗魚大口細鱗班綵，以煮酒，味極佳。雲臺：漢明帝因思中興功臣，乃圖

二十八將於南宮雲臺。東封：東岳泰山封，用五色土雜封之。司馬相如病且死，有遺書勸上封泰山。

河清頌：南宋元嘉中，河、濟俱清，文帝命鮑照爲《河清頌》。玉柱擎天：唐張說撰姚崇碑文曰：

『玉柱擎天，高明之位列』。玉驄：馬名，青白色。紗籠：唐李藩少時問卜於葫蘆生，曰：『紗籠中

人。』藩不省。後有新羅僧言，凡位當宰相者，冥司必以紗籠護其名。藩於元和中果拜相。清禁鐘：漢

武帝時，未央宮殿前有清禁鐘，自鳴三晝夜。詔問東方朔，對曰：『銅者，土之子。子母感而相應，恐有山

崩。』後三日，蜀郡太守上言銅山崩。鵷行：古詩：『蓬跡鵷鷺行』朝官疾也。豹尾：《漢書·大駕

法》：『駕出屬車，最後一乘懸豹尾以前，皆省中也。』

第十一齣　蔡母嗟兒

【商調引子·憶秦娥先】（旦）長吁氣，自憐薄命相遭際。相遭際，暮年姑舅，薄情夫婿。

音字：裊……鳥……弗……費……惹……也……饞……涾……臀……屯。攛……竄。顫……戰。鞓……控。

駝……扡。醪……勞。

〔清平樂〕夫妻纔兩月，一旦成拋別。沒主公婆甘旨缺，幾度思量悲咽。

家貧先自艱難，那堪不遇豐年。恁的千辛萬苦，蒼天也不相憐。奴家自從兒夫去後，遭此飢荒，況兼公婆年老，朝不保夕，教奴家獨自如何應奉？婆婆日夜埋怨着公公，當日不合教孩兒出去；公公又不伏氣，只管和婆婆閒爭。外人不理會得，只道是媳婦不會看承，以致公婆日夜炒鬧。[一] 且待公婆出來，再三勸解則個。

【憶秦娥後】（外唱）孩兒一去無消息，雙親老景難存濟。（淨扯外耳唱科）難存濟，不思前日，強教孩兒出去？

（旦勸介）（淨云）老賊，你抵死教孩兒出去赴選，今日沒有飯喫，他便做得狀元，濟你甚事？若是孩兒在家，也會區處，終不到得這等狼狽。如今凍得你好，餓得你好。[二] 老賊，你死了休！（外云）老乞婆，你埋怨我則甚？我是神仙，知道今日恁的飢荒苦？這般時年，誰家不忍飢受餓？誰似你這般埋怨我？休休！我死！我死！今日飢荒也是死，被你埋怨不過也索死。（欲死，旦扯住科）（淨云）老賊，你便死也消不得我這場嘔氣！（旦云）公公婆婆且息怒，聽奴家一言分剖：當初公公教孩兒出去時節，不道今日恁般飢荒，婆婆難埋怨公公；今日婆婆見這般飢荒，孩兒又不在眼前，心下焦躁，公公也休怪婆婆埋怨。請自寬心，奴家如今把些釵梳首飾之類典些糧米，以充公婆一時口食。寧可餓死奴

（一）眉批：　真難處，可憐！可憐！

（二）眉批：　蔡母原有先知。

家，決不將公婆落後。○（一）（淨云）媳婦，你說得好，我只是恨這老賊！

【南呂過曲·金索掛梧桐】（淨）區區一個兒，兩口相依倚。沒事為着功名，不要他供甘旨。你教他做官，要改換門閭，只怕他做得官時你做鬼。○（二）老賊！你圖他三牲五鼎供朝夕，今日裏要一口粥湯却教誰與你？相連累，我孩兒因你做不得好名儒。（合）空爭着閒是閒非，空爭着閒是閒非，只落得雙垂淚。

【前腔】（外）養子教讀書，指望他身榮貴。黃榜招賢，誰不去求科試？老乞婆，我說個比方與你聽。譬如范杞良差去築城池，他的娘親埋怨誰？（淨云）老賊，你倒好比方。他奉官差哩。（外唱）合生合死皆由命，少甚麼孫子森森也忍飢。（淨云）老賊，你固自口硬！再過幾時，餓得你口臭屎哩。（外唱）休聒絮，畢竟是咱們兩口受孤恓。（合前）

【前腔】（旦）婆婆，孩兒雖暫離，須有日回家裏。（淨云）媳婦，我豈不知孩兒自有一日回家？只是眼下受餓難過。（旦唱）婆婆，奴有此二釵梳，解當充糧米。（淨云）老賊！我若沒有這般孝順的媳婦，會擺佈，可不把我的肝腸也餓斷了？（外云）老乞婆，這是時年如此，你苦死埋怨我怎的？（旦云）公公

（一）眉批：　賢哉婦也！　孝哉婦也！

（二）眉批：　已做餓鬼了。

婆婆怎的閒爭呵，教傍人道媳婦每有甚差池，致使公婆爭鬥起。[一] 婆婆，他心中愛子，指望他功名就。。公公，他眼下無兒，因此埋怨你。難逃避，兀的不是從天降下這災危？（合前）

【劉潑帽】（外）天那！我每不久須傾棄，嘆當初是我不是，不如我死了無他慮。（合）一度裏思量，一度裏肝腸碎。[二]

【前腔】（淨）有孩兒却遣他出去，教媳婦怎生區處？媳婦，可憐誤你芳年紀。（合前）

【前腔】（旦）公公婆婆，媳婦本是親兒女，勞役事本分當爲，但願公婆從此相和美。（合前）

形衰力倦怎支吾？口食身衣只問奴。

莫道是非終日有，果然不聽自然無。

總批：

曲白、關目俱佳，復見一場鬧熱也。

釋義：　蒼天：　春爲蒼天，夏爲昊天，秋爲旻天，冬爲玄天。狼狽：狽，亦狼之類，無前足，附狼而行，無狼則不能行。　森森：　衆多也。　范杞良：　秦始皇三十年，遣築長城。起於臨洮，至遼東，萬餘

（一）　眉批：　聖婦。

（三）　眉批：　俱是真情，咄咄如見。

里。湖南人范杞良預役築城，未經一月，身死。其妻孟姜女送寒衣，聞夫身死，乃於城下哭十餘日，城爲之崩。

音字：燥。皂。杞。起。聒。郭。

第十二齣　奉旨招婿

（末云）縹緲紗窗映霧烟，深沉華屋鎖嬋娟。屛間孔雀人難中，幕裏紅絲誰敢牽？自家是牛太師府中一個院子，這幾日聽得府中喧傳太師要招女婿。況我這個小娘子不比別的小娘子⋯一來是丞相之女，二來是才貌兼全。必須有文章有官職有福分的，方可中選。且在此等候，相公出來，便知端的。

【南呂引子·似娘兒】（外）華髮漸星星，憐愛女欲遂姻盟，蟾宮桂子才堪稱。紅樓此日，紅絲待選，須教紅葉傳情。

左右那裏？（末云）應上一呼，堦下百諾。不知老相公有何鈞旨？（外云）自古道：男子生而願爲之有室，女子生而願爲之有家。我老夫人傾棄多年，只有一個小姐，美貌娉婷。昨日見官裏，問我道：你的女孩兒曾嫁人未？我回言道：未曾嫁人。官裏道：既不曾嫁人，如今新狀元蔡邕，好人物，好

才學，朕與你主婚，你可招他爲婿。你意下如何？俺奉着聖旨，就謝了恩。你每道此事如何？⑴（末

云）覆相公：男大須婚，女大須嫁。小姐是瑤臺閬苑神仙，狀元是天祿石渠貴客。何況且玉音主盟，

金口說合。若做了百年夫婦，不枉了一對姻緣。這是：佳人才子兩堪誇，天付姻緣事不差。試看月

輪還有意，定知丹桂近仙娃。（外笑云）你言正合我意。你就去喚府前官媒婆來，同去蔡狀元處說親。

（末云）領鈞旨。（喚科）（丑扮媒婆拿秤、斧上）

【正宮過曲・醉太平】（丑）我做聰俊的媒婆，兩脚疾走如梭。生得不長又不矮，人人都來請

我。我只要金多銀多，綾羅段匹多，方肯做。又且張家李家誇談我，（末云）誇談你甚的？（丑

唱）道我每須勝是別媒婆。

媒婆媒婆，兩脚奔波。一斗好酒，一隻肥鵝。送到家裏，我和老公笑呵呵。（末云）婆子休閒說，且去見

老相公。（外云）婆子，你手裏拿着甚麼東西？（丑云）這是斧頭。（外云）要他何用？（丑云）這是媒

婆的招牌。（外云）如何將他做招牌？（丑云）告相公得知：《毛詩》有云：析薪如之何？匪斧不

克。娶妻如之何？匪媒不得。以此將他爲招牌。（末云）休在班門弄斧。（外云）媒婆，你要秤何用？

（丑云）相公，這喚作量人秤，最是要緊的。大凡做媒時節，先把新婦新郎秤得一般，方纔與他說親，久

後夫妻也和順。若是輕重了，夫妻到底相嫌。（外云）休閒說！媒婆，我昨日奉聖旨，教我將小姐招贅

二二五八

⑴　眉批：既奉聖旨，何問家老？

蔡狀元爲婿，如今你去他跟前説知。若得成就了這頭親事，我多多賞你。（丑云）這個有甚難處？一來奉當今聖旨，二來托相公威名，三來小姐才貌兼全。是人知道，蔡狀元有何不可？（末云）這話極説得是。（外云）媒婆，你近前來，聽我説。

【南呂過曲・瑣窗郎】（外）吾家一女娉婷，未曾許與公卿。昨承聖旨，招選書生。媒婆，你和他説：不須用白璧黃金爲聘。（合）説道姻緣前世已曾定，今日裏，共歡慶。

【前腔】（丑）住東京極有名聲，相公，論媒婆非自逞。今朝事體，管取完成。怕有一輕一重，全憑這條官秤。（合前）

【前腔】（末）雖然他高占魁名，得相招多少榮縈。依繡幕選中雀屏，媒婆，此一去他必從命。

（合前）

　　爲傳花信仗良媒，管取門楣得俊才。
　　百年夫婦今朝合，一段姻緣天上來。

讀《列女傳》一過不忘。聞隋祖受周禪，自投床下，曰：『恨非男子，不能救舅家之難。』毅掩其口曰：『毋妄言，赤吾族矣。』毅謂夫人曰：『此女有奇相，不可妄與人。』因畫二孔雀於屏間，令請婚者射二矢，陰約中目者則許之。唐高祖最後射，各中一目，遂以妻之。後爲后。幕裏紅絲：郭元振少有大志，中書令張嘉貞欲納之爲婿，謂曰：『吾五女皆賢德，各持一綫，以帷遮之，子隨便牽之。』元振牽一紅絲，得第三女，極姿容。瑤臺閬苑：神仙所居。班門弄斧：公輸子，名班，魯之巧人也。今人誇假於識者之前，必讞之曰班門弄斧。

第十三齣　官媒議親

【商調引子・高陽臺】（生）夢遶親闈，愁深旅邸，那堪音信遼絕。淒楚情懷，怕逢淒楚時節。重門半掩黃昏雨，奈寸腸此際千結。守寒窗一點孤燈，照人明滅。[一]當時輕散輕別，嘆玉簫聲杳，庾樓明月。一段愁煩，翻成兩下悲咽。枕邊萬點思親淚，伴漏聲到曉方徹。鎖愁眉，慵臨青鏡，頓添華髮。[二]

（一）　眉批：　一字一淚。
（二）　眉批：　方議作嬌婿，豈可便說『華髮』？

〔木蘭花〕鰲頭可羨，須知富貴非吾願。雁足難憑，没個音書寄子情。田園將蕪，不知松菊猶存否？光景無多，爭奈椿萱老去何？

自家爲父母所强，來此赴選，誰知逗遛在此，竟不能歸。今又復拜皇恩，除爲議郎。雖則任居清要，爭奈父母年老，安敢久留？天那！知我的父母安否何如？知我的妻室侍奉如何？欲待上表辭官，又未知聖意如何？苦！好似和針吞却綫，刺人腸肚繫人心。（一）（末、丑上）

〔勝葫蘆〕（末）特奉皇恩賜結婚，來此把信音傳。（丑）若是仙郎肯與諧姻眷，一場好事，管取今朝便團圓。

〔商調過曲・高陽臺〕（生）宦海沉身，京塵迷目，名韁利鎖難脱。目斷家山，空勞魂夢飛越。俺自有正兔絲，親瓜葛。是誰人

（生云）自家門户重重閉，春色緣何入得來？未審何人到此？（末、丑云）小人是牛太師府裏一個院子，老媳婦是媒婆，我兩人奉天子之洪恩，領太師之嚴命，特與狀元諧一佳偶。（生云）原來如此。不索多言，且聽我説。

（丑云）狀元，是好一個小姐。（生唱）閒珝，閒藤野蔓休纏也。

〔前腔換頭〕（末）閥閲，紫閣名公，黄扉元宰，三槐位裏排列。金屋嬋娟，妖嬈那更貞潔。

〔前腔換頭〕（末）閥閲，紫閣名公，黄扉元宰，三槐位裏排列。金屋嬋娟，妖嬈那更貞潔。

無端調引，謾勞饒舌？（二）

（一）眉批：情真語切。

（二）眉批：語壯。

（丑）歡悦，秦樓此日招鳳侶，遣妾每特來執伐。望君家殷勤首肯，早諧結髮。

【前腔換頭】（生）非別，千里關山，一家骨肉，教我怎生抛撇？妻室青春，那更親鬢垂雪。

（丑云）狀元，老丞相見你這般青春年少，他繞肯把小姐嫁與你，你不必推故。[一]（生唱）差迭，須知少年

自有人愛了，謾勞你嫦娥提挈。滿皇都豪家無數，豈必卑末？

【前腔換頭】（末唱）不達，相府尋親，侯門納禮，兀自拒他不屑。繡幕奇葩，春光正當十八。

（丑）休撇，知君是個折桂手，留此花待君攀折。況親奉丹墀詔旨，非我自相攛掇。

【前腔換頭】（生）心熱，自小攻書，從來知禮，忍使行虧名缺？父母俱存，娶而不告須難説。

悲咽，門楣相府雖要選，奈煢嫠佳人實難存活。（丑云）狀元，小姐生得十分美貌，你休錯過。（生

唱）縱然有花容月貌，[二]怎如我自家骨血？

【前腔換頭】（末）迂闊，他勢壓朝班，威傾京國，你却與他相別。只怕他轉日回天，那時須有

個決裂。（丑）虛設，夜静水寒魚不餌，笑滿船空載明月。下絲綸不愁無處，笑伊村殺。[三]

（一）　眉批：　説青春年少，恐未必然。

（二）　縱：　原作『自』，據汲古閣刊本《繡刻琵琶記定本》改。

（三）　眉批：　正是這廝口吻。

【餘文】（生）明朝有事朝金闕，歸家奉親心下悅。（末）狀元，只怕聖旨不從空自說。

（生云）不須多言。你若果奉聖旨來，我明日上表辭官，一就辭婚便了。

君王詔旨不相從，明日應須奏九重。

有緣千里能相會，無緣對面不相逢。

批：

辭婚之言不合先說。事以密成，語以洩敗，作事不密，反害於成。伯皆原有腐氣。

釋義：

玉簫聲杳：言夫婦久別也。蕭史善吹簫，秦穆公有女弄玉，亦好吹簫，遂妻之。作鳳凰臺，夫婦居其上。一日，史乘龍，弄玉乘鳳，夫婦俱升天而去。宦海沉身：唐顏真卿貌奇，有道士謂之曰：『公骨可度世，不宜沉身宦海。』兔絲：女蘿在草爲兔絲。《古樂府》有：『兔絲附女蘿。』瓜葛：瓜葛之藤，延蔓相及。喻親戚之綿密。饒舌：猶言口多。閥閱：《史記》：『明其等曰閥，表其功曰閱。』又，門左曰閥，右曰閱。門楣：唐玄宗以楊貴妃從兄國忠加御史大夫，女兄弟韓國、虢國、秦國三夫人。時謠曰：『男不封侯女作妃，君看女却爲門楣。』上橫佳梁，故曰門楣。炭廖佳人：炭廖，門關也。百里奚事秦，其妻殺母雞錢之，因無柴，以炭廖燒之。後奚欲娶妾，其妻載歌曰：『百里奚，五羊皮。憶別時，烹伏雌，炊扊扅，今日富貴忘我爲。』

音字：庚。預。宦。患。扊。凇。掇。奪。炭。掩。廖。移。

第十四齣　激怒當朝

【黃鍾過曲·出隊子】（外）朝夕縈掛，只為孩兒多用心。不知月老事何因？為甚冰人沒信音？顒望多時，情緒轉深。

目斷青鸞瞻碧霧，情深紅葉看金溝。自家昨遣院子和官媒婆去蔡狀元處說親，尚未回音，且待他來，便知端的。

【前腔】（丑、末）喬才堪笑，故阻佯推不肯從。豈無佳婿近乘龍？有甚福緣能跨鳳？料想書生，只是命窮。(一)

（相見科）（外云）媒婆，你回來了？事體若何？（丑云）覆相公得知：他千不肯，萬不肯，只是一個不肯。（末云）你且住休，待小人覆知相公。蔡狀元道他家中有垂白之父母，年少之妻房，明日要上表辭官家去，寔難從命。

【正宮過曲·雙鸂鶒】（外）聽伊說教人怒起，漢朝中惟吾獨貴，我有女，偏無貴戚豪家求

配？奉聖旨使我招狀元爲婿，媒婆，不知他回話有何言語？[一]

【前腔】（丑）媒婆告相公知：恨那人作怪蹺蹊。千不肯，萬推辭。（外云）我奉聖旨招他爲婿，你曾把這話對他說了麼？（丑唱）這話頭不惹些兒。道始得及第，縱有花容月貌休提。他罵相公，罵小姐，（外云）他罵小姐甚麼？（丑唱）道脚長尺二。（末）這般說謊沒巴臂。（末跪介）

【前腔】（末）恩官且聽咨啓：蔡狀元聞說皺眉。忠和孝，恩和義，念父母八十年餘。況已娶了妻室，再婚重娶非禮。待早朝，上表文，要辭官家去，請相公別選一佳婿。

【前腔】（外）他原來要奏丹墀，敢和我厮挺相持。細思之，可奈他將人輕覷。我就寫表奏與吾皇知，與他官拜清要地，務要來我處爲門楣。[二]

【意不盡】（合）這讀書輩沒道理，不思量違背了聖旨；只教他辭官辭婚俱未得。

（外云）自古道：殺人可恕，情理難容。我的聲名，誰不欽敬？多少貴戚豪家求爲吾婿而不可得，耐一書生顛倒不肯，反要辭官家去。且由他。左右，你和官媒婆再去蔡相公處說，看他如何？我如今先去奏知官裏，只教不准他上表便了。

（一）眉批：滿口世味話。
（二）眉批：把女兒强招人，甚是難得。

枉把封章奏九重，不如及早便相從。

羈縻鸞鳳青絲網，牢絡鴛鴦碧玉籠。

總批：
進士中豈無一人可以作婿？老牛何執拗乃爾。

釋義：
月老：唐韋固見一老人月下檢書，固問何書，曰：『天下婚牘。』固曰：『吾議潘氏女，可乎？』曰：『未可。君婦方三歲，乃店北賣菜陳老嫗女耳。』老人忽不見。後十四年，相州剌史王泰妻以女，以眉間常貼翠鈿，固詢之，方知爲泰侄女。父終宋城宰，時乳母陳氏養之，後泰取以爲己女，因與固結姻也。

冰人：晉令狐策夢立冰上，與冰下人語。索統占曰：『見在冰上，與冰下人語，爲陽語陰，媒介事也，當爲人作媒，冰泮婚成。』會太守田豹因策爲子求張公女，果仲春成婚焉。近乘龍：漢張儁與李元禮二人皆位至司徒，俱娶太尉桓叔元之女，時人日兩女俱乘龍。言得婿如龍也。

音字：頤：濃。蹺：敲。蹊：欺。墀：遲。麋：眉。咺：頣。耐：奈。窘：窮。

碌：綠。

第十五齣　金閨愁配

【中呂過曲·剔銀燈】（貼）忒過分爹行所爲，但索強全不顧人議。背飛鳥硬求來諧比翼，隔

墙花怎攀做連理？姻緣，還是怎的？(一) 天那！我待對爹爹說呵，婚姻事女孩兒家怎提？(二)

姻緣姻緣，事非偶然。好笑我爹爹定要將奴家招贅蔡狀元為婿，那狀元不肯，俺這裏也索罷了。誰想

爹爹苦不放過。天那！他既不肯，便做了夫妻，也不和順。奴家待將此事對爹爹說，只是此事不是女

孩兒每說的話。好悶呵！（淨魆地上探云）慚愧！慚愧！今日也能勾得小姐悶也。小姐，你想着甚

麽？（貼云）我不想着甚麽。（淨云）你既不想着甚麽，為何手托香腮，在此憂悶？我且問你，你往

常間件件不煩惱，事事不動情，今日莫不是見景傷情麽？(三)（貼云）老姥姥，你

說那裏話？我為爹爹作事不停當，以此憂悶。他既然不肯，俺這裏也索罷了。（淨云）小姐，這是你爹爹的主意，如何肯聽

他，又叫媒婆去說。老姥姥，你怎生與我爹爹說一聲也好。（淨云）老相公做甚事不停當？（貼云）我爹爹要將奴

家嫁與蔡狀元，使官媒婆去說，蔡狀元不肯從命。如今爹爹苦不放過

我，又叫媒婆去說。老姥姥，你怎生與我爹爹說一聲也好。

我每說話？

【仙呂過曲·桂枝香】（淨）書生愚見，忒不通變。不肯坦腹東床，讜自去哀求金殿。想他每

（一）　眉批：　曲好。

（二）　眉批：　聖女。

（三）　眉批：　許由避天下，逆旅主人疑其竊皮冠，都此類也。

就裏，想他每就裏，將人輕賤。[一] 小姐，非爹胡纏，怕被人傳。（貼云）呀！怕人傳甚麽？（淨

唱）道你是相府公侯女，不能勾嫁狀元。

【前腔】（貼）百年姻眷，須教情願。他那裏抵死推辭，俺這裏不索留戀。想他每就裏，想他

每就裏，有些牽絆。（淨云）有甚牽絆？（貼唱）怕恩多成怨。滿皇都少甚麽公侯子，何須去嫁

狀元？

【南呂過曲·大迓鼓】（淨）非干是你爹意堅，只怕春花秋月，誤你芳年。況兼他才貌真堪

羨，又是五百名中第一仙。故把嫦娥，付與少年。

【前腔】（貼）姻緣雖在天，若非人意，到底埋冤。料想赤繩不曾綰，多應他無玉種藍田。休

把姮娥，強與少年。[二]

總批：

匹配本自然，何須苦相纏。

眼前雖成就，到底也埋冤。

（一） 眉批： 曲好。

（二） 眉批： 見識強似阿爹。

今人有女兒不擇嫁好人，只是挨與豪勢，都似牛也。

釋義：坦腹東床：郗鑒有女，使門生求婿於王導，導令就東廂遍觀子弟門生。歸曰：『王氏子弟俱佳，但各人聞信至，皆自矜持。惟一兒在東床坦腹，食胡麻餅，若不聞。』鑒曰：『此佳婿也。』訪之，乃義之，遂以女妻之。赤繩：唐韋固問月下老曰：『囊中何物？』曰：『赤繩，以繫夫婦之足。雖仇敵之家，吳楚異鄉，富貴懸隔，此繩一繫，不可違也。』玉種藍田：漢陽雍伯以水漿給行旅，累年不懈。一日，天神化爲書生，問曰：『何故不種蕪以給？』答曰：『無種。』書生就懷中出石子二升與之，曰：『種此，生美玉，并得美婦。』雍大喜，種其石數載。北平徐氏有女，極姿容，多求，不許。雍試求焉，徐戲曰：『得白璧一雙，乃可共婚。』雍於所種石處掘得白璧五雙，徐氏乃以女妻之。後生十男，皆得位至公卿。人以爲陰德所致。

第十六齣　丹陛陳情

【仙呂引子・北點絳唇】(末)夜色將闌，晨光欲散，把珠簾捲。移步丹墀，擺列着金龍案。(一)

【北混江龍】(末)官居宮苑，謾道是天威咫尺近龍顏。每日間親隨車駕，只聽鳴鞭。去螭頭

(一)　【眉批：畫。】

上拜跪，隨着豹尾盤旋。朝朝宿衛，早早隨班。做不得卿相當朝一品貴，先隨着朝臣待漏五更寒。(一) 空嗟嘆，山寺日高僧未起，算來名利不如閒。

自家是漢朝一個小黃門，往來紫禁，侍奉丹墀，領百官之奏章，傳一人之命令。正是：主德無瑕因宦習，天顏有喜近臣知。如今天色漸明，正是早朝時候，官裏升殿，怕有百官奏事，只得在此祇候。(內問)怎見得早朝時候？(末云)但見銀河清淺，珠斗斑斕。數聲角吹落殘星，三通鼓報傳清曙。銀箭銅壺，點點滴滴，尚有九門寒漏；瓊樓玉宇，聲聲隱隱，已聞萬井晨鐘。瞳瞳曚曚，蒼茫紅日映樓臺；拂拂霏霏，蔥菁瑞烟浮禁苑。裊裊巍巍，千尋玉掌，幾點瀼瀼露未晞；澄澄湛湛，萬井璇空，一片圍圍月初墜。三唱天雞，咿咿喔喔，共傳紫陌更闌；百囀流鶯，間間關關，報道上林春曉。午門外碌碌喇喇，車兒碾得塵飛；六宮裏嘔嘔啞啞，樂聲奏如鼎沸。只見那建章宮、甘泉宮、未央宮、長楊宮、五柞宮、長秋宮、長信宮、長樂宮，重重疊疊，萬萬千千，盡開了玉關金鎖；又見那昭陽殿、金華殿、披香殿、金鑾殿、麒麟殿、太極殿、白虎殿，隱隱約約，三三兩兩，都捲上繡箔珠簾。半空中忽聽得一聲轟轟劃劃，如雷鳴如霆，震耳的鳴梢響；合殿裏只聞得一陣氤氤氳氳，非烟非霧，撲鼻的御爐香。縹縹緲緲，紅雲裏雉尾扇遮着赭黃袍；深深沉沉，丹陛間龍鱗座覆着彤芝蓋。左列着森森嚴嚴，前前後後的羽林軍、期門軍、控鶴軍、神策軍、虎賁軍，花迎劍佩星初落；右列着濟濟鏘鏘，高高下下的金吾衛、龍虎

(一) 眉批：畫。

衛、拱日衛、千牛衛、驃騎衛、柳拂旌旗露未乾。金間玉，玉間金，燜燜爍爍，燦燦爛爛的神仙儀從；紫

映緋，緋映紫，行行列列，整整齊齊的文武官僚。螭頭陛下，立着一對妖妖嬈嬈，花容月貌，繡鸞袍，駕

鸞靴的奉引昭容，豹尾班中，排着一對端端正正，銅肝鐵膽，白象簡，獬豸冠的糾彈御史。拜的拜，跪

的跪，那一個敢挨挨拶拶縱諽諽？升的升，下的下，那一個不欽敬敬依禮法？但願得常瞻仙仗，聖

德日新日新日日新；與群臣共拜天顏，聖壽萬歲萬歲萬萬歲。從來不信叔孫禮，今日方知天子尊。[一]

道猶未了，一個奏事的官人早來。

【黃鍾過曲·點絳唇】（生）月淡星稀，建章宮裏千門曉。御爐煙裊，隱隱鳴梢杳。忽憶年

時，問寢高堂早。雞鳴了，悶縈懷抱，此際愁多少！[二]

不寐聽金鑰，因風想玉珂。明朝有封事，數問夜如何。自家為父母在堂，故上表辭官回去侍奉。如今

天色已明，這是午門外廂，不免進入去咱。（末云）奏事官播笏三舞蹈。

【黃鍾過曲·神仗兒】（生）揚塵舞蹈，揚塵舞蹈，遙瞻天表，見龍鱗日耀。咫尺重瞳高照，遙

拜着赭黃袍，遙拜着赭黃袍。

(一)　眉批：　一篇好對，道盡皇家光景。

(二)　眉批：　舉足動念，不忘二親。

【滴溜子】（生）臣邕的，臣邕的，荷蒙聖朝。臣邕的，臣邕的，（一）拜還紫誥。（末云）狀元莫不是

嫌官小麼？（生）念邕非嫌官小，奈家鄉萬里遙，雙親又老。干瀆天威，望乞恕饒。（末云）狀元，吾乃黃門，執掌奏章。有何文表，就此披宣。（生跪介）

【入破第一】（生）議郎臣蔡邕啓：今日蒙恩旨，除臣爲議郎之職，重蒙賜婚牛氏。干瀆天

威，臣謹誠惶誠恐，稽首頓首。伏念微臣，初來有志，誦詩書力學躬耕修己，不復貪榮利。

事父母，樂田里，初心願如此而已。不想州司，謬取臣邕充試。到京畿，豈料蒙恩，叨居

上第。（二）

【破第二】（生）重蒙聖恩，婚賜牛公女。臣草茅疏賤，如何當此隆遇？況臣親老，一從別

後，光陰又幾。盧舍田園，荒蕪久矣。

（末云）老親在堂，必自有人奉侍，狀元不必憂慮。

【衮第三】（生）但臣親老鬢髮白，筋力皆癃瘁。形隻影單，無兄弟，誰奉侍？況隔千山萬

水，生死存亡，雖有音書難寄。最可悲，他甘旨不供，我食祿有愧。（三）（末云）聖上作主，太師聯

南戲文獻全編·劇本編·琵琶記

（一）臣邕的…原不疊，據汲古閣刊本《繡刻琵琶記定本》補。
（二）眉批…敘事妙甚。
（三）眉批…有臣如此，不能使之迎養，君相故何爲哉？可歎！可歎！

二七二

姻，狀元，這也是奇遇。

【歇拍】（生）不告父母，怎諧匹配？臣又聽得家鄉裏，遭水旱，遇荒饑。多想臣親必作溝渠之鬼，未可知。怎不教臣，悲傷淚垂？

（末云）狀元，此非哭泣之處，不得驚動天聽。

【中袞第五】（生）臣享厚祿掛朱紫，出入承明地。惟念二親寒無衣，饑無食，喪溝渠。憶昔先朝朱買臣守會稽，司馬相如，持節錦歸。

【煞尾】他遭遇聖時，皆得回鄉里。臣何故別父母，遠鄉間，沒音書，此心違？伏望陛下特憫微臣之志，遣臣歸。得侍雙親，隆恩無比。[一]

【出破】若還念臣有微能，鄉郡望安置。庶使臣忠心孝意得全美，臣無任瞻天仰聖，激切屏營之至。[二]

（生起科）

（末云）元來如此。吾當與狀元轉達天聽，可在午門外廂俟候聖旨。正是：眼望旌捷旗，耳聽好消息。

新刻魏仲雪先生批點琵琶記

（一）　眉批：　曲自然，妙。

（二）　眉批：　【出、入破】以至【出破】，無一語不自在。妙！妙！

【神仗兒】(生)彤庭隱耀，彤庭隱耀，見祥雲縹緲，想黃門已到。料應重瞳看了，多應是念我私情烏鳥。顒望斷九重霄，顒望斷九重霄。[一]

黃門已將我奏章傳達，未知聖意允否？不免乘間禱告天地一番。

【滴溜子】(生)天憐念，天憐念，蔡邕拜禱。雙親的，雙親的，死生未保。天那！可憐恩深難報。一封奏九重，知他聽否？爹娘呵，俺和你會合分離，都在這遭。[二]

黃門去了多時，怎的不見回報？想必是官裏准了。天那！若能彀回家侍奉父母，蔡邕何須做官？

(末奉詔同二昭容上)

【前腔】(末)今日裏，今日裏，議郎進表。傳達上，傳達上，聖目看了。(生云)黃門大人，你莫不是哄我？(末唱)道太師昨日先奏，把乘龍女婿招，多少是好？(生云)聖目看了如何道？(末)(末唱)見有玉音傳降聽剖。

(末云)聖旨已到，跪聽宣讀。皇帝詔曰：孝道雖大，終於事君；王事多艱，豈遑報父。朕以涼德，嗣纘丕基。眷茲警動之風，未遂雍熙之化。咨爾才學，允愜輿情。是用擢居議論之司，以求繩糾之益。爾當恪守乃職，勿有固辭。其所議婚姻事，可曲從師相之請，以成桃夭之化。欽

(一) 眉批：如畫。
(二) 眉批：餘波自好。

二二四

予時命，裕汝乃心。謝恩。（生云）黃門大人，煩你與我再去奏知官裏，我情願不做官。（末云）咳！這

秀才好不曉事，聖旨誰敢違背？（生云）黃門大人，你不去時節，待我自去拜還聖旨何如？（末云）

呀！這秀才好怪麼，這所在你如何去得？你自去也不消我黃門了。

【啄木兒】（生）我親衰老，妻幼嬌，萬里關山音信杳。他那裏舉目悽悽，俺這裏回首迢迢。

他那裏望得眼穿兒不到，俺這裏哭得淚乾親親難保。閃殺人一封丹鳳詔。

【前腔】（末）狀元，何須慮，不用焦，人世上離多歡會少。大丈夫當萬里封侯，肯守着故園空

老？畢竟事君事親一般道，人生怎全忠和孝？却不見母死王陵歸漢朝？

【三段子】（生）這懷怎剖？望丹墀天高聽高。我這苦怎逃？望白雲山遙路遙。

【前腔】（末）狀元，你做官與親添榮耀，高堂管取加封號。與他改換門閭，偏不是好？

【歸朝歡】（生）冤家的，冤家的，苦苦見招，俺媳婦埋怨怎了？饑荒歲，饑荒歲，教他怎熬？

俺爹娘怕不作溝渠中餓殍？

（一）　眉批：　真不曉事。

（二）　眉批：　曲好。

（三）　眉批：　情真意切，可憐！可憐！

【前腔】(末)狀元，譬如四方戰爭多征調，從軍遠戍沙場草，也只是爲國忘家怎憚勞[一]。家鄉萬里信難通，爭奈君王不肯從。情到不堪回首處，一齊分付與東風。

批：

情到不堪回首處，一齊分付與東風。

當時若有聖君賢相，自當着他迎養，何有許多話説？伯皆是個有用的人，亦當着人迎養，奈何不能也？

釋義：千尋玉掌：漢武帝作承露盤，高二十丈，大七圍，以銅爲之，上有仙人掌以承露。和玉屑飲之，可長生。五門：一日皋門，二日雉門，三日庫門，四日應門，五日露門。建章宮：漢武帝作建章宮，有千門萬户。甘泉宮：黃帝以采園丘祭天之處。武帝闢南，以象五色也。未央宮：漢高祖命蕭何作未央宮，取《詩》『夜未央』而聽政之義。長楊宮：本秦離宮，漢因之以備行幸，秦漢遊獵之所也。成帝幸長楊宮，揚雄作《長楊賦》以諷之。五柞宮：宮有五柞樹。長秋宮：皇后宮名長秋者，秋，陽之始，取其長如秋。長信宮：太后所居。長樂宮：漢高帝建。昭陽殿：始皇初，建以備行幸。金華殿：在未央宮右。漢景帝王美人七月七日生武帝於此殿，後改名猗蘭殿。長生殿：唐明皇七月七日賜貴妃乞巧於此。披香殿：唐蘇世長嘗侍宴於此。金鑾殿：唐玄宗於此殿見李白，論當世

(一) 眉批：亂矕。

二二七六

事，奏頌一篇。帝賜食，親為調羹。 麒麟殿… 漢明帝集公卿文學者八十人於此殿校書史。 太極殿…

唐西內正殿。 白虎殿… 漢宣帝時，諸儒集論經傳，奏於白虎門，因名《白虎通》。 赭黃袍… 赭，赤黃

色，天子之服。 羽林軍… 天有羽林大將軍之星，武帝因以名武臣。 昭容… 唐女官，正二品。天子坐

朝，女官引坐。 叔孫禮… 漢高祖命叔孫通制朝儀，采古禮儀成，宴於長樂宮，自諸侯王公以下莫不震

肅。高祖曰：『今日乃知天子之貴』咫尺… 六寸曰咫，十寸曰尺，言至近也。 重瞳… 舜目中重瞳。

朱買臣… 會稽人，家貧，賣薪自給，行且讀書。邑人嚴助於漢武帝，召見，說《春秋》，拜大中大夫。後

以為會稽太守，錦衣歸里。 司馬相如… 漢武帝時，司馬相如係蜀人，持節諭蜀。 烏鳥… 李密《表》…

『烏鳥私情，願乞終養』丹詔… 後趙王石虎置戲馬觀，上安詔書，用五色紙，啣於木鳳之口而頒行之。

萬里封侯… 班超家貧，嘗傭書。既而投筆嘆曰：『大丈夫當立功異域，以取封侯，安能久事筆硯耶？』

後使西域，安服五十餘國，封為定遠侯。 母死王陵… 陵，沛人。漢高祖微時，兄事之。及高祖起沛，陵

聚千人以屬漢。項羽收陵母，置軍中，欲以招陵。陵使使候母，母私送使者，曰：『願為妾語陵，善事漢

王。漢王，長者，毋以老妾之故而持二心』。遂對使者伏劍而死，以絕陵念。後陵封安國侯。

音字… 菁… 倩。 沸… 肺。 筋… 斤。 恪… 確。 蹈… 道。 闔… 淹。 雉… 滯。 從… 去聲。

喔… 惡。

第十七齣　義倉賑濟

【仙呂入雙調·普賢歌】（丑）身充里正實難當，雜派差徭日夜忙。官司點義倉，並無些子糧，拚一頓拖翻喫大棒。

我做都官管百姓，另是一般行徑。破靴破帽破衣裳，打扮須要厮稱。到官府百般下情，下鄉村十分豪興。討官糧大大做個官升，賣私鹽輕輕弄個喬秤。點催首放富差貧，保解户欺軟怕硬。猛拚打強放潑，畢竟是個畢竟。誰知天不由人，萬事皆從前定。騙得五兩十兩，到使五錠十錠。田園盡都典賣，並無些子餘剩。旪耐廳前首領，嫌恨書房喬令。把我千樣凌辱，將我萬般督併。動不動去了破帽，打得我黃腫成病。幾番要自縊投河，不要了這條性命。今番又點義倉，並要糧米祇應。若還把我拖翻，便叫高擡明鏡。小人也不是都官，也不是里正。休將屈棒，錯打了平民。（内問）你是誰？（丑云）我是做戲的副淨。（内云）休道出本來面目！（二）（丑云）苦！往常間把義倉穀子偷將家去，養老婆孩兒了。今日上司官點義倉放穀，賑濟貧民，倉中没有一些，那裏討還他？没奈何，我待把家私並老婆兒子賣了，也賠他不起，不免去叫李社長商量則個。轉灣抹角，兀的便是。不免大叫一聲：李社長！李社長！（浄云）誰叫老爺？（丑云）咦！你慣會做大。且出來。

（一）　眉批：　雖戲謔，亦有關情弊。

【前腔】（净）身充社長管官倉，老小一家都在倉裏養。（丑云）好！好！你一家老小都在倉裏養，事發時節，如何佈擺？（净唱）事發儘不妨，里正先喫棒。（丑云）尊兄，饒得你過麼？（净唱）先打了都官，方纔打社長。

老夫年傍八旬，家中只有三人。因充社長勾當，誰知也不安寧。又要告官書題粉壁，又要勸民栽種翻耕。又要管淘河砌礎，又要辦水桶麻繩。若是人家嫁娶，須索請我做冰人。人人稱我年高服衆，個個叫我社長官人。若得一紙狀子，強似廳上縣丞。被告許我銀子三錠五錠，原告許我猪脚十斤廿斤。若還得了兩家財物，只得曚朧個回文。[注一]每日去幹得泄水功德，竟不知自家家裏禍因。大的孩兒不孝不義，小的媳婦逼勒離分。單單只有第三個孩兒本分，常常將去了老夫的頭巾。激得我老夫性發，只得唱個陶真。（丑云）呀！陶真怎的唱？（净云）呀！倒被你聽見了。也罷，我唱，你打和。（丑云）使得。（净云）孝順還生孝順子，（丑云）打打蓮花落。（净云）忤逆還生忤逆兒，（丑云）打打哈蓮花落。（净云）不信但看簷前水，（丑云）打打哈蓮花落。（净云）滴滴點點不差移，（丑云）打打蓮花落。[注二]（净云）住休！（丑云）你不叫住，我直唱到天明。（净云）里正，你叫我出來有甚麼話說？（丑云）社長哥，今日官司給散義倉，倉中又無稻子，如何是好？我不免和你合賠些子。（净云）呀！倉中

　　（一）眉批：　是社長一紙供狀。
　　（二）眉批：　略點幾句譃語插諢。

稻子都是你搬去喫了，怎的叫我和你合賠？小畜生，到不虧了你！上司來時，干我鳥事？我自回去抱子弄孫嬉他娘。正是：閉門不管窗前月，一任梅花自主張。（淨下）（丑上云）苦！李社長又去了，上司官又來了，如何是好？呀！喝道聲漸漸近了，只得迎接則個。（外扮放糧官上）（末扮隸卒上）

【前腔】（外）親承朝命賑饑荒。（末）躍馬揚鞭到此方。（丑云）里正接老爺。（末云）起去。疾忙開義倉，支與百姓糧，從實支收休要謊。

（外云）里正，將支收簿來看。（丑云）簿在此。（外讀云）原管二十九石，新收三十六石；除支一十九石，見在四十六石。左右，開倉。呀！這倉裏那有四十六石？（丑云）有，有，相公。（外云）左右，與他取了甘結。一面與他喚飢民來支糧。（丑云）一心忙似箭，兩腳走如飛。（下）（外云）左右，這廝說謊。倉裏那得這些稻子？（末云）相公且由他，若是不足數，只要他賠償便了。（外云）你說得有理。

（丑扮瞎子云）

【商調過曲‧吳小四】（丑）肚又饑，眼又昏，家私沒半分，子哭兒啼不可聞。聞知相公來濟民，請些官糧去救貧。

（丑作錯跪介）相公可憐見。（末云）相公在這裏。（外云）老的姓甚名誰？家裏有幾口？（丑云）小

的姓丘名乙己，住上大村〔一〕有三千七七十口〔二〕。（外云）胡說！那裏有許多口？（丑云）告相公得知：

上大人，丘乙己，化三千，七十士。（末云）一口胡柴！（外云）你實有幾口？（丑云）小的夫妻兩口，

孩兒兩口。（外云）支糧與他。（末云）支四口糧了。（丑云）多謝相公。正是：一日不識羞，三日不

忍饑。（下）（淨扮聾子上）

【前腔】（淨）嘆連朝，飢怎忍？家中有五六人。前日老婆典了裙，今日媳婦又典裙，恰好遇

官司來濟貧。

（淨云）相公可憐見。（外云）老的姓甚名誰？家裏有幾口？（淨作聾，復問科）（淨云）小的姓大名比

丘僧，住在祇樹給孤獨園，有一千二百五十口。（外云）胡說！那裏有許多口？（淨云）告相公得知：

《彌陀經》中道：祇樹給孤獨園，與大比丘僧一千二百五十人俱〔三〕。（末云）佛口蛇心。（外云）你實

有幾口？（淨云）小的有兩個媳婦，三個孩兒，和我共六口。（外云）支糧與他。（末云）支六口糧了。

（淨云）多謝相公。正是：今日得君提掇起，免教人在污泥中。（淨下）（旦上）

【雙調引子·搗練子】（旦）嗟命薄，嘆年艱。含羞忍淚向人前，猶恐公婆懸望眼。

〔一〕上：原作「在」，據汲古閣刊本《繡刻琵琶記定本》改。

〔二〕眉批：謔未妙。

〔三〕眉批：這個倒妙。

路逢險處難迴避，事到頭來不自由。奴家少長閨門，豈識路途？今日見官司放糧濟貧，只得去請些稻

子，以救公婆之命。（外云）婦人姓甚名誰？來此怎的？（旦云）告相公，奴家姓趙名五娘，公公蔡崇

簡。因兒夫出外，特來請些糧米，以救公婆之命。（外云）你丈夫那裏去了，使你婦人家來請糧？

【正宮過曲·普天樂】（旦）兒夫一向留都下。[一]（外云）你家裏還有誰？（旦唱）只有年老爹和

媽。（外云）有兄弟麼？（旦唱）弟和兄更沒一個。（外云）既沒有弟兄，誰看承你的爹媽？（旦唱）

看承盡是奴家。（外云）這般說，你好苦呵。只是婦人家不出閨門，你何不使個男子漢來請糧？（旦悲

介）歷盡苦，誰憐我，相公，怎說得不出閨門的清平話？（外云）你家有幾口？（旦云）只有三口

（外云）左右，支糧與他。（末云）沒糧了。（旦哭唱科）若無糧，我也不敢回家。（外云）怎的不敢回

家？（旦唱）相公，豈忍見公婆受餒？天那！嘆奴家命薄，直恁摧挫。

（外云）左右，這倉中稻子沒有。一來湊原數不足，二來這婦人說得好苦，你去拿那里正來，要這廝賠

償。（末云）領鈞旨。假饒走到焰摩天，腳下騰雲須趕上。（旦云）望相公可憐見，主張些糧米，與奴家

救濟公婆之命。（外云）我自有分曉。（末押丑上云）似甕中捉鱉，手到拿來。（外云）里正，這倉中稻

子湊原數不足，盡是你自偷了，你好好招認狀。（丑云）相公，小人招不得。自古道東量西折，難教小人

（一）
眉批：不說出丈夫名字，有意思。

賠償。（外云）畜生，尖斛量入，平斛量出，如何會折了許多？左右，拿下打四十！（丑云）相公不要打，小人情願招了。（丑讀招）招狀人姓猫名狸，見年三十有餘[一]。身上別無疾病，只有白帶不除。今與短狀招伏，因爲官糧欠虧。説到義倉情弊，中間無甚蹺蹊。稻熟排門收斂，斂了各自將歸。並無倉廩盛貯，那有帳目收支。縱然有得些小，胡亂寄在民居。官司差人點視，便糴些小支持。上下得錢便罷，不問倉實倉虛。假饒清官廉吏，被我影射片時。東家借得十扛，西家借得五箕。但見倉中有穀，其間就裏怎知？年年把當常事，番番一似耍戲。不道今年荒旱，不道今年民飢。不因分俵賑濟，如何會洩天機？假饒奏到三十三天，我里正無甚罪過。（末云）爲甚的？（丑云）只是點糧詐錢的做馬做驢。招狀執結是實，伏乞相公指揮。（外云）左右，押這厮去，就要賠償。（末押丑下）正是：懼法朝朝樂，欺公日日憂。（末押丑上云）假饒人心似鐵，怎逃官法如爐？相公，里正賠償的稻子有了。（外云）支與那婦人去。（旦云）多謝相公。（末與旦、丑覷科）（丑云）由你半路去，我好歹與你奪了罷。（旦云）謝得恩官有主維，（丑云）只教中路有災危。（外云）當權若不行方便，（末云）如入寶山空手回。（外、末、丑下）（旦云）一酙一酌，莫非前定。今日奴家去請糧，誰知道里正作弊，倉中沒了。若不得相公督併里正賠償，奴家如何得這些穀回家救濟二親？正是：飢時得一口，強似飽時得一斗。（欲下）

（一）眉批：尖巧。

（丑上攔住云）恩人相見，分外眼明。仇人相見，分外眼睜。〔一〕我也會見你過來呵！你快把稻子還我，

萬事全休。（旦云）呀！相公與奴家的稻子，如何還你？（丑云）咳！方纔不是你只管告不休，相公

如何要我賠償？這稻子是我賣老小賣家私的，你如何拿去？（搶科）（旦云）里正官人，休要用強；

可憐奴家艱辛！（丑云）可憐你甚的？

【雙調過曲·鎖南枝】（旦）兒夫去，竟不還，公婆兩人都老年。自從昨日到於今，不能彀一

飡飯。（丑云）你公婆沒飯喫，也不干我事。（旦唱）奴請糧，他在家懸望眼。念我年老公婆，做

方便。

（拜丑介）（丑云）不要拜，不要拜。這般時年，我做不得方便；你將稻子還我便罷。

【前腔】（旦）鄉官可憐見，這些稻子呵，是我公婆命所關。若是必須奪將去，寧可脫下衣裳，

就問鄉官換。〔三〕（脫衣介）（丑云）不要，不要，你身上也寒冷。（旦唱）寧使奴身上寒，只要與公婆

救殘喘。

（丑云）娘子，罷，罷。你說起這話，都是孝心，我不忍問你取了。莫怪，莫怪。你去罷。（旦云）如此多

謝。（丑虛下躲科）（旦云）謝天謝地！且喜里正去了，不免趲行幾步。（丑上推旦奪下科）

（一）　眉批：攘金原憲之室，奪糧陳蔡之墟，世多此悍輩。

（二）　眉批：苦中苦。

（三）

【前腔】（旦）奪將去，真可憐，公婆望奴不見還。縱然他不埋冤，道我做媳婦的有何幹？他。。。。忍饑餓添我夫罪愆，教我怎見得夫君面？（一）

（旦云）千死萬死，終久是死；不如早死爲強。此間有一口古井，不免投入死休。（欲投介）

【前腔】（旦）將身赴井泉，思量左右難。我丈夫當年分散，叮嚀囑付爹娘，教奴與他相看管。

苦！我死却教他形影單，夫婿與公婆，可不兩埋冤？（二）

【前腔】（外）媳婦去，不見還，教人在家凝望眼。（旦云）公公，奴請糧爲你供午湌，又誰知被人騙。（外跌倒旦扶科）（外唱）呀！你在這裏閒行，教我望得肝腸斷。（旦）公公，奴請糧爲你供午湌，又誰知被人騙。（旦云）公公，奴家請得些稻子，到半途之中，却被里正奪去了。（三）（外云）天

那！元來如此。（哭科）

（外云）媳婦，却怎麼說？

【前腔】（外）思量我命乖蹇，不由人不珠淚漣。料想終須餓死，不如早赴黃泉，免把你廝牽絆。媳婦，婆老年，不久延，你須是好看管。

呀！這裏元來有一口古井，不免投入死休。

（一）眉批：　情至此慘極矣。
（二）眉批：　從容全生，所以全孝。
（三）眉批：　真命乖。

新刻魏仲雪先生批點琵琶記

二一八五

【前腔】（旦）公公，你若身傾棄，我苦怎言？公還死了婆怎免？你兩人一旦身亡，教我獨自如何展？公公，你喫苦辛其實難過遣，我痛傷悲只得強相勸。[一]

【前腔】（外）媳婦，你衣衫盡解典，囊篋已罄然。縱然目前存活，到底日久日深，你與我難相念。苦！衣食缺你行孝難，活冤家不如早拆散。[二]（外投井旦救科）（末、丑挑穀上科）

【前腔】（末）不豐歲，荒歉年，官司把糧來給散。見一個年老的公公，在那裏頻嗟嘆。待向前仔細看，呀！我道是誰，元來是蔡老員外和五娘子呵。你兩人在此有何幹？

（旦云）公公，一言難盡。奴家今日聞知官司給散義倉，去請些糧米與公婆充飢。誰想里正作弊，倉中沒了稻子。謝得相公着令里正賠納，把些與奴家；來到半路，被里正奪去。奴家害羞回來，公公見說，也要投井死，奴家正在此勸解公公。（末云）五娘子，你差了。老夫方纔也請得些官糧，正要將來分送你公公，你怎的不來與我商量，却自家出去，被那強徒欺侮？

【前腔】（末）我聽你說這言，待我趕去，罵那廝鐵心腸，昧心漢。（旦云）太公，他去得遠了。（外云）罷，罷。太公，我和你是良善之人，不要與那狂徒一般見識；只是我這幾日餓得難過。（末唱）員外，

（一）　眉批：幾泣萇弘之血。

（二）　眉批：誰不心酸？

你也不須憂慮，我也請得些官糧，和你兩下分一半。（二）（旦云）這是太公請的，如何分得？（末

云）咳！五娘子，你休恁推，莫嫌棄，且將回，權做兩廚飯。

（旦云）如此，多謝了太公。（末云）怎說這話？當初伯皆出去，把爹娘囑付與老夫。今日遇荒年飢歲，

虧殺你公公獨自支吾。終不然我自溫飽，教你忍飢受餓？（三）古人云：濟人須濟急時無。你胡亂將這些

救濟公公則個。五娘子，你先回去，我和你公公隨後緩緩的來。

【正宮過曲·洞仙歌】（旦）苦！家私沒半分，靠着奴此身。只要救公婆，豈辭多苦辛？

（合）空把淚珠搵，可憐饑與貧，這苦說不盡。

【前腔】（外）太公，我本為泉下人，他救我一命存。只怕我不久身亡，報不得媳婦恩。（合前）

【前腔】（末）見說不可聞，況我托在隣。終不然我享安和，忍見你受饑窘？（合前）

命薄多年受苦辛，不如身死早離分。

惟有感恩並積恨，萬年千載不生塵。

批：

（一）　眉批：　都與之何如？

（二）　眉批：　仁人，信人。

家貧見孝節，歲寒見松柏。一時耽苦，千載流芳。

釋義：義倉： 隋文帝開皇五年，令諸州縣百姓當社立義倉，貯之州縣，以備饑。焰摩天：三十三

天之上有天，曰焰摩天。

音字： 撒：勒。狸：梨。驢：閭。餒：焰。磬：慶。縊：意。縠：垢。塞：簡。

漣：連。絆：伴。篋：愜。恁：任。

第十八齣 再報佳期

【越調過曲·蠻牌令】(丑)終日走千遭，走得腳無毛。何曾見湯水面？花紅也不曾見半分

毫。到不如做個虔婆頂老，也落得些鴨汁喫飽。窮酸秀才直恁喬，老婆與他，故推不要。(一)

(丑云)我做媒婆做到老，不曾見這般好笑。時耐一個秀才，老婆與他不要。別人見了媒婆，歡歡喜喜，

他反和我尋爭尋鬧。老相公又不肯干休，只管在家囉唣。把媒婆放在中間，旋得七顛八倒。走得我鞋

穿襪綻，說得我唇乾口燥。也不怕你親事不成，也不怕姻緣不到。只怕你紅羅帳裏快活，不記媒婆聒

噪。這裏便是狀元貴館。呀！恰好的狀元出來了。

(二) 眉批：也非不要，只怕人笑。

【金蕉葉】（生）愁多怨多，俺爹娘知他怎麼？擺不脫功名奈何？送將來冤家怎躲？

（丑云）狀元，賀喜！賀喜！牛太師選定今日與小姐畢姻，請狀元早赴佳期。（生云）天那！此事如何是好？（丑云）狀元，事皆前定，不必再推。

【南呂過曲·三換頭】（生）名韁利鎖，先自將人摧挫。況鸞拘鳳束，甚日得到家？我也休怨他。這其間只是我，不合來，長安看花。閃殺我爹娘也，淚珠空暗墮。（合）這段姻緣，也只是無如之奈何。

【前腔】（丑）鸞臺罷粧，鵲橋初駕。佳期近也，請仙郎到河。（生云）媒婆，我去也不妨；只是一心掛兩頭，如何是好？（丑唱）狀元，此事明知牽掛。這其間只得把，那壁廂，且都拚捨。[一] 況奉君王詔，怎生別了他？（合前）

（丑云）狀元，門首轎馬都已齊備了。

及早赴佳期，歡娛成怨悲。

情知不是伴，事急且相隨。

總批：

（一）　眉批：　該先説明迎接前妻。

此齣獨簡可取。

釋義：鵲橋：七月七日，烏鵲填河成橋，渡織女。仙郎到河：天河之中有織女，機杼女工，年年勞役，織成雲霧綃縑之衣，容貌不暇整理。天帝憐其獨處，將嫁河西牽牛之子。自後貪歡，織絍竟廢。帝怒，責歸河東，但許一年一度與牛郎相會。

音字：虔：乾。聏：話。括：躲。朵：摧。裁。挫：剉。韁：姜。

第十九齣　強就鸞凰

【黃鍾引子·傳言玉女】（外）燭影搖紅，簾幕瑞烟浮動，畫堂中珠圍翠擁。粧臺對月，下鸞鶴神仙儀從。玉簫聲裏，一雙鳴鳳。[一]

（外云）院子何在？（院子上云）獨立畫堂聽命令，珠簾底下一聲傳。老相公有何指揮？（外云）左右，我今日與小姐畢姻，筵席安排了未？（院子云）安排完備了。（外云）完備得如何？【水調歌頭】（院子云）屏開金孔雀，褥隱繡芙蓉。獸爐烟裊，蓮臺絳燭吐春紅。廣設珊瑚席子，高把真珠簾捲，環列翠屏風。人間丞相府，天上蕊珠宮。

錦遮圍，花爛熳，玉玲瓏。繁絃脆管，歡聲鼎沸畫堂中[三]。簫

（一）眉批：填詞富貴，與相府相稱。

（二）眉批：光景如畫。

擁金釵十二，座列珠履三千，談笑盡王公。正是：門闌多喜氣，女婿近乘龍。（外云）狀元來未？（院子云）望見一簇人馬喧鬧，想是狀元來了。（生上）

【女冠子】（生）馬蹄篤速，傳呼齊擁雕轂。（外）金花帽簇，天香袍染，丈夫得志，佳婿坦腹。（外云）惜春，狀元已到，請小姐出來拜堂。（貼上）

【前腔】（貼）粧成聞喚促，又將彩扇重遮，羞蛾輕蹙。（净、丑執掌扇上）（合）這姻緣不俗，金榜題名，洞房花燭。

（净云）狀元和小姐兩個，各自立一邊，請陰陽先生贊禮。（末扮冰人上云）禀相公，告廟。（末云）維大漢太平年，團圓月，和合日，吉利時，嗣孫牛某，有女及笄，奉聖旨招贅新狀元蔡邕爲婿。以此吉辰，敢申虔告。告廟已畢，請與新人揭起方巾。（五云）待我來。伏以窈窕青娥二八春，綠雲之上覆方巾。玉纖揭起西川錦，露出嬌容賽玉真。掌禮，請喝拜○（末云）竊以禮重婚姻，兹實人倫之大；義當配偶，爰思宗系之承。張設青廬（三）燎煌花燭。祀供蘋藻，首嚴見廟之儀；贄備棗榛，抑講拜堂之禮。集珠履玳簪之客，環金釵玉珥之賓。慶會良宵，觀光盛事。香熏寶鴨，濃騰裊裊之烟；步擁金蓮，請

新刻魏仲雪先生批點琵琶記

（一）眉批：　間妙。

（三）青廬：　原作『青爐』，據文義改。

下深深之拜。〔二〕（喝拜科）拜禮已畢，請狀元小姐把酒。

【畫眉序】（生）攀桂步蟾宮，豈料絲蘿在喬木。喜書中今朝有女如玉。堪觀處絲幕牽紅，恰正是荷衣穿綠〔三〕。（合）這回好個風流婿，偏稱洞房花燭。

【前腔】（外）君才冠天祿，我的門楣稍賢淑。看相輝清潤，瑩然冰玉。光掩映孔雀屏開，花爛熳芙蓉擁褥。（合前）

【前腔】（貼）頻催少膏沐，金鳳斜飛鬢雲矗。喜逢他蕭史，愧非弄玉。清風引珮下瑤臺，明月照粧成金屋。（合前）

【前腔】（淨、丑）湘裙展六幅，似天上嫦娥降塵俗。喜藍田今已種成雙玉。風月賽閬苑三千，雲雨笑巫山二六〔三〕。（合前）

【滴溜子】（生）謾説道姻緣事，果諧鳳卜。細思之，此事豈吾意欲？有人在高堂孤獨。可惜新人笑語喧，不知我舊人哭。〔四〕 兀的東床，難教我坦腹。

〔一〕 眉批：不像。

〔二〕 眉批：不像。

〔三〕 眉批：句不讓《西廂》而奴《拜月》。

〔四〕 眉批：繾是。

【鮑老催】（眾）翠眉謾蹙，赤繩已繫夫婦足，芳名已注婚姻牘。狀元，空嗟怨，柱嘆息，休摧挫。畫堂富貴如金谷。休戀故鄉生處好，受恩深處親骨肉。

【滴滴金】（眾）金猊寶篆香馥郁，銀海瓊舟泛醽醁，輕飛彩袖呈嬌舞。囀鶯喉，歌麗曲，歌聲斷續，持觴勸酒人共祝。人共祝，百年夫婦永和睦。

【鮑老催】（眾）意深愛篤，文章富貴珠萬斛，天教艷質為眷屬。似蝶戀花，鳳棲梧，鶯停竹。男兒有書須勤讀，書中自有黃金屋，也自有千鍾粟。

【雙聲子】（眾）郎多福，郎多福，看紫綬黃金束。娘萬福，娘萬福，看花詬紋犀軸。兩意篤，兩意篤。豈非福，豈非福。似文鸞彩鳳，兩兩相逐。

【餘文】（合）郎才女貌真不俗，占斷人間天上福，百歲姻緣萬事足。

批：

　清風明月兩相宜，女貌郎才天下奇。

　正是洞房花燭夜，果然金榜掛名時。

前一齣淒楚，必接此齣濃艷，方能顛倒出喜者。

釋義：　蕊珠宮：　神仙所居處。　玉真：　楊貴妃字玉真。　泰山丈人：　泰山，今魯地東岳，其上有丈人峰，故稱妻父曰岳。　冰玉：　翁冰清，婿玉潤。　蠱：　謂聲然上蠱也。　蕭史愧非弄玉：　詳見十

二齣。雲雨巫山二六··二六，十二也。巫山有十二峰。楚襄王遊高唐，夢一女子，曰··『妾乃巫山之

神女，能朝爲雲暮爲雨，願薦王枕席之歡。』王悦之。果諧鳳卜··陳公子完奔齊，齊侯使爲卿。初，懿氏

卜妻，敬仲占之曰··『鳳凰于飛，和鳴鏘鏘。有媯之後，將育於姜，五世其昌』』遂妻之。敬仲在齊，五世

之後果昌。敬仲，完之子也。金猊··香爐上金獅子也。銀海瓊舟··以銀□爲酒器也。醶醵··魏

左相能治醶醵酒，千日醉不醒，十年味不敗。萬事足··蘇子瞻《賀弟子由生孫》詩云··『無官一身輕，

有子萬事足』』

音字··   脆··   氍··   谷··   藻··   罩··   贅··   志··   蠱··   畜··   牘··   讀··   釃··   靈··   醱··

斛··   觕··   軸··   逐··   珥··   耳··   纖··   先。

第二十齣　勉食姑嫜

【南呂引子·薄倖】（旦）野曠原空，人離業敗。謾盡心行孝，力枯形憊。幸然爹媽，此身安

泰。栖惶處，見慟哭饑人滿道，嘆舉目將誰倚賴？

曠野蕭疏絕烟火，日色慘淡黯村塢。死別空原婦泣夫，生離他處兒牽母。睹此恓惶實可憐，思量轉覺

此身難。高堂父母老難保，上國兒夫去不還。力盡計窮淚亦竭，看看氣盡知何日？高岡黃土漫成堆，

誰把一抔掩奴骨？[二] 奴家自從丈夫去後，頓遭飢荒。衣衫首飾，盡皆典賣，家計蕭然。爭奈公婆年老，死生難保，朝夕又無甘旨應奉，如何是好？只得安排一口淡飯，與公婆充飢。奴家自把些穀膜米皮韡韡來喫，苟留殘喘。喫時又怕公婆撞見，只得迴避，免致他煩惱。[三] 如今飯已熟了，不免請出公婆早膳則個。（外、淨上）

【雙調引子・夜行船】（外）苦！忍餓耽飢何日了？孩兒一去，杳無音耗。（淨）甘旨蕭條，米糧缺少。（合）天那！真個死生難保。

（旦云）請公公婆婆早膳。（淨云）媳婦，有菜蔬麼？（旦云）沒有。（淨云）有下飯麼？（旦云）也沒有。（淨云）賤人，前日早膳還有些下飯，今日只得一口淡飯。再過幾日，連淡飯也沒有了。快撞去！[三]（外云）咳！這般時年，胡亂喫一口充飢，還要分甚麼好歹？

【南呂過曲・鑼鼓令】（淨）我終朝受餒，賤人，你將來的飯教我怎喫？可疾忙便撞，非干是我有此饞態。

【前腔】（外）你看他衣衫盡解，好茶飯將甚去買？兀的是天災，教媳婦每怎佈擺。

　（一）　眉批：　詞意曲朦，酸盡人心。
　（二）　眉批：　賢哉！苦哉！
　（三）　眉批：　蔡婆到底有貴相。

【前腔】（旦）婆婆息怒且休罪，待奴家霎時將去再安排。思量到此，珠淚滿腮。看看做鬼，溝渠裏埋。縱然不死也難捱，教人只恨蔡伯皆〔一〕。

【前腔】（淨）如今我試猜，多應他犯着獨嗜病來，背地裏自買些鮭菜。（外云）阿婆，他那裏得錢去買？（淨唱）阿公，我喫飯他緣何不在？這些兒真是歹。

【前腔】（外）阿婆，他和你甚相愛，不應反面直恁的乖。（旦背唱）我千辛萬苦，有甚疑猜？可。不道我臉兒黃瘦骨如柴？

（淨云）攛去！攛去！（外云）媳婦，婆婆喫不得，你且收去。（旦收云）婆婆耐煩，待奴家去擺佈些東西，再安排過來。（淨云）你去！你去！（旦云）正是：啞子謾嘗黃柏味，難將苦口向人言〔二〕。（下）

（淨云）阿公，親的到底是親。親生兒子不留在家，到靠媳婦供養。我看他前日自喫飯時節，百般躲避我，敢是背地裏自買有東西受用哩！（外云）阿婆，休要錯疑了，我看媳婦不是那等樣人。（淨云）怎的，等他自喫時節，我和你潛地裏去探一探，便知端的。（外云）也說得是。只一件那。（淨云）卻怎的？

荒年有飯休思菜，媳婦無良把我虧。

（一）　眉批：好媳婦做不得沒米飯。
（二）　眉批：用得確。

混濁不分鱮共鯉，水清方見兩般魚。

批：喫糠已極難，處如此怨氣，更誰能受得？

釋義：　一抔：　前漢時，張釋之爲廷尉，持法公平。有人盜高祖廟玉環，捕得其人，下獄。釋之奏當殺之於市以示眾。文帝怒曰：『吾欲滅其族，何治之以輕也？』釋之對曰：『盜宗廟一器即滅之族，假令愚民盜長陵一抔之土，則將何法以加之？』長陵，即高祖之陵也。唐駱賓王《討武后檄》云：『一抔之土未乾，六尺之孤安在？』獨噇：　猶獨食也。

音字：　鮭：蝸。　鱺：連。　黯：闇。　噇：墩。

第二十一齣　糟糠自厭

【南呂過曲·山坡羊】(旦) 亂荒荒不豐稔的年歲，遠迢迢不回來的夫婿。急煎煎不耐煩的二親，軟怯怯不濟事的孤身體。(一) 苦！衣盡典，寸絲不挂體。幾番拚死了奴身己，爭奈沒主公婆，教誰看取？　思之，虛飄飄命怎期？　難捱，實不不災共危。

(一)　眉批：喫不得四『不』。

【前腔】（旦）滴溜溜難窮盡的珠淚，亂紛紛難寬解的愁緒。骨崖崖難扶持的病身，戰兢兢難捱過的時和歲。⁽¹⁾這糠，我待不喫你呵，教奴怎忍饑？我待喫你呵，教奴怎生喫？思量起來，不如奴先死，圖得不知他親死時。（合前）

苦！這糠粃教奴怎麼喫得下？（喫吐科）

奴家早起安排些飯與公婆喫，豈不能買些鮭菜？爭奈無錢可買。不想婆婆抵死埋怨，只道奴家背地自喫了甚麼東西。不知奴家喫的是米膜糠粃，又不敢教他知道。便做他埋怨殺我，我也不敢分說。⁽²⁾

【雙調過曲·孝順歌】（旦唱）嘔得我肝腸痛，珠淚垂，喉嚨尚兀自牢嗄住。糠那！你遭礱被舂杵，篩你簸颺你，喫盡控持。好似奴家身狼狽，千辛萬苦皆經歷。苦人喫着苦味，兩苦相逢，可知道欲吞不去。⁽³⁾（外、净潜上探覷科）

【前腔】（旦唱）糠和米，本是相依倚，被簸揚作兩處飛。一賤與一貴，好似奴家與女婿，終無見期。丈夫，你便是米呵，米在他方沒尋處。奴家恰便似糠呵，怎的把糠來救得人饑餒？好似兒夫出去，怎的教奴供膳得公婆甘旨？（外、净潜下科）

（一）眉批：又當不得四『難』。

（二）眉批：聖婦。

（三）眉批：一字一哭，一字萬哭。可憐！可憐！

【前腔】（旦唱）思量我生無益，死又值甚的？不如忍餓死了爲怨鬼。只一件，公婆老年紀，靠奴家相依倚，只得苟活片時。片時苟活雖容易，到底日久也難相聚。○[一] 謾把糠來相比，這糠呵，尚兀自有人喫。奴家的骨頭，知他埋在何處？

（外、净上）（净云）媳婦，你在那裏喫甚麼？（旦云）奴家不曾喫甚麼東西。（净搜奪介）（旦云）婆婆，你喫不得！（外云）咳！這是甚麼東西？

【前腔】（旦唱）這是穀中膜，米上皮，（外云）呀！這便是糠，要他何用？（旦唱）將來饇饇堪療饑。（净云）噯，這糠只好將去餵猪狗，如何把來自喫？（旦唱）嘗聞古賢書，狗彘食人食，也強如草根樹皮。[二]（外、净云）怎的苦澀東西，怕不噎壞了你？（旦唱）嚙雪餐氈，蘇卿猶健；餐松食柏，到做得神仙侶。這糠呵，縱然喫些何慮？（净云）阿公，你休聽他說謊，糠秕如何喫得？（旦唱）爹媽休疑，奴須是你孩兒的糟糠妻室。

（外、净看哭科）媳婦，我元來錯埋怨了你，兀的不痛殺我也！（外、净倒）（旦叫哭科）

【仙吕入雙調·雁過沙】（旦唱）苦！沉沉向冥途，空教我耳邊呼。公公婆婆，我不能穀盡心

（一）眉批：苦痛。
（二）眉批：無味。

相奉事，反教你爲我歸黃土。教人道你死緣何故？公公婆婆，怎生割捨得拋棄了奴？[一]

（外醒介）（旦云）謝天謝地，公公醒了！婆婆，你闍闈。

【前腔】（外唱）媳婦，你擔飢事舅姑。媳婦，你擔飢怎生度？（旦云）公公且自寬心，不要煩惱。媳婦，料應我不久歸陰府，

（外唱）媳婦，我錯埋冤了你，你也不推辭，到如今始信有糟糠婦。媳婦，料應我不久歸陰府，

也省得爲我死的，累你生的受苦。

（旦扶外起科）公公且在床上安息，待我看婆婆如何。（旦叫不醒科）呀！婆婆不濟事了，如何是好？

【前腔】（旦唱）婆婆氣全無，教奴怎支吾？咳！丈夫呵，我千辛萬苦，爲你相看顧，如今到此

難回護。我只愁母死難留父，況衣衫盡解，囊篋又無。[二]

（外云）媳婦，婆婆還好麼？（旦云）公公，婆婆不好了！

【前腔】（外唱）天那！我當初不尋思，教孩兒往帝都。把媳婦閃得苦又孤，把婆婆送入黃泉

路，算來是我相擔負。不如我死，免把你再辜負。[三]（旦云）媳婦，婆婆死了，衣衾棺槨，是件皆無，如何是好？（旦云）公

（旦云）公公休說這話，請將息。

（一）眉批：公公、婆婆、媳婦，字都不空閒，叫一聲有一聲滋味，文至此乎！

（二）眉批：好苦。

（三）眉批：悔之晚矣！

公寬心，待奴家區處。（末上）福無雙降猶難信，禍不單行却是真。老夫爲何道此兩句？(二) 爲鄰家蔡伯皆妻房趙氏五娘。他嫁得伯皆，方纔兩月，伯皆便出去赴選。自去之後，連遭飢荒。公婆年紀皆在八十之上，家裏更沒個相扶持的。甘旨之奉，虧殺這五娘子。把些衣服首飾之類，盡皆典賣，辦些糧米，供給公婆；却背地裏把糠粃穅麷充飢。這般荒年飢歲，少甚麼有三五個孩兒的人家，供膳不得爹娘。這個小娘子，真個今人中少有，古人中難得。那婆婆不知道，顛倒把他埋怨；適纔聞得他公婆知道，却又痛心，都害了病。如今不免到他家裏探望則個。呀！五娘子，你爲甚的慌慌獐獐？（旦云）太公，天有不測風雲，人有旦夕禍福。奴家婆婆死了。（末云）咳！你婆婆既死了，你公公如今在那裏？（旦云）在床上睡着。（末云）待我看一看。（外云）太公休怪，我起來不得了。（末云）老員外，快不要勞動。（旦云）太公，我婆婆衣衾棺槨，是件皆無，如何是好？（末云）五娘子，不要愁煩，我自有區處。

【仙吕入雙調·玉包肚】（旦）千般生受，教奴家如何措手？終不然把他骸骨，沒棺材送在荒坵？（合）相看到此，不由人不珠淚流，正是不是冤家不到頭。

【前腔】（末）五娘子，不必多憂，資送婆婆，在我身上有。但你小心承直公公，莫教他又成不

新刻魏仲雪先生批點琵琶記

（一）　眉批：　還道甚麼？　你自想。

救。(一)（合前）

【前腔】（外）張公救護，我媳婦實難啓口。孩兒去後，又遇飢荒，把衣衫典賣無留。（合前）

（末云）老員外，你請進裏面去歇息。待我一霎時叫家僮討棺木來，把老安人安殯斂了，選個吉日，送在南山安葬去。（外云）如此，多謝太公周濟。

只爲無錢送老娘，須知此事有商量。

歸家不敢高聲哭，只恐猿聞也斷腸。

釋義：

飡松：《列仙傳》：偓佺，槐裏採藥父也，好飡松寔，體毛數寸，能飛行逐馬。以松子遺堯，堯不服。時受服者皆三百歲。 食柏：田鸞入華山，遇黃河師語曰：柏葉，長生葉也，故也服飡法。後得道，朝於上真。

音字：熒：瑩。疢：救。稔：忍。嘎：沙，去聲。秕：比。齧：業。饞：讒。

雯：殺。

（一）眉批：該當，你也没得説。

上虞魏浣初　仲雪父　批評

門人李裔蕃　九仙父　註釋

第二十二齣　琴訴荷池

【南吕引子・一枝花】（生）間庭槐影轉，深院荷香滿。簾垂清晝永，怎消遣？十二欄杆，無事閒憑遍。悶來把湘簟展，夢到家山，又被翠竹敲風驚斷。[一]

〔南鄉子〕翠竹影搖金，水殿簾攏映碧陰。人静晝閒無個事，沉吟，碧酒金樽懶去斟。　幽恨苦相尋，離別經年没信音。寒暑相催人易老，關心，却把閒愁付玉琴。院子，將琴書過來。（末將琴書上云）黄卷看來消白日，朱絃動處引清風。炎蒸不到珠簾下，人在瑶池閬苑中。相公，琴書在此。（生云）院子，你與我唤那兩個學僮過來。（末叫科）（净執扇、丑執香上）

（一）眉批：曲妙。

【南呂過曲·金錢花】(丑、淨唱)自少承直書房,書房。快活其實難當,難當。只管打扇與燒

香,荷亭畔,好乘涼。喫飽飯,上眠床。

(參見科)(生云)我在先得此材於爨下,斷成此琴,即名焦尾。自來此間,久不整理。今日當此清涼,試

操一曲,以舒悶懷。你三人一個打扇,一個燒香,一個管文書,休得嫚誤。(眾云)領鈞旨。(生操琴科)

【懶畫眉】(生)強對南薰奏虞絃,只覺指下餘音不似前,那些個流水共高山? 呀! 只見滿

眼風波惡,似離別當年懷水仙。⚬[一]

(淨困掉扇科)(末云)告相公,打扇的壞了扇。(生云)背起打十三! 那廝不中用,只教他燒香。(末

云)領鈞旨。

【前腔】(生)頓覺餘音轉愁煩,似寡鵠孤鴻和斷猿,又如別鳳乍離鸞。呀! 只見殺聲在絃中

見,敢只是螳螂來捕蟬? [二]

(丑困滅香科)(淨云)告相公,燒香的滅了香。(生云)背起打十三! 那廝不中用,只教他管文書。

(末云)領鈞旨。

【前腔】(生)藍田日暖玉生烟,似望帝春心托杜鵑,好姻緣翻做惡姻緣。只怕眼底知音少,

———

(一) 眉批: 字字彈出胸中怨。

(二) 眉批: 都有據。

争得鸞膠續斷絃。

（丑掉文書介）（末云）告相公，管文書的亂了文書。（生云）背起打十三！（貼上）（生云）左右，夫人來也，且各迴避。（眾云）正是：

有福之人伏事，無福之人伏事人。（末、丑、淨同下）

【南呂引子·滿江紅】（貼）嫩綠池塘梅雨歇，薰風乍轉。瞥然見新涼華屋，已飛乳燕。簟展湘波紈扇冷，歌傳《金縷》瓊卮暖。（眾）炎蒸不到水亭中，珠簾捲。

（貼云）相公元來在此操琴呵。（生云）夫人，我當此清涼，聊託此以散悶懷。（貼云）奴家久聞相公高於音樂，如何來到此間，絲竹之音，杳然絕響？斗膽請再操一曲，相公肯麼？（生云）夫人待要聽琴，彈甚麼曲好？我彈一曲《雉朝飛》何如？（貼云）這是無妻之曲，不好。（生云）呀！說錯了。如今彈一曲《孤鸞寡鵠》何如？（貼云）兩個夫妻正和美，說甚麼孤寡！（生云）不然，彈一曲《昭君怨》何如？（貼云）兩個夫妻正團圓，說甚麼孤寡！（生云）呀！到彈出個《思歸引》來。待我再彈。（貼云）相公，當此夏景，只彈一曲《風入松》好。(一)（生云）這個却好。（彈科）（貼云）相公，你彈錯了。（生云）呀！又彈出個《別鶴怨》來。（貼云）相公，你又彈錯了。你為何恁的會錯？莫不是故意賣弄，欺侮奴家？（生云）豈有此心！只是(二)這絃不中用。（貼云）這絃怎的不中用？（生云）我只彈

（一）眉批：關目最好。
（二）是：原作『用』，據汲古閣刊本《繡刻琵琶記定本》改。

得舊絃慣,這是新絃,俺彈不慣。(貼云)舊絃在那裏?(生云)舊絃撤下多時了。(貼云)為甚撤了?

(生云)只為有了這新絃,便撤了那舊絃。(貼云)相公何不撤了新絃,用那舊絃?(生云)夫人,我心

裏豈不想那舊絃?只是新絃又撤不下!(貼云)你新絃既撤不下,還思想那舊絃怎的?我想起來,

只是你心不在焉,特地有許多話説。〔一〕

【仙呂過曲・桂枝香】(生)夫人,危絃已斷,新絃不慣。舊絃再上不能,待撤下新絃難拚。我

一彈再鼓,一彈再鼓,又被宮商錯亂。(貼云)相公,你敢是心變了麼?(生唱)非干心變,這般

好涼天。正是此曲纔堪聽,又被風吹別調間。

【前腔】(貼)相公,非彈不慣,只是你意慵心懶。既道是寡鵠孤鸞,又道是昭君宮怨。那更

《思歸》《別鶴》,《思歸》《別鶴》,無非愁嘆。相公,我看你心裏多敢是想着誰?(生云)夫人,我不

想着甚麼人?〔三〕(貼)相公,有何難見?你既不然,我理會得了。你道是除了知音聽,道我不是

知音不與彈。

(生云)夫人,那有此意?(貼云)相公,這個也由你,畢竟你無心去彈他。不如叫惜春安排酒過來,與

你消遣何如?(生云)我懶飲酒,待去睡也。(貼云)相公休阻妾意,老姥姥、惜春,看酒來。(淨、丑持

(一) 眉批: 都有味。

(二) 眉批: 即明言何如?

【燒夜香】（淨、丑）樓臺倒影入池塘，綠樹陰濃夏日長，一架荼蘼滿院香。滿院香，和你飲霞觴。捲起珠簾，明月正上。

（貼上）

（貼云）將酒過來。

【南呂過曲·梁州序】（貼）新篁池閣，槐陰庭院，日影紅塵隔斷。碧欄杆外，寒飛漱玉清泉。只覺香肌無暑，素質生風，小簟琅玕展。晝長人困也，好清閒，忽被棋聲驚晝眠。（合）《金縷》唱，碧筒勸，向冰山雪蠟排佳宴。清世界，幾人見？

【前腔】（生）薔薇簾箔，荷花池館，一陣風來香滿。湘簾日永，香消寶鴨沉烟。謾有枕簟寒玉，扇動齊紈，怎遂黃香願？（作悲介）（貼云）相公，你為甚的下淚？（生唱）猛然心地熱，透香汗，我欲向南窗一醉眠。（合前）

【前腔】（貼）向晚來雨過南軒，見池面紅粧零亂。聽輕雷隱隱，雨收雲散。只覺荷香十里，新月一鉤，此景佳無限。蘭湯初浴罷，晚粧殘，深院黃昏懶去眠。（一）（合前）

【前腔】（生）柳陰中忽噪新蟬，見流螢飛來庭院。聽菱歌何處？畫船歸晚。只見玉繩低

（一）　眉批：雨後新涼，佳人曉粧，儘準消夏。

度，朱戶無聲，此景尤堪戀。起來攜素手，鬢雲亂，月照紗幮人未眠。（合前）

【節節高】（淨）漣漪戲綵鴛，把露荷翻，清香瀉下瓊珠濺。香風扇，芳沼邊，閒亭畔。坐來不覺神清健，蓬萊閬苑何足羨？（合）只恐西風又驚秋，不覺暗中流年換。

【前腔】（丑）清宵思爽然，好涼天，瑤臺月下清虛殿。神仙眷，開玳筵，重歡宴。任教玉漏催銀箭，水晶宮，笙歌按。（合前）

【餘文】（眾）光陰迅速如飛電，好良宵可惜漸闌，管取歡娛笑語喧。

（生云）樵樓上幾鼓了？（淨云）三鼓了。

歡娛休問夜如何，此景良宵能幾何。

遇飲酒時須飲酒，得高歌處且高歌。

批：

此齣有三妙：曲妙在點景，白妙在含吐，關目妙在尋思。

釋義：瑤臺閬苑：神仙所居之處，非飈車羽輪不可到。　南薰虞絃：舜彈五絃之琴，歌《南風》之詩。　懷水仙：琴高善鼓琴，號水仙。後伯牙有《懷水仙》之操。　寡鵠孤鸞斷猿：劉道疆善琴，嘗為《寡鵠孤鸞斷猿》之操。　雙鳳離鸞：張安世年十五，為漢成帝侍中，善鼓琴，能為《雙鳳離鸞》之曲。　焦尾：蔡邕寓吳會，吳人燒桐以爨，聞火烈之聲，知為美材，請為琴。其尾尚焦，因名焦尾。　螳螂捕蟬：

蔡邕嘗外歸，鄰人設酒食，命邕坐上。先有一人彈琴，目視樹上鳴蟬，下有螳螂逐後捕之。彈琴者恐螳螂

捕蟬，心念殺之，其琴亦有殺音。邕聽琴音，即告去。主人問何爲，邕曰：『見彈琴之中有殺伐之聲音。』

彈琴者笑而奇之。《金縷》曲：舞服也。唐李錡之妾秋娘嘗作歌曰：『勸君莫惜金縷衣，勸君莫誤少

年時。有花應插須當折，莫待無花空折枝』。斗膽：姜維爲蜀征西將軍，與魏戰，死之。將士剖其腹而

視，其膽大如斗。《雉朝飛》：齊牧犢子五十無妻，見雌雄雉相隨，遂撫琴而歌，作《雉朝飛》之操。

《昭君怨》：漢元帝以宮女王昭君賜匈奴，後思慕漢恩，遂彈琵琶以寄其恨，名之曰《昭君怨》。碧筒

勸：魏鄭公愨率僚友避暑，取荷葉盛酒，以簪刺葉通柄中，如象鼻然。從下吸之，名之曰碧筒勸。冰山雪

巇：賈似道嘗於山頂開一大坑，深、闊數十丈，中立室。每隆冬時，以冰雪藏之。遇盛夏，取以消暑。枕

歊寒玉：晉石崇有白玉枕，名寒玉枕，夏天枕之，極清涼。扇動齊紈：齊地出紈素扇，班婕妤詩云：

『新製齊紈素，皎潔如霜雪。裁爲合歡扇，團圓似明月。出入君懷袖，動搖有風發。棄捐篋笥中，恩情中道

絕。』黃香願：後漢黃香事父母竭力大敬，暑扇枕，寒溫衾。畫船：宋米芾喜蓄書畫，於江河之間發

遣，揭牌曰『書畫船』。蓬萊：山名，在東海中，高一千里，方三千里，海水甚黑，神仙所居之處也。清

虛殿：開元中八月望日，唐明皇與葉天師遊月宮，寒氣逼人，風露沾衣，榜曰『廣寒清虛之府』。少頃，

見素娥十餘人，皆皓衣，一白鸞舞於大桂樹下。打十三：漢法，極輕之笞刑也。

音字：簞⋯殿。瞥⋯撇。紈⋯環。漱⋯瘦。巇⋯檻。篆⋯傳，去聲。幰⋯廚。漣⋯

連。漪…依。娛。魚。髻…鬌。濺…薦。

第二十三齣　代嘗湯藥

【越調引子・霜天曉角】(旦)難捱怎避？災禍重重至。最苦婆婆死矣，公公病又危。

屋漏更遭連夜雨，行船又被打頭風。奴家自從婆婆死後，萬千狼狽；誰知公公病又將危。如今贖得些藥，已煎在此；不免再安排一口粥湯。

【犯胡兵】(旦)囊無半點調藥費，良醫怎求？　天那！　縱然救得目前，飯食何處有？　料應難到後。譇說道有病遇良醫，饑荒怎救？〔一〕

公公這病呵。

【前腔】(旦)愁萬苦千怎生受，粧成這症候。藥呵，縱然救得目前，怎免得憂與愁？　料應不會久。〔二〕他只為不見孩兒，纏得這病。若要這病好時呵，除非是子孝父心寬，方纔可救。

藥已熟了，且扶公公出來喫些，看何如？(旦扶外上)

(一)　眉批：　真，真。

(二)　眉批：　可憐。

【霜天曉角】（外）神散魂飛，料應不久矣。（旦云）公公，請開閣。（外唱）縱然擡頭強起，形衰倦，怎支持？

（旦云）公公，藥已熟了，慢慢喫些。（外云）媳婦，我喫不得這藥了。（旦云）公公，請開閣。

【南呂過曲·香遍滿】（旦）論來湯藥，須索是子先嘗方進與父母。公公，莫不是爲無子先嘗，恰便尋思苦？（外喫藥吐介）（旦云）公公，且耐煩喫些。（外云）媳婦，這藥我喫不得了。我寧可早死了罷，免得累你。（旦）公公，你須索開閣，怎捨得一命殂？（外云）媳婦，你喫糠，省錢贖藥與我喫，我怎的喫得下？（旦唱）苦！元來不喫藥，只爲着糟糠婦。

（旦云）公公，你既不喫藥，且喫一口粥湯，看何如？（外喫粥吐科）（旦云）公公，還慢慢喫些。（外云）媳婦，我不濟事了，必是死也。孩兒又不回來，只是虧了你。（旦云）公公且自寬心，不要煩惱。（旦背哭科）怕添親怨恨，自將珠淚墮。（外云）媳婦，你喫糠，却教我喫粥，我怎的喫得下？（旦唱）苦！元來不喫粥，也只爲着糟糠婦。

【前腔】（旦）公公，你萬千愁苦，堆積在悶懷，成氣蠱，可知道喫了吞還吐。（外云）媳婦，我肚腹膨脹，怎麼喫得下？

（外云）媳婦，我死也不妨，只怨孩兒不在家，虧殺了你。你近前來，有兩句言語分付你。（旦云）公公，如何？（外作跌倒拜科）

南戲文獻全編·劇本編·琵琶記

【仙吕過曲·青歌兒】（外）媳婦，我三年謝得你相奉侍，只恨我當初把你相耽誤。天那！我待欲報你的深恩，待來生我做你的媳婦。怨只怨蔡伯皆不孝子，苦只苦趙五娘辛勤婦。〔一〕

（旦云）公公，奴身不足惜。

【前腔】（旦）我一怨你公死後有誰來祭祀，二怨你有孩兒不得相看顧，三怨你三年間沒一個飽暖的日子。三年相看甘共苦，一朝分別難同死。

（外云）媳婦，我死呵，

【前腔】（外）你將我骨頭休埋在土。（旦云）呀！公婆百歲後，不埋在土，却放在那裏？（外唱）我甘受折罰，任取屍骸露。（旦云）公公，你休這般說，被人談笑。（外云）媳婦，不笑着你。（外唱）留與傍人，道蔡伯喈不葬親父。怨只怨蔡伯皆不孝子，苦只苦趙五娘辛勤婦。

（旦云）公公，倘你死呵，

【前腔】（旦）公婆已得作一處所，料想奴家不久也歸陰府。苦！可憐一家三個怨鬼在冥途。

〔一〕眉批：讀至此而不哭者，非孝也。

二二二

三載相看甘共苦，一朝分別難同死。⁽²⁾

（外云）媳婦，我畢竟是死了，你與我請張太公過來。（旦云）公公，説猶未了，恰好張太公來也。（末

云）歲歉無夫婿，家貧喪老親。可憐貞潔女，日夜受艱辛。五娘子，你公公病症若何？（旦云）太公，我

公公病証，十分危篤。（末云）如此，待我向前看看。老員外，你貴體若何？（外云）苦！張太公，我不

濟事了，畢竟是個死。你今來得恰好，我憑你為証，寫下遺囑與媳婦收執。待我死後，教他休要守孝，

早早改嫁便了。（旦云）公公，你休這般説！自古道：忠臣不事二君，烈女不更二夫。公公，休要

寫！（外云）媳婦，你取紙筆來。（旦云）公公，奴家生是蔡郎妻，死是蔡郎婦。千萬休寫，枉自勞神。

（外云）媳婦，你不取紙筆來，要氣殺我也！（末云）五娘子，你休逆他；嫁與不嫁在乎你，且取將過

來。（旦取上外作寫介）咳！這一管筆到有千斤來重。

【越調過曲・羅帳裏坐】（外）媳婦，你艱辛萬千，是我擔誤了伊。你不嫁人呵，身衣口食，怎生

區處？休休！當元是我拆散了你夫妻，我如今死了呵，終不然教你，又守着靈幃？（放筆科）已

知死別在須臾，更與甚麼生人作主？

【前腔】（末）這其間就裏，我難説怎提。　五娘子，你若不嫁人，恐非活計；　若不守孝，又被人

（二）　眉批：　讀之令人酸鼻。

談議。可憐家破與人離，怎不教人淚垂？

【前腔】(旦)公公嚴命，非奴敢違。若是教奴嫁人呵，那些個不更二夫，却不誤奴一世？公公，

我一馬一鞍，誓無他志。可憐家破與人離，怎不教人淚垂？

(外云)張太公，我憑你爲証，留下這條拄杖，待我那不孝子回來，可與我把他打將出去〔一〕(外倒科)

(旦扶起科)

公公病裏莫生嗔，員外寬心保自身。

正是藥醫不死病，果然佛化有緣人。

批：

情景至此，竟真矣。文字乃如此乎？奇甚！奇甚！

釋義：子先嘗。《禮記》：『君有疾，飲藥，臣先嘗之；親有疾，飲藥，子先嘗之。』糟糠婦：宋弘

曰：『貧賤之交不可忘，糟糠之妻不下堂。』

音字：僝：繰。僽：湊。閵：諍。閽：禮。憊：敗。蠱：古。墮：惰。姐：雛。

歎：遣。擔：丹。漬：汁。

〔一〕眉批：這拄杖還該先打蔡老兒起。

第二十四齣 宦邸憂思

【正宮引子·喜遷鶯】（生）終朝思想，但恨在眉頭，悶在心上。鳳侶添愁，魚書絕寄，空勞兩處相望。

【踏莎行】青鏡瘦顏羞照，寶瑟清音絕響。歸夢杳，繞屏山烟樹，那是家鄉？

怨極愁多，歌慵笑懶，只因添個鴛鴦伴。他鄉遊子不能歸，高堂父母無人管。

衡陽雁斷，音書要寄無方便。人生光景幾多時，蹉跎負却平生願。湘浦魚沉，

【正宮過曲·雁魚錦】（生）思量，那日離故鄉。記臨歧送別多惆悵，攜手共那人不廝放。教

他好看承，我爹娘，料他每應不會遺忘。聞知飢與荒，只怕捱不過歲月難存養。若望不見

我信音傳，却把誰倚仗？（一）

【前腔換頭】（生）思量，幼讀文章，論事親爲子也須要成模樣。（二）真情未講，怎知道喫盡多

魔障？被親强來赴選場，被君强官爲議郎，被婚强效鸞凰。三被强，我衷腸事說與誰行？

埋怨難禁這兩厢：這壁厢道咱是個不撑達害羞的喬相識，那壁厢道咱是個不睹親負心的。

（一）　眉批：　那叫你不寄信音去？
（二）　眉批：　如今真不成模樣了。

薄倖郎。

【前腔換頭】(生)悲傷，鶯序鴛行，怎如那慈烏反哺能終養？謾把金章，綰着紫綬；試問斑衣，今在何方？斑衣罷講，縱然歸去，又恐怕帶麻執杖。[一] 天那！只爲那雲梯月殿多勞攘，落得淚雨如珠兩鬢霜。

【前腔換頭】(生)幾回夢裏，忽聞雞唱。忙驚覺錯呼舊婦，同問寢堂上。待朦朧覺來，依然裏歡娛夜宿芙蓉帳，他那裏寂寞偏嫌更漏長。

【前腔換頭】(生)謾悒怏，把歡娛翻成悶腸。菽水既清涼，我何心貪着美酒肥羊？悶殺人新人鴛幃鳳衾和象床。怎不怨香愁玉無心緒？更思想，被他攔當，教我怎不悲傷？俺這

【前腔換頭】(生)謾悒怏，把歡娛翻成悶腸。菽水既清涼，我何心貪着美酒肥羊？悶殺人花燭洞房，愁殺我掛名金榜。魆地裏自思量，正是歸家不敢高聲哭，只恐猿聞也斷腸。

院子何在？(末云)有問即對，無問不答。相公有何指揮？(生云)院子，你是我心腹之人，有一件事和你商量。你休要走了我的消息。(末云)小人安敢？(生云)我自從離了父母妻室，來此赴選。不擬一擢高第，拜授今職。將謂數月之後，可作歸計，誰知又被牛太師招爲門婿。一向逗留在此，不得還家見父母一面，故此要和你商量個計策。(末云)相公，自古道：不鑽不穴，不道不知。小人每常間見相

公憂悶不樂，豈知這般就裏？相公何不說與夫人知道？（生云）院子，我夫人雖是賢慧，爭奈老相公之勢，炙手可熱〔二〕。待說與夫人知道，一霎時老相公得知，只道我去了不來，如何肯放我去？不如且隱忍，和夫人都瞞過。且待任滿尋個歸計。（末云）這的却是。老相公若還知道，如何肯放相公回去？（生云）我於今要寄一封書家去，沒個方便的人；欲待使人竟去，又怕老相公知道。你與我出街坊上體探，倘有我鄉里人來此做買賣，待我寄一封家書回去。（末云）小人謹領便去。

終朝長相憶，尋便寄書人。
眼望旌捷旗，耳聽好消息。

批：

殺才！不孝子！難道差一人回去，他也來禁着你？就禁着你，大丈夫寧肯便爲他禁倒？可恨！

釋義：　魚書：　古樂府：『客從遠方來，遺我雙鯉魚。呼童烹鯉魚，中有尺素書。長跪讀素書，書中意何如？上有加湌飯，下有長相思。』慈烏反哺：　慈烏，孝鳥，長則反哺其母。　雲梯：　莆田鄭僑夢空中一梯，雲氣圍繞，身至其梯，倒而登之，既而中第一名。故今人稱及第者，必曰登雲梯。　菽水清涼：

〔一〕　眉批：　如此怕勢，怎得不從招贅？連辭婚也是假情。

《史記》：『孔子曰：「啜菽飲水，以盡其歡，斯謂之孝。」』菽，大豆也。清凉，猶曰荒涼也。

音字：愊：邑。快：恙。鑽：鄭。慅：容。攜：奚。魔：磨。朦朧：蒙龍。

攔：闌。

第二十五齣　祝髮買葬

【雙調引子·金瓏璁】（旦）飢荒先自窘，那堪連喪雙親？身獨自，怎支分？我衣衫都解盡，首飾並沒分文。無計策，只得剪香雲。〇（一）

【蝶戀花】萬苦千辛難擺撥，力盡心窮，兩淚空流血。一片孝心難盡說，一齊分付青絲髮。　裙布荆釵今已竭，萱花椿樹連摧折。奴家前日婆婆沒了，已得張太公週濟。如今公公又沒了，無錢資送，難再去求他。我思想起來，沒奈何了，只得剪下頭髮，賣幾貫鈔，爲送終之用。雖然這頭髮值錢不多，也只得把他做些意兒，恰似教化一般〇（二）　苦！不幸喪雙親，求人不可頻。聊將青絲髮，斷送白頭人。

【南呂過曲·香羅帶】（旦）一從鸞鳳分，誰梳鬢雲？粧臺懶臨生暗塵，那更釵梳首飾典無

（一）眉批：可憐。

（二）眉批：聖女，聖女。

存也。頭髮，是我擔閣你度青春，如今又剪你資送老親。剪髮傷情也，怨只怨結髮薄倖人。[一]

【前腔】(旦)思量薄倖人，辜奴此身。欲剪未剪，教我先淚零。我當初早披剃入空門也，做個尼姑去，今日免艱辛。[二] 咳！只有我的頭髮恁般苦。少甚麼佳人的，珠圍翠擁蘭麝熏。呀！似這般狼狽呵，我的身死兀自無埋處，說甚麼剪髮愚婦人？

【前腔】(旦)堪憐愚婦人，單身又窮。頭髮，我待不剪你呵，開口告人羞怎忍？我待剪你呵，金刀下處應心疼也。却將堆鴉鬢舞鸞鬟，與烏鳥報答鶴髮親。教人道霧鬢雲鬟女，斷送霜鬟雪鬢人。[三] (剪下哭科)

【南呂引子‧臨江仙】(旦)連喪雙親無計策，只得剪下香雲。非奴苦要孝名傳，正是上山擒虎易，開口告人難。

頭髮既已剪下，免不得將去貨賣。穿長街，抹短巷，叫一聲賣頭髮。

(一) 眉批：一字一淚。

(二) 眉批：曲妙。

(三) 眉批：曲至此，聖矣，聖矣。

【南呂引子·梅花塘】（旦）賣頭髮，買的休論價。念我受飢荒，囊篋無些個。丈夫出去，那堪連喪了公婆，沒奈何，只得剪頭髮資送他。

呀！怎的都沒人買？

【香柳娘】（旦）看青絲細髮，看青絲細髮，剪來堪愛，如何賣也沒人買？這飢荒死喪，這飢荒死喪，怎教女裙釵，當得恁狼狽？(一) 況連朝受餒，況連朝受餒，我的腳兒怎撐？其實難挨。（跌倒起介）

【前腔】（旦）往前街後街，往前街後街，並無人買。我待再叫一聲，咽喉氣噎，無如之奈。苦！我如今便死，我如今便死，暴露我屍骸，誰人與遮蓋？(二) 天那！我到底也只是個死。將頭髮去賣，將頭髮去賣，賣了把公婆葬埋，奴便死何害？

（做倒科）（末上云）慈悲勝念千聲佛，造惡徒燒萬炷香。今日蔡老員外病症不知如何？我且去看一看。呀！五娘子，你爲何倒在街上？（旦云）苦！太公可憐見，救奴家則個。（末杖扶科）五娘子，你手裏拿着頭髮做甚麼？（旦云）奴家公公又沒了，無錢資送，只得把自己頭髮剪下，欲賣幾文鈔，爲送

（一）眉批：曲盡苦情，光景逼真。
（二）眉批：聖婦、聖女。

終之用。（末哭科）元來你公公又死了呵。你怎的不來和我商量？把這頭髮剪下做甚麽？（旦云）奴

家多番來定害公公，不敢來相惱。（末云）呀！你説那裏話？五娘子。

【前腔】（末）你兒夫曾托賴，你兒夫曾托賴，我怎敢違背？你無錢使用，我須當貸。（〇一）你將頭髮剪下，將頭髮剪下，又跌倒在長街，都緣我之罪。（合）嘆一家破敗，嘆一家破敗，否極何時泰來？　各出珠淚盈腮。

【前腔】（旦）謝公公慷慨，謝公公慷慨，把錢相貸，我公婆在地下相感戴。只恐奴身死也，恐奴身死也，兀自没人埋。公公，誰還你恩債？（合前）

（末云）五娘子，你先回家去，我即着人送些布帛米穀之類與你使用。（三）（旦云）如此，多謝公公。請收這頭髮。（末云）咳！難得，難得。這是孝婦的頭髮，剪來斷送公婆的，我留在家中，不惟流傳做個話名；後日蔡伯皆回來，將與他看，也使他惶愧。

謝得公公救妾身，伊夫曾托我親鄰。
從空伸出擎雲手，提起天羅地網人。

（一）眉批：　仁人，信人，可羨！可羨！
（二）眉批：　今人那得如此？

批：

如剪髮這樣題目，真是無中生有，妙絕千古，致做出多少文字來。有好題目，自有好文字也。

釋義：

蛾眉：《詩》：『螓首蛾眉。』蛾之眉，曲而長。 結髮：宋子京詩：『結髮為夫婦。』空

門：《智度經》：『涅槃有三門，一曰空門，二曰無相門，三曰無作門。』謂諸法無作無我，受者是空門。

堆鴉：杜詩：『新髻似堆鴉。』鶴髮：鶴，白色也。

音字：撑 鋄 股 古 鬢 枕 髻 還 狠 背 噎 意 篋 怯。

第二十六齣 拐兒詒誤

【仙呂入雙調・打毬場】（淨）幾年間，為拐兒，脫空說謊為最。遮莫你是怎生俏俊的，也落在我圈套。

自家脫空為活計，掏摸作生涯。劍舌唇鎗，伶俐的也引教他懵懂；虛脾甜口，慳吝的也哄教他粧風。鄉貫何曾有定居？(一) 姓名誰人知真實？粧成圈套，見了的便自入來；做就機關，入着的怎生出去？騙了鍾馗手裏寶劍，拐了洞賓瓢裏仙丹。果然來無跡，去無踪，對面騙人如撮弄；縱使和你行，

(一) 貫：原作『親』，據汲古閣刊本《繡刻琵琶記定本》改。

和你坐，當場賺你怎埋冤。拐兒陣上先鋒，哄局門中大將。何用剗墻乞壁？強如黑夜偷兒。不索挾斧持刀，真個白晝劫賊。正是：天不生無禄之人，地不長無根之草。自家打聽得蔡狀元家住陳留，父母在堂，久無消息。他於今要寄家書回家。況我在陳留走得慣熟，頗習語音，不免裝扮做陳留人，假寫他父母家書遞與他，必有回音。倘或附帶些金帛回家，也不見得覓却一個小富貴，便不然，也索與我些路費回家。這裏便是蔡狀元府前，不免進去去咱。呀！這裏不見一個人，我且咳嗽一聲。（末上云）侯門深似海，不許外人敲。（相見科）你是那裏人？來此有甚勾當？（淨云）小子從陳留來，蔡相公的老大人有家書在此。（末云）呀！我相公正要乘便寄家書回去。你來得恰好，待我請相公出來。

（請介）

【商調引子・鳳凰閣】（生）尋鴻覓雁，寄個音書無便。謾勞回首望家山，和那白雲不見。淚痕如綫，想鏡裏孤鸞影單。

（末云）告相公得知，有一個漢子，說他從陳留郡來，有老相公的家書在此。（生云）快請他進來。（相見科）（生云）多承足下帶得我家書來呵。（淨云）小子奉老大人尊命，特遞在此。（淨遞書介）

【仙呂過曲・一封書】（生）一從你去離，我在家中常念你。功名事怎的？想多應折桂枝。見家書，可知之，及早回來幸喜爹娘和媳婦，各保安康無禍危。謝天謝地！且喜家中都安樂。見家書，可知之，及早回來

莫更遲。〔一〕

天那！我豈不要回去？爭奈不由我。院子，你引鄉親到後堂茶飯，一面取紙筆，待我寫家書，就附與他去；可取些金珠碎銀過來。（生寫書科）

〔越調過曲·下山虎〕（生）男邑百拜大人尊前：一自離膝下，頓經數年。目斷萬里關山，鎮日望懸。一向那堪音信斷，名利事，嘆牽絆，謾勞珠淚漣。上表辭金殿，要辭了官，爭奈君王不見憐。〔二〕

〔蠻牌令〕（生）忽爾拜尊翰，激切意懸懸。幸喜爹娘和媳婦，盡安健。奈兒身淹留旅邸，不能勾承奉慈顏。匆匆的聊附寸箋，草草伏乞尊炤不宣。

鄉親，我這一封書，並這金珠，托你將到我家裏，與老相公收下。（淨云）小子理會得。（生云）這些碎銀，送與鄉親路上作盤費。（淨云）多謝！多謝！心，不須憂慮。傳示家中大小，俺早晚便回來，教他放

〔中吕過曲·駐馬聽〕（生）書寄鄉關，說起教人心痛酸。鄉親呵，傳語俺八旬爹媽，道與俺兩月妻房，隔涉萬水千山。啼痕緘處翠綃斑，〔三〕夢魂飛遠銀屏遠。（合）報道平安，想一家賀

（一）眉批：如此假書，絕無破綻，這拐子也是個高手。

（二）眉批：金珠不寫於書上，似太疏略。若是今人，一文錢也要封記。

（三）綃：原作『消』，據汲古閣刊本《繡刻琵琶記定本》改。

喜，只說道再來相見。

【前腔】（末）遙憶鄉關，有個人兒凝望眼。他頻看飛雁，望斷孤舟，倚遍危欄。見這銀鈎飛

動綵雲箋，又索玉筯界破殘粧面。（一）（合前）

【前腔】（淨）西出陽關，却嘆今朝行路難。念此經年離別，跋涉萬里程途，帶着一紙雲箋。

只怕豺狼紛擾路途間，雁鴻怕不到家鄉畔。（合前）

憑伊千里寄佳音，説盡離人一片心。

須知相別經多載，方信家書抵萬金。

批：

曲至此都成自然，此是文章家第一流也，今人那得有此？

釋義：舌劍：古詩：『三寸舌為安國劍。』鍾馗：鍾馗，終南山人也。唐武德中試不第，觸殿堦而

死。後明皇病疫，居小殿，夢二鬼，一大一小。小者跣其足，懸一履於腰間，竊太真紫香囊及玉笛吹之。大

者仗劍逐之，喧嚷不已。既而大者奏曰：『臣終南進士鍾馗也，將為陛下驅之。』遂擒小者，以右手大指

摘其目食之。覺而疾愈，命畫工吳生如夢圖之。侯門深似海：崔郊妾鬻於滇師于頔，郊以詩寄之曰：…

（一）眉批：如此合在他二人口中便妙。

『侯門一入深如海，從此蕭郎是路人。』頓見之，以妾還郊。九品珍：《西越志》：『珠有九品，大五分以上至一寸八九分爲九品光彩，一邊似鍍金者名當珠，次爲走珠，又次爲渭珠，又次爲螺珂珠，又次爲官雨珠，又次爲脫珠，又次爲蔥符珠。』跋涉：旱行曰跋，水行曰涉。

第二十七齣　感格墳成

【南吕引子·掛真兒】（旦）四顧青山静悄悄，思量起暗裏魂銷。黃土傷心，丹楓染淚，謾把孤墳獨造。

【菩薩蠻】白楊蕭瑟悲風起，天寒日暖空山裏。虎嘯與猿啼，愁人添慘悽。窮泉深杳杳，長夜何時曉。灑淚泣雙親，雙親聞不聞？奴家自從喪了公婆，家中十分狼狽。昨已多承張太公將公婆靈柩搬到山，免不得造一所墳塋，把公婆安葬了。争奈無錢倩人，難以再去求他，只得自家搬泥運土。（把裙包土科）

【南吕過曲·五更轉】（旦）把土泥獨抱，麻裙裹來難打熬。空山寂静無人吊，但我情真實切，到此不憚勞。苦！何曾見喪親兒不到？又道是三匝圍喪，那些個卜其宅兆？[一]思量

起，是老親合顛倒。公公，你圖他折桂看花早，不想自把一身，送在白雲衰草。[一]謾自苦，（作悲科）這苦憑誰告？

【前腔】（旦）我只憑十爪，如何能勾墳土高？苦！只見鮮血淋漓濕衣襖，天那！我形衰力倦，死也只這遭。休休！骨頭葬處，任他血流好，此喚做骨血之親，也教人稱道。教人道趙五娘真行孝。[二] 苦！心窮力盡形枯槁，只有這鮮血，到如今也出盡了。這墳成後，只怕我的身難保。

呀！我氣力都用乏了，不免就此歇息睡一覺呵。

【仙呂引子·卜算子先】（旦）墳土未曾高，筋力還先倦。[三]（睡科）（外扮山神上）

【中呂引子·粉蝶兒】（外）趙女堪悲，天教小神相濟。[三]

善哉！善哉！吾乃當山土地，今奉玉帝敕旨：為見趙五娘行孝，特令差撥陰兵，與他併力築造墳臺。不免叫出南山白猿使者、北岳黑虎將軍前來聽用。猿、虎二將何在？（淨、丑扮猿、虎上）（外云）

吾奉玉帝敕旨：為見趙五娘獨自在山築墳，特差你等帶領陰兵，與他併力。汝等可變作人形，與他運

（一）　眉批：　曲甚妙。
（二）　眉批：　自訴自哭。
（三）　眉批：　這裏天何等近，緣何別處卻又遠？

化土石，務要頃刻完成，不得驚動孝婦。（淨、丑云）領法旨。（造墳科）告大王，墳臺已成了。（外云）

趙五娘，你可擡起頭來，聽吾囑付。

【仙呂入雙調·好姐姐】（外）五娘聽吾道語：　吾特奉玉皇敕旨，憐伊孝心，故遣陰兵來助

你。（合）墳成矣，辭了二親尋夫婿，改換衣裝往帝畿。

趙五娘，你好生記着：　正是：　大抵乾坤都一照，免教人在暗中行。（外、淨、丑下）（旦醒介）

【仙呂引子·卜算子後】(一)（旦）夢裏分明有鬼神，想是天憐念。　見神人祝付道，墳已成矣，教奴家前往京畿尋取丈夫。

我思忖起來，獨自一身，幾時能勾得墳成？（起看科）呀！　果然墳臺都成了。　謝天謝地！　分明是神

通變化。

呀！　怪哉，怪哉。　奴家睡間，恍惚似夢非夢。（旦醒介）

【五更轉】（旦）怨苦知多少？　兩三人只道同做餓殍。　公公、婆婆，今日幸賴神明救濟，成此墳臺，

你兩人已得安妥。　只一件，我未曾葬時節，也還恰像相親傍的一般；　如今葬了呵，窮泉一閉無日曉，

嘆如今永別，再無由相依靠。(三)　我死與公婆做一處埋呵，也得相奉侍。　只愁我死在他途道，我的

　　(一)　子：原闕，據曲律補。

　　(三)　眉批：真，真。

骨頭何由到來？（末）從今去，墳呵，只願得中乾燥，福子蔭孫也都難料。[一] 呀！ 天那！ 便做蔭

得個三公，也濟不得親老。 淚暗滴，復把蒼天來禱。（末同丑帶鉏器上）

【越調過曲·鏵鍬兒】（末）悲風四起吹松柏，山雲黯淡日無色。（丑）虎嘯與猿啼，怎不慘

憾？（合）趲步行來到峭壁，都與孝婦添助力。

（末云）老夫張廣才，只爲蔡老員外夫妻相繼棄世，虧殺他媳婦趙五娘子支持。如今又聞得他把裙包

土，築造墳臺。我想人家造一所墳，没有千百工造不成，他獨自一個女流，如何成得此事？不免帶將

小二，與他添助力氣則個。 呀！ 好怪哉，如何墳都成了？ 只見：松柏森森繞四圍，孤墳新土掩泥。

扉。 五娘子空山獨自無人問，爲築墳臺是阿誰？[二]（旦云）太公，夢裏鬼神多怪異，陰兵運石與搬泥。

墳臺成了親分付，教奴尋婿到京畿。（丑云）公公，自古流傳多有此，畢竟感格上蒼知。

女，五娘子，你他日芳名一樣題。（丑云）正是：善惡到頭終有報，只爭來早與來遲。

【好姐姐】（旦）公公，念奴血流滿指，獨自要墳成無計。 深感老天，暗中相扶持。（合）墳成

矣，辭了二親尋夫婿，改換衣裝往帝畿。

【前腔】（末）老夫帶領小二，待與你添助此氣力，誰知有神暗中相救濟。（合前）

（一） 眉批： 丈夫未到手，又想生兒子了。
（二） 眉批： 凡白用説話方妙，詩句可□。

【前腔】（丑）你每真個見鬼，這松柏孤墳在何處？㈠　恰纔小鬼是我粧扮的。㈢　（合前）

孝心感格動陰兵，不是陰兵墳怎成？

萬事勸人休碌碌，舉頭三尺有神明。

批：

事感動人處，多是托奇於鬼神；若只用太公助葬，便不奇矣。

釋義：　丹楓染淚：《麗情集》：『王子敬與燕公情篤，公死，子敬過其墳，不覺淚已沾衣。墳間楓葉，染淚者自紅。蓋情動不可制也』。三匝圍喪：晉陽休之夢繞墳頭銅柱三匝。又，韓詩『繞墳不假號

三匝』句。　卜其宅兆：《孝經》：『卜其宅兆而安厝之。』三公：太師、太傅、太保爲之三公。

第二十八齣　中秋望月

【大石調引・念奴嬌序】㈢（貼）楚天過雨，正波澄木落，秋容光淨。　誰駕玉輪來海底，碾破

㈠　墳：原作『魂』，據汲古閣刊本《繡刻琵琶記定本》改。
㈡　眉批：還是小鬼粧扮你？
㈢　石：原作『呂』，據曲律改。下同改。

瑠璃千頃。環珮風細，笙簫露冷，人在清虛境。（淨、丑上）真珠簾捲，庾樓無限佳興。[一]

〔臨江仙〕（貼云）玉作人間秋萬頃，銀蟾點破瑠璃。（淨云）瑤臺風露冷仙衣，天香飄到處，此景有誰知？（丑云）未審明年明夜月，此時此景何如？（貼云）珠簾高捲醉瓊厄，（合云）正是：莫辭終夜勸，動是隔年期。（貼云）老姥姥，今夜中秋，月色澄清，你與我請相公出來賞玩則個。（淨云）是，是。夫人請相公玩月。（生內應云）我已睡了，不來。（丑云）你甚麼嘴臉，可知道請他不來。（貼云）惜春，你再去請。（丑云）我去請。相公，夫人請相公出來玩月。（生云）來也。（丑云）老姥姥，你看我嘴兒纔動一動，相公就出來了。

〔南呂引子·生查子〕（生）逢人曾寄書，書去神亦去。今夜好清光，可惜人千里。[二]

（貼云）相公，今夜中秋，月色可愛，我請你賞玩一番，你沒事推阻怎的？（生云）月色有甚好處？（貼云）相公，怎的不好？〔醉江月〕你看：玉樓金氣捲霞綃，雲浪空光澄徹。關山今夜，照人幾處離別。丹桂飄香清思爽，人在瑤臺銀闕。（生云）影透鳳幃，光窺羅帳，露冷蛩聲切。關山今夜，照人幾處離別。丹桂飄香清思爽，人在瑤臺如玉兔，有陰晴圓缺。便做人生長宴會，幾見冰輪皎潔？（丑云）此夜明多，隔年期遠，莫放金樽歇。（淨云）須信離合悲歡，還（合云）但願人長久，年年同賞明月。（飲酒科）

（一）　眉批：　碾：音『欽』；珮：音『倍』；庾：音『雨』；蔀：音『巴』；澄：音『程』。
（二）　眉批：　正本色語。

【大石調・念奴嬌序】（貼）長空萬里，見嬋娟可愛，全無一點纖凝。十二闌杆光滿處，涼侵朱箔銀屏。偏稱，身在瑤臺，笑斟玉斝，人生幾見此佳景？（一）（合）惟願取年年此夜，人月雙清。

【前腔換頭】（生）孤影，南枝乍冷。（二）見烏鵲縹緲驚飛，棲止不定。萬點蒼山，何處是修竹吾廬三徑？（三）追省，丹桂曾攀，嫦娥相近，故人千里謾同情。（合前）

【前腔換頭】（貼）光瑩，我欲吹斷玉簫，乘鸞歸去，不知風露冷瑤京。環佩濕，似月下歸來飛瓊。那更，香霧雲鬟，清輝玉臂，廣寒仙子也堪並。（合前）

【前腔換頭】（生）愁聽，吹笛《關山》，敲砧門巷，月中都是斷腸聲。人去遠，幾見明月虧盈。惟應，邊塞征人，深閨思婦，怪他偏向別離明。（四）（合前）

【中吕過曲・古輪臺】（净）峭寒生，鴛鴦瓦冷玉壺冰，闌杆露濕人猶凭，貪看玉鏡。況萬里清冥，皓彩十分端正。三五良宵，此時獨勝。（丑）把清光都付與，酒杯傾。從教酩酊，拚夜

（一）眉批：纖……音『尖』；箔……音『泊』；斝……音『假』。
（二）乍：原作『怎』，據汲古閣刊本《繡刻琵琶記定本》改。
（三）眉批：如此方是蔡生本意。
（四）眉批：曲妙。

深沉醉還醒。○酒闌綺席，漏催銀箭，香銷寶鼎。斗轉與參橫，銀河耿，轆轤聲已斷金井。(一)

【前腔換頭】(淨)閒評，月有圓缺與陰晴。人世上有離合悲歡，從來不定。深院閒庭，處處有清光相映。○也有得意人人，兩情暢詠；也有獨守長門伴孤另，君恩不幸。(丑)有廣寒仙子娉婷，孤眠長夜，如何捱得更闌寂靜？此事果無憑。但願人長久，小樓玩月共同登。

【餘文】(眾)聲哀訴，促織鳴。(貼)俺這裏歡娛未罄，(生)他幾處寒衣織未成。(二)

今宵明月正團圓，幾處淒涼幾處歡。
但願人生得長久，年年千里共嬋娟。

批：

此齣出入宋人詩餘《中秋詞》，而搗練鑄成一色無痕，詞調絕妙。

釋義：　庾樓：晉庾亮鎮武昌，諸佐吏殷浩輩乘夜月登南樓，俄而不覺亮至，諸等將趨避之。亮曰：『諸君且住，老子於此興亦不淺。』遂據胡床，與浩等談詠。　嬋娟：指嫦娥也。　玉斝：酒器，受六升。　飛瓊：飛瓊姓許，西王母侍女。漢武帝時，王母於七月七夕進蟠桃七顆，有侍女四人。帝問其名，曰董

(一)　眉批：綺：音『起』；拚：音『判』；酌酊：音『名頂』；轆轤：音『碌陸』。
(二)　眉批：樂處要此等話收煞。

雙成、許飛瓊、婉陵華、殿安香也。』轆轤：井上汲水圓木也。促織：《爾雅》：『蟋蟀也。』至秋來則鳴，爲促人織也。』

第二十九齣 乞丐尋夫

【雙調引子·胡搗練】（旦）辭別去，到荒坵，只愁出路煞生受。畫取真容聊藉手，逢人將此苦哀求。

鬼神之道，雖則難明，感應之理，未嘗不信。奴家昨日在南山築墳，正睡間，夢一神人，自稱當山土地，帶領陰兵，與奴家助力；却又囑付教奴家改換衣裝，逕往長安尋取丈夫。待覺來，果然墳臺並已完備，這的分明神通護持。正是：寧可信其有，不可信其無。今二親既已葬了，只得改換衣裝，扮作道姑，將琵琶作行頭，沿街上彈幾個行孝的曲兒，抄化將去。只是一件，我幾年間和公婆厮守，如何捨得一旦撇了他？奴家自幼頗曉得些丹青，可以想像畫取公婆真容，背着一路去，也似相親傍的一般。（二）但遇小祥忌辰，展開與他燒些香紙，奠些酒飯，也是奴家一點孝心。不免就此畫描真容則個。

（描畫科）

（二）　眉批：何緣吃得這靈想頭？

【仙吕入雙調·三仙橋】（旦）一從他每死後，要相逢不能彀，除非夢裏暫時略聚首。苦要描，描不就，暗想像，教我未描先淚流。描不出他苦心頭，描不出他飢症候，描不出他望孩兒的睜睜兩眸。[一] 只畫得他髮颼颼、衣衫敝垢。休休！若畫做好容顏，須不是趙五娘的姑舅。

【前腔】（旦）我待要畫他個龐兒帶厚，他可又飢荒消瘦。我待要畫他個龐兒展舒，他自來長恁面皺。若畫出來，真是醜，那更我心憂，也做不出他歡容笑口。不是我不會畫着那好的，我從嫁來他家，只見他兩月稍優游，其餘都是愁。[二] 那兩月稍優游，我又忘了。這三四年間，我只記得形衰貌朽。這真容呵，便做他孩兒收，也認不得是當初父母。休休！縱認不得是蔡伯喈當初爹娘，須認得是趙五娘近日來的姑舅。

真容既已描就了，就在這裏燒些香紙，莫些酒飯，拜別了公婆出去。（旦拜科）

【前腔】（旦）公公婆婆，非是奴尋夫遠遊，只怕我公婆絕後。[三] 奴見夫便回，此行安敢久？

（一）眉批：一語非但傳蔡公蔡婆之神，并傳趙五娘之神矣。妙絕，妙絕。
（二）眉批：妙至此乎！
（三）眉批：難道定要你生子？

新刻魏仲雪先生批點琵琶記

二三五

苦！路途中，奴怎走？望公婆相保佑我出外州。天那！他兀自沒人看守，如何來相保佑？這墳呵，只怕奴去後，冷清清有誰來祭掃？縱使遇春秋，一陌紙錢怎有？（一）休休！你生是受凍餒的公婆，死做個絕祭祀的姑舅。

奴家既辭了墳墓，只得背了真容，便索去辭張太公。呀！如何恰好張太公來也？（末上云）袁柳寒蟬不可聞，金風敗葉正紛紛。長安古道休回首，西出陽關無故人。（旦云）太公，奴家適間拜辭了墳墓，正要到宅上來告別。（末云）呀！五娘子，你幾時去？（旦云）太公，奴家今日就行了。（末云）你背的是甚麼畫？（旦云）是公婆的真容，待將路上去藉手乞告些盤纏，早晚與他燒香化紙。（末云）是誰畫的？（旦云）是奴家將就描摸的。（末云）五娘子，你孝心所感，一定逼真。借我看一看。咳！畫得像！畫得像！（作悲介）老員外，老安人，〔鷓鴣天〕死別多應夢裏逢，謾勞孝婦寫遺蹤。可憐不得圖家慶，辜負丹青泣畫工。（二）衣破損，鬢鬙鬆，千愁萬恨在眉峰。只怕蔡郎不識年來面，趙女空描別後容。（旦云）多謝太公金言。（末云）五娘子，你這般形狀，怎麼去得京城？（旦）奴家身背琵琶，沿途唱些詞兒，扮作道姑前去。（末云）你是女流之輩，那曉唱什麼詞兒？（旦云）奴家自作琵琶口詞，讀來望太公斤正一二。（末云）願聞，願聞。

（一）眉批：賈山至言：五娘辭墓，并可痛哭流涕。

（二）眉批：辜：音『孤』。

【琵琶詞】（旦）試將曲調理宮商，彈動琵琶情慘傷。不彈雪月風花事，且把歷代源流訴一場。混沌初分盤古出，三才御世號三皇。天生五帝相繼續，堯舜心傳夏禹王。禹王後代昏君出，乾坤大抵屬商湯。商湯之後紂爲虐，吊民伐罪周武王。周室東遷王迹熄，春秋戰國七雄強。七雄併吞爲一國，秦室縱橫號始皇。西興炎漢劉高祖，光武中興後獻王。此時有個陳留郡，(一)陳留有個蔡家莊。蔡家有個讀書子，才高班馬飽文章。父親名喚蔡崇簡，母親秦氏老萱堂。生下孩兒蔡邕是，新娶妻房趙五娘。夫婦新婚纔兩月，誰知一旦拆鴛鴦。只爲朝廷開大比，張公相勸赴科場。苦被堂上親催遣，不由妻諫兩分張。指望錦衣歸故里，誰知一去不還鄉。自從兒夫分別後，陳留三載遇飢荒。公婆受餒誰爲主，妻子耽飢實可傷。可憐三日無飡飯，幸遇官司開義倉。家下無人孤又苦，妾身親自請官糧。(二)奴去請糧糧又盡，多謝恩官做主張。行到無人幽僻處，里正搶去甚慌張。奴思歸家無計策，將身赴井淚汪汪。幸遇太公來搭救，分糧與我奉姑嫜。糧米充作二親膳，奴家暗地自挨糠。不想公婆來瞧見，雙雙痛倒在厨房。慌忙救得公甦醒，不想婆婆命已亡。自嘆奴家時運蹇，

（一）　眉批：　有根苗，有頓鎖轉折處，妙，妙。

（二）　眉批：　如畫。

豈知公又夢黃梁。連喪雙親無計策，香雲剪下賣街坊。幸遇太公施仁義，刻腑銘心怎敢忘？(一) 孤墳獨造誰爲主？指頭鮮血染麻裳。孝感天神來助力，搬泥運土事非常。築成墳墓神分付，改換衣裝往帝邦。畫取公婆儀容像，迢遙豈憚路途長？琵琶撥調親覓食，逕往京都尋蔡郎。皋魚殺身以報父，吳起母死不奔喪。宋弘不棄糟糠婦，王允重婚薄倖郎。(二) 此回若得夫相見，全仗琵琶説審詳。從頭訴盡千般苦，只恐猿聞也斷腸。

(末云) 賢哉！賢哉！五娘你既遠行，老夫將幾貫錢，與你路上少助些盤費。(旦云) 多多生受太公了。奴家又有不識進退之懇：奴家去後，公婆墳塋，早晚望太公可憐見，看這兩個老的在日之面，與奴家看管則個。(末云) 這個不妨，你但放心前去，老夫少不得看管。(旦拜謝科)

【前腔】(末) 五娘子，我承委托，當領略。這孤墳我自看守，決不爽約。但願你途中身安樂。

【越調過曲·憶多嬌】(二)(旦) 公公，他魂渺漠，我没倚托。程途萬里，教我懷夜壑。此去孤墳，望太公看着。(合) 舉目瀟索，滿眼盈盈淚落。

(合前)

    (一) 眉批：數句實實的事，太公心不痛酸焉？使五娘遠去可乎？
    (二) 眉批：詞中并無閒話。
    (三) 過：原作『雙』，據曲律改。

【仙吕入双调·斗黑麻】（旦）奴深谢公公，便相允诺。从来的深恩，怎敢忘却？只怕路途遥远，身体弱，病染灾缠，衰力倦脚。（合）孤坟寂寞，路途滋味恶。两处堪悲，万愁怎摸？

【前腔】（末）你夫婿多应是，贵官显爵，伊家去须当审个好恶。五娘子，只怕你这般乔打扮，他怎知觉？一贵一贫，怕他将差就错。[一]（合前）

（旦云）太公，奴家拜别去也。（末云）五娘子，你少长闺门，岂识路途？当初蔡郎未别时节，你青春正媚。你如今又遭此饥荒贫苦，貌怯身单。正是：桃花岁岁皆相似，人面年年自不同。蔡郎临别之际，可不道来。（旦云）公公，他道甚的？（末云）若得寸进，即便回来。如今年荒亲死，竟不回来，你知他心腹事何如？

正是：画虎画皮难画骨，知人知面不知心。咳！蔡郎原是读书人，料他一举已成名，久留不知因个甚？年荒亲死不回门。五娘子，你去京城须仔细，逢人下礼问虚真。若见蔡郎谩说千般苦，只把琵琶语句诉原因。未可便说他妻子，未可便说丧双亲。未可便说裙包土，未可便说剪香云。若得蔡郎思故旧，可怜张老一亲邻。我今年已七十岁，比你公公少一旬。你去时犹有张老来相送，你回时不知张老死和存。我送你去呵，正是：流泪眼观流泪眼，断肠人送断肠人。[二]（哭科）（旦云）谢得公公训诲，奴

（一）　眉批：　仁人长者，难得难得。

（二）　眉批：　老人家言语甚小心，只是用诗句可厌，分明是『自从盘古分天地』。

家銘心鏤骨，不敢有忘。如今只得告別去也。（末云）五娘子，你早去早回。

爲尋夫婿別孤墳，只怕兒夫不認真。

惟有感恩並積恨，千年萬載不生塵。

批：

兩人真容、一生行徑，俱在五娘口中畫出，絕妙傳神文字。

釋義：　丹青：閻立本爲主爵郎中，上與侍臣泛舟春苑池，見異鳥容與，召立本作狀。傳喚畫師，立本至則俯伏池左，研呪丹青，羞愧流汗。歸，戒其子曰：『吾少讀書，文詞不減儕輩。今獨以畫見名，與廝役何異？你曹慎毋習丹青。』家慶：父母骨肉懽聚，故曰家慶。　藁砧：古詩：『藁砧今何在？』註曰：藁砧，夫也。

第三十齣　間詢衷情

【中呂引子・菊花新】（生）封書遠寄到親闈，又見關河朔雁飛。梧葉滿庭除，爭似我悶懷堆積。

〔生查子〕封書寄遠人，寄與萬里親。書去神亦去，兀然空一身。自家喜得家書，報道平安。已曾修書附回家去，不知何如？這幾日常懷掛念，翻成愁悶。正是：雖無千丈綫，萬里繫人心。

【南呂引子・意難忘】（貼）綠鬢仙郎，懶拈花弄柳，勸酒持觴。眉顰知有恨，何事苦相妨？

（生）夫人，此個事，惱人腸。（二）（貼）相公，試説與何妨？（生）只怕你尋消問息，添我恓惶。

（貼云）古人云：顰有爲顰，笑有爲笑。是以君子，當食不嗟，臨樂不嘆。無事而戚，謂之不祥。相公，

你自來我家，不明不暗，如醉如癡，鎮日憂悶，爲着甚的？你還少了喫的？少了穿的？相公，我待道

你少喫的呵，

【南呂過曲・紅衲襖】（貼）你喫的是煮猩唇和燒豹胎。我待道你少穿的呵，你穿的是紫羅襴，

繫的是白玉帶。（三）你出入呵，我只見五花頭踏在你馬前擺，三簪傘兒在你頭上蓋。相公，你休

怪着奴家説。你本是草廬中一秀才，如今做着漢朝中梁棟材。你有甚不足，只管鎖了眉頭

也，唧唧噥噥不放懷？

【前腔】（生）夫人，你道我有穿的呵，

（生云）我穿的紫羅襴，倒拘束得我不自在。我穿的是皂朝靴，怎敢胡去踹？你道我有

喫的呵，我口裏喫幾口慌獐獐要辦事的忙茶飯，手裏拿着個戰兢兢怕犯法的愁酒杯。（三）到

（一）眉批：　用古詞恰當。
（二）眉批：　終是婦人見識，看得有穿有喫就好了，做官就大了。
（三）眉批：　做官委實有此苦。真，真。

不如嚴子陵登釣臺，忽做了揚子雲閣上災？(一) 似我這般樣爲官呵，只管待漏隨朝，可不誤了

秋月春花也，干碌碌頭又早白？

（貼云）相公，我知道了。

【前腔】（貼）莫不是丈人行性氣乖？（生云）不是。（貼唱）莫不是妾跟前缺管待？（生云）不

是。（貼唱）莫不是畫堂中少了三千客？（生云）不是。（貼唱）莫不是繡屏前少了十二釵？

（生云）也不是。（貼唱）相公呵，這意兒教人怎猜？這話兒教人怎解？我今番猜着你了，敢只是

楚館秦樓，有個得意人兒也，悶懨懨常掛懷？

（生云）夫人，不是。

【前腔】（生）有個人人在天涯，天那！我不能勾見他，只落得臉銷紅眉鎖黛。（貼云）我道甚麼

來？可知哩！（生云）不是。我本是傷秋宋玉無聊賴，有甚心情去戀着閒楚臺？（貼云）相公，

你有甚麼事，明說與奴家知道。（生唱）夫人，三分話兒只恁猜，一片心兒直恁解。（貼云）你有話如

何不對我說？（生云）罷，罷。夫人，你休纏得我無言，若還提起那籌兒也，撲簌簌淚滿腮。

（貼云）由你，由你。我若不解勸，你又只管憂悶；待問着你，你又遮瞞我。我也沒奈何。相公，夫妻

（二） 眉批：　雖然，林下何曾見一人？可怪，可怪。

何事苦相防？莫把閒愁積寸腸。難道各人自掃門前雪，休管他人瓦上霜？（貼虛下潛聽科）（生云）

天那！自古道：難將我語同他語，未卜他心似我心。自家娶妻兩月，別親數年。朝夕思想，翻成愁

悶。我這新娶的媳婦，雖則賢慧，我待將此事對他說，他也肯教我回去。只是他的爹爹，若知我有媳婦

在家，如何肯放我回去？（一）不如姑且隱忍，改日求一鄉郡除授，那時節回去見雙親便了。咳！夫人，

非是隄防你太深，只緣伊父苦相禁。正是：夫妻且說三分話，（貼云）呀！我理會得了，你道是⋯未

可全拋一片心。好，好。你瞞我也由你，只是你爹娘嗟怨你！

【雙調·江頭金桂】（貼）相公，我怪得你終朝嚬暗，只道你緣何愁悶深？（二）教咱猜着啞謎，

為你沉吟，那籌兒沒處尋。我和你共枕同衾，你瞞我則甚？你自撇了爹娘媳婦，屢換光

陰，他那裏須怨着你沒信音。笑伊家短倖，笑伊家短倖，無情忒甚。到於今，兀自道且說三

分話，未可全拋一片心。

【前腔】（生）夫人，非是我聲吞氣忍，只為你爹行勢逼臨。怕他知我要歸去，將人廝禁，要說

又將口噤。我待解朝簪，再圖鄉郡。那時節呵，他不隄防着我，須遣我到家庭，我和你雙雙

兩個歸畫錦。苦！我雙親老景，我雙親老景，存亡未審。我實不瞞你，前日曾附一封書回去，只

（一）眉批：胡説！辭婚時已曾說破。

（三）眉批：嚏喑：音『顛印』。賢哉！賢哉！正所謂犁牛之子，騂且角也。

怕雁杳魚沉。（貼云）你既有書信附去，怎的也沒有回報？（二）（生唱）又不是烽火連三月，真個家書值萬金。

（貼云）元來如此。我去對爹爹說，和你同去便了。（生云）你爹爹如何肯放我回去？你且休說破了。

（貼云）不妨事。我爹爹身為太師，風化所關，具瞻在望，終不然恁的不顧仁義？（生云）你休說，不濟事，干枉了。（貼云）你不必憂慮，我自有道理，不由我爹爹不從。

批：

雪隱鷺鷥飛始見，柳藏鸚鵡語方知。

假如染就乾紅色，也被傍人講是非。

批：

只怕惱了丈人，不怕餓了父母，可笑，可笑。

釋義： 猩唇： 猩猩，人面獸身，似猿，常數百為聚。人皆以酒并糟設路側，連結草屨，猩猩見之，初知為張己者。徂先往呼曰：『奴欲張我，丞捨去。』復自謂曰：『試共嘗酒。』逮醉，取屨著之，為人所擒。取其血染物，千年不退。其肉最美者，無過於唇也。 豹胎： 豹之胎味最美，為八珍之一。 荒獐： 《古今註》：『獐形似鹿，其性最急，見人急走。』嚴子陵： 嚴光，字子陵，少與光武同學。及光武即帝位，光

（一）

眉批： 真個是女中丈夫，能人！能人！

乃變姓名，隱身不出。帝令以物色訪之，齊國上書曰：『有一男子，披羊裘釣澤中。』帝知爲光，備玄纁安車以聘之，三反而後至。車駕幸其館，光卧不起。帝即卧所，光張目熟視曰：『昔唐堯著德，巢父洗耳；士各有志，何相逼也？』竟不仕而去。後人名其釣處爲嚴陵灘。**楊子雲：**楊雄，字子雲，校書於天祿閣。會劉棻等以作符命，爲新莽所誅，詞連及雄。使者來，欲執之。雄恐不能免，自投於閣下，幾死。**三千客：**楚春申君食客三千人，其上客皆躡珠履。**十二釵：**唐牛僧孺治第於洛陽，各致嘉石美花，與賓客相娛。多寵妾，嘗自誇服鍾乳。白樂天贈其詩曰：『鍾乳三千兩，金釵十二行。』**傷秋宋玉：**楚宋玉作《悲秋賦》，其詞淒楚。**楚臺：**楚襄王夢神女之臺也。

第三十一齣　幾言諫父

【黄鍾引子·西地錦】（外）好怪吾家門婿，鎮日不展愁眉。教人心下常縈繫，也只爲着門楣。

入門休問榮枯事，觀看容顏便得知。自家招贅蔡伯皆爲婿，可謂得人。只一件，他自從到此，眉頭不展，面帶憂容，不知爲着甚的？必有緣故。且待女孩兒出來問他，便知端的。

【前腔】（貼）只道兒夫何意，如今就裏方知。萬里關山，要同歸去，未審爹意何如？

（外云）孩兒，吾老入桑榆，自嘆吾之皓首；汝身乖琴瑟，每爲你而懊懷。夫婿何故憂愁，孩兒必知端

的。（貼云）告爹爹得知：他娶妻六十日，即赴科場，別親三五載，竟無消息。溫清之禮既缺，伉儷之情何堪？（二）今欲歸故里，辭至尊家尊而同行，待共侍高堂，執子道婦道以盡禮。（外怒云）呀！我乃紫閣名公，汝是香閨艷質。何必顧此糟糠婦？焉能事彼田舍翁？他久別雙親，何不寄一封之音信？汝從來嬌養，安能涉萬里之程途？休聽夫言，當從父命。（貼云）爹爹，曾觀典籍，未聞婦道而不拜舅姑，試論綱常，豈有子職而不事父母？若論唱隨之義，當盡定省之儀。彼荊釵裙布，既以獨奉親闈之甘旨，此金屏繡褥，豈可久戀監宅之歡娛？（三）爹爹身居相位，坐理朝綱，豈可斷他人父子之恩？絕他人夫婦之義？（三）使伯皆有貪妻之愛，不顧父母之怒，俾孩兒有違夫之命，不事舅姑之罪。望爹爹容恕，特賜矜憐。（外云）休胡說！他既有媳婦在家，你去做甚麼？

【黃鍾過曲·獅子序】（貼）爹爹，他媳婦雖有之，念奴家須是他孩兒次妻。那曾有媳婦不侍親闈？（外云）孩兒，你去有甚麼勾當？（貼唱）若論做媳婦的道理，須當奉飲食，問寒暑，相扶持蘋蘩中饋。（外云）便做有許多勾當，他有媳婦在家裏，你不去也不妨。（貼云）爹爹，又道是養兒代老，積穀防飢。

（一）眉批：辭直氣壯。
　　　　　賢女，賢女。
（二）監：原作『藍』，據汲古閣刊本《繡刻琵琶記定本》改。
（三）眉批：詞更壯。

（外云）既道是養兒代老，積穀防飢，何似當初休教他來應舉？

【太平歌】（貼）他求科舉，指望錦衣歸，不想道爹爹留他爲門婿。（外云）這個是有緣千里來相會，須強他不得。（貼唱）他埋怨洞房花燭夜，那些個千里能相會？只要保全金榜掛名時，他事急且相隨。

（外云）孩兒，你到說我不是，這般埋怨着我？

【賞宮花】（貼）他終朝慘悽，我如何忍見之？（外云）他自慘悽，你管他怎的？（二）（貼唱）若論爲夫婦，須是共歡娛。（外云）你對他說，他若在這裏，我教他做大大的官！（貼唱）爹爹，他數載不通魚雁信，枉了十年身到鳳凰池。

（外云）呀！你聽了丈夫的言語，不聽我說。這妮子好癡迷呵！

【降黃龍】（貼）須知，非奴癡迷。已嫁從夫，怎違公議？（外云）孩兒，你去也不妨，只是我沒個親人在傍，如何捨得你去？（貼唱）爹猶念女，怎教他爹娘不念孩兒？（三）（外云）孩兒，不是我不放你去。他既有媳婦在家，你去，只怕擔閣了你。（貼唱）休提，縱把奴擔閣，比擔閣他媳婦何如？（外

（一）　眉批：　真牛。
（三）　眉批：　辨得老牛倒。

云）便不然，只教蔡伯皆自去罷。（貼唱）爹爹，那些個夫唱婦隨，嫁雞逐雞飛？

（外云）孩兒，他是貧賤之家，你如何伏侍得他的父母？

【南呂過曲·大聖樂】（貼）爹爹，婚姻事難論高低，若論高低何似當初休嫁伊？假饒親賤孩兒貴，終不然便拋棄？（外云）他自有媳婦，你管他做甚麼？（二）（貼唱）奴須是他親生兒子親媳婦，難道他是誰人我是誰？（外云）孩兒，據你說起來，我到說得不是了？（貼唱）爹居相位，坐理朝綱，怎說傷風敗俗非理言語？

（外怒云）這妮子無禮！却將言語來冲撞我。我的言語到不中聽呵。孩兒，夫言中聽父言違，懊恨孩兒見識迷。我本將心托明月，（三）誰知明月照溝渠。（外下）（貼云）自古道：酒逢知己千鍾少，話不投機半句多。好笑我爹爹不顧仁義，却道奴家把言語冲撞他。昨日我丈夫教我休說破，我如今有何顏見他？只得在此坐一坐，尋思個道理去回他則個。（生上科）

【南呂引子·稱人心】（生）撇呆打墮，早被那人瞧破。他要同歸，知他爹怎麼？我料想他每不允諾。呀！夫人，你緣何獨坐？想你爹爹不肯麼？伊家道俐齒伶牙，爭奈爹爹行不可。

（二）眉批：他自有媳婦，你爲何又把女兒送與他？

（三）心：呀！原作『身』，據汲古閣刊本《繡刻琵琶記定本》改。

【前腔】（貼）天呵，我爹爹，全不顧，人笑呵，這其間只是我見差。禍根芽，從此起，災來怎躲？相公，他道是從着夫言，罵我不聽親話。

【南呂過曲・紅衫兒】（生）夫人，你不信我教伊休説破，到此如何？算你爹心性，我豈不料過？我爲甚亂掩胡遮？也只爲着這些。你直待要打破砂鍋，是你招災攬禍[一]。

【前腔】（貼）不想道相揑靶，這做作難禁架。我見你每每咨嗟要調和，誰知好事多磨起風波？相公，把你陷在地網天羅，如何不怨我？天那！懊恨只爲我一個，却擔閣了兩三個。

【正宮過曲・醉太平】（生）蹉跎，光陰易過，縱歸去，晚景之計如何？苦！這般摧挫，傷情萬感，珠淚偷墮。多應我老死在京華，孝情事一筆都勾罷。名韁利鎖，牢絡在海角天涯。知麽？

【前腔換頭】（貼）非詐，奴甘死也。縱奴不死時，君去須不可[二]。（生云）夫人，你如何説此話？（貼唱）相公，奴身值甚麽？只因奴誤你一家。差訛，假饒做夫婦也難和，你心怨我心縈掛。奴身拚捨，成伊孝名，救伊爹媽。

（一）　眉批：　蔡生也有牛氣。
（二）　眉批：　牛氏尚肯捨死以全夫孝，蔡生反畏牛如虎，何也？

（生云）夫人，你不要這般說。萬一你爹爹知之，反加譴責。（貼云）相公，妾當初勉從父命，遣事君子。

不意君家有白髮之父母，青春之妻房。致君衷腸不滿，名行有虧。如今思之：誤君之父母者，妾也；

誤君之妻房者，妾也；使君爲不孝薄倖之人，亦妾也。妾之罪大矣！縱偷生於今世，亦公議所不容。

昔者聶政姊死，倚屍傍以成弟之名；王陵母死，伏劍下以全子節。妾豈愛一身，誤君百行？妾當死

於地下，以謝君家。小則可以解君之縈懷，大則可以救君之父母，近則可以成孝子之令名，遠則可以

免後世之公議。妾死何憾焉！（生云）夫人，你只知其一，不知其二。古人云：身體髮膚，受之父母，

不敢毀傷。[一] 豈可陷親於不義？此事決然不可。（貼云）相公，你也說得是，只是累你一時回去不

得，如何是好？（生云）夫人且慢着，怕你爹爹也有回心轉意時節。且更寧耐，看如何？

一心只欲轉家鄉，爭奈爹娘不忖量。

大風吹倒梧桐樹，自有傍人說短長。

批：

一心只欲轉家鄉，爭奈爹娘不忖量。

釋義：　忼儷：　匹配也。《左傳》：『齊侯請繼室於晉，韓宣子使叔向對曰：「寡人未有忼儷，君有辱

批：

有聞人說牛生麒麟，意不信耳，今觀此女，果然，果然。

（一）　眉批：　殺才！你身從何來？到今父母飲恨而死。

命，惠莫大焉。」』撇呆打墮：猶言粧呆作痴。聶政姊姊死倚屍傍：《史記》：『韓相俠累與嚴仲子有隙，仲子聞軹人聶政之勇，以黃金百鎰爲政母壽，欲代己報仇。政曰：「老母在，不敢以身許人也。」及母卒，仲子又使政刺俠累。累方坐堂上，衛兵甚嚴，政刺之，弗克，因自破面抉目。韓人暴其屍於市，人莫之識。其姊聞而往，哭之曰：「是軹深井里聶政也，妾不敢畏殺身之誅，終滅賢弟之名。」遂死於政屍之傍。』

第三十二齣　路途勞倦

【仙呂過曲·月雲高】（旦）路途多勞倦，行行甚時近？未到洛陽城，盤纏都使盡。回首孤墳，空教奴望孤影。天那！他那裏，誰偢保？俺這裏，誰投奔？正是西出陽關無故人，須信道家貧不是貧。

〔蘇幕遮〕怯山登，[一] 愁水渡。暗憶雙親，淚把麻裙漬。回首孤墳何處是？兩下蕭條，一樣愁難訴。
玉消容，蓮困步。愁寄琵琶，彈罷添淒楚。惟有真容時時顧，惟悴相看，無語恓惶苦。奴家爲尋丈夫，在路途上多少狼狽。況獨自一身，拿着一面琵琶，背着二親真容，登高履險，宿水飡風，其實難捱。

（一）　山登：原作『登山』，據汲古閣刊本《繡刻琵琶記定本》改。

只是一件，若去到洛陽，尋見丈夫，相逢如故，也不枉了這遭辛苦；倘或他駟馬高車，前呼後擁，見奴家這般襤縷，不肯相認，可不擔閣了奴家？

【前腔】（旦）暗中思忖，此去好無准。只怕他身榮貴，把咱不厮認。若是他不偢倸，空教奴受艱辛？他未必忘恩義，俺這裏自閒評論。他須記一夜夫妻百夜恩，怎做得區區陌路人？唉！只一件，他在府堂深隱，奴身怎生進？他在駟馬高車上，又難將他認。我有個道理。若到他跟前，只提起二親真容。天那！又怕消瘦龐兒，他猶難十分信。[二]呀！他不得

批：

非親却是親，我自須防人不仁。

哽咽無言對二真，千山萬水好艱辛。

見說洛陽花似錦，只恐來時不遇春。

批：

涉途艱苦，且嗟且猜，往來思惟，亦是真事。

（一）　眉批：　轉得妙！《琵琶》只在轉處見長。

第三十三齣　聽女迎親

【仙吕引子·番卜算】（外）兒女話堪聽，使我心疑惑。暗中思忖覺前非，有個團圓策。自家不肯放他過來商議則個。

自古道：良藥苦口利於病，忠言逆耳利於行。昨日女孩兒要和伯皆歸去，同事雙親。自家不肯放他去，却將幾句言語冲撞我，我一時不勝焦燥。如今尋思起來，他的言語，句句有理，節節堪聽。[一]待要放他回去，只慮他幼長閨門，難涉路途；況俺年老，無人奉侍，如何捨得他去？如今有個道理，不免使一個人，多與盤纏，教他逕去陳留，將蔡伯皆爹娘和媳婦都迎接來，多少是好？不免叫孩兒和伯皆過來商議則個。

【前腔】（生）淚眼滴如珠，愁緒縈如織。（貼）早知今日悔當初，何事休明白。

（相見科）（外云）孩兒，你昨日説的話，我仔細尋思起來，都説得有理。我欲待教你同女婿回去，路途跋涉，這個也難。不如竟使人去陳留，接他爹媽媳婦來做一處居住，你兩下心下如何？（貼云）這個隨爹爹主張。（生云）若得如此，感恩非淺！（外云）院子李旺何在？（丑云）頻聽指揮黄閣下，又聞呼喚畫堂前。老相公有何使令？（外云）李旺，我要差你去陳留走一遭。（丑云）去做甚麼？（外云）差你去那裏接取蔡狀元的老員外、老安人、小娘子三人，來我府中同住。（丑云）如此，李旺不去。（貼云）李

（一）眉批：牛亦可化，如今又有不化之人，不如牛耳。

旺，你去請得來，我重重賞你。（丑云）夫人，你如今說道重重賞我；只怕接得他小娘子來時，夫人又要和他爭大爭小，到那時節，可不埋怨李旺？那裏還肯把東西賞我？（二）（外云）休閒說！我於今修一封書去相請，外有銀錢與你一路去做盤纏，休得落後了。（生云）李旺，你去時節，須要多方詢問；若是來時，路途上千萬小心承直。（丑云）不妨，我出路慣便，自有分曉。

【正宮過曲·四邊靜】（外）李旺，你去陳留仔細問端的，專心去尋覓。請過兩三人，途中好承直。（合）休憂怨憶，寄書咫尺。眼望旌捷旗，耳聽好消息。

【前腔】（生）只怕飢荒散亂無踪跡，他存亡也難測。何況路途間，難禁這勞役。（合前）

【福馬郎】（貼）李旺，你休說新婚在牛氏宅。（外云）孩兒，便說又待怎的？（貼唱）他須怨我相擔誤；歸未得，只恐傍人聞之，把奴責。（合）若是到京國，相逢處，做個好筵席。

【前腔】（丑）相公，多與我盤纏多氣力，萬水千山路，曾慣歷。（拜介）辭却恩官去，管取好消息。（合前）

限伊半載望回音，路上看承須小心。
但願應時還得見，果然勝似岳陽金。

眉批：　也説得是。

批：

這一齣牛之罪都擔在伯皆身上去了。

第三十四齣　寺中遺像

（末扮五戒上）年老心閒無別事，麻衣草座亦容身。相逢盡道休官好，林下何曾見一人？自家乃是彌陀寺中一個五戒便是。今日俺寺中建一個無礙道場，不揀甚麼人，或是薦悼雙親，保安身己的，都來這裏聚會。真個好寺院好道場呵。（內問）怎見得好寺院？（末云）但見：蘭若莊嚴，蓮臺整肅。佛殿嵯峨耀金壁，回廊繚繞畫丹青。千層塔高聳侵雲，半空中時聞清鐸；（一）七寶樓晶光耀日，六時裏頻扣洪鐘。松下山門，紅塵不到；竹邊僧舍，白日難消。阿羅漢神像威儀，如靈山三十六億佛祖；（二）比丘僧戒行清潔，似祇園千二百五十人俱。且看旛影石壇高，惟有棋聲花院靜。休提清淨法界，且說嚴肅道場。只見朱旛寶蓋影飄飄，玉磬金鐘聲斷續。龍瓶中插九品蓮紅，（三）開淨土春秋不老；鳳蠟內吐千枝絳蕊，照佛天晝夜常明。齊整整的貝葉同翻，撲簌簌的天花亂墜。旃檀林裏，爇着清淨香、道

（一）　鐸：　音『庹』；　幢：　音『床』；　旆：　音『詹』；　蘊：　音『醞』。
（二）　佛祖：　原作『祖佛』，據汲古閣刊本《繡刻琵琶記定本》改。
（三）　瓶：　原作『屏』，據汲古閣刊本《繡刻琵琶記定本》改。

新刻魏仲雪先生批點琵琶記

二二五五

德香，香積廚中，獻這禪悅食、法喜食。樂一齊奏動；開甘露門，入甘露城，幽魂盡獲超昇。人人在十洲三島，個個淨五蘊六根。擊大法鼓，吹大法螺，仙日寺中建設大會，怕有官員貴客來此遊玩，不免將着疏薄，就抄化幾文香錢，添助支費[一]。道猶未了，遠遠望見兩個官人來到。（淨、丑扮風子上）

【縷縷金】（淨）胡厮哑，兩喬才。家中無宿火，有甚強追陪？（丑）我自來粧風子，如今難悔。向叢林深處且徘徊，特來看佛會。

（末云）官人，請坐告茶。（淨云）五戒，你這佛會，支費太多？（末云）便是。官人休怪冒瀆，今日天與之幸，得遇兩位貴客到此，斗膽抄化幾文香錢，添助支費則個。（丑云）你要抄化，將疏薄來看。錢是淌來之物，那裏不使？那裏不用？（淨云）你說得是。俺這般人，那一日不使幾貫鈔？我便捨他五錠。（丑云）我也捨他五錠。（末云）如此，多謝官人。（淨云）呀！遠遠望見一個婦人來，且是生得有些意思。（丑云）真個有個婦人來，背着一面琵琶，到和你家姐姐厮像。（淨云）休胡說！遠觀不審，近睹分明。（旦上）

【前腔】（旦）途路上，實難捱。盤纏都使盡，好狼狽。試把琵琶撥，逢人乞丐。薦公婆魂魄免沉埋，特來赴佛會。

（一）　眉批：　說出一場好佛寺，歸結只是抄化。

奴家且喜已到洛陽，聞說今日彌陀寺中做佛會，不免就此抄化幾文錢，追薦公公婆婆則個。（末云）道姑，請裏面赴齋。（旦云）多謝！多謝！（淨云）道姑，你背着甚麼東西？（旦云）是奴家公婆的真容。（淨云）道姑，你從那裏來？

【仙呂入雙調‧銷金帳】（旦）聽奴訴與：奴是良人婦，爲兒夫相耽誤。（淨云）他怎的耽誤了你？（旦唱）他一向赴選及第，[一] 未歸鄉故。飢荒喪了，喪了親的舅姑。（丑云）你丈夫既不在家，喪了公婆，誰人與你安葬？（旦唱）苦！我造墳墓。（淨云）你如今來這裏做甚麼？（旦唱）今爲尋夫來到此。（丑云）你丈夫在那裏？（旦唱）未知他在何處所。

（淨云）道姑，你抱着這個琵琶做甚麼？（旦云）奴家將此琵琶彈一兩個曲兒，抄化幾文錢，就此寺中追薦公婆。（丑云）元來如此。道姑，你會彈甚麼曲兒？你會彈《也兒四》麼？（旦云）不會。（淨云）你會彈《八俏手》麼？（旦云）也不會。奴家只會彈些行孝曲兒。（末云）道姑，難得這兩位官人在此，你好生彈一兩個曲兒伏侍他，等他重重賞你。（丑云）既然如此，只怕奴家彈得不好，望官人休責。（丑云）你只管好好的彈，我重重賞賜你。（旦云）官人，請坐聽着。（彈科）凡人養子，懷抱最艱辛。欲語未能行未得，此際苦雙親。

【前腔】（旦）凡人養子，最是十月懷胎苦，更三年勞役抱負。休言他受濕推乾，萬千勞苦。真個千般愛惜，萬般回護。兒有些不安，父母驚惶無措。直待可了，可了歡欣如初。（淨云）彈得好！（末云）真個彈得好！（丑云）錢鈔那裏不使？我且先與你一領好襖子。（脫衣與旦科）（丑云）道姑，你再彈一彈。（旦云）官人，請坐聽着。（彈科）孩兒漸長成，父母漸歡欣。

【前腔】（旦）兒行幾步，父母歡欣相顧，漸能言能走路。指望飲食羹湯，自朝及暮。懸懸望他，望他不知幾度。為擇良師，只怕孩兒愚鹵。略得他長俊，可便歡欣教讀。[二]（丑云）彈得好！（末云）真個彈得好！（淨云）錢鈔那裏不用？我也先與你一領好襖子。（脫衣與旦科）（淨云）道姑，你再彈一彈。（旦云）官人，請坐聽着。（彈科）勤於教道，暮史及朝經。願得榮親並耀祖，一舉便成名。

【前腔】（旦）朝經暮史，教子勤詩賦，為春闈催教赴。指望他耀祖榮親，改換門戶。懸懸望他，望他腰金衣紫。兒在程途，又怕湌風宿露。求神問卜，把歸期暗數。（丑云）彈得好！（末云）實是彈得好！（丑云）錢鈔是人撰來的，我再與你一領襖子。（脫

（二）　眉批：　自未養子，何緣識得許真？

衣與旦科）（末云）元來裏面都是破衣裳呵。官人把襪子都脫了，身上這般寒，甚麼意思？（淨云）寒由他自寒，不可壞了局面。咱每這般人與頭來了，怕甚麼寒？道姑，你再唱唱。（末云）道姑，你再彈，且看他再把甚麼與你？（旦彈科）孩兒在外，須早回程。忤逆男兒並孝子，報應甚分明。

【前腔】（旦）兒還念父母，及早歸鄉土，看慈烏亦能返哺。莫學我的兒夫，把雙親耽誤。常言養子，養子方知父母。算那忤逆男兒，(一)和孝順爹娘之子，若無報應，果是乾坤有私。

（末云）彈得好！（淨云）他彈得自好，唱得自好，我沒甚麼與他了。（末笑云）可知道！（淨作寒科）（丑云）兄弟，我和你這般的走回家去，成甚麼模樣？（淨云）我只賴五戒，取衣裳便罷。（末云）呀！你扭我怎的？（丑云）扭你怎的？你倒粧成局騙，把我每的衣裳都剝去了。（末云）咳！我幾曾粧局騙你？是你自把衣裳與他。（淨云）禿驢！你道不曾粧局騙我？我看見道姑彈了，喝一聲采，你也喝一聲采，只管攛掇我把衣裳與他。（丑云）你不取還我，我扯你到洛陽縣內去！（末云）天那！我不曾見這般沒行止的人！道姑，沒奈何，把衣裳還他去罷。（丑云）錢鈔雖在那裏不用，只是寒冷，又忍不得。（穿衣科）（淨云）道姑，方纔說道你彈得好，唱得好；我於今尋思起來，你彈得也不好，唱得

（旦云）衣服在這裏，拿還他去。既不情願，我要他做甚麼？

(一)　眉批：　没有忤逆子，那顯真孝婦？

也不好。你不信時，再彈唱一會看看。（旦云）奴家也彈不得了，唱不得了。（淨云）可知道不敢再彈唱

了。[一]（丑云）兄弟，他既不敢彈唱了，[二]我和你且回家去。（淨云）說得是，我和你回去罷。（丑云）五

戒，我小子不是豪富。（末云）枉了教你題疏。你衣服敢是借的？（淨、丑云）可知道我腿上無個布褲。

（末並下）（旦云）一斟一酌，莫非前定。奴家準擬今日抄化幾文錢鈔，就此追薦公婆。誰知撞着這兩個

風子，攪鬧了一場。[三]如今雖沒東西備辦奠禮，且將公婆真容掛在此，拜囑一番，以表來意罷了。（掛

真容拜科）

【賞秋月】（旦）在途路，歷盡多辛苦，把公婆魂魄來超度。焚香拜禮祈回護，願相逢我丈夫。

（末、丑隨生上）

【縷縷金】[四]（生）時不利，命多乖。雙親在途路，怕生災。（末、丑唱）老爺，此是彌陀寺，略停車

蓋。（合唱）辦虔誠懇禱拜蓮臺，特來赴佛會。

（丑云）道姑迴避。（旦云）正是：在他簷下過，怎敢不低頭？[五]（慌下失真容科）（生云）那得這軸畫

（一）眉批：煩冗厭人。

（二）他：原作『你』，據汲古閣刊本《繡刻琵琶記定本》改。

（三）眉批：到此命還未通。

（四）眉批：關目好。

（五）眉批：遺真容，拾真容是絕妙關目。

像？（丑云）敢是適間道姑遺下的？（生云）叫他轉來，將還他去。（丑叫不應科）去遠了，叫不應。

（生云）既叫不應，且與他收下。左右，喚和尚過來。（淨扮和尚上）

【前腔】（淨）能喫酒，會噇齋。喫得醺醺醉，便去摟新戒。講經和回向，全然魊魊。你官人若是有文才，休來看佛會。

（相見科）（生云）和尚，下官爲迎取父母來此，不知路上安否何如？特來三寶面前，祈求保佑。（淨云）元來如此。小僧先請佛。

【佛賺】（淨）如來本是西方佛，西方佛，却來東土救人多，救人多。結跏趺坐坐蓮花，丈六金身最高大，他是十方三界第一個大菩薩。摩訶薩，摩訶般若波羅糖。（末云）和尚，你念差了，是波羅蜜。（淨唱）糖也這般甜，蜜也這般甜。南無十方佛十方法十方僧，[一]上帝好生不好殺。好人還有好提掇，惡人還有惡鑒察[二]。好人成佛是菩薩，惡人做鬼做羅剎。第一滅却心頭火，心頭火。第二解開眉間鎖，眉間鎖。第三點起佛前燈，佛前燈。真個是好也快活我，快活我。諸惡莫作，奉勸世上人則個。浪裏稍公牢把舵，行正路，莫蹉跎[三]。大家却去

（一）法：原作『佛』，據汲古閣刊本《繡刻琵琶記定本》改。

（二）惡：原作『好』，據汲古閣刊本《繡刻琵琶記定本》改。

（三）眉批：中間不要五見，亦是遊戲三昧和尚。

誦彌陀,誦彌陀。 善男信女笑呵呵。 聽大法鼓蓼蓼蓼蓼,聽大法鐃乍乍乍乍。 手鐘搖動陳

陳陳陳,獅子能舞鶴能歌。 木魚亂敲逼逼剝剝,海螺響處噴噴噴噴。 積善道場隨人做,伏

願老相公老安人少夫人萬里程途悉安樂。 南無菩薩薩摩訶,金剛般若波羅蜜。

小僧請佛了,請相公上香。 (生炷香拜介)

【仙呂入雙調·江兒水】(生)如來證明,聽蔡邕啓:我雙親在途路,不知何如的? 仰惟菩

薩大慈悲。 (合)龍天鑒知,龍神扶持,扶持着登山渡水。

【前腔】(淨)如來證明,覽玆情旨。 蔡邕的父母,望相保庇,仰惟功德不思議。 (合前)

【前腔】(末)我東人鎮日常懷憂慮,只愁二親在路途裏,孝思誠意感神祇。 (合前)

【前腔】(丑)我聞知做會,特來隨喜,饅頭素食多多與。 若還不與,我自入齋廚去取。 (合前)

(淨云)我佛有緣蒙寵渥。 (生云)願親路上悉平安。 (末云)因過竹院逢僧話。 (丑云)又得浮生半日

閒。 (並下)(旦復上科)

【縷縷金】(旦)原來是蔡伯皆,馬前喝道狀元來。 料想雙親像,他每留在。 敢天教我夫婦再

和諧,都因這佛會?

正是:不因漁父引,怎得見波濤? 方纔那官人,奴家詢問起來,是蔡伯皆。 好也! 好也! 今日也

會相見。〔二〕只一件，奴家慌忙中失去了公婆真容，想必是他收下。且待明日竟投他家裏去，以乞丐爲

由，問取消息。倘或天天可憐，因此相會，也不見得？

今朝喜見那喬才，真容收去可疑猜。

縱使侯門深似海，從今引得外人來。

批：

遞失真容，後來做出許多繩索，如此關目妙絕。

釋義：蘭若：若音野。梵言阿蘭若，猶云無爭。蓮臺：《文殊傳》：世尊之座，高七尺，名曰七寶蓮臺。貝葉：西域經多以貝葉書之。天花亂墜：《維摩詰經》：『世尊令天女以天花散諸菩薩，即皆墜落。』十洲：漢武帝既見西王母，言八方巨海之中有洲凡十，曰祖、玄、炎、長、元、流、生洲、鳳麟洲、聚窟洲，並是人跡絕稀處。三島：海中有山，一蓬萊，二圓嶠，三瀛洲。五蘊：謂色、受、想、行、識，是也。六根：眼、耳、鼻、舌、心、意。甘露門：慧可和尚事達摩祖師，夜雪，侍立不動。遲明，積雪至膝。謂師曰：『天寒極矣，願開甘露門濟群品』遂潛取利刃斷左臂於前，師知是法器。和尚：萬里相聚日和，父母反拜曰尚。方丈：王玄策使西域，至昆耶城，有維摩居士石室。以手扳，縱橫量之，得十

〔一〕 眉批：憂中一喜，苦極回甘。

笏，故云方丈也。　結跏趺坐：兩足蟠而坐也。《大覺經》云：『全跏趺是如來坐，半跏趺是菩薩坐。』丈六金身：《天竺國傳》：『西天有佛，其形長一丈六尺，面黃金色。』羅刹：《文殊傳》：世尊雷音寺說法，常有惡神十餘人手執凶器來羅刹，世尊令大力王降之。羅刹，猶云鬧道場也。如來：本覺爲如，今覺爲來。

第三十五齣　兩賢相遇

【商調引子・十二時】（貼）心事無靠托，這幾日翻成愁也。父意方回，夫愁稍可。未卜程途裏的如何，教我怎生放下？

不如意事常八九，可與人言無二三。奴家自嫁蔡伯皆之後，見他常懷憂悶。廢盡心機去問他，他又不說。比及奴家知道，去對爹爹說，要和他同去奉事雙親，誰想爹爹不肯。被奴家道了幾句，幸喜爹爹心回轉，教人去取他爹媽媳婦，又不知一行人路上安否如何？爲這些事，教我擔了多少煩惱！又一件，公婆早晚到來，只是要一兩個精細人去伏侍他。我府中雖有使喚的，那裏中用？怎生得精細婦人與他使喚方好？院子那裏？（末云）書當快意讀易盡，客有可人期不來。世上幾般能稱意，光陰何況苦相催。夫人，有何使令？（貼云）院子，我府中缺少幾個使喚的，你與我街坊尋問，有精細的婦人，討一二個來用。（末云）小人理會得。

踏破草鞋無覓處，得來全不費工夫。

【遠地遊】（旦）風湌水宿，甚日能安妥？問天天怎生結果？

（旦云）府幹哥稽首！（末云）道姑何來？（旦云）吾乃遠方人氏，到此抄化。（末云）少待。通報夫人：精細婦人到沒有，正遇一個道姑，在門首抄化。（貼）着他進來。（末）道姑，夫人着你進去。（進見科）

【前腔】（貼）梳粧淡雅，看丰姿堪描堪畫。是何人近來問咱？

（旦云）夫人稽首！（貼云）道姑何來？（旦云）貧道遠方人氏。（貼云）到此何幹？（旦云）特來府中抄化。（貼云）你有甚本事來此抄化？（旦云）貧道不敢誇口，大則琴棋書畫，小則針指工夫，次則飲食餚饌，頗諳一二。（貼云）道姑，你有這等本事，在街坊上抄化也生受，何似在我府中喫些安樂茶飯何如？（旦云）若得如此，感恩非淺。只怕貧道沒福，無可稱夫人之意。（貼云）院子，道姑是遠方人氏，須要問他來歷詳細，方可留他。（末云）道姑，我且問你，你是從幼出家的，還是在嫁出家的？（旦云）貧道在嫁出家的。（貼云）院子，從幼出家怎麼說？在嫁出家怎麼說？（末云）告夫人知道：從幼出家的，在嫁出家是有丈夫的。那道姑是有丈夫的。（貼云）呀！險些兒差了。他既有丈夫的，難以收留。院子，你可多打發些齋糧與他，教他別處抄化去。（末云）道姑，夫人說你有丈夫，多打發齋糧與你，別處去抄化罷。（旦云）天那！我不合說有丈夫的。府幹哥，貧道非因抄化而來，特來

（一）　眉批：牛女的是能人。

尋取丈夫。（末云）夫人，這道姑非因抄化來，却是尋取丈夫的。（貼云）原來如此。道姑，我且問你，你丈夫姓甚名誰？（旦背云）夫人問我丈夫姓名，若直說出來，恐怕夫人嗔怪；若不與他說，此事又終難隱忍。我於今且把『蔡伯皆』三字拆開與他說，看他意兒何如，再作道理。夫人，貧道丈夫姓名白皆偕，人人都說在牛府中廊下住○(一)敢是夫人也知道？（貼云）我那裏知道。院子，你管各廊房，有那姓尋，休得要誤了你。（旦云）天那！人人都道我丈夫在貴府廊下住，如今既道是沒有，奴家想起來，莫不是死了呵？丈夫，你若是死了，教我倚着誰人？（哭科）（貼云）可憐這婦人！你且不須愁煩，權住在府中；我着院子到街坊上訪問你丈夫蹤跡，你意下如何？（旦云）若得如此，再造之恩。（貼云）道姑，只一件，你在我府中，休要恁般打扮。我與你換了這衣粧。（旦云）貧道不敢換。（貼云）因甚不敢換？（旦云）貧道公公死了三年，婆婆死了三年；薄倖兒夫，久留都下，一竟不回，替他帶六年，共成一十二年。（末云）大孝不過三年，如何有一十二年？（旦云）咳！有這等孝行的婦人！道姑，你雖然如此，爭奈我老相公最嫌人這般打扮。院子，你可叫惜春取粧盒衣服過來。（末云）畫堂傳懿旨，幽閣取粧資。（丑云）寶劍賣與烈士，紅粉贈與佳人。夫人，粧盒衣服在此。（貼云）道姑，你且臨鏡改換則個。（旦云）天那！如何是好？

（一）　眉批：詼、妙。

（照鏡科）咳！ 鏡兒，我自從嫁與蔡家，只得兩月梳粧，這幾時不曾照你？ 呀！ 好苦！ 元來都這般消瘦了。

【商調過曲‧二郎神】（旦）容瀟灑，照孤鸞，嘆菱花剖破。（貼云）道姑，你不梳粧，且換了衣服。（旦看衣介）記翠鈿羅襦當日嫁，誰知他去後，釵荊裙布無些？（貼云）道姑，你不換衣服，且帶着這釵兒。（旦看釵唱）他金雀釵頭雙鳳朵，奴家若帶了呵，可不羞殺人形孤影寡？（二）（貼云）道姑，你不帶釵兒，且簪些花朵，別些吉凶。（旦看花唱）説甚麼簪花撚牡丹，教人怨着姮娥。

【前腔換頭】（貼）嗟呀，他心憂貌苦，真情怎假？ 只爲着公婆珠淚墮。 道姑，我公婆自有，不能勾侍奉杯茶。 你比我沒個公婆承奉呵，不枉了教人做話靶？（三） 我且問你：你公婆，爲甚的雙雙命掩黃沙？

【囀林鶯】（旦）荒年萬般遭坎坷，丈夫又在京華。 糟糠暗喫充飢餓，公婆死，賣頭髮去埋他。 把墳塋自造，土泥盡是我麻裙包裹。（貼云）這道姑好誇口！（旦唱）也非誇，手指傷，血痕尚染衣麻。

（一） 眉批： 孝心不可轉也，孝服胡可換也？

（二） 眉批： 靶… 音『霸』。

【前腔】（貼）道姑，愁人見說愁轉多，使我珠淚如麻。（旦云）夫人卻淚下為何？（貼唱）道姑，我。

丈夫久別雙親下，（旦云）他怎的不回家去？（貼唱）他要辭官家去，被我爹蹉跎。（旦云）他家有

妻麼？（貼唱）他妻雖有麼，怕不似恁會看承爹媽。（旦云）他爹媽如今在那裏？（貼唱）在天

涯。（旦云）他，何不取他同來一處？（貼唱）教人去請，知他路途上如何？

【啄木鸝】（旦）聽他言語，教我悽愴多，料想他每非是假。（背說科）我且把句言語來試他一試。

他那裏既有妻房，取將來怕不相和？（貼）道姑，但得他似你能挜靶，我情願讓他居他下。

只愁他程途上苦辛，教人望得眼巴巴。

【前腔】（旦）錯中錯，訛上訛，(一)只管在鬼門前空占卦。夫人，若要識蔡伯皆妻房，奴家便是

無差。（貼）呀！你果然是他非謊詐？（旦云）夫人，奴家豈敢誑言？（貼唱）你原來為我喫折

挫，為我受波查。(二)教伊怨我，我怨爹爹。

【金衣公子】（貼）一樣做渾家，我安然你受禍。你名為孝婦，我被傍人罵。（旦云）呀！傍人

（貼云）姐姐請上坐，待奴家見禮。（旦云）夫人，奴家怎敢？

（一）　眉批：　訛：　音『俄』。

（二）　眉批：　兩賢不相阨，女中二難。

罵夫人怎的？（貼唱）公死爲我，婆死爲我，姐姐，我情願把你孝衣穿着，把濃粧罷。（合）事多

磨，冤家到此，逃不過這波查。

【前腔】（旦）夫人，他當原也是没奈何，被强來，赴選科。辭爹不肯聽他話。(一)（貼云）他這裏豈

不要回來？辭官不可，辭婚不可。（旦）只爲三不從，做成災禍天來大。（合前）

（貼云）姐姐，休怪奴家説。我教你改換衣粧，你又不肯，只怕相公見你這般襤褸，萬一不肯相認，如何

是好？我想起來，相公往常朝回時，便入書館中看文章。姐姐，你既是無所不通，何不去書館中寫幾

句言語打動他？那時節我與你説個明白，却不是好？（旦）夫人説得是。便寫得不好，也索從命。

無限心中不平事，幾番清話又成空。

一葉浮萍歸大海，人生何處不相逢。

批：

真是兩賢。

（一）眉批：開伯皆一殘生路。

第三十六齣　孝婦題真

（末上）爲問當年素服儒，於今腰下佩金魚。分明有個朝天路，何事男兒不讀書？自家乃是蔡相公府中一個院子，我相公雖居鳳閣蘭臺，常在螢窗雪案。退朝之暇，手不停披；閒居之際，口不絕吟。於今將近回府，不免灑掃書館，聽候相公到來。真個好書館！但見：明窗瀟灑，碧紗內烟霧輕盈；淨几端嚴，青氈上塵埃不染。粉壁間掛三四幅名畫，石床上安一兩張古琴。緗帙縹囊，數起看有何止一萬卷？牙籤犀軸，乘將來穀有三十車。芸葉分香走魚蠹，芙蓉藏粉養龍賓。鳳味馬肝，和那鸚鵡眼，無非奇巧；兔毫粟尾，和那犀象管，分外精神。積金花玉板之箋，列錦紋銅綠之格。正是：休誇東壁圖書府，賽過西垣翰墨林。〔二〕且住着，我相公昨日在彌陀寺中燒香，拾得一軸畫像，不知甚麼故事。相公當時教我收下，我如今也將來掛在此間。我相公博學多才，必然曉得這故事〔三〕正是：早知不入時人眼，多買胭脂畫牡丹。（下）

【仙呂引子・天下樂】（旦）一片花飛故園空，隨風飄泊到簾櫳。玉人怪問驚春夢，只恐東風羞落紅。

（一）　眉批：　煩瑣可刪。
（二）　眉批：　關目甚好。

塈下落紅三四點，錯教人認五更風。當初只道伯皆貪名逐利，不肯回家，元來被人逗留在此。奴家昨日抄化來到這裏，感得夫人收留；又怕伯皆見我一身襤褸，不肯廝認，教我到書館題幾句言語打動他。奴家只得從命。來到此間，却寫在那處好？呀！公婆真容，元來也掛在此。（哭拜科）我如今就把公婆真容背後題詩幾句便了。苦！向日受飢荒，雙親俱死亡。如今題詩句，報與薄情郎。

【仙呂過曲·醉扶歸】（旦）丈夫，我有緣千里能相會，難道是無緣對面不相逢？鳳枕鸞衾也曾共，今日呵，到憑着兔毫繭紙將他動。休休！畢竟一齊分付與東風，把往事如春夢。

（題科）崑山有良璧，鬱鬱璠璵姿。嗟彼一點瑕，掩此連城瑜。人生非孔顏，名節鮮不虧。拙哉西河守，胡不如皋魚？宋弘既以義，王允何其愚。風木有餘恨，連理無傍枝。（一）寄語青雲客，慎勿乖天彝。牛氏夫人見我衣裳襤褸，怕伯皆不肯相認。還是教妾若爲容？我若不寫打動他呵，夫人，只怕爲你難移寵。（掛真容科）休休！縱認不得這丹青貌不同，我的筆蹟，兀自如舊。若認得翰墨，教他心先痛。

【前腔】（旦）總使我詞源倒流三峽水，丈夫，只怕你胸中別是一帆風。

奴家題詩已了，不免說與夫人知道，且待伯皆來看。莫不是天教相逢，在此一遭，也未見得。

　　未卜兒夫意，全憑一首詩。

（二）　理……　原作『枝』，據汲古閣刊本《繡刻琵琶記定本》改。

得他心肯日，是我運通時。

批：

閒處亦有關目，應是良工心苦。

釋義：　金魚：　《唐・輿服志》：「自一品至六品皆服魚袋，以明貴賤。三品以上飾以金，五品以下飾以銀。」雪案：　晉孫康家貧，映雪讀書。　牙籤：　唐玄宗於兩都各聚書四部，皆令以甲乙丙丁爲號。甲經書，朱牙籤；乙史書，綠牙籤；丙子書，碧牙籤；丁集書，白牙籤。分爲四庫焉。　犀軸：　唐田弘正起書樓，聚書萬卷，皆錦帙犀軸焉。　三十車：　晉張華，字茂先，博學多書。嘗遷居，載書三十乘。　芸葉分香走蠹魚：　芸，香草也；蠹，壞書蟲也。芸香可辟蟲。　養龍賓：　唐玄宗見墨上有小道士如蠅而行，上叱之即呼万歲，曰：『臣墨之精，凡世人有文者，墨上皆有龍賓十二。』上神之，以墨賜掌文官。　鳳味：　蘇東坡硯名。　馬肝：　漢武帝時，鄧文進馬肝石，以和丹砂，食之則逾年不飢；以之作硯，常有光起焉。　鴝鵒眼：　《東坡筆錄》：『端硯有鴝鵒眼，黃白相間。』象犀管：　王羲之《筆經》云：『昔人以琉璃、象犀爲筆管。』錦紋銅綠之格：　蔡君謨爲歐陽永叔寫《集古自序》，永叔以鼠鬚栗尾筆、銅綠筆格等爲潤筆，君謨笑以爲太清而不俗。　連城：　趙王得楚下和璧，秦昭王欲之，請易以十五座城，故稱美玉有連城之價。

第三十七齣　書館相逢

【仙吕引子·鵲橋仙】（生）披香侍宴，上林遊賞，醉後人扶馬上。（一）金蓮花炬照回廊，正院宇梅梢月上。

日晏下彤闈，平明登紫閣。何如在書案，快哉天下樂。自家早臨長樂，夜直嚴更。召問鬼神，或前宣室之席；光傳太乙，時分天禄之藜。惟有戴星冲黑出漢宫，安能滴露研硃點《周易》？俺這幾日且喜朝無繁政，官有餘閒，庶可留志於詩書，從事於翰墨。正是：事業要當勤萬卷，人生須是惜分陰。（看書介）這是甚麼書？是《尚書》。呀！這《堯典》道：『虞舜父頑母囂象傲，克諧以孝。』咳！他父母那般相待他，他猶自克諧以孝。我父母虧了我甚麼，我倒不能勾奉養他？看甚麼《尚書》！這是甚麼書？是《春秋》。呀！《春秋》中潁考叔曰：『小人有母，未嘗君之羹，請以遺之。』咳！他有一口湯喫，也自尋思着娘。我於今做官享天禄，倒把父母撇了。看甚麼《春秋》！天那！枉看這書，行不得，濟甚麼事？（二）你看那書中那一句不説着孝義？當先俺父母教我讀書知孝義，誰知道反被詩書誤了我，我還看他怎的？

（一）　馬上：原作『上馬』，據汲古閣刊本《繡刻琵琶記定本》改。

（二）　眉批：如今看書人那一個行得的？可歎！可歎！

【仙吕過曲·解三醒】（生）嘆雙親把兒指望，教兒讀古聖文章。似我會讀書的，到把親撇漾。少甚麼不識字的，倒把終奉養。書呵，我只爲其中自有黃金屋，反教我撇却椿庭萱草堂。還思想，畢竟是文章誤我，我誤爹娘。

【前腔】（生）比似我做個負義虧心臺館客，到不如守義終身田舍郎。◦二《白頭吟》記得不曾忘，緑鬢婦何故在他方？書呵，我只爲書中有女顏如玉，反教我撇却糟糠妻下堂。還思想，畢竟是文章誤我，我誤妻房。

書既懶看他，且看這壁間山水古畫，散悶則個。呀！這一軸畫像，是我昨日在彌陀寺中燒香拾得的，如何院子也將來掛在此間？◦二且看甚麼故事。

【南吕過曲·太師引】（生）細端詳，這是誰筆仗？覷着他，教我心兒好感傷。（細看科）好似我雙親模樣。◦三差矣，我的媳婦會針指，便做是我的爹娘呵，怎穿着破損衣裳？前日已有書來，道别後容顏無恙，怎的這般淒涼形狀？且住，我這裏要寄一封書回去，尚不能勾。他那裏呵，有誰來往，直將到洛陽？天下也有面貌厮像的，須知道仲尼陽虎一般龐。

我理會得了。

【前腔】（生）這是街坊誰劣相，砌莊家形衰貌黄。假如我爹娘呵，若沒個媳婦來相傍，少不得也這般凄涼。敢是個神圖佛像？呀！却怎的？我正看間，猛可的小鹿兒心頭撞？這也不是神圖佛像，敢是當元畫的有甚緣故？丹青匠，由他主張，須信道毛延壽誤了王嬙（一）。若是個神圖佛像，背後必有標題，待我轉過來看。呀！元來有一首詩在上面。（讀詩科）這廝好無禮，句句道着下官。等閒的怎敢到此？想必夫人知道。待我問他，便知分曉。夫人那裏？

【雙調引子・夜遊湖】（貼）猶恐他心思未到，教他題詩句，暗裏相嘲。翰墨關心，丹青入眼，強如把言語相告。

（生怒云）夫人，誰人到我書館中來？（貼云）沒有人。（生云）我前日在彌陀寺中燒香，拾得一軸畫像。院子不省得，也將來掛在這裏。甚麼人在背後題着一首詩？（貼云）敢是當原寫的？（生云）（二）那裏是？墨跡尚未曾乾。（貼背云）我理會得了。相公，這詩如何說？請讀與奴家知道。（生讀詩科）（貼云）相公，奴家不省其意，請解說一遍，與奴家曉得也好（三）。（生云）『崑山有良璧，鬱鬱璠璵姿。

（一）　眉批：　嬙：　音『祥』。

（二）　生：　原作『末』，據汲古閣刊本《繡刻琵琶記記定本》改。

（三）　眉批：　以能間不能，知之爲不知。

嗟彼一點瑕，掩此連城瑜。』崑山是地名，產得好玉，價值連城。若有些兒瑕玷，便不貴重了。『人生非孔顏，名節鮮不虧。』孔子、顏子是大聖大賢，德行渾全。大凡人非聖賢，能忠不能孝，所以名節多至欠缺。『拙哉西河守，胡不如皋魚？』西河守吳起，是戰國時人，魏文侯拜他爲西河守，母死不奔喪。皋魚是春秋時人，只爲周遊列國，父母死了。後來回歸，自刎而亡。對曰：『貧賤之交不可忘，王允既以義，糟糠之妻不下堂。』宋弘是光武時人，光武欲把姐姐湖陽公主嫁他，宋弘不從。『風木有餘恨，連理無傍枝。』孔子聽得皋魚啼哭，問其故。皋魚說道：『樹欲靜而風不止，子欲養而親不存。』西晉時東宮門有槐樹二株，連理而生，四傍皆無小枝。『寄與青雲客，慎勿乖天彝。』傳言與做官的，切莫違了天倫。

（貼云）相公，那不奔喪的和那自刎的，那一個是孝道？（生云）那不奔喪的是亂道[三]。（貼云）相公，那不棄妻的和那棄妻的，那一個是正道？（生云）那棄了妻的是亂道。（貼云）相公，比如你，待要學那一個？（生云）呀！我決不學那不奔喪的見識。（貼云）相公，你雖不學那不奔喪的，假如你這般富貴，腰金衣紫，假有糟糠之婦，襤褸醜惡，可不辱沒了你？你莫不也索休了？

（生怒云）夫人，你說那裏話！縱是辱沒殺我，終是我的妻房，義不可絕。

（一）眉批：　璠：音『藩』；隗：音『尾』。

（二）眉批：　這樣方是講學。

【越調過曲・鑷鍬兒】（生）夫人，你説得好笑，可見你心兒窄小。我決不學那王允的見識，沒來由漾了苦李，再尋甜桃。古人云：棄妻只有七出之條。他不嫉不淫與不盜，終無去條。那棄妻的，眾所誚。[二] 那不棄妻的，人所褒。

【前腔】（貼）伊家富豪，那更青春年少。看你紫袍掛體，金帶垂腰。做你的媳婦呵，應須有封號。金花紫誥，必俊俏，須媚嬌。若還他醜貌，怎不相休棄了？

【前腔】（生）夫人，你言顛語倒，惱得我心兒轉焦。莫不是你把咱奚落，特兀自粧喬？引得我淚痕交，撲簌簌這遭。（貼云）相公，你問他待怎的？（生唱）夫人，他把我嘲，難恕饒。你説與我知道，怎肯干休罷了？

【前腔】（貼）相公，我心中忖料，想不是個薄情分曉。管教你夫婦會合在今朝。你還認得那題詩的麼？（生云）不認得。（貼唱）伊家枉自焦，只怕你哭聲漸高。（生云）是誰？（貼唱）是伊大嫂，身姓趙。正要説與你知道，怎肯干休罷了？

姐姐有請。

【人賺】（旦）聽得鬧炒，敢是兒夫看詩囉唣？（貼云）姐姐快來。（旦唱）是誰忽叫？想是夫人

　　（一）　眉批：再婚牛府，誚耶，褒耶？

新刻魏仲雪先生批點琵琶記

二三七七

召，必有分曉。（貼）相公，是他題詩句，你還認得否？（生云）他從那裏來？（貼唱）相公，他從

陳留郡，為你來尋討。（生認科）呀！我道是誰，元來是你呵。娘子，你怎的穿着破襖，衣衫盡是

素縞？莫不是我雙親不保？（旦）官人，從別後，遭水旱，我兩三人只道同做餓殍。（生云）

張太公曾周濟你麼？（旦唱）只有張太公可憐，嘆雙親，別無倚靠。（一）（生云）後來却如何？（旦

唱）兩口顛連相繼死。（生云）苦！……元來我爹媽都死了。（旦）苦！娘子，那時如何得殯葬？（旦唱）我剪頭髮

賣錢送伊妣考。（生云）如今安葬了未曾？（旦唱）把墳自造，土泥盡是麻裙裹包。（生唱）罷

了！聽伊言語，怎不痛傷噎倒？（二）

（生倒科）（旦、貼扶起科）（旦云）官人，這像就是你爹媽的真容。（生哭拜科）

【小桃紅】（生）蔡邕不孝，把父母相拋。爹娘，我與你別時，豈知恁地？早知你形衰耄，怎留聖

朝？娘子，你為我受煩惱，你為我受劬勞。謝你葬我爹，葬我娘，你的恩難報也。又道是養

子能代老。（合）這苦知多少？此恨怎消？天降災殃人怎逃？

娘子，這真容是誰畫的？

（一）眉批：孝的情申，不孝的罪發了。

（二）眉批：噎……音『意』。

【前腔】（旦）這儀容像畫貌，是我親描。（生云）娘子，路途遙遠，你那得盤纏來到此間？（旦低唱）乞丐把琵琶撥，怎禁路遙？官人，說甚麼受劬勞？說甚麼受劬勞？不信看你爹，看你娘，比別時兀自形枯槁也。我的一身難打熬。（合前）

【前腔】（貼）設着圈套，被我爹相招。相公，你也說不早？[一]況音信杳。姐姐，你爲我受煩惱，爲我受劬勞。相公，是我誤你爹，誤你娘，誤你名不孝也。做不得妻賢夫禍少。（合前）

【前腔】（生）我脫却巾帽，解却衣袍。（貼唱）相公，急上辭官表，共行孝道。（生云）夫人，只怕你去不得。（貼唱）相公，我豈敢憚煩惱？豈敢憚劬勞？同去拜你爹，拜你娘，親把墳塋掃也。

【餘文】（合）幾年間分別無音耗，奈千山萬水迢遙。天那！只爲三不從，生出這禍苗。

使地下亡靈安宅兆。（合前）

只爲君親三不從，致令骨肉兩西東。

今宵賸把銀缸照，[二]猶恐相逢是夢中。

批：

（一）眉批：　實是說不早，可恨！可恨！

（二）眉批：　賸，音『剩』。

夫妻幸有相逢日，父母傷，無再見期。

釋義：　招問鬼神：漢文帝召賈誼至宣室，問鬼神之本，誼具道所以。至夜半，帝不覺前席。光傳太乙：漢劉向校書天禄閣，夜有老人值青藜杖叩閣而進。時向方暗中受書，老人乃吹杖頭光焰照之，曰：『我太乙之精，天帝聞卯金之子博學，下而觀之。』乃出懷中竹牒，有天文地圖之書，由是向文學日進。戴星冲黑：言夜歸也。分陰：陶侃曰：大禹，聖人，乃惜寸陰，至於吾人當惜分陰。穎封人：《左傳》：鄭莊公置母於城穎，誓不見之。穎谷封人穎考叔聞之，有献於公。公賜之羹，食而舍肉。公問之，對曰：『小人有母，未嘗君之羹，請以遺之。』公感其言，母子如初。終養：李密事祖母劉氏至孝，晉武帝徵爲太子洗馬，密上表陳情云：『臣無祖母，無以至今日；祖母無臣，無以終餘年。烏鳥私情，願乞終養。』陽虎：陽虎爲暴於匡，孔子適陳過匡，匡人以孔子貌似陽虎，以兵圍之。

第三十八齣　張公掃墓

【南呂引子·虞美人】(末)青山今古何時了，斷送人多少？(一)　孤墳誰與掃荒苔？　連塚陰風吹送紙錢遠。

【眉批：　(一) 不盡感慨。

冥冥長夜不知曉，寂寂空山幾度秋。泉下長眠人未醒，悲風蕭瑟起松楸。老漢曾受趙五娘之托，教我爲他看守墳塋。前兩日有些閒事，不曾看得，今日不免去走一遭。

【仙吕入雙調・步步嬌】（末）呀！只見黄葉飄飄把墳頭覆，廝趕的皆狐兔。（望介）敢是誰砍了樹木去？爲甚松楸漸漸疏？（滑倒科）咳！甚麼絆我這一倒？却元來是苔把磚封，笋迸泥路。老員外，老安人，自古道：未歸三尺土，難保百年身。已歸三尺土，難保百年墳。况老夫在日，尚來爲你看管。若老夫死後呵，教誰添上三尺土。

【前腔】（丑）渡水登山多勞苦，來到此荒村塢。遙觀一老夫，試問他家住在何所。趲步向前行，呀！却是一所荒墳墓。

遠遠望見一個漢子來了，不知是甚麼人，且看他如何。（丑扮李旺上）（相見科）（末云）大哥，你從那裏來？（丑云）小人從京都來。（末云）却往那裏去？（丑云）奉蔡相公差來的。（末云）你相公那裏人？（丑云）我相公特差小人來取他的太老爺太夫人少夫人，同到洛陽去。（末云）你相公叫甚麼名字？（丑云）我相公的名字，小人怎敢說？（末云）荒僻去處，但說不妨。（丑云）我相公是蔡伯皆。（末發怒科）

【風入松】（末）你不須提起蔡伯皆，說着他每忿歹。（丑云）呀！他有甚歹處？（末唱）他中狀

元做官六七載,（二）撇父母拋妻不采。（丑云）他父母在那裏?（末唱）兀的這磚頭土堆,是他雙親在此中埋。

（丑云）元來太老爺太夫人都死了呵。不知爲甚的死了?

【前腔】（末）一從他別後遇荒災,更無人倚賴。（丑云）這等,是誰承直他兩個?（末唱）虧他媳婦相看待,把衣服釵梳都解。（丑云）解也須有盡時。（末云）便是。這小娘子解得錢來糴米,做飯與公婆喫。他背地裏把糟糠自捱,公婆的反疑猜。（二）

（丑云）公婆敢道他背後自喫了些好東西麼?（末云）便是。後來呵,

【前腔】（末）他公婆的親看見,雙雙痛倒,無錢斷送,剪頭髮賣買棺材。（丑云）他那般無錢,如何築得這一所墳墓?（末唱）他去空山裏,裙包土,血流指,感得神明助,與他築墳臺。

（丑云）自古道孝感天地,果然有此。這少夫人如今在那裏去了?

【前腔】（末）他如今逕往帝都來。（丑云）他把甚麼做盤纏?（末云）大哥,我不瞞你。他彈着琵琶做乞丐。（丑云）蔡相公特地差小人來取他父母妻子,如今太老爺太夫人既死了,少夫人卻又去了,如何

是好？（末云）你謾着，我與你說與他父母知道便了。老員外，老安人，你孩兒做了官，如今差人來接你

到京，同享富貴，你去不去？（哭科）叫他不應魂何在？空教我珠淚盈腮。（丑云）公公，你休啼

哭。小人如今回去，教俺相公多多做些功果，追薦他便了。（末笑科）他生不能養，死不能葬，葬不能祭，

何等罪人！[一]這三不孝逆天罪大，空設醮，枉修齋。

你相公如今在那裏？（丑云）我相公如今入贅牛丞相府裏。

【前腔】（末）大哥，你如今疾忙便回，説我張老的道與蔡伯喈。（丑云）道甚麼來？（末唱）道你

拜別人爹娘好美哉，親爹娘死，不值他一拜。（丑云）公公，你休錯埋怨了人。他要辭官，官裏不

從；他要辭婚，我太師不從。也只是没奈何了。（末唱）恁的呵，原來他也是無奈，好似鬼使神差

他當初在家不肯赴選，他的爹爹也不從他。這是三不從把他厮禁害，三不孝亦非其罪。（丑云）公

公，你險些錯埋怨了人。（末）這是他爹娘福薄時乖，人生裏都是命安排。

（丑云）敢問公公高姓？（末云）大哥，老漢不是別人，張太公便是。當初伯皆臨去之時，把父母囑託於

我。如今他父母身死，小娘子又去京都尋他，將近去了個半月日。你如今回去，一路上但見有個婦人，

道姑打扮，拿着一面琵琶，背着一軸真容的，便是你相公的小娘子。你把盤纏好好承直他去便了。（丑

新刻魏仲雪先生批點琵琶記

云）理會得。小人告別了。

雙親死了已無依，今日回來也是遲。

夜靜水寒魚不餌，滿船空載月明歸。

批：

全傳都是罵，餘但包藏罵，此獨真罵。

第三十九齣　散髮歸林

【仙呂入雙調 · 風入松慢】（一）（外）女蘿松柏望相依，況景入桑榆。他椿庭萱室齊傾棄，怎不想家山桃李？中雀誤看屏裏，乘龍難駐門楣。

自古道：人無遠慮，必有近憂。自家當初不仔細，一時間不信我那院子的說話，定要招蔡伯皆為婿，指望養老百年。誰想道他父母俱亡，如今他媳婦逕來尋取（二）聞說我女孩兒也要和他同去，不知是否？待我喚院子出來，問他端的。院子那裏？（末云）紋犀欲下意沉吟，棋局排來仔細尋。猶恐中間差一着，教人錯用滿枰心。相公有何鈞旨？（外云）院子，說道蔡狀元的父母身死，他媳婦來尋他，我

（一）人……原闕，據曲律補。
（二）眉批……如今噬臍莫及矣。

的小姐也要和他同去。你知道麼？（末云）小男女不知道，老姥姥必知端的。（外云）如此，叫老姥姥過來。

【仙吕過曲·光光乍】（淨）女婿要同歸，岳父意何如？忽叫阿奴緣何的？想必與他做區處。

（外云）老姥姥，見說蔡狀元的父母身死，他的媳婦來此尋他，我的小姐也要和他同去，此事是否？（淨云）果是，小姐要同去。（外云）呀！我小姐同去做甚麼？（淨云）相公，他父母都死了，只是一個媳婦支持，如今小姐要同他回去守服，有何不可？（外怒云）我的小姐如何與別人帶孝？（淨云）相公息怒，聽老奴告稟。

【南吕過曲·古女〔冠子〕】（淨）媳婦事舅姑合體例，相公，怎不教女孩兒同去？當初是相公相留住，今日裏怨着誰？（外云）胡說！我不教女孩去，却待怎的？（淨云）相公，事須近理，怎使聲勢？休道朝中太師威如火，那更路上行人口似碑。〔一〕（合）說起此事，費人區處。

【前腔】（末）我相公只慮着多嬌女，怕跋涉萬山千水。相公，只一件，女生外向從來語，況已作人妻。夫唱婦隨，不須疑慮。這是藍田種玉結親誤，今日裏船到江心補漏遲。（合前）

眉批：　如今相公怕口碑的又少了。

【前腔】（外）當初是我不仔細，誰知道事成差池？痛念深閨幼女多嬌媚，怎跋涉萬餘里？天那！我嫡親更有誰？怎忍分離？罷，罷，不教愛女擔煩惱，也被傍人講是非。（合前）

（外云）老姥姥，你和院子也說得是，只得由他去罷。（淨云）恰好狀元小姐都來了。

【雙調引子・五供養】（生）終朝垂淚，爲雙親使我心疼。（貼）親墳須共守，只得離神京。

（生）夫人，且商量個計策，猶恐你爹行不肯。（貼）若是他不肯，難說道君王有命。[一]

（見）（外云）賢婿，我聞説你父母皆棄世，你媳婦來此相尋，此事果否？（外云）賢婿！賢哉！（貼云）孩兒姐姐爲蔡

知岳父。（外云）這可是伯皆媳婦麼？（旦云）奴家便是。（外云）賢哉！賢哉！（貼云）孩兒有一

事，拜覆爹爹知道：娶妻所以養親。孔子云：生事之以禮，死葬之以禮，祭之以禮。若姐姐爲蔡

前，願居於姐姐之下。（外云）賢哉吾兒！道得是，道得是。（旦云）自古道：人有貴賤，不可概論。

氏之婦，生能竭奉養之力，死能備棺槨之禮，葬能盡封樹之勞，孩兒亦爲蔡氏婦，生不能供甘旨，死不

能盡辟踊，葬不能事窀穸。[二]以此思之，何以爲人？誠得罪於舅姑，實有愧於姐姐。今特講於爹之

夫人是香閨繡閣之名姝，奴家是裙布荆釵之貧婦；況蒙君命以成婚，難讓妾身而居右。（外云）五娘

子，你今日既無父母，又喪公姑，恰便是我的女孩兒一般；況你身先歸於蔡氏，年又長於吾兒，此實

當禮，不必多辭。（生云）你兩個只做姊妹相呼罷了。（衆云）這個說得極是。（生云）愚婿今日拜辭岳丈，領二妻同歸故里，共行孝道。待服滿之後，再來待奉尊顏。[一]（外云）賢婿，我其實捨不得你去。今日你爹娘既不幸了，我也難再留你。（貼云）爹爹，孩兒暫別尊顏，實出無奈。爹爹善保尊體，不必掛牽。（外哭云）孩兒，你如今拜舅姑的墳墓，竟不念我？（貼云）爹爹放心，孩兒此去，不過三年之期。

（外悲云）苦！女兒終是外向。兀的不痛殺我也！（衆云）相公不須煩惱。（生、旦、貼拜辭科）

【大石調過曲・催拍】（生）念蔡邕為雙親命傾，遭不孝逆天罪名，今辭了帝庭。感岳丈慇懃，豈敢忘情？痛念父母恩深，久負亡靈。（合）辭別去，同到墳塋。心慽慽，淚盈盈。

【前腔】（旦）念奴家離鄉背井，謝公相教孩兒共行。非獨故里榮，我泉下公婆，死也目瞑。五娘子，我女孩兒少長閨門，凡事望你指顧。（旦唱）我自看承你孩兒，不須叮嚀。（合前）

（外云）五娘子，我女孩兒少長閨門，凡事望你指顧。（旦唱）我自看承你孩兒，不須叮嚀。（合前）

【前腔】（貼）覷爹爹衰顏皤鬢，[三]思量起教人淚零。爹爹，我進退不忍。我待不去呵，誤了公婆，被人譏評；我待去呵，撇了爹爹，沒人溫清。（合前）

【前腔】（外）孩兒，此別去，你爹吉凶未憑。再來時，我的存亡未審。賢婿，吾今已老景。畢。

新刻魏仲雪先生批點琵琶記

（二）　眉批：　少不得歸來帶你老牛的孝。
（三）　覷：　原作『親』，據汲古閣刊本《繡刻琵琶記定本》改。

竟你沒爹娘，我沒親生。若是念骨肉，一家須早辦回程。（合前）

【正宫過曲·一撮棹】（生）岳父，你寬心等，何須苦掛牽？（外）賢婿，把音書寫，頻頻寄郵亭。[二]（貼）老姥姥，爹年老，伊家須是好看承。（净）程途裏，各願保安寧。（生）死別全無準，生離更難定。（合）今去也，未知何日返神京？

（外云）你三人途中須要保重。（生、旦、貼云）謝得尊人掛念。

【哭相思尾】（合）最苦生離難抛捨，未知再會何時也。（生、旦、貼並下）

女壻今朝已別離，老身孤苦有誰知。

夫唱婦隨同歸去，一處相思一處悲。

釋義：　女蘿松栢：　古詩：『蔦與女蘿，施于松栢。家山桃李：　歐公詞：『買花載酒長安市，又爭似家山桃李？』紋犀卜：　黄石公用紋犀棋十二卜吉凶而行師，萬無一失。　封樹：　《礼記》疏曰：『人死可惡，故斂設以衣衾棺槨，欲其深邃，不使人知。今乃反使封壤爲墳，而種樹以標之哉？』

（一）　眉批：　伯皆别父母三年不寄一音，况於丈人乎？

第四十齣　李旺回話

【柳穿魚】（丑）心忙似箭走如飛，歷盡艱辛有誰知？夜靜水寒魚不餌，滿船空載月明歸。

歸來後，到庭除，未知相公在何處？

李旺蒙老相公差去陳留，請取蔡相公的老員外、老安人、小娘子。如今且未好對老相公說，先說與蔡相公知道。不想他兩位老的都死了，小娘子又來了，教我空走這一遭。如今且未好對老相公說，先說與蔡相公知道。呀！怎的房門都閉了？敢是

蔡相公入朝去了，小姐要幽靜，閉着門呵？開門，開門（二）

【玩仙燈】（外）門外有人聲，是誰來諠譁鬧炒？

（丑云）老相公，是李旺。（外云）李旺，你回來了？你知道麼，我小姐和蔡相公都回家去了？（丑云）

蔡相公小娘子曾到這裏不曾？（外云）我見他了。李旺，我且問你：蔡相公父母既死了，媳婦又來

了；，你在那裏，曾見甚麼人？

【南呂過曲·風帖兒】（丑）相公，我到得陳留，逢着一個故老，在他爹娘墳上拜掃。他道他爹

娘呵，果然飢荒都喪了。他媳婦也來到，枉教人走這遭。

（一）　先⋯⋯　原作『好』，據汲古閣刊本《繡刻琵琶記定本》改。

（二）　眉批：　關目極好，但不像。　相府下難道再無一人說知？

新刻魏仲雪先生批點琵琶記

二三八九

【前腔】（外）李旺，我如今去朝廷上表，奏蔡氏一門孝道。管取吾皇降丹詔，把他召。我自去

陳留走一遭。

（丑云）老相公，這個趙氏，其實難得！（外云）便是，一家都難得。一來蔡伯皆不忘其親，二來趙五娘

子孝於舅姑，三來我小姐又能成人之美。一門孝義如此，理當保奏，請行旌表。〔一〕（丑云）相公道得

好是。

批：

　　五更三點奏朝廷，今古難求此樣人。

　　管取一封天子詔，表揚四海孝賢名。

批：

他們固當旌表了，只老牛該鞭五百背脊！

第四十一齣　風木餘恨

【雙調引子·梅花引】（生）傷心滿目故人疏，看郊墟，盡荒蕪。（旦、貼）惟有青山，添得個墳

墓。（合唱）慟哭無聲長夜曉，問泉下有人還聽得無？

〔一〕　眉批：　非你做，歲寒也不見松栢。

【玉樓春】（生云）他鄉萬點思親淚，不能滴向家山地。（旦云）如今有淚滴家山，欲見雙親渾無計。（貼云）荒墳衰草連寒烟，蒼苔黃葉飛蘋蘩〇（一）（生云）欲聽雞聲來問寢，忽驚蟻夢先歸泉。（旦云）人生自古誰無死，嗟君此恨憑誰語。（貼云）可憐衰經拜墳塋，不作錦衣歸故里。（生云）夫人，此處便是爹媽墳墓，我和你先拜了雙親，還要去拜謝張太公。（旦、貼云）正是如此。（拜奠科）

【仙呂入雙調·玉雁兒】（生）孩兒相誤，爲功名耽閣了父母。都緣是孩兒不得歸鄉故。爹爹、媽媽，你怎便先歸黃土？乾坤豈容不孝子？名虧行缺不如死，只愁我死缺祭祀〇（二）

（合）對真容形衰貌枯，想靈魂悲咽痛苦。

【前腔】（旦）百拜公姑，望矜憐恕責我夫〇（三）你孩兒贅居牛府，日夜要歸難離步。你這新媳婦呵，堅心雅意勸親父，同歸故里守孝服，今日雙雙來廬墓。（合前）

【前腔】（貼）不孝的媳婦，恨當初爲我耽誤了丈夫。喫人談笑生何補？我待死呵，又羞見公姑。公公、婆婆，我生前不能慤相奉侍，何如事你向黃泉路？只一件，我死了呵，家中老父誰看顧？（合前）

（一）　眉批：蘋蘩：音『平煩』；寢：音『逞』；衰經：音『催即』。
（二）　眉批：又不肯死了。
（三）　眉批：五娘子説分上，親是聽的。

（生云）呀！只見朔風四起，瑞雪橫空，天氣甚冷。左右，且迴避哩。（末扮張太公上）

【前腔】（末）樓臺銀鋪，遍青山渾如畫圖。乾坤似他衣衰素，故添個縞帶飛舞。〇〔一〕你蹳踴儱

哭直恁苦，那堪大雪添淒楚？事當逆來順受，抑情就禮通今古。（合前）

（生）呀！張太公來了。卑人的父母生死，皆蒙太公周濟，正道拜了父母墳塋，就到府上拜謝，少效啣

環之報，何勞太公先降？（末云）說那裏話？蔡相公，你腰金衣紫，可惜令尊令堂相繼謝世，不得盡你

孝心。正是：樹欲靜而風不寧，子欲養而親不逮。這也是他命該如此。你今日榮歸故里，光耀祖宗。

雖是他生前不能享你的祿養，死後亦得沾你的恩典。〔二〕老夫苟延殘喘，又得相見。僥倖，僥倖。你今

在此盧墓，老夫合當陪伴，但有牛氏夫人在此，怕不穩便。暫且告別，再來相看。

多謝深恩不敢忘，稍寬愁緒節悲傷。

親墳共掃添榮耀，不負詩書教子心。

批：

可憐父母饑寒死，且喜孩兒名利歸。

（一）眉批：縞，音『絞』。

（二）眉批：冷語，令人汗顏。

【商調引子・逍遙樂】（生）寂寞誰憐我？（一）空對孤墳珠淚墮。（旦）光陰撚指過三春。（貼）幽途渺渺，滯魄沉沉，誰與招魂？

（生云）夫人，你看兩木連枝誰手栽？相馴白兔走墳臺。（旦、貼云）無心動植呈祥瑞，否極應須會泰來。（末上云）一封丹詔從天下，忽聽傳聞動郊野。說道旌表一門閭，未卜此為何人也？（末云）蔡伯皆，外面喧傳有詔書到此，旌表孝義，想必為足下而來。（生云）人間孝者亦多，卑人何足稱孝？假如大舜、曾參之孝，亦是人子當盡之事，何足旌表？（末云）你說那裏話？老夫當初也只道你爭名逐利，撇了父母妻室，不肯還家，到於今纔得個分曉。《孝經》云：孝弟之至，通於神明，光於四海，無所不通。今見你墳頭枯樹生連理之枝，白兔有馴擾之性。祥瑞若此，吉慶必來。

【仙呂入雙調・六么令】（末）連枝異木新，見墳臺白兔如馴。禽獸草木尚懷仁，這一封丹詔必因君。（合）料天也會相憐憫。

【前腔】（生）皇恩若念臣，也不圖祿及吾身。只愁恩不到雙親，空辜負，這孤墳。（合前）

（一）　眉批：　妻妾同廬墓，也不寂寞。

【前腔】（旦）知他假與真？謝得公公，報說殷勤。太公，空教你爲我受艱辛，今日裏，有誰旌表你門庭？（二）（合前）

【前腔】（貼）來使是何人？悶中無由，詢問一聲。（生云）夫人要問甚麼？（貼唱）無由詢問我家君，知他安與否，死和存？（合前）（丑扮縣官上）

【前腔】（丑）敕書已來近，看街坊上人馬紛紛。咱每只得忙前奔，備香案，接皇恩。（合前）

（相見科）（生云）何處官長？因甚到此？（丑云）下官本縣知縣。告大人得知：今日天朝牛丞相親賫詔書，到此開讀。旌表大人一門孝義，加官進職，起復赴京。下官特來鋪設香案，迎接皇恩，請大人改換吉服等候。（生云）卑人孝服，未可更易。（丑云）先王制禮，賢者俯而就，不肖者跂而及。今大人服制已滿，況天朝恩典，禮當從吉。（衆云）說得是。（生云）門旌表庶感吾皇。（旦、貼云）孝服今朝換吉裳。（合云）不是一番寒徹骨，爭得梅花撲鼻香？（生、旦、貼下）（外引衆侍從上）

【前腔】（外）風霜已滿鬢，玉勒雕鞍，走遍紅塵。今日到此喜欣欣，重相見，解愁悶。（合前）

（淨云）這裏就是蔡相公廬墓所在，請相公駐節。（生、旦、貼吉服上）

【前腔】（衆）心慌步又緊，想皇恩已到寒門。披袍秉笏更垂紳，冠和帶，一番新。（合前）

眉批：

（一）五娘子便知恩。

（外云）聖旨已到，跪聽宣讀。皇帝詔曰：朕惟風俗爲教化之基，孝弟爲風俗之本。去聖逾遠，淳風日

漓。彝倫攸敦，朕甚憫焉。其有克盡孝義，敦尚風化，可不獎勸，以勉四海？議郎蔡邕，篤於孝行。富

貴不足以解憂，甘旨常關於想念。雖違素志，竟遂佳名。委職居喪，厥聲尤著。其妻趙氏，獨奉舅姑

服勞盡瘁，克終養生送死之情，允備貞潔韋柔之德。糟糠之婦，今始見之。牛氏善諫其父，克相其夫。

罔懷嫉妬之心，實有遜讓之美。曰孝曰義，可謂兼全○〔一〕斯三人者，朕甚嘉之。使四海億兆，皆當儀刑

斯人，垂範將來。風移俗易，教美化行。唐虞三代，誠可追配。是用寵錫，以彰孝義。蔡邕授中郎將，

妻趙氏封陳留郡夫人，牛氏封河南郡夫人，限日赴京；父從簡贈十六勳，母秦氏贈天水郡夫人。於

戲！風木之情何深，式彰風化之表；霜露之情既極，宜沾雨露之恩。服此休嘉，慰爾悼念。謝恩！

（生、旦、貼謝恩科）（外拜墳科）（生、旦、貼拜謝外科）（生云）荷蒙岳丈保奏，愚婿何以克當？（貼云）

自別尊顏，且喜無恙。（外云）孩兒，且喜各保安康，且得相見。（丑、末相見科）（外云）此二位是誰？

（丑云）下官是陳留縣知縣。（末云）老漢是蔡伯皆鄰人張廣才。（生云）卑人父母，多多得他周濟。

（外云）原來就是張太公呵，俺朝裏也聞他仗義高名。賢婿，你今起復回朝，未得展報深恩。我有黃金

一笏送與，聊表報答之意。（生云）太公，請收下。（末云）救災卹鄰，萬古之道；又況你二親不保，實

有愧顏。何敢受令岳之賜？（生云）太公且暫收下，卑人尚當申奏朝廷，還有區區犬馬報效。（末云）

眉批：

（一）敘得詳。

說那裏話？此金斷然不敢受。（外云）賢婿，太公高義的人，不可再強。（一）老夫回京，當奏請官職俸祿，以酬大恩便了。

【仙呂過曲·一封書】（外）我恭奉聖旨，跋涉程途萬餘里。吾皇親賢意甚美，因思孩兒並女婿。

賢婿，你夫婦呵，數載辛勤雖自苦，一旦榮華人怎比？（合）耀門閭，進官職，孝義名傳天下知。

【前腔】（生）兒不孝，有甚德，蒙岳丈過主維？（作悲科）何如免喪親？又何須名顯貴？可惜二親飢寒死，博得孩兒名利歸。（合前）

【前腔】（旦）把真容重畫取。公公、婆婆，如今封贈伊，把你這眉兒放展舒。（二）只愁你瘦儀容難做肥。（三）今日呵，豈獨奴心知感德，料你也卿恩泉石裏。（合前）

【前腔】（貼）從別後倍哀戚，況家中音信稀。為公婆多怨憶，為爹行常淚垂。今日見公姑無媿色，又得與爹行相依倚。（合前）

【永團圓】（眾）名傳四海人怎比，豈獨是耀門閭？人生怕不全孝義，聖明世，豈相棄。這隆恩美譽，從教何所媿，萬古青編記。如今便去，相隨到帝畿。拜謝皇恩了，歸院宇一家賀

喜。共設華筵會，四景常歡聚。顯文明，開盛治。說孝男，並義女。玉燭調和歸聖主。

還居墓茨已三年，何幸丹書下九天。

莫道名高與爵貴，須知子孝共妻賢。

批：

《琵琶》所不可及處，每在文章盡頭處復生一轉。神物！神物！

釋義：招魂：宋玉閔師屈原放逐，恐其魂魄不返，遂托帝命，假巫語以招之，而復其魂魄。盡瘁：

《出師表》云：『鞠躬盡瘁。』億兆：十萬曰億，十億曰兆。儀型：儀，像也；型，法也。《詩》曰：

『儀刑文王。』犬馬之報：晉太和中，有楊生者，養一狗，甚愛之。後生飲酒醉倒大草澤中，時冬月野火

起，風又狂。狗號喚生不醒，前有坑水，犬走往水中。還，以身灑生左右。草沾水得濕，火不能燒，生得免

其厄。章皋得大宛良馬一匹，極愛之。適吐蕃率兵入寇，皋戰之，敗績。至青城山下墜馬，敵追將近，其馬

四足伏地，垂韁以迎之，皋竟得還營。霜露之思：《禮記·儀制》曰：『霜露既降，君子履之，必有愴

愴之悲。』其此之謂也。起復：國朝定制，凡官吏等聞喪，不計閏，二十七個月服滿起復。玉燭：四

時和謂之玉燭。

魏仲雪先生批評琵琶記下卷終　大尾

重刻音釋題評琵琶記

目 録（二）

（以上原闋）付之天也。

□□□，□時英，玉

〔鷓鴣天〕宋玉多才未足稱，子雲識字浪傳名。（中闋）丈，風力行看九萬程。

（中闋）將萊綵歡親意，且戴儒冠盡子情。（中闋）籍，（中闋）物，以及詩賦詞章，皆能窮其妙；由陰陽

星曆，以至（中闋）精。抱經濟之奇才，當文明之盛世。幼而學，壯而行，（中闋）則弟，怎離白髮

之雙親？到不如盡菽水之（中闋）行孝於己，責報於天。自家新娶妻房，纔方兩月。却是陳留郡人，趙

氏五娘。儀容俊雅，也□□桃李之姿；德性幽閒，盡可寄蘋蘩之托。正是夫妻和順，父母康寧。《詩》

中有云：『為此春酒，以介眉壽。』今喜雙□□而康，對此□□，就花下酌杯酒，與雙親稱壽，多少是好。

昨已囑付五娘子安排酒席，不免催促則個。娘子，酒完了，請爹媽□□。（旦內應科）（外扮蔡公、淨扮

蔡婆上）

【雙調引子·寶鼎兒】（外）小門深巷，春到芳草，人間清晝。（淨）人老去星星非故，春又來

年年依舊。（旦扮趙氏上）最喜今朝春酒熟，滿目花開如繡。（合）願歲歲年年，人在花下，常

斟春酒。

（外）（二）孩兒，你請我兩個出來做甚麼？（生）告爹媽得知：人生百歲，光陰幾何？幸喜爹媽年滿八

（一）眉批：
此處當道出蔡公、蔡婆及張廣才姓名方有原委。蔡名稜，字伯喈，此白從簡，取木簡，故取其名。張廣才

適高東嘉託名。

旬,孩兒一則以喜,一則以懼。當此青春光景,閒居無事,聊具一杯蔬酒,與爹媽稱壽則個。(淨笑云)

阿老有得喫。(外)阿婆,這是子孝親樂,家和萬事成。(生勸酒科)

【雙調過曲・錦堂月】(生)簾幕風柔,庭幃晝永,朝來峭寒輕透。親在高堂,一喜又還一憂。

惟願取百歲椿萱,長似他三春花柳。(合)酌春酒,看取花下高歌,共祝眉壽。

【前腔換頭】(旦)輻輳,獲配鸞儔。深慚燕爾,[二]持杯自覺嬌羞。怕難主蘋蘩,不堪侍奉箕

箒。惟願取偕老夫妻,長侍奉暮年姑舅。(合前)

【前腔換頭】(外)還愁,白髮蒙頭,紅英滿眼,心驚去年時候。只恐時光,(中闋)孩兒,惟願取

黃卷青燈,及早換金章紫綬。[三](合前)

【前腔換頭】(淨)還憂,松竹門幽,桑榆暮景,明年知他健否安否?(中闋)花難茂。媳婦,惟

願取連理芳妍,得早遂孫枝榮秀。(合前)

【醉翁子】(生)回首,嘆瞬息烏飛兔走。喜爹媽雙全,(中闋)淡安閒,樂事如今誰更有?

(合)相慶處,但酌酒高歌,(以上原闋)[三]

(一) 眉批:鸞儔、燕爾,以虛對實。

(二) 眉批:此折以顏色字作類。

(三) 眉批:『花下高歌』『共祝眉壽』一作『更今何求』,非韻。

（外）孩兒，你今日為我兩個慶壽，這便是你的孝心。（以下原闕）個丈夫。纔想將起來，今年是大比之

年，昨日郡中有（中闕）京取應。倘得脫白掛綠，儘可濟世安民，這纔是你的忠（中闕）堂，無人侍奉，孩

兒豈敢遠離？　實難從命。

【前腔換頭】（外）卑陋，（二）論做人要光前耀後。勸我兒青雲萬里，（三）早當（中闕）在田園，何必

區區公與侯？（合前）

【僥僥令】（生）春花明綵袖，春酒泛金甌。但願歲歲年年人長在，父母共夫妻相勸酬。

【前腔】（外、净）夫妻相廝守，父母願長久。坐對兩山排闥青來好，看將一水護田疇，綠

遠流。（三）

【十二時】（合）山青水綠還依舊，嘆人生青春難又，惟有快活是良謀。

（外）逢時對酒且高歌，（净）須信人生能幾何。

（生）萬兩黃金未為貴，（旦）一家安樂值錢多。

釋義：　親燈火：　夜讀也。昌黎《勉子》詩：『燈火稍可親。』班馬：　後漢班固，字孟堅，安陵人。九

（一）眉批：　今本無外折，接『卑陋』句□下。

（二）眉批：　『勸』一作『願』，與『當』字不合。

（三）眉批：　今本作『坐對送青排闥青來好，看將綠水護田疇，綠水流』，不唯刻畫完記，其如荊公佳句何？

歲能文，明帝時典校秘書，著《西漢書》。司馬遷，子子長，龍門人。弱冠遊江、淮，浮沉、湘，涉汝、泗，過

梁、楚以歸。武帝太中初爲太史令，作《史記》。後世稱爲良史，必曰班馬。風雲：《易》云：『雲從龍，

風從虎。』喻士之乘時也。宋玉：楚人屈原弟子，憫其師忠而見放，作《九辨》述其志以悲之。又作《高

唐》《神女》等賦，皆寓言有所諷也。子云：漢揚雄字也。成都人，博學群書，口吃，訥不能劇談，而好沉

思。善識奇字，劉棻從學之。九萬程：《莊子·逍遙篇》：『北溟有魚曰鯤，鯤之大不知其幾千里。化

而爲鵬，鵬之大皆不知其幾千里。怒而飛，其翼若垂天之雲。是鳥也，居北海則將徙於南溟。南溟者，天

池也。鵬之徙，擊水三千里，摶扶搖而上者九萬里。』扶搖，風上行也。玉堂：漢武帝所建，猶今翰林

也。宋蘇易簡爲學士，太宗以紅綃飛帛四字曰『玉堂之署』賜本院掛之也。金馬：門名。《三輔黃

圖》：『金馬門，宦者之署，在未央宮右。』武帝時，□□□馬，以銅鑄像，立於署門，因以爲名。東方朔、主

父偃、嚴安、徐樂待詔於此。萊綵：老萊子，楚人。嘗著書□□家之用。事親至孝，年□□，身着五色斑

襴之衣。嘗取水上，佯仆地，爲小兒啼；弄雛於親側以娛之。青雲：莆田鄭嶠，乾道間中省，未廷對，

夢空中一梯，雲氣圍繞，俄至梯側。既而果登第一。菽水：菽，豆也。《禮記》：『啜菽飲水盡其歡。』

齏鹽：《送窮文》：『朝齏暮鹽。』言學者燈窗勤苦。幽閒：《詩》言文王之妃，有幽閒貞静之德。

蘋蘩：皆草名。古人以奉祭祀。《詩》云：『采蘋采蘩。』星星：髮變斑也。謝靈運詩：『星星白髮

垂。』椿萱：《莊子》云：『山中有大樹木，以八千歲爲春，八千歲爲秋。』凡稱父爲椿者，取久長之義。

萱，忘憂草，以食之令人忘憂。 凡稱母為萱者，蓋取忘憂之義也。 輻轃：輻，車輻也；轃，輻共轂也。

喻夫婦合而成家也。 鸞儔：鸞鳳常和鳴，故以喻夫婦和合。 箕帚：單父呂文，字叔平，善相貌。高

祖狀貌非常，曰：吾有女，願為箕帚妾。箕帚，掃除之器也。 偕老：偕，同也。《詩》：『與子偕老』

黃卷：古人為書，用黃紙。有誤，以雌黃塗之於上，故曰黃卷是也。 金章：章，印也。以金為印，故曰

金章。 紫綬：紫，組以貫玉璽者。 桑榆：《淮南子》：『日西垂，影在木端。』端，木末也。喻人老不

久也，故曰桑榆。 蘭玉桂花：俱喻子孫也。晉謝玄與從兄朗輩為叔父安所器，曰：子弟亦何預人事，

正欲使其佳。玄答曰：譬如芝蘭玉樹，欲使其生於庭階耳矣。 孫枝：《風俗通》云：『梧桐生孫枝。』

瞬息：瞬，一轉目也；息，一呼吸也。言光陰之迅速。 烏飛：《淮南子》：『日中有三足踆烏。』踆

烏，蓋烏之尾翅屬陽，以喻日。 月，太陽之精，積而成獸，故以兔喻也。 兔走：《酉陽雜俎》：『月中有兔，與蟾蜍并明。』陰繫於陽也。兔之唇

闕，陽類。 驅：音逞。 儔：音仇。 謬：音茂，差謬也。 健：音見。 瞬：音舜。

音字： 濎：音幽。 膝：音昔。 甌：音歐。

闥：音達。

第三齣　牛氏規奴

（末扮院子上）風送爐香歸別院，日移花影上閒庭。畫長人靜無他事，惟有鶯啼三兩聲。[一] 小子不是別人，卻是牛太師府裏一個院子。若論俺太師的富貴，真個：只有天在上，更無山與齊；舉頭紅日近，回首白雲低。[二] 怎見得那般富貴？他勢壓中朝，資傾上苑。白日映沙堤，青霜凝畫戟。門外車輪流水，城中甲第連天。瓊樓酬月十二層，錦障藏春五十里。香散綺羅，寫不盡園林景致，影搖珠翠，描不就庭院風光。好耍子的油碧車輕金犢肥，沒尋處的流蘇帳暖春鷄報。畫堂內持觴勸酒，走動的是紫綬金章；繡屏前品竹彈絲，擺列的是紅妝粉面。玳瑁筵前爇寶香，真個是朝朝寒食；琉璃影裏燒銀燭，果然是夜夜元宵。愛景清幽，鎮白日何曾離繡閣？笑人游冶，傍青春那肯出□□？□遍海棠真個好一位小娘子呵！看他儀容嬌媚，一個沒包彈的俊臉，似一片美玉無瑕；體態幽閒，半點難勾引的芳心，如幾寸清冰徹底。珠翠叢中長大，倒堪雅淡梳妝；綺羅隊裏生來，卻厭繁華氣象。怪聽笙歌聲韻，惟貪針指工夫。這般樣福地洞天，可知有仙妹玉女[三]。休誇富貴的牛太師，且說賢德的小娘子，

- （一）眉批：『風送』四句，高漢卿詩。鶯啼：一作『啼鶯』。
- （二）眉批：引寇準《華山》詩，取義更新。
- （三）眉批：此篇與三十四齣彌陀寺五戒、三十六齣蔡伯喈院子二篇語俱駢儷清新。

花，也不問夜來多少；飛殘楊柳絮，竟不道春去如何。要知他半點真心，惟有穿瑣窗的皓月；能回他一雙嬌眼，除非翻繡幌的清風。決非慕司馬的文君，肯學選伯鸞的德耀？[一]更羨他知書知禮，是一個不趨蹌□□□，若論他有德有行，好一位戴冠兒的君子。多應是相門□□，可惜不做厮兒。[二]少甚麼王子王孫，爭要求為佳配。呀！理會得麼？他是玉皇□□書仙，一點塵心謫九天。莫怪蘭香熏透骨，霞衣曾惹御爐烟。□□□只見府堂中老姥姥和惜春姐兩個，笑哈哈舞將出來。我且躲在一邊，看他做甚麼。（淨扮老姥姥、丑扮惜春舞上）

【仙吕入雙調·雁兒落】[三]（淨）庭院重重，怎不怨苦？要尋個男兒，又無門路。（丑）甚年能穀和一丈夫，一處裏雙雙雁兒舞？

（末相見科）我問你兩個，往常間不曾恁的快活，今日如何這般快活？（丑）院公，你那得知我喫小姐苦哩！并不許我半步胡端，又不要我說男兒邊厢去。咳！苦也！你不要男兒，我須要哩。他也道我和他相似，笑也不許我笑一笑。今日天可憐見，喫我千方百計去說化他，只限我半個時辰去後花園閒要一遭。你道我如何不快活？（淨）院公，便是我也千不合萬不合前生不曾種得福田，爹娘把我送在

（一）　眉批：『司馬』『伯鸞』二句，事對人對字對。
（二）　眉批：厮兒：猶云男兒。
（三）　落：原作『舞』，據汲古閣刊本《繡刻琵琶記定本》改。

府堂中做個丫頭。到今年紀老了，不曾得一日眉頭舒展。今日天可憐見，幸得老相公入朝，我纔得偷身來此閒耍一遭。你道我如何不快活？（末）元來恁的，可知道你二人快活也。（淨）院公，你伏侍老相公，却是公的撞着公的；我與惜春伏侍小姐，却是雌的又撞雌的。（末）呀！老姥姥，你怎的說這話？惜春姐年紀小，也怪他傷春不得。你年紀這般老大，也說這般傷春的話，似京棗，外面皺，裏頭好。（淨）哼嗯老畜生！倒喫你識破了。却不道秋茄晚結，菊花晚發？我雖然老便老，（淨）哼你不聞東村有個李太婆，年紀七八十歲，頭光撻撻的，也只要嫁人。人間道：你這般老了，又去嫁人怎的？那婆婆做四句詩，應得好。（末）如何說？（淨）道是：人生七十古來稀，不去嫁人待何時？下了頭髻床上睡，枕頭上兩個大擂搥。（末）你有些欠尊重。（丑）休閒說。今日得來此花園遊嬉，也不容易。又撞着院公在此，咱每三兩個何不做個耍子？（淨）院公，和你踢氣毬耍子？（末）不好。（淨）怎的不好？（末）也說得是。還是做甚麼耍子好？（淨）院公，老脚踜蹡，[三]圓社無心馳騁[三]空使繡襦汗濕，漫教羅襪生塵，兀的是少年子弟俏門庭。老姥姥如今年和你踢氣毬耍子？（末）不好。（淨）怎的不好？[西江月]白打從來逞藝，官場自小馳名。[一]如今年老脚踜蹡，[三]圓社無心馳騁。[三]空使繡襦汗濕，漫教羅襪生塵，兀的是少年子弟俏門庭。老姥姥不是你寶妝行徑。（丑）院公，踢氣毬不好，便和你鬥百草耍子？（末）也不好。（丑）怎的不好？

（一）眉批：《齊雲論》曰：兩人對踢爲白打，三人角踢爲官場。

（二）眉批：踜蹡：不便貌。坊本作『㾕瘲』，非。

（三）眉批：毬會謂之圓社。

（末）香徑裏扒殘柳眼，（一）雕欄畔折損花容。又無巧藝動王公，枉費工夫何用？驚起嬌鶯語燕，打開浪蝶狂蜂。若還尋得個并頭紅，惜春姐，早把你芳心引動。（淨、丑）院公，你道兩樣都不好，如今打鞦韆耍子好麼？（末）這個却好。你聽我說：玉體輕流香汗，繡裙蕩漾明霞。纖纖玉手綵繩拿，真個堪描堪畫。本是北方戲曲，移來上苑豪家。女娘撩亂隔墻花，好似半仙戲耍。（淨、丑）恁的便打鞦韆。只是沒有架子。（末）這花園中那得他？一來老相公不喜，二來小娘子不好，縱有也拆了。（丑）院公，沒奈何，我每三個在這裏廝輪做個鞦韆架，一人打，兩人擡。（末）如此也好。誰人先打？（淨、丑）我兩人擡，院公先打。（做架科）（末）你兩人不要跌了我。（淨、丑）院公，你放心，不妨事，只管上去打便罷。（末白）待我上去打。（末打科）

【宰地錦襠】（三）（末）花紅柳綠草芊芊，正值春光艷陽天。我和你不來此處打鞦韆，爲人一生也徒然。

（放跌科）（末）你兩個跌得我好！如今輪該老姥姥打。（淨）你兩人也不要跌了我。（末）老姥姥放心，不妨事，只管打便罷。（淨打科）

【前腔】（淨）春光明媚景色鮮，遊遍花塢聽杜鵑。那更上苑柳如綿，我和你不打鞦韆枉

（一）　眉批：　三詞中并不露一個本色字，而三事宛然甚妙。一本改『柳眼』爲『草色』，犯出『草』字，失體。
（二）　眉批：　諸本無此三曲，與前白及詞不相應。

少年。

（放跌科）（淨）你兩個騙得好我！如今輪該惜春打。（丑）你兩人不要跌了我。（淨）惜春放心，也只

管打便罷。

【前腔】（丑）奴是人間快活仙，喫了飽飯愛去眠。莫教小姐來撞着，那時高高吊起打三千。

（放跌科）（貼扮牛氏撞見科）（貼）莫信直中直，須防仁不仁。是要得好呵！（末、淨走下）（丑做不知）

你兩個騙得我好！如今我打了，又該院公打。（貼扯丑耳科）賤人！恁的為人不尊重，只要閒嬉并閒

哄？（丑驚科）小姐，教人怎不去閒哄？（丑）小姐，奴家心裏憂悶，只得在此消遣則個。（貼）你心中憂悶怎的？

片時，誰許你如此閒哄？（丑）小姐，奴家名喚做惜春，（一）見這春去，便自傷春起來。教人如何不悶？（貼）賤人！有甚傷春

處？（丑）姐姐，我早晨裏只聽疏辣辣寒風，吹散了一簾柳絮；餉午間只見淅零零細雨，□□了滿樹

梨花。一霎時轉幾對黃鸝，猛可的叫數聲杜宇。奴家見此春去，如何不悶？（貼）春光自去，你有甚么

悶來？我和你習女工便了。（丑）咳！苦也！這般天氣，誰不去閒嬉？小姐却教惜春去習女工，兀

的不是悶殺惜春麼？（貼）婦人家誰許你閒嬉？不習女工，有甚勾當？你却不學那不出閨門的。

（丑）小姐，你有盈箱羅綺，滿頭珠翠，少甚麼子，却這般自苦？（貼）賤人！好怪麼？做女工是你本

（一）　眉批：『惜春』二字乃是一篇關鍵。

分的事，問有和沒甚麼？（丑）恁地，惜春拜辭小姐去也。（貼）你拜辭我那裏去？（丑）小姐，我去伏

侍別人，與他傳消遞息，隨趁也得些快活。（貼）咳！賤人，你伏侍我，我有甚虧了你？（丑）小姐，我

伏侍着你時節，見男兒也不許我擡頭看一看。前日艷陽天氣，花紅柳綠，貓兒也動心，你也不動一動；

如今暮春時候，鳥啼花落，狗兒也傷情，你也不傷一傷〔一〕惜春其實難和小姐過活。（貼）呀！這賤

人，你是顛是狂，說這般話？我就去〔二〕對老相公說〔二〕好生施行你。（丑跪科）小姐，可憐見惜春心裏悶，

因此這般說。（貼）賤人！我且饒你這遭。你看麼。

【越調引子·祝英臺近】（貼）綠成陰，紅似雨，春事已無有。（丑）聞說西郊，車馬尚馳驟。

（貼）怎如柳絮簾櫳，梨花庭院，（合）好天氣清明時候？

〔玉樓春〕清明時節單衣試，爭奈晝長人靜重門閉。（貼云）我芳心不解亂縈牽，羞睹游絲與飛絮。（丑

云）小姐，我在繡窗欲待拈針指，忽聽鶯燕雙雙語。（貼云）賤人！無情何事管多情，任取春光自來去。

（丑云）小姐，你有甚麼法兒，教惜春休悶咱？（貼云）你且聽我說。

【越調過曲·祝英臺序】（貼唱）把幾分春三月景，分付與東流。（丑云）小姐，如今鳥啼花落，你

須煩惱些麼？（貼唱）休休，婦人家不出閨門，怎去尋花穿柳？（丑云）小姐，你不去賞翫，只怕消

（一）　眉批：此段話至第十五齣相應。

（二）　對：原闕，據汲古閣刊本《繡刻琵琶記定本》補。下同補。

瘦了你。(貼唱)我花貌,〔一〕誰肯因春消瘦?

【前腔換頭】(丑唱)春晝,只見燕成雙,〔二〕蝶引隊,鶯語似求友。(貼云)賤人,你是人,卻說那蟲蟻做甚麼?(丑唱)那更柳外畫輪,花裏雕鞍,都是少年閒遊。(貼云)這賤人,你是婦人家,說那男兒的事做甚麼?(丑唱)難守,繡房中清冷無人,我待尋一個佳偶。(貼云)呀!你到思量丈夫起來!(丑唱)這般說,我終身休配鸞儔?

【前腔換頭】(貼唱)惜春,知否?我爲何不捲珠簾,獨坐愛清幽?(丑云)小姐,只怕你不常惷的。(貼唱)休憂,愁!〔三〕□□□□年年,我的芳心依舊。(丑唱)縱有千斛悶懷,百種春愁,難上我的眉頭。(丑云)只怕風流年少的哄動了你。(貼唱)這文君,可不擔了相如琴奏?

【前腔換頭】(丑唱)今後,方信你徹底澄清,我好沒來由。(貼云)惜春,你怎的不收斂了心?(丑唱)想像暮雲,分付東風,情到不堪回首。〔四〕

(一) 眉批:我花貌:坊本作『把花貌』,非。

(二) 眉批:古本『燕成雙』是三疊文,諸本作『燕雙飛』,非。

(三) 人:原闕,據汲古閣刊本《繡刻琵琶記定本》補。

(四) 眉批:古詩云:情到不堪回首處,一齊分付與東風。言不管春色春去也。

（貼云）你怎的不學着我？

【前腔換頭】（丑唱）姐姐，聽剖，你是蕊宮瓊苑神仙，不比塵凡相誘。（貼云）恁地，自隨我去做習

女工夫便了。（丑唱）我謹隨侍娘行，拈針挑繡。

（丑云）小姐，你聽那子規却是啼得好哩！

（貼）休聽枝上子規啼，（丑）悶在停針不語時。

（貼）窗外日光彈指過，（丑）席前花影坐間移。

【釋義】 牛太師： 指董卓也。卓，漢靈帝時為太師，蔡邕嘗為其署辟召，卒坐卓黨以死，故托牛姓而以

邕為婿也。 只有天在上： 寇萊公童時詠華山詩也。 沙堤： 唐詩云：『新築沙堤宰相行』清霜畫

戟： 清霜，森嚴也。 畫戟，兵仗也。 車輪流水： 言侍從之多也。 瓊樓： 唐翟乾祐於中秋翫月，或

問月中何所有，答曰：『隨我手中看之。』月現半圓，瓊樓玉宇滿焉。 酹月： 酹，以酒沃地也。 錦帳：

晉石崇與王愷鬥富，作錦帳五十里。 金貂： 古詩云：『卿相解金貂。』玳瑁： 狀類龜而殼稍長，其足

有六，後兩足無爪，首尾如雞鵝，甲有文，背有鱗大如扇。 將器煮，鱗如柔皮。 取甲繫人臂，辟蟲毒。 寒

食： 冬至後百五日有疾風暴雨，謂之寒食。 其日不動火，預辦熟食，謂之禁烟節。 琉璃： 出高麗國，

可以點燈。 『油碧車輕』： 溫飛卿詞： 『倦遊綠錦帳。』盤綫繪繡之毯，五綵為之，同心而下垂者曰流

蘇。 福地洞天： 仙靈勝境有三十六洞天，七十二福地。 包彈： 褒貶也。 包公拯多抨彈，故曰包彈。

遊冶：少年恣遊而粧飾冶。

司馬、文君：漢司馬相如字長卿，文君字妙姬，卓王孫之長女。相如與臨邛令王吉善，王孫聞令有貴客，具酒召之，并召令。酒酣，令長卿操琴。時文君新寡，相如以琴心挑之。文君心悅，遂夜奔相如，遂馳歸成都以成夫婦焉。

伯鸞、德耀：伯鸞，漢梁鴻字；德耀，孟光字。光擇配不嫁。曰：欲得節操如梁鴻者。鴻聞而娶之。及嫁，以裝飾入門，七日而鴻不答。妻曰：妾自有隱居之服，鴻乃喜，曰：此真鴻之妻也。鴻家貧，賃舂於皋伯通廡下。荊釵裙布，每具食，則不敢仰視，舉案齊眉。後共入灞陵山中，以耕織爲業。

字音：
凝：音作迎。　酢：音作胙。　犢：音讀。　貂：音刁。　妝：音壯。　熱：音屑。　姝：音樞。
態：音太。　謫：音則。　襦：音儒。　鞦：音秋。　韀：音千。　鞍：音安。　鍼：音針。

第四齣　蔡公逼試

【南呂引子·一剪梅】（生唱）浪暖桃香欲化魚，期逼春闈，詔赴春闈。郡中空有辟賢書，心戀親闈，難捨親闈。

世間好物不堅牢，彩雲易散琉璃脆。蔡邕本欲甘守清貧，力行孝道。誰知朝廷招賢，郡中把我名字保申上司去了；一壁廂已有吏來辟召，自家力以親老爲辭。這吏人雖則去，只怕明日又來，我只得力辭便了。正是：

人爵不如天爵貴，功名爭似孝名高？

【南呂過曲·宜春令】（生唱）雖然讀萬卷書，論功名非吾意兒。只愁親老，夢魂不到春闈裏。[二] 便教我做到九棘三槐，怎撇得萱花椿樹？天那！我這衷腸，一點孝心對誰語？（末扮張太公上）

【前腔】（末唱）相鄰並，相依倚，往常間有事來相報知。（生云）來的却是張太公呵。（相見科）（末）秀才，試期逼近矣，早辦行裝前途去。（生云）我爹娘年老，不敢去。（末云）呀！秀才，子雖念親老孤單，親須望孩兒貴顯。你趁此青春不去，更待何日？

【前腔】（生云）太公言極有理。爭奈父母無人奉侍，如何去得？（末云）你既不肯去呵，且看老員外和老安人出來如何說。我想員外來，也只是教你去的分曉。道猶未了，老員外來也。

【前腔】（外唱）時光短，雪鬢催，守清貧不圖甚的。有兒聰慧，但得他為官吾心足矣。（外、末作相見科）（外云）孩兒，天子詔招取賢良，秀才每都求科試。你快赴春闈，急急整着行李。

【前腔】（淨唱）娘年老，八十餘，眼兒昏又聾着兩耳。有兒聰慧，娶得個媳婦方纔六十日。老賊，你強逼他赴着春闈，那時節怕等不得孩兒榮貴。天那！細思之，怎不教老娘嘔氣？

（相見科）（淨云）我不合娶個媳婦與你，方纔得兩個月，你渾身便瘦了一半；若再過三年，怕不成一個

重刻音釋題評琵琶記

（二）　眉批：坊本作『親闈』，非。

枯髏？（末云）呀！老安人，你要他夫妻不諧呵？（外云）孩兒，如今黃榜招賢，試期已逼，郡中既然辟召見，你的學問可知，如何不去赴選？（生云）告爹爹得知：孩兒非不欲去，爭奈爹娘年老，家中無人侍奉。（末云）老員外和老安人，不可不作成秀才去走一遭。（淨云）咳！公公，你豈不知道？我家中又沒有七子八婿，只有一個孩兒，如何去得？（外）你這等說，赴試的都有七子八婿？（淨）老賊，你如今眼又昏，耳又聾，又走動不得，有誰來看顧？真個沒飯喫便餓死你，沒衣穿便凍死你。你知麼？（外）你婦人家理會得甚麼？孩兒若做得官時，也改換門閭，如何不教他去？（生）爹爹說得自是，只是孩兒實是難去。

【繡帶兒】（生）親年老光陰有幾？行孝正當今日。[一]（末）秀才此去，必定脫白掛綠。（生）太公，終不然為着一領藍袍，却落後五綵斑衣？[二] 思之，此行榮貴可擬，怕親老等不得榮貴。（外）孩兒，春闈裏紛紛的都是大儒，難道是沒爹娘的方去求試？（末）秀才，你休疑，男兒漢凌雲志氣，何必苦恁淹滯？秀才，你此回不去呵，可不乾費了十載青燈，枉捱過半世黃齏？須知，此行是親志，你休固拒。秀才呵，那些個養親之志？（淨）我百年事只有此兒，老賊，難道是庭前森森丹桂？

（一）眉批：　正當：一作『正是』，一作『正在』。

（二）眉批：　『五綵』對『一領』。今作『戲綵』非。

【太師引】（外）太公，他意兒難提起，這其間就裏我自知。（末）老員外，他為着甚麼？（外）他戀
着被窩中恩愛，⁽¹⁾捨不得離海角天涯。（生）孩兒豈有此心？（外）孩兒，你是讀書人，我說一個比
方與你聽。塗山四日離大禹，你今畢姻已兩個月了，直恁的捨不得分離？（末笑科）呀！秀才，你
敢是如此麼？（生）太公，卑人怎敢？（末）秀才，你貪鴛侶守着鳳幃，只怕誤了你鵬程鶚薦
消息。⁽²⁾

【前腔】（淨）太公，他意兒只要供甘旨，又何曾貪戀妻？自古道曾參純孝，何曾去應舉及
第？功名富貴天付與，天若與不求而至。（生）娘言是，望爹行聽取。（外）呀！娘言的是，我
言的非呵！你敢只是戀新婚，逆親言麼？（生跪天科）天那！蔡邕若是戀着新婚不肯去呵，天須鑒蔡
邕不孝的情罪。⁽³⁾

（外怒科）畜生！我教你去赴選，也只是要改換門閭，光顯祖宗。你却七推八阻，有許多說話。（生）爹
爹，孩兒豈敢推阻？爭奈爹媽年老，無人侍奉，萬一有些差池，一來人道孩兒不孝，撇了爹娘去取功
名；二來爹爹所見不達，止有一子，教他遠離。孩兒以此不敢從命。（外）不從我命也由你，你且說如

（一）　眉批：『被窩中』句無中生有，便為下文張本。一作『臂窩中』，非。
（二）　眉批：『鴛侶』『鳳幃』『鵬程』『鶚薦』，天然字面。
（三）　罪：原闕，據汲古閣刊本《繡刻琵琶記定本》補。

何喚做孝？（淨）老賊！你年紀七八十歲，也不識做孝？披麻帶索便喚做孝。（外）咦！你曉得甚

麼？（生）告爹爹：凡爲人子者，冬溫而夏清，昏定而晨省，問其燠寒，搔其痾癢，出入則扶持之，問所

欲則敬進之。所以父母在，不遠遊，出不易方，復不過時。古人的大孝，也只是如此。（外）孩兒，你

說的都是小節，不曾說着大孝。（末）咦！這話有些不祥。（淨）老賊！你又不曾死，只管教他做大孝。

不得。（末）咦！這話有些不祥。（外）孩兒，你聽我說：夫孝始於事親，中於事君，終於立身。身體

髮膚，受之父母，不敢毀傷，孝之始也。立身行道，揚名於後世，以顯父母，孝之終也。是以家貧親老，

不爲禄仕，所以爲不孝。你若去做得官時節，也顯得父母好處，兀的不是大孝是甚麼？（生）爹爹説極

是。但孩兒此去，知道做得官否？（外）還不中時節，既不能殺事親，又不能殺事君，却不兩下擔閣了？

（末）秀才所見差矣。老漢尝聞古人云：幼而學，壯而行，懷寶迷邦，謂之不仁。孔席不暇暖，[一]墨

突不得黔，伊尹負鼎俎於湯，百里奚把五羊皮自鬻，也只要順時行道，濟世安民。自古道：學成文武

藝，貨與帝王家。秀才，你這般才學，如何不去做官？（淨）太公，你都有好言勸我孩兒去赴選，我有一

個故事說與你聽。（末）老漢願聞。（淨）在先東村李員外有個孩兒，也讀兩行書。他爹爹每日閙炒，只

是教孩兒去求官。孩兒喫不過爹爹閙炒，去到長安，那裏無人擡舉他，遂流落去街上乞食。見個平章

宰相，他疾忙在地上拜着，叫聲擡舉他。那宰相道：我與你做個養濟院裏大使，去管你爹娘。這孩兒

（一）　眉批：　孔席不暇暖：孔子周遊列國，志在行道，駐身未久，故云。

自思道：做個養濟院大使，如何管得自己的父母？比及他回家去，不想他父母無人供養，流落在養濟院居住。他父母見孩兒回來，說道：我教孩兒去得是？今日我孩兒做個養濟院頭目，眾人也不敢欺負我。你每如今都勸我孩兒去赴選，千萬做個養濟院，異日回來，眾人也不敢欺負我。（末笑科）老安人，你說這乞丐事，儘教我聽了半日。（外）孩兒，你趁早收拾行李起程。（生）爹爹，兒去則不妨，只是爹媽年老，教誰看管？（末）秀才不必憂慮。自古道：千錢買鄰，八百買舍。老漢既忝在鄰居，你但放心前去；若是宅上有些小欠缺，老漢自應承。（生）如此，多謝公公！凡事仗託周濟。此行若獲寸進，自當啣環結草相報，決不敢忘！卑人沒奈何，只得收拾行李前去。

【三學士】（生）謝得公公意甚美，凡事仗託扶持。假饒一舉登科日，難道是雙親未老時？只恐錦衣歸故里，怕雙親不見兒。[一]

【前腔】（外）萱室椿庭衰老矣，指望你改換門閭。孩兒，你道是無人供養我，你若是做得官回來時節，三牲五鼎供朝夕，須勝似啜菽并飲水。你若是錦衣歸故里，我便死呵，一靈兒終是喜。

【前腔】（末）託在鄰家相依倚，自當效此區區。秀才，你為甚十年窗下無人問？只圖個一舉成名天下知。你若不錦衣歸故里，[二]誰知你讀萬卷書？

（一）眉批：用『只恐』『你若』『不從』，然八個『命』字遂化成四段意，火還丹點鐵成金，止須一刀斷耳。
（二）眉批：有一本作『專不愛歸故里』，言此詩也。

【前腔】（淨）一旦分離掌上珠，我這老景憑誰？ 苦！ 忍將父母饑寒死，博得孩兒名利歸。

你縱然錦衣歸故里，補不得名行虧。

（外）急辦行裝赴試闈，（生）父親嚴命怎生違？

（淨）一舉首登龍虎榜，（末）十年身到鳳凰池。

釋義：

夢魂不到：宋崔翰累官瑞州團練使，從太祖征太原，謂人曰：吾身雖在此，而夢魂不離親悼也。

九棘三槐：《周禮·秋官》：『朝士掌建外朝之法，左九棘，孤、卿、大夫位焉，群士在其後，右九棘，公、侯、伯、子、男位焉，群吏在其後。面三槐，三公位焉，州長、眾庶在其後。左嘉左、平罷民焉，右師右，達窮民焉。』註：棘者，象赤心而外剌也；槐者，懷來人也。森森丹桂：馮道《贈燕山》詩：『丹桂五枝芳。』鵬程：

鵬鳥背大，怒飛，其翼若垂天之雲，徙於南溟，水擊三千里，風摶扶搖而上者九萬里。《送人赴舉》詩：『萬里鵬程要遠圖。』鶚薦：漢禰衡，孔融愛其才，疏薦之云：『鷙鳥累百，不如一鶚。』故云。墨突不得黔：突…竈窗出烟之處。墨翟遍歷天下，急於濟物，所居處竈窗烟燻未墨遂行。

百里奚自鬻：百里奚，春秋人。家於百里，因氏焉。事虞，知其將亡而去之秦，於牛□之下。穆公以五羊皮贖之，授以國政。或謂其自責於秦養牲者，得五羊之皮而為之食，以干穆公焉。『千錢』二句：宋行雅市宅，居呂僧珍宅側。珍問宅價，曰一千一百萬。怪其貴，曰：百萬買鄰，千萬買舍。

寒死：宋薛英登進士，陳言忤旨，謫南海尉。及歸，親没。人曰：可惜父母饑寒死，且喜孩兒名利歸。

故言此詩也。

音字：

幃：音違。　棘：音及。　森：音參。　鵬：音朋。　黔：音乾。　鸒：音育。

第五齣　南浦囑別

【雙調引子・謁金門】(旦)春夢斷，臨鏡綠雲撩亂。聞道才郎遊上苑，又添離別嘆。(生)苦
被爹行逼遣，脉脉此情何限。○(一)　(合)骨肉一朝輕拆散，可憐難捨拚。

(旦)官人，雲情雨意，雖可拋兩月之夫妻；雪鬢霜鬟，竟不念八旬之父母？功名之念一起，甘旨之心
頓忘，是何道理？(生)娘子，你說那裏話？膝下遠離，豈無眷戀之意？奈堂上力勉，不聽分剖之辭。
咳！教卑人如何是好？(旦)我猜着你了。

【仙呂入雙調・忒忒令】(旦)你讀書思量做狀元，我只怕你學疏才淺。(生)娘子，你那見我學
疏才淺？(旦)官人，只是《孝經》《曲禮》，你早忘了一段○(二)　(生)咳！我那曾忘了？(旦)却不
道夏清與冬溫，昏須定，晨須省，親在高堂兒遊怎遠？

(一)　眉批：『脉脉』屬意緒，一作『默默』，則而言語矣。杜牧之詩：『脉脉無言度幾春。』又辛幼安詞：『脉脉此情
難訴。』

(二)　眉批：『段』作『半』言。一段：坊本作『一千』，不穩。

【前腔】（生）我哭哀哀推辭了萬千，（旦）那張太公在傍如何說？（生）他鬧炒炒抵死來勸。

（旦）官人，你不去時也須由你。（生）將我深罪，不由人分辯。（旦）他罪你甚的？（生）他戀

新婚，[一]逆親言，貪妻愛，不肯去赴選。

【沉醉東風】（旦）你爹行見得好偏，只有一子不留在身畔。官人，公婆如今在那裏？（生）在堂

上。（旦）既在堂上，我和你去說。（做欲行不行科）（生）娘子，你怎的又不去了？（旦）罷、罷、罷。我和

你去說時節呵，他又道我不賢，要將伊迷戀。苦！這其間教人怎不悲怨？（合）爲爹淚漣，爲

娘淚漣，何曾爲着夫妻上意牽？[二]

【前腔】（生）做孩兒節孝怎全？做爹行不從幾諫。（旦）官人，你爲人子的，不當恁地埋怨他。

（生）非是我要埋冤，只愁他影隻形單，我出去有誰來看管？（合前）

（生）娘子，爹媽來了，你且搵了眼淚。

【仙呂過曲・臘梅花】（外、淨）孩兒出去在今日中，爹爹媽媽來相送。但願魚化龍，青雲得

路，桂枝高折步蟾宮。[三]

（一）　眉批：又應前『被窩中』語。

（二）　眉批：意牽：一作『意掛牽』。

（三）　折：原闕，據汲古閣刊本《繡刻琵琶記定本》補。

（外）孩兒，你行李收拾完備否？（生）行李收拾已了。（外）行李既已完備，如何還不起程？（净）老賊，他若去了，家中別無第二人，止有一個媳婦，如何不分付幾句？（生）孩兒沒有別事，只待張太公來，把爹娘拜託與他，教他早晚應承，孩兒庶可放心前去。（旦）呀！張太公來也。（末）仗劍對樽酒，亦望太公周濟。昨日已蒙親許，今日特此拜懇。卑人倘有寸進，自當效結草啣環之報，決不忘恩。

恥爲遊子顏。所志在功名，離別何足嘆？[一]（相見科）（生）太公，卑人如今出去，家中并無親人。爹娘年老，止有媳婦一人，卻是女流之輩，他理會得甚麼？凡事全賴太公相看扶持，家中倘有些小欠缺，

（末）秀才，受人之託，必當終人之事。況一言既出，駟馬難追。秀才去後，決不相誤。（生）如此，多謝太公！（外）孩兒，既蒙太公金諾，必不食言，你可放心早去。（生）孩兒就此拜爹前去。

【仙呂入雙調・園林好】（生）兒今去爹媽休得要意懸，兒今去今年便還。但願得雙親康健，

（合）須有日拜堂前，須有日拜堂前。

【前腔】（外）我孩兒不須掛牽，爹只望孩兒貴顯[二]。若得你名登高選，（合）須早把信音傳，須早把信音傳。

【江兒水】（净）膝下嬌兒去，堂前老母單，臨行密密縫針綫。眼巴巴望着關山遠，冷清清倚

（一）　眉批：『仗劍』四句，陸魯望詩。嘆字，叶平聲。
（二）　眉批：『做官』一作『貴顯』，似雅，但與韻調不協。

定門兒遍，[二]（生）母親，且自寬懷消遣。（淨）教我如何消遣？（合）要解愁煩，須是頻寄音書回轉。

【前腔】（旦）妾的衷腸事，有萬千。（生）娘子，你有甚麼事，說與我知道。（旦）說來又恐添縈絆。

（生）娘子，有甚縈絆？（旦）六十日夫妻恩情斷，[三]八十歲父母教誰看管？（生）娘子，你這般說，莫不怨我麼？（旦）教我如何不怨？（合前）

【五供養】（末）貧窮老漢，託在隣家，事體相關。秀才，此行雖勉強，不必恁留連。（生）卑人去後，只慮父母獨獨自在堂，難度歲月。（末）秀才放心，你爹娘早晚間吾當陪伴。（生悲科）（末）解元，丈夫非無淚，不灑離別間。（合）骨肉分離，寸腸割斷。（生跪告科）

【前腔】（生）公公可憐，我爹娘望你周全。（末扶起科）（生）此身還貴顯，自當效啣環。（旦挽生背唱）官人，有孩兒也枉然，你的爹娘到教別人看管。此際情何限，偷把淚珠彈。（合前）

【玉交枝】（外）別離休嘆，我心中非不痛酸。兒，非爹苦要輕拆散，也只是圖你榮顯。（淨唱）兒，蟾宮桂枝須早攀，北堂萱草時光短。又未知何日再圓？又未知何日再圓？

―――

（一）眉批：『盼』一作『遍』，於『定』字有礙。

（二）眉批：『六十日』句一本作淨唱，亦近理。

【前腔】（生）雙親衰倦，娘子，你扶持看他老年。飢時勸他加餐飯，寒時頻與衣穿。（旦）我做媳婦事舅姑，不待你言；你做孩兒離父母，何日返？（合前）

【川撥棹】（外）兒，歸休晚，莫教人凝望眼。（生）但有日回到家園，怕回來雙親老年。（合）怎教人心放寬？不由人不珠淚漣。

【前腔】（旦）官人，我的埋冤怎盡言？（生）你埋冤我如何？（旦）我的一身難上難。（生）你寧可將我來埋冤，莫將我爹娘冷眼看。（合前）

【餘文】（合）生離遠別何足嘆，但願得你名登高選。衣錦還鄉，教人作話傳。[一]

（生）此行勉強赴春闈，（眾）專望明年衣錦歸。（合）世上萬般哀苦事，無過遠別共生離。（外、淨、末下）（旦挽生科）官人，你如何割捨得便去了？（生）咳！教卑人如何是得？

【中呂·尾犯序】（旦）懊恨別離輕，悲豈斷絃，愁非分鏡。只慮高堂，風燭不定。（生）腸已斷欲離未忍，淚難收無言自零。[二]（合）空留戀，天涯海角，只在須臾頃。

【犯尾序】（旦）無限別離情，兩月夫妻，一旦孤冷。官人，你此去經年，望迢迢玉京思省。

重刻音釋題評琵琶記

二三二九

- (一)　眉批：　到此言意已盡，又能有五首，而語更奇麗。
- (二)　眉批：　『零』一本作『另』。按，旦折第三句結字俱平，生折第三句結字俱仄，各自有格。

（生）娘子，你思省呵，莫不是慮着山遙水遠麼？（旦）奴不慮山遙水遠。（生）莫不是慮着衾寒枕冷

麼？（旦）奴不慮衾寒枕冷。（生）奴只慮公婆沒主，一旦冷清清。

【前腔】（生）我何曾，想着那功名？（旦）既不想着功名，如今又去怎的？（生）欲盡子情，難拒親

命。娘子，我有年老爹娘，望伊家看承。畢竟，你休怨朝雲暮雨，且爲我冬溫夏清。思量起，

如何割捨得眼睜睜？

【前腔】（旦）官人，你儒衣纔換青，快着歸鞭，早辦回程。十里紅樓，休戀着娉婷。叮嚀，不念

我芙蓉帳冷，也思親桑榆暮景。 咳！ 我頻囑付，知他記否？ 我這裏言之諄諄，他那裏聽之漠

漠，空自語惺惺。

【前腔】（生）你寬心須待等，我肯戀花柳，甘爲萍梗？只怕萬里關山，那更音信難憑。須

聽，我沒奈何分情破愛，誰下得虧心短行？從今後，相思兩處，一樣淚盈盈。[一]

（旦）官人此去，千萬早早回程。（生）卑人有父母在堂，豈敢久戀他鄉？（旦）須是早寄個音信回來。

（生）音信不妨，只怕關山阻隔。（拜別科）

[一]　眉批： 此四折合意不合韻，傚和賈舍人詩《早朝》詩體。

【鷓鴣天】（生）萬里關山萬里愁，（旦）一般心事一般憂。（生）桑榆暮景應難保，（一）客館風光怎久留？（生下）（旦）他那裏，謾凝眸，正是馬行十步九回頭。歸家只恐傷親意，閣淚汪汪不敢流。

纔斟別酒淚先流，郎上孤舟妾倚樓。

片帆漸遠皆回首，一種相思兩處愁。

釋義：　綠雲：《阿房宮賦》：『綠雲擾擾，梳曉鬟。』《孝經》《曲禮》：言弟子之職。溫清、定省，皆其語也。其節目委曲，故曰《曲禮》。親在遊怎遠：《論語》：『父母在，不遠遊，遊必有方。』魚化龍：《三秦記》：『龍門，魚登者化為龍。』譬士人及第得為官也。《水經》：『鱣鯉出鞏穴，三月上渡龍門，得渡為龍，否則點額而還。』青雲得路：譬士人得中也。《應舉》詩云：『青雲有路終須到，黃榜標名及早歸。』桂枝：晉郄詵舉賢良射策，為天下第一。武帝問：卿才何如？詵曰：猶桂林一枝，崑山片玉。陳狀元《及第》詩：『桃花先透三層浪，月桂高扳第一枝。』步蟾宮：及第之榮，比步蟾宮。張衡《靈憲序》：『月者，陰宗之精，積而為獸，象兔。陰之類，其數偶。其後有窮后羿請不死之藥於西王母，其妻姮娥竊之以奔月宮，是為蟾蜍。』《送赴省詞》：『姮娥剪就綠羅袍，待來步蟾宮與換。』結草：《左

（一）　眉批：　桑榆：　謂晚景；　或云日入之處。

傳·宣公十五年》：『魏顆父武子有嬖妾，武子疾，曰嫁；是病劇，曰以殉。及卒，顆嫁之。疾病則亂，

吾從其始也。及敗秦師於輔氏，獲杜回。顆見老人結草以亢杜回，回躓，故獲之。夜夢老人曰：「余，所

嫁婦人之父也。爾用先人之治命，余是以報耳。」啣環：漢楊寶為童時，行泰山，見一黃雀被瘡，為蟻

損。寶收巾箱內，採黃花餧之十餘日。愈，旦去暮歸。忽一日，變為黃衣少年，與寶雙玉環。曰：『好掌此

環，累世為三公。其子震至彪，果四世為太尉。金諾：謂人相許曰金諾。漢曹丘生揖季布曰：楚諺

曰：得黃金百斤，不如季布一諾。足下何以聲於梁、楚，顧不美乎？倚定門兒望：王孫賈事齊閔王，

王出走，賈失王之處。母曰：汝朝去而晚來，吾則倚門而望；暮出而不還，吾則倚閭而望。汝今事王，

不知其處，汝尚何歸？衣錦：《南史》：劉之遴除南郡太守，帝謂曰：卿母年德并高，令卿衣錦還

鄉，盡榮養之禮。斷絃：漢武帝后趙氏善琴，常退朝令彈之。忽然絃斷，后悲之。帝謂后曰：絃斷可

續，奚為悲之？后曰：斷絃者，凶兆也，是以悲之。帝令左右以西海所獻鸞血作膠續之，而絃兩頭相著，

雖彈不斷，帝悅。後陳太子舍人陳德言尚樂昌公主，陳政衰，隋遣楊

越公素領兵伐之。德言謂妻曰：國破，伊必入權豪之家，儻情緣未斷，尚冀相見。乃破菱花鏡，各分其

半，約他時正月望日賣於都市。及陳亡，其妻果為楊素得之。後德妻寄詩曰：『鏡與人俱出，鏡歸人未

歸。無復姮娥影，空隨明月輝。』樂昌得詩，悲泣不已，越公憫之，遂召德言，還其妻。風燭：元初劉田

穎悟絕人，留心性理，隱居事母。至元間，徵之不起。人問其故，田曰：母年九十，如風前之燭耳，豈可貪

禄而取一朝之富貴？』朝雲暮雨⋯楚懷王遊高唐館，怠而晝寢，夢一婦人，見而謂曰：『妾乃巫山之女，聞王遊於此地，願薦枕蓆之歡。』王遂幸之而去。辭曰：『妾居巫山之陽，唐山之北，朝爲行雲，暮作行雨，朝朝暮暮，只在陽臺之下。今人男女合歡，謂之行雲雨，義本此。紅樓娉婷⋯白樂天詩：『紅樓富家女，娉婷美好貌。』芙蓉帳⋯蜀后主孟昶於成都城種芙蓉，每至秋，四十里如錦，高下相照，因名錦城。以其花染繒爲帳。白樂天《長恨歌》⋯『芙蓉帳暖度青春。』萍梗⋯萍⋯浮萍；梗，枝梗。無根飄蕩之物也。

第六齣(一)　丞相教女

（末扮院子上）珠幌斜連雲母帳，玉鈎半捲水晶簾。輕烟裊裊歸香閣，日影騰騰轉畫簷。小子不是別人，却是牛府中一個院子。這幾日老相公進朝，不知有甚勾當？久留省中，未曾回府，府裏幾個使女每，鎮日在後花園中閒耍。今日知道老相公回來，都不見了。小子不免灑掃書館，伺候老相公回家。呀！好怪麼！只見一個老婆子走入來做甚麼？（淨扮媒婆上）

【仙呂入雙調·字字雙】（淨）我做媒婆甚妖嬈，談笑。説開説合口如刀，波俏。合婚問卜若

（一）　第六齣⋯原作『第七齣』，據文義改。

都好，有鈔。只怕假做庚帖被人告，喫栲。[一]

（末）婆子，你來這裏做甚麼？（淨）老媳婦特來與張尚書的公子做媒。（末）咳！我這小姐的媒怕難做！（淨）如何難？（末）老相公不肯輕許。（淨）院公，我這頭親事，你老相公必然許我。（末）呀！且謾着，又有一個婆子來了。（丑扮媒婆上）

【前腔】（丑）我做媒婆甚艱辛，尋趁。有個新郎要求親，最緊。咱每只得便忙奔，[二]討信。

（淨）你這老乞婆來這裏怎的？（丑）真個是路上更有早行人，心悶。

（末）你這婆子也來這裏做甚麼？（丑）[三]告勾管哥得知，老媳婦特來與李樞密的公子求親。（末）我方纔正對那婆子說了，這媒怕難做。（丑）如何難做？（末）我老相公揀擇的仔細。（丑）院公，你休管。我說這椿親事必定成也。（淨）呀！我是張媒婆，幾年在府前住。今日這媒，喫你老乞婆做去了？（丑）呀！老乞婆，偏你會做媒？（淨）你與乞兒做媒，也嫁了他？（末）你休閒，老相公回來了，你各人悄地裏躲在一邊，休得擾攘。（外扮牛太師上）

（一）眉批：　此即序中所謂一折而用平上去三字爲韻脚者。

（二）眉批：　便忙奔　一作『忙前奔』。

（三）丑：　原闕，據汲古閣刊本《繡刻琵琶記定本》補。

【正宫引子·齊天樂】（外）鳳凰池上歸來環珮，[一]袞袖御香猶在。榮戟門前，平沙堤上，何事車車填馬隘？尋鷺改，怕玉鉉無功，赤烏非材。[二]回首庭前，淒涼丹桂好傷懷。

下官這幾日久留省府，不曾回家。左右，方纔甚麼人在我聽前諠鬧？（末）有事不敢不報，無事不敢亂傳。適間有兩個婆子來老相公處求親。（外）着他進來。（淨、丑跪科）（外）你這兩個婆子做甚麼？（淨）小婆娘是張尚書府裏差來求親。（丑）小婆娘是李樞密府中差來做媒。（外）不揀甚麼人家，但是有才學，得做天下狀元的，方可嫁他。若是其餘，不許問親。（淨）告相公得知：我的新郎，術人算他命，道他今年得做狀元。（丑）告相公得知：他的新郎命不好，只有奴家這新郎，人算他命，今年必定得中狀元。（淨、丑相打科）（外）呀！這兩個老婆子到我跟前無禮！左右，不管有甚麼庚帖，都與我扯破。把那兩個吊起，各打八十。（末扯打科）（外）急把媒婆打離聽，（末）除非狀元方可問姻親。

（淨）甘喫打十七八十黃荊杖，（丑）那些個成與不成喫百瓶？（末、淨、丑下）（外）光陰似箭催人老，日月如梭趲少年。自家沒了夫人，只有一個女兒，如今不覺長成，未曾許配他人。且喜女孩兒性格溫柔，是事事實會，若將他嫁個豪梁子弟，怕壞了他；[三]只將他嫁個讀書君子，成就他做賢孝媳婦，多少是好。

重刻音釋題評琵琶記

（一）眉批：　環珮：《爾雅》云：天子佩白玉，諸侯佩山玄玉，大夫佩水蒼玉，士佩瓀玟玉。
（二）眉批：　赤烏：即今之朝服也。
（三）『壞』下原衍一『我』字，據汲古閣刊本《繡刻琵琶記定本》刪。

二三三五

我這幾日不在家，適聽得那使喚的，每日都在後花園中間耍，這是我女孩兒不拘束他。古人云：欲治其國，先齊其家。不免喚出女孩兒和老姥姥、惜春過來，好生訓誨他一番。（貼扮牛氏帶凈、丑上）

【雙調引子・花心動】（貼）幽閣深沉，問佳人為何懶添眉黛？繡綫日長，[二]圖史春閒，誰解屢傍粧臺？絳羅深護奇葩小，不許蜂迷蝶猜。（凈、丑）笑瑣窗，多少玉人無賴。

（外）孩兒，婦人之德，不出閨門。你如今長大了，方纔有媒婆來與你議親。我這幾日未曾回府，你却放老姥姥、惜春每都在後花園中間耍，不習女工，是何道理？我想起來，都是你不拘束他。倘或他做出歹事來，可不把你名兒污了？（貼）謝得爹爹教道，孩兒從今自拘束他。（外怒科）老姥姥，你老大年紀，做個管家婆，到哄着女使每閒耍，是何所為？（凈）不干老身事，都是惜春小丫頭。（丑）不干惜春事，都是老姥姥。（外）這兩個賤人固自相推，都拿下打！（貼跪稟科）爹爹息怒。（外）你且起來。

【雙調引子・惜奴嬌】（外）孩兒，你杏臉桃腮，[三]當有松筠節操，蕙蘭襟懷。閨中言語，不出閫閾之外。老姥姥，不教我孩兒伊之罪。惜春，這風情今休再。（合）記再來，但把不出閨門語言相戒。

（一）眉批：繡綫日長：古宮中以紅綫量日影，冬至後日添一綫。

（三）眉批：後漢韋固妻貌美，人謂杏臉桃腮，雲鬟雪肌。

【前腔換頭】(貼)堪哀，萱室先摧。嘆婦儀姆教，(一)未曾諳解。蒙爹嚴訓，從今怎敢不改？

老姥姥，早晚望伊家將奴誨。惜春，改前非休違背。(合前)

【黑麻序】(淨)看待，父母心，婚姻事，須要早諧。勸相公，早畢兒女之債。(外)休呆，如何

女子前，胡將口亂開？(合)記今來，但把不出閨門語言相戒。

【前腔換頭】(丑)輕浼，我受寂寞擔煩惱，教我怎捱？細思之，怎不教人珠淚盈腮？(貼)

寧耐，溫衣并美食，何須苦掛懷？(合前)

(外)婦人不可出閨門，(貼)多謝嚴君教育恩。

(淨)休道成人不自在，(丑)須知自在不成人。

釋義：雲母帳：漢武帝賜趙后紫茸雲母帳。

唐明皇天寶中，高麗以之製爲簾以貢之。鳳凰池：中書省。自魏及晉，中書監令掌贊詔命，記會時事，

典作文書。以地在禁近，秉鈞持衡，多承寵任，是以人固其位。晉荀勖，武帝朝爲中書監，除尚書令。人賀

之，荀曰：奪我鳳凰池，諸君何賀也？

第七齣　才俊登程

（生、末、淨、丑扮秀才上）

【中呂引子·滿庭芳】（生）飛絮沾衣，殘花隨馬，輕寒輕暖芳辰。江山風物，偏動別離人。回首高堂漸遠，嘆當時恩愛輕分。傷情處，數聲杜宇，客淚滿衣襟。[一]

【前腔】（末）萋萋芳草色，故園人望，[二]目斷王孫。謾憔悴郵亭，誰與溫存？（淨、丑）聞道洛陽近也，還又隔幾座城闉。（合）澆愁悶，解鞍沽酒，同醉杏花村。

〔浣溪沙〕（生）千里鶯啼綠映紅，（丑）水村山郭酒旗風，（淨）行人如在畫圖中。（末）不煖不寒天氣好，或來或往旅人逢，（合）此時誰不嘆西東。（相見科）（淨）敢問老兄尊姓？（生）小生姓蔡。（淨）貴表？（生）表字伯喈。（丑）動問老兄尊姓？（末）小子姓李。（丑）貴表？（末）表字群玉。（生）動問老兄尊姓？（淨）小子姓落。（生）貴表？（淨）表字得嬉。（末）動問老兄尊姓？（丑）小子姓常。（末）貴表？（丑）表字白將。（淨）久聞列位高名，今日幸會。方纔說將起來，都是往長安赴試。（笑

（一）　眉批：　自此以下，凡遇生折必寓思親之意。

（二）　眉批：　故園人望：一作『入望』。此二句言其家人思慕之切。若歸途則可云『入望』。豈有行行日遠而故園反入望乎？

科）年兄年弟，休得拋撇。（衆）言重言重。（淨）既然如此，歇息片時，講些學識，說些志氣何如？

（衆）正合愚意。（丑）敢問蔡兄學識如何？（生）小生則讀，行則吟，窮年屹屹苦搜尋。文章經世無

敵手，盡是當年惜寸陰。（丑）有意思，有意思。（淨）敢問李兄學識如何？（末）小子不將窮達付前

緣，常把勤勞契上天。人事盡時天理見，才高豈得困林泉？（淨）自然，自然。（生）敢問落兄學識如

何？（淨）小子讀書費力，每在芸窗講習。常念青春不再，那更白日可惜。熟讀《孝經》《曲禮》，博覽

《詩》《書》《周易》。《春秋》諸子百家，篇篇義理紬繹。前日行到學中，夫子潛自叫屈。（末）呀！聖人

如何叫屈？（淨）道是可惜這個秀才，眼中一字不識。（末）你却說一場春夢。（生）敢問常兄學識如

何？（丑）小子言不妄發，寫字極有方法：先將好墨磨濃，次把純毫蘸着。推開淨几明窗，展舒錦箋

繡札。不問真草篆隸，寫出都是法帖。大字龐如庭柱，小字細似頭髮。王羲之拜我爲師，歐陽詢見了

詫殺。（笑科）早間寫個八字，忘了一撇一捺。（末）又道是一筆走龍蛇。（淨）閒話休講，如今天色將

晚，不免起程，趲行幾步。

【仙呂過曲·八聲甘州歌】（生）衷腸悶損，嘆路途千里，日日思親。青梅如豆，難寄隴頭音

信。高堂已添雙鬢雪，客館空瞻一片雲。（合）途中味，客裏身，爭如流水蘸柴門？（一）休回

（一）　眉批：『爭如流水』句是古人不肯應召，作詩以諭其友人：『任他富貴不須論，且隱深山樂素餐。總使一身居

要地，爭如流水蘸柴門？』

首，欲斷魂，數聲啼鳥不堪聞。

【前腔】（末）風光正暮春，便縱然勞役，何必愁悶？綠陰紅雨，征袍上引惹芳塵。雲梯月殿圖貴顯，水宿風飡莫厭貧。（合）乘桃浪，躍錦鱗，一聲雷動禹龍門。榮歸去，綠綬新，休教妻嫂笑蘇秦。

【前腔】（淨）誰家近水濱，見畫橋烟柳，朱門隱隱。鞦韆影裏，牆頭上露出紅粉。他無情笑語聲漸杳，却不道惱殺多情牆外人。（合）思鄉遠，愁路貧，爭如十度謁侯門？行看取，朝紫宸，鳳池鼇禁聽絲綸。

【前腔】（丑）遙瞻霧靄紛，想洛陽宮闕，行行將近。程途勞倦，欲待共飲芳樽。垂楊瘦馬莫暫停，只見古樹昏鴉棲漸盡。（合）天將暝，日已曛，一聲殘角斷樵門。尋宿處，行步緊，前村燈火已黃昏。

【餘文】（合）向人家，忙投奔，解鞍沽酒共論文，今夜雨打梨花深閉門。

（生）江山風物自傷情，（淨）南北東西爲利名。
（丑）路上有花并有酒，一程分作兩程行。

【釋義】　杜宇：　杜宇啼聲類『不如歸』，故客聞之淚下。　芳草王孫：　《楚詞》：『芳草生兮萋萋，王孫遊兮不歸。』郵亭：　即今之急遞鋪。　螢窗：　晉車胤字武子，幼勤博覽，家貧無油。夏月，以練囊盛

數十螢火以讀書，夜以繼日。后仕至尚書。　洛陽：　屬河南，東漢所都。　長安：　古雍州地，秦始皇所都，今屬陝西省也。　真草篆隸：　楷書：　上谷王次中所作，即正書之小變，從簡易，相聞流行。草書：　漢興，有草書，不知作者姓字。至章帝時，有杜伯度等善書草書。章帝愛之，上表亦作草字，故謂之草章。篆書：　大篆，周宣王時史籀所作也。小篆，秦始皇時李斯所作也。隸書：　秦時程邈易小篆而爲隸。王羲之：　晉人，字右軍。臨池學書，池水盡墨。草書爲古今之冠，論者稱其筆勢飄若浮雲，矯若驚龍。又曰：　烟飛霧結，狀若斷而實連；鳳翥龍蟠，勢若斜而反直。其最爲後世重者，有《蘭亭記》《樂毅論》《黄庭經》也。　歐陽詢：　唐人，字信本，敏悟人。初學王羲之書，後險勁過之。尺牘所傳，時人以語法，高麗人最重之。　隴頭音信：　陸凱仕吳，爲江南太守，與范曄相善。《寄梅花一枝》詩一首云：『折梅逢驛使，寄與隴頭人。江南無所有，聊贈一枝春。』隴頭，長安也。　客路空瞻一片雲：　唐狄仁傑，字懷英。陳言忤旨，貶并州司法參軍。親舍在河陽，仁傑登太行山反顧，白雲孤飛。謂左右曰：　吾親舍其下。顧望久之，雲移乃去。　流水蘸柴門：　後漢江股，桓帝時常徵不起。常侍曹節專政，徵爲太守，不從。人問其故，以詩諭之曰。詩見前曲上評。　欲斷魂：　《清明》詩：『路上行人欲斷魂。』芳塵：　趙王石虎起高樓四十丈，異香爲屑，風作則揚之，名曰芳塵。　妻嫂笑蘇秦：　蘇秦，字季子，洛陽人，師鬼谷子。説秦王不用，裘敝金盡，憔悴而歸。妻不下機，嫂不爲炊。後爲六國丞相。　十度謁侯門：　侯門，權貴之門。説也；謁，干也。　宋李學初爲太學官，因上言役法不便，出通判處州。題詩自嘆云：『十謁侯門九不開，利

名淵藪且徘徊。自知不是封侯骨，夜夜江山入夢來』』鰲禁：　禁，天子居也。儀林兆謂之鰲禁。　絲

繪：　帝音也。《禮記》：『王言如絲，其出如綸』樵門：　樵門，鼓角樓也，樵門上建高樓以望敵也。

字訓：　郵：音由。　闈：音烟。　芸：音云。　箋：音尖。　繹：音亦。　醮：音站。　謁：音

咽：　捺：音納。　瞑：音民。　宸：音辰。　浪：音參。　瞻：音沾。　綸：音論。　鞍：音安。

第八齣　春闈試捷

(末)禮闈新榜動長安，九陌人人走馬看。一日聲名遍天下，滿城桃李屬春官。自家不是別人，却是禮部一個祗候的便是。今歲大比之年，朝廷命委試官，已在貢院之內，各省中式舉人，俱列棘闈之前。如今試官將次升堂，只得在此聽候。正是：　一封纏下興賢詔，四海都無遺棄才。道猶未了，試官大人早到。(淨扮試官上)

【南呂過曲·生查子】(淨)承恩拜試官，聲價重丘山。左右，那來科舉的，只問有文才，何必拘鄉貫？(末)那有文才的如何發落他？(淨)取他居上第，做個清要官。(末)那沒文才的如何發落他？(淨)縱有父兄勢，也教空手還。〔一〕

〔一〕　眉批：古本此曲與諸本不同。

（末）公道！公道！（净）左右，今年却是大比之年，我爲國薦賢，但是各省、府、州、縣赴試的秀才，都喚入來。（末）領老爺鈞旨。

【黄鍾過曲·賞宫花】（生）槐花正黄，科場舉子忙。太學拉朋友，一齊整行裝。（合）五百英雄都到此，不知誰做狀元郎？

【前腔】（丑）天地玄黄，略記得三兩行。才學無此子，只是賭命強。

（末叫開門科）（生）貢院門已開，列兄依次而進。（净）左右的，這些秀才，每人給與卷子一本，蠟燭一條，各分東西廊下伺候。（末）領鈞旨。（生、丑相見科）（净）你每衆秀才聽着：朝廷制度，開科取士，雖有定期，立意命題，任從時好。下官今考不比往年，往年第一場考文，二場考論策，三場考表判。我今年頭場作對，二場猜謎，三場唱曲。若是做得對好，猜得謎好，唱得曲好，就取他爲頭名狀元，簪金花，飲御酒。若是對不好，猜謎不好，唱曲不好，就將黑墨塗臉，打將出去○一（生、丑）學生領命。（净）東廊下秀才上堂聽題。（丑）有。（净）我出一個對與你對。（生）願聞。（净）星飛天放彈。（生）日出海抛毬。（净）妙哉！且退在一傍，叫西廊下秀才上堂聽題。（丑）請快些。（净）《毛詩》三百首。（丑）還少十二篇。（净）不好，不好。且站一傍。叫東廊秀才上堂，我出天下八個省名的謎兒與你猜。（生）願聞。（净）一聲霹靂震天關，兩個肩頭不得閒。去買紙來作裱褙，欠人錢債皆未還。（生）

（二）

眉批：此極是大體面，□□而『考試』一段類多戲語，真玩世也。

第一句是京東京西,第二句是江東江西,第三句是湖東湖西,[二]第四句是浙東浙西。(淨)妙哉!妙哉!且站一傍。叫西廊下秀才上堂,我出山上四樣樹名的謎與你猜。(丑)快些。(淨)雨中粧點望中黃,獨立深山分外長。廟廊之才應見取,家家織就綺羅裳。(丑)第一句是柏樹,第二句是槐樹,第三句是楓樹,第四句是柳樹。(淨)不是,不是。且站在一傍。東廊下秀才上堂,我唱一隻曲兒,你末後湊一句,要押得韻着。(生)願聞高音。

【仙呂入雙調·北江兒水】(淨唱)長安富貴真罕有,食味皆山獸。熊掌紫駝峰,四座馨香透。你押下韻。(生)奉與試官來下酒。

【前腔】(淨)看你腹中何所有,一袋醃齏臭。若還放出來,見者都奔走。你押下韻。(丑)把與試官來下酒。

(淨笑科云)妙哉!妙哉!三場都好,這是個真秀才。且在東廊下伺候領命。(淨)西廊下秀才上堂,我再唱一曲兒,你末後也湊一句,要押得韻來。(丑)快些唱來。

(淨)胡說!不濟,不濟。左右,將他黑墨搭臉,亂打出去。(丑)不須打。正是:薄命劉生終下第,厚顏季子且還家。(淨)今科中式舉人雖多,只有蔡邕才學高邁,文字老成。俺就寫本奏知聖上,取你為第一甲頭名狀元,冠帶遊街赴宴。左右,取冠帶過來。(末取冠帶上)正是:袍笏賜進士,鐵鉞贈將

(一) 江東江西第三句是:原闕,據汲古閣刊本《繡刻琵琶記定本》補。

軍。（淨）蔡狀元換了冠帶，入朝謝恩。

【南呂過曲·懶畫眉】（二）（生）君恩喜見上頭時，今日方顯男兒志。布衣脫下換羅袍，腰間橫繫黃金帶，駿馬雕鞍真是美。

【前腔】（淨）狀元，你讀書萬卷非容易，喜得登科早上第，功名分定豈誤期。那更三千禮樂無敵手，五百英雄盡讓伊。

【前腔】（末）人生當用顯門閭，膝子封妻榮自己。馬前喝道狀元歸，雁塔揮毫題姓字，一舉成名天下知。

　　（淨）一舉鰲頭獨占魁，（生）誰知平地一聲雷。
　　（末）明朝跨馬東風裏，（合）盡是皇都得意回。

釋義：　禮闈。國家以禮進賢，故試事禮部掌之。九陌：長安有八街九陌。春官：禮部之官也。

棘闈：《杜氏通典·選舉類》：『禮部閱試之日，皆嚴設兵衛以防假濫。』禹門：禹鑿龍門，故以龍門為禹門。熊掌、駝峰：俱美味也。駝峰，駝背上肉峰也。雁塔：《古今詩話》：『唐韋肇及第，偶於慈恩寺雁塔題名，後人效之，遂為故事。杏園後於慈恩寺雁塔下題名，同年中，推善書者記之。他時為將

　　（二）　眉批：　此調更有一體，四句只一字□□各為一句。

相，則朱書之。』文衡：　衡，秤也，所以平物之輕重，故以試事者謂之司文衡。賓興：　賓，禮也。興，起也。《周禮》：　以鄉三物教萬民而賓興之。桃李：　狄梁公爲相，姚文崇、桓彥範、史敬暉等一時名臣皆其所薦。或謂之曰：　天下桃李，悉在公門墻矣。公曰：　薦賢臣爲國，非爲私也。先鞭：　劉琨與祖狄善，聞狄見用，琨曰：　執戈待旦，志梟逆虜，常恐祖生我先着鞭。温飽：　王沂公及第，或戲之曰：　狀元三場，一生喫着不盡。公正色曰：　某平生之志不在温飽。陶成：　陶，作瓦器也。喻作養人才也。請

纓：　漢班超立功西域，請受長纓縛單于闕下，故云。進士：　唐制，取士之科多因隨舊，其要大有二，由學館曰生徒，由州縣曰御貢，皆升於有司而進退之。其科之目有秀才，有明經，有謂之進士。

字訓：　駝，音扛，獸也。叼，音滔。�ついつ，音鄒。謬，音茂。醃，音暗，平聲。醻，音壯。

纓：　音英。鼕，音冬。陛，音彼。條，音叼。

第九齣　臨鏡梳粧

【正宮引子・破齊陣引】（旦）翠減祥鸞羅幌，香銷寶鴨金爐。楚館雲閒，秦樓月冷，動是離人愁思。目斷天涯雲山遠，親在高堂雪鬢疏，(二)緣何書也無？

(二)　眉批：『天涯』二句，晏同叔詞。

〔古風〕明明匣中鏡，盈盈曉來粧。憶昔事君子，雞鳴下君床。臨鏡理笄總，隨君問高堂。一旦遠離別，鏡匣掩青光。流塵暗綺疏，青苔生洞房。零落生金鈿，慘怛羅衣裳。傷哉憔悴容，無伏蕙蘭芳。有懷悽以楚，有路阻且長。妾身豈嘆此，所憂在姑嫜。念彼猻猱遠，[一]眷此桑榆光。願言盡婦道，遊子不可忘。勿彈綠綺琴，絃絕令人傷。勿聽《白頭吟》，哀音斷人腸。人事多錯誤，羞彼雙駕鴦。奴家自嫁與蔡伯喈，纔方兩月，指望與他同事雙親，偕老百年。誰知公公嚴命，強他赴選。自從去後，竟無消息。把公婆抛撇在家，教奴家獨自應承。奴家一來要成父母之孝名，二來要盡為婦之孝道，盡心竭力，朝夕奉養。正是：

天涯海角有窮時，只有此情無盡處。

〔仙呂入雙調·風雲會四朝元〕（旦）春闈催赴，同心帶縐初。嘆《陽關》聲斷，送別南浦，早已成間阻。謾羅襟淚漬，謾羅襟淚漬，和那寶瑟塵埋，錦被羞鋪。寂寞瓊窗，蕭條朱戶，空把流年度。嗏，瞑子裏自尋思，妾意君情，一旦如朝露。君行萬里途，妾受萬般苦。[二]君還念妾，迢迢遠遠，也索回顧。

〔前腔〕朱顏非故，綠雲懶去梳。奈畫眉人遠，傅粉人去，鏡鸞羞自舞。把歸期暗數，把歸期暗數，只見雁杳魚沉，鳳隻鸞孤。綠遍汀洲，又生芳杜。空自思前事，嗏，日近帝王都。芳

（一）眉批：　猻猱即心猿，字意出佛經。
（二）眉批：　古本『妾心』，諸本作『妾身』，此時別尚未久，未曾受後面許多辛苦，只當說『心』字爲是。

草斜陽，教我望斷長安路。君身豈蕩子，妾非蕩子婦。其間就裏，千千萬萬，有誰堪訴？

【前腔】輕移蓮步，向堂前問舅姑。食缺須進，衣綻須補，要行須與扶。奈西山景暮，奈西山景暮，⑴教我情着誰人，傳與我的兒夫。你身上青雲，只怕親歸黃土，我臨別也曾多囑付。嗏，那些個意孜孜，只怕十里紅樓，貪戀着他人豪富。夫，你雖然忘了奴，也須念父母。苦！

無人說與，這淒淒冷冷，怎生辜負？

【前腔】文場選士，紛紛都是才俊徒。少甚麼鏡分鸞鳳，都要榜登龍虎，偏是他將奴誤。也不索氣盡，也不索氣盡，既受託了蘋蘩，有甚推辭？索性做個孝婦賢妻，也落得名標青史，休得污了他的名兒，左右與他相回護。夫，你便做腰金與衣紫，須記得荊釵與裙布。嗏！一場愁緒堆積，宋玉難賦。

回首高堂日已斜，遊子何事在天涯。

紅顏勝人多命薄，莫怨東風當自嗟。

【釋義】翠減香銷：鸞幌之翠減，寶鴨之香消，言閨中寂寞之景象也。　雲間月冷：楚館之雲間，秦樓之月冷，見懷人憶遠之情況。　臨鏡理笄總：笄，簪也；總，製練繒以束髮者。《禮記》：『婦人事

【眉批】　西山景暮：《陳情表》『日薄西山』言。後二折與前雖是一調，而句語大有伸縮。

舅姑：鷄初鳴，咸盥漱櫛縰笄總。

卿詞：『羅帶縮結同心』夫婦相契之義也。

淹《別賦》：『春草碧色，春水綠波。送君南浦，傷如之何？』畫眉人遠。

以經自輔，然無咸儀。常爲妻畫眉，長安百姓傳之。有司奏聞，對曰：閨房之內，夫婦之私，尤有過於此

者。上弗問。　傅粉郎：魏何晏，字平叔，爲吏部尚書。美姿容，面至白。文帝疑其傅粉，夏月賜熱湯，

汗出，拭之愈白，文帝方信之。　鏡鸞：《異苑》：罽賓王一鸞不鳴，夫人曰：見類則鳴。懸鏡照之，鸞

睹影悲鳴，中宵一奮而絕矣。　雁杳魚沉：言無信音也。　芳杜：《楚辭》：『採芳洲兮杜若。』杜若，

葉似姜而有紋理，味辛。　才俊：《白虎通》：『才過千人曰俊。』榜登龍虎：唐陸贄主試事，得韓愈、

歐陽詹、貫樓、陳羽、李絳等，皆天下俊傑之士，時稱爲榜登龍虎。　青史：史者，記事之籍也。謂之青者，

蓋古人以火炙簡，令汗出，取青易書，故謂之曰汗青，亦謂青史也。　蓮步：南齊東昏侯鑿金爲蓮花，貼

地，令潘妃行其上，曰：此步步生蓮花也。

字訓：漬：音恣。綻：音織。蠱：音古。緒：音序。繁：音煩。

邊孝先《解嘲》語云：腹便便，五經笥。　同心帶縮：柳耆

《陽關》聲斷：王維有《送別陽關》之曲。　南浦：齊江

漢張敞，字子高。爲京兆尹，

第十齣 府官問駿

（末）朝爲田舍郎，暮登天子堂。將相本無種，男兒當自强。[一]自家不是別人，却是河南府一個首領官。往年狀元及第，赴宴遊街，但是鞍馬酒席供設祇應等件，都是提調。今年蔡狀元循例赴宴，因俺府尹緣事，却委着當職提調。昨日已分付太僕寺掌鞍馬的令史，并洛陽縣管排設的駟丞，專聽俺這裏鳴鼓三聲，都要到此聚會聽點。（擂鼓科）掌鞍馬的在那裏？（丑扮令史上）有問即對，無問不答。老爺有何鈞旨？（末）鞍馬齊備未曾？（丑）稟老爺得知：俺這裏在先有一萬匹好馬。（末）怎見得好馬？

（丑）但見耳批雙竹，鬃散五花。展開鳳臆龍鬐，擡起豹頭虎額。響驀驀翠蹄削玉，點滴滴赤汗流珠。隔目青熒夾鏡懸，[三]肉駿磈礧連錢動。一躍時尾稍雲漢，橫騫過玄圃崆峒；一霎時走遍神州，直赶上流星掣電。九方皋管教他稱賞，千金價不枉了追求。（末）有甚顏色的？（丑）布汗、論聖、虎刺、合里烏、赭啞兒、爺屈良、蘇盧、棗騮、栗色、燕色、兔黃、真白、玉面、銀鬃、秀膊、青花。正是：五花散作雲滿身，萬里方看汗流血。（末）有甚好名兒？（丑）飛龍、赤兔、騕褭、驊騮、紫燕、驌驦、嚙膝、踰暉、騏驎、山子、白義、絕塵、浮雲、赤電、絕群、逸驃、騄驪、龍子、驎駒、騰霜驄、皎雪驄、凝露驄、照影驄、懸光

（一）眉批：『朝爲』四句，王曾詩。
（二）眉批：『隔目』『五花』四句，杜子美詩。

驄、決波驗、飛霞驃、發電、流金駃、翔麟、紫奔、紅赤、照夜白、一丈烏、九花虬、望雲騅、忽雷駁、拳毛騧、

獅子花、玉逍遙、紅叱撥、金叱撥〔一〕。正是：青海月氏生下，大宛越膝將來。（末）有甚麼好馬廄？

（丑云）飛龍、祥麟、吉良、龍媒、駒驎、駃騠、鸂鶒、出群、天花、鳳苑、奔星、內駒、左飛、右飛、左坊、右坊、

東南內、西南內。正是：盡印三花飛鳳字，中藏萬匹好龍媒。（末云）卻怎的打扮？（丑云）錦韉燦爛

纓紫鞍珊瑚鞭，錦籠黃金勒〔三〕。（末云）如今選幾匹在這裏？（丑云）告相公：如今無了。（末云）如

披雲，銀鐙熒煌曜日，香羅帕深覆金鞍，紫游韁牽動玉勒。瑪瑙裝就彎鬮，珊瑚做成鞍子。正是：紅

何無了？（丑云）元有一萬匹馬，卻有一千二百個漏蹄，二千七百個抹䯅，三千八百個熟瘸，二千二百

個瞎眼。那更安橋又破損，坐褥又傾欹。抽彎盡是麻繩，鞭子無非荊杖。餓老鴟全然拉塔〔三〕雁翅板

一發雕零〔四〕鞍鐙既不周全，牽鞍何曾完備？此般物件，其實不中。（末云）休胡說！若還不完備時

節，我稟過府尹大人，好生打你。（丑云）相公可憐見，容小人一壁廂自理會。（末云）（末云）鞍馬既完備時節，

（一）眉批：飛龍：神馬，唐取以名廄。赤兔：呂布馬。驌驦：赤喙黑身神馬。驊騮、踔暉、山子、白義：周穆
王駿馬。紫燕、浮雲、赤電、絕群、逸驃、騄驪、龍子、驎駒、絕塵：漢文帝馬、號九逸。騰驪驄、皎雪、凝露、懸光、決波、飛
霞、發電、赤流、金騄、翔麟、奔紅：唐太宗十駿，東骨利幹國所獻。照夜白：唐明皇馬。一丈烏：朱溫賜寇彥卿馬。

（二）眉批：『紅纓』二句，岑嘉州詩。

（三）眉批：餓老鴟：即鞍上褥，吳人謂之老鴟皮。

（四）眉批：雁翅板：戰車上躲箭板，與鞍橋坐板相似。按，馬色自布汗至蘇盧皆元人胡語，馬名大半是漢以後諸

代畜產，馬廄皆是唐宋題額。考諸桓靈以前，此類甚多，豈東嘉未之深思也？

可牵在午門外厢，等候狀元謝恩出來乘坐。（丑云）理會得。只教他春風得意馬蹄疾，一日看遍長安花。（丑下）（末云）管排設的在那裏？（净扮驛丞上）應上一呼，堦下百諾。相公有何鈞旨？（末云）排設完備了未曾？（净云）告相公：俺揀上等的排設侯候點視。（末云）怎見得上等排設？（净云）但見珠簾高捲，綉幕低垂。珊瑚席韡韡得精神，玳瑁筵安排得奇巧。金爐内慢騰騰燒瑞腦，玉瓶内嬌滴滴插奇花。四圍環繞畫屏山，滿座重鋪錦褥子。金盤犀筯光錯落，掩映龍鳳珍羞；銀海瓊舟影蕩摇，翻動葡萄玉液。灑掃得乾乾净净，[二]安排得整整齊齊，另是一般氣象。移將金谷繁華景，粧點瓊林富貴天。（末云）并無半點塵埃，安排得整整齊齊。（净云）領鈞旨。正是：瓊林勝處風光好，別是人間一洞天。（净下）（臨江仙）（末云）但見：日映宮花明翠幕，藍袍嫩緑新裁。五花門外榜初開，金鞍乘駿馬，敕賜賞天街。三十里紅樓簾盡捲，美人争觀名魁。黄旗影裏鬧咳咳，大家齊雅静，看取狀元來。遠遠望見一簇人馬鬧炒，想是狀元來了。（末下）

釋義：鳳臆龍鬐。《胡馬行》：『鳳臆龍鬐未易識。』豹頭虎額：伯樂《相馬經》云：『馬之可相者，必豹頭虎額。』赤汗流珠：漢渥注《馬歌》：霑汗、赤珠、流赭義。杜詩：『赤汗微生白雪毛。』『隔目青熒』二句：杜工部詩《驄馬行》。隔目，目有角也；肉駿，駿肉豐也。夾鏡，喻其清熒。連錢，喻其磊礧。東城在歧下，見秦州進一馬，駿如牛，領毛生肉端。番人曰：此肉駿馬也。玄圃：臺

（一）　掃：原作『得』，據汲古閣刊本《繡刻琵琶記定本》改。

名。居崑崙山之一角，而崑崙山在陝西肅州，其嶺峻極，經月積雪不消。穆王見王母於此。崆峒⋯⋯山

名。在河南汝州，昔廣成子隱此。相傳崆峒有五⋯⋯一在臨洮，一在安定。莊周述黃帝問道崆峒，遂言遊

襄城，登淇茨，訪大隗，皆於此山接壤也。神州⋯⋯《古今通論》⋯⋯崑崙山之東南方五千里，謂之神州。

九方臯⋯⋯《列子》⋯⋯『秦穆公謂伯樂曰⋯⋯「子之年長矣，子姪有可求馬?」對曰⋯⋯「良馬可以形容，筋

骨相也。臣有所與者九方臯。」穆公見之，使行求馬。還報曰⋯⋯「已得之，在沙丘。」穆公曰⋯⋯「何馬?」

對曰⋯⋯「牝而黃。」使人往取之，牡而驪。穆公不悦，召伯樂曰⋯⋯「子之所求馬者，物色牝牡不知，又何馬

之能知?」伯樂曰⋯⋯「若臯之所觀，天機也。得其精而忘其初，在其內而忘其外。」馬至，果良馬也。』赤

兔⋯⋯呂布之馬，後爲關羽所獲。紫燕、絕塵、赤電、絕群、逸驃⋯⋯《西京雜記》⋯⋯『漢文帝自代還，

有良馬九匹，曰浮云、赤電、絕塵、逸驃、紫燕、綠縹、駿龍、子駒、絕塵，名九逸。』奔電、瑜暉⋯⋯王子年《拾

遺記》⋯⋯『周穆王周行天下，得八龍之駿，名絕馬、翻羽、奔電、成影、踰光、騰露、狹翌也。』奔電⋯⋯

《古今注》⋯⋯『秦王有七名馬，曰追風、白兔、躡景、追電、飛翩、銅雀、晨鳧。』一丈烏⋯⋯梁太祖溫以愛馬

一丈烏賜寇彦卿。五花虬⋯⋯《胡馬行》⋯⋯『五花馬，千金虬。』飛龍⋯⋯神馬，唐取以名廐。騕褭⋯⋯追風

赤喙、黑身，亦神馬。驊騮、踰暉、山子、白義⋯⋯周穆王之駿馬。騰霜、皎雪、凝露、懸光、決波、

飛霞、發電、流金、翔麟、奔紅⋯⋯皆唐宗十駿。照夜白⋯⋯唐明皇駿馬。九花虬⋯⋯唐代宗賜郭子

儀馬，一名獅子花。驌驦⋯⋯春秋時唐成所乘之良馬。囓膝⋯⋯良馬也，低頭於膝。騏驎⋯⋯青藏色

馬。 忽雷駁⋯秦叔寶之戰馬。卷毛騧⋯唐代宗平劉闢時所乘馬。玉逍遙⋯宋仁宗之馬。紅

叱撥⋯唐天寶中大宛所進汗血馬。飛龍、祥麟、吉良、鸂鸞、出群、天花、鳳苑⋯俱唐武后時廄

名。龍媒⋯天馬，生渥洼水中。駌騄⋯出北海中。駃騠⋯生七日而超其母，燕昭王馬。左飛、右

飛⋯唐舊有飛龍使卜馬坊，後唐長興間，文飛龍爲左飛，小馬坊爲右飛。紫叱撥⋯鮑生與外弟韋生嘗

以美妓換駿馬，名紫叱撥。大宛⋯國名，此國極產良馬。漢武帝聞之，使壯士以千金求之。龍驤⋯唐、漢

《索隱》：『劉牢之有馬號爲龍媒馬，此馬能跳五丈澗以脫慕容垂之逼』錦韉⋯以藉鞍者。龍駛⋯

時皆以錦爲之，故名曰錦韉。紫遊韁⋯以紫絲爲之。鄴下童謠：青青御路楊，白馬紫遊韁。玉勒⋯

勒，馬啣也。以玉飾之，故名曰玉勒。瑪碯⋯形似馬腦，多出於北海。如纏絲者爲貴，有紅、黑、白三種

色，似人物、鳥獸形最貴。珊瑚⋯樹生海中也，色紅潤，出波斯、獅子等國。人取之，以鐵網沉水底者也，

經年取之，方得也。午門⋯天子之門有九，一縱橫，故曰午門。今天子正南之門曰午門。正

南，午位也。瑞腦⋯香之名，名如蟬、蠶、老龍腦樹節上方有之，出跤趾國。銀海、瓊舟⋯俱酒器也，

各能受酒一斗。葡萄玉液⋯出大宛國，漢張騫出使於西域所得，此種有黑、白、黃三色。國人釀以爲

酒，名玉液也。富人藏酒至千斛，不敗也。金谷⋯園名，在河南府城西十三里，地有金水，自太白原南流

經此谷。晉石崇因川阜造園。

字音⋯ 鬠⋯音作宗。 驌⋯音作消。 驦⋯音作雙。 彎⋯音作閂。 驃⋯音作票。 韀⋯音作

駁：　音作卜。

饌：　音作必。

儺：　音羅。

纓：　音英。

瑁：　音作媒。

第十一齣　瓊林赴宴

（生、淨、丑扮騎馬同上唱）

【仙呂入雙調‧窣地錦襠】（眾）嫦娥剪就綠雲衣，折得蟾宮第一枝。宮花斜插帽簷低，一舉成名天下知。

【哭岐婆】洛陽富貴，花如錦綺。紅樓數里，無非嬌媚。春風得意馬蹄疾，天街賞遍方歸去。

（生、淨先下）（丑墜馬叫）救命！救命！爹爹、奶奶、伯伯、叔叔、哥哥、嫂嫂、孩兒、媳婦來救我。（末扮騎馬上）

【越調過曲‧水底魚兒】[一]（末）朝省尚書，昨日蒙聖旨。道狀元及第，教咱去陪筵席。（馬踏丑科）（丑叫云）踏壞了人子。（末做馬不行）越着鞭越退，遣人心下疑。（丑叫）救命！救命！（末唱）轉頭回望，叫我的還是誰？

（末云）漢子，你是誰？（丑云）我是墜馬的狀元。（末扶科）快請起來。（丑云）閣下是誰？（末云）下

[一]　原闕，據汲古閣刊本《繡刻琵琶記定本》補。

兒：　原闕，據汲古閣刊本《繡刻琵琶記定本》補。

官是中書省陪宴官，不知足下爲甚的墜馬？

【正宮·北叨叨令】（丑）鬧炒炒街市上遊人亂。（末云）你這馬驚了呵？（丑唱）惡頭口抵死要

回身轉。（末云）怎的不牽過一邊？（丑）我戰兢兢只怕韁繩斷，（末云）爲甚不打他？（丑）怯書

生早已神魂散。（末云）你不害事麼？（丑）險些跌折了腿也麼歌，險些蹅破了頭也麼歌，我好

似小秦王三跳澗。

（末云）你馬如今那裏去了？（丑云）知他那裏去了？不聞孔子云：傷人乎？不問馬。（末云）你

兀自文縐縐的。我且就這裏人家借一匹馬與你騎。（丑云）休靜辦！你若借馬與我騎，便索死。（末

云）怎見得便死？（丑云）你不聞孔夫子說道：有馬者借人乘之，今亡矣夫。（末云）一口胡柴！

呀！遠遠望見兩個人來，他若有馬，就借一匹與他騎。（丑云）不須得，不須得。（生、淨騎馬同上唱）

【窣地錦襠】（生、淨）荷衣新惹御香歸，引領群仙下翠微。杏園惟有後題詩，此是男兒得

志時。

（丑云）狀元，你每列位遊街，且是好。只不要似我騎馬，春破了頭，跌折了脚。（生云）足下原來墜馬

呵。（丑云）可知道。（末云）不是下官搭救時節，險些送了一條性命。（淨云）如此，更賴足下之力。

（生云）請整頓同行。（丑云）你每三位自去赴宴，我到太平坊下李郎中家去便來。（衆云）你去做甚

麼？（丑云）我去醫擷撲傷損瘡。（衆云）休要故推，我去喚一個馬與你騎了同去。（丑云）小子告退，

你三人自去。（末云）道你是個狀元，如何不去赴宴？（丑云）赴宴也好，只是騎馬不得。這等，你三位騎馬前走，我隨後提着胡床來。（末云）成甚麽模樣！（丑云）這個不妨，却有兩說：路上人問，你便說道是使喚的伴當；若是筵席之中，却說是打伴當的人。（末）好窮對副。

【哭岐婆】（衆）玉鞭裊裊，如龍驕騎。黃旗影裏，笙歌鼎沸。如今端的是男兒，行看錦衣歸故里。

（末云）這裏便是否，請列位少駐。（丑云）左右的，馬都牽到僻處去，倘或人道四位官員，如何有三個馬，不成模樣。（末云）好高見識！如今請列位照依年例，留下佳作。（淨云）蔡兄先請。（生云）五百名中第一先，花如羅綺柳如烟。綠袍乍着君恩重，黃榜初開御墨鮮。禮樂三千傳紫禁，風雲萬里上青天。時人謾説登科早，自古姮娥愛少年。（淨云）妙哉！紫金闕無極無上聖，遲日江山麗，春風花草香。（末云）這裏不是玉皇閣，休得誦他的寶號；如今却輪當足下。（淨云）我也有四句：（末云）且住。使不得，這是古詩。（淨云）呀！我前日三場也都是別人的文章，且高高中了，如何一首詩到使不得起來？（末云）休道是七步成章。（淨云）咳！你道我真個不會做詩？我且勉強做一首詩與列位看：赴選何曾入棘闈，此身不擬着荷衣。三場盡是倩人做，一字全然匪我爲。自笑持杯饕戀酒，却愁把筆怎麽題。有人問我求佳作，（淨）如何答他？（淨）問我先生便得知。（末）又道是當仁不讓於師。（丑云）倉官不識串，中中。（末）你且休誇口，如今又輪當足下。（丑）有，有。列位做律詩，都把那赴試的事爲題，恐是熟套，小子另立一題。（末）你把甚麽爲題？（丑）便把小子方纔墜馬爲題，胡做古風一

篇，這是奇事，不可不入詠。（衆）尤妙！尤妙！（丑）君不見去年騎馬張狀元，跌了左腿不相連？又不見前年跨馬李試官，跌了窟臀沒半邊？世上三般拚命事，行船走馬打鞦韆。小子今年大拚命，也來隨趁跨金鞍。跨金鞍，災怎躲？時耐畜生侮弄我。大叫三聲不肯行，連攛兩攛不是要。便把韁繩緊緊拿，縱有長鞭怎敢打？須臾之間掉下來，一似狂風吹片瓦。昨日行過樞密院，三個軍人來唱喏。小子慌忙走將歸，（末）却如何？（丑）怕他請我教戰馬。（末）又説夢話！諸公請依位而坐。左右，看酒。

（承直上）色動玉壺無表裏，光搖金盞有精神。告相公，酒在此。（衆把酒科）

【仙呂入雙調·五供養】（末）文章過晁董，對丹墀已膺天寵。（合）赴瓊林新宴，顫宮花，緩引黃金韃。[一]

蓮送。

【前腔】（丑、净）九重天上聲名重，紫泥封已傳丹鳳。（生）喜鰲頭一戰有功，荷君恩奏（合）便催歸玉簡侍宸旒，他日歸來金

【中呂·山花子】（末）玳筵開處遊人擁，爭看五百名英雄。（合）太平時車書已同，干戈盡戢文教崇，人間此時魚化龍。留取瓊林，勝景無窮。

【前腔】（净）三千禮樂如泉湧，一筆掃萬丈長虹。（丑）看奎光飛躔紫宮，光耀萬玉班中。（合

（一）眉批：韃：音「控」，馬勒也。

（前）

【前腔】（生）青雲路通，一舉能高中，三千水擊飛冲。（浄）又何必扶桑掛弓？也強如劍倚崆峒。（合前）

【前腔】（丑）恩深九重，絲絡八珍送，無非翠釜駝峰。（二）（末）看吾皇待賢恁隆，不枉了十年窗下把書來攻。（合前）

【大和佛】（生）寶篆沉烟香噴濃，（衆）濃熏綺羅叢。瓊舟銀海，翻動酒鱗紅，（三）一飲盡交空。（生悲科）持杯自覺心先痛，縱有香醪，欲飲難下我喉嚨。他寂寞高堂菽水誰供奉？俺這裏傳杯誼閒。（衆）狀元，你休得要對此歡娛意忡忡。（三）

【舞霓裳】（合）願取群賢盡貞忠，盡貞忠。管取雲臺畫形容，畫形容。時清莫報君恩重，惟有一封書上勸東封，更撰個河清德頌。乾坤正，看玉柱擎天又何用？

【紅繡鞋】（合）猛拚沉醉東風，東風。倩人扶上玉驄，玉驄。歸去路，望畫橋東。花影亂，日

（一）眉批：『八珍』二句，出杜詩。

（二）眉批：鱗，一作『鱖』。云以鱖作酒，其味甚佳。

（三）眉批：意忡忡。《詩》：『憂心忡忡。』作『氣忡忡』，非。

朦朧。沸笙歌，引紗籠。

【意不盡】（合）今宵添上繁華夢，明早遙聽清禁鍾。皇恩謝了，鵷行豹尾陪侍從。[一]

詩曰：

（生）名傳金榜換藍袍，（淨）酒醉瓊林志氣豪。

（丑）世上萬般皆下品，（末）思量惟有讀書高。

釋義：　三跳澗：《唐史》：小秦王，唐太宗也。澗，虹蜺澗也，在山西蔚州廣靈縣南。武德初，宋金剛寇滄州，王與戰，敗績。其將尉遲敬德追至澗邊，王計窮，遂策馬跳過之。王將秦叔寶來援，與戰，二人亦策馬而跳過。荷衣：綠袍也。劉蕡詩：『身掛綠荷衣。』杏園：《秦中雜記》：『進士初宴，謂之杏園宴；又曰探花宴。』禮樂三千：宋夏竦詩：『縱橫禮樂三千字。』樞密院：《會要》云：『樞密院掌天子之機務，及天下邊境軍馬之政令。』蓋取天樞之義也。　玉壺：晉武帝時，鮮卑貢一白玉壺，容酒斗餘，其中酒溫，寒隨人意。　晁董：晁錯，潁州人，學申、韓，名以文學，為太常掌故。文帝遣受《尚書》於伏生，遷太子家令，號智囊。景帝時，遷御史大夫。董仲舒，廣川人，少治《春秋》。江下惟教授，三年不窺園圃。以賢良對策，漢武帝嘉之，以為江都相。　瓊林新宴：朝廷賜宴，及第人謂瓊林宴。宋太

二三六〇

[一]　眉批：　陪侍從：一作『相陪從』。

宗太平興國八年，宋白等并賜及第，賜宴始就瓊林宴苑，後遂爲定制。**九重：** 天子之門有九，謂關門、遠郊門、城門、皐門、庫門、雉門、應門、路門，象天有九重之霄也。**紫泥：** 《漢書》以天子六璽，皆以武都紫泥封。李白詩：『鳳凰丹禁裏，啣出紫泥書。』**宸旒：** 旒，冕節。《說文》：垂玉也。《禮》：王袞冕十二旒，鷩冕九旒，毳冕七旒，絺冕五旒，玄冕三旒。**金蓮送：** 令狐綯，字子直。唐太中初爲翰林承旨。夜對禁中，燭盡，上以乘輿金蓮華花送歸院，故謂金蓮送。**三千禮樂如泉湧：** 唐李嶠與蘇頲同知制誥，以文翰顯名，時稱其『文思如泉湧』。**紫宮：** 《天文志》：『北極五星，皆在紫宮，文兆也。』**萬玉班中：** 唐李宗敏知貢舉，門生多清秀，時號『玉笋班』。『**扶桑**』二句：扶桑，日出處也。崆峒，山名也。

襄王謂宋玉曰： 能爲大言乎？ 對曰：彎弓射扶桑，長劍倚天外。 王益奇之。**八珍：** 食之美者曰珍。謂龍肝鳳髓，兔胎熊掌，鶚腸豹蹄，猩唇鯉魚尾，此皆極品之佳味也。**酒鱗紅：** 王氏《世說》：鱗魚大口細鱗斑綵，以煮酒，味極佳。**雲臺：** 漢明帝永平三年，因思中興功臣，乃圖二十八將於南宮雲臺之上。

東封： 東岳泰山，封用五色土雜封之。司馬相如病，有遺書勸上封泰山。**河清頌：** 南宋元嘉中，河、濟俱清，文帝命鮑照爲《河清頌》，辭甚工。**玉柱擎天：** 唐張說撰姚崇碑文曰：『玉柱擎天，高明之位列焉。』**紗籠：** 唐李藩，字叔翰。少時問卜於葫蘆生，生曰：紗籠中人。藩不省。後有新羅生言，凡位當宰相者，冥司必潛以紗籠護之。元和中，果拜相焉。**清禁鍾：** 漢武帝時，未央宮殿前有鍾，號曰清禁，忽自鳴三日三夜。詔問東方朔，對曰：銅者，土之子。子母感而相應，山恐有崩者，故鍾先鳴。後三

日，蜀郡太守上言銅山崩。武帝由是甚加重焉。 豹尾：《通典》曰：『《漢書·大駕法》：「駕出屬車，

最后一秉懸豹尾。豹尾以前，皆省中也。」

音字：曩：音鳥。沸：音費。惹：音喏。饕：音滔。臀：音屯。攛：音竄。瓊：音群。鸙：音戰。輇：音控。宸旒：音辰流。崆：音空。峒：音同。駝：音佗。篆：音祿。醪：音勞。誼：音萱。鶬：音冤。

第十二齣⑴ 蔡母嗟兒

【商調引子·憶秦娥先】（旦）長吁氣，自憐薄命相遭際。⑵相遭際，暮年姑舅，薄情夫婿。

【清平樂】夫妻纏兩月，一旦成分別。沒主公婆甘旨缺，幾度思量悲咽。 家貧先自艱難，那堪不遇

豐年。恁的千辛萬苦，蒼天也不相憐。奴家自從兒夫去後，遭此飢荒；況兼公婆年老，朝不保夕，教

奴家獨自如何應奉？婆婆日夜埋怨公公，當初不合教孩兒出去；如今飢荒，教媳婦怎生區處？公

公又不伏氣，⑶只管和婆婆鬧爭。外人不理會得，只道是媳婦不會看承，以致公婆日夜鬧炒。且待公

（一）第十二齣：原作『第十一齣』，據文義改。以下依次改。

（二）眉批：際：今本作『濟』，非。

（三）眉批：伏氣：今本作『伏善』，非。

二三六二

婆出來，再三勸解則個。

【憶秦娥後】(一)(外)孩兒一去無消息，雙親老景無存濟。(淨扯外耳科)難存濟，不思前日，強教孩兒出去？

(旦勸科)(淨)老賊！你抵死教孩兒出去赴選，今日沒飯喫，他便做得狀元，濟你甚事？若是孩兒在家，也會區處，終不到恁的狼狽。如今凍得你好，餓得你好。老賊，你死了休！(外)老乞婆，你怨我則甚？我是神仙，知道今日恁的飢荒苦？這般時年，誰家不忍餓忍飢？誰似你這般埋怨我？休！我死！我死！今日飢荒也是死，被你埋怨不過也索死。(欲死、旦扯住科)(淨)老賊！你便死，也消不得我這場嘔氣！(旦)公公、婆婆且息怒，聽奴家一言分剖：當初公公教孩兒出去時節，不道今日恁的飢荒，婆婆難埋怨公公；今日婆婆見這般饑荒，孩兒又不在眼前，心下焦躁，公公也休怪婆婆埋怨。請自寬心，奴家如今把些釵梳首飾之類典些糧米，以充公婆一時口食。寧可餓死奴家，決不將公婆落後。(淨云)媳婦兒，你說得好，我只是恨這老賊。

【南呂過曲·金索掛梧桐】(二)(淨)區區一個兒，兩口相依倚。沒事為着功名，不要他供甘旨。你教他做官，要改換門閭，只怕他做得官時你做鬼。老賊！你圖他三牲五鼎供朝夕，

(一)　眉批：此二折雖先後，總是一闋。

(二)　眉批：此三折曲盡三人情事，淨折無一字非尚氣語，外折無一字非安命語，旦折無一字非勸解語。

今日裏要一口粥湯卻教誰與你？相連累，我孩兒因你做不得好名儒。（合）空爭着閒是閒

非，空爭着閒是閒非，只落得雙垂淚，只落得雙垂淚。

【前腔】（外）養子教讀書，指望他身榮貴。黃榜招賢，誰不去求科試？老乞婆，我説個比方與

你聽。譬如范杞梁差去築城池，他的娘親埋怨誰？

（淨）老賊！你到得好比方！他是奉公差哩。

【前腔】（外）合生合死皆由命，少甚麼孫子森森也忍饑。（淨）老賊，你兀自口硬，再過幾時，餓得

你口臭屎哩。（外）休聒絮，畢竟是咱每兩口受孤恓。（合前）

【前腔】（旦）婆婆，孩兒雖暫離，須有日回家裏。（淨）媳婦，我豈不知孩兒自有一日回家？只是眼

下受餓難過。（旦）婆婆，奴有些釵梳，解當充糧米。（淨）老賊！我沒有這般孝順的媳婦會擺佈，可

不把我的肝腸也餓斷了？（外）老乞婆，這是時年如此，你苦死埋怨我怎的？（旦）公婆呵，休要閒爭麼，

教傍人道媳婦每有甚差池，致使公婆爭鬥起。婆婆，他心中愛子，指望功名就；公公，他眼

下無兒，因此埋怨你。○（一）

【劉潑帽】（外）天那！我每不久須傾棄，嘆當初是我不是，不如我死了無他慮。（合）一度裏

（一）眉批：『心中』四句，自然成聯。『因此』一作『只索』。

思量，一度裏肝腸碎。（淨）有兒却遣他出去，教媳婦怎生區處？媳婦，可憐誤你芳年紀。

（合前）

【前腔】（旦）公公、婆婆，媳婦便是親兒女，勞役事本分當爲。但願公婆從此相和美。（合前）

（外）形衰力倦怎支吾，（旦）口食身衣只問奴。

（淨）莫道是非終日有，（合）果然不聽自然無。

釋義：

蒼天：《爾雅》曰：『春爲蒼天，夏爲昊天，秋爲旻天，冬爲上天。』狼狽：狽，狼屬，無前足，附狼而行，無狼則不能動。范杞良：秦始皇三十三年，遣將軍蒙恬發兵三十萬北築長城。起於臨洮，至遼東，萬餘里。湖南人范杞良預役築城，未經一月，身死。其妻孟姜女親送寒衣，聞夫身死，乃於城下哭泣十餘日，城爲之崩。

音字：

燥：音皁。杞：音起。聒：音郭。

第十三齣　奉旨招婿

（末）縹緲紗窗映霧烟，深沉華屋鎖嬋娟。屏開孔雀人難中，幕裏紅絲誰敢牽？自家是牛太師府中一個院子。這幾日聽得府中喧傳，太師要招女婿。況我這個小娘子不比別的小娘子，一來是丞相之女，二來他才貌兼全，必須有文章、有官職、有福分的方可做女婿。如今不知他要招甚麼人？且在此等

候，相公出來，便知端的。

【南呂引子·似娘兒】（外）華髮漸星星，憐愛女欲遂姻盟，蟾宮桂子才堪稱。紅樓此日，紅絲待選，須教紅葉傳情。

左右那裏？（末）應上一呼，堦下百諾。不知老相公有何鈞旨？（外）自古道：男子生而願爲之有室，女子生而願爲之有家。我老夫人傾棄多年，只有一個小姐，美貌娉婷。昨日見官裏，問我道：你的女孩兒曾嫁人未？我回言道：未曾嫁人。官裏道：既不曾嫁人，如今新狀元蔡邕，好人物，好才學，朕與你主婚，你可招他爲女婿。你意下如何？俺奉聖旨，就謝了恩。左右，你道此事如何？（末）覆相公：男大須婚，女大須嫁。小姐是瑤臺閬苑的神仙，狀元是天祿石渠的貴客；何況玉音主盟，金口說合？若做了百年夫婦，不枉了一斷姻緣。這是：佳人才子兩堪誇，天付姻緣事不差。試看月輪還有意，定知丹桂近仙娃。（二）（外）你也道得是。你就去喚府前官媒婆來，去蔡狀元處說親。（末）領鈞旨。（喚科）（丑扮媒婆挑秤、斧上介）

【正宮過曲·醉太平】（丑）我做聰俊的媒婆，兩腳疾走如梭。生得不矮又不矬，人人都來請我。我只要金多銀多，綾羅段疋多，方肯做。又且張家李家誇談我，（末）誇談你甚的？（丑

道我每須勝似別媒婆。

媒婆媒婆，兩脚奔波。一斗好酒，一隻肥鵝。送到家裏，我和老公笑呵呵。（末）婆子休閒說，且去見老相公。（丑見外）（外）婆子，你手裏拿着甚麼東西？（丑）這是斧頭。（外）要他何用？（丑）這是媒婆的招牌。（外）如何將他做招牌？（丑）告相公得知：《毛詩》有云：『析薪如之何？匪斧弗克。娶妻如之何？匪媒不得』以此將他爲招牌。（末）休在班門弄斧。（外）你要這秤何用？（丑）相公，這喚做量人秤，最是要緊的。大凡做媒時節，先把新婦新郎秤得一般，方纔與他說親，久後夫妻也和順。若是輕重頭了，夫妻到底相嫌。（外）休閒說。媒婆，我昨日奉聖旨，教我將女孩兒招贅蔡狀元爲婿，如今你去他根前說知。若得他成就了這頭親事，我多多賞你。（丑）這個有甚難處？（外）一來奉當今聖旨，二來託相公威名，三來小姐才貌兼全，是人知道，蔡狀元有何不可？（末）這話極說得是。（外）媒婆，你來，說與你聽。

【南呂過曲・鎖窗郎】（外）吾家一女娉婷，不曾許與公卿。昨承聖旨，招選書生。媒婆，你和他說，不須用白璧、黃金爲聘。（合）說道姻緣前世已曾定，[一]今日裏，今日裏，共歡慶。

【前腔】（丑）住東京極有名聲，相公，論媒婆非自逞。今朝事體，管取完成。怕有一輕一重，

[一]　眉批：　說道：　諸本作『若是』，非。

全憑這條官秤。（合前）

【前腔】（末）雖然他高占魁名，得相招多少榮縈°（一） 依繡幕，選中雀屏。媒婆，此一去他必從

命°（二）（合前）

【釋義：

　　（外）爲傳芳信仗良媒，（丑）管取門楣得俊才。

　　（末）百年夫婦今朝合，（合）一段姻緣天上來。

釋義：　華屋鎖嬋娟：　漢武帝數歲時，公主抱而問曰：『兒欲得婦否？』曰：『欲得。』主指女阿嬌

曰：『好否？』笑曰：『若得阿嬌，當以金屋貯之。』屏開孔雀：　實毅仕周，爲上柱國。有女數歲，讀

《列女傳》一過不忘。聞隋祖受周禪，自投床下，曰：『恨非男子，不能救舅家之難。』毅掩其口曰：『毋

妄言，赤吾族矣。』毅嘗謂夫人曰：『此女有奇相，不可妄與人。』因畫二孔雀於屏間，令請婚者射二矢，約

中目則與之。唐高祖最後，各中一目，遂以妻之。後爲后焉。幕裏紅絲：　太僕寺卿郭元振少有大志，

開元初，中書令張嘉貞欲納之爲婿，謂之曰：『吾五女皆有姿色，各持一綫，以帷慢之，子可隨便牽之。』

元振牽一紅綫，遂得第三女。　紅葉傳情：　唐僖宗時，于祐步於禁衢，見御溝流一紅葉，題有詩云：『流

　　（一）眉批：　榮縈：　一作『榮紆』。

　　（二）眉批：　此一去：　今本作『你此去』，遂失同往關節。

水何太急，深宮盡日閒。慇懃謝紅葉，好去到人間。」祐見詩，亦題之云：「曾聞葉上題紅怨，葉上題詩寄阿誰？」祐託於韓泳門館，帝放宮女出嫁，泳以宮女韓夫人美姿，遂作伐而嫁於祐。韓於祐笥見紅葉，驚曰：「此詩乃妾所題，不擬君拾之。今果配合，事豈偶然？」一日，祐開宴宴泳，泳曰：「今日可謝冰人也。」韓笑曰：「一聯佳句隨流水，十載幽思滿素懷。今日結成鸞鳳友，方知紅葉是良媒。」瑤臺：仙居之處。昔許澶暴卒，三日醒，作詩云：「曉入瑤臺霧氣衝，坐中惟見許飛瓊。塵心未盡俗緣在，千里空山秋月明。」復寢，驚起，改第二句云：「天風吹下步虛聲。」因謂人曰：「昨夜夢到瑤臺，有仙女三百餘人，一云是飛瓊。今改一句，不欲世間知有我也。」蓋飛瓊，西王母之侍女也。閬苑：崑崙山有三角，北曰閬風苑，西曰玄圃臺，東曰崑崙宮，有五城十二樓，衆仙往來其間。石渠：閣名。時所得秦圖書。宣帝亦藏秘書於此。其下磐石爲渠，以導水，故名焉。班門弄斧：公輸子，名班，魯之巧人也，斲木極有巧思。今人誇口於識者之前，譏之曰：此班門弄斧也。

第十四齣　官媒議姻

【商調引子·高陽臺】（生）夢遶親闈，(二) 愁深旅邸，那堪音信遼絕。淒楚情懷，怕逢淒楚時

（二）　眉批：夢遶：今本作『夢遠』，非。

節。重門半掩黃昏雨，奈寸腸此際千結。守寒窗一點孤燈，照人明滅。想當時輕散輕別，嘆玉簫聲杳，庾樓明月。一段愁煩，翻成兩下悲咽。枕邊萬點思親淚，伴漏聲到曉方徹。(一)

鎖愁眉，慵臨青鏡，頓添華髮。

〔木蘭花〕鰲頭可羡，須知富貴非吾願。雁足難憑，沒個音書寄此情。田園將蕪，不知松菊猶存否？光景無多，爭奈椿萱老去何？自家爲父母所强，來此赴選，誰知逗遛在此，竟不能歸。今又復拜皇恩，除爲議郎。雖則任居清要，爭奈父母年老，安敢久留他鄉？天那！知我的父母安否何如？知我的妻室奉侍如何？欲待上表辭官，又未知聖意如何？苦！好似和針吞却綫，刺人腸肚繫人心。(丑、末同上)

【勝葫蘆】(末)特奉皇恩賜結婚，來此把信音傳。(丑)若是仙郎肯與諧姻眷，一場好事，管取今朝便團圓。

(生)自家門户重重閉，(二)春色緣何得入來？未審何人到此？(末)小子是牛太師府裏一個院子。(丑)老媳婦是官媒婆。我兩人奉天子之洪恩，領太師之嚴命，欲與狀元諧一佳偶。(生)原來如此。不須多言，且聽我說。

(一) 眉批：　此旅邸思親。

(二) 眉批：　兒家：猶云人家。薛維翰詩『白玉堂前一樹梅，今朝忽見數枝開。兒家門户』云云。

【商調過曲・高陽臺】（生）宦海沉身，京塵迷目，名韁利鎖難脫。目斷家山，空勞魂夢飛越。閒聒，閒藤野蔓休纏也，俺自有正兔絲、親瓜葛。是誰人無端調引，謾勞饒舌？謾勞饒舌？

（丑）狀元，是好一個小姐。（生）閒聒，謾勞饒舌？

【前腔換頭】（末）閥閱，紫閣名公，黃扉元宰，三槐位裏排列。金屋嬋娟，妖嬈那更貞潔。望君家懇懇首肯，早諧結髮。

【前腔換頭】（丑）歡悅，秦樓此日招鳳侶，遣妾每特來執伐。望君家懇懇首肯，早諧結髮。

【前腔換頭】（生）非別，千里關山，一家骨肉，教我怎生拋撇？妻室青春，那更親鬢垂雪。

（丑）狀元，老丞相見你這般青春年少，繞肯把小姐嫁與你，你不必推故。（生）差迭，須知少年自有人愛了，謾勞你嫦娥提挈。滿皇都豪家無數，豈必卑末？

【前腔換頭】（末）不達，相府尋親，侯門納禮，兀自拒他不屑。[一]繡幕奇葩，春光正當十八。

【前腔換頭】（丑）休撇，知君是個折桂手，留此花待君攀折。況親奉丹墀詔旨，非我自相攛掇。

【前腔換頭】（生）心熱，自小攻書，從來知禮，忍使行虧名缺？父母俱存，娶而不告須難說。

重刻音釋題評琵琶記

（一）　眉批：　拒他不屑：　一作『與他相絕』。

悲咽，門楣相府雖要選，奈煞廖佳人，(二)實難存活。(丑)狀元，小姐生得十分美貌，你休錯過了。

(生)縱然有花容月貌，怎如自家骨血？

【前腔換頭】(末)迂闊，他勢壓朝班，威傾京國，你却與他相別。只怕他回天轉日，那時節須有個決裂。(生)(丑)虛設，夜靜水寒魚不食，笑滿船空載明月。(二)下絲綸不愁無處，笑伊邨殺。

【餘文】明朝有事朝金闕，歸家奉親心下悅。(末唱)狀元，只怕聖旨不從空自說。

(生)不須多言。你若果奉聖旨來，我明日上表辭官，一就辭婚便了。

(末)君王詔旨不相從，(生)明日應須奏九重。
(丑)有緣千里能相會，(合)無緣對面不相逢。

釋義：玉簫聲杳　言夫婦之久別也。《列仙傳》：蕭史，秦穆公時人，風神超邁，善吹簫作鳳鳴，能致孔雀白鶴。穆公有女弄玉，亦好吹簫，遂以妻焉。乃教玉作鳳鳴。居十餘年，有鳳凰止其屋，穆公為作鳳凰臺，夫婦止其上。一日，史乘鸞，弄玉乘鳳，升天而去。秦人為作鳳女祠焉。青要：唐李素貞觀中，以親喪去官。既除服，上詔受以七品清要官。有司擬雍州司戶，上曰：『此官要而不清。』又擬秘書郎，

(一)　眉批：炭，余染切；廖，音『移』。門關也。百里奚事。
(二)　眉批：『夜靜』二句，船子和尚詩。

上曰：『此官清而不要。』乃授爲侍御史之職。

謂之曰：『公骨可度世，不宜沉身宦海。』宦海沉身：唐顏真卿，字清臣。一日，鷄跖道士來訪，

多口。《傳燈錄》：閭丘胤出牧丹丘，忽頭痛，得豐干禪師呪水噴之，立癒。異之，乞一言示此安危。師

曰：『若到任，謁文殊、普賢。在天台清涼寺執爨洗器，寒山、拾得是也。』胤到任，至寺訪之，三人在寺圍

爐笑語。胤致拜，三人連聲叱咄。執胤手曰：『豐干饒舌。』又，門左曰閥，右曰閱也。紫閣：宋劉汾拜

普賢化身。閥閱：《史記》：明其等曰閥，表其功曰閱。瓜葛：瓜葛之藤，延蔓相及。謂親戚綿密也。饒舌：猶言

中書舍人，請復古制，建紫薇閣於西省。門楣：唐玄宗冊立楊貴妃，從兄國忠加御史大夫，銛騎鴻卿，女

兄弟韓國、秦國、虢國三夫人。時人謠云：男不封侯女作妃，君看養女作門楣。楣，楣門上橫梁也。扊

寥佳人：寥寥，門闃也。百里奚仕秦爲相，其妻歌曰：『百里奚，五羊皮。憶別時，烹伏雌，炊扊扅

今日富貴忘我爲。』問之，乃其妻也，遂就焉。轉日：魯陽公與韓搆難，戰酣，日暮。援戈而揮之，日反

三舍。回天：唐太宗修洛陽宮，左庶子張應素諫止之。魏徵聞之，曰：『張公論事，有回天之力。』江

空水寒』二句：華亭和尚偈云：『千尺絲綸直下垂，一波纔動萬波隨。夜靜水寒魚不餌，滿船空載月

明歸。』

音字：

庾：音預。　宦：音患。　蔓：音漫。　挈：音怯。　攛：音參。　掇：音奪。　扊：音

掩。　廖：音移。　餌：音耳。

第十五齣 激怒當朝

【黃鍾過曲・出隊子】（外）朝夕縈掛，只爲孩兒多用心。不知月老事如何，爲甚冰人沒信音？顒望多時，情緒轉深。

目斷青鸞瞻碧霄，情深紅葉看金溝。自家昨遣院子和官媒婆去蔡狀元處說親，尚無回音。且待他來，便知端的。

【前腔】（末、丑）喬才堪笑，故阻倖推不肯從。豈無佳婿近乘龍？有甚福緣能跨鳳？料想書生，只是命窮。

（相見科）（外）媒婆，你回來了。事體若何？他肯不肯？（丑）覆相公得知：他千不肯，萬不肯，只是不肯不肯。（末）你且住休，待小人覆知相公。蔡狀元道他家中有垂白之父母，年少之妻房，明日要上表辭官家去，實難從命。

【正宮過曲・雙鸂鶒】（外）聽伊說教人怒起，漢朝中惟吾獨貴，我有女，偏無貴戚豪家求配？奉聖旨，使我招狀元爲婿。媒婆，不知他回話有何言語？

【前腔】（丑）媒婆告相公知：恨那人作怪蹺蹊，千不肯，萬推辭。（外）我奉聖旨招他爲婿，你

曾把這話對他説麼？（一）（丑）這話頭不惹此二兒。道始得及第，縱有花容月貌休題。他罵相公，

罵小姐，（外）他罵小姐甚麼？（丑）道腳長尺二。（末）這般説話沒巴臂。（二）（末跪科）

【前腔】（末）恩官且聽咨啓：蔡狀元聞説皺眉。忠和孝，恩和義，念父母八十年餘。況已

娶了妻室，再婚重娶非禮。待早朝，上表文，要辭官家去。請相公別選一佳婿。

【前腔】（外）他元來要奏丹墀，敢和我廝挺相持。細思之，可奈他將人輕覷。我就寫表奏與

吾皇知，與他官拜清要地。務要他我處爲門楣。

【意不盡】（合）這讀書輩沒道理，不思量違背了聖旨。只教他辭官辭婚俱未得。

（外）自古道：　殺人可恕，情理難容。我的威名，誰不欽敬！多少貴戚豪家求爲吾婿而不可得，咱耐

一書生顛倒不肯。他要辭官家去，且由他。左右，你和官媒再去蔡伯喈處説，看他如何？我如今先去

奏知官裏，只教不准他上表便了。

（外）枉把封書奏九重，（末）不如及早便相從。

（合）羈縻鸞鳳青絲網，（合）牢絡鴛鴦碧玉籠。

（一）　眉批：　諸本無外白，接『這話頭』句不下。

（二）　眉批：　沒巴臂：猶云『沒根蒂』。

釋義：

月老：唐韋固求婚，客有議潘昉女且興隆寺門。固問何書？曰：天下婚牘。固曰：吾議潘昉女，可成乎？曰：不也。君婦適三歲，十七歲過門矣。曰：店北賣菜陳老嫗女耳。老人忽不見。固令奴刺女中眉。後十四年，相州刺史王秦妻以女，眉間常貼翠鈿，歲餘，問之，乃知爲秦姪女。父終宋城宰時，乳母陳養之，後秦取以爲己女而嫁焉。冰人：晉令狐策夢立冰上與冰下人語，索統占曰：『當在冰上，與冰下人語，爲陽語陰，媒介事也，當爲人作媒，冰泮婚成。』太守田豹因策爲子求張公徵女，仲春婚成焉。青鸞：青鳥也。漢武帝七月七日齋居朝承殿，忽有一青鳥噭書從西來，集殿上。帝問東方朔，朔乃對曰：『此西王母欲來。』一日，西王母果乘彩雲而至。近乘龍：漢孫儁與李元禮二人皆位至司徒，俱娶太尉桓叔元之女，時人皆謂兩女俱乘龍。言得婿如龍也。

音字：縈：音榮，繫心也。顒：音濃，顒望也。緒：音敘，心緒也。溝：音勾。伴：音羊，伴推也。窘：音窮。跨：音胯，亦乘意。戚：音刺。配：音沛，匹配也。躋：音敲。躄：音溪。墀：音遲，丹墀也。羈：音胯，羈留也。縻：音眉。碌：音綠。啓：音起。

第十六齣　金閨愁配

【中呂過曲·剔銀燈】（貼）忒過分爹行所爲，但索强全不顧人議。背飛鳥硬求來諧比翼，隔墙花强攀來做連理。姻緣，還是怎的？天那！我待對爹爹說呵，婚姻事女孩兒家怎題？

姻緣姻緣，事非偶然。好笑我爹爹定要將奴家招贅蔡狀元爲婿，那狀元不肯，俺這裏也索罷了。誰想爹爹苦不放過。天那！他既不肯，便做了夫妻，到底也不和順。奴家待將此事對爹爹說，只是此事不是女孩兒每說的話。苦！好悶呵！（淨魆地上探）慚愧，慚愧，今日能彀得小姐悶也。小姐，你想着甚麼？（貼）我不想着甚麼。（淨）既不想着甚麼，你爲何手托香腮，在此憂悶？我且問你，你往常間件件不煩惱，事事不動情，我今想起來，你都是佯詐。今日莫不是對景傷情麼？（貼）老姥姥，你說那裏話？我爲爹爹做事不停當，以此上悶。（淨）你爹爹做事甚事不停當？（貼）我爹爹要將奴家嫁與蔡狀元，使官媒婆去說，狀元不肯從命。他既然不肯，我這裏也索罷了。如今爹爹苦不放過他，又叫媒婆去說。老姥姥，你怎生與我對爹爹說一聲也好。（淨）這是你爹爹的主意，如何肯聽我說？[一]

【仙呂過曲・桂枝香】（淨）書生愚見，忒不通變。不肯坦腹東床，謾自去哀求金殿。想他每就裏，想他每就裏，將人輕賤。小姐，非爹胡纏，怕被人傳。（貼）呀！怕人傳甚的？（淨）道你是相府公侯女，不能彀嫁狀元。

【前腔】（貼）百年姻眷，須教情願。他那裏抵死推辭，俺這裏不索留戀。想他每就裏，想他每就裏，有此牽絆。（淨）有甚牽絆？（貼）怕恩多成怨。滿皇都[二]少甚麼公侯子，何須去嫁

（一）　眉批：此白應第三齣白。
（二）　眉批：『滿皇都』三字作一句。

狀元？

【南呂過曲·大迓鼓】（淨）非干是你爹意堅，只怕春花秋月，誤你芳年。況兼他才貌真堪

羨，又是五百名中第一先。故把嫦娥，付與少年。

【前腔】（貼）姻緣雖在天，若非人意，到底埋冤。料想赤繩不曾綰，多應他無玉種藍田。休

把嫦娥，強與少年。

釋義： 連理： 稱人夫婦曰連理枝。上官姓名守愚者，揚州人也，爲奎章閣學士，與史官貫虛中爲友，

　　　　各有子女一人，令之共學讀書，其父母議爲婚。既嫁未久，遇寇大亂，劫掠其家。守父子全家被殺，惟貫女

　　　　貌美，賊留之，逼爲妻。女詐曰：『吾家絶滅，身無所倚，待妾埋葬公姑，夫婿，然後爲婚，未遲也。』賊喜，

　　　　從之。賊爲掘坑下夫屍，女執刀於手，曰：『寧共一坑死，不作兩處生。』遂刎死。賊怒曰：『汝要死，不

　　　　與一坑。』移隔二十餘步埋之。曰：『使爾兩個空自相望。』其後，兩塚各生樹一，根枝柯相向，紐結連抱

　　　　而生。後有晉化者，爲是邦太守，民告其故。欲移爲一處，樹大不能動。以禮葬之，贈封塚壙。後人號曰

　　　　連理樹、連理枝。唐明皇與楊貴妃私誓曰：『在天願作比翼鳥，在地願爲連理枝。』義出此。坦腹東

　　　　床： 稱女婿爲東床。晉王羲之，王導之從子也。（注： 從子，兄弟之子也。）郗鑒一女，使門生求婿於

　　　（淨）匹配本自然，（貼）何須苦相纏。

　　　（淨）眼底雖成就，（貼）到底也埋冤。

導，導令就東廂遍觀子弟門生，歸曰：『王氏諸少年並佳，然聞信至，或自矜持。惟一少在東床坦腹，食胡餅，若不聞。』監曰：『此佳婿也。』訪之，乃羲之，遂妻之。○赤繩：唐韋固問月下老囊中何物，曰：『赤繩子，以繫夫婦之足。雖仇敵之家，吳楚異鄉，富貴懸隔，此繩一繫，終不可違。』無玉種藍田：漢陽雍伯兄弟六人，以傭菜為業。公少修孝敬，達於遠近。父母沒，葬畢，長慕追思，不勝心目，乃賣田宅北徙絕水漿處，大道峻阪下為居。晨夜輦水漿以給行旅，兼補履，屢不受其值。如是，累年不懈。一日，天神化為書生，問曰：『何故不種菜以給？』答曰：『無種。』書生就懷中出石子二升與之，曰：『種此，生美玉，并得美婦。』雍大喜，種其石數歲。北平徐氏有女，極姿容，人多求，不許。雍試求焉，徐戲之曰：『得白璧一雙，乃可與婚。』雍於所種石處得白璧五雙，即以具送。徐氏大愕，乃以女妻之。後生十男，皆俊異，位至卿相。人皆以為陰德所致，因名其地曰玉田。

第十七齣　丹陛陳情

【仙呂引子·北點絳唇】（末）夜色將闌，晨光欲散，把珠簾捲。移步丹墀，排列着金龍案。

【北混江龍】（末）官居宮苑，謾道天威咫尺近龍顏。[一]　每日間親隨車駕，只聽鳴鞭。去螭頭

（一）　天：原衍一『天』字，據汲古閣刊本《繡刻琵琶記定本》刪。

上拜跪，隨着豹尾盤旋。朝朝宿衛，早早隨班。做不得卿相當朝一品貴，先隨着朝臣待漏

五更寒。空嗟嘆，山寺日高僧未起，算來名利兀的不如閒。

自家是漢朝一個小黃門。（内問）怎見得早朝氣象？（末）但見銀河清淺，珠斗爛班。數聲角吹落殘星，三通鼓報傳清曙。銀箭

宜習，（二）天顏有喜近臣知。如今天色漸明，正是早朝時分，官裏升殿，怕有百官奏事，只得在此祗候。正是：　主德無瑕因

往來紫禁，侍奉丹墀；領百官之奏章，傳一人之命令。

銅壺，點點滴滴，尚有九門寒漏。瓊樓玉宇，聲聲隱隱，已聞萬井晨鍾。瞳瞳曉曉，蒼茫紅日映樓臺。

拂拂霏霏，葱舊瑞烟浮禁苑。裊裊巍巍，千尋玉掌，幾點瀼瀼露未晞；澄澄湛湛，萬里璇空，一片團團

月初墜。三唱天雞，咿咿喔喔，共傳紫陌更闌；百囀流鶯，間間關關，報道上林春曉。五門外硞硞剌

剌，車兒碾得塵飛；六宮裏嘔嘔啞啞，樂聲奏如鼎沸。只見那建章宮、甘泉宮、未央宮、長楊宮、五柞

宮、長秋宮、長信宮、長洛宮，重重疊疊，萬萬千千，盡開了玉關金鎖；又見那昭陽殿、金華殿、長生殿、

披香殿、金鑾殿、麒麟殿、太極殿、白虎殿，隱隱約約，三三兩兩，都捲上繡幕珠簾。半空中忽聽得一聲

轟轟劃劃，如雷如霆，震耳的鳴稍響；合殿裏只聞得一陣氤氤氳氳，非烟非霧，撲鼻的御爐香。縹縹

紗紗，紅雲裏雉尾扇遮着赭黄袍；深深沉沉，丹陛間龍鱗座覆着彤芝蓋。左列着森森嚴嚴，前前後後

的羽林軍、期門軍、控鶴軍、神策軍、虎賁軍，花迎劍珮星初落；右列着濟濟鏘鏘，高高下下的金吾衛、

（一）　無瑕：原闕，據汲古閣刊本《繡刻琵琶記定本》補。

神虎衛、拱日衛、千牛衛、驃騎衛，柳拂旌旗露未乾。金間玉，玉間金，烟烟灼灼，燦燦爛爛的神仙儀

從：紫映緋、緋映紫，行行列列，整整齊齊的文武官僚。螭頭陛下，立着一對嬌嬌嬈嬈，花容月貌，繡

鸞袍駕鴛靴的奉引昭容；豹尾班中，擺着一對端端正正，銅肝鐵膽、白象簡、獬豸冠糾彈御史。拜的

拜，跪的跪，那一個敢挨挨拶拶縱諠譁？升的升，下的下，那一個不欽欽敬敬依禮法？但願得常瞻仙

仗，聖德日新日新又日新；與群臣共拜天顏，聖壽萬歲萬歲萬萬歲。從來不信叔孫禮，今日方知天子

尊。道猶未了，只見那奏事官早上。

【黃鍾過曲·點絳唇】（生）月淡星稀，建章宮裏千門曉。御爐烟裊，隱隱鳴梢杳。〔一〕忽憶年

時，問寢高堂早。雞鳴了，悶縈懷抱，此際愁多少？

不寢聽金鑰，因風想玉珂。明朝有封事，數問夜如何？〔二〕自家爲父母在堂，故上表辭官回去侍奉。今

天色已明，這裏是午門外，不免進入去咱。（末）奏事官播笏三舞蹈。

【黃鍾過曲·神仗兒】（生）揚塵舞蹈，揚塵舞蹈，遙瞻天表，見龍鱗日耀。（末）狀元不得升殿。

（生）咫尺重瞳高照，（末）有何文表，就此申奏。（生）遙拜着赭黃袍，遙拜着赭黃袍。

【滴溜子】（生）臣邕的，臣邕的，荷蒙聖朝。臣邕的，臣邕的，拜還紫誥。（末）狀元，你莫不是

（一）　眉批：『隱隱』句，丁仙現詞。

（二）　眉批：『不寢』四句，杜子美詩。

重刻音釋題評琵琶記

嫌官小麼？ （生）念邕非嫌官小，奈家鄉萬里遙，雙親又老。干冒天威，萬乞恕饒。

（末）狀元，吾乃黃門，職掌奏章。有何文表，就此披宣。（生跪科）

【入破第一】議郎臣蔡邕啓：今日蒙恩旨，除臣爲議郎之職，重蒙賜婚牛氏。干瀆天威，臣謹誠惶誠恐，稽首頓首。伏念微臣，初來有志，誦詩書力學躬耕修己，不復貪榮利。事父母，樂田里，初心願如此而已。不想州司，謬取臣邕充試。到京畿，豈料蒙恩，叨居上第？（一）

【破第二】重蒙聖恩，婚賜牛公女。臣草茅疏賤，如何當此隆遇？但臣親老，一從別後，光陰又幾。盧舍田園，荒蕪久矣。

（末）老親在堂，必自有人侍奉，狀元不必憂慮。

【衮第三】（生）況臣親老鬢髮白，筋力皆癃瘁。形隻影單，無兄弟，誰奉侍？況隔千山萬水，生死存亡，雖有音書難寄。最可悲，他甘旨不供，我食祿有愧。

（末）聖上作主，太師聯姻，狀元，這也是奇遇。

【歇拍】（生）不告父母，怎諧匹配？臣又聽得家鄉裏，遭水旱，遇荒飢。多想臣親必做溝渠

（一）　眉批：此一枝雖分數折，而詞意聯絡。至【中衮】以下三折有無限有餘不盡之趣，《陳情表》不是過也。

之鬼，未可知。　怎不教臣，悲傷淚垂？

（生哭）（末）狀元，此非哭泣之處，不得驚動天顏。

【中袞第五】（生）臣享祿厚掛朱紫，出入承明地。惟念二親寒無衣，飢無食，喪溝渠。憶昔先朝朱買臣守會稽，司馬相如，持節錦歸。

【煞尾】他遭遇聖時，皆得回鄉里。臣何故，別父母，遠鄉間，沒音書，此心違？伏望陛下，特憫微臣之志。遣臣歸，得侍雙親，隆恩無比。

【出破】若還念臣有微能，鄉郡望安置。庶使臣忠心孝意得全美，臣無任瞻天仰聖，激切屏營之至。

（末）元來如此。　吾當與汝轉達天聽，你只在午門外廂侯候聖旨。　正是：眼望旌捷旗，耳聽好消息。

（生起退科）

【神仗兒】（生）揚塵舞蹈，揚塵舞蹈，見祥雲縹緲，想黃門已到。　料應重瞳看了，多應是念我私情烏烏鳥。　顒望斷九重霄，顒望斷九重霄。

黃門已將我奏章傳達天聽，未知聖意允否？不免乘閒禱告天地一番。

【滴溜子】（生）天憐念，天憐念，蔡邕拜禱。雙親的，雙親的，死生未保。　天那！可憐恩深難報。一封奏九重，知君聽否？爹娘呵，俺和你會合分離，都在這遭。

黃門去了多時，怎的不見回報？想必是官裏准了。天那！若能彀得回家侍奉父母，何須在此做官？

（末捧詔同二昭容并上）

【前腔】（末）今日裏，今日裏，議郎進表。傳達上，傳達上，聖旨看了。（生）聖旨看了是如何說？（末）道太師昨日先奏，把乘龍女婿招，多少是好？（生）黃門大人，你莫不是哄我？（末）

見有玉音傳降聽剖。

聖旨已到，跪聽宣讀。（生俯伏）（末讀科）皇帝詔曰：孝道雖大，終於事君；王事多艱，豈遑報父？朕以凉德，嗣纘丕基。眷茲警動之風，未遂雍熙之化。爰招俊髦，以輔不逮。咨尔才學，允愜輿情。是用擢居議論之司，以求繩糾之益。尔當恪守乃職，勿有固辭。其所議婚姻事，可曲從師相之情，以成桃天之化。欽予時命，裕汝乃心。謝恩。（生）黃門大人，煩你與我再去奏知官裏，我情願不做官。（末）

咳！這秀才好不曉事，聖旨誰敢違背？（生）黃門大人，你不肯去時節，我自去拜還聖旨何如？（末）

呀！這秀才好怪麼？這所在，如何去得？（生哭科）

【啄木兒】（生）我親衰老，妻幼嬌，萬里關山信音杳。他那裏舉目淒淒，俺這裏回首迢迢。他那裏望得眼穿兒不到，俺這裏哭得淚乾親難保。閃殺人一封丹鳳詔。

【前腔】（末）狀元，你何須慮，不用焦，人世上離多歡會少。大丈夫當萬里封侯，肯守着故園空老？畢竟事君事親一般道，人生怎全忠和孝？却不見母死王陵歸漢朝？

【三段子】（生）這懷怎剖？望丹墀天高聽高。這苦怎逃？望白雲山遙路遙。（末）狀元，你做官與親添榮耀，高堂管取加封號。與他改換門閭，偏不是好？

【歸朝歡】（生）冤家的，冤家的，苦苦見招，俺媳婦埋怨怎了？飢荒歲，飢荒歲，怕他怎熬？俺爹娘怕不做溝渠中餓殍？

【前腔】（末）狀元，譬如四方戰爭多征調，從軍遠戌沙場草，也只是爲國忘家怎憚勞。（并下）

（生）家鄉萬里信難通，（末）爭奈君王不肯從。

（合）情到不堪回首處，（合）一齊分付與東風。

釋義：

金龍案：　王建《宮詞》：『金鑾殿上金龍案。』玉案也。《宋朝會要》曰：『唐及五代有之。《周官·條狼氏》：執鞭，趨避之遺法也。然則鳴鞭雖始於唐，亦本周事。』螭頭：《說文》：『螭若龍，無角。』《漢書》：『丹墀上之墀曰螭頭。』五更寒：吳珏詩：『朝臣待漏五更寒，鐵甲將軍夜渡關。』山寺日高僧未起，算來名利不如閒。』小黃門：居禁中，在黃門之內，掌傳箋奏，歷代有黃門侍郎是也。珠斗斕斒：《律曆志》：『五星於連珠斕斒。』天威咫尺：齊桓公曰：『天威不違顏咫尺。』鳴鞭：《宋朝會要》曰：『唐及五代有之。《周官·條狼氏》：執鞭，趨避之遺法也。然則《唐韻》：色不純也。千尋玉掌：七尺爲尋。漢武帝天鼎二年，作承露盤，高二十丈，大七圍，以銅爲之，上有仙人掌以承露。和玉屑飲之，可以長生。紫陌：御墀也。《早朝》詩：『鷄鳴紫陌曙光寒。』五門：《周禮》：『君之門有五：一曰皋門，二曰雉門，三曰庫門，四曰應門，五曰路門是也。』建章宮：

漢武帝太初元年，以伯梁殿災，粵巫占之曰：『粵俗，有大災，則復起大屋以厭勝之』。帝於是作建章宮，度為千門萬戶，前殿度高未央。其東則鳳闕，高二十餘丈；其西則數十里虎圈，其北則大池，漸臺高二十餘丈，名曰太液池。中有蓬萊、方丈、瀛洲。其南有玉璧之屬，立井幹，高五十丈，輦道相屬焉。甘泉宮：　陝西涇陽縣甘泉山太秦林光宮，漢武帝增廣之，周十九里，去長安三百里，望見長安城。黃帝以來，圜丘祭天之處。武帝關南，以象五色，又曰雲陽。宮內有竹宮、壽宮、迎風館、鳷鵲觀。未央宮：　漢高帝七年，命蕭何治未央宮，內有東闕、北闕、前殿、武庫、太倉。名未央者，取《詩》『夜未央』，勤政之義也。長楊宮：　本秦離宮，漢因之以備行幸。有射熊觀，秦漢遊獵之所也。成帝行幸長楊宮，從故人大接獵，上將誇胡人以禽獸，命張羅網置罘，浦熊、熊、豪猪、狐兔、虎豹、麋鹿，載以檻車，輸長楊射熊館。以岡為周陸，縱禽獸其中，令胡人手搏之，上親臨觀焉。時農民不得收斂。揚雄從至上林中，上《長楊宮賦》以是諷之。長秋宮：　《索隱》曰：『皇后宮名長秋者，秋，陽之者始。取其長而久。』長信宮：　始皇初，建以備行幸。漢太后之所居宮也。長樂宮：　漢高帝建，內有東朝及宣德、通光、高明、長秋等殿。昭陽殿：　漢景帝王美人七月七日生，武帝於此後更名猗蘭殿。長生殿：　唐玄宗每歲七月七日賜楊貴妃乞巧於此。金鑾殿：　唐玄宗於此殿見李白，論當世事，奏頌一篇。帝賜食，親為調羹，詔供奉翰林。麒麟殿：　漢明帝集公卿有文學八十人於此刊校經史。太極殿：　即唐西內正殿也。高祖因隋大興殿改今名。白虎殿：　漢宣帝時，諸儒集論經傳，奏之曰白虎閣，因名曰《白虎通》。龍鱗座：　王建《宮

詞》：『座列龍鱗耀日月。』羽林軍：天有羽林大將軍之星，蓋羽昱鷙擊之意。林喻若林木，漢武帝故

以名武臣是也。金吾衛：秦有中尉，漢武帝更名執金吾。千牛衛：宋謀約《拾遺》：『千牛力，人

主防身力也。故後魏有千牛備身，掌執御刀。』唐顯慶五年始置左右千牛府，龍翔二年改府曰千牛衛。奉

引昭容：唐女官，正二品。天子坐朝，昭容引坐。銅肝鐵膽：王敏懿公素既升臺憲，風力愈勁，議者

目其銅肝鐵膽。獬豸冠：獬豸，神獸。似牛，號神羊，能觸邪佞。獄有疑，令羊觸之，立別曲直。楚莊

王獲之爲冠，賜執法者服之。糾彈御史：御史之名，周官有之，北齊謂之南臺，掌察糾彈劾，臨制百官。

萬歲：臣下有對，皆呼萬歲，秦漢以來皆然。叔孫禮：叔孫通，薛人也。漢高帝六年爲博士，說帝起

朝儀，采古禮與秦儀雜就之，始於長樂宮，自諸侯、王以下，莫不震肅。帝曰：『今日乃知天子之貴也。』

問寢：文王之爲世子，朝於王季日三：雞初鳴而衣服至於寢門外，問內豎之御者曰：『今日安否何

如？』內豎曰『安』，文王乃喜。及日中，至彼亦如之。及暮又至，亦如之。玉珂：馬勒飾也。杜詩：

『與在鹿駒白玉珂。』封事：漢舊儀，奏封板，故曰封事。咫尺：十寸曰尺，六尺曰咫，皆言近也。重

瞳：瞳，目童子也。舜目重瞳。出入承明地：翰林有承明金鸞。應璩詩：『三義承明廬。』朱買

臣：字翁子，會稽人。家貧，賣薪自給，擔束薪行且讀書。漢武帝時，以同邑嚴薦召見，說《春秋》，拜中

大夫，後爲會稽太守。初，買臣免待詔，嘗從會稽守邸者寄食。及拜爲太守，衣故衣，懷印綬，步歸郡邸直

上。計時，會稽吏相與群飲，不視買臣。入室中，守邸與共食，且飽，少見其綬。守邸前引其綬，視其印，會

稽太守章也。守邸驚出，語上。計吏皆醉，大呼曰：『誕妄耳。』其故人素輕買臣者入視，還走疾呼曰：『實然。』坐中驚駭，白守，相推排陳，列中庭拜賀。買臣徐出戶。有頃，長安廐吏乘駟馬來迎，買臣遂傳乘去。後擊破南越有功，徵爲主爵都尉，列於九卿之位。

司馬相如：漢武帝時，相如以賦詞得幸，爲中郎將。建節鉞，蜀太守以下郊迎，縣令負弩矢先驅，其蜀人以爲寵焉。

烏鳥：李密『烏鳥私情，願乞終養。』

王事多艱，豈遑報父：《詩》云：『王事靡盬，不遑將父』豈遑，言不暇也。

日朕，涼薄也。謙言己之薄德也。

廣也。

天》：《詩》云：『桃之夭夭，灼灼其華。之子于歸，宜其室家。』婦人謂嫁曰歸。

俊髦：士之俊者曰髦。《詩》：『髦士攸宜』繩糾：直正也。《書》：『繩愆糾謬。』《桃不基：大業也。警動之風：方隅不寧也。雍熙：雍，和；熙，和也。

涼德：天子自稱

筆硯乎？』有相者曰：『燕頷虎額，飛而食肉，此萬里侯相也。』後使西域，安集五十餘國，封爲定遠侯。

萬里封侯：班超，字仲升，安陵人彪之子，家貧，傭書養母。嘗投書嘆曰：『大丈夫當立志異域，以取封侯，安能久事虎置戲馬觀，上安詔書，丹五色紙，啣於木鳳之口而頒行之。

固之弟。有大志，不修小節。

丹鳳詔：後趙王石母死王陵：陵，沛人，始爲縣豪。西楚霸王收陵母，置軍中。陵使至，則東向坐陵母，欲以招陵。陵母私送使者，泣曰：『願爲妾語陵，善事漢王。漢王，長者，毋以老妾故持二心，妾以死送使者』遂伏劍而死。天下既定，封陵安國侯。餓殍：餓死人也。遠戍：戍邊卒也。沙場：平沙，戰場也。

音釋：　菁：　音信。　沸：　音肺。　筋：　音斤。　喔：　音惡。　恪：　音確。　蹈：　音道。　闉：　音

淹。　雉：　音滯。　從：　去聲。

第十八齣　義倉賑濟

【仙呂入雙調·普賢歌】（丑）身充里正實難當，雜泛差徭日夜忙。官司點義倉，并無此三子

糧，拚一頓拖翻喫大棒。

我做都官管百姓，另是一般行徑。破靴破帽破衣裳，打扮須要廝稱。到官府百般下情，下鄉村十分豪

興。討官糧大大做個官升，賣私鹽輕輕弄條喬秤。點催首放富差貧，保解戶欺軟怕硬。猛拚打強放

潑，畢竟是個畢竟。誰知天不由人，萬事皆從前定。騙得五兩十兩，到使五錠十錠。田園盡都典賣，并

無些子餘剩。旰耐廳前首領，嫌恨司房喬令。把我千樣凌辱，將我萬般督併。動不動丟了破帽，打得

我黃腫成病。幾番要自縊投河，不要了這條性命。今番又點義倉，并無糧米抵應。若還把我拖翻，便

叫小人也不是都官，也不是里正。休將屈棒，錯打了平民。（內問）你是誰？（丑）我是搬戲的副淨。

（內）休道出本來面目。（丑）往常間將義倉稻子偷回家去養老婆孩兒了，今日上司官點義倉放穀，賑濟

貧民，倉中沒有一些，那裏討還他？沒奈何，我待把私老兒子都賣了，也賠不起。不免去與李

社長商量則個。轉彎抹角，兀的便是李社長家裏。李社長，李社長。（淨）誰叫老爺？（丑笑）唉！你

慣要會做大。且出來。

【前腔】(淨)身充社長管官倉，老小一家都賴倉裏養。(丑)好，好。你一家老小都賴倉裏養，事發時節，如何擺佈？(淨)事發儘不妨，里正先喫棒。(丑)尊兄，饒得你過麼？(二)(淨)先打都官，方纔打社長。

老夫年傍八旬，家中只有三人。因充社長勾當，誰不知也欠安寧。又要告官書題粉壁，又要勸民栽種翻耕；又要管淘河砌礮，又要辦水桶麻繩。若有人家嫁娶，須索請我做賓人。人人稱我年高伏眾，個個叫我社長官人。若得一紙狀子，強似廳上縣丞。原告許我銀子三錠五錠，被告送我猪脚十斤廿斤；若還得了兩家財物，只得朦朧寫個回文。每日去幹得泄水功德，竟不知自家家裏禍因。大的孩兒不孝不義，小的媳婦逼勒離分。單單只有第三個孩兒本分，常常搶去老夫的頭巾。激得我老夫性發，只得唱個陶真。(丑)呀！陶真怎的唱？(淨)呀！到你聽見了。也罷，我唱，你打和。(丑)使得。

(淨)孝順還生孝順子，(丑)打打哈蓮花落。(淨)忤逆還生忤逆兒，(丑)打打哈蓮花落。(淨)不信但看簷前水，(丑)打打哈蓮花落。(淨)點點滴滴不差移，(丑)打打哈蓮花落。(淨)住休。(丑)你若不住，我直唱到天明。(淨)里正，你叫我出來有甚事說？(丑)社長哥，今日官司給散義倉，倉中又無稻子，如何是好？我和你不免合賠些子。(淨)呀！倉中稻子都是你搬去喫了，怎的叫我和你合賠？

(二) 眉批： 諸本無此白，與丑折不稱，今從古本增入。

小畜生，到不虧了你！上司來時，干我鳥事？我自回去抱子弄孫嬉他娘。正是：閉門不管窗前月，

一任梅花自主張。（淨下）（丑）苦！李社長又去了，上司官又來了，如何是好？呀！喝道聲漸漸近

了〔一〕不免迎接則個。（外扮放糧官、末扮皂隸并上）

【前腔】（外）親承朝命賑饑荒，（末）躍馬揚鞭到此方。（丑）里正接老爹。（外）起去。疾忙開義

倉，支與百姓糧，從實支收休要謊。

【商調過曲·吳小四】（丑）肚又飢，眼又昏，家私沒半分，子哭兒啼不可聞。聞知相公來濟

民，請此官糧去救貧。

里正，將支收簿來看。（丑）簿在此。（外讀科）元管二十九石，新收三十六石，除支一十九石，見在四十

六石。左右，開倉。（外看倉）呀！這倉裏那有四十六石？（丑）有，有，相公。（外）左右，與他取了

甘結，一面着他喚飢民來支糧。（丑）一心忙似箭，兩腳走如飛。（外）左右，這廝說謊，倉裏那得許多稻

子？（末）相公，且由他。若是不足數，只要他賠償便了。（外）也說得是。（丑扮瞎子上）

（丑錯跪科）相公可憐見。（末）相公在這裏。（外）老的姓甚名誰？家裏有幾口？（丑）小的姓丘名

乙巳，家住上大村，有三千七十口。（外）胡說！那裏有許多口？（丑）告相公得知：上大人，丘乙

己化三千，七十士。（末）一口胡柴！（外）你實有幾口？（丑）小的夫妻兩口，孩兒兩口。（外）支糧

〔一〕 道：原作『導』，據汲古閣刊本《繡刻琵琶記定本》改。

與他。（末與丑科）支四口糧了。（丑）多謝相公。正是：一日不識羞，三日不忍餓。（下）（淨扮聾子

上）

【前腔】（淨）嘆連朝，飢怎忍？家中有五六人。○（一）前日老婆典了裙，今日媳婦又典褶，恰遇

官司來濟貧。

相公可憐見。（外）老的姓甚名誰？家裏有幾口？（淨）小的姓大名比丘僧，住在祇樹給孤獨園，有一

千二百五十口。（外）胡說！那裏有許多口？（淨）告相公得知：《彌陀經》中道：祇樹給孤獨園，

與大比丘僧一千二百五十人俱。（末）佛口蛇心！（外）你實有幾口？（淨）小的有兩個媳婦，三個孩

兒，和我共六口。（外）支糧與他。（末與淨科）支六口糧了。（淨）多謝相公。正是：今日得君提掇

起，免教人在污泥中。（淨下）（旦上）

【雙調引子·搗練子】（二）（旦）嗟命薄，嘆年艱，含羞忍恥向人前，猶恐公婆懸望眼。

路當險處難回避，事到頭來不自由。奴家少長閨門，豈識途路？今日見官司放糧濟貧，只得去請些稻

子，以救公婆之命。（見科）（外）婦人姓甚名誰？來此怎的？（旦）告相公得知：奴家姓趙，名五

娘，公公蔡從簡。因兒夫出去，特來請些糧米，以救公婆之命。（外）你丈夫那裏去了，使你婦人家來

（一）　眉批：坊本作『八九人』，與白相背了。

（二）　眉批：一名【胡搗練】。

請糧？

【正宮引子·普天樂】（旦）兒夫一向留都下。（外）你家裏還有誰？（旦）只有年老爹和媽。

（外）有兄弟麼？（旦）弟和兄更沒一個。（外）既沒有弟兄，誰看承你的爹媽？（旦）看承盡是奴家。（外）這般說起來，你好苦呵。婦人家不出閨門，你何不使個男子漢來請糧？（旦作悲介）歷盡苦，誰憐我？相公，怎說得不出閨門的清平話？（外）你家有幾口？（旦）只有三口。（外）左右，支糧與他去。（末）沒糧了。（旦哭科）我不敢回家。（外）怎的不敢回家去？（旦）相公，豈忍見公婆受餒？天那！嘆奴家命薄，直恁折挫。[一]

（外）左右，這倉中稻子沒有了。一來湊原數不起，二來這婦人說得好苦，你去拿里正來，要這厮賠償。

（末）領鈞旨。假饒走上焰摩天，腳下騰雲須趕上。（旦）望相公可憐見，主張些糧米，與奴家救濟公婆之命。（外）我自有分曉。（末押丑上）一似甕中捉鱉，手到拿來。（旦）里正，這倉中稻子湊原數不起，盡是你自偷了，你好好招伏。（丑）小人招不得。相公，自古道：東量西折，難教小人賠償。（外）畜生！尖斛量入，平斛量出，如何折去了許多？左右，拿下打四十。（丑）相公，不要打，小人情願招了。（丑讀招）招狀人姓貓名貍，見年三十有餘。身上別無疾病，只有白帶不除。今與短狀招伏，因為官糧

眉批：　折挫：　一作『摧挫』，氣弱。

　（一）

重刻音釋題評琵琶記

二三九三

欠虧。說到倉中情弊，中間無甚蹺蹊。稻熟排門收斂，斂了各自將歸。并無倉廩盛貯，那有帳目收支？縱然有得些小，胡亂寄在民居。官司差人點視，便倴些穀支持。上下得錢便罷，不問倉實倉虛。年年把當常事，番番一似耍嬉。不道今年荒旱，不道今年民飢。東家借得十扛，西家借得五箕。但見倉中有穀，其間就裏怎知？假饒奏到三十三天，我里正無甚罪過。（末）為甚的？（丑）只是典糧詐錢的做馬做驢，如何會泄天機？假饒奏到三十三天，我里正無甚罪過。（外）押這廝出去，要他賠償。（末押丑下）正是：懼法朝朝樂，欺公日日憂。（末押丑上）假饒人心似鐵，難逃官法如爐。告相公：里正賠償的稻子有了。（外）支與那婦人去。（旦）多謝相公。

（末與旦科）（丑覷覷科）由你半路去，我好歹與他奪了便罷。（外、末、丑下）（旦）一酌一斟，莫非前定。今日災危。（外）當權若不行方便，倉中無穀。（末）如入寶山空手回。（旦）謝得恩官作主維，（丑）只教中路有奴家去請糧，誰知道里正作弊，倉中無穀。若不得相公督併里正賠償，如何得這些穀回家救濟二親？正是：飢時得一口，強似飽時得一斗。（欲下，丑上攔住科）呀！恩人相公，分外眼明，憐人相見，分外眼睜。我也會見你過來呵！快把稻子還我，萬事全休。（丑）呀！相公與奴家的稻子，如何還你？（丑）咳！方纔不是你只管告不休，相公如何要我賠納？這稻子是我賣老小賣家私得來的，你如何拿去？（搶科）（旦）里正官人，休要用強，可憐見奴家艱辛。（丑）啐！可憐你甚的？

【雙調過曲·鎖南枝】（旦）兒夫去，竟不還，公婆兩人都老年。自從昨日到如今，不能彀一

湌飯。（丑）你公婆沒有飯喫，（二）干我甚事？（旦）奴請糧，他在家懸眼望。念我年老公婆，做方便。（二）

（拜丑科）（丑）你不要拜，不要拜。這般時年，我做不得方便；你將稻子還我便罷。

【前腔】（旦）鄉官可憐見，這些稻子呵。是我公婆命所關。若是必須將去，寧可脫下衣裳，就問鄉官換。（脫衣科）（丑）不要，不要，你身上冷。（旦）寧使奴身上寒，只要與公婆救殘喘。

（丑）娘子，罷，罷。你說起話都是孝心，我不忍問你取了。（旦）莫怪，莫怪，你去罷。（旦）如此多謝。（丑虛下躲科）（旦）謝天謝地！且喜里正去了，不免趲行幾步。（丑上推旦奪下科）

【前腔】（旦）奪將去，真可憐，公婆望奴不見還。縱然他不埋冤，道我做媳婦有何幹？他忍飢添我夫罪愆，教奴怎見我夫面？

（旦）千死萬死，終久是死；不如早死為強。此間有一口古井，不免投入死休。（欲投科）（又）苦！我死却，他形影單。夫婿與公婆，可不兩埋怨？（虛下）（外上）

【前腔】（旦）將身赴井泉，思量左右難。我丈夫當年分散，叮嚀囑付爹娘，教我與他相看管。

（一）飯：原闕，據汲古閣刊本《繡刻琵琶記定本》補。

（二）眉批：一本第二折有丑唱曲。

【前腔】（外）媳婦去，不見還，教人在家凝望眼。（外跌科，旦扶科）（外）你在這裏閒行，教我望得肝腸斷。（旦）公公，奴請糧爲你供午餐，又誰知被人騙。（外）媳婦，却怎麽說？（旦）公公，奴家請得些稻子，到半途之中，却被里正奪去了。（外）天那！元來如此。（哭科）

【前腔】（外）思量我命乖蹇，不由人不珠淚漣。料想終須餓死，不如早赴黄泉，免把你廝牽絆。媳婦兒，婆老年，不久延，你須是好看管。

呀！這裏元來有一口古井，不免投入，只是死休。

【前腔】（旦）公公，你若身傾棄，我苦怎言？公還死了婆怎免？你兩人一旦身亡，教我獨自如何展？公公，你喫苦辛其實難過遣，我痛傷悲只得強相勸。[一]

【前腔】（外）媳婦，你衣衫盡解典，囊篋已罄然。縱使目前存活，到底日久日深，[二]你與我難相念。苦！衣食缺你孝行難，活冤家不如早拆散。（外投井，旦救科）（末挑穀上科）

【前腔】（末）不豐歲，荒歉年，官司把糧來給散。見一個年老公公，在那裏頻嗟嘆。待向前

（一）悲：原闕，據汲古閣刊本《繡刻琵琶記定本》補。

（二）眉批：日深：言其貧將益甚也。

仔細看。（呀！我道是誰，元來是蔡老員外和五娘子呵。你兩人在此有何幹？

（相見科）（旦）公公，一言難盡。奴家今日聞知官司給散義倉，去請些糧米與公婆充饑，誰想里正作弊，倉中沒了稻子。謝得相公着令里正賠，把些與奴家；來到半途，卻被里正奪去。奴家害羞回來，公公見說，也要投井死，奴家正在此勸解公公。（末）咳！五娘子，你差了。老夫方纔請得官糧，正要將來分送你公公。你怎的不來與我商量，卻自家出去，被那狂徒欺侮？（一）

【前腔】（末）我聽你說這言，待我趕去。罵那廝鐵心腸，昧心漢。（旦）公公，他去得遠了。（外）罷，罷。太公，我和你是良善之人，不要與那狂徒一般見識；只是我這幾日餓得難過。（末）員外，你且不須憂慮。我也請得些官糧，和你兩下分一半。（旦）呀！這是公公請的，如何使得？（末）咳！五娘子，你休恁推，莫棄嫌。且將回，權做兩廚飯。

（旦）如此多擾了，太公。（末）怎說那話？五娘子，你伯喈當初出去，把爹娘囑付於老夫。今日是荒年飢歲，虧殺你獨自支吾。終不然我自溫飽，教你忍飢受餓？古語云：濟人須濟急時無。你胡亂將這些救濟公婆則個。五娘子，你先回去，我和你公公隨後緩緩的來。

【正宮過曲·洞仙歌】（旦）苦！家私沒半分，靠着奴此身。只要救公婆，豈辭多苦辛？

（一）　眉批：諸本無末白，未見張太公德周到處。

（合）空把珠淚揾，誰憐饑與貧，這苦説不盡。（一）

【前腔】（外）太公，我本爲泉下人，他救我一命存。（二）只怕我不久身亡，報不得媳婦恩。（合前）

【前腔】（末）見説不可聞，況我託在隣。終不然我享安和，（三）忍見你受飢窘？（合前）

（旦）命薄多年受苦辛，（外）不如身死早離分。

（末）惟有感恩并積恨，（合）萬年千載不成塵。

【釋義】

義倉：隋文帝開皇五年，令諸州百姓當社立義倉。唐太宗貞觀中，戴胄言：『隋天下之人節級輸粟，名爲社倉。』又，韓中良奏：『王公以下應墾田百畝，納二升貯之州縣，以備賑給。』蓋義倉自隋。

焰摩天：三十三天之上有天曰焰摩天。

【音釋】

潑…音撥。縊…音意。搬…音般。擻…音力。謊…音慌。摩…音麽。狸…音梨。蹺…音趫。蹊…音溪。驢…音閭。饒…音焰。償…音常。彀…音垢。餐…音參。

喘…音舛。您…音牟。叮…音丁。嚀…音寧。囑…音竹。騙…音片。蹇…音繭。漣…

（一）眉批：此調與詩餘中【洞仙歌】字句大不同。

（二）存：原闕，據汲古閣刊本《繡刻琵琶記定本》補。

（三）眉批：安和：一本作『安榮』。

第十九齣　再報佳期

（丑扮媒婆上）

【越調過曲·蠻牌令】（丑）終日走千遭，走得腳無毛。何曾見湯水面？花紅也不曾見半毫。到不如做個虔婆頂老，也落得些鴨汁喫飽。窮酸秀才直恁喬，老婆與他，故推不要。

（丑）咳！我做媒婆老了，不曾見這般好笑。旤耐一個秀才，老婆與他不要。別人見了媒婆歡歡喜喜，他倒和我尋爭尋鬧。老相公又不肯干休，只管在家囉唣。把媒婆放在中間，旋得七顛八倒。走得我鞋穿襪綻，說得我唇乾口燥。也不怕你親事不成，也不怕你姻緣不到。只怕紅羅帳裏快活，不叫媒婆聒唣[一]。這裏便是狀元貴館，請狀元相見。呀！恰好的狀元出來了。

【越調引子·金蕉葉】（生）愁多怨多，俺爹娘知他怎麼？擺不脫功名奈何？送將來冤家怎躲？

（末見科）（丑）狀元，賀喜，賀喜。牛太師選定今日與小姐畢姻，請狀元早赴佳期。（生）天那！此事

（一）　眉批：『聒唣』是兩人相謝俗話。

如何是好？（丑）事皆前定，不必再推。

【南吕過曲・三換頭】（生）名韁利鎖，先自將人摧挫。況鸞拘鳳束，甚日得到家？我也休怨他。這其間，只是我，不合來，長安看花。閃殺我爹娘也，淚珠空暗墮。（合）這段姻緣，也只是無如之奈何。[二]

【前腔】（丑）鸞臺罷粧，鵲橋初駕。佳期近也，請仙郎到河。（生）我去不妨，只是我一心掛兩頭，如何是好？（丑）狀元，此事明知牽掛。這其間，只得把，那壁廂，且都拚捨。況奉君王詔，怎生別了他？（合前）

（丑）狀元，門首轎馬都已齊備了。

（丑）及早赴佳期，（生）歡娛成怨悲。

（合）情知不是伴，（合）事急且相隨。

釋義：　名韁：韁，馬縌也。人被功名羈絆，猶馬被所繫也，故曰繫名聲之韁鎖。　鵲橋：七月七日，烏鵲填河成橋，渡織女。　仙郎到河：　天河之東，有天帝之女，機杼女工，年年勞役，織成云霧綃縑之衣。辛苦殊無歡悅，容貌不暇整理。天帝憐其獨處，將嫁與河南牽牛之子。自後織紝竟廢，貪歡不歸。帝

（二）　眉批：前二句【五韻美】，中四句【臘梅花】，後二句【梧葉兒】。

怒，責歸河東，但使一年一度與牛郎相會。

音釋：

虔：音乾。　珆：音括。　噪：音澡。　躱：音朵。　輖：音姜。　摧：音催。　挫：

音剉。

第二十齣　強就鸞鳳

（外扮牛太師上）

【黃鍾引子·傳言玉女】（外）燭影搖紅，簾幕瑞烟浮動，畫堂中珠圍翠擁。粧臺對月，下鸞

鶴神仙儀從。（一）玉簫聲裏，一雙鳴鳳。

左右何在？（末）獨立畫堂聽命令，珠簾底下一聲傳。老相公有何指揮？（外）左右，我今日與小姐畢

姻，筵席安排了未？（末）安排完備了。（外）完備得如何？【水調歌頭】（末）屏開金孔雀，褥隱繡芙

蓉。獸爐烟裊，蓮臺絳蠟吐春紅。廣設珊瑚席子，高把真珠簾捲，環列翠屏風。人間丞相府，天上蕊珠

宮。　錦遮圍，花爛熳，玉玲瓏。繁絃翠管，歡聲鼎沸畫堂中。簇擁金釵十二，座列三千珠履，談笑

盡王公。　正是：　闌房多喜，女婿乘龍。（外）狀元來未？（末）遠遠望見一簇人馬，想必是那狀元來

（二）

眉批：　李翶納進士盧儲爲婿，《催粧》詩云：『今日已成秦晉會，早教鸞鳳下粧臺。』

了。（生上）

【女冠子】（生）馬蹄驟速，傳呼齊擁雕鞍。（外）金花帽簇，天香袍染，丈夫得志，佳婿坦腹。（淨、丑

（外）惜春，狀元已到，請你小姐出來拜堂。（占上）粧成聞喚促，又將綵扇重遮，羞蛾輕蹙。（淨、丑

執掌扇上）（合）這姻緣不俗。金榜題名，洞房花燭。

（淨）狀元和小姐兩個各自立一邊，請陰陽先生讚禮。（末扮賓人上）稟相公，告廟。（外）你就告廟。

（末）維大漢太平年，團圓月，和合日，吉利時，嗣孫牛太師，有女年已及笄，奉聖旨招贅新狀元蔡伯喈為

婿。以此吉辰，敢伸虔告。告廟已畢，請與新人揭起方巾。（丑）待我來。伏以窈窕青娥二八春，綠雲

之上覆方巾。玉纖揭起西川錦，露出嬌容賽玉真。掌禮，請喝拜。（末）竊以禮重婚姻，茲定人倫之大。

義當配偶，爰思宗系之承。張設青盧，熒煌花燭。祀供蘋藻，首嚴見廟之儀；贄備棗榛，抑講拜堂之

禮。集珠履簪纓之客，環金釵玉珥之賓。慶會良宵，觀光盛事。香熏寶鴨，濃騰裊裊之烟；步擁金

蓮，請下深深之拜。（喝拜科）拜禮已畢，請相公把酒。

【黃鍾過曲·畫眉序】（生）攀桂步蟾宮，[二]豈料絲蘿在喬木。喜書中今朝，有女如玉。堪觀

處絲幕牽紅，恰正是荷衣穿綠。（合）這回好個風流婿，偏稱洞房花燭。

──────

（二）　眉批：『宮』字，古本作『窟』音唱。

南戲文獻全編·劇本編·琵琶記　　二四〇二

【前腔】（外）君才冠天祿，我的門楣稍賢淑。看相輝清潤，瑩然冰玉。光掩映孔雀屏開，花爛熳芙蓉隐褥。（合前）

【前腔】（貼）頻催少膏沐，金鳳斜飛鬢雲亹。喜逢他蕭史，愧非弄玉。清風引珮下瑶臺，明月照粧成金屋。（合前）

【前腔】（净、丑、末）湘裙展六幅，似天上嫦娥降塵俗。喜藍田今已，種成雙玉。風月賽閬苑三千，雲雨笑巫山二六⑴。（合前）

【滴溜子】（生）謾説道姻緣，果諧鳳卜。細思之，此事豈吾意欲？有人在高堂孤獨。可惜新人笑語喧，不知道舊人哭。兀的東床，難教我坦腹。

【鮑老催】（合）翠眉謾蹙，赤繩已繫夫婦足，芳名已注婚姻牘。狀元，空嗟怨，枉嘆息，休摧挫。畫堂富貴如金谷。休戀故鄉生處好，受恩深處親骨肉。

【滴滴金】（合）金猊寶鼎香馥郁，銀海瓊舟泛醞釀。輕飛綵袖呈嬌舞。囀鶯喉，歌麗曲。歌聲斷續，持觴勸酒人共祝。人共祝，百年夫婦永和睦。

【鮑老催】（合）意深愛篤，文章富貴珠萬斛，天教艷質爲眷屬。似蝶戀花，鳳棲梧，鶯停竹。

⑴ 眉批：二六：一作『六六』。雖係韓子蒼詞，對『三千』字不得。

男兒有書須勤讀，書中自有黃金屋，也自有千鍾粟。

【雙聲子】（合）郎多福，郎多福，看紫綬黃金束。娘萬福，娘萬福，看花誥紋犀軸。兩意篤，

兩意篤。豈非福，豈非福。[一] 似文鸞綵鳳，兩兩相逐。

【餘文】（合）郎才女貌真不俗，占斷人間天上福，百歲姻緣萬事足。

　　（合）清風明月兩相宜，女貌郎才天下奇。

　　正是洞房花燭夜，果然金榜掛名時。

釋義：　真珠簾：《史記》：『漢武帝元鼎初，起神屋，以白真珠爲簾箔，玳瑁壓之，象牙爲鉤。』蕊珠

宮：　神仙宮也。李詩：『請開蕊珠宮。』雕轂：　轂，車輪也，三十輻轇一轂。宮花帽簇：　梁純夫

詩：　『宮花簇帽簷。』天香袍染：　杜詩：　『袍染桂花香。』嬌面重遮：　蘇卿詩：　『彩扇重遮面。』修

蛾：　長眉也。《詩》：『蠑首蛾眉。』金榜：　登科謂金榜題名。《西京雜記》：『崔紹暴卒復生，見冥

間列榜，書人姓名。　將相金榜，其次銀榜，州縣小官并是鐵榜。』西川錦：　賈帛詩：　『西川十樣錦，添花

色更鮮。』泰山大人：　泰山在魯地，東嶽也。　其上有丈人峰，稱妻父曰岳丈。絲蘿喬木：　《詩》：

『蔦與女蘿，施于松柏。』言倚附也。有女如玉：　宋真宗《勸學文》：　『書中有女顏如玉。』冰玉：　李

（一）　眉批：　非福：　一作『反目』。此際那可作惡語？

白《送傅八之江南序》云：『前許州司馬宋公，蘊冰清之姿，重傳侯玉潤之德，妻以其子。鳳凰于飛，潘陽之好，斯爲睦矣。』膏沐：膏，澤髮也；沐，滌首也。《詩》：『豈無膏沐，誰適爲容？』金鳳斜飛：金鳳，鬢之飾也。蘇小七詩：『鬆鬢斜插金鳳釵』蕭史愧非弄玉：《春秋》：『蕭史者，秦穆公時人，善吹簫。穆公有女名弄玉，好吹簫，嫁之。吹作鳳凰聲，鳳凰止其屋，公作鳳凰臺。數月，鳳凰從天而來，夫婦二人共升仙而去。』金屋：見十三齣。湘裙：李群玉詩：『裙拖六幅瀟湘水。』喻縠紋也。雲雨巫山二六。《高唐賦》：『楚襄王、宋玉同遊雲夢之臺，望高唐之觀獨有雲氣。王問玉曰：「此何氣？」對曰：「所爲朝雲。」王曰：「何爲朝雲？」玉曰：「昔者先王嘗遊高唐，怠而晝寢，夢一婦人，曰：「妾巫山女，爲高唐之客。聞王遊高唐，願薦枕席。王因幸之。去而辭曰：「妾乃巫山之陽，高丘之北，朝爲行雲，暮爲行雨；朝朝暮暮，在陽臺之上。」』《括地志》：『巫山在四川夔州府巫山縣，綿亙七百里。自非停午夜，不見日月。有十二峰，曰望霞、翠屏、朝雲、松巒、集仙、聚鶴、淨壇、上升、起雲、飛鳳、登龍、聖泉，沿峽首一百六十里。』唐沈佺期詩：『巫山峰十二，合踏隱昭回。府眺琵琶峽，平看雲雨臺』姻緣事果諧鳳卜：婚成，言鳳占協吉。《左傳》：『陳公子完奔齊，齊侯使卿初懿氏卜妻敬仲。（注：敬仲，完之字也。）其妻占之曰：「吉。」是謂「鳳凰于飛，和鳴鏘鏘。有嬀之後，將育於姜，五世其昌」遂妻之。敬仲在齊，五世之後果昌世。』綵袖呈嬌舞：《酉陽雜俎》：『元和初，有士人因醉臥庭前。及醒，見古屛上婦人悉於床前踏歌曰：「長安兒女踏春陽，無處陽春不斷腸。舞袖弓腰渾忘却，蛾眉空帶九

秋霜。』其中雙鬟者若墜，何是弓腰？歌者乃反手，髻及地勢，曰如焉。士人驚吒之，忽然上屏。』囀鶯喉。《詠歌妓》詩：『細敲檀板囀鶯喉。』銀海瓊舟：以銀爲酒器，故云瓊舟也。醽醁：《龍城録》：魏左相能治酒，其名醽醁。韓魏公稱醽醁似蘭生翠，能過玉薤，千日醉不醒，其味十年亦不敗。蝶戀花：俱喻夫婦之美也。詩餘：『粉蝶戀花雙雙舞。』《文選》：『鳳非梧不栖。』韓文：『翠竹碧梧，鶯鶴停峙。』故云。花造：《春明退朝録》：官誥院，郡夫人使金花羅紙七張，錦綵袋，賜以湯沐邑也。紋犀：《格物論》：『犀狀如水牛，猪頭，大腹，一脚三蹄』，皮羔，一孔三毛，行於江海，水爲之開。二角，一在額上，爲兕犀，一在鼻上，差小爲蝐。牡犀亦有二角，上之貴者有通天花犀，自惡其影，常浴濁水自隱。』萬事足：蘇東坡《賀子由生第四孫》詩：『爛爛眼開電，磽磽岭頭玉。』『無官一身輕，有子萬事足。』

音釋：褥：音欲。梟：音鳥。珊：音山。玲：音零。瓏：音龍。脆：音翠。沸：音廢。簇：音促。擁：音勇。轂：音谷。麼：音麼。纖：音先。瞻：音禪。荧：音雄。蘋：音貧。藻：音罩。贄：音志。珘：音代。珥：音耳。薰：音勳。蠹：音畜。賽：音塞。闇：音浪。牘：音讀。摧：音催。睦：音木。戀：音戀。猊：音泥。瓊：音煢。醴：音陵。醁：音六。囀：音轉。觴：音商。斛：音鮜。犀：音西。軸：音逐。

第二十一齣　勉食姑嫜

【南呂引子・薄倖】（旦）野曠原空，人離業敗。謾盡心行孝，[一]力枯形憊。幸然爹媽，此身安泰。恓惶處，見慟哭饑人滿道，嘆舉目將誰荷賴？

曠野蕭疏絕烟火，日日黃雲黯村塢[二]。死別空原婦泣夫，生離他處兒牽母。覷此恓惶寔可憐，思量自覺此身難。高堂父母老難保，上國郎君去不還。力盡計窮淚亦竭，看看氣盡知何日？高岡黃土漫成堆，誰把一抔掩奴骨？奴家自從丈夫去後，頓遭饑荒，衣裳首飾，盡皆典賣，家計蕭然。爭奈公婆年老，死生難保，朝夕又無甘旨應奉，如何是好？只得安排一口淡飯與公婆充饑，奴家自把些穀壳米皮，饆饠來喫，苟留殘喘。喫時又怕公婆撞見，只得回避，免致他煩惱。如今飯已熟了，不免請出公婆早膳則個。（外、淨上）

【雙調引子・夜行船】（外）苦！忍餓擔饑何日了？孩兒一去，竟無音耗。（淨）甘旨蕭條，米糧缺少。（合）天那！真個死生難保[三]。

（一）心：原闕，據汲古閣刊本《繡刻琵琶記定本》補。
（二）眉批：日日黃雲：一作『日色慘淡』，非。
（三）眉批：一本此折是【玉井蓮】，只二句『忍餓擔饑，未知何日是了』。

（旦）請公公、婆婆早膳。（淨）媳婦，有菜蔬麼？（旦）沒有。（淨）有下飯麼？（旦）沒有。（淨）賤人，前日早膳還有些下飯，今日只得一口淡飯。再過幾日，連淡飯也沒有了。快擡去。（外云）咳！這般時年，胡亂喫一口罷，分甚麽好歹？

【南呂過曲·鑼鼓令】（淨）我終朝受餒，賤人，你將的飯來教我怎捱？可疾忙便擡，非干是我有些饞態。（外）阿婆，你看他衣衫盡解，好茶飯將甚去買？兀的是天災，教媳婦每難佈擺。（旦）婆婆息怒且休罪，待奴家霎時將去再安排。（合）思量到此，珠淚滿腮。看看做鬼，溝渠裏埋。縱然不死也難捱，教人只恨蔡伯喈。

【前腔】（淨）如今我試猜，多應他犯着獨噇病來？背地裏自買些鮭菜？（一）（外）阿婆，他那裏得錢去買？（淨）阿公，我喫飯他緣何不在？這些意兒真是歹。（外）阿婆，他和你甚相愛，不應反面直恁的乖。（旦背唱）婆婆，我千辛萬苦，有甚疑猜？可不道我臉兒黃瘦骨如柴。（合前）

（淨云）擡去，擡去。（外）媳婦，婆婆喫飯不得，你且收去。（旦收科）婆婆耐煩，待奴家去佈擺些東西，再安排過來。（淨）你去，你去。（旦）正是：啞子謾嘗黃柏味，難將苦口向人言。（下）（淨）阿公，親

（一）眉批：鮭：音『悉』，魚名。杜詩：『自愧無鮭菜。』

的到底是親。親生兒子不留在家，到倚靠着媳婦供養。你看前日兀自有些鮭菜，今日只得些淡飯，教

我怎的喫？再過幾日，連飯也沒了。我看他前日自喫飯時節，百般躲避我，敢是他背地裏自買些下飯

受用分曉？（外）阿婆，休錯埋冤了人，我看媳婦不是這樣人。（淨）怎的，等他自喫時節，我和你潛地

裏去探一探，便知端的。（外）也說得是。只一件那。（淨）却怎的？

（外）荒年有飯休思菜，（淨）媳婦無良把我虧。

（外）混濁不分鱺共鯉，（合）水清方見兩般魚。

釋義：　一抔：漢文帝時，張釋之為廷尉，持法公平。有人盜高祖廟玉環，捕獲其人，廷尉問罪。釋之

奏當殺之於市以示衆。文帝怒曰：『吾欲滅其族，何以治輕罪耶？』釋之對曰：『盜宗廟器則滅之族，

假令愚民取長陵一抔之土，陛下何以加其法乎？』帝從之。長陵，祖墓。獨嘡：猶言獨饕食也。

第二十二齣　糟糠自厭

【商調過曲·山坡羊】（旦）亂荒荒不豐稔的年歲，遠迢迢不回來的夫婿。急煎煎不耐煩的

二親，軟怯怯不濟事的孤身己。苦！衣盡典，寸絲不掛體。幾番拚死了奴身己（二）爭奈沒

（一）　眉批：　拚死：　坊本以『要賣』，非。

主公婆，教誰看取？ 思之，虛飄飄命怎期？ 難捱，實丕丕災共危。

【前腔】滴溜溜難窮盡的珠淚，亂紛紛難寬解的愁緒。 骨崖崖難扶持的病身，戰兢兢難捱過的時和歲。 這糠，我待不喫你呵，教奴怎忍饑？ 我待喫你呵，教奴怎生喫？ 思量起來，不如奴先死，圖得不知他親死時。（合前）

苦！ 這糠粃怎的喫得下？（吐科）

奴家早上安排飯與公婆喫，豈不欲買些鮭菜？ 爭奈無無錢可買。 不想婆婆抵死埋怨，只道奴家背地裏自喫了甚麽東西。 不知奴家喫的是米膜糠粃，又不敢教他知道。 便做他埋怨殺我，我也不敢分說。

【雙調過曲·孝順歌】（旦）嘔得我肝腸痛，珠淚垂，喉嚨尚兀自牢嗄住。 糠那！ 你遭礱被舂杵，篩你簸颺你，喫盡控持。 好一似奴家身狼狽，千辛萬苦皆經歷。 苦人喫着苦味，兩苦相逢，可知道欲吞不去。（旦再喫）（外、淨潛上探覷科）

【前腔】糠和米，本是相依倚，被人簸颺作兩處飛。 一賤與一貴，好似奴家和夫婿，終無見期。 丈夫便是米呵，米在他方沒尋處。 奴家便是糠呵，怎的把糠來救得人饑餒？ 好似兒夫出

（一）眉批：此枝凡四折，一折、三折一體，二折、四折一體。

（二）眉批：嗄：所訝切，氣逆也。

去，怎的教奴供膳得公婆甘旨？（旦放碗不喫科）（外、淨潛下科）

【前腔】思量我生無益，死又值甚的？不如忍饑死了爲怨鬼。只一件，公婆老年紀，靠着奴家相依倚，只得苟活片時。片時苟活雖容易，到底日久也難相聚。謾把糠來相比，這糠呵，尚兀自有人喫。奴家的骨頭，知他埋在何處？

（外、淨潛上）（淨）媳婦，你在這裏喫甚麼？（旦）奴家不曾喫甚麼。（淨搜奪科）（旦）[一]婆婆，你喫不得。（外）這是甚麼東西，媳婦？

【前腔】（旦）這是穀中膜，米上皮。（外）這便是糠，要他何用？（旦）將來饘饟堪療饑。（淨）咦！這糠只好喂猪狗，如何把來自喫？（旦）嘗聞古聖書，狗彘食人食，[三]也强如草根樹皮。（外）怎的苦澀東西，怕不噎殺了你？（旦）嚙雪吞氈，蘇卿猶健，餐松食柏，到做得神仙侶。這糠呵，縱然喫此何慮？（淨）阿公，你聽他説謊，糠秕如何喫得？（旦）爹媽休疑，奴須是你孩兒的糟糠妻室。

（外、淨看哭科）媳婦，元來錯埋冤了你，兀的不痛殺我也！（外、淨倒）（旦哭叫科）

（一）旦……原闕，據汲古閣刊本《繡刻琵琶記定本》補。
（二）眉批：『狗彘食』三字略讀，『人食』二字另爲句。

【仙呂入雙調・雁過沙】（旦）苦！沉沉向冥途，空教我耳邊呼[一]公公，婆婆，我不能殼盡心相事奉，反教你爲我歸黃土。教人道你死緣何故？公公，婆婆，怎生割捨得拋棄了奴？

（外醒科）（旦）謝天謝地！公公醒了。公公，你闡閿。

【前腔】（外）媳婦，你擔饑事姑舅。媳婦，你擔飢怎生度？（旦）公公且自寬心，不要煩惱。（外）媳婦，我錯埋冤了你，你也不推辭，到如今始信有糟糠婦。媳婦，料應我不久歸陰府。也省得爲我死的，累生的受苦。

（旦扶起科）公公且在床上安息，待我看婆婆如何？（旦叫不醒科）呀！婆婆不濟事了，如何好？

【前腔】（旦）婆婆氣全無，教奴怎支吾？咳！丈夫呵，我千辛萬苦，爲你相看顧，如今到此難回護。只愁母死難留父。況衣衫盡解，囊篋又無。（外）媳婦，婆婆還好麼？[二]（旦）婆婆不好了。（外）天那！我當初不尋思，教孩兒往帝都。把媳婦閃得苦又孤，把婆婆送入黃泉路，算來是我相擔誤。不如我死，免把你再辜負。[三]

（旦）公公休說這話，請自安息。（外）媳婦，婆婆死了，衣衾棺槨，是件皆無，如何是好？（旦）公公寬

（一） 空⋯⋯原闕，據汲古閣刊本《繡刻琵琶記定本》補。
（二） 好⋯⋯原闕，據汲古閣刊本《繡刻琵琶記定本》補。
（三） 眉批：依古本，盡言『骨頭何處』。

心，待奴家區處。（末）福無雙至猶難信，禍不單行却是真。老夫爲何道這兩句？只爲那蔡伯喈妻房

趙氏五娘。嫁了伯喈，方纔兩月，伯喈便出去赴選。自去之後，連遭飢荒，公婆年紀皆在八十之上，家

裏沒一個相扶持。甘旨之奉，虧殺那五娘子，把些衣服首飾之類盡典賣辦米，做飯與公婆喫；他背

地把糠粃充饑。這般荒年，就是有三五個兒子人家，[一]供膳爹娘不得。這小娘子真個是古今稀少的。

那婆婆不知道，反埋怨他。今來聽得他公婆知道，却又痛心，又病了。呀！如今不免到他家去看取。

五娘子，你爲甚的這等慌張？（旦）天有不測風雲，人有旦夕禍福。奴家婆婆死了。（末）你婆婆

既死了，公公在那裏？（旦）在床上睡着。（末）待我一看。（外）太公休怪，我起來不得了。（末）老

員外，快不要勞動。（旦）太公，我婆婆死了，衣衾棺槨，件件皆無，如何是好？（末）五娘子，不須要煩

惱，這事老夫應承，自有區處。（旦哭唱科）

【仙呂入雙調・玉胞肚】（旦）千般生受，教奴家如何措手？終不然把他骸骨，没棺材送在

荒坵？（合）相看到此，不由人不淚珠流，正是不是冤家不聚頭。

【前腔】（末）五娘子，不必多憂，資送婆婆，在我身上有。你但小心承直公公，莫教他又成不

救。（合前）

（一）兒：原闕，據汲古閣刊本《繡刻琵琶記定本》補。

【前腔】（外）張公護救，我媳婦寔難啓口。孩兒去後，又遇飢荒，把衣衫典賣無留。（合前）（二）

（末）老員外，你轉進裏面去歇息，一霎時叫家僮討棺木來，把老安人殯斂了，選個吉日，送到南山安葬

便了。（外）如此，多謝太公周濟。

（旦）只爲無錢送老娘，（末）須知此事有商量。

（合）歸家不敢高聲哭，只恐猿聞也斷腸。

釋義：　淪松：　《列仙傳》：偓佺，槐裏採藥父，好食松實，體毛數寸，能飛行。以松子遺堯，堯不食。

時受服者皆二三百歲。　食柏：　《上清宮記》：田鸞入華山，遇黃河師，語曰：柏葉，長生藥也。教以

服食法，後得道，朝於上真。

音字：　熒：　音瓊。　疚：　音救。　稔：　音忍。　嘎：　音沙，去聲。　粃：　音比。　彝：　音移。　巇：

音治。　嚙：　音業。　簸：　音播。　饞：　音讒。

重刻音釋題評琵琶記大全上卷終

（一）　眉批：　諸本無此外折。

第二十三齣　琴訴荷池

【南呂引子·一枝花】（生）閒庭槐影轉，深院荷香滿。簾垂清晝永，怎消遣？十二闌干，無事閒憑遍。悶來把湘簟展，(一)夢到家山，又被翠竹敲風驚斷。

〔南鄉子〕翠竹影搖金，水殿簾櫳映碧陰。人靜晝長無個事，沉吟，碧酒金樽懶去斟。　幽恨苦相尋，離別經年沒信音。寒暑相催人易老，關心，却把閒愁付玉琴。院子，將琴書過來。（末將琴書上）黃卷看來消白日，朱絃動處引清風。炎蒸不到珠簾下，人在瑤池閬苑中。相公，琴書在此。（生）院子，你與我喚那兩個學僮過來。（末叫科）（淨執扇、丑執香爐上）

（一）　眉批：悶：一作『困』。

【南呂過曲·金錢花】（淨、丑）自少承直書房，書房。快活其實難當，難當。只管打扇與燒香，荷亭畔，好乘涼。喫飽飯，上眠床。

（相見科）（生）我在先得此材於爨下，斲成此琴，名曰焦尾。自來此間，久不整理。今日當此清涼，試操一曲，以舒悶懷。你三人一個打扇，一個燒香，一個管文書，休得要誤了事。（衆）領鈞旨。（生操琴科）

【懶畫眉】（二）（生）强對南薰奏虞絃，只覺指下餘音不似前，那些個流水共高山？（三）呀！只見滿眼風波惡，似離別當年懷水仙。（三）

（淨困掉扇科）（四）（末）告相公：打扇的壞了扇。（生）背起打十三。那厮不中用，只教他燒香。（末）

【前腔】頓覺餘音轉愁煩，似寡鵠孤鴻和斷猿，又如別鳳乍離鸞。呀！怎的？只見殺聲在絃中見，敢只是螳螂來捕蟬？（五）

（一）　眉批：　三折句句説琴而不露一字。
（二）　眉批：　對琴瑟故思妻之意居多。
（三）　眉批：　琴高善鼓琴，號水仙，乘赤鯉遊行人間，復入水去。後伯牙作《水仙操》懷之。
（四）　掉：　原作『打』，據汲古閣刊本《繡刻琵琶記定本》改。
（五）　眉批：　『殺聲』二句，即伯喈赴鄰人席故事。

（丑困滅香科）（末）告相公……燒香的滅了香。（生）背起打十三。那廝不中用，只教他管文書。（末）

領鈞旨。（眾換科）

【前腔】藍田日煖玉生烟，似望帝春心託杜鵑，[二]好姻緣翻做惡姻緣。[三]只怕眼底知音少，爭得鸞膠續斷絃？

（末掉文書科）（丑）告相公：管文書的亂了文書。（生）背起打十三。（貼上）（生）左右，夫人來也，且各回避。（眾）正是：有福之人人伏事，無福之人伏事人。（末、丑、淨先下）

【南呂引子·滿江紅】（貼）嫩綠池塘，梅雨歇薰風乍轉。[三]瞥然見新涼華屋，已飛乳燕。簞展湘波紈扇冷，[四]歌傳《金縷》瓊巵暖。（眾）炎蒸不到水亭中，珠簾捲。

好？我彈一曲《雉朝飛》何如？[五]（貼）這是無妻的曲，不好。（生）呀！說錯了。如今彈一個《孤鸞

如何來到此間，絲竹之音，杳然絕響？斗膽請再操一曲，相公肯麼？（生）夫人待要聽琴，彈甚麼曲

（貼）相公元來在此操琴呵。（生）夫人，我當此清涼，聊託此以散悶懷。（貼）奴家久聞相公高於音樂，

（一）　眉批：　二句李商隱《錦瑟》詩。

（二）　眉批：　古有杜宇治蜀，稱望帝，後死化爲杜鵑。『好姻緣』云云，陶穀贈秦弱蘭詞。

（三）　眉批：　按調，『嫩綠池塘』四字爲句，下七字爲句，『歇』字微讀。今歌者皆首句七字，殊謬。

（四）　眉批：　山谷詩：『水亭長展湘波簞。』

（五）　眉批：　《雉朝飛》今作貼白，非。

寡鵠》何如？（貼）兩個夫妻正團圓，説甚麽孤寡？（生）不然，彈一曲《昭君怨》何如？（貼）兩個夫

妻正和美，説甚麽宮怨？相公，當此夏景，只彈一個《風入松》好。（生）這個却好。（彈錯科）（貼）相

公，彈錯了。（生）呀！到彈出個《思歸引》來。待我再彈。（彈錯科）（貼）相公，你又彈錯了。（生）

呀！又彈出個《別鶴怨》來。（一）（貼）這絃怎的不中用？（生）俺只彈得舊絃慣，這是新絃，俺彈不慣。（貼）

心？只是這絃不中用。（貼）相公，你如何恁的會差？莫不是賣弄，欺侮奴家？（生）豈有此

舊絃在那裏？（生）舊絃撤下多時了。（貼）為甚撤了？（生）只為有了這新絃，便撤了那舊絃。（貼）

相公，何不撤了新絃，用那舊絃？（生）夫人，我心裏豈不想那舊絃？只是新絃又撤不下。（貼）罷，

罷。你新絃既撤不下，還思量那舊絃怎的？我想起來，只是你心不在焉，有許多説話。

【仙吕過曲·桂枝香】（生）夫人，舊絃已斷，（二）新絃不慣。舊絃再上不能，待撤了新絃難拚。

我一彈再鼓，一彈再鼓，又被宮商錯亂。（貼）相公，你敢是心變了麽？

【前腔】（生）非干心變。（貼）你却爲何來？（生）這般好涼天。正是此曲纔堪聽，又被風吹別

調間。（三）

（一）眉批：諸本無《別鶴怨》白，與後曲不應。

（二）眉批：一本作『危絃』，欲斷而不斷之絃也。

（三）眉批：此曲三句用高駢詩。見《文選》。

【前腔】（貼）相公，非彈不慣，只是你意慵心懶。你既道是《寡鵠孤鸞》，又道是《昭君宮怨》，那更《思歸》《別鶴》，《思歸》《別鶴》，無非愁嘆。相公，我看你心裏多敢是想着誰？（生）夫人，我不想着甚麼人。（貼）相公，有何難見。你既不然，呀！我理會得了。你道是除了知音聽，道我不是知音不與彈。[一]

（生）夫人，那有此意？（貼）相公，這個也由你，畢竟你無心去彈他。何似教惜春安排酒過來，與你消遣何如？（生）我懶飲酒，待去睡也。（貼）相公休阻妾意。老姥姥，惜春，看酒來。（淨、丑持酒上）

【燒夜香】（淨）樓臺倒影入池塘，綠樹陰濃夏日長，（丑）一架荼蘼滿院香。[二]（合）滿院香，和你飲霞觴。捲起簾兒，明月正上。

（貼）將酒過來。

【南呂過曲·梁州序】[三]（貼）新篁池閣，槐陰庭院，日永紅塵隔斷。碧欄干外，寒飛漱玉清

（一）　眉批：　此折句句應白語，《雉朝飛》出自生口無疑。

（二）　眉批：　『樓臺』三句，高駢《夏日》詩。

（三）　眉批：　【梁州】即【古涼州】，『序』字上當有小字。

泉。只覺香肌無暑，素質生風，小簟琅玕展。畫長人困也，好清閒，(二)忽聽棋聲驚晝眠。(三)

(合)《金縷》唱，碧筒勸，向冰山雪檻排佳宴。(三) 清世界，幾人見？

【前腔】(生)薔薇簾箔，荷花池館，一點風來香滿。(四) 湘簾日永，香消寶篆沉烟。謾有枕欹

寒玉，扇動齊紈，怎遂黃香願？(作悲介)(貼)相公因甚的掉下淚來？(生)不。猛然心地熱，透

香汗，我欲向南窗一醉眠。(五)(合前)

【前腔】(貼)向晚來雨過南軒，見池面紅粧零亂。聽輕雷隱隱，雨收雲散。只覺荷香十

里，(六)新月一鈎，此景佳無限。蘭湯初浴罷，晚粧殘，深院黃昏懶去眠。(七)(合前)

【前腔】(生)柳陰中忽噪新蟬，見流螢飛來庭院。聽菱歌何處？畫船歸晚。只見玉繩低

(一) 眉批：清：一作『空』。

(二) 眉批：『忽聽』本東坡詞，作『被』，非。

(三) 眉批：雪檻排佳：一作『雪檻開華』。

(四) 眉批：點：一作『陣』，均可。

(五) 眉批：此二折前四句與上體格稍殊，『新篁』折應『樓臺』二句，『薔薇』折應『一架』二句，『向晚』二折應『捲起』
二句。或疑月既上又安得有棋聲，殊不知詞意通，一節言之自不相妨。四『眠』字和得自然。

(六) 眉批：覺：今本作『見』，而荷香可見耶？

(七) 眉批：此賞花思親。

度，朱户無聲，此景尤堪戀。起來攜素手，鬢雲亂，月照紗厨人未眠。（合前）

【節節高】（淨）漣漪戲綵鴛，把綠荷翻，清香瀉下瓊珠濺。香風扇，芳沼邊，閒亭畔。坐來不覺神清健，蓬萊閬苑何足羨？（合）只恐西風又驚秋，不覺暗中流年換。

【前腔】（丑）清宵思爽然，好涼天，瑤臺月下清虛殿。神仙眷，開玳筵，重歡宴。任教玉漏催銀箭，[二]水晶宮裏把笙歌按。（合前）

【餘文】（衆）光陰迅速如飛電，好良宵可惜漸闌，拚取歡娛歌笑喧。

（生）譙樓上幾鼓了？（淨）三鼓了。

（貼）歡娛休問夜如何，（生）此景良宵能幾何。

（淨）遇飲酒時須飲酒，（丑）得高歌處且高歌。

釋義：　閒庭槐影　槐葉密陰濃，庭多種之。王祐植三槐於庭。瑤臺閬苑　《神仙傳》：『崑崙山閬風苑者，仙境也。有玉樓十二，玄室九層，弱水環之，非飈車羽輪不可到。』焦尾　邕寓吳會，吳人燒桐以爨，邕聞火烈之聲，知爲美材，請爲琴，有美音。其尾尚焦，因名焦尾。南薰虞絃　虞舜彈五絃之琴，歌《南風》之詩，曰：『南風之薰兮，可以解吾民之愠兮。』懷水仙　《列仙傳》：『琴高善鼓琴，行涓滴

（一）　眉批：　李白《烏棲曲》：『銀箭金壺漏水多。』

之術，號水仙，浮游冀州涿郡間二百餘年。後人於水傍設祠，高果乘鯉來。經一月，復入水去。」後俞伯牙作水仙之操。

寡鵠單鳧斷猿：《西京雜記》：「劉道疆善琴，嘗爲《寡鵠單鳧斷猿》之操，聽者皆悲。」

雙鳳離鸞：《西京雜記》：「張安世年十五，爲漢成帝侍中，善鼓琴，能爲《雙鳳離鸞》曲」螳螂捕蟬：蔡邕嘗外歸，鄰人設酒食，命邕至座上。先有一人彈琴，目視樹上鳴蟬，下有螳螂逐後捕之。彈琴者恐螳螂食蟬，心念殺之，其琴亦有殺音。邕聽琴音即告去，主人問曰：「起何速乎？爲君遠來，故造此，何爲即回？」邕曰：「見有殺聲，故去。」主人曰：「何有此意？」邕曰：「向者見彈琴之中有殺伐之聲。」彈琴者乃笑而奇之。

好姻緣、惡姻緣：宋陶穀奉使江南，學士韓熙載迎之於集賓館，以妓秦弱蘭僞爲驛卒之女，令掃地。穀因而悅之，與狎，遂作一詞名《風光好》贈之。云：「好姻緣，惡姻緣，只得郵亭一夜眠。別神仙，琵琶撥盡相思調，知音少。那得鸞膠續斷絃，是何年？」唐主一日開宴，令弱蘭歌此詞，以勸陶穀酒，醉，大慚，即日逃歸。

梅雨：《埤雅》：「江南三月爲迎梅雨，五月爲送梅雨。」《金縷》舞：舞服也。唐李錡之妾杜秋娘爲錡歌曰：「勸君莫惜金縷衣，勸君須惜少年時。花開堪折直須折，莫待無花空折枝。」斗膽：蜀姜維爲征西將軍，與魏兵戰，死之。將士剖其腹而視之，其膽大如斗焉。

《雉朝飛》：齊牧犢子五十無妻，見雌雄雉相隨，遂撫琴而歌，故有《雉朝飛》之操。《寡鵠》：《列女傳》：「陶嬰夫死守義，魯人求取之，嬰作《黃鵠歌》云：「早寡亡年兮不雙飛，宛頸獨宿兮想其故帷。」魯人聞之，曰：「斯女不可以強妻也。」」《昭君怨》：漢元帝以宮女王昭君賜匈奴，號寧胡閼氏。後入胡

中，思慕漢恩，遂彈琵琶以寄其恨，名之曰《昭君怨》。《風入松》…漢吳叔文善琴，隱居石壁山，山多松

樹。常盛夏時以琴撫於松下以納涼，遂作《風入松》之操。《思歸引》…衛有賢女，衛王聘之，送至而王

薨。太子留之，不聽，拘於深宮。思歸不得，援琴而歌，曲終，自縊死。『纏堪聽』二句…《文選》…

『高駢鎮蜀，朝廷疑之。一日聞聲，知有改移，乃題風箏曰：「依稀似曲纏堪聽，只恐風吹別調間。」』霞

觴。《列仙傳》…『許碏嘗醉，吟曰：「閬苑花前是醉鄉，濤翻王母九霞觴。群仙拍手嫌軒脫，謫向人

間作酒狂。」』蕙質。東坡詞…『蓮蘭姿質，自是生風。』碧筒勸…魏鄭公愨率僚友避暑，取荷葉乘酒，

以簪刺葉與柄通，屈之如象鼻然，吸之，名碧筒勸。冰山雪檻…賈似道嘗於山頂開一大坑，深、闊數十

丈，中立室。每遇隆冬，以冰雪藏之兩檻下，俟盛夏設宴於山以避暑。欹寒玉…晉石崇爲交趾採訪使，

得白玉枕，名曰寒玉。夏天枕之，極清涼。扇動齊紈…齊地出紈素。班婕好詩…『新製齊紈素，皎潔

如霜雪。裁爲合歡扇，團圓似明月。出入君懷袖，動搖清風發。棄捐篋笥中，恩情中道絕。』蘭湯浴罷…

《大戴記》…『五月五日，以蘭湯沐浴』。畫船…宋米芾，字元章，以恩補校書郎，喜蓄書畫。爲江淮之間

發遣，揭牌曰『書畫船』。玉繩…玉衡北兩星爲玉繩。謝朓詩…『玉繩低建章。』蓬萊…神仙所居山

名，在東海中，高一千里，方三千里，其海水色甚黑。清虛殿…《龍城錄》…『開元中八月望日，唐明皇

喚葉靖天師遊月宮，寒氣逼人，風露沾衣，其天府榜曰「廣寒清虛之府」。少頃，見素娥十餘人，皆皓衣，乘

白鸞，舞於大桂樹下。』玉漏銀箭…梁《刻漏經》曰：『肇於軒轅之日，宣乎夏商之代。至周，挈壺氏掌

之。』李白詩《烏栖曲》『銀箭金壺漏水聲』云。水晶宮⋯⋯《逸史》⋯⋯『戶祀嘗騰上碧霄，見宮闕樓臺，皆

以水晶爲墙。有仙女在傍，問之，曰：『此水晶宮也。』懶去眠⋯⋯漢邊韶，字孝先，教授常百餘人。弟

子或嘲之曰：『邊孝先，腹便便。懶讀書，但欲眠。』韶應之曰：『邊爲姓，孝爲字。腹便便，《五經》笥。

但欲眠，思經事。寐與周公共夢，静與孔子同意。師而可嘲，出何典記？』桓帝時徵爲大中大夫。打十

三：漢時極輕之笞刑也。

第二十四齣　代嘗湯藥

音字⋯⋯凭⋯⋯音平。嗄⋯⋯音愛。爨⋯⋯音竄。閬⋯⋯音浪。髣⋯⋯音胡。捕⋯⋯步音。膠⋯⋯音

佼。侮⋯⋯音武。抐⋯⋯音判。肫⋯⋯音敦。漱⋯⋯音瘦。簞⋯⋯音店。骲⋯⋯音卓。納⋯⋯音完。

蟬⋯⋯音禪。漪⋯⋯音衣。濺⋯⋯音賤。迅⋯⋯音信。

【越調引子·霜天曉角】（旦）難捱怎避，災禍重重至？最苦婆婆死矣，公公病又將危。

屋漏更遭連夜雨，船遲又被打頭風〔一〕　奴家自從婆婆死後，萬千狼狽，誰知公公病又將危。如今贖

得些藥，已煎好了，不免再安排一口粥湯呵。

〔一〕　船⋯⋯原作『行』，據汲古閣刊本《繡刻琵琶記定本》改。

【犯胡兵】(一)(旦)囊無半點調藥費，良醫怎求？天那！縱然救得目前，飯食何處有？料應難到後。謾說道有病遇良醫，飢荒怎救？

公公這病呵，

【前腔】愁萬苦千恁生受，(三)粧成這症候。便做這藥喫時呵，縱然救得目前，怎免得憂與愁？料應不會久。他只為不見孩兒，纏得這病。若要這病好時呵，除非是子孝父心寬，方纔可救。

藥已熟了，且扶公公出來喫些，看如何？(旦下扶外上)

【霜天曉角】(外)神散魂飛，料應不久矣。(旦)公公，請闌閶。(外)我縱然攛頭強起，形衰倦，怎支持？

(旦)公公，藥已熟了，慢慢喫些，調養身己。(外)媳婦，我喫不得這藥了。

【南呂過曲・香遍滿】(旦)論來湯藥，須索是子先嘗方進與父母。公公，莫不是無子先嘗，恰便尋思苦？(三)(外喫藥吐科)(旦)公公，且耐煩喫些。(外)媳婦，這藥我喫不得了。我寧可死了罷，免得累你。(旦)公公，你須索闌閶，怎捨得一命姐？(外)媳婦，你喫糠，省錢贖藥與我喫，可不虧了得累你。(旦)公公，你須索闌閶，怎捨得一命姐？(外)媳婦，你喫糠，省錢贖藥與我喫，可不虧了

(一) 眉批：【犯胡兵】……【征胡兵】。一本遐無。
(二) 眉批：一作『百愁萬苦千生受』，『不應後折『萬千愁苦』句，但比『囊無』句難唱。
(三) 眉批：恰……今作『你』，非。

你！（旦）苦！元來你不喫藥，也只爲我糟糠婦○(一)

公公，你不喫藥，且喫一口粥湯，看何如？（外喫粥吐科）（旦）公公，你且慢慢喫些。（外）媳婦，我肚裏膨脹，怎喫得下？

【前腔】（旦）公公，你萬千愁苦，堆積在悶懷，成氣蠱，可知道喫了吞還吐。（外）媳婦，我不濟了，必是死也。孩兒又不回來，只是虧了你。（旦）公公，你且寬心，不要煩惱。（旦背哭科）怕添親怨憶，暗將珠淚漬。（外）媳婦，你喫糠，却教我喫粥，我怎的喫得下！（丑）苦！元來你不喫粥，也只爲我糟糠婦。

（外）媳婦，我死也不妨，只是孩兒不在家，虧殺了你。你近前來，我有兩句言語分付你。（旦）公公，如何？（外跌倒拜科）

【仙呂過曲·青歌兒】（外）媳婦，我三年謝得你相奉事，只恨我當初把你相擔誤。天那！我欲待報你的深恩，待來生我做你的媳婦。怨只怨蔡伯喈不孝子，苦只苦趙五娘辛勤婦。

（旦）公公，奴身不足惜。

【前腔】（旦）我一怨你死後有誰來祭祀，二怨你有孩兒不得相看顧，三怨你三年間沒一個飽

（一）　眉批：我…　一作『着』，下同。兩結句極親切。

煖的日子。三載相看甘共苦，一朝分別難同死。[一]

（外）媳婦，我死呵，

【前腔】你將我骨頭休埋在土。（旦）呀！公公，百歲後不埋在土，卻放在那裏？（外）媳婦，都是我當初不合教孩兒出去，誤得你恁的受苦。（外）我甘受折罰，任取屍骸暴露。[二]（旦）公公，你休這般說，被人談笑。（外）媳婦，不笑你。（外）留與傍人，道蔡伯喈不葬親父。怨只怨蔡伯喈不孝子，苦只苦趙五娘辛勤婦。

（旦）公公，倘你死呵，

【前腔】（旦）公婆已得做一處所，料想奴家不久也歸陰府。苦！可憐一家三個怨鬼在冥途，三載相看甘共苦，一朝分別難同死。

（外）媳婦，我罷了，畢竟是死，你與我請張太公過來。（旦）公公，說猶未了，恰好張太公來也。（末上）歲歉無夫婿，家貧喪老親。可憐貞潔女，日夜受艱辛。[三]（相見科）（末）五娘子，你公公病症如何？

（一）眉批：外、旦二折各自一體。

（二）眉批：一本去『暴』字，取易唱，恐不成文。今之歌者皆將『留與傍人』句一直唱下，遂將首折『報你的深恩』句作白，殊不知『留與傍人』處當微讀，正對上『報你的深恩』句。《中原音韻》載句字可以增損者，此調亦在其中。

（三）眉批：『末上』詩，吳本作『貧無達士將金贈，病有閒人說藥方』。

（旦）太公，我公公的病症，十分危篤。（末）如此，待我向前看看。老員外，你貴體若何？（外）苦！張太公，我不濟事了，畢竟是個死。你今來得恰好，我憑你爲證，寫下遺囑與媳婦收執。待我死後，教他休要守孝，早早改嫁便了。（旦）公公，你休那般説。自古道：忠臣不事二君，烈女不更二夫。公公，休要寫。（外）媳婦，你不取紙筆過來。（旦）公公，奴家生是蔡郎妻，死是蔡郎婦。千萬休寫，枉自勞神。（外）媳婦，你不取筆來，要氣殺我也？（末）五娘子，你休逆他，嫁與不嫁在乎你，且取將過來。（旦取上）（外作寫科）咳！這一管筆倒有千斤來重！

【越調過曲・羅帳裏坐】（外）媳婦，你艱辛萬千，是我擔誤了伊。你不嫁人呵，身衣口食，怎生區處？休休！當元是我拆散了你夫妻。我如今死了呵，終不然教你，又守着靈幃？（放筆科）已

【前腔】（末）這中間就理，我難説怎提。五娘子，你若不嫁人，恐非活計；若不守孝，又被人談議。可憐家破與人離，怎不教人淚垂。

【前腔】（旦）公公嚴命，非奴敢違。你教我嫁人呵，只怕再如伯喈，却不誤奴一世？[一] 公公，我一馬一鞍，誓無他志。可憐家破與人離，怎不教人淚垂？

[一] 眉批：『只怕再如伯喈』今改『不更二夫』，上下文俱不接。三載恒飢，一朝永訣之情，非此結白兩句説不盡。

（外）張太公，我憑你爲證，留下這條拄杖，待我那不孝子回來，把他與我打將出去。（外倒旦扶科）

（旦）公公病裏莫生嗔，（末）員外寬心保自身。

（外）正是藥醫不是病，（衆）果然佛度有緣人。

釋義：　子先嘗：《禮記》：『君有疾，飲藥臣先嘗之』，親有疾，飲藥子先嘗之。』『忠臣』二句：周報王三十年，燕昭王以樂毅爲上將軍，并將秦、魏、韓、趙四國之兵以伐齊，連克七十二城。毅聞畫邑人王蠋素賢，令軍中環畫邑，三十里無入，乃使人請蠋，蠋謝不往。乃曰：『忠臣不事二君，烈女不嫁二夫。』遂自縊死。　生受：困苦、受累、磨障也。　閻閬：勉強以定神色也。　糟糠婦：宋弘云：『貧賤之交不可忘，糟糠之妻不下堂。』

第二十五齣　宦邸憂思

音釋：　耽：音單。　傺：音讒。　傯：音湊。　閜：音爭。　闉：音磋，去聲。　彀：音勾。　懲：音敗。　歉：音遣。　漬：音恣。　擔：音單。　幃：音違。　骸：音孩。　屍：音施。　暴：音抱。冥：音明。　罰：音伐。　蠱：音古。　墮：音惰。　粥：音竹。　俎：音睢。　饑：音肌。　贖：音塾。　誓：音示。　鞍：音安。

【正宮引子·喜遷鶯】（生）終朝思想，但恨在眉頭，人在心上。鳳侶添愁，魚書絕寄，空勞兩

處相望。　青鏡瘦顏羞照，寶瑟清音絕響。　歸夢杳，繞屏山烟樹，那是家鄉？

〔踏莎行〕怨極愁多，歌慵笑懶，只因添個鴛鴦伴〔一〕他鄉遊子不能歸，高堂父母無人管。　　湘浦魚

沉，衡陽雁斷，音書要寄無方便。　人生光景幾多時，蹉跎負却平生願。

【正宮過曲・雁魚錦】〔二〕（生）思量，那日離故鄉。　記臨期送別多惆悵，攜手共那人不廝放。

教他好看承我爹娘，料他每應不會遺忘。　聞知飢與荒，只怕捱不過歲月難存養。　若望不見

我信音，却把誰倚仗？

【前腔換頭】（生）思量，幼讀文章，論事親爲子也須要成模樣。　真情未講，怎知道喫盡多魔

障？　被親強來赴選場，被君強官爲議郎，被婚強效鸞凰。　三被強，我衷腸事說與誰行？

埋怨難禁這兩廂：　這壁廂道咱是個不撐達害羞的喬相識，那壁廂道咱是個不覩親負心的

薄倖郎。

【前腔換頭】〔三〕（生）悲傷，鷺序鴛行，怎如他慈烏反哺能終養？　謾把金章，縮着紫綬，試

問斑衣，今在何方？　斑衣罷想，縱然歸去，又恐怕帶麻執杖。　天那！　只爲那雲梯月殿多勞

（一）　伴：　原作「絆」，據汲古閣刊本《繡刻琵琶記定本》改。

（二）　眉批：　一調五犯【雁過聲】，二犯【漁家傲】，二犯【漁家燈】【喜漁燈】【錦纏道】。

（三）　眉批：　提起『鷺序』『金章』『雲梯』『雞唱』『怨香』等二字，下面各以類相從，深得古賦聯類之體。

攘，落得淚雨如珠兩鬢霜。

【前腔換頭】（生）幾回夢裏，忽聞雞唱。忙驚覺錯呼舊婦，同問寢堂上。待朦朧覺來，依然新人鴛幃鳳衾和象床。怎不怨香愁玉？無心緒，(一)更思想，被他攔當。教我，怎不悲傷？

俺這裏歡娛夜宿芙蓉帳，他那裏寂寞偏嫌更漏長。

【前腔換頭】（生）謾恁快，把歡娛翻成悶腸。菽水既清涼，我何心,(二)貪美酒肥羊？閃殺人花燭洞房，愁殺人掛名金榜。驀地裏自思量，正是歸家不敢高聲哭，只恐猿聞也斷腸。

院子何在？（末）有問即對，無問不答。相公有何指揮？（生）院子，你是我心腹之人，有一件事和你商量，你休要走了我的消息。（末）小人安敢？（生）我自從離了父母妻室，來此赴選，不擬一擢高科，拜授當職。將謂數月之後，可作歸計，誰知又被牛太師招爲門婿。一向留在此，不得回家見父母一面，因此要和你商量個計策。（末）相公，自古不鑽不穴，不道不知。小人每常間見相公憂悶不樂，豈知這般就裏？相公何不說與夫人知道？（生）院子，我夫人雖則賢慧，爭奈老相公之勢，炙手可熱。待說與夫人知道，一霎時老相公得知，只道我去了不來，如何肯放我去？不如姑且隱忍，和夫人都瞞了，待且待任滿尋個歸計。（末）這的却是。老相公若還知道，如何肯放相公回去？（生）院子，我如今要寄

（一）眉批：『無心緒』三字屬下句，今歌者多屬上句，殊謬。

（二）心：原闕，據汲古閣刊本《繡刻琵琶記定本》補。

一封書家去，沒個方便的人；欲待使人逕去，又怕老相公知道。你與我出街坊上體探，怕有我鄉裏人來此做買賣，待我寄一封家書回去。（末）小人便去。

（生）終朝常相憶，（末）尋便寄書人。

（合）眼望旌捷旗，（合）耳聽好消息。

釋義：　鷺序鴛行：　朝班也。　慈烏反哺：　慈烏，孝鳥，長則反哺其母。　怨香：　晉武帝美姿貌善，司空賈充辟爲掾。武帝時，西域進奇香，一襲人衣，則經月不散。帝以賜充，充女盜以遺壽掾，聞壽衣芬馥，疑女與壽私通而得香。因勘婢，得實，竟以女妻壽焉。猿聞也斷腸：　《格物論》：『猿性急而腸狹，聞類死，聲鳴則腸俱斷而死。春夏時，膠東猿盛。至夏，踐人禾稼。楚昭王使養由基射之，適過母猿抱子在樹，由基引弓射中其子。子死，母長鳴三聲，遂死。』

第二十六齣　祝髮買葬

【雙調引子·金瓏璁】（旦）饑荒先自窘，那堪連喪雙親，身獨自，怎支分？[一]　我衣衫都解盡，首飾并沒分文。無計策，只得剪香雲。

[一]　眉批：　支分：　一作『支撐』，非韻。

〔蝶戀花〕萬苦千辛難擺撥，力盡心窮，兩淚空流血。裙布荊釵今已竭，萱花椿樹連摧折。　金刀盈

盈明似雪，遠照烏雲，掩映愁眉月。一片孝心難盡說，一齊分付青絲髮。

公周濟。如今公公又沒了，無錢資送，難再去求告他。我思量起來，沒奈何了，只得剪下頭髮，賣幾貫

錢，爲送終之用。雖然這頭髮值錢不多，也只把些意兒，恰似教化一般。苦！不幸喪雙親，求人不可

頻。聊將青絲髮，斷送白頭人。

〔南呂過曲·香羅帶〕(一)一從鸞鳳分，誰梳鬢雲？粧臺懶臨生暗塵，(一)那更釵梳首飾典

無存也。　頭髮，是我擔閣你度青春。如今又剪你，資送老親。剪髮傷情也，怨只怨結髮薄

倖人。

〔前腔〕思量薄倖人，辜奴此身，欲剪未剪，教我先淚零。我當初早披剃入空門也，做個尼姑

去，今日免艱辛。　咳！只有我的頭髮恁般苦，少甚麼佳人的，珠圍翠擁蘭麝熏。(二)　呀！似這般狼

狽呵，我的身死兀自無埋處，說甚麼頭髮愚婦人？

〔前腔〕堪憐愚婦人，單身又貧。　頭髮，我待不剪你呵，開口告人羞怎忍？　我待剪你呵，金刀下

（一）　眉批：　此『懶』字與『綠雲懶去梳』『懶』字相應。

（二）　眉批：　擁，一作『簇』。一本作『不』字，非惟不活，且咽歌喉。

處應心癢也。　却將堆鴉髻，舞鸞髻，與烏烏報答鶴髮親。(一)　教人道霧髻雲鬟女，斷送霜鬟雪鬢人。(剪下哭科)

【南呂引子·臨江仙】(旦)連喪雙親無計策，只得剪下香鬟。非奴苦要孝名傳。正是上山擒虎易，開口告人難。(二)

頭髮既已剪下，免不得將去貨賣。穿長街，抹短巷，叫一聲賣頭髮。(叫科)

【南呂過曲·梅花塘】賣頭髮，買的休論價。念我受饑荒，囊篋無此二個。丈夫出去，那堪連喪了公婆，沒奈何，只得剪頭髮資送他。

呀！怎的都沒人買？

【香柳娘】看青絲細髮，看青絲細髮，剪來堪爱，如何買也沒人買？(三)　這饑荒死喪，這饑荒死喪，怎教我女裙釵，當得恁狼狽？況連朝受餒，況連朝受餒，我的脚兒怎擡？其實難捱。(跌倒起科)

(一) 眉批：首折題髮而以剪映，次折題剪而以髮繳，末折總承而更發出許多奇思。

(二) 眉批：『上山』兩句，詞若不屬而意已獨至。

(三) 眉批：買：諸本作『賣』非。

【前腔】往前街後街，往前街後街，并無人采。[一] 我待再叫一聲，咽喉氣噎，無如之奈。苦！我如今便死，我如今便死，暴露我屍骸，誰人與遮蓋？ 天那！我到底也只是個死。將頭髮去賣，將頭髮去賣，賣了把公婆葬埋，奴便死何害？

（再倒科）（末）慈悲勝念千聲佛，造惡徒燒萬炷香。這幾日蔡老員外病症不知如何，我且去看一看。呀！五娘子，你為何倒在街上？（旦）苦！太公可憐見，救奴家則個。（末杖扶科）五娘子，你手裏拏着頭髮做甚麼？（旦）奴家公公又沒了，無錢資送，只得把自己頭髮剪下，欲賣幾文鈔，為送終之用。

（末哭科）元來你公公又死了呵！你却怎的不來與我商量，[二] 把這頭髮剪下做甚麼？（旦）奴家多番來定害公公，不敢再來相惱。（末）呀！你說那裏話！五娘子。

【前腔】（末）你兒夫曾付托，你兒夫曾付托，我怎生違背？你無錢使用，我須當貸。你將頭髮剪下，將頭髮剪下，又跌倒在長街，都緣我之罪。（合）嘆一家破敗，嘆一家破敗，否極何時泰來？淚滿腮腮。

【前腔】（旦）謝公公慷慨，謝公公慷慨，[三] 把錢相貸，我公婆在地下相感戴。只恐奴身死也，

（一）　眉批：采，一作『買』。

（二）　與：原作『於』，據汲古閣刊本《繡刻琵琶記定本》改。

（三）　眉批：慷慨，一作『可憐』。

恐奴身死也，兀自無人埋。公公，誰還你恩債？（合前）

（末）五娘子，你先到家去，我即着人送些布帛米穀之類與你使用。（旦）如此，多謝公公。請收了這頭

髮。（末）咳！難得，難得。這是孝婦的頭髮，剪來斷送公婆的。我留在家中，不惟流傳流做個話名，

後日蔡伯喈回來，將與他看，也使他惶愧。[1]

（旦）謝得公公救妾身，（末）伊夫曾托我親鄰。

（合）從空伸出拿雲手，（合）提起天羅地網人。

釋義：　淚流血：　高柴，字子羔，孔子弟子。執親之喪，泣血三年，未嘗見齒。　蛾眉：　《詩》：『螓首

蛾眉』言眉曲而長。　披剃：　披，被袈裟也；　剃，削髮也。《因果經》：『過去者佛爲成就衆菩提，故捨

飾好、剃髭髮，即發願言：「今落髮，故願與一切衆生斷除煩惱及諸惡障。」』空門：　《智度經》：『混袈

有三門，一日空門，二日無相門，三日無作門。』謂觀諸法，無我無作者受者，是空門之名，故號空門。尼

姑：　《事物紀》：『原漢明帝既聽陽城侯劉峻等出家，又聽洛陽婦女阿潘等出家，此蓋中國尼姑之始。』

蘭麝：　蘭一幹一花而香有餘。《格物志》：『麝如小麋，人逐則自高巖爪剔出臍香。就繫，猶拱兩足保

其臍，以自珍重焉。』堆鴉鬢：　杜詩：『新髻似堆鴉。』舞鸞髻：　王建《宮詞》：『宮粧掠出舞鸞髻。』

（二）

　　眉批：　末白又重在頭髮上，甚有意味。坊本又作『我要這頭髮做甚麼』，非復人言。

二四三六

剪髮⋯ 晉陶侃家貧，范逵訪之，侃倉卒無以款待，母湛氏乃剪髮以易酒殽，又徹所卧新薦，挫給其馬。

音釋⋯ 窘⋯ 音裙。 撐⋯ 音鐺。 股⋯ 音古。 髻⋯ 音併。 鬟⋯ 音還。 狽⋯ 音背。 噎⋯ 音意。 篋⋯ 音怯。

第二十七齣 拐兒紿誤

【仙呂入雙調·打毬場】（浄）幾年間，為拐兒，脱空說謊為最。遮莫你是怎生俐俏的，(一)也落在我圈圓。(二)

自家脱空為活計，掏摸作生涯。劍舌唇鎗伶俐的，也引教他懵懂；虛脾甜口慳吝的，也哄教他粧風。鄉貫何曾有定居，姓名誰人知真實。粧成圈套，見了的便自入來；做就機關，入着的怎生出去？騙了鍾馗手裏寶劍，偷了洞賓瓢裏仙丹。果是來無跡，去無踪，對面騙人如撮弄；縱使和你行，和你坐，當場賺你怎埋冤？拐兒陣裏先鋒，哄局門中大將。何用剜牆窆壁，強如黑夜偷光。不索挾斧持刀，真個白晝劫賊。正是：天不生無禄之人，地不長無根之草。自家打聽得蔡狀元家住陳留，父母在堂，久無消息，他如今要寄家書回去。況我在陳留去得慣熟，不免粧扮做陳留人，假寫他父母家書遞與他，必

(一) 眉批： 遮莫⋯ 猶言儘教也。 諸本作『折摸』，非。

(二) 眉批： 圓⋯ 一作『圍』，一作『套』，并非。

有回音。倘附帶些金帛回家,也不見得覓卻一個小富貴;便不然,也索與我些路費回家。這裏便是蔡狀元府前,不免進入去咱。呀!怎的不見一個人?我且咳嗽一聲。(末)侯門深似海,不許外人敲。(相見科)你是那裏人?來此有甚勾當?(淨)小子從陳留來,蔡相公的老大人有家書在此。

(末)呀!我相公正要乘便寄家書回去,你來得恰好,待我請相公出來。(請科)

【商調引子·鳳凰閣】(生)尋鴻覓雁,寄個音書無便。謾勞回首望家山,和那白雲不見。淚痕如綫,[二]想鏡裏孤鸞影單。

(末)告相公得知,有一個漢子,説他從陳留郡來,遞得老相公的家書在此。(生)請他進來。(相見科)(生)多承足下帶得我家書來呵。(淨)小人奉老大人尊命,遞得在此。(淨遞書,生接看科)

【仙吕過曲·一封書】(生)一從你去離,我在家中常念你。是麼?我也常想家裏。功名事怎的?想多應折桂枝。我功名事成了。幸得爹娘和媳婦,各保安康無禍危。謝天謝地,且喜家中都安樂。見家書,可知之,及早回來莫更遲。

天那!我豈不要回去?爭奈不由我。院子,你引鄉親到後堂茶飯,一面取紙筆,待我寫家書付與他去;一就取些金珠碎銀過來。[三](生寫書科)

〔眉批〕
(一) 淚痕如綫:晏原叔詞。
(二) 一:原闕,據汲古閣刊本《繡刻琵琶記定本》補。

【越調過曲・下山虎】男邑百拜大人尊前：(一) 一自離膝下，頓經數年。(二) 目斷萬里關山，鎮日望懸。(三) 一向那堪音信斷。名利事，嘆牽縲，謾勞珠淚漣。上表辭金殿，要辭了官，爭奈君王不見憐。

【蠻牌令】忽爾拜尊翰，激切意懸懸。(四) 幸喜爹娘和媳婦，盡安健。奈兒身淹留旅邸，(五) 不能彀承奉慈顏。(六) 匆匆的聊附寸箋，草草伏乞尊照不宣。

鄉親，你來，我這一封書，并這金珠，托你將到俺家裏與老相公收下。傳示家中大小，俺早晚便回來，教他放心，不須煩惱。(淨)小子理會得。(生)這些碎銀，與你路上做盤費。(淨)多謝！多謝！

【中呂過曲・駐馬聽】(生)書寄鄉關，說起教人心痛酸。鄉親，傳示俺八旬爹媽，道與俺兩月妻房，隔涉萬水千山。啼痕綳處翠綃斑，夢魂飛遶銀屏遠。(合)報道平安，想一家賀喜，只

(一) 眉批：男，一作『蔡』，失體。

(二) 眉批：頓經，一作『頓覺』，非。

(三) 眉批：鎮日，一作『鎮常』。

(四) 眉批：意懸懸，一作『慰拳拳』。

(五) 眉批：奈兒，今本作『況兒』，意不相承。

(六) 眉批：父母皆可稱慈顏。

説道再相見。○[一]

【前腔】（末）遙憶鄉關，有個人人凝望眼。他頻看飛雁，望斷孤舟，倚遍危闌。見這銀鈎飛動彩雲箋，又索玉簡界破殘粧面。（合前）

【前腔】（净）西出陽關，却嘆今朝行路難。念取經年離別，跋涉萬里程途，帶着一紙雲箋。只怕豺狼紛擾路途間，雁鴻不到家鄉畔。○[二]（合前）

釋義：

（生）憑報千里寄佳音，（末）説盡離人一片心。

（净）須知相別經多載，（合）方信家書抵萬金。

舌劍：　闞仙詩：『三寸舌爲安國劍。』鍾馗：《邂齋閒覽》：『鍾馗，終南山人也。唐武德中舉不第，觸殿階而死。後明皇病疫，居小殿，夢二鬼，一大一小。小者跣一足，懸一履於腰間，竊大者香囊及牯玉笛吹之。大者仗劍逐之，喧擾不已。既而大者奏曰：「臣終南進士鍾馗也，將爲陛下殺之。」遂擒小者，以右手大指摘其目，食之盡。覺而疾愈，因命畫工吳生如夢圖之。』洞賓：　呂嵒，字洞賓，河東人，唐禮部侍郎謂之孫。咸通中，兩舉進士不第，遂遊盧山，遇異人，得長生訣。多遊湘潭鄂岳之間。嘗題

（一）　眉批：　『只説道』三字，分明有未得便歸，設爲此辭以慰藉其家中之意。

（二）　眉批：　今本『到』字下添一『你』字，非。

岳陽樓上云：『朝遊北海暮蒼梧，袖有青蛇膽氣粗。三入岳陽人不識，朗然飛過洞庭湖。』宋時，嘗來謁滕宗諒，自稱華州回道士。宗諒密令畫工傳其像，口占以贈之：『華州回道士，來到岳陽城。別我遊何處？秋密一劍橫。』盅慨然大笑而別。自號純陽真人。 侯門深似海：《西京雜記》：『崔郊妾鬻於連師于頔，郊以詩寄之曰：『侯門一入深如海，從此蕭郎是路人。』相見之，以妾還郊。』 大人：子稱父曰大人。漢霍光，去病之弟也。父仲儒以縣吏給事平陽侯曹壽家，與侍妾衛少兒私通。吏畢歸，娶婦生光。因絕不相聞，不知少兒已生去病。後去病為驃騎將軍，擊匈奴，至平陽傳舍，遣吏迎仲儒，跪曰：『去病不早自知為大人遺體。』為買田宅奴婢而去。還，復過焉，將光西至長安，任光為郎，後位至宰相。 九品珍：謂珠也。 西越□珠有九品，大五分已上至一寸八九分為九品光彩，一邊似鏡，□者名當珠，次為走珠，又次為渭珠，又次為螺珂珠，又次為官雨珠，又次為稅珠，又次為蔥符珠，通有九次焉者。 陽關：地名，在長安西。唐尚書右承王維《送故人元二使安西，以詩別之》曰：『渭城朝雨浥輕塵，客舍青青柳色新。勸君更盡一杯酒，西出陽關無故人。』後人以為《陽關三疊》之唱。 行路難：白樂天詩『行路難，不在水，不在山』云。 跋涉：《爾雅》：『旱行曰跋，水行曰涉。』 豺狼：喻盜賊也。

音釋： 馗：音葵。 剜：音押。 凝：音迎。 箋：音煎。 湲：音元。 羈：音基。 緘：音監。

第二十八齣 感格墳成

【南呂引子·掛真兒】（旦）四顧青山静悄悄，思量起暗裏魂銷。黄土傷心，丹楓染淚，謾把孤墳獨造。

〔菩薩蠻〕白楊蕭瑟悲風起，天寒日淡空山裏。虎嘯與猿啼，愁人添惨悽。窮泉深杳杳，長夜何由曉。灑淚泣雙親，雙親聞不聞？奴家自從喪了公婆，家中十分狼狽。昨日多承張太公將公婆靈柩搬得到山，免不得造一所墳塋，把公婆安葬了。争奈無錢倩人，難以再去求他，只得自家搬泥運土。（麻裙包土科）

【南呂過曲·五更轉】（旦）把土泥獨抱，麻裙裏來難打熬。[一]空山静寂無人弔，但我情真實切，到此不憚勞。苦！何曾見葬親兒不到？又道是三匝圍喪，那些個卜其宅兆？思量起，是老親合顛倒。公公，你圖他折桂看花早，不想自把一身，送在白楊衰草。謾自苦，（作悲科）這苦憑誰告？

【前腔】我只憑十爪，如何能戤墳土高？苦！只見鮮血淋漓濕衣襖。天那！我形衰力倦，

（一）眉批：麻……一作『羅』，非。

死也只這遭。休休！骨頭葬處，任他血流好。此喚做骨血之親，也教人道趙五娘真行孝。[二] 苦！心窮力盡形枯槁，只有這鮮血，到如今也出盡了。這墳成後，只怕我的身難保。

呀！我力都乏了，不免就此歇息睡一覺呵。

【仙呂引子·卜算子先】（旦）墳土未曾高，筋力還先倦。（睡科）（外扮山神上）

【中呂引子·粉蝶兒】（外）趙女堪悲，天教小神相濟。善哉！善哉！吾乃當山土地。今奉玉帝敕旨，爲見趙五娘行孝，特令差撥陰兵，與他併力築造墳臺。不免叫出南山白猿使者，北嶽黑虎將軍前來聽用。猿虎二將何在？（浄、丑扮猿、虎上）（外）吾奉玉帝敕旨：爲見趙五娘獨自在山築墳，特差汝等率領陰兵，與他併力。汝等可變作人形，與他運化土石，務要頃刻完成，不得驚動孝婦。（浄、丑）領法旨。（造墳科）告大聖，墳臺已成了。（外）趙五娘，你擡起頭來，聽吾囑付。

【仙呂入雙調·好姐姐】（外）五娘聽吾道語：吾特奉玉皇敕旨，憐伊孝心，故遣陰兵來助你。（合）墳成矣，葬了二親尋夫婿，[三] 改換衣裝往帝畿。

（一）眉批：真。今作『親』，非。
（二）眉批：葬。一作『辭』。

趙五娘,你好生記着。正是：大抵乾坤都一照,免教人在暗中行。(外、淨、丑下)(旦醒科)

呀! 怪哉! 怪哉! 奴家睡間,恍惚之中似夢非夢,聞神人囑付之語,道：墳成了,教奴家前往京畿尋取丈夫。我思忖起來,獨自一身,幾時能斷得墳成?(起看科)呀! 果然這墳臺都成了。謝天謝天! 分明是神通變化。

【仙呂引子・卜算子後】(旦)夢裏分明有鬼神,想是天憐念。臺,你兩人已得安妥。只一件：我未曾葬你時節,也還恰象相親傍的一般；如今葬了呵,窮泉一閉無日曉,嘆如今永別,再無由倚靠。我死和公婆做一處埋呵,也得相伏侍。只愁我死在他途道,我的骨頭何由來到? 從今去,墳呵,只願得中乾燥,福子蔭孫也都難料。呀! 天那! 便做蔭得個三公,也濟不得親老。淚暗滴,復把蒼天來禱。(末同丑帶鉏器上)

【五更轉】(一)(旦)怨苦知多少? 兩三人只道同做餓殍。公公、婆婆,今日幸賴神明救濟,成此墳

【越調過曲・鑷鍬兒】(末)悲風四起吹松柏,(三)山雲黯淡日無色。(丑)虎嘯與猿啼,怎不慘慨?(合)趲步行來到峭壁,都與孝婦添助力。

（末）老夫張廣才。只為蔡老員外夫妻相繼棄世，虧殺他媳婦趙五娘子支持。如今又聞得他把麻裙包土，築造墳臺。我想人家造一所墳，沒有千百工造不成，他獨自一個女流，如何成得此事？不免帶將小二，與他添助氣力則個。呀！好怪哉！如何墳都成了？只見松柏森森繞四圍，孤墳新土掩泉扉。築墳成了親分付，教奴尋取兒夫往帝畿。（丑）公公，自古流傳多有此，畢竟感格上蒼知。長城哭倒稱姜女，五娘子，你他日芳名一樣題。（合）正是：善惡到頭終有報，只爭來早與來遲。

【好姐姐】（旦）太公，念奴血流滿指，獨自要墳成無計。深感老天，暗中相護持。（合）墳成矣，葬了二親尋夫婿，改換衣裝往帝畿。

【前腔】（末）五娘子，老夫帶領小二，待與你添助些力氣，誰知有神暗中相救濟？（合前）

【前腔】（丑）你每真個見鬼，這松柏孤墳在何處？恰纔小鬼是我粧扮的。（合前）

（末）孝心感格動陰兵，（旦）不是陰兵墳怎成？

（丑）萬事勸人休碌碌，（合）舉頭三尺有神明。

釋義：　黃土傷心：《列子》：『骨肉歸於黃土，心其有不傷乎？』丹楓染淚：《麗情集》：『王子敬與燕公情篤，公死，子敬過其墳，忍淚急趨，回首而不覺淚已沾衣。墳間楓葉，染淚者皆紅。蓋情動不可制也。』三匝圍喪：晉陽休之夢繞墳頭銅柱三匝。又韓愈詩：『繞墳不假號三匝。』卜其宅兆：《孝

經⋯『卜其宅兆而安措之。』三公⋯ 太師、太傅、太保爲三公。

第二十九齣 中秋望月

【大石調・念奴嬌引】（貼）楚天過雨，正波澄木落，秋容光净。誰駕玉輪來海底，碾破興璃千頃。環珮風清，笙簫露冷，人在清虛境。（净、丑）真珠簾捲，庾樓無限佳琉[一]。

〔臨江仙〕（貼）玉作人間秋萬頃，銀葩點破碧瑠璃。（净）瑶臺風露冷仙衣，天香飄下處，此景有誰知？（貼）珠簾高捲醉瓊卮，（合）正是⋯ 莫辭終夕勸，動是隔年

期。（貼）老姥姥，今夜中秋，月色澄清，你與我請相公出來賞翫則個。（净）請，請。夫人請相公翫月。

（生内應）我睡了，不來。（丑）你甚麽嘴臉，可知道請他不來？（貼）惜春，你再去請。（丑）我去請呵。

相公，夫人請你出來翫月。（生）來也。（丑）老姥姥，我好臉皮呵，一請便就出來。

【南呂引子・生查子】（生）逢人曾寄書，書去神亦去。今夜好清光，可惜人千里。

（貼）相公，今夜中秋，月色可愛，我請你賞翫一番，你沒事推阻怎的？（生）月色有甚好處？（貼）相

公，怎的不好？〔醉江月〕你看⋯ 玉樓金氣捲霞綃，雲浪空光澄徹。丹桂飄香清思爽，人在瑶臺銀闕。

（一） 眉批⋯ 此一枝出入宋人詩餘《中秋詞》而融化無跡。首句四字起，如前【滿江紅】調。

（生）影透鳳幃，光窺羅帳，露冷蛩聲切。關山今夜，照人幾處離別。（淨）須信離合悲歡，還如玉兔，有陰晴圓缺。便做人生長宴會，幾見冰輪皎潔？（丑）此夜明多，隔年期遠，（一）莫教金尊歇。（合）但願人長久，年年同賞明月。（飲酒科）

【大石調·念奴嬌序】（二）（貼）長空萬里，見嬋娟可愛，全無一點纖凝。十二闌干光滿處，涼侵珠箔銀屏。偏稱，身在瑤臺，笑斟玉斝，人生幾見此佳景？（合）惟願取年年此夜，人月雙清。

【前腔換頭】（生）孤影，南枝乍冷，見烏鵲縹緲驚飛，棲止不定。萬點蒼山，何處是修竹吾廬三徑？追省，丹桂曾攀，嫦娥相愛，故人千里謾同情。（合前）

【前腔換頭】（貼）光瑩，我欲吹斷玉簫，乘鸞歸去，不知風露冷瑤京。環佩濕，似月下歸來飛瓊。（三）那更，香霧雲鬟，清輝玉臂，（四）廣寒仙子也堪并。（合前）

【前腔換頭】（生）愁聽，吹笛《關山》，敲砧門巷，月中都是斷腸聲。人去遠，幾見明月虧盈。

（一）『年』字後原衍一『明』字，據汲古閣刊本《繡刻琵琶記定本》刪。

（二）眉批：一作【本序】。

（三）眉批：許飛瓊：王母侍女。

（四）眉批：杜詩：『香霧雲鬟濕，清輝玉臂寒。』此先將『冷』『濕』二字提起，而下止用四字爲句，語意自足。

惟應，邊塞征人，深閨思婦，怪他偏向別離明。[一]

【中呂過曲·古輪臺】（淨）峭寒生，鴛鴦瓦冷玉壺冰，闌干露濕人猶凭，[二]貪看玉鏡。況萬里清冥，皓彩十分端正。三五良宵，此時獨勝。（丑）把清光都付與酒杯傾，從教酩酊，拚夜深沉醉還醒。酒闌綺席，漏催銀箭，香銷金鼎。斗轉與參橫，銀河耿，轆轤聲已斷金井。

【前腔換頭】（淨）閒評，月有圓缺陰晴，人世上有離合悲歡，從來不定。深院閒庭，處處有清光相映。也有得意人人，兩情暢詠；也有獨守長門伴孤零，君恩不幸。（丑）有廣寒仙子娉婷，孤眠長夜，如何捱得更闌靜寂？此事果無憑。但願人長久，庾樓翫月共同登。

【餘文】（眾）聲哀訴，促織鳴，（貼）俺這裏歡娛未罄。[三]（生）他幾處寒衣織未成。

（貼）今宵明月正團圓，（生）幾處淒涼幾處誼。
（合）但願人生得久長，年年千里共嬋娟。

釋義：

玉鏡、銀葩、冰輪：　喻月也。　琉璃千頃、瑤臺銀闕、玉壺冰：　俱喻長空月色之澄瑩也。

（一）眉批：　『征人』應『吹笛』，『思婦』應『敲砧』，末句應『斷腸』。
（二）眉批：　凭，去聲唱。韓文公《中秋》詩：『三五端正月，今夜出東溟。』
（三）眉批：　罄，一作『聽』，雖有出，少意味。

『環珮清風』二句：言夜景也。朱希真詞：『露冷笙簫，風清環珮。』庾樓：晉庾亮鎮武昌，諸佐吏殷浩之徒乘月夜登南樓，俄而不覺亮至。將起避之，亮曰：『諸君且住，老子於此興不淺。』遂據胡床，與浩等談咏。其坦率如此。

絳氣，月映樓中瑞色也。綃是錦也。霞綃捲，故雲浪空光澄徹。范巨卿詞：『捲霞綃雲浪。』『玉樓』至『澄徹』：好貌，指嫦娥也。古詩：『青女素娥俱耐冷，月中霜裏鬥嬋娟。』三徑：求來往。俱隱士也。飛瓊：飛瓊姓許，西王母之侍女也。漢武帝時，王母於七月七夕壽承華殿，進蟠桃七顆，有侍女四人。帝問其名，曰董雙成、許飛瓊、婉陵華、殿安香也。詳見第二十三齣。『香霧雲鬟』二句：杜詩：『香霧雲鬟濕，清輝玉臂寒。』吹笛關山：古有《關山月》，遠戍思歸之曲也。敲砧門巷：秋至，搗寒衣以寄遠也。三五：十五夜也。盧仝詩：『涓涓嫦娥月，三五二八圓又缺。』『邊塞征人』三句：崔令欽詞：『沙場征夫，幽閨思婦。間殺長安一片月，偏向別離明。』斗轉參橫：斗星七點，參星三點。斗柄轉，參星橫，則月落而天將曙矣。轆轤聲：轆轤，井上汲水圓木也。獨守長門伴孤另，君恩不幸。漢武帝元光五年，皇后陳氏以祠祭厭勝媚道，事覺，冊收璽授，退居長門，供奉如法。日夕愁思，以金百斤賂司馬相如，遂作《長門賦》以悟帝意。後復得幸。促織：《爾雅》：『蟋蟀也。至秋則鳴，故爲其促人織也。』王荊公詩曰：『金屏翠幕與秋宜，得此年年醉不知。只向貧家促機杼，貧家猶有幾駒絲？』

音釋：碾…音斂。珮…音倍。境…音敬。庾…音雨。葩…音巴。瓊…音群。厄…音之。姥…音姆。澄…音迎。瓿…音程。崄…音崖。興…音杏。思…音四，意思也。箔…音薄。凝…音迎。斠…音真。縹…音飄。瑩…音月。臂…音避。真…音真。凭…音並。拚…音判。綺…音倚。鼎…音頂。斝…音假，酒器也。轆…音六。轤…音爐。爽…音雙，上聲。緲…音藐，飛貌。捉…音簇，催也。酩酊…上音名下音頂，沉醉貌。

第三十齣 乞丐尋夫

【雙調引子·胡搗練】(旦)辭別去，到荒垅，只愁出路煞生受。畫取真容聊藉手，逢人將此免哀求。

鬼神之道，雖則難明；感應之理，不可不信。奴家昨日獨自南山築墳，正睡時間，忽夢一神人，自稱當山土地，帶領陰兵與奴家助力；卻又囑付奴家改換衣裝，逕往長安尋取丈夫。待覺來，果然墳臺并已完備，這的分明是神通護持。正是：寧可信其有，不可信其無。今二親既已葬了，只得改換衣裝，扮作道姑，將着琵琶做行頭，沿街上彈幾個行孝的曲兒，抄化將去。只是一件，我幾年間和公婆廝守，如

何捨得一旦撇了他？奴家自幼薄曉得些丹青，何似想像畫取公婆真容[二]背着一路去，也似相親傍的一般。但遇小祥忌辰，展開與他燒些香紙，奠些酒飯，也是奴家的孝心。不免就此描畫真容則個。（描畫科）

【仙呂入雙調‧三仙橋】[三]（旦）一從他每死後，要相逢不能彀。除非夢裏，暫時略聚首。苦要描，描不就，暗想像，教我未描先淚流。描不出他苦心頭，描不出他飢症候，描不出他望孩兒的睜爭兩眸。只畫得他髮颼颼，和那衣衫敝垢。休休！若畫做好容顏，須不是趙五娘的姑舅。

【前腔】我待要畫他個龐兒帶厚，他可又飢荒消瘦。我待要畫他個龐兒展舒，他自來長恁面皺。若畫出來，真是醜，那更我心憂，也做不出他歡容笑口。不是我不會畫着那好的，我從嫁來他家，只見他兩月稍優游，其餘都是愁。那兩月稍優游，我又忘了。這三年間，我只記得他形衰貌朽。這真容呵，便做他孩兒收，也認不得是當初父母。休休！縱認不得是蔡伯喈當初爹娘，須認得是趙五娘近日來的姑舅。

（一）眉批：又生出畫真容一段情來，為後面許多張本。

（二）眉批：一云【三仙橋】即【疊字錦】，但微有不同，似與詩餘中【三臺調】合體，或當是其別名。

真容既已描就了，就在這裏燒些香紙，奠些酒飯，拜別了公婆出去。（拜辭科）

【前腔】公公，婆婆，非是奴尋夫遠遊，只怕我公婆絕後。奴見夫便回，此行安敢久？苦！路途中，奴怎走？望公婆，相保佑我出外州。　天那！　他兀自沒人看守，[二]如何來相保佑？　這墳呵，只怕奴去後，冷清清有誰來祭掃？　縱使遇春秋，一陌紙錢怎有？　休休！　你生是受凍餒的公婆，死做個絕祭祀的姑舅。

奴家既辭了墳墓，背了真容，便索去辭張太公。　呀！　如何張太公恰好來也？　（末上）衰柳寒蟬不可聞，金風敗葉正紛紛。　長安古道休回首，西出陽關沒故人。（相見科）（旦）奴家適纔拜辭了墳塋，正要到宅上來告別。（末）呀！　五娘子，你幾時去？　（旦）太公，奴家行了。（末）你背的是甚麼畫？

（旦）是奴公婆的真容，待將路上去藉手乞告些盤纏，早晚與他燒香化紙。（末）是誰畫的？（旦）是奴家將就描摹的。（末）五娘子，你孝心所感，一定逼真。借我看一看。（末看科）咳！　畫得像，畫得像。

（作悲介）呀！　老員外，老安人，【鷓鴣天】[三]死別多應夢裏逢，謾勞孝婦寫遺蹤。可憐不得圖家慶，幸負丹青泣畫工。

衣破損，鬢鬟鬆，千愁萬恨在眉峰。　只愁蔡郎不識年來面，趙女空描別後容。（旦

（一）　眉批：　吳本『兀自』句作白，浙本『外州』三句通作白。

（二）　眉批：　〔鷓鴣天〕：　今本多作題畫，則伯喈書館中一見了然，何用許多猜疑？　而今子弟到此亦舉手作題寫狀，遂失戲文關鍵，不可不審。

作悲謝科〕（末）五娘子，我聽得你要遠行，將幾貫錢與你路上助些盤費。（旦）多多定害公公了，決不敢再受。只一件，奴家又有不識進退之懇：奴家去後，公婆墳塋，早晚望太公可憐見，看這兩個老的在日之面，與奴家看管則個。（末）這個不妨。你但放心前去，老夫少不得如此。（一）（旦拜辭科）

【越調過曲·憶多嬌】（旦）公公，他魂渺漠，我沒倚託。程途萬里，教我懷夜塹。（二）此去孤墳，望公公看着。（合）舉目蕭索，滿眼盈盈淚落。

【前腔】（末）五娘子，我承委託，當領畧。這孤墳我自看守，決不爽約。但願你途中身安樂。

（合前）

【仙呂入雙調·鬥黑麻】（旦）奴深謝公公，便相允諾。從來的深恩，怎敢忘却？只怕途路遠，體怯弱，病染災纏，衰力倦脚。（合）孤墳寂寞，路途滋味惡。兩處堪悲，萬愁怎摸？（三）

【前腔】（末）伊夫婿多應是，貴官顯爵，伊家去須當審個好惡。五娘子，只怕你這般喬打扮，他怎知覺？一貴一貧，怕他將錯就錯。（合前）

（一）　眉批：此白與諸本互有異同。

（二）　眉批：夜塹藏舟，出《莊子》。

（三）　眉批：摸：音末，摸索，捫�手捉也。用此無意義。據柳耆卿詞『片片閒愁，丹青難貌』亦音末，是此之訛。

（旦）（二）公公，奴家拜別去也。（末）五娘子，且慢着，老夫還有幾句言語囑付你。（旦）望公公指教，奴家願聞。（末）五娘子，你少長閨門，豈識途路？當初蔡郎未別時節，你青春嬌媚，你如今遭這饑荒貧苦，貌怯身單。正是：桃花歲歲皆相似，人面年年却不同。蔡郎臨別之時，可不道來？（旦）公公，他道甚的？（末）他道是若有寸進，即便回來。唉！如今老親死，一竟不回，你知他心腹事如何？正是：畫虎畫皮難畫骨，知人知面不知心。五娘子，你去京城須仔細，逢人下禮問虛真。若見蔡郎謾說千般苦，只把琵琶語句訴元因。未可便說他妻子，未可便說喪雙親。未可便說裙包土，（三）未可便說剪香雲。若得蔡郎思故舊，可憐張老一親鄰。我今年已七十歲，比你公公少一旬。你去時猶有張老來相送，你回時不知張老死和存。正是：流淚眼觀流淚眼，斷腸人送斷腸人。（哭科）（旦）謝得公公訓誨，奴家銘心鏤骨，不敢有忘，如今告別去也。（末）五娘子，你早去早回。

（旦）爲尋夫婿別孤墳，（末）只怕兒夫不認真。
（合）惟有感恩并積恨，（合）萬年千載不成塵。

────────

（一）眉批：諸本此白與前白相連，四曲俱在末後，白既大長，況一唱而別，似覺少情，今從古本更定。
（二）『未』以下至本齣末原闕，據明萬曆金陵繼志齋刊本《重校琵琶記》補。

第三十一齣　覷詢衷情

【中呂引子・菊花新】（生）封書遠寄到親闈，又見關河朔雁飛。梧葉滿庭除，爭似我悶懷堆積。

〔生查子〕封書寄遠人，寄與萬里親。書去神亦去，兀然空一身。[一] 自家喜得家書，報道平安，已曾修書寄回家去，不知何如？這幾日常懷想念，翻成愁悶。正是：雖無千尺綫，萬里繫人心。

【南呂引子・意難忘】（貼）綠鬢仙郎，懶拈花弄柳，勸酒持觴。眉顰知有恨，何事苦相防？（生）夫人，些個事，惱人腸。（貼）相公，試說與何妨？（生）夫人，只怕你尋消問息，添我恓惶。[一]

（貼）古人云：顰有為顰，笑有為笑。古之君子，當食不嗟，臨樂不嘆。無事而戚，謂之不祥。相公，你自來我家，不明不暗，如醉如癡，鎮日憂悶，為着甚的？你還少了穿的？少了喫的？

【南呂過曲・紅衲襖】（貼）相公，我待道你少喫的呵，你喫的是煮猩唇和燒豹胎。我待道你少穿

（一）　眉批：『封書』四句，孟東野詩。
（二）　眉批：此折全出周美成詩餘中語。

的呵，你穿的是紫羅襴，繫的是白玉帶。你出入呵，我只見五花頭踏在你馬前擺，三簷傘兒在你頭上蓋。相公，休怪奴家說。你本是草廬中一秀才，如今做着漢朝中梁棟材。你有甚不足，只管鎖了眉頭也，唧唧噥噥不放懷？

【前腔】（生）夫人，你道我有穿的呵，我穿的是紫羅襴，到拘束得我不自在；我穿的是皂朝靴，怎敢胡去端？你道我有喫的呵，我口裏喫幾口慌張張要辦事的忙茶飯，手裏拿着個戰兢兢怕犯法的愁酒杯。到不如嚴子陵登釣臺，怎做得揚子雲閣上災？（二）似我這般樣爲官呵，只管待漏隨朝，可不誤了秋月春花也，枉干碌碌頭又白。

【前腔】（貼）相公，莫不是丈人行性氣乖？（生）不是。（貼）莫不是妾根前缺管待？（生）不是。（貼）莫不是畫堂中少了三千客？（生）不是。（貼）莫不是繡屏前少了十二釵？（三）（生）也不是。（貼）呀！又不是了。這意兒教人怎猜？這話兒教人怎解？相公，我今番猜着了。敢只是楚館秦樓，有個得意人兒也，悶懨懨常掛懷？

（一）　眉批：到不如……一作『本待學』。『怎做得』言不肯做也，非歆羨之詞，今本作『怎躲得』，一作『翻做了』，俱未當。

（二）　眉批：坊本『畫堂』下說出孟嘗君，猶是漢以前人，至『繡屏』下說出牛僧孺，却失體。

【前腔】（生）夫人，不是。有個人人在天一涯，天那！我不能彀見他，只落得臉銷紅眉鎖黛。

（貼）我道甚麼來？可知哩！（生）不是。我本是傷秋宋玉無聊賴，有甚心情去戀着閒楚臺？

（貼）相公，你有甚麼事，明說與奴家知道。（生）夫人，三分話兒只恁猜，一片心兒直恁解。（貼）你

有話如何不對我說？（生）罷，罷。夫人，你休纏得我無言，若還題起那籌兒也，撲簌簌珠淚

滿腮。

（貼）由你，由你。我待不勸解你，你又只管憂悶；待我問着你，你又遮瞞我。我也沒奈何。相公，夫

妻何事苦相防？莫把閒愁積寸腸。難道各人自掃門前雪，（一）休管他家屋上霜？（貼虛下潛聽科）

（生）天那！自古道：難將我語和他語，未卜他心似我心。自家娶妻兩月，別親數年，朝夕思想，翻成

愁悶。我這新娶的媳婦雖則賢慧，自將待此事和他說，他也肯教我回去。只是他的爹爹若知我有媳婦

在家，怕我去了不來，如何肯放我回去？不如姑且隱忍，改日求一鄉郡除授，那時却回去見雙親，多少

是好？咳！夫人，非是提防你太深，只緣伊父苦相禁。正是：夫妻且說三分話，（貼走上）呀！我

理會得。你道是：未可全抛一片心。好！好！你瞞我也由你，只是你爹爹和媳婦嗟怨你。

【雙調過曲·江頭金桂】（貼）相公，我怪得你終朝嚬唵，（二）只道你緣何愁悶深？教咱猜着啞

（一）　眉批：　難道：　今作『正是』，非。

（二）　眉批：　韻書無此『嚬』字，當是『顰』字。嚬，陰、庵、廳三音。宋齊間謂兒泣不止曰『嚬』。又，啼極無聲曰嚬。

謎，爲你沉吟，那篝兒沒處尋。我和你共枕同衾，你瞞我則甚？你自撇了爹娘媳婦，屢換

光陰，他那裏須怨着你沒信音。笑伊家短行，笑伊家短行，無情忒甚。到如今，(一)兀自道且

説三分話，未可全抛一片心。

【前腔】(生)夫人，非是我聲吞氣飲，(二)只爲你爹行勢逼臨。怕他知我要歸去，將人厮禁，要

説又將口噤。天那！我實瞞你不得，我待解朝簪，再圖鄉任。那時節呵，他不隄防着我，須遣

我到家林，我和你雙雙兩人歸畫錦。苦！我雙親老景，我雙親老景，存亡未審。我前日曾附

一封書回去，只怕雁杳魚沉。(貼)你既有書信附去，怎的也沒有回報？(生)又不是烽火連三月，

真個家書抵萬金。

(貼)元來如此。我去對爹爹説，和你同去便了。(生)你休説，你爹爹如何肯放我回去？你且休説破

了。(貼)不妨事。我爹爹身爲太師，風化所關，觀瞻所繫，終不然恁的不顧仁義。(生)你休説，不濟

事，干枉了。(貼)相公，你不必憂慮，我自有道理，不由我爹爹不從。

(貼)雪隱鷺鷥飛始見，柳藏鸚鵡語方知。

(一) 眉批：『到如今』三字爲一句。

(二) 眉批：氣飲：一作『氣忍』。

（生）假如染就乾紅色，也被傍人說是非。

釋義：　煮猩唇：　《兩中志》：『猩猩，人面豕身，似猿，常數百爲聚。而人以酒并糟設路側，連結草屨，猩猩見之，即知爲張已者。但宅姓呼曰：「奴欲張我，巫拾去。」復自謂試共嘗酒，連醉，取屨著之，爲人所擒。其肉之最美者，無蹄於唇焉。武帝尤喜食之。』豹胎：　《格物論》：『豹毛赤黃，其文黑如錢而中空，比比相似。極猛健，不減於虎。舐似熊，小頭，甲有黑白絞絞，去食銅鐵。其胎最美，爲八珍之一。』韓子曰：『紂爲玉杯象筯，必不美藿菽，則必薦豹胎也。』荒獐：　《古今注》：『麢麋屬鹿，有角不能觸；麢有牙，不能噬。性善驚，見人急走。』東坡詩：『心荒恰似失林麢。』楊子雲：　揚雄，字子雲。新莽時爲大夫，校書天祿閣。會劉棻等以作符命，爲莽所誅，辭連及雄。使者來，欲收之。雲恐不能自免，乃從閣上自投下，幾死。莽聞之，以雄不知情，詔勿問之。三千客：　黃歇，黔中人。戰國時爲楚相，號春申君。相楚凡二十餘年，門下食客三千人，其上客皆服珠履。十二釵：　牛僧孺，字思黯。唐文宗時，治第於洛陽甲仁里，多致嘉石美花，與賓客相娛樂。多寵妾，嘗自夸服鍾乳。白樂天贈其詩曰：『鍾乳三千兩，金釵十二行。』傷秋宋玉：　宋玉，屈原弟子。聞其師忠而放逐，故作《九歌》以述其志。其一曰：『悲哉，秋之爲氣也。』楚臺：　楚襄王夢神女之臺也，在四川。李白詩：『我到巫山渚，訪古登陽臺。』天近彩雲滅，地遠清風來。神女今已去，襄王安在哉？』朝簪：　荊公詩：『君方困旅食，吾亦俱朝簪。』烽火連三月，家書抵萬金：　古者十里一烟墩，舉火以報軍情。言世亂三月，連舉烽火，家書斷絕。若得

家書，可抵萬金之重。

音字：觴：音傷。恓惶：音西皇。猩：音星。闌：音攔。繫：音係。碌：音禄。黛：音代。籌：音仇。簌：音俗。嚬：音顛。喑：音印。謎：音媚。厮：音色。隄防：音提房。

第三十二齣　幾言諫父

【黄鍾引子·西地錦】（外）好怪吾家門婿，鎮日不展愁眉。教人心下常縈縈，也只為着門楣。

入門若問榮枯事，觀着容顏便得知。自家招贅蔡伯喈為婿，可謂得人。只一件，他自從到此，眉頭不展，面帶憂容，不知為着甚麼？必有緣故。且叫女孩兒出來問他，便知端的。

【前腔】（貼）只道兒夫何意，如今就裏方知。萬里家山，要同歸去，未審爹意何如？

（相見科）（外）孩兒，吾老入桑榆，自嘆吾之皓首；汝身乖琴瑟，每為汝而懊懷。夫婿何故憂愁？孩兒必知端的。（貼）告爹爹得知：他娶妻六十日，即赴科場；別親三五年，竟無消息。温清之禮既缺，伉儷之情何堪？今欲歸故里，辭至尊家尊而同行；待共事高堂，執子道婦道以盡禮。（外怒科）呀！吾乃紫閣名公，汝是香閨艷質。何必顧彼糟糠婦？焉能事彼田舍翁？他久別雙親，何不寄一

封之音信？汝從來嬌養，安能涉萬里之程途？休惑夫言，[一]當從父命。（貼）爹爹，曾觀典籍，未聞婦道而不拜舅姑。[二]試論綱常，[三]豈有子職而不事父母？若重唱隨之義，當盡定省之儀。彼荆釵裙布，既已獨奉親闈之甘旨；此錦屏繡褥，豈可久戀藍宅之歡娛？[四]爹爹身居相位，坐理朝綱，豈可斷他人父子之恩，絶他人夫婦之義？使伯皆有貪妻之愛，不顧父母之慈；倖孩兒有違夫之命，不事舅姑之罪。望爹爹容恕，特賜矜憐。（外）休胡説！他既有媳婦在家，你去做甚麼？

【黄鍾過曲・獅子序】（貼）爹爹，他媳婦雖有之，念奴家須是他孩兒的次妻。那曾有媳婦不侍親闈？（外）孩兒，你去有甚麼勾當？（貼）若論做媳婦的道理，須當奉飲食，問寒暄，相扶持蘋蘩中饋。（外）便做有許多勾當，他有媳婦在家裏，你不去也不妨。（貼）爹爹，又道是養兒代老，積穀防飢。

（外）既道是養兒代老，積穀防飢，何似當初休教他來應舉不得？

（一）夫：原作『父』，據汲古閣刊本《繡刻琵琶記定本》改。

（二）舅：原作『舊』，據汲古閣刊本《繡刻琵琶記定本》改。下同改。眉批：舅姑：一作『姑嫜』，覺偏，且與下『不事舅姑』句不照應。

（三）常：原作『嘗』，據汲古閣刊本《繡刻琵琶記定本》改。

（四）監宅：杜子美有《李監宅》詩：『屏開金孔雀，褥隱繡芙蓉。門闌多喜氣，女婿近乘龍。』內文、眉批中『監宅』均作『藍宅』，據文義改。

【太平歌】（二）（貼）爹爹，他求科舉，指望錦衣歸，不想道爹爹留他爲女婿。（外）這個是有緣千里能相會，須强他不得。（貼）他埋怨洞房花燭夜，那些個千里能相會？只要保全金榜掛名時，他事急且相隨。

（外）孩兒，你到説我不是，這般埋怨着我？

【賞宮花】（貼）他終朝慘悽，我如何忍見之？（外）他自慘悽，你管他怎的？（貼）若論爲夫婦，須是共歡娛。（外）不妨事，他若在這裏，我教他做個大大的官。（貼）爹爹，他數載不通魚雁信，枉了十年身到鳳凰池。

（外）呀！你聽着丈夫的言語，却不聽我説，這妮子好癡迷呵！

【降黄龍】（貼）爹爹，須知，非奴癡迷，已嫁從夫，怎違公議？（外）孩兒，你去也不妨，只是我没個親人在傍，如何放得你去？（貼）爹猶念女，怎教他爹娘不念孩兒？（外）孩兒，不是我不放你去，他既有媳婦在家，你去時節，只怕擔閣了你。（貼）休題，縱把奴擔擱，比擔擱他媳婦何如？（三）

（外）便不然，只教蔡伯喈自去便了。（貼）那些個夫唱婦隨，嫁鷄逐鷄飛？

───────

（一）　眉批：【太平歌】：今作【東甌令】。詞雖不殊，則調屬【南吕】矣。

（二）　眉批：媳婦：坊本作『爹娘』，全失問答意。

（外）孩兒，他是貧賤之家，你如何伏侍他的父母？

【南呂過曲·大聖樂】（貼）爹爹，婚姻事難論高低，若論高低何似當初休嫁與？假饒親賤孩兒貴，終不然便拋棄？（外）他的孩兒撇得下，你怕甚麼？（貼）奴須是他親生兒子親媳婦，難道他是何人我是誰？（外）孩兒，據你說起來，我到說得不是呵？（貼）爹居相位，怎說着傷風敗俗非理言語？（一）

（外怒科）這妮子無禮，却將言語來衝撞我！我的言語倒不中聽呵。夫言中聽父言違，懊恨孩兒見識迷。我本待將心托明月，誰知明月照溝渠？（外先下）（貼）自古道：酒逢知己千鍾少，話不投機半句多。好笑我爹爹不顧仁義，却道奴家把言語衝撞他。昨日我丈夫教我休說的是，我如今有何顏見他？免不得且在此坐一回，尋思個道理去回他則個。（悶坐科）

【南呂引子·稱人心】（生）撇呆打墮，早被那人瞧破。他要同歸，知他爹怎麼？我料想他每不允諾。呀！夫人，你緣何獨坐？想你爹不肯麼？（二）伊家道俐齒伶牙，爭奈你爹行不可。（三）

【前腔】（貼）天那！我爹爹，全不顧，人笑呵，這其間只是我見差。禍根芽，從此起，災來怎躲？相公，他道從着夫言，罵我不聽親話。

【南呂過曲·紅衫兒】（生）夫人，你不信我教伊休說破，到此如何？算你爹心性，我豈不料過。我爲甚亂掩胡遮？也只爲着這些。你直待要打破砂鍋，（一）是你招災攬禍。

【前腔】（貼）不想道像控靶，這做作難禁架。我見你每每咨嗟要調和，誰知好事多磨？起風波，相公，把你陷在地網天羅，如何不怨我？天那！懊恨只爲我一個，却擔擱了兩下。

【正宮過曲·醉太平】（生）蹉跎，光陰易謝。縱歸去，晚景之計如何？名韁利鎖，牢絡在海角天涯。（二）知麼？多應我老死在京華，孝情事一筆都勾罷。苦！這般摧挫，傷情萬感，淚珠偷墮。

【前腔換頭】（貼）非詐，奴甘死也。縱奴不死時，君去須不可。（生）夫人，你如何說這話？差譌，假饒做夫婦也難和，你心怨我心縈掛。

（貼）相公，奴身值甚麼？只因奴誤你一家。

奴身拚捨，成伊孝名，救伊爹媽。

（生）夫人，你不要這般。萬一你爹爹知之，大家見責。（貼）相公，妾當初勉承父命，遣事君子。不想君
家有白髮之父母，青春之妻房。致君衷腸不滿，名行有虧。如今思之，誤君之父母者，妾也；誤君之
妻房者，妾也；使君為不孝薄倖之人，亦妾也。妾之罪大矣！縱偷生於今世，亦公議所不容。昔日
聶政姊死，倚屍傍以成弟之名；王陵母死，伏劍下以全子之節。妾豈愛一身，誤君百行？妾當死於
地下，以謝君之名。小則可以解君之縈掛，大則可以救君之父母，近則可以成孝子之令名，遠則可以免後
世之公議，妾死何憾焉？（生）夫人，你只知其一，不知其二。古人云：身體髮膚，受之父母，不敢毀
傷；豈可陷親於不義？此事決然不可。（貼）相公，你也說得是。只是你一時回去不得，如何是好？
（生）且慢着。怕你爹爹也有回心轉意時節，且更寧耐，看如何？

　（生）一心只欲轉家鄉，（貼）爭奈爹行不忖量。
　（生）大佳飛上梧桐樹，（一）（合）自有傍人説短長。

釋義：伉儷：匹配也。《左傳》：『齊侯請繼室於晉，韓宣子使叔向對曰：「寡君未有伉儷，君有辱
命，惠莫大焉。」』田舍翁：《南史》：『劉宋武帝大修宮室，袁顗盛稱高祖儉素。帝曰：「田舍翁得此

　（一）眉批：佳：音『追』。《詩》作『雛』。鳳凰長尾，慣栖梧桐，佳鳥尾短而亦飛上，故傍人指其尾之長短而議之。
　一作『大鵬』，一作『大風吹倒』，并非。

過矣。』」撇呆打墮⋯ 猶言粧呆作癡。

聶政姊死倚屍傍⋯《史記》⋯「韓相俠累與濮陽嚴仲子有

隙，仲子聞軹人聶政之勇，以黃金百鎰爲政母壽，欲因以報仇。聶政不許，曰⋯「老母在，政不敢以身許人

也。」及母卒，仲子又使政刺俠累。累方坐府上，衞兵甚嚴，政直入刺之。因自破面決目，自屠出腸。韓人

暴其尸於市購問，莫能識。其姊妄聞而往哭之，曰⋯「是軹深井里聶政也。」以妄在之故，重自刑以絕跡。

妾豈可畏没身之誅，終滅妄弟之名？』遂死政屍之傍。

音字⋯ 儽⋯ 音利。

繡褥⋯ 音秀辱。

音別。 俐⋯ 音利。 伶⋯ 音零。 躲⋯ 音朵。 砂⋯ 音沙。 鍋⋯ 音窩。 䡞⋯ 音姜。 絡⋯ 音洛。

繁⋯ 音煩。 饞⋯ 音饞。 娛⋯ 音吳。 衝⋯ 音充。 撇⋯

第三十三齣　路途勞頓

【仙呂過曲・月兒高】（一）（旦）路途勞頓，（二）行行甚時近？ 未到洛陽縣，盤纏都使盡。回首

孤墳，空教奴望孤影。 天那！ 他那裏，誰僽采？ 俺這裏，誰投奔？ 正是西出陽關無故人，

須信家貧不是貧。

（一）　眉批⋯【月兒高】頭『渡江雲』尾。

（二）　眉批⋯『頓』字協韻，一本作『倦』，非。

〔蘇幕遮〕怯山登，愁水渡。暗憶雙親，淚把麻裙漬。回首孤墳何處是？兩下蕭條，一樣愁難訴。

玉消容，蓮困步。愁寄琵琶，彈動添淒楚。惟有真容時時顧，惟悴相看，無語恓惶苦。念奴家爲尋丈

夫，在路途上多少狼狽？況獨自一身，拿着一個琵琶，背着二親真容，登高履險，宿水飡風，其實難捱。

只是一件，若去到洛陽，尋見丈夫，相逢如故，也不枉了這遭辛苦；倘或駟馬高車，前呼後擁，見奴家

這般淒涼，不肯相認，可不擔閣了奴家？

〔前腔〕暗中思忖，此去好無准。只怕他身榮貴，把咱不廝認。若是他不俅采，空教奴受艱

辛。他未必忘恩義，我這裏自問評論。他須記一夜夫妻百夜恩，怎做得區區陌路人？

〔前腔〕只一件，他在府堂中隱，奴身怎生進？他在駟馬高車上，又難將他認。我有個道理。

若到他根前，只提起二親真容。天那！又怕消瘦了龐兒，他猶難十分信。呀！他不到得非

親却是親，我自須防仁不仁。

　　哽咽無言對二真，千山萬水好艱辛。

　　見説洛陽花似錦，只恐來時不遇春。

第三十四齣　聽女迎親

【仙呂引子・番卜算】（外）兒女話堪聽，〔一〕使我心疑惑。暗中思忖覺前非，有個團圓策。

自古道：良藥苦口利於病，忠言逆耳利於行。昨日女孩兒要和伯喈歸去，同事雙親，自家不肯放他去。卻將幾句言語衝撞我，〔二〕我一時不勝焦躁。如今尋思起來，他的言語句句有理，節節堪聽。待要放他回去，只慮他幼長閨門，難涉路途；況俺年老，無人奉事，如何放他去？如今有個道理，不免使一個人，多與盤纏，教他逕往陳留，將蔡伯喈爹娘和媳婦都接取來，多少是好？不免叫女孩兒和伯喈過來，問他則個。

【前腔】（生）淚眼滴如珠，愁思縈如織。（貼）早知今日悔當初，何似休明白。〔三〕（外）院子李旺何在？（丑扮李旺上）頻聽指揮黃閣下，忽聞呼喚畫堂

（相見科）（外）孩兒，你夜來的說話，我仔細尋思起來，都說得有理。我欲待教你同女婿回去，路途跋涉，這個也難。不如逕使人去陳留，取他爹媽媳婦來做一處住，你兩人心下如何？（貼）這個隨爹爹主張。（生）若得如此，感恩非淺。

（一）　眉批：　堪：　今作『難』，與後不相應。

（二）　撞：　原闕，據汲古閣刊本《繡刻琵琶記定本》補。

（三）　眉批：　古本外、生、旦分唱，諸本作連唱，非。坊本『明白』下有『說出』二字，非體。

前。老相公有何使令？（外）李旺，我要差你去陳留走一遭。（丑）去做甚麼？（外）差你去那裏接取蔡狀元的老員外、老安人、小娘子三人來到府中同住。（丑）如此，李旺不去。（貼）李旺，你去請得來，我重重賞你。（丑）夫人，你如今說道重重賞我，只怕取得小娘子來時，夫人又要和他爭大小，〔二〕那時節可不埋冤李旺？那裏還肯把東西賞我？（外）休閒說。我如今修一封書去相請，外有銀錢與你路上做盤纏，休得落後了。（生）李旺，你去時節，須要多方詢問。若是取得來時，路途上千萬小心承直。

（丑）不妨。我出路慣便，自有分曉。

【正宮過曲・四邊靜】（外）李旺，你去陳留仔細詢端的，專心去尋覓。請過兩三人，途中好承直。（合）休憂慮，寄書咫尺。

【前腔】（生）只怕饑荒散亂無蹤跡，他存亡也難測。眼望旌捷旗，耳聽好消息。

【福馬郎】（貼）李旺，你休說新婚在牛氏宅。（外）孩兒，便說又待怎的？（貼）他須怨我相擔誤；歸未得，只恐傍人聞之，把奴責。（合）若是到京國，相逢兩下免憂慮。〔一〕

【前腔】（丑）相公，多與我盤纏添氣力，萬水千山路，曾慣歷。（拜科）辭却恩官去，管取好消息。（合前）

（一）　眉批：　坊本作『爭大小廝打』，粗惡，且傷子孝妻賢大意。

（二）　眉批：　兩下免憂慮：諸本作『做個好筵席』似俗。

（外）限伊半載望回音，（生）路上看承須小心。

（貼）但願應時還得歸，（丑）果然勝似岳陽金。

第三十五齣　寺中遺像

（末扮五戒上云）年老心閒無別事，麻衣草座亦容身。相逢盡道休官好，林下何曾見一人？[一]自家乃是彌陀寺中一個五戒。今日這寺中建一個無碍道場，不揀甚麼人，或是薦悼雙親，保安身己的，都來這裏聚會。真個好寺院、好道場呵。（内問）怎見的好寺院？（末）但見：蘭若莊嚴，蓮臺整肅[一一]。佛殿嵯峨耀金璧，回廊繚繞畫丹青。千層塔高聳侵雲，半空中時聞清鐸；七寶樓晶光耀日，六時裏頻扣洪鍾。松下山門，紅塵不到；竹邊僧舍，白日難消。阿羅漢神像威儀，如靈山三十六萬億佛祖；比丘僧戒行清潔，似祇園千二百五十八人俱。且看幡影石壇高，惟有棋聲花院靜[三]。休題清淨法界，且說嚴肅道場。只見珠幢寶蓋影飄颻，玉磬金鍾聲斷續。龍瓶中插九品紅蓮，開淨土春秋不老；[四]鳳蠟内

（一）眉批：『年老』四句，唐靈徹答章丹詩。

（二）眉批：《文殊傳》：世尊之座高七尺，名七寶蓮臺。

（三）眉批：『幡影』二句，唐司空圖詩。

（四）眉批：土：音『度』。

吐千枝絳蕊，照佛天晝夜常明。齊整整的貝葉同翻，撲簌簌的天花亂墜。旃檀林裏，爇着清淨香、道德香；香積廚中，獻這禪悅食，法喜食。人人在十洲三島，個個淨五蘊六根〔一〕擊大法鼓，吹大法螺，仙樂一齊奏動；開甘露門，入甘露城，幽魂盡獲超升。正是：寄言苦海中林客，好向靈山會上修。道猶未了，遠遠望見有兩個官人來到。（淨、丑扮風子上）

【中呂過曲·縷縷金】（淨）胡厮噎，〔四〕兩喬才，家中無宿火，有甚强追陪？（丑）我自來粧風子，如今難悔。向叢林深處且徘徊，特來看佛會。

（末）官人，請坐告茶。（淨）五戒，〔五〕這佛會支費太多？（末）便是。官人休怪冒瀆，今日天與之幸，得遇兩位貴客到此，斗膽抄化幾文香錢，添助支費則個。（丑）五戒，你要抄化，將疏頭來看。日寺中建設大會〔二〕怕有官員貴客來此遊玩，不免將着疏頭，〔三〕就此抄化幾文香錢，添助支費。錢是儻來之物，那裏不使？那裏不用？（淨）兄弟說得是。俺這般人，那一日不使幾貫錢？我便捨他伍錠。

（一）眉批：五蘊：色、受、想、行、識。六根：眼、耳、鼻、舌、身、意。

（二）中：原闕，據汲古閣刊本《繡刻琵琶記定本》補。

（三）疏頭：原闕，據汲古閣刊本《繡刻琵琶記定本》補。

（四）眉批：噎：音『敬』，猿聲。

（五）眉批：五戒，行者之稱，凡出家，師許之，爲授五戒。謂一不殺生，二不偷盜，三不邪淫，四不妄語，五不飲酒食肉。

（末）如此，多謝官人。（淨）呀！遠遠望見一個婦人來，且是生得好。（丑）是有一個婦人來，背着一面琵琶，到和你家姐姐厮像。（淨）休胡説！遠觀不審，近覷分明。（旦扮道姑背琵琶、真容上）

【前腔】（旦）途路上，寔難捱。盤纏都使盡，好狼狽。試把琵琶撥，逢人乞丐。薦公婆魂魄免沉埋，特來赴佛會。

奴家且喜已到洛陽，聞説今日彌陀寺中做佛會，不免在此抄化幾文錢，追薦公公婆婆則個。（末）道姑，且裏面赴齋。（旦）多謝！（淨）道姑，你背着甚麼東西？（旦）是奴家公婆的真容。（淨）道姑，你從那裏來？

【仙吕入雙調·鎖金帳】（旦）聽奴訴與⋯⋯奴是良人婦，爲兒夫相擔誤。（淨）他怎的擔誤了你？（旦）他一向赴選及第，未歸鄉郡。飢荒喪了，喪了親的舅姑。（丑）你丈夫既不在家，喪了公婆，誰人與你安葬？（旦）苦！我造墳墓。（淨）你如今來這裏做甚麼？（旦）今爲尋夫來此。

（丑）你之夫在那裏？（旦）未知他在何處所？⁽¹⁾

（淨）姑姑，你抱着個琵琶做甚麼？（旦）奴家將此琵琶彈一個曲兒，抄化幾文鈔，就此追薦公婆。（丑）元來如此。道姑，你會彈甚麼曲兒？你會彈《也兒四》麼？（旦）不會。（淨）你會彈《八俏手》

眉批：或謂此枝似涉玷穢，可削，則琵琶置之何用？而取名之義甚無着落。且數折皆行孝之詞，寓勸世之義；又以見趙氏受此辛苦，遭此侮慢而其毅然不可回之至情，凜然不可犯之清操，爲女流之永鑑也。

麼？（旦）也不會。奴家只會彈些孝順曲兒。（末）道姑，難得這兩位官人在此，你好生彈兩個曲兒伏侍他，教他重重賞你。（旦）既然如此，只怕奴家彈得不好，望官人休責。（丑）你只管好好的彈，我重賞賜你。（旦）官人，請坐聽着。（彈科）凡人養子，懷抱最艱辛。欲語未能行未得，此際苦雙親。

【前腔】凡人養子，最是十月懷擔苦，更三年勞役抱負。休言他受濕推乾，萬千勞苦。真個千般愛惜，萬般回護。兒有些兒不安，父母驚惶無措。直待可了，可了歡似初。

（淨）彈得好！彈得好！（末）真個彈得好！（丑）錢鈔那裏不使？我且先與你一領好襖子。（脫衣與旦科）（丑）道姑，你再彈一彈。（旦）官人請坐聽着。（彈科）孩兒漸長成，父母漸歡欣。教語教行并教禮，一意望成人。

【前腔】兒行幾步，父母歡欣相顧，漸能言能走路。指望飲食羹湯，自朝及暮。懸懸望他，望他不知幾度。爲擇良師，又怕孩兒愚魯。略得他長俊可，[二]便歡欣賞賜。[三]

（丑）彈得好！（末）真個彈得好！（淨）錢鈔那裏不用？我也先與你一領好襖子。（脫衣與旦科）（淨）道姑，你再彈一彈。（旦）好，官人請坐聽着。（彈科）勤於教道，暮史及朝經。願得榮親并耀祖，一舉便成名。

──────

（一）眉批：『可』字屬上，作助語。

（二）眉批：賞賜：一作『賞賀』，一作『相賀』。

【前腔】朝經暮史，教子勤詩賦，爲春闈催教赴。指望他耀祖榮親，改換門戶。懸懸望他，望他腰金衣紫。兒在程途，又怕餐風宿露。求神問卜，把歸期暗數。

（丑）彈得好！彈得好！（末）寔是彈得好！（丑）錢鈔是人賺來的，我再與你一領襖子。（脫衣與旦科）（末）元來裏面都是破衣裳呵。官人把襖子都脫了，身上這般寒，甚麼意思？（淨）寒也自寒，不可壞了局面。咱每這般人使鈔慣了，怕甚麼寒？（末）道姑，你再唱唱。（旦）官人，請坐聽着。（彈科）孩兒在外，須是早回程。忤逆男兒并孝子，報應甚分明。（末）道姑，你再彈彈，且看他再把甚麼與你？

【前腔】兒還念念父母，及早歸鄉土，看慈烏亦能反哺。莫學我的兒夫，把雙親擔與私。常言養子，養子方知父母。算那忤逆男兒，和孝順爹娘反子，若無報應，果是乾坤有私。（二）

（末）彈得好！彈得好！（淨）他彈得自好，唱得自好，我沒甚麼東西與他了。（末笑云）可知道。（淨作寒科）（丑）兄弟，我和你這般的走回家去，（三）成甚麼模樣？（淨）我只賴五戒取衣服便罷。（揪末科）（末）呀！扯我怎的？（丑）扯你怎的？你倒粧局騙我每，把我每的衣裳都剝去了。（末）咳！我幾曾粧局騙你？是你自把衣裳與他。（淨）禿驢！你道姑彈了，喝一聲采；你也喝一聲采，只管攛掇我把衣裳與他。這不是粧局騙我一般？（丑）你不取還我，我扯你到洛

（一）　眉批：此枝凡五折，第二、四折末句初數字猶與『所』字相叶，至『賜』『私』字則不可解矣。侯考。

（二）　走：原作『赤』，據汲古閣刊本《繡刻琵琶記定本》改。

陽縣去。（末）天那！我不曾見你這般沒行止的人！道姑，沒奈何了，把衣裳還他去罷。（旦）衣裳在這裏，拿還他去，要他做甚麽？（丑）錢鈔雖則那裏不用，只是寒冷又忍不得。（穿衣科）（净）道姑，我方纔道你彈得好，唱得好；我如今尋思起來，你彈得也不好，唱得也不好。你不信時，再彈唱一和看。（旦）奴家也彈不得了，唱不得了。（净）可知道我不敢再彈唱了，我與你且回家去。（净）說得是，我和你回去。（丑）五戒，我小子不是豪富。（末）兄弟，他既不敢彈唱了，我與衣服敢是借的的？（净、丑）可知道我腿上無個布袴。（末）枉了教人題疏。（旦）你擬今日抄題幾文鈔，就此追薦公婆，誰知撞着兩個風子，攪鬧一場。如今雖沒東西備辦奠禮，且將公婆真容掛在此間，超薦一番，也展個時候。（掛真容拜科）

【賞秋月】（旦）在途路上，歷盡多辛苦。把公婆魂魄來超度，焚香禮拜祈回護，願相逢我丈夫。○（末、丑隨生上）

【縷縷金】（生）時不利，命何乖。雙親在路途上，怕生災。（丑、末）相公，此是彌陀寺，略停車蓋。（合）辦虔誠懇禱拜蓮臺，特來赴佛會。

（丑）道姑回避。（旦）正是：

　在矮簷下過，誰敢不低頭？（荒下失真容科）[三]（生）那得這軸畫像？

（一）眉批：諸本無此折，掛真容時似覺冷靜。
（二）眉批：又生出一段失落真容，爲後面張本。

（丑）敢是適間道姑遺下的？（生）叫他轉來，將還他去。（丑叫不應科）去遠了，叫不應。（生）既叫不

應，且與他收下。左右，喚和尚過來。（淨扮和尚上）

【前腔】能喫酒，會噇齋。喫得醺醺醉，便去摟新戒°（一） 講經和回向，全然魆魆°（二） 你官人

若是有文才，休來看佛會。

（相見科）（生）和尚，下官爲取父母來此，不知路上安否何如，特來三寶面前，祈個保佑。（淨）元來如

此°（三） 小僧請佛。（請佛科）

【佛賺】（淨）如來本是西方佛，却來東土救人多，救人多。結跏趺坐坐蓮花，丈六金身最高

大，他是十方三界第一個大菩薩。摩訶薩，摩訶般若波羅糖°（四） （末）和尚，你念差了，是波羅

蜜°（五） （淨）糖也這般甜，蜜也這般甜。 南無南無十方佛十方法十方僧，上帝好生不好殺。

好人還有好提掇，惡人還有惡鑒察。 好人成佛是菩薩，惡人做鬼做羅刹。 第一滅却心頭

（一）眉批：摟新戒：今作『打僧戒』，非。

（二）眉批：魆魆：音『兼介』，不正也。

（三）此：原闕，據汲古閣刊本《繡刻琵琶記定本》補。

（四）眉批：梵語『般若』，華言『智慧』。

（五）眉批：梵語『波羅蜜』，華言『到彼岸』。

火，心頭火。第二解開眉間鎖，眉間鎖。第三點起佛前燈，佛前燈。真個是好也快活我，快

活我。諸惡莫作。奉勸世上人則個。浪裏稍公牢把舵，行正路，莫蹉跎。大家都來誦彌

陀，（二）誦彌陀，善男信女笑呵呵。聽大法鼓鼕鼕鼕，海螺響處嗊嗊嗊。聽大法鐃乍乍乍。手鍾搖動陳陳

陳陳，獅子能舞鶴能歌。木魚能敲逼逼剝剝，海螺響處嗊嗊嗊。積善道場隨人做，伏願

老相公老安人小夫人萬里程途悉安樂。（三）南無菩薩薩摩阿，金剛般若波羅蜜。（三）

小僧請佛了，請相公上香，通達情旨。（生炷香拜科）

【仙呂入雙調·江兒水】（生）如來證明，龍神護持，護蔡邕啓：我雙親在途路，不知何如的？仰惟菩

薩大慈悲。（合）龍天鑒知，龍神護持，護持着登山渡水。

【前腔】（淨）如來證明，覽茲情旨。蔡邕的父母，望相保庇。仰惟功德不思議。（合前）

【前腔】（末）我東人鎮日常懷憂慮，只愁二親在路途裏，孝思誠意感神祇。（四）（合前）

（一）來：原作『聲』，據汲古閣刊本《繡刻琵琶記定本》改。

（二）眉批：坊本『老相公』下有『老豬婆』等謔語，甚失體。

（三）眉批：通篇都是本色語，吳本刊去，不知爲何。蜜：原闕，據汲古閣刊本《繡刻琵琶記定本》補。

（四）眉批：閩本無末折。

【前腔】（丑）我聞知做會，特來隨喜，饅頭素食多多與。若還不與，我自入齋厨去取。[一]（合前）

（淨）我佛有緣蒙寵渥，（生）願親路上悉平安。（末）因過竹院逢僧話，（丑）又得浮生半日閒。[二]（并下）（旦復上）

【縷縷金】（旦）原來是，蔡伯喈。馬前都唱道，狀元來。料想雙親像，他每留在。敢天教我

夫婦再和諧，都因這佛會？

正是：不因漁父引，怎得見波濤？方纔那官人，奴家詢問起來，正是蔡伯喈。好也！好也！今日也會相見。只一件，奴家慌忙中失去了公婆真容，想必是他收下。且待明日逕投他家裏去，以乞丐爲

由，問取消息。倘或天天可憐，大家因此相會，也不見得？

今朝喜見那喬才，真容收去不疑猜。

縱使侯門深似海，從今引得外人來。

【釋義】 五戒： 行者之稱。謂一不殺生，二不偷盜，三不邪淫，四不妄語，五不飲酒。 蓮臺： 《文殊傳》：世尊之座高七尺，名曰七寶蓮臺。 千層塔： 阿育王造浮屠塔藏釋迦佛真身舍利子，見於明州鄞

（一） 眉批： 浙本無丑折。

（二） 眉批： 『因過』二句，唐李涉詩。

縣。唐太宗取舍利度開寶寺地，造浮屠十三級以藏之。半空中時聞清鐸：北魏作永寧寺，有金像高

丈八者，一如中人者千王像，二爲九層浮屠。掘地築臺，下及黃泉。浮屠高九十丈，上刹復高十丈，每夜

静，鈴鐸聲聞十里。七寶樓：梁武帝建佛樓，以七寶飾佛三尊，名曰七寶樓。阿羅漢：《大覺經

註》：『西方有僧一十八人，相貌狰狞，名曰阿羅漢。』靈山三十六萬憶佛祖：《大藏經註》：『世尊

於靈山雷音寺演説金經，集衆三十六萬。』祇園千二百五十人俱：《金剛經註》：『須達長者曰：佛

言弟子欲營精舍請佛住，惟有祇陀太子園廣八千頃，林木茂盛可居。白太子，太子戲曰：「滿以金帛，便

當相與。」須達出金布八十頃。精舍告成，凡千三百區，亦曰給孤園。』玉磬：樂器也，股廣三寸，長尺三

寸。夔擊石拊石是也。九品紅蓮：《名皇録》：『後苑天泉池内有九樣蓮花，惟白蓮連蒂同幹，號

雙頭千葉蓮花。』淨土：佛書：佛土名淨土，常清淨無雜穢。天花亂墜：《維摩詰經》：『世尊令

天女以天花散諸菩薩，即皆墜落矣。』旃檀林裏：《楞嚴經》：『佛告阿難：汝嗅此旃檀，燃於一株，

四十里内同時氣。六祖碑云：林是旃檀，更無雜樹枝。』清浄香：出三佛齊國。其香乃樹之脂也，其

形色類胡桃肉，而不宜於燒，然能發衆香，故人取之以爲和香焉。又名安息香。道德香：出真臘國，樹

如松杉之類，而香藏之皮，樹老而自然流溢者。色白而透明，故其香雖盛暑不融。香積厨：維摩居士

遣化菩薩往衆香國禮佛，言願得世尊所食之餘，欲以娑婆世界施作佛事。於是香積如來以衆香缽盛飯與

之。蟬蛻食：蟬委形也。《維摩經》：『佛於雪山修行，作蟬蛻食以賜苦爽滯魄。』法喜食：梁武帝

於阿育王寺設無礙法喜食。《維摩經》：有菩薩問維摩詰居士父母妻子親戚眷屬悉為是誰，居士答曰：『如度菩薩母，方便以為父。法喜以為妻，慈悲以為女。善心成實男，畢竟空寂舍利。』

十洲：東方朔著《十洲記》：漢武帝既見西王母，言八方巨海之中有洲凡十，曰祖、玄、炎、長、元、流、生洲、鳳麟洲、聚窟洲，并是人跡稀絕處，故云。

三島：《郊祀志》：『海中有山曰島，一蓬萊，二方丈，三瀛洲。』

甘露門：『……門濟群品。』《群品經》：『慧可和尚事達摩祖師，夜雪，侍立不動。遲明，積雪至膝。遂潛取利刃斷左臂於前，師知是法器。』

苦海：《楞嚴經》云：『地獄邊有一海，凡人在世業重者必三沉，其中龜蛇蠍螫傷人。』

五逆：邵應曰：『一逆天，二逆地，三逆君，四逆親，五逆師。』

方丈：僧之燕居。唐顯慶中，王玄策使西域，至昆耶城，有維摩居士石室。以手扳縱橫量之，得十笏，故云方丈。

如來本是西方佛：《異記》云：『周穆王二十年，天竺國淨梵王妃摩耶氏夢天降金人，遂有孕，於四月八日剖右脅，生太子悉達多。年十歲，入雪山修行成道，號佛世尊。於泥蓮河側說《大般涅槃經》，以正法眼藏，將金縷僧迦禪衣傳與弟子大迦葉，為第一世佛祖。住拘屍國維婆羅雙樹間，入般涅槃住十七、十九年。』

却來東土救人多：《傳燈錄》云：『后漢明帝永平十一年，夢金人巍巍丈六，飛至殿廷，光明柄耀。以問群臣，通事舍人傅毅對曰：『臣聞西域有得道之神，其名曰佛。陛下所見，得無是乎？』帝曰：『然。』乃遣博士蔡愔等十八人至西域，求其道德其書及沙門以來，由是化流中國。』

結跏趺坐：謂兩足蟠而坐也。《娑婆論》云：『結跏趺坐，是相圓滿。』《大覺經》云：『全跏趺是如來坐，半跏

趺是菩薩坐。』丈六金身…《後漢‧天竺國傳》…『西天有佛，其形長一丈六尺，面黄金色。』東坡詩…『問禪不契前三語，施佛空留丈六身。』菩薩…《金剛經註》…『菩，普也；薩，濟也。能普濟衆生，故曰菩薩。猶儒者仁人長者之稱。』般若…清涼禪師云…『夫般若者，苦海之慈航，昏衢之巨燭。』波羅蜜…出安南奉化、加休等處，大如斗，剖之若蜜，其香滿室，皮有軟刺。五六月熟，香甜可煮食，能飽人也。羅刹…《文殊傳》…『世尊於靈鷲山雷音寺說法，嘗有惡神十餘人手執凶器來圍道場，世尊令大力王降之。』誦彌陀…《佛地論》云…『彌陀佛居西天兜率宮，極慈悲，凡世之受苦惱者，誦其號即來救之。』西方極樂世界…《大覺經》云…『西方有國名極樂世界，比世之善男信女及忠臣義士，死後咸居之，受諸快樂。』金剛…《法苑珠林》云…『西方有神八人，相貌狰獰，身被金甲，手持寶刀，名曰金剛，嘗衛世尊說法於雷音寺。』如來…《道院集》…晁迥云…『本覺爲如，今覺爲來，故云如來。』

音字…鐸…音托。蠍…音蠍。幢…音床。旆…音詹。螺…音羅。罄…音慶。護…音戶。醮…音勦。薩…撒音。蓼…音冬。狼…音郎。唄…音貝。昇…音升。飆…音搖。

第三十六齣　兩賢相遘

【商調引子‧十二時】（貼）心事無靠托，這幾日番成悶也。父意方回，夫愁稍可。未卜程途

裏的如何，教我怎生放下？

自古道：不如意事常八九，可與語人無二三。〔一〕奴家自嫁蔡伯喈之後，見他常懷憂悶，費盡心機去問他，他又不說。比及奴家知道，去對爹爹說要和他同去奉事雙親，誰想爹爹不肯。被奴道了幾句，爹爹心裏不安，教人去取他爹媽媳婦，又不知他路上安否如何？爲他這些事，教我擔了多少煩惱！又一件，公婆早晚到來，只是要一兩個婦人去伏持他。我府裏雖則有使喚的，那裏中用？怎生得個精細婦人與他使喚方好？院子那裏？（末）書當快意讀易盡，客有可人期不來。〔二〕世上幾般能稱意，光陰何況苦相催。夫人有何使令？（貼）院子，我府中缺少幾個使喚的，你與我去街坊上尋問，有精細的婦人，討一兩個來用。（末）小人理會得。踏破鐵鞋無覓處，得來全不費工夫。〔三〕

【遶地遊】（旦）風餐水卧，〔四〕其日能安妥？問天天怎生結果？

府幹哥稽首。（末）道姑何來？（旦）遠方人氏。（末）到此何幹？（旦）特來抄化。（末）少待。通報夫人：精細婦人到没有，有個道姑在門首抄化。（貼）着他裏面來。（末）道姑，夫人着你裏面相見。

（貼作相見科）

（一）眉批：『不如』二句，漢張堪詩。

（二）眉批：『書當』二句，陳后山詩。

（三）眉批：『踏破』二句，楊延昭詞。

（四）眉批：『卧』字協韻，諸本作『宿』字，非。

【前腔】（貼）梳桩淡雅，看丰姿堪描堪畫。是何人近來問咱？[一]

（旦）夫人稽首。（貼）道姑何來？（旦）貧道遠方人氏。（貼）到此何幹？（旦）特來府中抄化。（貼）你有甚本事？（旦）貧道不敢誇口，大則琴棋書畫[二]，小則針指女工，次則飲食餚饌，頗諳一二。（貼）若得如此，呀！道姑，你有這等本事，在街坊上抄化也生受，何似在我府中喫些安樂茶飯如何？（旦）若得如此，感恩非淺。只怕貧道無福，無可稱夫人之意。（貼）道姑是遠方人氏，須要問他來歷詳細，方可留他。（末）道姑，我且問你，你是從幼出家的，還是在嫁出家的？（旦）貧道在嫁出家的。（貼）院子，從幼出家的怎麼説？在嫁出家的怎麼説？（末）告夫人知道：從幼出家是沒丈夫的，在嫁出家是有丈夫的。那道姑是有丈夫的。（貼）呀！險些兒差了。他既有丈夫的，難以收留。院子，你多打發些齋糧與他，教他別處抄化去。（末）道姑，夫人説你有丈夫，多打發齋糧與你，別處去抄化罷。（旦）天那！我不合説有丈夫的。府幹哥，貧道非因抄化來，特來尋取丈夫。（末）夫人，這道姑非因抄化而來，卻是尋取丈夫的。（貼）元來如此。道姑，我且問你，你丈夫姓甚名誰？（旦背説科）夫人問我丈夫姓名，若直説出來，只怕夫人嗔怪；若不和他説，此事又終難隱忍。我如今且把蔡伯喈三字拆開與他説，看他

二四八三

　　重刻音釋題評琵琶記

（一）眉批：　近：　今本作『教』，便不像對面語。
（二）書：　原闕，據汲古閣刊本《繡刻琵琶記定本》補。

意兒何如,再作道理。〔一〕 夫人,貧道丈夫姓名白諧,人人都說道在牛府中廊下住。敢是夫人也知道?〔貼〕我那裏知道?院子,你管各廊房,有那姓祭名白諧的麼?〔末〕小人管許多廊房,并沒有這個人。〔貼〕道姑,我這裏沒有,你可到別處去尋,休得要誤了你。〔旦〕天那!人人道我丈夫在貴府廊下住,如今是沒有,奴家想起來莫不是死了呵?咳!丈夫,你若是死了,教我倚誰人?〔哭科〕〔貼〕可憐這婦人!你且不須愁煩,權住在府中,我着院子到街坊上訪問你丈夫蹤跡。〔旦〕若得如此,再造之恩。〔貼〕道姑,只一件,你在我府中休要恁般打扮,我與你換了這衣粧。〔旦〕貧道不敢換。〔貼〕因甚不敢換?〔旦〕貧道有十二年大孝在身,所以不敢換。〔貼〕呀!大孝不過三年,如何有一十二年?〔旦〕貧道公公死了三年,婆婆死了三年;薄倖兒夫,久留都下,一竟不還,替他帶六年,共成一十二年。〔貼〕咳!有這等孝行的婦人!道姑,雖然如此,爭奈我老相公最嫌人這般打扮。院子,你去叫惜春取粧奩衣服出來。〔末〕畫堂傳懿旨,幽閣取粧資。〔丑〕寶劍賣與烈士,紅粉贈與佳人。夫人,粧奩衣服在此。〔貼〕道姑,你且臨鏡改換則個。〔旦〕天那!如何是好?〔照鏡科〕咳!鏡兒,我自從嫁與蔡家,只兩月梳粧,這幾時不曾照你。呀!好苦!元來這般消瘦了。〔二〕

〔一〕 眉批: 此段語與前二十九齣張大公臨別囑之詞相應。

〔二〕 眉批: 此白與諸本互有異同。

【商調過曲·二郎神】（旦）容瀟灑，照孤鸞，嘆菱花剖破。(二)（貼）道姑，你不梳粧，且換了衣服。（旦提衣看科）好苦！記翠鈿羅襦當日嫁，誰知他去後，釵荊裙布無些？(三)（貼）道姑，你不換衣服，且帶着這釵兒。（旦看釵科）他金雀釵頭雙鳳嚲，(三)奴家若是帶了呵，可不羞殺人形孤影寡？(三)（貼）道姑，你不帶釵兒，且簪些花朵，別些吉凶。（旦看花科）說甚麼簪花，捻牡丹，(四)教人怨着嫦娥。

【前腔換頭】（貼）嗟呀，他心憂貌苦，真情怎假？只為着公婆珠淚墮，道姑，我且問你(五)你公婆，能穀承奉杯茶。你比我沒個公婆承奉呵，不枉了教人作話靶。道姑，我且問你(五)你公婆，為甚的雙雙命掩黃沙？

【囀林鶯】(六)（旦）苦！荒年萬般遭坎坷，丈夫又在京華。糟糠暗喫擔飢餓，公婆死，賣頭髮

（一）眉批：灑作『索』，『嘆』作『把』。

（二）眉批：辉：音朵，垂下貌。作『朵』，非。

（三）可：原闕，據汲古閣刊本《繡刻琵琶記定本》補。

（四）眉批：『簪花』處為句，『捻牡丹』三字自為句，連唱者非。

（五）眉批：我且問你：一本作唱『我且問你咱』。

（六）眉批：【囀林鶯】：【集賢賓】頭，【黃鶯兒】尾。

去埋他。把孤墳自造，土泥盡是我麻裙包裹。（貼）這道姑好誇口！（旦）也非誇，手指傷，血痕尚染衣麻。

【前腔】（貼）道姑，愁人見說愁轉多，使我珠淚如麻。（旦）夫人，你眼淚爲何？（貼）道姑，我丈夫亦久別雙親下。（旦）他怎的不回家去？（貼）他要辭官家去，被我爹蹉跎。(一)（旦）他家有妻麼？（貼）他妻雖有麼，怕不似恁會看承爹媽。（旦）他如今在那裏？（貼）在天涯。（旦）夫人，何不取他同來一處？（貼）教人去請，知他途路上如何？

【啄木鸝】(二)（旦）聽言語，教我悽愴多，料想他每也非是假。（背說科）我且把句言語來試他一試。他那裏既有妻房，取將來怕不相和？（貼）道姑，但得他似你能控靶，我情願讓他居他下。只愁他程途上苦辛，教人望得眼巴巴。

【前腔】（旦）錯中錯，訛上訛，只管在鬼門前空占卦。夫人，若要識蔡伯喈妻房，（貼）他在那裏？（旦）呀！你果然是他非謊詐？（旦）夫人，奴家豈敢誑言？（貼）你

（一）眉批：　被我爹爹蹉跎：坊本作『被我爹爹把他來蹉跎』，覺滯。

（二）眉批：　【啄木鸝】……【啄木兒】頭，【黃鶯兒】尾。

原來爲我喫折挫，爲我受波查。[一] 教伊怨我，教我怨爹爹。[二]

（貼）既然如此，姐姐請上坐，奴家見禮。（旦）奴家豈敢？

【金衣公子】（貼）一樣做渾家，我安然你受禍，你名爲孝婦，我被傍人罵。（旦）呀！傍人罵夫人怎的？（貼）公死爲我，婆死爲我，姐姐，我情願把你孝衣穿着，把濃粧罷。（合）事多磨，冤家到此，逃不得這波查。

【前腔】（旦）夫人，他當原也是没奈何，被强來，赴選科，辭爹不肯聽他話。[三]（貼）姐姐，他在這裏豈不要回來？辭官不可，辭婚不可。（旦）只爲三不從，做成災禍天來大。（合前）

（貼）姐姐，休怪奴家説，我教你改換衣粧，你又不肯，只怕相公見你這般襤褸，萬一不肯相認，如何是好？我想起來，你相公回來時，便入書館中看文章。姐姐，你既是無所不通，何似去書館中寫幾句言語打動他？那時節我與你説個明白，却不好？（旦）夫人説得是。便寫得不好，也索從他。

（一）眉批：波查：市語，猶云艱楚。韻書：查，阻也。

（二）眉批：此段字應『情真怎假』之假，故用二『也』字。諸本作『埋妒』字，非。此枝描寫二媛心口，絶勝圖畫。坊本以『他』字作『真』字，未可。即爲不是，但欠咀嚼耳。

（三）眉批：『辭爹』句，諸本作『爲功名把父母相擔誤』，於『三不從』欠應。

（旦）無限心中不平事，一番清話又成空。[一]

（貼）一葉浮萍歸大海，人生何處不相逢。

釋義：

翠鈿：金花飾面也。唐韋固妻王氏極姿容，因眉間有傷痕，常以翠花鈿貼之，故後人效焉。

牡丹：百花之王也，有三十餘種，若開元中禁中初得四種，植於興慶池東沉香亭前。會花方開，明皇引太真賞玩，命李白作《清平樂》四章。其一曰：『名園國色兩相歡，常得君王帶笑看。解釋春光無限恨，沉香亭北凭闌干。』

音字：鍼：音針。䔕：音指。丰：音風。姿：音茲。餤：音炎。隙：音戲。䟕：音朵。牡：音某。靶：音霸。坎：音砍。坷：音軻。訛：音俄。悽愴：音妻倉。襤褸：音藍呂。

第三十七齣　孝婦題真

（末）爲問當年素服儒，於今腰下佩金魚。分明有個朝天路，何事男兒不讀書？自家乃是蔡相公府中一個院子。我相公雖居鳳閣鸞臺，常在螢窗雪案。退朝之暇，手不停披；閒居之際，口不絕吟。如今

[一] 眉批：『無限』二句，唐李涉詩。

將次回府，不免灑掃書館，聽候相公到來。真個好書館。但見：明窗瀟灑，碧紗內烟霧輕盈；淨几端嚴，青氈上塵埃不染。粉壁間掛三四幅名畫，石床上安一兩張古琴。緗帙縹囊，數起看何止一萬卷；牙籤犀軸，乘將來穀有三十車。芸葉分香走魚蠹，芙蓉藏粉養龍賓[一]。鳳味馬肝[二]，和那鶺鴒眼，無非奇巧；兔毫麋尾，和那犀象管，分外精神。積金花玉版之箋，列錦紋銅綠之格。正是：休誇東壁圖書府，賽過西垣翰墨林。且住着。我昨日相公在彌陀寺中燒香，拾得一軸畫像，不知甚麼故事？相公當時教我收下，我如今也將來掛在此間。我相公飽學多才，必然曉得這故事。正是：早知不入時人眼，多買胭脂畫牡丹。（下）

【仙呂引子·天下樂】（旦）一片花飛故苑空，隨風飄泊到簾櫳。玉人怪問驚春夢，只怕東風羞落紅[三]。

階下落紅三四點，錯教人恨五更風。當初只道蔡伯喈貪名逐利，不肯回家，元來被人逗留在此。奴家昨日抄化來到這裏，感得牛氏夫人收錄；又怕伯喈見我一身襤褸，不肯厮認，教我到書館中題幾句言語打動他，奴家只得從命。來到此間，却寫在那處好？呀！公婆真容元來也掛在這裏。何似就此

（一）　眉批：　龍賓：　唐明皇墨精事。
（二）　眉批：　東坡詩：『蘇子一硯名鳳味，坐令龍尾羞後生。』
（三）　眉批：　怕：　一作『恐』，但上三句第二字俱陽字。

容背後題幾句便了。苦！向日受饑荒，雙親亦死亡。如今題詩句，報與薄情郎。（一）（脫真容科）

【仙呂過曲·醉扶歸】（旦）丈夫，我有緣千里能相會，難道是無緣對面不相逢？（二）鳳枕鸞衾

也曾共，今日呵，到憑著兔毫繭紙將他動。休休，畢竟一齊分付與東風，把往事如春夢。

（題詩科）崑山有良璧，鬱鬱璠璵姿。嗟彼一點瑕，掩此連城瑜。人生非孔顏，名節鮮不虧。拙哉西河

守，胡不如皋魚？宋弘既以義，王允何其愚。風木有餘恨，連理無傍枝。寄與青雲客，慎勿乖天彝。

【前腔】總使我詞源倒流三峽水，丈夫，只怕你胸中別是一帆風。（三）牛氏夫人見我身上衣裳襤

褸，怕伯喈不肯相認。我須帶孝來。還是教妾若為容？咳！我若不寫詩打動他呵，夫人，只怕為你

難移寵。（掛真容科）休休！縱認不得這丹青貌不同，呀！我的筆蹟，兀自如舊。若認得我翰

墨，教心先痛。

奴家題詩已了，不免說與夫人知道，且待伯喈來看。莫不是天教相逢，在此一遭，也未見得？

未卜兒夫意，全憑一首詩。

得他心肯日，是我運通時。

（一）眉批：坊本填題詩於此白尾，則下首折無意味，今從古本更定之。

（二）眉批：首二句是興，引成語，坊本改『千里』為『結髮』，與下『對面』二字作對，殊失作者之意。

（三）眉批：首二句一詩一諺捏合作對，極好。坊本改為『綵筆墨潤鸞封重，玉簫聲斷鳳樓空』，甚無著落。

釋義：　金魚：《唐·輿服志》：『自一品至六品皆服魚袋，以明貴賤。三品以上飾以金，五品以下飾以銀。』手不停披：韓文：手不停披於百家之篇。緗帙縹囊：唐李泌封鄴侯，積書萬卷，皆縹囊緗帙。牙籤：《唐·經籍志》：『開寶中，玄宗於兩都各聚書四部，皆以令甲乙丙丁爲號。甲經書，朱牙籤，乙史書，綠牙籤；丙子書，碧牙籤；丁集書，白牙籤。列爲四庫。』犀軸：唐田弘正爲魏傳節使，封沂國公，樂聞前代忠孝之事。於府舍起書樓，聚書萬卷，皆錦帙犀軸。乘將來轂有三十車：晉張華，字茂先，好書籍。嘗徙居，載書三十乘，天下奇秘，世所未有，悉在華所，由是傳治無與敵焉。芸葉分香走蠹魚：芸香，葉也；蠹，壞書蟲也。芸香可辟蟲。芙蓉藏粉養龍賓：《記聞錄》：『唐玄宗以芙蓉花汁調香粉作御墨，曰龍香劑。一日，墨上有小道士如蠅而行，王叱之即呼萬歲，曰：「臣墨之精黑松使者，凡世上有文者，墨上皆有龍賓十二。」上神之，以墨賜文官。』馬肝：漢武帝時，鄧文進馬肝石，以和丹砂，食之則逾年不飢；以拭白髮，盡黑。遂以之作硯，常有光起焉。象犀管：王羲之《筆經》曰：『昔人以琉璃、象犀爲筆管，然筆雖輕，較若重則不爲貴矣。』金花玉枝之箋：《太真外傳》：唐玄宗與貴妃賞牡丹，李龜年持金花玉枝之箋賜李白，製《清平詞調》三章，曰：『欣然承詔，援筆賦之。』帝大悦。錦紋銅綠之格：《歸田賦》：蔡君謨爲歐陽永叔寫《集古目序》，永叔以鼠鬚栗尾筆、銅綠筆格等爲潤筆，君謨笑以爲太清而不俗。東壁圖書府：《晉·天文志》：東壁二星主文章，天下圖書之秘府也。西垣翰墨林：垣，墙也。《權德輿傳》：左右披垣，承天子誥命。禁中亦有東西兩披，號曰

翰林院是也。璽紙：《法書要錄》云：王右軍以蠶繭紙、鼠鬚筆書《蘭亭記序》。詞源倒流三峽

水：杜詩。巴陵有三峽水，一日明月，二日巫山，三日廣洋。心先痛：齊裝納之爲邠州刺史，母在鄣

心痛，而納之是日心亦驚痛，遂棄官，倍道而歸，母果然死矣。

音字：籤：音千。犀：音西。蠹：音妬。鸛：音瞿。箋：音煎。繭：音檢。皋：

音高。

第三十八齣　書館悲逢

【仙呂引子·鵲橋仙】（生）披香侍宴，上林遊賞，醉後人扶馬上。金蓮花炬照回廊，正院宇

梅稍月上。

日晏下彤闈，平明登紫閣。何如在書案，快哉天下乐。自家早臨長樂，夜直嚴更。召問鬼神，或前宣室

之席，；光傳太乙，時分天祿之藜。惟有戴星衝黑出漢宮，安能滴露研硃點《周易》？〔一〕俺這幾日且喜

朝無繁政，官有餘時，庶可留志於詩書，從事於翰墨。正是：學業要當窮萬卷，人生須是惜分陰。（看

書科）這是甚麼書？是《尚書》。〔二〕呀！這《堯典》説道：『虞舜父頑母嚚象傲，克諧以孝。』咳！他

（一）研硃點：原作『研點硃』，據汲古閣刊本《繡刻琵琶記定本》改。眉批：『滴露』句，唐高駢《步虛詞》。

（二）眉批：借二種書又生出兩段思親的話。

父母那般相待他，他猶自克諧以孝；我父母虧了我甚麽，我倒不能彀奉養他？看甚麽《尚書》？這是甚麼書？是《春秋》。呀！《春秋》中顏考叔曰：『小人有母，未嘗君之羹，請以遺之。』咳！他有一口湯喫，兀自尋思着娘。我如今做官享天祿，倒把父母撇了。看甚麼《春秋》？天那！枉看這書，行不得，濟甚麼事？你看那書中那一句不說着孝義？當元俺父母教我讀詩書，知孝義，誰知道反被詩書誤了我，還看他怎的？

【仙吕過曲·解三酲】（生）嘆雙親把兒指望，教兒讀古聖文章。似我會讀書的，到把親撇漾；少甚麼不識字的，到得終奉養。書呵，我只為其中自有黃金屋，反教我撇却椿庭萱草堂。還思想，畢竟是文章誤我，我誤爹娘。

【前腔】比似我做個負義虧心臺館客，到不如守義終身田舍郎。《白頭吟》記得不曾忘，綠鬢婦何故在他方？[一] 書呵，我只為其中有女顏如玉，反教我撇却糟糠妻下堂。還思想，畢竟是文章誤我，我誤妻房。

書既懶看他，且看這壁間山水古畫，散悶則個。呀！這一軸畫像是我昨日在彌陀寺中燒香拾得的，如何院子也將來掛在此間？這是甚麼故事？（看畫科）

（一）　眉批：《白頭吟》、綠鬢婦，司馬相如、卓文君故事。

重刻音釋題評琵琶記

二四九三

【南呂過曲・太師引】（生）細端詳，這是誰筆仗？覷着他，教我心兒好感傷。（細看科）好似我雙親模樣。是我的媳婦會針指，便做是我爹娘呵，怎穿着破損衣裳？他前日有書來，道別後容顏無恙，怎的這般淒涼形狀？呀！我這裏要寄一封書回去，尚不能彀。他那裏呵，有誰來往，直將到洛陽？天下也有面貌廝像的，須知道仲尼陽虎一般龐。

【前腔】我理會曉得了，這是街坊誰劣相，砌莊家形衰貌黃。（一）假如我爹娘呵，若沒個媳婦來相傍，少不得也這般淒涼。敢是個神圖佛像？呀！却怎的，我正看間，猛可的小鹿兒心頭撞。丹青匠，由他主張，須知道毛延壽誤了王嬙。（二）這也不是神圖佛像，背面必有標題。待我轉過來看。呀！原來到有一首詩在上面。（讀詩科）且慢着，若是個神圖佛像，敢是當原畫的有些緣故。想必夫人知道，待我問他，便知分曉。這廝好無禮，句句着下官，等閒的怎敢到此？

【雙調引子・夜遊湖】（三）（貼）猶恐他心思未到，教他題詩句，暗裏相嘲。（四）翰墨關心，丹青入眼，强如把語言相告。

（一）　眉批：　砌一作『切』字音，諸本作『覰』字，非。
（二）　眉批：　與前『描真容』二折恰相稱。
（三）　眉批：　即【夜行船】。
（四）　眉批：　古本『相嘲』與下折『他把我嘲』正相照應，今本作『指挑』，非。

（生怒科）夫人，誰人到我書館中來？（貼）沒有人。（生）我前日去彌陀寺中燒香，拾得一軸畫像，院子也將來掛在此間。是甚麼人在背面題着一首詩？（貼）敢是畫原寫的？（生）那裏是？墨跡尚不曾乾。（貼背說科）我理會得了。相公，這詩如何說？請讀與奴家知道。（生）『崑山有良璧，鬱鬱璠璵姿。掩此連城瑜。』崑山是地名，產得好玉，顏色瑩潤，價值連城。若有些兒瑕玷，掩了他顏色，便不貴重了。（生讀詩科）（貼）相公，奴家不省其意，請解說一遍，與奴家曉得也好。（生）『崑山有良璧，鬱鬱璠璵姿。嗟彼一點瑕，掩此連城瑜。』崑山是地名，產得好玉，顏色瑩潤，價值連城。若有些兒瑕玷，掩了他顏色，便不貴重了。『人生非孔顏，名節鮮不虧。』孔子、顏子是個大聖大賢，德行渾全。大凡人非聖賢，能忠不能孝，能孝不能忠，所以名節多至欠缺。『拙哉西河守，胡不如皋魚？』西河守吳起是戰國時人，魏文侯拜他爲西河郡守，母死不奔喪。皋魚是春秋時人，只爲周遊列國，父母死了，後來回歸，自刎而亡。『宋弘既以義，王允何其愚。』宋弘是光武時人，光武要把姐姐湖陽公主嫁他，宋弘不允，對官裏道：貧賤之交不可忘，糟糠之妻不下堂。王允是桓帝時人，司徒袁隗要把姪女嫁他，他就休了前妻，娶了袁氏。『風木有餘恨，連枝無傍枝。』孔子聽得皋魚啼哭，問其故。皋魚說道：樹欲靜而風不止，子欲養而親不在。西晉時東宮門前有槐樹二株，連理而生，四旁皆無小枝。『寄語青雲客，慎勿乖天彝。』傳言與做官的，切莫違了天倫。（貼）相公，那一個是正道？（生）那不奔喪的是亂道？（貼）那不奔喪的是亂道。（貼）相公，比如你，待要學那一個？（生）呀！我的父母未知他存亡如何？決不學那不奔喪的見識。（貼）相公，你雖不學那不奔喪的，且如你這般富貴，腰金衣紫，假若有糟糠之婦，襤褸醜惡，可不辱沒了你？你莫不也索休了？（生）夫人，你妻和那休妻的，那一個是正道？『樹欲靜而風不止，子欲養而親不在』！相公，你不學那不奔喪的，那不棄

說那裏話？縱是辱沒殺了我，終久是我的妻房，義不可絕。〔一〕

【越調過曲·鑷鍬兒】（生）夫人，你說得好笑，可見你心兒窄小。我決不學那王允的見識，沒來由漾却苦李，再尋甜桃。古人云：棄妻有七出之條。他不嫉不淫與不盜，終無去條。那棄妻的，眾所誚；那不棄妻的，人所褒。縱然他醜貌，怎肯相休棄了？〔二〕

【前腔】（貼）伊家富豪，那更青春年少。看你紫袍掛體，金帶垂腰。做你的媳婦呵，應須有封號。金花紫誥，必俊俏，須媚嬌。若還他醜貌，怎不相休了？

【前腔】（生）夫人，你言顛語倒，惱得我心兒轉焦。莫不是你把咱奚落，〔三〕特兀自粧喬？引得我淚痕交，撲簌簌這遭。這題詩的是誰？（貼）相公，你待怎的？（生）夫人，他把我嘲，難恕饒。你說與我知道，怎肯干休住了？

【前腔】（貼）相公，我心中忖料，想不是薄情分曉。管教你夫婦會合，在今朝。你還認得那題詩的麼？（生）我一時認不得。（貼）伊家枉然焦，只怕你哭聲漸高。〔四〕（生）是誰？（貼）是伊大

〔一〕眉批：此白與諸本不同。不可絕：原闕，據汲古閣刊本《繡刻琵琶記定本》補。

〔二〕眉批：此枝與前三十七折【鑷鍬兒】不同，與《香囊記》尤別。

〔三〕眉批：奚落：相侮弄之意。

〔四〕眉批：『只怕你』句，一本作『兀自未瞧』。

嫂，身姓趙。正要說與你知道，怎肯干休住了？〈一〉

姐姐有請。

【入賺】（旦）聽得鬧炒，敢是我兒夫看詩囉唣？（貼）姐姐快來。（旦）是誰忽叫？想是夫人召，必有分曉。（貼）相公，是他題詩句，你還認得否？（生）他從那裏來？（貼）相公，他從陳留郡，爲你來尋討。（生認科）呀！我道是誰，元來是你呵。娘子，你怎的穿着破襖，衣衫盡是素縞？莫不是我雙親不保？

【前腔】（旦）官人，從別後，遭水旱，（生）是經水旱來。（旦）我兩三人只道同做餓殍。（生）張太公曾周濟你麼？（旦）只有張公可憐，嘆雙親別後無倚靠。（生）後來却如何？（旦）兩口顛連相繼死。〈二〉（生）苦！元來我爹媽都死了。（倒地，旦、貼扶醒科）（生）那時如何得殯斂？（旦）我剪頭髮賣錢送伊姐考。（生）如今安葬了未曾？（旦）把墳自造，土泥盡是麻裙裹包。（生）娘子，聽你言語，怎不痛傷噎倒？

（旦）官人，這畫像就是你爹媽的真容。（生哭拜科）

〈一〉　眉批：　住：　一作『罷』。
〈二〉　眉批：　顛連：　一本作『公婆』，非。

【山桃紅】〔一〕（生）蔡邕不孝，把父母相抛。爹爹媽媽，我與你別時也不恁地。早知你形衰耄，〔二〕怎留聖朝？娘子，你爲我受煩惱，你爲我受劬勞。謝你葬我爹，葬我娘，你的恩難報也。又道是養子能代老。（合）這苦知多少？此恨怎消？天降災殃人怎逃？

娘子，這真容是誰畫的？

【前腔】（旦）這儀容像貌，〔三〕是我親描。（生）娘子，路途遙遠，你那得盤纏來到此間？（旦低唱科）乞丐把琵琶撥，怎禁路遙？官人，說甚麼受煩惱？說甚麼受劬勞？不信看你爹，看你娘，比別時兀自形枯槁也。我的一身難打熬。（合前）

【前腔】（貼）設着圈套，被我爹相招。相公，你也說不早，況音信杳。〔四〕姐姐，你爲我受煩惱，爲我受劬勞。相公，是我誤你爹，是我誤你娘，誤你名不孝也。做不得妻賢夫禍少。（合前）

【前腔】（生）我脫却巾帽，解却衣袍。（貼）相公，急上辭官表，共行孝道。（生）夫人，只怕你去不得。（貼）相公，我豈敢憚煩惱？豈敢憚劬勞？同去拜你爹，拜你娘，親把墳塋掃也。使地

〔一〕眉批：【下山虎】頭，【小桃紅】尾。
〔二〕眉批：耄，今作『貌』，又添一『槁』字，甚非。
〔三〕眉批：像貌，坊本作『想像』。
〔四〕眉批：『你也說不早』二句，一本作『逼爲東床婿，怎行孝道』。

下亡靈安宅兆。（一）（合）（合前）

【餘文】（合）幾年間別無音耗，奈千山萬水迢遙。天那！只爲三不從，生出這禍苗。

（生）只爲君親三不從，（旦）致令骨肉向西東。

（貼）今宵勝把銀缸照，（旦）猶恐相逢在夢中。（二）

釋義：　招問鬼神：　宣室，未央宮前殿之正室也，齋戒則居之。賈誼，洛陽人，漢文帝時拜長沙王太傅，後徵之。至入見，上方受釐宣室，因問鬼神之本，誼道其所以然。夜半，不覺前席。曰：久不見賈，以爲過之，今不及也。　光傳太乙：　漢劉向校書天祿閣，夜有老人着黃衣，植青藜杖叩閣而進。時向坐暗中誦書，乃吹杖端烟焰照之，曰：『我太乙之精，天帝聞卯金之子博學，下而見焉。』乃出懷中竹牒，有天文地圖之書授之，至曙而去。由是向學日進矣。　分陰：　言光陰也。大禹，聖人，乃惜寸陰，至於吾人當惜分陰。　《尚書》：　《書經》。虞夏商周四代史記所作，孔子刪之。　《春秋》：　孔子所作者。周徼既遷之後，世道衰微，邪說暴行有作。臣弑其君者有之，子弑其父者有之，孔子作《春秋》以寓王法，然後亂臣賊子懼。　潁封人：　《左傳》：鄭莊公置母姜氏於潁城，誓不見之。潁谷封人潁考叔聞之，有獻

（一）眉批：今本作『與地下亡靈添榮耀』，非賢媛口語。

（二）眉批：『今宵』二句，晏叔原《詠酒詞》。

於公。公賜之羹，食而捨肉。公問之，對曰：『小人有母，嘗嘗小人之食矣，未嘗君之羹，請以遺之。』公

感其言，遂使母子如初。　終養：　李密，字伯令，蜀人也，事劉氏祖母至孝。晉武帝平蜀，徵爲太子洗馬。

密上表陳情云：『臣無祖母，無以至今日；祖母無臣，無以終餘年。烏鳥私情，願乞終養。』《白頭

吟》、綠鬢婦：　司馬相如因過茂陵，見一女子，綠鬢白齒，特聘之爲妾。其妻卓文君作《白頭吟》以自

絕。其詞曰：『淒淒重淒淒，嫁女不須啼。願得同心人，白頭不相離。』相如乃止。　無恙：　謂無疾也。

恙本蟲名，入腹食人心。古人草居，嘗被此害，故問之『得無恙乎』。　陽虎：　季氏家臣，曾暴於匡，孔子

弟子顏尅侍，與虎俱。夫子適陳過匡，御匡人識尅。孔子貌似虎，匡人以兵圍之，五日始解。　小鹿兒

心頭撞：　《南史》：　梁武帝相貌威嚴，臣下雖燕見，率或失措。太清中，侯景逼之於靈臺，因入見而退。

謂人曰：『武帝迫困於斯，而吾見之，汗洽衣襟，猛然若小鹿兒觸吾心爾。』毛延壽誤了王嬙：　《西京

雜記》：　漢元帝后宮既多，不得常見，乃使畫工毛延壽圖其形，按圖召幸之。諸宮人多賂延壽，多者十萬，

少者亦不減五萬，獨王嬙昭君恃其貌不與，遂不得見。熙寧初，匈奴單于來朝，自言願婿漢氏以自親，於是

帝按圖以昭君賜之。及至召見，貌爲第一，善應對，舉止閒雅。帝悔之，而名籍已定，恐失信□國，故不復

更。遂窮按其事，得狀，收延壽，棄於市。　連城：　趙王得楚和氏璧，秦昭王欲之，請易以十五連城。

美玉有連城之價。　西河守：　吳起，衛人，嘗學於曾子，好用兵。出衛郭門，與母訣曰：『起不爲卿相，故稱

不復入衛。』頃之，母死，起終不歸，曾子絕之。後爲晉將，破齊，尋爲魏將，擊秦。魏以之爲西河守，大振聲

名。既而見疑，適楚，楚聞其賢，以爲相，於是撫養士卒，平越取陳却晉伐秦，諸侯畏之。　皐魚：　春秋時

人，有口辯，周遊天下。聞父母已死，遂倍道而歸，哭七日，自刎而死。宋弘：　長安人，建武中爲大尉。

時光武姊湖陽公主新寡，帝與共論群臣而微觀其意。主曰：『宋弘威容，群臣莫及。』帝曰：『試圖之。』

主坐於屏後，召弘問曰：『貴易交，貧易妻，人情乎？』弘曰：『貧賤之交不可忘，糟糠之妻不下堂。』帝

顧謂主曰：『事不諧矣。』王允：　後漢濟陰人，以俊才知名。司徒袁隗爲從女求親，見允笑曰：『得婿

如是，足矣。』允聞，乃遣其妻夏侯氏。婦謂姑曰：『今當見棄，與王允長辭，乞會親屬。』於是大集賓客三

百餘人，婦坐中攘袂數允□□穢惡十五事，言畢，登車而去。允以此廢於時焉。風木：　《韓文外傳》：

孔子一日聞哭聲甚悲，至，則皐魚也。問其故，曰：『樹欲靜而風不止，子欲養而親不在。』後自刎而死。

連理：　《□□虞頌》：東宮正德門槐樹二枝，連理而生。《長恨歌》：『在地願爲連理枝。』棄妻有七

出之條：　《禮記》：『婦有七出：不順父母，去；無子，去；淫，去；妬，去；惡疾，去；多言，

去；竊盜，去。』漾却苦李，再尋甜桃：　晉王戎年六七歲時，與群兒戲於郊外，見桃李隔牆而生，皆可

食。群兒競趨李，戎獨取桃。人問其故，曰：『李在道傍而多，必苦；桃在牆內而少，必甜，故食桃也。』

衆人驗之，果然。　紫袍金帶：　唐制，三品以上咸賜紫袍金帶。

音字：　披：　音批。　彤：　音同。　瞽：　音古。　嚚：　音銀。　養：　去聲。　翎：　音林。　藕：　音

偶。　恙：　音樣。　嬙：　音祥。　璠：　音藩。　隗：　音居。　嗌：　音意。　邈：　音莫。　捋：　音臘。

膳： 音乘。

第三十九齣　張公遇使

【南呂引子·虞美人】（末）青山今古何時了，斷送人多少？ 孤墳誰與掃荒苔？ 連塚陰風吹送紙錢來。○(一)

冥冥長夜不知曉，寂寂空山幾度秋。 泉下長眠人未醒，悲風瀟瑟起松楸。 老漢曾受趙五娘之托，教我為他看守墳塋。 前兩日有些閒事，不曾看得，今日不免去走一遭。

【仙呂入雙調·步步嬌】（末）呀！ 只見黃葉飄飄把墳頭覆，厮趕的皆狐兔。○(二)（望科）敢是誰砍了樹木去？ 為甚松楸漸漸疏？ （滑倒科）咳！ 甚麼絆我這一倒？ 却元來是苔把磚封，笋迸泥路。 老員外，老安人，自古道： 未歸三尺土，難保百年身；； 已歸三尺土，難保百年墳。○(三) 只怕你難保百年墳，況老夫在日，前來為你看管；； 若老夫死後呵，教誰添上你三尺土？

遠遠望見一個漢子來了，不知是甚麼人，且看他何如。（丑扮李旺上）

(一) 眉批： 此折【南九宮】第二句無『荒苔』二字，結尾是『來到』，總只一韻，與此古調不協。

(二) 眉批： 按《中州音韻》『覆』讀作『賦』，與『兔』字叶。

(三) 眉批： 『未歸』四句，出《大藏經》，諸本刪去，於『百年墳』二句甚無發揮。

【前腔】（丑）渡水登山多勞苦，來到這荒村塢。遙觀見一老夫，試問他家，住在何所。趨步向前行，呀！却是一所荒墳墓。

（相見科）（末）大哥，你從那裏來？（丑）小人從京都來。（末）却往那裏去？（丑）奉蔡相公差來的。（末）你相公是那裏人？差你來有甚勾當？（丑）我相公特差小人來取他老員外、老安人和小娘子，一同到洛陽去。（末）你相公叫甚麼名字？（丑）我相公的名字，小人怎敢說？（末）荒僻去處，但說不妨。（丑）我相公是蔡伯喈。（末發怒科）

【風入松】（末）你不須題起蔡伯喈，說着他每忒歹。（丑）呀！他有甚歹處？（末）他中狀元做官六七載，撇父母抛妻不采。（丑）呀！他父母在那裏？（末）兀的這磚頭土堆，是他雙親在此中埋。[一]

【前腔】（丑）一從他別後遇荒災，更無人倚賴。（末）這等，是誰承直他這兩個？（末）虧他媳婦相看待，把衣服和釵梳都解。（丑）解他須有盡時。（末）便是。這小娘子解得錢來糴米，做飯與公婆喫。他背地裏把糟糠自捱，公婆的反疑猜。

（丑）呀！元來老員外、老安人都死了呵。不知他爲甚的死了？

（一）　眉批：【風入松】數折，詞句短長坊本不細分，今依古本考定。

（丑）公婆敢道他背後自喫了些好東西麼？（末）便是。後來呵，

【前腔】他公婆的親看見，雙雙痛倒，無錢斷送，剪頭髮賣買棺材。（丑）他那般無錢，如何築得這一所墳墓？（末）他去空山裏，裙包土，血流指，感得神明助，與他築墳臺。

（丑）自古道孝感天地，果然有此。這小娘子如今在那裏？

【前腔】他如今逕往帝都來。（丑）他既往帝都來，把甚麼做盤纏？（末）他彈着琵琶做乞丐。

（丑）蔡相公特地差小人來取他的父母妻子，如今老員外、老安人既已死了，小娘子却又往京去了，如何是好？（末）大哥，你且慢着，我替你說與他父母知道便了。（丑）狀元做官，如今差人來取你到京，同享富貴，你去不去？（哭科）（叫科）老員外、老安人，你孩兒去京已曾中了狀元做官，如今差人來取你到京，同享富貴，你去不去？（末）叫他不應魂何在？空教我珠淚盈腮。（丑）公公，你休啼哭，小人如今回去，教俺相公做些功果，追薦他便了。（末笑科）他生不能葬，葬不能祭，這三不孝逆天罪大，空設醮，[二]枉修齋。

你相公如今在那裏？（丑）我相公如今入贅牛丞相府裏。

【前腔】大哥，你如今疾忙便回，說我張老道與蔡伯喈，你相公如今入贅牛丞相府裏。（丑）道甚麼來？（末）他道你拜別人的爹娘好美哉，親爹娘死，不值你一拜。

（二）眉批：醮：音『焦』，去聲。

（丑）公公，你休錯埋冤了人。他要辭官，官裏不從；辭婚，牛太師不從。也只是沒奈何了。

【風入松】（末）恁的呵，元來他也是無奈，好似鬼使神差。他當原在家不肯赴選，他爹爹不從。這是三不從把他厮禁害，三不孝亦非其罪。（丑）公公，你險些錯埋冤了人。（末）這是他爹娘福薄運乖，人生裏都是命安排。

（丑）這個理會得，小人告別了。

（末）雙親死了兩無依，今日回來也是遲。

（丑）夜静水寒魚不食，滿船空載月明歸。[二]

釋義：　狐兔：　桓譚《新論》：「雍門周以琴見孟嘗君曰：「臣竊恐千秋萬歲，墳墓生荆棘，狐狸穴其中。」」官裏：　言皇上也。

音字：　揪：　音秋。　磚：　音專。　塢：　音烏。　遄：　音敬。　丐：　音蓋。

（二）　眉批：　華亭和尚偈：『千尺絲綸直下垂，一波纔動萬波隨。夜静水』云云。

南戲文獻全編·劇本編·琵琶記

第四十齣　散髮歸林

【仙呂入雙調·風入松慢】（外）女蘿松柏望相依，況景入桑榆。〔一〕他椿庭萱室齊傾棄，怎不想家山桃李？中雀誤看屏裏，乘龍難駐門楣。〔二〕

自古道：人無遠慮，必有近憂。自家當初不仔細，一時間不信那堂候官的說話，定要招蔡伯喈爲婿，指望他養老百年，誰想道他父母俱亡。如今媳婦徑來尋取，聞說我女孩兒也要和他同去，不知是否？待我喚院子出來問他，便知端的。院子那裏？（末）犀文欲下意沉吟，棋局排來仔細尋。猶恐中間差一着，教人錯用那枰心。相公有何鈞旨？（外）院子，說道蔡狀元的父母身死，他媳婦來尋他，我的小姐也要和他同去，你知道麼？（末）不知，問老姥姥便知端的。（外）如此，叫老姥姥過來。

【仙呂過曲·光光乍】（淨）女婿要同歸，岳丈意如何？忽叫阿奴緣何的？想必與他做區處。

（外）老奶奶，見說蔡狀元的父母身死，他的媳婦來此尋他，〔三〕我的小姐也要和他同去，此事是否？

〔一〕眉批：況景入桑榆：一作『晚景逼桑榆』，不如『況』字意深。

〔二〕眉批：此折猶差強人意，自此以下則意淺而詞鄙，分明是兩截，必別出一手。

〔三〕媳婦：原作『父母』，據汲古閣刊本《繡刻琵琶記定本》改。

二五〇六

（淨）果是，小姐要同他去。（外）我的小姐同去做甚麼？（淨）相公，他父母都死了，只是一個媳婦支持。

如今小姐要同他回去守服，有何不可？（外怒科）我的女孩兒如何與別人帶孝？（淨）相公息怒，聽老

奴告稟。

【南呂過曲·古女冠子】（淨）媳婦事舅姑合體例，相公，怎不教女孩兒同去？當初是你相留

住，今日埋怨着誰？（外）胡說！我不教孩兒去，却待怎的？（淨）相公，事須近理，怎使聲勢？

休道朝中太師威如火，那更路上行人的口似碑。（合）說起此事，費人區處。

【前腔】（末）我相公只慮着多嬌女，怕跋涉萬山千水。相公，只一件。女生外向從來語，況既

已做人妻。夫唱婦隨，不須疑慮。這是藍田種玉結親誤，今日裏船到江心補漏遲。（合前）

【前腔】（外）當初是我不仔細，誰知道事成差池？痛念深閨幼女多嬌媚，怎跋涉萬餘里？

天那！我嫡親更有誰，怎忍分離？　罷罷，不教愛女擔煩惱，也被傍人講是非。（合前）

老姥姥，你和院子也說得是，且由他去。（淨）呀！　狀元和小姐都來了。

【雙調引子·五供養】（生）終朝垂淚，爲雙親使我心瘁。（貼）親墳須共守，只得離神京。

（生）夫人，且商量個計策，猶恐你爹行不肯。（合）若是他不肯，難說道君王有命。（一）

（一）　眉批：『難說』句乃包括賜婚，大是佳句。坊本改『也索向君王請命』，則翁婿父子情何以堪？

（相見科）（外）賢婿，我聞說你父母背棄，你媳婦來此相尋，此事是否？（生）此事果然，劣婿正欲禀知

岳丈。（外）這可是伯喈的媳婦麼？（旦）奴家便是。（外）賢哉！（貼）孩兒有一事拜覆爹爹

知道。孟子云：娶妻所以養親。孔子云：生事之以禮，死葬之以禮，祭之以禮。若姐姐爲蔡氏之

婦，生能竭奉養之力，死能備棺槨之禮，葬能盡封樹之勞。孩兒亦爲蔡氏婦，生不能供甘旨，死不能盡

躃踊，葬不能事窀穸。以此思之，何以爲人？誠得罪於舅姑，實有愧於姐姐。今特講於爹爹之前，願

居於姐姐之下。（外）賢哉吾女！道得是。（旦）自古道：人有貴賤，不可概論。夫人是香閨繡閣之

名姝[一]，奴家是荆釵裙布之貧婦；況承君命以成婚，難讓妾身而居右。（外）五娘子，你今日既無父

母，又喪公婆，你便是我的女孩兒一般；況你身先歸於蔡氏，年又長於吾兒，此實當禮，不必多辭。

（生）你兩個只做姊妹相呼便了。（衆）這個講得極是。（生）劣婿今日拜辭岳丈，領二妻同歸故里，共

行孝道。待服滿之後，再來侍奉尊顏。（外）賢婿，其實我捨不得你去。今日你爹娘既不幸了，我也難

再留你。（貼）爹爹，孩兒暫別尊顏，實出無奈。爹爹善保尊體，不必掛牽。（外哭科）孩兒，你如今去拜

舅姑墳墓，竟不念我？（貼）爹爹請放心，孩兒此去，不過三年之期。（外）苦！女兒終是外向，兀的不

痛殺我也！（衆）相公不須煩惱。（生、旦、貼拜辭科）

【大石調過曲·摧拍】（生）念蔡邕爲雙親命傾，遭不孝逆天罪名，今辭了帝廷。感岳丈慇

（一）名：原闕，據汲古閣刊本《繡刻琵琶記定本》補。

勢，豈敢忘情？痛父母恩深，久負亡靈。（合）辭別去，同到墳塋；心慚慚，淚盈盈。

【前腔】（旦）念奴家離鄉背井，謝公相教孩兒共行。非獨故里榮，我泉下公婆，死也目瞑。

（外）五娘子，我女孩兒少長閨門，凡事都望你看顧。（旦）我自看承你孩兒，不須叮嚀。（合前）

【前腔】（貼）覷爹爹衰顏鱦鬢，思量起教人淚零。爹爹，我進退不忍。我待不去呵，誤了公婆，

被人譏評；我待去呵，撇了爹爹，沒人溫清。（合前）

【前腔】（外）孩兒，此別去，你的吉凶未憑；再來時，我的存亡未審。賢婿，吾今已老景，畢

竟你沒爹娘，我沒親生。若是念骨肉，一家須早辦回程。（合前）

【正宮過曲·一撮棹】（生）岳丈，你寬心等，何須苦掛縈？（外）賢婿，把音書寫，頻頻寄郵亭。

（貼）老姥姥，爹年老，伊家須是好看承。（淨）程途裏，各願保安寧。（旦）死別全無準，生離又

難定。（合）今去也，未知何日返神京？

（外）你三人去，途中須要的保重。（生、旦、貼）多謝得尊人掛念。

【哭相思尾】（合）最苦生離難拋捨，未知再會何時也。(一)（生、旦、貼并下）

（外）女婿今朝已別離，老身孤苦有誰知。

（一）　眉批：諸本此後增生旦上路唱【臨江仙】一折、【朝元令】四折，情詞俱稚，今從元本刪去。

（合）夫唱婦隨同歸去，一處思量一處悲。

釋義：　女蘿松柏：　古詩：『蔦與女蘿，施于松柏。』家山桃李：　歐公詞：『買花載酒長安市，又

爭似家山桃李？』紋犀：　□□□黃石公用紋犀棋十二子卜吉凶以行師，萬無一失。　封樹：《禮記疏》

曰：『子高之意，人死可惡，故備餙以衣衾棺槨，欲其深邃，不使人知。今乃反使封壤爲墳，而種樹以標之

哉？』蹯踊：　撫心跳躍也。《孝經》：『蹯踊哭泣，哀以送之。』

音字：　駐：　音住。　概：　音蓋。　堂：　音榮。　軀：　音區，身體也。　叩：　音滔。　穸：　音夕。

蹯：　音婆。　拚：　音判。　娛：　音魚。　縈：　音容。　姝：　音樞。　郵：　音由。　慼：　音戚。

第四十一齣　李旺回話

【柳穿魚】⑴（丑扮李旺上）心忙似箭走如飛，歷盡艱辛有誰知？夜靜水寒魚不食，滿船空載

月明歸。歸來後，到庭除，未知相公何處？

李旺蒙老相公差去陳留，請取蔡相公的老員外、老安人、小娘子。不想他兩位老的都死了，小娘子又來

了，教我空走這一遭。如今且未好對老相公說，先說與蔡相公知道。呀！怎的房門都閉了，敢是蔡相

公入朝去了，小姐要幽静，闭了门可呵？（丑叫科）開門，開門。

【酲仙燈】(一)（外）門外有人聲，是誰來諠譁鬧炒？（丑）老相公，是李旺。（外）李旺，你回來了。你知道麼，我小姐和蔡相公都回家去了？（丑）却元來閉了門。蔡相公的小娘子曾到這裏不曾？（外）我見他了。李旺，我且問你，蔡相公父母既死了，媳婦又來了，(二)你到那裏，曾見甚麼人？

【南呂過曲·風帖兒】（丑）相公，我到得陳留，逢着一個故老，在他爹娘墳上拜掃。他爹娘呵，果然飢荒都喪了。他媳婦，也來到，枉教人走這遭。

【前腔】（外）李旺，我如今去朝廷上表，奏蔡氏一門孝道。管取吾皇降丹詔，把他召，我自去陳留走一遭。

（丑）老相公，這個趙氏，其寔難得。（外）便是。一家都難得。一來蔡伯喈不忘其親，二來趙五娘孝於舅姑，三來我小姐又能成人之美。一門孝義如此，理當保奏，請行旌表。（丑）相公道得最是。

（外）五更三點奏朝廷，（丑）今古難逢此樣人。

（合）管取一封天子詔，表揚四海孝賢名。

（一）　眉批：此調有七句者。

（二）　來：原作『死』，據汲古閣刊本《繡刻琵琶記定本》改。

釋義：成人之美：《論語》云：『君子成人之美，不成人之惡。』

音字：邃　音恕。　誼　音宣。　譁　音華。

第四十一齣　風木餘恨

【雙調引子·梅花引】（生）傷心滿目故人疏，看郊墟，盡荒蕪。（旦、貼）惟有青山，添得個墳墓。（合）慟哭無聲長夜曉，問泉下有人還聽得無？

【玉樓春】（生）他鄉萬點思親淚，不能滴向家山地。（旦）如今有淚滴家山，欲見雙親渾無計。（貼）荒墓衰草連寒烟，蒼苔黃葉飛蘋蘩。（生）欲聽雞聲來問寢，忽驚蟻夢先歸泉。（旦）人生自古誰無死？嗟君此恨憑誰語？（貼）可憐衰經拜墳塋，不作錦衣歸故里。（生）夫人，如今且喜回到家鄉，此處便是爹媽墳墓。我和你先拜了雙親，然後去拜謝張太公。（旦、貼）正是如此。（合）（拜奠科）

【仙呂入雙調·玉雁兒】（生）孩兒相誤，為功名擔擱了父母，都緣是孩兒不得歸鄉故。爹爹，媽媽，你怎便先歸黃土？乾坤豈容不孝子？名虧行缺不如死，只愁我死缺祭祀。（合）對真容形衰貌枯，想靈魂悲咽痛苦。

【前腔】（旦）百拜公姑，望矜憐恕責我夫。你孩兒贅居牛相府，日夜要歸難離步。婦呵，堅心雅意勸親父，同歸故里守孝服，今日雙雙來廬墓。（合前）你這新媳

【前腔】（貼）不孝的媳婦，恨當初爲我耽誤了丈夫，喫人談笑成何補？我待死呵，又羞見公姑。公公，婆婆，我生前不能穀相奉侍，何如事你向黃泉路？只一件，我死了呵，家中老父誰看顧？（一）（合前）

（生）呀！只是朔風四起，瑞雪橫空，天氣甚冷。左右，且迴避着。（眾下）（末扮張太公上）

【前腔】（末）樓臺銀鋪，遍青山渾如畫圖。乾坤似他衣衰素，故添個縞帶飛舞。你蹣跚慟哭直恁苦，那堪大雪添淒楚。事當逆來順受，抑情就禮通今古。（合前）

（生）張太公來了。（相見科）（生）卑人父母生死，皆蒙太公周濟。正道拜了父母墳塋，就到宅上拜謝，少效啣環之報，何勞太公先降？（末）說那裏話？蔡相公，你腰金衣紫，可惜令尊令堂相繼謝世，不得盡你孝心。正是：樹欲靜而風不寧，子欲養而親不逮。這也是他命該如此。你今日榮歸故里，光耀祖宗，雖是他生前不能享你的祿養，死後亦沾得你的恩典。老夫苟延殘喘，又得相見，僥倖！僥倖！你今在此廬墓，老夫合當陪伴。但有牛氏夫人在此，怕不穩便。暫且告別，再來相看。

（生）多謝深恩不可忘，（末）稍寬愁緒節悲傷。

（旦）親墳共掃添榮耀，（貼）不負詩書教子方。

眉批：　此折後諸本有張大公爲生旦暖寒【玉山供】四折，極爲背理。豈有前日對差人盡言相斥，今却卑詞厚禮，前倨後恭？廣才決不如此。且落場詩云『休道世情看冷暖，果然人面逐高低』，說得廣才是何等樣人？坊本之不通如此。

（一）

釋義：　泉下有人聽得無：《太平廣記》：『鄭友路逢一塚，有二竹，詠之曰：「塚上兩竿竹，風吹長嫋嫋。」塚中人續之曰：「中有百年人，長眠不知曉。」』萬點思親淚：蘇東坡詩云：『寄我相思千點淚。』蟻夢：《異聞録》：『淳于棼廣陵宅南有古槐，棼醉臥其下，夢二使者曰：「槐安國王奉邀。」棼隨二使入穴中，曰大槐安國。王曰：「南柯郡政事不理，屈卿爲守。」棼至郡，數日寐寢，尋古槐下穴，洞然明朗，可容二指。有一大蟻，乃槐安國王。又尋一穴，直上南枝，乃南柯郡也。』衰経：《儀禮》：喪衣上衰下裳経首。経，腰経也。　錦衣歸故里：漢朱買臣上書，帝拜爲侍中，遷會稽太守。上曰：『富貴不還鄉，如衣繡夜行』買臣辭謝而歸。詳見第十七齣。黃土：孟郊詩云：『高原黃土自成堆。』廬墓：　註見第一齣。　樓臺銀鋪：蘇東坡詩云：『銀鋪青瑣玉，樓臺詠雪地。』衰素：《儀禮註》：『父之服斬衰，母之服齊衰。』躃踊：義見前。

音字：　壚：音虛。　蘋：音貧。　蘩：音煩。　蟻：音疑。　憑：音平。　経：音帖。　贅：音注，招贅也。　齊：音資，母服也。　縞：音姣，素衣也。　躃：音辟。　踊：音勇，見上。　逮：音大。

緒：　音序。

第四十三齣　一門旌獎

【商調引子·逍遙樂】（生）寂寞誰憐我，空對孤墳珠淚墮。（旦）光陰撚指過三春。（貼）幽途

渺渺，滯魄沉沉，誰與招魂？〔一〕

（生）夫人，你看兩木連松誰手栽？　相馴白兔走墳臺。（旦）無心動植呈祥瑞，否極應須會泰來。（末上）一封丹詔從天下，忽聽傳聞動郊野。說道旌表一門閭，未卜此身爲何人也。（相見科）（末）蔡相公，外面喧傳有詔書到此，想必爲足下而來。（生）人間孝者亦多，卑人何足稱孝？假如大舜、曾參之孝，亦是人子當爲之事，何足旌表？（末）說那裏話？　老夫當初也只道你貪名逐利，撇了父母妻室不肯還家；到如今纔得個分曉。《孝經》云：孝弟之至，通於神明。光於四海，無所不通。今見你墳頭枯木生連理之枝，白兔有馴擾之性。祥瑞若此，吉慶必來。

【仙呂入雙調·六么令】（末）連枝異木新，見墳臺白兔如馴。〔二〕禽獸草木尚懷仁，〔三〕這一封丹詔必因君。（合）料天也會相憐憫。

【前腔】（生）皇恩若念臣，我也不圖祿及吾身。只愁恩不到雙親，空辜負，這孤墳。（合前）

【前腔】（旦）知他假與真？　謝得公公，報說殷勤。太公，空教你爲我受艱辛，今日裏，有誰旌表你門庭？　（合前）

〔一〕　眉批：　按調，【逍遙樂】上二句一韻，下二句一韻。古本『墮』字與『我』字韻協，作『將淚傾』非。

〔二〕　眉批：　【連理】『白兔』俱是實事。

〔三〕　眉批：　獸，一作『蟲』。

【前腔】（貼）來的是何人？悶中無由，詢問一聲。（生）夫人要問甚麼？（貼）無由詢問我家

君，知他安與否，死和存？（合前）（丑扮縣官上）

【前腔】（丑）敕書已來近，看街市上人亂紛紛。咱每只得忙前奔，備香案，接皇恩。（合前）

（相見科）（生）何處官長？因甚到此？（丑）下官本縣知縣。稟相公得知：今日天朝牛丞相親賫詔

書，到此開讀，旌表足下孝義；加官進職，起服到京。令尊、令堂皆有封贈，二位夫人亦有封號。下官

敬來鋪設香案，迎接皇恩。請足下改換吉服，俟候謝恩。（生）卑人孝服，不可更易。（丑）先王制禮，賢

者俯而就，不肖者跂而及。今足下服制已滿，況天朝恩典，禮當從吉。（眾）說得是。（生）門閭旌表感

吾皇，（旦、貼）孝服今朝換吉裳。（合）不是一番寒徹骨，爭得梅花撲鼻香？（生、旦、貼下換衣科）（外

引侍從上）

【前腔】（外）風霜已滿鬢，玉勒雕鞍，走遍紅塵。今日到此喜欣欣，重相見，解愁悶。（合前）

左右，這裏就是蔡相公廬墓所在，請相公駐節。（生、旦、貼上）

【前腔】（合）心慌步又緊，想皇恩已到寒門。披袍秉笏更垂紳，冠和帶，一番新。（合前）

（外）聖旨已到，跪聽宣讀。（生、旦、貼俯伏科）（淨讀詔書科）皇帝詔曰：朕惟風俗爲教化之基，孝弟

为風俗之本。去聖逾遠，淳風日漓。彝倫攸斁，朕甚憫焉。其有克盡孝義，敦尚風化者，可不獎勸，以

勉四海？議郎蔡邕，篤於孝行。富貴不足以解憂，甘旨常關於想念。雖違素志，竟遂佳名。委職居

喪，厥聲尤著。其妻趙氏，獨奉舅姑。服勞盡瘁，克終養生送死之情，允備貞潔韋柔之德。糟糠之婦，今始見之。牛氏善諫其父，克相其夫。罔懷嫉妒之心，寔有遜讓之美。曰孝曰義，可謂兼全。斯三人者，朕甚嘉之。使四海億兆，皆當儀刑斯人，垂範將來，風移俗易，教美化行，唐虞三代，誠可追配。是用寵錫，以彰孝義。蔡邕授中郎將，妻趙氏封陳留郡夫人，牛氏封河南郡夫人，限日赴京；父從簡贈十六勳，(一)母秦氏贈天水郡夫人。於戲！風木之情何深，式彰風化之表；霜露之思既極，宜沾雨露之恩。服此休嘉，慰汝悼念。謝恩！（生、貼謝恩科）（外拜墳科）（生、旦、貼拜外科）（生）荷蒙岳丈保奏，卑人何以克當？（貼）自別尊顏，且喜無恙。（外）孩兒，且喜各保安康，再得相見。（丑、末相見科）(二)（外）此二位是誰？（丑）下官是陳留縣知縣。（末）老漢是蔡相公鄰人張廣才。（生）卑人父母，多多得他周濟。（外）元來就是張太公呵，我朝裏也聞他仗義高名。（生）如此，多謝厚恩。展報深恩，我有黃金一笈送與，聊爲報答之禮。太公，請收下。（末）救災恤鄰，古之道也，何勞尊賜？（生）太公且暫收下。卑人尚自有犬馬之報。（末）說那裏話？敢受此金？

（一）　眉批：十六勳：勳階有等級，如秦時五大夫、七大夫之類。

（二）　眉批：江右梨園於此處有張太公將拄頭髮出示牛丞相，以羞辱蔡伯喈一段，如《荊釵記》之《祭江》《岳飛傳》之《風魔》，皆演本有之，刻本不載。

【仙呂過曲·一封書】（外）我恭奉聖旨，跋涉程途千萬里。吾皇親賢意甚美，探取孩兒并女婿。賢婿，你夫婦呵，數載辛勤雖自苦，一旦榮華人怎比？（合）耀門閭，進官職，孝義名傳天下知。

【前腔】（生）兒不孝，有甚德，蒙岳丈過主維？（作悲科）呀！何如免喪親？又何須名顯貴？可惜二親饑寒死，博得孩兒名利歸。（合前）

【前腔】（旦）把真容重畫取，公公，婆婆，如今封贈伊。把你這眉兒放展舒，只愁你瘦儀容難做肥。今日呵，豈獨奴心知感德，料你也銜恩泉世裏。（合前）

【前腔】（貼）從別後，倍哀戚，況家中音信稀。為公姑多怨憶，為爹行常淚垂。今日見公姑無愧色，又得與爹行相依倚。（合前）

【永團圓】（二）（衆）名傳四海人怎比？豈獨是耀門閭？人生怕不全孝義，聖明世，豈相棄。這隆恩美譽，從教何所愧，萬古青編記。如今便去，相隨到帝畿。拜謝皇恩了，歸院宇一家賀喜。共設華筵會，四景常歡聚。顯文明，開盛治，說孝男，并義女。玉燭調和歸

（一）眉批：一名【錦繡毬】。

聖主。[二]

　（生）自居墓室已三年，（旦）今日徵書下九天。
　（末）要識名高并爵貴，（合）須知子孝與妻賢。

〔二〕　眉批：　末句作『聖主垂衣』。

重刻音釋題評琵琶記